U0139981

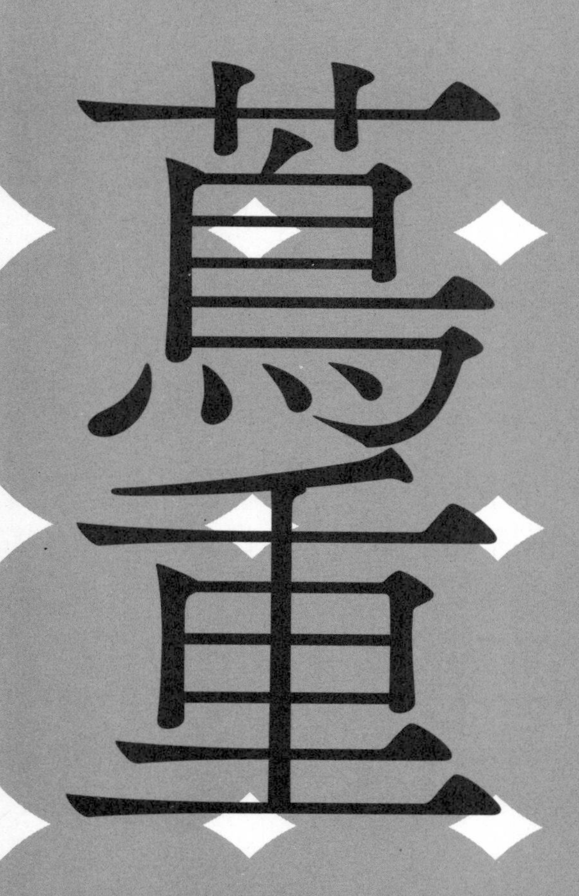

稀代の本屋 蔦屋重三郎

增田晶文 著
劉子倩 譯

目次

主要人物介紹

蔦屋重三郎（Tsutaya Jyuzaburou）／**蔦重**（Tsutayu）
生於寛延三年，卒於寛政九年（一七五〇—一七九七）。
江戶知名書商。不斷推出話題之作，同時也在發掘人才和創造價值方面展現卓越的敏銳直覺。

喜多川歌麿（Kitagawa Utamaro ／ Utamaru）
生於寶曆三年，卒於文化三年（一七五三—一八〇六）。
天才浮世繪師。與重三郎相識令其對美人畫開竅，展現長才。春畫也很卓越。

山東京傳（Santou Kyouden）／**北尾政演**（Kitao Masasobu）
生於寶曆十一年，卒於文化十三年（一七六一—一八一六）。
江戶代表性的小說作者。以畫師出道卻成為流行作家，長年擁有高人氣。

戀川春町（Koikawa Harumachi）
生於延享元年，卒於寛政元年（一七四四—一七八九）。
開拓「黃表紙」這個江戶文藝的新領域，不僅文筆好，畫作也灑脫洗鍊，洋溢滑稽趣味，是多才多藝的人物。

朋誠堂喜三二（Houseidou Kisanji）
生於享保二十年，卒於文化十年（一七三五—一八一三）。
當紅小說作家，以黃表紙為主發表作品多種。檯面上的身分是武士，擔任出羽國久保田藩的駐守江戶代表。

北尾重政（Kitao Shigemasa）
生於元文四年，卒於文政三年（一七三九—一八二〇）。
浮世繪畫師。具有領袖氣質，不僅培育出京傳及政美，對歌麿、鳥居清長也有強烈的影響。

大田南畝（Oota Nanpo）
生於寬延二年，卒於文政六年（一七四九—一八二三）。
狂歌界領袖。身為早熟的文人，在天明期展現壓倒性的存在感。別名蜀山人、四方赤良。

勝川春朗（Katsukawa Shunrou）／**北齋宗理**（Hokusai Souri）／**葛飾北齋**（Katsushika Hokusai）
生於寶曆十年，卒於嘉永二年（一七六〇—一八四九）。
浮世繪畫師。初出茅廬時得到蔦重賞識，之後充分發揮長才，成為知名畫師。

瀧澤瑣吉（Takizawa Sakichi）／**曲亭馬琴**（Kyokutei Bakin）
生於明和四年，卒於嘉永元年（一七六七—一八四八）。
讀本作家。透過京傳的介紹寄宿蔦屋。寬政期開始專心創作，成為讀本界首屈一指的作家。

重田幾五郎（Shigeta Ikugorou）／**十返舍一九**（Jippensha Ikku）
生於明和二年，卒於天保二年（一七六五—一八三一）。
小說作者。繼瑣吉之後寄宿蔦屋。享和期以《東海道中膝栗毛》大獲成功。

序章　畫簿

蔦屋重三郎將燈光拉近。

新做的眼鏡令眉間很癢，可是，已到了沒有這玩意就無法仔細檢閱的年紀。燈光下，畫簿上的張張草圖更添震撼力，比眼鏡反射的光芒更強烈的視線貫穿紙面。每一幅畫，都是前幾天在劇場剛讓人畫出來的。

「就算是對當紅歌舞伎演員也不用客氣，請直接畫出最真實的面貌。」

——這樣要求的，的確是我。儘管如此……

只用墨線勾勒出的世界甚至顯得不祥。然而，重三郎沒有苦笑。不僅沒有，顯然還很興奮。店內的動靜，連他悄無聲息待的這個房間都聽得見。似乎到了打烊關門的時間。拿到畫簿時，隔著紙門透進的夕陽晚照將榻榻米染成緋紅。但他盯著草圖，時而沉吟，時而嘆息，不知不覺帶著藍色的夜幕已悄悄降臨。

重三郎再次打量畫稿，毫無顧忌地咧開嘴角，開心極了。那是和小朋友死纏爛打求了半天終於拿到玩具時同樣的喜悅，此刻盈滿心頭。

——和以往的演員肖像畫完全不同。

描繪的人物散發強大底蘊，足以一腳踢開那些被稱為大師的畫匠。乍看之下不忍卒睹，但是非比尋常的氣勢不由吸引目光。

——即使找遍江戶城的大街小巷，不，甚至翻遍日本歷史，也從未見過這種畫。

正因如此，重三郎才會如此純粹地激動。

然而，這樣還不夠。重三郎追求的，是更驚人的東西。人類就是塞滿業報的容器，他想讓那種從內在滲出的靈氣和邪氣盡在一張紙中掙扎翻騰的畫作問世。那應該沒必要是美的吧，毋寧，醜惡才好。

——此人的畫技，如果加上我源源不斷的想法，一定能夠完成那樣的一幅畫。

重三郎把畫簿放到膝上。

「這下子越來越有趣了。」

蔦屋重三郎開始經營書店是在安永三年（一七七四），二十五歲的時候。

之後，過了二十年——重三郎先在吉原嶄露頭角；十一年前，更在光是一個靠馬路的小店面就價值千金的日本橋開設氣派的書店。店名叫做耕書堂。不過，在江戶，「蔦重」這個簡稱的名號或許更廣為人知。他靠著將吉原每條街從遊女到遊廓[1]一網打盡的細見[2]，以及淨琉璃[3]戲曲的練習本打響聲勢。之後推出狂歌[4]本，進而擴大到黃表紙[5]、洒落本[6]。在錦繪[7]方面也誕生無數傑作，春畫集更是算無遺策地屢屢再版。只要是蔦重製作的，總能抓住市井眾生內心的奧妙變化從不失手。趁勢，耕書堂陳列的書籍和畫作也令江戶的紙價水漲船高。

不僅如此，蔦重還被視為灑脫的代名詞。當說出、聽聞「蔦重」二字時，江戶百姓已將之與他們對「風流」、「內行玩家」的憧憬疊合。其他書店或畫作批發店的老闆，無人能夠像他這樣被另眼相看。

坊間也出現這樣的聲音：「蔦重這個人，真是厲害的商人。」

如果沒有明確抓住世間潮流、精準猜中大眾動向的好眼力，無法勝任出版商。而且，如果沒錢，也無法橫渡浮世這條大河。不過，重三郎就算靠經商賺錢贏得世間好評，也不可能無條件為之歡喜。

——我可不是只為了做生意才經手文字與繪畫。

重三郎在做的，和單純經手商品批發、從中抽成大不相同。他慧眼識出寫手和畫匠的才華，進而琢磨他們；把他們的情懷編輯成書，製版印刷。重三郎苦心積慮為創作者打造舒適的工作環境，對他們的才華固然讚美、鼓勵有加，如有必要也不吝開口批評。小說作家首推山東京傳，浮世繪則是喜多川歌麿。並稱當紅作者的這兩人，少了蔦重絕不可能廣為人知。

——然而……這次的工作和策畫京傳、歌麿等人的作品不同。

重三郎正想再次拿起畫簿時，走廊傳來聲音。

「老闆，現在方便嗎？」

對方不等重三郎回答就拉開紙門，露出自大的嘴臉。他是已經確定從今年起寄居耕書堂的幾五郎，一雙眼睛盯著畫。

---

1 遊廓：江戶時代政府認可的風月區，以圍牆、水溝包圍集中成一區便於治安管理。
2 細見：地圖導覽書。
3 淨瑠璃：日本傳統藝能。以說話為主、三味線伴奏的曲藝，部分地方指代表性流派的義太夫節。
4 狂歌：以日常生活為題材，用低俗嘲諷的方式寫的滑稽短歌。
5 黃表紙：大眾讀物之一，因封面是黃色而得名，內容以繪畫為主，是給成人看的繪本故事。
6 洒落本：江戶時代的遊廓文學。寫實描寫遊女和恩客的言行，以對話為主。
7 錦繪：多色套印的浮世繪版畫，色彩絢爛精緻如織錦。

「您看過了？」

重三郎應聲點頭。幾五郎邊說「不覺得畫得很誇張嗎」邊反手關門，自行拿坐墊在重三郎面前坐下，問道：

「那個男人，難不成和歌舞伎演員有仇？」

重三郎輕巧閃避並回答：

「別有盤算也無所謂，畫家和作家性情陰鬱並非壞事。」

並不是個性偏執就一定能創造好作品。不過，不可否認的是，重三郎看中的英才和鬼才多半是嚴重的怪胎。

幾五郎投靠耕書堂後，也接觸過許多小說作家和畫師。重三郎想說的，他應該也已逐漸了解幾分。況且，幾五郎自己也有志成為作家。

「嘿嘿，或許老闆說得沒錯。」

幾五郎今年虛歲三十，生於駿府，也在江戶住過，是道地的武士身分。可他故意講一口大阪腔，是因為曾在當地生活數年。據他自己的說法，他曾在大阪奉行官的麾下工作，卻整天泡在戲園子走上歪路。最後他立志「寫文章以此為生」，甚至學會寫淨琉璃的劇本。但他在大阪的戲劇工作也「不過爾爾，還發生種種事情」，因此去年秋天流浪至江戶。

就在不久之前，耕書堂的伙計瑣吉也才剛辭職，聲稱想成為小說作者。

瑣吉的自尊心非常強，個性在奇怪的地方特別較真。這樣的他，比起影射世情、嘲諷權威的黃表紙和通俗繪本，更適合構想堅實的話本——重三郎如此判斷。如果有一天，他送來自己寫的稿子，耕書堂絕對樂於出版問世。說到這裡才想起，瑣吉也是武士後裔，他姓瀧澤。

「那麼暫時請讓我充當伙計。」

幾五郎機伶地就此賴著不走。不過，他是個異樣靈巧的男人，文筆的確很好，讓他畫插圖也能畫出馬馬虎虎還過得去的成品。他自己，似乎也自認遲早會成為京傳那樣的大人物。對於香道也頗有心得，大言不慚地吹噓：「燒十次還是很香的黃熟香[8]號稱『十返』，那我就姑且自號『十返舍』吧。」

初相遇時，幾五郎就發下豪語。

「總有一天我會寫出轟動江戶的作品，讓老闆您刮目相看。不僅如此，就連耕書堂搖搖欲倒的梁柱都可以扳正回來喔。」

「『搖搖欲倒』這句就不用說了。」重三郎委婉訓斥。

「噢，抱歉，不好意思啊。」

重三郎哭笑不得地認真凝視他。幾五郎簡直就像俗諺說的「對著青蛙潑水[9]」，恬不知恥。重三郎不禁噗哧笑出來。

「三年前那件事讓我的財務出現危機是事實。」

幕府高官田沼意次失勢，取代田沼上台的松平定信斷然推動寬政改革。蔦重立刻抨擊囉唆的執政當局，他煽動京傳，讓京傳寫出影射政局的通俗小說。幕府當然不會坐視，重三郎和京傳遭到過於嚴厲的懲罰。

——那點小事算什麼！我可不會輕易認輸。

質樸簡約，獎勵文武，矯正淫風。幕府僅憑一己之意就想約束百姓，簡直大錯特錯。一定要在粉飾太平的牆上鑽洞，而且是特大號的洞。

---

8 黃熟香：在香學經典著作《香乘》中，把沉香分為了三等。一為入水即沉者，名為沉水，也稱水沉。半沉半浮的稱為棧香，不沉的叫黃熟香。

9 對著青蛙潑水：比喻受到任何羞辱都滿不在乎，毫無反應。

然而，重三郎並未表露內心的激憤。

「幾五郎，那就拜託你寫出有趣的作品了，我還要靠你大賺一筆呢。」

接納幾五郎成為耕書堂的食客，縱容他看似殷勤卻無禮的態度，正是因為察覺他的天分。

「不過，這些畫也太奇特了。」

幾五郎從坐墊探出身子，一把搶過重三郎膝上的畫簿。

「就連歌麿老師和北尾重政大師都畫不出來。」

幾五郎接著又舉出不知幾時交好的畫師名字：「還有那個春朗，現在已經改名北齋了吧？連他都畫不出來。」重三郎也點頭同意。

「我想請北齋畫風景。如果讓他畫富士山，肯定能展現冠絕天下的奇思妙想。」

然而，幾五郎沒有回答。他已經完全被可謂詭異也可說是滑稽、甚至堪稱意境深遠的畫稿吸引了。他沾濕指尖繼續翻頁，「這個，看這個！」他用力塞給重三郎。

「這個第二代瀨川富三郎飾演的女角，老是演惹人厭的反派，甚至被稱為『賤人富』或『可恨富』呢。不過，沒想到居然能畫出如此可恨的嘴臉。」

「哎呀，真是太厲害了！作畫者成功捕捉到那個演員的神采精髓。」

重三郎肯定地說：

「我喜歡。」

幾五郎抬眼，小心翼翼道：

「不過，臉和手的大小比例太糟糕了。這樣子，終究算不上專業的畫師。」

「就是那樣才好。幾五郎，你還不懂繪畫這種東西。」

「……」

正因為不是專業，才畫得出這種畫，完全不管畫法或規則。而且，作畫者甚至沒有發現自己畫筆的力量與潛能。

「老闆，這種怪物似的演員畫賣得出去嗎？」

重三郎肅然坐正地開口：

「買賣很重要。但是，我們身為創作方應該還有遠遠更加重要的東西。」

幾五郎雖被他的氣勢震懾，還是忍不住嘴賤：

「蔦重老闆說得好像您要自己執筆似的。」

——是的，這次一定要堅持貫徹自己的意志。這樣的我，要以傀儡師的身分盡情大鬧一場。

「我要讓他畫出轟動江戶的演員畫。」

——而且，這或許將是我畢生最後的大業。

重三郎對他一笑。在劈啪作響的油燈火光旁，重三郎的側臉如一輪明月蒼白浮現。從被燈光照亮的角度看來，重三郎有一張福態慈藹的面孔。幾五郎也跟著咧唇作勢要笑，然而，他當下僵住了。因為當他驀然將目光轉向昏暗的那一面時，初次見到的蔦屋重三郎真面目就在眼前。

重三郎，彷彿見到鮮血的貓妖般陰森森笑著。

第一章 吉原

一

吉原的春天來臨。

極盡繁華，徹底豪奢，異常奇特的春天來臨了。

蔦屋重三郎扛著比身高還高的包袱，呆然仰望櫻花。

不久前，還是冷氣襲人的二月底，吉原的主幹道仲町種有幾百棵櫻花。直到昨天，明明還是緊閉的花苞，結果就在雛祭[10]當日的今早，一下子全開花了。在這個異世界，連大自然的運作規律都能扭轉。

不過話說回來，花開得委實壯觀，或許是因為櫻花吸收了充足的養分。被稱為苦海的吉原，這片土壤滲透女人和男人的怨與苦。

花瓣飄落，比淺紅還淺的色調有種異樣的嫵媚。重三郎伸手去接緩緩飄落的花瓣。修剪成同樣高度的成排櫻樹後方，是染上睡眼惺忪般群青色的無垠天空。

「咚！」有人撞到他的包袱。一群平民姑娘，不僅沒有向腳步踉蹌的重三郎道歉，甚至還蠻橫地說：「別

---

10 雛祭：又稱女兒節，在三月三日這天，家中會擺出雛人偶，祝福女兒健康成長。

擋路，讓開。」

被名花吸引的不只是男人，也有許多女人和孩童穿過大門走進吉原。

「只要有了這個，就能對吉原瞭若指掌。」

姑娘們只顧著低頭看手上的東西，完全無視瞪眼的重三郎。

「錦繪上的花魁，衣服好美。」

「我也看到了，那個髮簪不知哪裡有賣？」

咦，姑娘們手裡拿的不是導覽書《吉原細見》[11]嗎？書裡將遊廓和居中牽線的引手茶屋的地點、遊女們的芳名及出場費都寫得非常詳細。

「只要去這間店，就能見到花魁吧。」

「別傻了，遊廓怎麼可能接待女人。」

姑娘們嘰嘰喳喳、摩肩接踵地走過街頭。

「不過，吉原果然很風雅。」

「也難怪男人都想來。」

重三郎白皙的梨形臉上，優雅塗抹朱紅的嘴唇輕綻微笑。

「原來如此，細見這種東西，換個用法也能被女性視若珍寶啊。」

奢侈，放蕩，絢爛。

風流，冶遊，影射，強求。

搞笑，滑稽，奇風異行。

淫色，人情，金錢。

吉原這杯美酒，是用大量的魔界特有風味釀製而成。人們蜂擁而來，追求那迷人銷魂的風味。而遊女，不只是男人夢想的一夜公主，對姑娘和婦人們而言，就像歌舞伎演員一樣是崇拜的對象。知名美女的服裝和髮型、妝容和飾品……那些都被浮世繪畫出來放在書店販售，若說江戶的流行出自吉原也絕不為過。

淺顯易明介紹這個吉原的就是「細見」，重三郎當然也經手販賣。但是，從書中插圖的配置到版面大小，想挑毛病的地方實在太多。

「如果是我來製作，一定可以把吉原介紹得更精采有趣。」

二

遊廓的二樓，熟識的遊女探出頭。

「咦，蔦重先生。」

她的丹鳳眼似乎因睡眠不足而嚴重浮腫，或許晨六刻（清晨五點左右）送走情郎後，又睡了回籠覺。況且，人也又瘦了一點。或許罹患了惡疾？不過，重三郎揮開那種憂慮，雙手圍在嘴邊喊：

「早安！瞧，櫻花開得那麼漂亮！」

被他的大嗓門一吼，剛才看到的花冠翩然在空中飛舞。

「咦，你說得沒錯呢。」

四刻半（上午十點四十分左右），遊女們終於開始新的一天。不過，晝見世[12]是晝九刻（正午左右）開始。在那之前她們要梳髮、入浴、吃早餐兼午餐，意外地忙碌。

---

11 《吉原細見》：吉原花街的導覽書。

12 晝見世：妓樓的遊女在中午過後至傍晚這段時間坐在欄內等待客人。

「最近有沒有進什麼新的繪本？」

「有《猿蟹大戰》、《剪舌麻雀》，也有《太平記》精華摘要版。」

繪本之中，黃綠色封面的稱為青本，丹色封面就是赤本，墨色封面則是黑本。裝幀都很粗糙，內容以童話或民間故事、古典或說教本的精華摘要為主。重三郎扛的行李裝滿繪本，顧客主要是從小就住在吉原的小丫鬟。不過，這類書籍看得不吃力，所以遊女們也經常租來看。

「我可不要那種臭烘烘的書。」

另一個遊女也探出頭說。草（kusa）雙紙[13]是用劣質油墨印刷的所以很臭，因此有時也被貶稱為發音近似的「臭（kusai）雙紙」。

「傳奇話本和笑話集也批來很多，還請您看一下。」

重三郎橫眼瞥向背後的包袱，他對貨色種類向來很注意。遊女們紛紛從樓上探頭。

「知道了，我們現在就下去。」

安永二年（一七七二），蔦屋重三郎已有二十四歲。

雖然沒有俊俏如演員的外貌，但他無論長相或舉止都很優雅。下垂的眼角彷彿在微笑，給人溫柔的印象。和狡猾奸詐無緣，或許堪稱是天生的武器。

幾年前的明和末期，他開始在吉原販賣給成人看的繪本和細見，店面就在出了吉原大門的第四家。不過，其實只是租借養兄蔦屋次郎兵衛經營的引手茶屋[14]門口做點小生意。

所以，重三郎今天也扛著出租書遊走在遊廓，要不然，立刻就會餓死。然而，出租書商如今可是江戶的名產。商場上的對手們，從市井之間甚至精明地打入武士家庭。在吉原也是，到處都有揹著大包袱的男人遊走。出租書商像重三郎這樣隻身奮鬥的例子也不少，但是也有擁有十幾名手下的大店。

重三郎被問起出租書店的生意，總是這麼回答：

「書本若是女兒，出版商就是父親。讀者是女婿，出租書店是媒人。」

把女孩嫁出去就是媒人的工作。書的銷路好不好，全看出租書商的本領。

——不過，我可一點也不想只當個書本的小媒人。

「遲早我一定會成為出版商。」

出版商不僅企畫書籍和浮世繪印刷成冊，從販賣到流通、版權皆可獨佔。這輩子，如果能活到六十應該就算圓滿。重三郎的年紀已經過了那三分之一，必須趕緊闖出一番名堂的焦慮與日俱增。

「我絕對要做出一打出蔦屋重三郎的名號就會傳遍江戶、出租書店也會紛紛搶著進貨的好作品。」

——不，其實，自己也想畫畫，也想編寫小說。

如果切開重三郎的腦子，裡面一定塞滿了好點子。

然而，正因如此，他的內心糾葛也更深。

——我其實也很煩躁。

重三郎並沒有親手將那些好點子「成形」的才華，縱然拿起筆，也只寫得出愚蠢的玩意。既然如此，只能結識可以把他源源不斷的靈感「成形」的小說作者和畫師。可是如今，他只是個小小的出租書販，當然不可能起用人稱「風來山人」的平賀源內老師、最近流行的狂歌的四方赤良，以及演員畫方面的勝川春章這類大師。

「在這個飽受金錢所苦的社會，要成為出版商，首先就得賺錢嗎？」

重三郎重新打起精神，繞到遊廓的後門口大聲喊道：

---

13 草雙紙：即繪本。

14 引手茶屋：吉原裡為客人介紹遊女的設施。

「我是蔦屋，來送出租書。」

「噢，蔦屋來啦。來，快進來。」

小廝應聲而來。此人的年紀應該比重三郎大一輪，但在青樓工作的男人不分年齡一律稱為小廝。

一樓大廳裡，遊女們正在吃早午餐。

在煮飯的香氣中，也參雜女人們剛洗過澡的肌膚香氣。

對著細長的飯桌，邋遢穿著睡衣的女人們正在動筷子。與其說不知該把眼睛往哪看，實際上什麼禮儀規矩早就丟到一旁，只能說無知者最幸福。而且睡衣有紅有紫，有綠色、芥末黃、褐色……五顏六色的縐綢睡衣，與其稱為五彩繽紛的花海，更像是鮮豔的顏料在打架吧。

「咦，今早吃燙青菜和油豆腐啊？」

「我們的飯菜，每餐都這樣。」

只綁起頭髮的遊女，臉頰沾著飯粒說。遊廓的餐點貧乏，飯只能裝一次，不准吃第二碗。旁邊的火盆圍了一圈人，在烤昨晚酒宴吃剩的生魚片。不過，如果遊女釣到金主，情況就不同了。不但可以享有二樓的房間，吃飯也是在自己房間，就算從餐館叫外賣也不會挨罵。

吃完飯的女人們聚集過來。

「來，各位上臈貴人，我把各位想要的書帶來了。」

重三郎尊稱她們「上臈」，或者「花魁」，絕對不會直呼為遊女。

「這兩種稱呼的差別可大了。」

「上臈」本來指高僧，後來，用來指稱宮中及大奧[15]身分高貴的女人。不僅是重三郎，熟諳風月的玩家們都不會說出「遊女」二字。「上臈」這個稱呼，蘊藏對這些賣身女子深厚的情誼。

附帶一提，「遊女」是可能早在室町時代[16]就有的古老稱呼。作為江戶幕府時代官方認可的吉原遊女，在官方文書上也這麼通用。相較之下，非官方認可的私娼寮和驛站宿場的私娼就被稱為「賣女」。

話說回來，上臈們拿起重三郎攤開的書，嘰嘰喳喳東挑西選。為了因應她們的呼聲，不只是繪本和話本，就連算數的實用書籍《塵劫記》及書法、和歌解說類的書籍都一應俱全。這是因為吉原的女子也必須具備一定的知識素養。

這時，重三郎忽然壓低嗓門：

「還有，也不能忘記這個。」

箱子最下面，不動聲色地塞著描繪男女淫戲的春本和春畫。

女人們頓時一陣轟然。每天迎門賣笑的遊女，事到如今照理說不該有這種反應。但是，正因為從事這一行，更有興趣探究性事的種種。當然，來遊廓的恩客無疑也會在女人的房間欣賞春本。

剛才從二樓喊他的那個瘦得皮包骨的遊女翻開《鹿子餅》。

這是去年明和九年（一七七二）印製的笑話集，集合了玩笑、地口[17]、詩詞警語這類笑話，之前以京阪地區的作品為主流。不過，那些笑話過於冗長拖沓。就這點而言，《鹿子餅》採用江戶人喜歡的犀利風格對話文體，節奏明快。因此贏得好評，江戶的笑話集如今已取代了京阪地區的笑話。

——就連笑話，京都、大阪的全盛期都已結束了。

「今後將以江戶為中心。」

重三郎一邊這麼咕噥，也沒錯過客人挑選了什麼書。只見女人用口水沾濕手指翻閱，小丫鬟爭相拿取青

---

15 大奥：幕府將軍的妻妾在江戶城的住處。

16 室町時代：西元一三三六年至一五七三年。

17 地口：以世間常用的成語或俗諺的諧音進行語言遊戲。

本。這樣會弄髒紙面，封面也會破損。不過，只要看聚集在攤開的包袱巾周圍的女人們喜歡什麼，便可據此預測明日的爆紅書款。

「上臈，比方說如果有這樣的一本書，應該會很暢銷喔。」

重三郎吐露他私下構思的小說方案，內容是這樣的：

在絡繹走向吉原的男人之中，服裝和配飾乃至髮髻都特別精心打扮的時髦人物格外顯眼。而且，武士和平民的喜好不同。另一方面，也有很多一看就是剛從鄉下來的鄉巴佬。諸如此類當代風俗的細節都用輕巧幽默的文章和繪畫彙整成冊。

兩個遊女目不轉睛盯著口若懸河的重三郎。

「咦，我臉上沾了什麼東西嗎？」

「不是的。夏天即將出版的一本書，和蔦重先生說的內容一樣。」

「我記得書名叫做《當世風俗通》。」

「……！」重三郎倒抽冷氣，卻感到肚子湧起一把火。

「到底是什麼人？居然剽竊我的點子！」

「蔦重先生，你冷靜點。」

牙齒漏風的女人提醒他，重三郎這才總算平息沸騰的熱血。

「……您說得對，我只是有那個想法而已。」

可是，總覺得不甘心，被別人徹底搶先一步。

瘦女人或許是同情從意氣風發突然轉為沮喪的他，告訴了他詳情。

「那是在某位出版商宴請二位武士的酒席上。」

據說，席間討論了和重三郎的企畫一模一樣的書。

「請等一下。寫書的是兩個人？」

「好像說到要用『金錦佐惠流』這個筆名。其中一個武士寫文章，另一人畫畫。」

「嗯……用金錦老師的名字合作。那麼，那兩人是什麼樣的人？」

重三郎再次聲色俱厲，遊女們被震住了。

「是某藩駐守江戶的代表，以及和他交好的某武士大人。」

門牙女繼續搜尋記憶。

「負責畫畫的那位武士，好像提到這次要以新的角度寫成人繪本。」

重三郎內心很激動，就在自己這樣靠出租書糊口之際，好主意不斷被別人搶走了。

「某出版商、某江戶駐守代表，再加上某武士，某某某（哞哞哞）的簡直是滿山遍野沒完沒了的牛叫。我想知道的是兩人的身分底細。」

為了制止口沫橫飛的重三郎，遊女不約而同整理起襯裙的領子。

「客人的事情我們不能透露。」

「在風月場所可別這麼殺風景。」

被批評粗魯就沒面子了。的確，客人的身分按照規矩不能透露。重三郎一邊奉承兩人堪稱遊女典範，同時想像將來成為出版商的那一天，兩眼不禁發出精光。他回想當今出版事業的狀況。

——不只是金錦老師，武士提筆寫小說的情形正顯著增加。

武家社會早已放緩規制，這年頭的流行都是平民風格。金銀米錢也牢牢握在糧商的手裡。就像現在吉原被尊稱為富豪的，十之八九都是商人，要想炒紅一本書也得意識到平民。

可是，這股風潮是武士開始寫通俗小說打下的基礎。

日前，重三郎在打算批貨的書店就聽到了這樣的對話，對話雙方都是資深的同行：

「最近流行的狂歌好像也是武士炒熱的。」
「是啊，狂歌界的開山始祖大田南畝聽說也是武士。」
在吉原，眾人熱愛狂歌的事情也引起話題。資深租書商人繼續說道：
「比起講解要價昂貴的漢文典籍，淺顯易懂的通俗小說更受歡迎。既然如此，不如在吉原尋找題材動筆試試。」
「這種太平盛世，不可能有立刻起而奮戰的時候。比起修習劍道，靠文章揚名無疑更風雅。」
「通俗小說和寫書法或公文可是大不相同，不過如果有一定的素質，當然文筆會更流暢。在這方面，武士還是比平民略勝一籌。」
——我倒是想請真正的平民寫一本暢銷書。
可惜那種人才尚未出現。
——暫時好像只能請文筆不錯的武士執筆了。
重三郎徹底沉浸在自己的思緒中，因此遊女們又回去開始挑書。
「嗯，不管怎樣，先從在吉原吟詠狂歌的諸位之中尋求人脈吧？」
「啊？你說什麼？」
被遊女這麼一問，「不，我沒說什麼。」重三郎連忙擠出笑容。
「請慢慢挑選，我趁這時候去向樓主打個招呼。」

三

重三郎留下出租書和遊女前往內所。

內所是青樓樓主的住處，那個位置可以冷眼旁觀客人和遊女上下樓梯，同時也能看到從玄關門口進出的人。

「我是蔦屋。」

今天一定要把那件事做個了結。樓主從攤開的帳本只抬起眼，催促他進來。遊女們個個臉色蒼白，樓主卻很胖，紅臉膛滿是油光。他背後的神壇，裝飾著紙做的男性性器。年底從淺草寺的市集買來這尊「金勢大神」後，便早晚虔誠膜拜。

「如果免費讓你借用門口擺攤做生意，那我也太缺心眼了。今後好歹讓我每本書收點錢抽成吧。」

對方一開口就提出無情的要求。

重三郎皺起優雅的眉毛，手像扇子一樣揮舞道：

「那怎麼行？您別為難我了。」

世人皆稱青樓樓主為忘八，意思是指忘記仁、義、禮、智、忠、信、孝、悌這八德的混帳東西。甚至有人朝他們吐口水大罵：「背棄天道和人道，根本不是人。淨幹些畜生不如的勾當惹人厭。」

不過，重三郎就算面對這種老江湖也不畏縮，他很懂得和這種人談判的竅門。他在樓主面前彬彬有禮地端坐道：

「關於上次商量的事……」

「啊？是什麼事來著？」

重三郎正面看著樓主裝傻的醜陋嘴臉，單刀直入地挑明：

「就是我拜託您的『吉原細見』那件事。」

「細見通常是夏天出版，出版商也差不多該來打招呼了。」

「不，我說的是明年的份。」

「那你也太心急了，就連明天會怎樣都不知道呢。」

江戶首屈一指的地本問屋[18]鱗形屋正在尋找細見的新任改所，重三郎就是看上那個工作。說句題外話，剛才遊女們提到的《當世風俗通》這本書，其實就是由這個鱗形屋出版。然而，重三郎說穿了不過是吉原的小出租書販，鱗形屋當然不可能把新書的事情告訴這種人。他完全被看扁了。

不過，對重三郎而言，能否得到改所這份工作，是左右今後發展的一大關鍵。這正是他晉身地本問屋的商機，他不想錯過。

「從下次起我打算做改所。」

所謂的改所，是逐一蒐集吉原當地的情報加以編輯的重要工作。尤其是哪家遊廓有什麼樣的遊女，調查得越詳細就越有價值。重三郎因為出租書的工作早已走遍遊廓和茶屋，從遊女到小廝，吉原上上下下都認識他。他想把這網中的街道和人的資料都統整成細見導覽指南。

「以您為首，若能得到上等青樓的老闆們當後盾……這將是我蔦屋重三郎的無上喜悅。」

重三郎雙手放在磨得起毛的榻榻米上，深深俯首行禮。之所以能對忘八鞠躬哈腰，也是因為有想成為出版商這個偉大的目標。樓主沉吟半晌，手摸著鬆垮肥厚的下顎。同時，無疑也在暗自盤算利害得失。

重三郎抬起頭。這正是展現自己有多麼適合做細見改所的時候，他就像要公開展示出租書那樣打開大包袱巾。

「細見的內容如果淺顯易讀又有趣，來吉原的人必然倍增。」

他提起剛才撞到出租書包袱的平民姑娘。如果能把細見內容做得更充實，不只是男人，已婚婦女和小姑娘乃至老太太都會領略到吉原的魅力。

「到那時候，遊廓的營業額會像大川[19]放煙火一樣一飛沖天。」

「哼，就像那句俗諺，說什麼『風一吹，賣桶的就賺錢』云云，意外地出現連鎖效應，是嗎？」

樓主雖然哈哈笑，表情卻變得很精明。重三郎決定再加把勁，平時溫和的雙眸，此刻燃起足以壓倒對方的火焰。

「時代已從明和來到安永，吉原的節日也增加了，活動辦得更盛大。」

吉原從年頭到年尾，經常舉辦各種活動。

節句[20]、彼岸[21]、中元節……利用節日的名義舉辦賞花、提燈、即興劇、賞月活動來吸引客人。而且，這些被稱為「紋日」，出場費也是平時的雙倍。就算是富豪，如果每個月的紋日都要花錢也吃不消。可是，遊女如果在紋日拉不到客人，出場費也得自掏腰包。就這樣，男女之間的攻防戰在吉原不斷展開。

「賞花固然不用說，還有袖之梅[22]和月餅……靠著細見，可以將活動盛大地公告周知。」

只要去吉原，一定會有趣事。用來宣傳這點的最佳武器，就是冊子和版畫。這點，尤其必須說服忘八接受。

「書這種東西絕對不容小覷。即便這樣一本薄薄的冊子，您可別忘了也有幾十甚至幾百人看到。」

而且，看過的人還會在理髮店或澡堂吹噓吉原的事。

「一本書有一百人看過，這一百人再各自把內容告訴十個人。等於一本書就有千人之力，還有比書更厲害的東西嗎？」

18 地本問屋：專門出版地本的書商。地本是指江戶本地出版的書。
19 大川：江戶時代對隅田川的稱呼，尤指吾妻橋至下游的這一段。
20 節句：一些由中國傳入、按照農曆（陰曆）而定的特定傳統節日在日本叫做「節句」。
21 彼岸：以春分或秋分為準，前後三日為期一週的時期。日本傳統習俗上會在這時掃墓，為已故親友祈求平安。
22 袖之梅：宿醉藥。江戶新吉原的名產。

「……」

「鄉下來的武士，甚至會在江戶一口氣買好幾本細見帶回家鄉當伴手禮。書可以讓吉原的名字不僅在江戶流傳，甚至傳遍日本全國各地。」

傳聞和評價肉眼看不見，不過，如果能成功掌握，那肯定會成為寶貝。

「如您所知，我就是在吉原這裡出生的。我想做出前所未有、超級暢銷的細見，回報和吉原的緣分與恩情。」

重三郎為了確保成功，又揮出最後一刀。

「如果我無法成為改所，吉原這尾高級鯛魚恐怕也會外表光鮮地腐爛。」

鱗形屋的改所目前是在吉原經營和服店的木村屋善八擔任，但他的工作表現並不理想。對重三郎來說，把內容做得更精緻自不待言，對於版型大小及吉原地圖等等，想提出改進的地方太多了。

「……」

樓主依然在思索，重三郎也閉嘴了。從拍馬屁到陳述流行的現況、新價值的打造方法，甚至連不該說的威脅都說了，接下來只等對方的答覆。最近的重三郎深深感到，這種等待期間令人焦灼的緊張感，也正是做生意的醍醐味。

「……」

啪噹。重三郎的耳朵，聽見樓主肚子裡放下算盤的聲音。

「原來如此。新的細見改所，還是讓蔦重你來當吧。」

忘八放下摸下顎的手，拿起菸管。

「對了，蔦屋那群人最近過得如何？」

四

重三郎於寬延三年（一七五〇）正月七日生於吉原。

父親丸山重助，是從尾張[23]來到江戶。母親廣瀨津與是江戶人。重三郎是俗稱，本名叫做柯理（karamaru）。

蔦重被問起名字由來時，曾經這麼發下豪語：

「蔦蘿藤蔓纏繞（karamaru）是大自然的常理，我要用蔦屋出版的書覆蓋整個江戶。」

父母在吉原成家，想必也是因為此地有很多親戚。在吉原的主幹道仲町有蔦屋利兵衛，江戶町也有蔦屋理右衛門，這些親戚經營引手茶屋。

重三郎出生的寬延年間，自戊辰（一七四八）年七月十二日起，到了第四年元號就改為寶曆。這時的重三郎，說到記憶最清楚的，頂多只有被母親抱在懷裡聽搖籃曲的情景。

重三郎七歲時，父母離異。重三郎不知父母離異的理由。代替父母收養重三郎的，是經營尾張屋這間引手茶屋的叔父。現在，他借用門口做生意的是養兄的家。

——好想念母親……

有時，津與的身影會浮現。那種時候，重三郎就像用抹布擦拭一樣試圖抹消對母親的思念。可思念反而變得更深，像刺青牢牢鐫刻。最後，他在遊女身上看到母親的身影重疊，重三郎心慌意亂。日後，他經營地本問屋獲得空前成功時，人們甚至自以為是地說：「蔦屋印製的浮世繪中的女人，總是瀰漫會聯想到母親的東西。」

不過，不可否認的是，正因為重三郎心裡揮不去對母親的思念，所以從來不會輕視吉原女子。

對吉原而言上臈是寶物，也是生財工具。

23　尾張：古地名，現在的愛知縣西部。

「可是，我不想把那些女人當成物品。」

不只是遊女外型的嬌豔，他希望連她們作為活生生的個體內在都向世人展現。

養父姓喜多川，對待他和親生子一視同仁。重三郎的個性之所以沒有變得異常彆扭、諂媚或卑微，都是拜那樣的成長環境所賜。

這也是日後的事——重三郎把「喜多川」的名字給了才華洋溢的畫師。

「在引手茶屋長大，決定了我的生存方式。」

引手茶屋是宴會場所，沒有遊女。

風雅的客人不會一開始就上妓院，會先到茶屋休息。同時，想必也會打開吉原細見品鑑遊女。不過，引手茶屋有固定合作的遊廓，當然會推薦那裡的遊女。反之，如果不能讓客人說「只要去那家茶屋，便可叫到最近出名的美女」、「那家茶屋安排的遊女向來不會出錯」，這門生意也不可能興隆。

客人選好中意的遊女後，引手茶屋會立刻代為安排。若能從遊廓叫來最高級的遊女，遊女從遊廓走到茶屋的這段路程就是所謂的「花魁道中」。那種華麗誇張的情景不僅是遊女的光榮，也大大抬高了等候的客人的男子氣概。

引手茶屋提供酒菜，也會安排藝伎和幫閒、雜耍藝人陪席。一番熱鬧後，客人才會和今晚的女伴去遊廓過夜。

這樣的奢華多來幾次，世人就會稱之為富豪。

「引手茶屋這種生意，真的很像書店。」

重三郎認真和當家的叔父說。

「引手茶屋替客人和上臈、遊廓之間牽線，書店發掘小說作者和畫師，出書印畫賣給客人……說起來宗旨簡直一樣嘛。」

侄子又開始熱情過度的開場白令叔叔不禁苦笑，但重三郎還是自顧自地繼續說：

「編書的工作，也和引手茶屋的工作一樣。叔父不僅要知道客人的喜好，從客人帶了多少錢到男子氣概都要判斷吧？這和書商要決定給哪個作者寫什麼小說一模一樣。這種判斷的眼力左右生意成敗。」

「既然你這麼有心得，乾脆放棄那個地本問屋的夢想，回來幫我經營茶屋算了。」

聽到叔父又搬出固定的台詞，重三郎垂首不語。

重三郎的青春期在一七〇〇年代後半，經過寶曆來到明和年間。

幕府將軍也從德川家重轉為第十代的家治，田沼意次掌握江戶幕府的實權。

這個將天空閃耀的七曜星（北斗七星）做成家徽的政治家，始終毀譽參半。不過，到某個時期為止，他的手段顯然是被江戶大眾接受的。

他的發跡過程在平民看來也極為耀眼。意次的父親雖然號稱俸祿六百石，原本只不過是濟州藩的小兵。結果他的兒子居然從將軍的近侍成為遠州相良藩主，繼而一路爬升到老中[24]的地位，俸祿高達五萬七千石。若無卓越的才能與強大的運氣，不可能破例出人頭地。

田沼意次也是異端的改革者。

他為幕府政治帶來以往沒有的「預算」這個新概念。

他計畫將作為基幹的稅收，從年貢的獻米徵收轉為直接繳納金錢的流通稅。正因如此，有必要發展市場經濟。意次推動重商政策，幾乎遍及所有業種的株仲間[25]，就是那個政策的象徵。書店也有所謂的「株」。只有

24　老中：掌管江戶幕府政務的最高官職。

25　株仲間：江戶時代，幕府及諸藩許可的壟斷式工商業者同業組織。「株」是營業權。

少數商人能夠佔有市場。富商為了報復，壓低了繳交的營業稅和捐款的金額。

繼而還有貨幣改革、新田開發、探索蝦夷地[26]、振興海外貿易……不斷前進，不斷拓展。田沼的手腕與構想為社會吹來繁榮好景的風，商品流通，金錢流動，無數的人們參與……流通的活化使人確信商人的時代已經來臨。

整個江戶，洋溢開朗的氛圍。

「東西的價格確實上漲。另一方面，我們的收入也增加了，所以算是互利互惠。」

在吉原，意次的施政也頗獲好評。

「田沼大人從來不會提倡節約那種小家子氣的舉動，這不是很讓人開心嗎？」

為了做生意和升官，悄悄送錢，甚至提供妓女陪睡的招待日漸增加。優游酒池，漫遊肉林，人們稱之為極樂。

叔父一臉得意地勸告重三郎。

「錢是世上最好的潤滑油，行賄和收賄的雙方都不吃虧。雙方都滿意，所以不能說賄賂是壞事。」

重三郎也拍膝。原來如此，雖是露骨的真心話，卻說中這世間的本質。

做完生意的重三郎，今晚也獨自坐在桌前翻開簿子。

他冷眼旁觀社會百態與人心，一邊記錄書店經營的新構想。

隔著紙門，吉原的燈火比月光更耀眼，耳熟的「見世清播[27]」琴音響徹街頭。入夜後，隨著燈籠亮起，各家遊廓一齊奏起「見世清播」。燈光與聲音化為洪水，淫靡的氣息蠢動。吉原的夜晚是禁忌的鴉片，令訪客沉迷。而且，這種喧囂直到夜四刻（深夜十二點左右）仍未停止。

重三郎一再搖頭試著集中思考，他喃喃自語：

「想看書的人會越來越多。」

如果荷包滿滿，做父母的自然捨得把錢花在孩子身上，最好的證據就是進入書院的孩童人數醒目地增加。最近，每一區都出現兩三家教習所，而且生意都很興隆。能夠讀寫的人增加，對書店經營者而言不是最好的消息嗎？

「習字本固然不用說，商品目錄上也少不了學問書[28]。」

不只是江戶，鄉下地方除了藩校[29]也有更多鄉校、私塾出現。而且，不只是儒學，西洋的蘭學[30]與國學也日漸盛行。求學就必須有書本，這種需求成為強大的商機。據說儒書和佛書、醫書這類書籍，光是在重三郎出生的寬延時代這十年之間數量就增加了六成以上。

不過，光靠艱深的書籍無法滿足大眾。好不容易學會讀寫，那種能力只用在學問上太可惜。

「那，應該推出什麼才能讓江戶的紙價上漲？」

既然如此，把田沼開放的明朗氣氛反映在書籍上即可。死板不知通融的方式自然不用考慮，高壓的強迫手段也不合法。

「還是得用搞笑的方式吧……」

---

26 蝦夷地：江戶時代以北海道為中心的地區。

27 見世清搔：清搔是三弦琴曲。江戶吉原的遊女到店頭拉客（見世）時便會演奏此曲。

28 學問書：即學術書籍。

29 藩校：亦稱「藩黌」。日本江戶時代至明治初年藩政時代各藩經營管理的學校總稱。

30 蘭學：指的是日本江戶時代經荷蘭人傳入日本的學術、文化、技術的總稱，字面意思為荷蘭學術，引申可解釋為西洋學術（簡稱洋學）。

在遊廓和引手茶屋學到的種種在重三郎腦中盤旋。遊女玩弄男人於股掌之間的關鍵就是眼淚，動之以情，這招意外地簡單卻有效。可是如果看幫閒和藝人們，要逗客人笑卻得費盡力氣。不僅要逗人笑，還得讓人甘願掏錢，那才算得上是搞笑的藝術。

「那麼，我偏要用搞笑來一決勝負。」

重三郎就是有這樣的野心。不過，如果只是拿笑話集炒冷飯就沒意思了。

「蔦屋的書不能賣弄聰明，但也不能靠著淺薄的搞笑鬧劇就滿足。」

要用足以讓風流玩家會心一笑的意趣來一決勝負。舞台是吉原，不僅直接利用這個集結江戶好奇心的地區原有的價值，最好還能進一步提高。

「如果書太厚，還沒讀就敬而遠之了。最好可以隨手翻閱，還能在床上輕鬆閱讀。」

而且，雖然內容淺顯易讀，深究之下卻有無數影射世情的伏筆。

「就是這個，就是這種書！」

雖然內容知性，卻絕對不會正經八百，那才是地本問屋蔦屋的招牌商品。重三郎想像店內擠滿客人的情景，不禁得意地笑了。附帶一提，書店有兩種，以學問書為首的正經類型，屬於「書物問屋」。重三郎想經營的「地本問屋」，賣的是輕鬆的通俗小說和浮世繪。

「遲早，江戶的書店應該會成為明星買賣。」

他將毛筆沾滿墨汁，把自己親眼看到的最新世間情況記錄在本子上。那，是僅僅幾天前的事……

五

那天，他想喝點東西潤喉，於是走進掛著「武藏屋」招牌的茶店。

重三郎幾乎天天上街，試圖感受世情變化。那天，他也去了歌舞伎劇場所在的木挽町一帶。茶店的少女帶領一行人去包廂，男客的視線輕飄飄跟著女服務生們的屁股。

少女的存在左右茶店的生意好壞，五顏六色的圍裙，無疑是捧場的熟客送的。說到茶店的女服務生，在谷中地區甚至有笠森稻荷的阿仙那樣，被知名畫師鈴木春信畫成浮世繪，或者歌舞伎的台詞都提到的美女。

「遲早我一定要找到一流的畫師，把美女畫成錦繪。」

重三郎在簷廊邊坐下，點了小米麻糬和茶，這時一個和他年紀相仿的年輕人在旁邊一屁股坐下。年輕人一襲藍灰色、也類似鉛灰色的旅行用外袍，頭戴滿是灰塵的斗笠。他穿著條紋和服露出綁腿布，或許是因為經過長途旅行，頭髮已經很長，外表堪稱不修邊幅到極點。

——是江戶人還是鄉下人，一眼就能看出。

至於重三郎，腦袋中央至兩鬢都剃得露出青色頭皮，頭髮像老鼠尾巴那樣綁成細細一束。這，是自命瀟灑的男人喜歡的本多髻。長外褂按照「想要帥就穿黑」的說法是鴉羽色，底下穿著深藍色窄袖和服搭配全身色調，衣襬很長，一看就是流連吉原的少東家那種風采。

重三郎用舌尖舔去齒縫卡著的麻糬，以澀茶漱口後，對他出聲搭訕：

「您是來旅行？還是來洽商？」

男人雖然看似有點懷疑，還是對溫和穩重的重三郎卸下心防。

「我是來江戶找工作吶。」他語氣帶著若有似無的鄉音，繼續說道：

「遲早會出人頭地當上大店的掌櫃。」

「那您的夢想是成為十八大通囉。」

極盡風雅和玩樂能事的瀟灑富商們，被稱為「十八大通」。

他們幾乎都是藏前的糧商，和田沼的權力牢牢握手得到鉅富。十八大通的一舉一動，規模都和常人相差百倍，在吉原一擲千金豪遊，把喜歡的歌舞伎演員當成自己養的狗。重三郎對男人赤裸裸的野心佩服不已，這時男人問：

「距離吉原，還很遠嗎？」

「走路的話大概要一個時辰（兩小時）以上。」

「私娼寮也可以。我去品川宿或內藤新宿好了。」

重三郎突然蹙眉。吉原和私娼寮的差別可大了。

「那可不行，如果要享受成年人的玩樂，絕對得去吉原！」

「是、是嗎？那好吧，我就再走半個時辰試試。」

重三郎聲音太大，不僅是男人，其他客人和茶店的女服務生都訝異地看過來。不過，他如此激動是有原因的。江戶各地據說多達四五十處的私娼寮急速成長，令吉原很頭痛。和甚至被稱為江戶的北端、北地的吉原相比，私娼寮散布在城內各處營業。在私娼寮不必為了展現風流玩家的男子氣概一擲千金死要面子，進店時也沒有那些繁瑣惱人的手續，而且買女人的價格低廉。私娼寮正在不斷侵蝕吉原擔綱的「性」這一面。

「不過話說回來，江戶的人好多。」

年輕男人從店內眺望沿路風景，就此轉移話題。

「據說江戶目前生活著百萬人。」

重三郎說，男人霎時為之啞然。不過，他立刻浮現鄙夷的淺笑。

「你真當我是鄉巴佬啊？這世上哪有地方住了那麼多人！先不說別的，這個人數是怎麼計算出來的？」

重三郎開始向狐疑的男人說明原委：

「從第八代幕府將軍吉宗大人的時代起，每隔六年都會調查目前有多少人居住。」

日本的人口據說多達二千六百萬。三都之中，江戶有一百二十萬人，京都有三十七萬人，大阪有四十萬人。江戶的居民特別多。

「而且，據說江戶居民之中武士和平民各佔一半。」

人口之所以集中於江戶，是因為從鄉下流入的人口源源不絕。人們認為只要去江戶就能闖出一番事業，好歹有辦法維持生計。

「實際上，只要來這裡就能糊口是事實。」

市內到處都有挑擔子的小販走來走去。

沙丁魚、蛤蜊、鰹魚這類鮮魚，乃至青菜、蕪菁、南瓜、地瓜、白蘿蔔、毛豆等蔬菜類，壽司、糖果、豆腐、關東煮等等。金魚和風鈴、木炭和盆栽、菸葉、碎布頭，甚至連可以促進奶水的活紅蛙都有。舉凡和生活有關的東西通通都買得到。

也有人蒐集水肥和頭髮、木片、紙屑。臭雙紙……不，草雙紙也是把用過的廢紙重新濾過使用。從外地流入的人口，靠著這些零碎的行商買賣得以糊口。

在江戶這個巨大的都市，如此生活的獨身男人格外顯眼。

重三郎吐著舌頭說：

「託那些找不到女人的男人之福，上臈的生意也很興隆呢。」

六

重三郎放下筆環抱雙臂。

三月，雖已是春天但夜晚很冷。不過，吉原的宴會仍在繼續。

重三郎確信地本問屋將會興盛，那個根據，就在江戶。地本問屋的「地」，和地酒一樣，指的是僅限本地流通。「地」也洋溢著被京都和大阪嚴重鄙視的濃厚氣氛，不可否認的是，那長年來也成了江戶人的自卑感隱隱悶燒。

「可是，江戶的東西想必已經不能再稱為『地』了。」

——如今世間的流行皆從江戶產生。

而且，江戶因為人口多，流行也以驚人的速度蔓延。更何況江戶的文化由平民扛起，那種價值觀，濃縮在「江戶仔」這個稱呼。江戶仔自有獨特的想法和行動模式。

重三郎想起在公共澡堂偶然聽到的對話，他再次提筆記錄。

當時澡堂昏暗，而且充滿水蒸氣，因此對話雙方的臉孔也很模糊。

「我去伊勢神宮參拜了。」

是個充滿活力的聲音，想來應該正在學習淨琉璃或者清元曲吧。

「以你的個性，結束參拜後八成在古市[31]那裡特別熱心開齋吧？」

那人的同伴似乎比較年長，他甚至以川柳[32]這種打油詩調侃。

「川柳有云，伊勢參拜順便一遊大神宮。」

在有名的神社佛寺的附近，多半都有提供酒宴和遊女的場所。

「少胡說八道。」年輕的那個拿起放在頭上的手巾扭乾。

「每次和京阪人一起待在旅館或茶屋，我就會一直氣得腦充血。」

從伊勢回來的男人，似乎很在意江戶仔在關西地區的評價。

「他們說江戶仔能說善辯，說話卻很粗魯。雖然號稱老成且豪爽大方，其實動不動就吵架，煩透了。碰上初鰹[33]，毫不考慮地砸錢簡直沒分寸。而且，比起一日三餐更熱愛祭典和煙火。」

「太過分了！聽起來，簡直像江戶街頭充斥粗人和笨蛋。江戶仔才沒有那麼低俗。」

重三郎不禁加入對話。男人在水蒸氣那頭窺探這邊。

「如果被當成粗人，有損江戶仔的名譽。」

重三郎越說越起勁。對面的男人，或許是意識到重三郎這個外人，轉為客氣的語調說：

「京阪地區有天皇，不過，江戶也有將軍。這年頭，江戶是政治和商業的中心區。」

正因為在這片土地長大，江戶人和一般人略有不同，這種鄉土愛已經浸透。

「不管什麼都說京阪好的時代，恐怕已經結束了。就連歌舞伎演員也是，很多演員在那邊大受好評，可是到了江戶照樣沒沒無聞。」

去伊勢參拜的男人，也轉為夥伴的親密語氣對重三郎說：

「回到江戶後我深深感到，咱們江戶有京都和大阪沒有的……該怎麼說呢，吹著嶄新的風。」

重三郎還沒去過京阪地區，不過，就算單看書店的動向，顯然也是江戶吹起的風更強勁。

——京都的浮世草子[34]，被稱為「八文字屋本[35]」或「下行本」誇耀全盛期已成陳年往事。

---

31 古市：位於伊勢神宮參拜路線的途中，成為參拜者尋歡之地。尤其是供參拜者結束齋戒後享樂的遊廓特別有名。

32 川柳：日文定型詩的一種。與俳句一樣，也是十七個音節，按照五、七、五的順序排列。行文以口語為主，沒有季語、助動詞的限制，比較自由。多用於表達心情，或者諷刺政治或時事。

33 初鰹：江戶時代，初夏乘著黑潮而來在鎌倉、小田原捕獲的鰹魚，被視為珍品。

34 浮世草子：江戶的小說類型之一，寫實描述浮世百態。草子就是故事之意。

35 八文字屋本：八文字屋是京都的出版商，店主代代襲名安藤八左衛門。八文字屋出版的浮世草子統稱八文字屋本。因是從京阪送來江戶，又稱「下行」本。

說到京都八文字屋本的代表人物江島其磧寫的情色書和類型小說，曾經氣勢如虹，最近卻連江島的名字都不再耳聞。不僅如此，在重三郎幼年剛記事時，江戶印刷出版的書籍數量就已超越京阪。江戶的書店攻勢，搭上了經濟活動急速發展的順風車。總之，江戶的商品和金錢流通得特別快。

「出手大方的江戶仔向來沒有隔夜錢，這或許也是一種意外的好處。」

「那肯定是。」

三人的笑聲響徹澡堂。像這樣，在澡堂偶然結識也能聊得熱鬧，正是因為根本上有江戶人瀟灑的人生觀。

——擦身而過也是他生緣，江戶人從來不做無謂的爭執。

正因為人生僅此一次，所以必須活得瀟灑，盡量愉快、有趣。

「如果斷定江戶仔粗魯好鬥，那可誤會大了。」

較年輕的那個男人，或許在京阪格外遭到貶抑，又再次就這個話題發牢騷。

當然，的確也有像消防員和建築工人那樣仗著人多勢眾欺負人的例子。不過，正如重三郎他們說的，一般老百姓其實很和善。如果鄉下人在街上問路，江戶人會停下腳步，甚至丟下自己的工作親切指路。對待年紀小、地位低的人，也像對待長輩或上司一樣客氣。如果聽到年輕人道早安，光是回答「嗯，早」就不配當江戶人，一定要回答「您也早」才夠風雅瀟灑。

——而且那也更省事。

江戶居民有一半是武士，平民百姓可不能和武士發生無謂的糾紛。人潮不斷從各地湧入，必須留心言詞舉動以免起衝突。

「可是，如果因此就看不起江戶仔，那可不行。」

重三郎之所以滔滔雄辯，不全然是出於泡澡泡得頭昏。

「生於江戶，對我們來說等於重要的精神支柱。正因為這個精神支柱牢靠，風流和倔強張揚這種反骨的心態才會萌芽。」

「沒錯，說得對極了。老兄，你這話說得好。」另外兩人非常佩服。

「說到讓我切身體會這點的地方……」

重三郎很想評斷吉原，內心蠢蠢欲動。

「吉原和戲園子，兩者都被稱為惡所實在很諷刺。」年長的男人附和。

江戶人從花魁和歌舞伎演員那裡學到的不只是流行的種種，甚至也學來那種骨氣。不過，用錢買賣女人的吉原被稱為惡性場所也怪不得旁人。另一方面，戲園子也被幕府以擾亂善良風俗、奢華過度的罪名一再發布禁令。

「不過，就和河豚一樣，如果沒有帶點毒就不好吃了。」

較年輕的男人打趣，澡堂再次響起笑聲。

——關於江戶仔的風流、吉原的厲害，蔦屋一定要出書讓大家見識到。

重三郎闔起本子，但是興奮之情完全無法平息。

——必須找到合適的小說作者和畫師，為江戶的書店揭開新時代。

「如果在吉原全面撒網，應該能遇上替我實現夢想的人。」

咚！掛在柱子上的花器發出聲音。

花器插著折枝櫻花，但它似乎在風吹還是什麼之下轉變了方向。

不過，重三郎連那個都沒發現。

第二章　細見

一

安永三年（一七七四）七月，梅雨季結束，陽光強烈得甚至冉冉蒸騰熱氣產生折射。

蔦屋重三郎正要去本町街。這條從常盤橋延伸出的大路上，以棉布和和服批發店為首，各式商家櫛比鱗次，展現出據說是江戶最熱鬧的風情。

重三郎追過了行商小販。小販沒有遮陽的東西，將對摺的手帕頂在頭上。只把手帕兩端在髮髻後面打結，看起來頗有幾分風雅，所以就算是一條手帕也不容小覷。在江戶，這種綁法稱為吉原頭巾。

「推出新版了！」

男人是賣細見的，這種吉原導覽手冊通常在正月和七月上市。

「吉原的細見，改版了！快來買新吉原的細見！」

在大街小巷四處兜售的叫賣聲頗有幾分夏日風情。

味噌店內，一個男人一邊拿圍裙擦手一邊走出來，等到「推出新版了！」的叫賣聲經過店門口之後，這才小跑步追上去。

「給我一份。」

味噌店老闆小聲說，接過冊子迅速塞進懷裡。

這表示果然不方便在店門口叫住小販公然購買嗎？重三郎明知那種舉動不代表讚賞，還是忍不住微微含笑。

畢竟這份惡所[36]導覽手冊，銷路非常好。

重三郎造訪的地方，是日本橋通油町的鶴鱗堂，也就是鱗形屋。從萬治[37]年間到現在已有百年以上的歷史。

只要能在通油町開店，就會被認可為一流書肆。鱗形屋的店名燈籠用粗筆墨字寫著「書本問屋」，高及成年人胸口。黑色三角形中央穿出白色三角形的商標，被稱為江戶地本問屋的光榮。

店頭照例擠滿了人。

呈斜角以便瀏覽的陳列架上放滿錦繪。其中，演員畫、美人畫和掛在柱子用的柱繪被格外醒目地吊掛著。一對盛裝打扮的母女，大概是大鋪子的老闆娘和千金，正盯著號稱新生代四大天王的歌舞伎演員市川門之助的豔容。

錦繪旁邊是堆積如山的無數通俗繪本，有黑本也有赤本。兩個鄉下武士顯然是在找江戶伴手禮，在他們的旁邊，一對看似匠人的父子也在專心挑選。從店內深處跑出來的孩童，迫不及待翻開玩具繪本，剪下紙面具。

去年夏天開印出版、令重三郎扼腕不已的金錦佐惠流作《當世風俗通》至今暢銷，依然佔據好位置。不過，堆得很高、俯瞰四方書籍的是剛才提到的《細見百夜章》。

「哎呀，蔦重先生，你在客氣什麼？來，裡面請。」

眼尖地發現重三郎的，是號稱鱗形屋得力幹將的伙計德兵衛。

他將正在招呼的客人交給其他伙計後，搓著手走近。

「正月出版的《細見嗚呼御江戶》銷路固然好，不過今年夏天的《百夜章》賣得更火爆。」

重三郎肅然收起臉上的笑容，深深一鞠躬。

正式從鱗形屋取得工作是去年，今年，細見書後的出刊資料已改成這樣：

細見改・批發小賣・聯絡人：新吉原五十間道左側　蔦屋重三郎

重三郎不僅如願以償成為細見改所，也得到在吉原的批貨種種權利。果然有忘八……不，樓主們當靠山的影響很大。不過，重三郎知道，那些人的想法只集中在生意興隆這點。就連鱗形屋也是，如果銷路不好，絕對不會展現德兵衛這樣殷勤的態度。

——每次出書都是生死決鬥，只要稍有懈怠就會被斬殺。

走進鱗形屋深處，寬闊的庭院一覽無遺。

盆栽牽牛花被熾烈的陽光晒得垂頭喪氣，忍冬卻綻放白色和黃色的花朵，那種甜蜜的氣息刺得鼻頭癢癢的。轉頭向西看，專心印刷的工匠們光著上半身正在操作「馬連」這種拓印工具，可以看見磯田湖龍齋為《百夜章》描繪的壁龕圖。重三郎忽然和頭上綁頭巾的男人對上眼，立刻點頭回禮。

德兵衛對工人們的工作表現似乎很滿意。

「細見的增刷忙得人仰馬翻。」

印刷場的隔壁，小廝和女工正在裝訂。小廝摺疊印好的紙張，用壓板壓出清晰的摺痕。女工將之裁剪成書

36　惡所：意指風月場所或藝人表演、居住之地。

37　萬治：一六五八年至一六六一年。年號典出《史記》的「眾民乃定、萬國為治」與《貞觀政要》的「本固萬事治」。

本大小，用沾水的刷子弄濕紙張。最後把書本上下用厚紙板夾住綁緊，剩下的作業只須用線固定。

「蔦重先生來了。」

在德兵衛的引導下，重三郎走進店主鱗形屋孫兵衛的房間。

看似高級的淺灰色絹紗和服與微黑的膚色很相稱。號稱當代地本問屋龍頭的自信，使得那種風貌中似乎蘊含精悍。

女傭緊跟著送來茶水，他在對方邀請下拿起茶杯。正因為天氣熱，上等熱茶苦澀的甘醇芳香從舌頭一路滲入喉嚨和胃裡。鱗形屋也默默喝茶，期間，店員德兵衛就像麻雀一樣嘰嘰喳喳。

「可別說我太性急，明年春天的主題也差不多該考慮了。」

今年春天發行的細見，有平賀源內以「福內鬼外」這個筆名特地寫序。此舉究竟給銷路帶來多大的貢獻，誰也算不清。不過，也不能因此就輕視。源內這個響徹江戶的大名，就像護身符，只要貼在屋簷下就有神效。

重三郎回答：

「我知道，吉原也希望正月有合適的細見。」

細見在市內固然暢銷，但在吉原的消費也不可忽視，忘八和引手茶屋大量購買分贈給客人。這點德兵衛也理解，他刺探似地說：

「要超越源內老師，這個人選恐怕很難找。」

「不，我已經有準備了。」

德兵衛「噢」了一聲機靈地向前傾身時，鱗形屋老闆孫兵衛放下茶杯。「咚」的一聲悶響，打斷手下和重三郎的對話。

「這次難道也打算拜託北尾重政老師嗎？」

鱗形屋從身旁的文件盒拿起一本書。

《一目千本：百花錄》的封面名稱映入重三郎的眼簾。這個，才是重三郎首次自己製版發行的刊物。雖然被細見搶去風頭很不起眼，其實同樣是在七月出版。

重三郎迅速判讀當下氣氛。

——看樣子鱗形屋對《一目千本》沒有好印象。

「不好意思。」重三郎也放下茶杯伏身行禮。

「畢竟是第一次製作的書，想必難入您的法眼。」

「哼！」鱗形屋粗重的鼻息，令重三郎抬眼小心翼翼窺視。

「如有需要改進之處，還請不吝賜教。」

《一目千本》是採用繪本體裁的吉原遊女評價記。

「負責細見改所的蔦重先生，竟然會做出這種東西！」

果然，鱗形屋孫兵衛尖聲指責。狂風猛烈時只能任其呼嘯，重三郎如此判斷，連忙躬身聽訓。孫兵衛果然高高在上地展開抨擊：

「我完全不懂你挑選遊女的標準。」

「……」

孫兵衛的指摘沒錯。《一目千本》中，以木蘭和山葵等名花來比喻遊女，用插花的方式來介紹。在漂亮的花器不動聲色地插上一枝花——插花作為風流玩家的休閒嗜好，人氣頗高。重三郎不僅活用流行風潮的尖端，也啟用了畫師界無論是人氣、實力、資歷都高人一等的北尾重政。

然而，當作遊女導覽指南的《一目千本》有其缺陷。書中刊載的遊女，太過偏頗，和重三郎在細見發揮的調查與網羅力相去甚遠。

鱗形屋露出仔細打量的眼神。

「先看到這本書的客人，之後拿起鱗形屋的細見會怎麼想？」

「……」

萬一被人認定「一個製作出偏重流行題材、草率杜撰的遊女導覽書的男人，現在負責鱗形屋的改所工作，想必細見的內容也是胡亂拼湊吧」，那就糟了。江戶首屈一指的地本問屋抱著這樣的憂慮。

「好了，蔦重，抬起頭來。」

不，暴風尚未平息。鱗形屋的抱怨，應該不只是介意書店的風評。重三郎始終低著頭擺出謙卑的姿態。

「體裁和印刷倒是不錯。蔦重，難不成你是拿銷售細見的抽成蓋了倉庫嗎？」

重三郎依舊額頭貼著榻榻米，終於恍然大悟。

——原來是為了這個。

既然如此，重三郎緩緩直起身子，他對鱗形屋坦然微笑。孫兵衛大概以為重三郎會垂頭喪氣或者氣呼呼地鼓起臉吧？重三郎開朗的神情似乎令他驚愕。

「畢竟只是數量不多的印刷品，而且，託您的福幾乎全都賣光了。不過，我沒打算再增印，絕對不會給您繼續添麻煩。」

重三郎鄭重的態度、爽朗的聲音，反而帶有不容分說的味道。

「現在我的腦中，全是關於下一本細見的計畫。」

鱗形屋似乎坐得很不舒服地挪動屁股。

「不，我並不是記恨蔦重你才這麼說。俗話說『良藥苦口』，你應該想，意見這種東西就是要有人肯說才有價值。」

察覺尖銳的氣氛稍微緩和，德兵衛重拾話題道：

「那麼，蔦重先生，安永四年乙未的細見你打算怎麼安排？」

重三郎點頭，一一道出他的計畫，其中毫無保留。

——做出版這一行，如果有覺得不錯的，就得毫不遲疑抓住機會。

倘若舉棋不定，把機會留到下次，必然會被別人搶先。

重三郎走出鱗形屋。

仰望天空，太陽的位置和他走進書店時沒什麼改變，可見會談遠比預想中更早結束。重三郎的提案全被孫兵衛一一打了回票。他在強烈的陽光下瞇起眼。

「你沒必要搞那些新把戲。」

細見長年來都是鱗形屋獨佔，正因為能夠舒舒服服盤腿端坐，故沒必要換坐墊。孫兵衛大概就是這種心態，而且，也可以感到他對重三郎的輕視。這麼一想，孫兵衛的薄唇冒出的種種言詞也很冷漠。不過，重三郎換個念頭想：

「現在的我不可能和江戶首屈一指的地本問屋抗衡。」

春天出版細見時之所以能夠請到平賀源內老師寫序，也是出於鱗形屋的金字招牌……

「我知道了，我會按照以往的做法處理。」

不過，重三郎絕非變得卑微。他的內心，萌生年輕人特有的挑戰精神。重三郎在心裡如此明確地發下豪語：

「鱗形屋老闆根本不懂。」

——總有一天，我會讓你後悔莫及。

孫兵衛自然不知重三郎的內心想法，語氣變得很驕傲地說：

「細見的重點是遊女的出入。蔦重，麻煩你更仔細調查遊廓的內部實情。」

這點重三郎毫無異議。而且，改所的工作很愉快，說到詳細調查吉原遊女動向的手段，他自負不輸給任何人。

——不過話說回來，我絕不會止步於改所。

聽著伙計德兵衛在背後殷勤說著「改天一起去喝一杯」，重三郎邁步離開。

畫分通油町和西鄰通旅籠町的，是南北向的大門街。

以前舊吉原盤據日本橋葺屋町長達四十年時，只要走這條路就能抵達大門。吉原是在明曆三年（一六五七）遷移到現在的地點。即使鶯聲燕語消失，大門街在安永年間的現在依然是江戶數一數二的熱鬧。不過，客人幾乎都是朝著寬保三年（一七四三）從京都來此開店的大丸和服店走去。

重三郎揮汗沿著大門街北上，朝甚兵衛橋邁步。

距離新吉原，大約半個時辰（一小時）的路程。換作平時，他會四處觀察街上的樣子和來往穿梭的行人的風俗民情，唯獨今天滿腦子都縈繞著書本。

——孫兵衛相當辛辣地批評了《一目千本》。

鱗形屋最訝異的是豪華裝幀和請動知名畫師重政的資金來源，然而，重三郎不肯明言那筆資金是如何籌措的。

——歸根究柢，這是進行細見工作時發現的祕密。

作為關鍵的支柱就是揮霍。這根挺立的支柱，透過風流和內行玩家這根橫梁，構成了《一目千本》。重三郎想起在某遊廓的對話，上臈是這麼說的：

「我想送給客人比細見更風雅的東西。」

她叫做紫野，豐潤的臉頰雖還保有少女氣息，挑起的淡漠鳳眼卻訴說著好強。

「噢，不知什麼樣的主旨適合呢？」重三郎微微歪頭。

紫野芳齡十六，很快就要舉行開苞禮，宣布她成為獨當一面的遊女，那龐大的費用據說是在神田室町經營乾貨批發的富豪出資。

「如果我是吉原的名花，客人想必也會很驕傲。」

重三郎不禁想拍膝叫好。細見就是要把上臈一網打盡才能提升價值，可是，那樣會被淹沒在成群女郎中。而且，細見實在談不上裝幀豪華，純粹只是攜帶方便的吉原導覽手冊。以花魁為首，各家青樓爭相展現美貌的上臈不可能滿足。

自己以前居然沒察覺這點，真是糊塗。

「就拿媲美燭台的光芒照亮紫野姑娘吧。」

製作一本能夠符合上臈的意圖、拿出來很有面子的細見——年輕的遊女嫣然微笑。

使用方式和內容也更奢華，必須設計得讓行家一拿起來就會心微笑。這本書如果在風雅這一點有價值——

重三郎立刻想到主意開口：

「那麼，就把花魁比喻成插花吧。」

插圖如果鈴木春信老師還在世當然想委託他，唯獨這點已經不可能實現。那就找北尾重政或者勝川春章，年輕畫師的話就找鳥居清長之流。

「蔦重先生，我很滿意。」

不過，要做出如此規模需要資金。不，如果不大量砸錢就失去意義了。重三郎壓低嗓門說：

「這本書，會揮霍大量的金錢。不過，揮霍才是真正的風雅。」

「啊？」紫野露出疑惑的神情，但隨即領悟其意。

「沒問題，那就揮霍一下吧。」

紙張和套色印刷固然不用說，雕版師、印刷師，乃至製本的陣容都極盡奢華。挑選名花與花器、設計構圖配置的是重三郎，這才是書店的工作。當然，也必須湊齊出色當紅的上臈。思考名花與上臈的組合，讓她們滿意的重責大任也由重三郎扛起。這麼一想，剛才激動拍打的膝蓋不由振奮哆嗦。

他難掩興奮，激動得猛喘粗氣道：

「那我盡快擬出估價單。」

「咦，蔦重先生，讓客人胡亂花錢，可不是我的本意喔。」

她雖然還年輕，像要瞪人般橫眼一瞥卻嫵媚得令人骨頭發麻。不過，上臈雖然拋媚眼，想必正在計算到底要多少費用。吉原的錢，就是這樣流通。

「不，不是胡亂花錢。這是玩家的雅興，是風雅的揮霍。」

就這樣編纂出了《一目千本》。

第一次負責編書，途中跌跌撞撞，無疑也被工匠看穿弱點。

但是，重三郎一毛錢也沒虧，印出來的書全部賣掉了。正確說來他只印刷了客人下訂的冊數，因此雖然放話要浪費揮霍，其實什麼也沒浪費。不僅沒浪費，由於是比細見更華麗的遊女圖鑑，上臈們一致給予好評。只要她們開心，出錢的老爺們自然也滿意。藉由這份工作也成功和北尾重政搭上關係。

一切都是拜吉原所賜，而且，只能在這裡成立的製本計畫成功了。

「鱗形屋老闆根本不懂。」

不過，重三郎一邊向前走，神情也變得謹慎小心。重要的是下一步棋，應該有方法更巧妙地利用吉原。

蔦屋要晉升為地本問屋，絕對少不了那個。

不知幾時，重三郎已來到廣小路，淺草寺近在眼前。

觀音寺的參道旁是成排茶屋，美其名曰二十軒茶屋。在這裡，或許因為茶水是美女端來的，連味道都特別美味，要價一百文（約一千五百日圓）。

「有點貴。」重三郎喃喃自語後，拿扇子敲了一下寬闊的額頭。

「枉費我宣稱揮霍才是真正的風雅，居然這麼殺風景。」

說到風雅，到處都是一襲黑染夏季短褂，以當代流行風格盛裝出現的男人們格外醒目。那些人不走仁王門，從東側的隨身門湧向馬道，這是徒步前往吉原的捷徑。再不然，就是去旁邊流過的大川使用豬牙船[38]。

時間已近傍晚，但是夏季豔陽毫不留情。

重三郎拿手帕擦拭額頭和脖子。

「我也別四處逗留了，直接趕往吉原大門吧。」

二

夏季細見改版，以及重三郎初次負責製本的《一目千本》推出數月後……

吉原今晚也生意興隆，然而，此地並未溫順地委身於晚秋的滿月。不僅如此，燦爛的燈火彷彿要向月光的銀輪挑釁。

叔父使個眼色，重三郎點頭。

這裡是叔父經營的引手茶店。唯獨今晚，就連重三郎也難掩緊張。

紙門內傳來響亮的笑聲。叔父的手指搭在門把上，重三郎整理衣領。拉開紙門的同時，重三郎與叔父深深低頭行禮。

38　豬牙船：江戶時代的交通工具，形似豬牙、船頭細長沒有屋頂的小舟。

「噢，蔦屋先生來了。不過，兩人都姓蔦屋呢。」

重三郎熟悉的低沉嗓音籠罩而來。是北尾重政。

一走進包廂，叔父先向客人們致意：

「這個重三郎，是我當成親生兒子撫養長大的。各位可能笑話我是自家的孩子怎麼看都好，但他真的是個相當積極進取的男人，我想一定能替各位派上用場。」

接著由重三郎自我介紹：

「我是在大門旁五十間道經營耕書堂的蔦屋重三郎。」

重政用爽朗隨和的口吻說：「那我就直接喊你蔦重吧。」

「蔦重之前給了我高額的畫工費。」

兩名客人面面相覷。他們都是武士，衣裳是當代風格。不過，並非旗本奴[39]那樣標榜極端華麗的服裝。重政舉杯喝光酒。

「蔦重，你別那麼拘謹，否則連我都不自在了。」

他把洗過的酒杯重新斟滿酒，遞給重三郎。

今晚準備的是伊丹西宮運來江戶的酒，和關東的酒水有雲泥之別。連白色酒杯的杯底看起來都是清澈的，稍微舉高，就被燭台的橙黃燈光照亮。送到唇邊，首先有酒樽的芳香撩動鼻孔。含進口中頗為辛辣，但是和坊間一般居酒屋稀釋過的酒水不同，濃醇得令人驚訝。但是，底層又蘊藏甘甜。價格也很高，必須做好比關東酒貴上四五倍的心理準備。

重三郎行個禮，一口喝光。好喝。他的豪邁舉動，令重政瞇起眼。

「接下來，輪到兩位斟酒。」

右邊的武士輪廓深邃，下巴稜角分明的線條，就像用圓鑿用力雕刻出來的。但是，氣質並不嚴肅古板，看起來很隨和。手肘靠著扶手的閒逸姿態，表明此人很習慣酒宴場合。

左邊是個膚色白皙的男人，瀰漫優雅的氣質。遠比右邊的武士纖細，連手腳都顯得小巧秀氣。如果是演員大概屬於乾旦，但他看似聰穎的風貌說是學者想必也無人懷疑。炯炯有神的眼眸深處，似也蘊藏著純粹與高潔。

——這兩位，就是金錦佐惠流老師。

描寫江戶風雅人物的《當世風俗通》，是鱗形屋頗受好評的出版品。攜手完成那本書的兩人就在眼前。重三郎就是為了見這兩人，才催促重政安排今晚的聚會。

「如果稱呼兩位金錦老師和佐惠流老師，就好像腦袋和身體分家。」

重三郎的說詞令兩位武士和重政放聲大笑。

「先從我開始。」

右邊的武士嗓音渾厚響亮。

「我叫做平澤常富。」

重政插嘴說：「他是出羽久保田藩的駐守江戶代表，是大人物喔。」

久保田藩也被稱為秋田藩，以實質四十萬石的實力傲視群雄。駐外代表在江戶負責蒐集幕府與各藩的動向，分析之後活用在自藩的經營上，他們的外交場所自然是吉原。不過，平澤似乎不想提那個，轉為親密的語氣道：

「而且我也不是在秋田長大的。」

他忽然傾身向前，擺出一個歌舞伎演員亮相的瞪眼架勢。

---

39 旗本奴：江戶前期，結黨聚眾橫行街頭的旗本年輕武士。奇裝異服，過著無賴生活。

「混帳，老子我啊，可是道地的江戶仔。」

「好啊成田屋[40]！」重政的喝采聲令全體忍俊不禁。

平澤是效忠旗本的武士家第三子，十四歲被送去當養子。從小就展露俳諧、漢詩、舞蹈方面的才華，在劇場和吉原似乎也浸潤頗深。叔父面露得意。

「平澤大人年輕時，在吉原被稱為『寶曆時代的帥哥』。」

原來如此。他之所以屢次替細見寫序，原來是勤跑吉原所賜嗎？

「接著是……」重政轉向左邊。膚色白皙的男人說聲「我是倉橋格」，彬彬有禮地一鞠躬。

「剛才您提到金錦佐惠流的腦袋與身體……如果照那個說法，我等於是畫畫的手，朋誠堂喜三二兄則是思考文字的腦袋。」

——嗯，兩人一起構思，然後分工合作，喜三二負責寫文章，這位負責畫圖。

「噢，喜三二是我的筆名。」

平澤插嘴說。寫狂歌時的筆名是「手柄岡持」，俳號是「雨後庵月成」，據說也有「道陀樓麻阿[41]」這個戲謔的別名。

「朋誠堂喜三二——諧音是枯竭也平常心[42]。意思是說，就算文思枯竭，也要樂觀地保持平常心。」

俗話說「武士安貧樂道」，看似剛強的喜三二，臉上有濃厚的諧謔之意。

「不過，那本書裡，倉橋除了負責作畫之外也提供了很多點子。」

「我沒那麼大的貢獻……不過，創作小說相當愉快。」

倉橋是駿河小島藩士，雖然任職的是僅有一萬石的小藩，但據說是出名的幹練官員，目前因藩內事務住在江戶。聽到這裡，重三郎不禁試探道：

「我在鱗形屋聽說，您正在構思新的小說。」

「啊！原來是為了那個啊？」倉橋不當回事地抖出計畫：

「我打算試著創作給成年人看的繪本。」

這是採用兒童繪本的形式，內容卻是給大人看的新創意。以憧憬都市的鄉下人為主角，詳細描繪江戶的奢華。

「主角發財後，生活享盡榮華富貴。」

重三郎想起之前在茶屋比鄰而坐的年輕人，他也同樣是夢想在江戶成功前來逐夢的人物之一。不知是否已順利踏出成為富豪的第一步。

「但我真正想寫的另有其他。」

倉橋想獨酌，重三郎慌忙替他斟酒。倉橋惶恐地捧著杯子。他喝酒很豪邁，但似乎酒品不錯。隨著酒液「咕嘟」嚥下，臉頰和脖子逐漸蒼白。

「主題，是在世間享盡榮華後徒留空虛。」

——敢於吐露到這個地步，可見對作品的成果相當有自信。

重三郎佩服的同時，也在倉橋身上看到鬱憤的影子。

話說回來，還真想趕快拜讀新作。進而，也很扼腕不是由自己出版。

「那本書，從文章到插圖都將由倉橋獨自完成。」重政含笑揶揄。

「就因為他會畫畫，搞得我的生意都完蛋了。」

40　成田屋：歌舞伎知名演員市川團十郎的屋號。

41　道陀樓麻阿：日文發音為「どうだろうまあ（dodarou ma）」，意思同「怎樣，不知如何」的疑問或驚嘆。

42　朋誠堂喜三二的日文發音為「ほうせいどうきさんじ（hoseido kisanji）」，意思同「枯竭也平常心」。

倉橋正在向浮世繪畫師鳥山石燕請益。

「石燕先生最近似乎專注創作妖怪畫。」

頗有領袖氣質的重政深受江戶的才子們愛戴，和石燕的交情也很好。

「唉，這個人的文章也相當厲害喔。」喜三二讚揚倉橋的文筆。

「小島藩邸位於小石川春日町吧，乾脆用戀川春町這個筆名如何？」

「從字面看來也像是戲仿勝川春章，這個好。」重政似乎也很中意。

春章是與重政齊名的高人氣畫師，兩人也互相承認對方是勁敵，彼此往來密切。

「春章那邊我會寫信知會他。」

「戀川春町啊……」倉橋在口中吟味這個新筆名。

「就用我寫狂歌的名號『酒上不埒』不行嗎？」

「身為武士，深受世人的眼光束縛喔。」

喜三二或許酒量不佳，把玩著空酒杯如此忠告。

「如果寫小說的事情被人發現，那麻煩就大了。」

不過，想創作有趣小說的想法沒必要扼殺。只要有才華和機會，絕對可以盡量發揮。

「就是為了避免麻煩才要用筆名。」

只要多準備幾個別名，光是這樣身分就不易露餡。在場眾人都在思忖武士寫小說的障礙，最後是重政打破那種沉悶的空氣：

「呃，我虛歲三十六……」

喜三二虛歲四十，倉橋也就是春町今年三十一。

「我二十五，年紀最小。」重三郎說。

重政徹底染上醉意的豐腴臉孔對著眾人說：

「從今天起，我們就以兄弟相稱吧。」

喜三二微微歪頭道：

「但願鱗形屋不會嫉妒。」

不過，他的語氣一點也不像在擔心，倒像是準備惡作劇的頑童。

「我只是初出茅廬的小說作者，只要各位不嫌棄就好。」春町的言行始終很謙虛。

重三郎當然不可能有異議。

三

屏風邊緣，倏然冒出做出滑稽鬼臉的喜三二。

但他的衣襬被拉扯，踉蹌滑行著躲回屏風後。從那後面，傳來亢奮走調的爭論聲。

「討厭，少東家，人家不要再針灸了啦。」

「再忍一下就好，別動。咦？針頭斷了。」

三弦琴和大鼓齊鳴。聽起來分明是有兩人在對話，其實是喜三二一個人分飾二角。

晚秋的夜色漸深，宴席也隨之越發熱鬧，重三郎等人被這齣精采的屏風戲逗得捧腹大笑。壁龕裝飾的菊花開得嬌豔傲人……有紅有白，間或橙黃朱紅的大朵花卉彷彿也在哈哈大笑。

「喜三二老大的高明技藝真是令人嘆服。」

「我的生意都被搶光了啦。」幫閒如此抱怨。

宴席也因喜三二炒熱氣氛變得格外愉快。此人雖然肩負藩外交官的重責大任，卻一點架子也沒有。而且，明明幾乎滴酒不沾卻比誰都活潑。

剃成青色的頭皮浮現汗珠，喜三二回到座位。

「我得喝點冰麥茶。」

回到位子的喜三二，稍微拉開領口透風後，對重三郎耳語：

「蔦重老弟，光是當散財童子太可惜囉。」

喜三二比個手勢，幫閒立刻接到暗示，配合著拉起三弦琴。彷彿要壓下剛才的喧囂熱鬧，流瀉出哀婉的松前民謠。幫閒幽玄滄桑的歌聲，連各個貌美的藝伎也聽得入神，喧囂如退潮緩緩消失。

「話說回來……」喜三二依序看著在座眾人後說：

「蔦重老弟的計畫，不如說來聽聽。」

重三郎感謝喜三二的貼心，當下肅然端坐：

「不久後的安永四年（一七七五）將要推出的正月細見，已定名為《花之源》。」

由鱗形屋出版，重三郎擔任改所的模式不變。

「但是，蔦屋將趁此機會前進一步。」

喜三二和重政倏然挑眉。重政代表大家發問：

「嗯……難不成你和鱗形屋鬧翻了？」

「沒有，只是……」

他對鱗形屋自然是充分感激，只是，也徹底明白對方是個步步為營、謹慎小心的人。況且，繼續待在鱗形屋的庇護下，終究這輩子只能擔任細見的改所，不可能實現他對書店事業的夢想。重三郎說到這裡再次強調重點：

「我並不打算忘恩負義地臨走還擺鱗形屋一道。」

如果被人批評「養狗反被狗咬」那就太不名譽了。改所的工作，他會更加努力讓鱗形屋滿意；進而，也試著更上一層樓。

「對我來說，想做的事情有太多。」

「但是，鱗形屋想必不是滋味吧。」喜三二撫摸火熱發紅的臉孔。

「弄得不好，你甚至可能被幹掉。」

聽到這個忠告，重三郎點頭道：

「起初我會盡量不惹眼，只做最小範圍的買賣。」

不可能起步就一飛沖天以整個江戶為對象進行較量。不過，書店業新進「蔦屋耕書堂」擁有吉原這個強大的武器。

重政霸道地插嘴說「慢著，慢著」，他像要表示「被我說中了吧」，拋來尖銳的一瞥：

「你要用之前《一目千本》的做法嗎？」

重三郎同樣以眼神示意「您說對了」。

他將再次出版遊女評價集，時間是明年三月左右。出書的資金，和上次一樣由上臈們出錢，就結果而言也等於是青樓老闆及恩客老爺們負擔，重三郎一毛錢也不虧。

「賺到的錢將是製作下一本書的資金。」

「守株待兔又一隻。」喜三二豪不客氣地露出白牙。

得到春町這個別名的倉橋，看似纖細的手指撫著下顎說：

「從蔦重老弟的敘述聽來，吉原似乎是寶山啊。」

「小說、錦繪、戲劇、淨琉璃，全都從很久之前就靠遊廓的題材掙錢。」喜三二說。

「不，不只是那樣……」

春町想說的是，重三郎正企圖以嶄新的形式拿吉原做買賣。

「在居民多達百萬的江戶，個人如果不能凸顯自己的價值就無法經商。」

不是被動等待被出版品和戲劇相中，而是由吉原主動企畫。遊女自不待言，還有這個地區醞釀的絢爛豪華、風流瀟灑……傳聞中包含這種種財寶的魅力。

「就算珍寶堆積如山，如果不讓大家知道寶藏在這裡也等於沒有。」

而且，重三郎絕對不會廉價出售吉原，他要選取吉原外表最好的精華打磨，以書本的形式擴展那個價值。等到得到好評後，吉原會更加揚名，繁榮之下會創造更大的名聲。

「您說得對極了。」重三郎對春町的解釋驚嘆不已。

「不是等待被人賞識，而是要主動推銷啊。」喜三二恍然大悟。

打造一個書本擁有新力量的時代——這才是重三郎的企圖。

「如果將吉原和書本結合，就會產生良好的風評。而且，那不是加法，而是以乘法的速度迅速壯大。」

自從書本這種印刷品問世，還沒有書店業者以這種發想做買賣。

「……蔦重真是令人敬畏啊。」喜三二咕噥。安排這場宴會的重政得意洋洋說：

「對吧，這小子有意思吧？」

他把筆墨和畫本拉過來，流暢地揮動畫筆。

畫的是酷似重政、喜三二、春町的童子正在愉快地走過蔦蘿編織的棧橋。

「縱然一人獨行會害怕，三人同行便可壯膽。」

喜三二深以為然地從重政手裡借來筆，在畫旁題字：

浮世既懷憂，不如渡花橋；且攀蔦蘿草，一心待春到。

不愧是狂歌名家，即興詩寫得好極了。重三郎驚嘆的同時，也察覺這畫與詩都借用了芭蕉[43]的名句「棧橋繫性命，緊抓蔦蘿草」，這下子更佩服了。

春町也不是簡單人物，一眼就識破重政和喜三二的意圖。春町說：

「說起來，這令人想到業平[44]朝臣的蔦羅小徑……」

最後由春町提筆，他在棧橋對岸畫上和吉原大門一模一樣的冠木門[45]。

「只要走過浮橋入此門，那頭就有書本的新世界在等著。」

重三郎一掃醉意，肅容說道：

「我蔦屋一定會改變書本的價值。各位，還請助我一臂之力。」

四

重三郎等人站在待客路口。

待客路口就在走進吉原大門後不遠處，因為花魁會在引手茶屋的店門口等待得意恩客因而得名。引手茶屋的門口早早就打掃乾淨灑了水，剛擦乾淨的格子門散發杉木的清香。一抬頭，只見兩端翹起的屋瓦連綿不絕，整片屋頂沐浴在朝陽下變成耀眼的銀色。

---

43 芭蕉（一六四四—一六九四）：江戶時代的俳諧師，將日本的古典俳句藝術推至巔峰，被譽為「俳聖」。

44 在原業平（八二五—八八〇）：平安時代初期的貴族、歌人，六歌仙之一。《伊勢物語》提及以業平為模特兒的主角，要入宇津山時看到幽暗的蔦蘿小徑心生徬徨的故事，因此廣為人知。

45 冠木門：兩側的門柱上方有一根橫木的大門。

人人都說「吉原只宜夜晚來」，但重三郎知道，早晨的氣氛其實也令人驚豔。吉原的每個角落，都有想賴著不走的倦怠感和嶄新的一天相互競爭。撇開那些早上才離開的遊客零星出現不提，匆忙穿梭的都是吉原的居民。

在此生活的不只是遊女，食品店、當鋪、榻榻米店、米店、梳頭師傅、澡堂……江戶市井間有的，在此多半也掛出招牌。像蔦屋這樣的商人自不待言，還有工匠和藝人等等，總計將近有一萬人在此生活。賣春的三千女子，用盡各種手段從男人身上掏來的皮肉錢，被另外七千人以各行各業的買賣競相掙取。打從蔦重呱呱落地就是浸泡這樣的吉原水，不，是男女互相欺騙流下的淚水長大的。

光憑這點，他就自認深諳人情奧妙，也看過太多深情錯付後撕破臉的場面。「道義擺第一？金錢才可貴？」吉原的人們，就是這樣活在天秤兩端。

——無論倒向哪一邊，缺少哪一邊，人生都無法成立。

「原來如此，早上的花柳街也挺有趣。」

春町四處張望，重三郎、喜三二和春町從吉原的大馬路仲町開始散步，蔦重說：

「就連戲園子也是，光從樓上包廂的座位遠眺多沒意思。」

舞台後面和排練的風景，在休息室窺見劇場地下室也別有趣味。

——請發現各種世界，寫出各種小說。

明明喝了那麼多酒，春町竟然只有眼皮略腫，沐浴朝陽的白皙臉頰上帶著汗毛就像閃亮的桃子。看來此人只是容貌秀氣，喝酒其實是海量。

今早，邀約春町兩人來此的是重三郎。喜三二姑且不說，聽到春町主動表白不適應宴席和遊廓「粗俗至極」，重三郎忽然靈機一動想帶他看看平時見不到的吉原。

「咦，那是什麼？」

春町拽重三郎的袖子。衣服從屁股拖沓散開的男人們，頭上頂著大餐盒快步走過。空盤子上面有龜鶴、松竹梅等吉祥物裝飾晃動。

「是喜字屋的員工。」

角町的喜字屋是吉原最大的外賣餐館，昨晚的宴席也是從這家訂的菜。

「那種手藝就敢收一分金，這生意還真好做。」喜三二毒舌批評。

的確，雖說是名店，但喜字屋的菜色實在令人不敢恭維。懂吃的饕客，會專程找大門外的餐館訂菜。不過，那種豪華的盛盤裝飾只有喜字屋做得到，他們家的菜給包廂帶來華麗氛圍。

——這也是吉原才有的揮霍。

「那麼貴？」春町似乎打從心底震驚。一分金價值一兩的四分之一。一碗蕎麥湯麵要價十六文，因此一分金可以吃到超過六十碗的蕎麥麵。

「蔦重老弟，真是讓你破費了。」

春町的個性想必格外守禮，站在路中央就深深鞠躬致謝。

「千萬別這樣，那沒什麼。」

重三郎完全不在意昨晚的花費，那純粹是為了將來的投資，最大的收穫就是能夠和春町、喜三二意氣投合。兩人將後想必會越來越有名氣，能夠和這樣的作者交好應該說是喜出望外。

——而且，兩人想必也已清楚理解，我蔦屋重三郎和以鱗形屋為首的江戶各家地本問屋的前輩們是不同的。

重三郎知道自己很笨拙，畫畫不行，文章也差勁。但是，他對於想出各種關於書籍的絕妙點子倒是自信十足。他要那樣當下抓住靈感，大膽地製作書籍。另外還有一點，是重三郎已經下定決心的。

——發掘小說作者和畫師的才華，大力提拔他們。

這才是書店業者的職責吧？而且，做人的信義能夠堅持到什麼程度也是成敗關鍵。對於自己看中的才華，他只想全力欣賞。做生意的小伎倆，放在次要的次要即可。

「重政老大哥八成還在暖呼呼的被窩裡。」

喜三二略帶哀怨地說，春町不禁噗哧一笑。

「讓你被迫同行真是抱歉。」

「請務必以早晨的吉原為題材，寫新的小說。」重三郎也打趣。

沿著仲町這條路一直往裡走，就是秋葉常明燈[46]，之後是防火瞭望台聳立。

「吉原這些年算是飽受祝融之災。」

起初是明曆三年（一六五七）一月十八日起連續二天燒盡江戶的振袖火災。

「不過，那是舊吉原的時代了。」

對於重三郎的說明，喜三二立刻補充：

「據說火勢凶猛得連江戶城的主樓和次樓都燒毀了。」

不過，吉原的復興也很快，六月就已在現在的場所（新吉原）恢復營業了。江戶城的天守閣都還沒有重建，可見吉原堪稱粗勇的堅強韌性。重三郎又補上一句：

「我十九歲那年的明和五年（一七六八）也是燒個精光。」

就在那三年後，吉原再次失火。不過，吉原完全沒被打倒，反而越燒越旺。倒是防火設備更加嚴密，作為主幹道的仲町，沿路都在中央挖溝渠蓋上水溝板，預防萬一的儲水桶和小木桶也一字排開。

「儲水桶上不是寫著上臈的芳名嗎？」重三郎指給他們看。

「這表示是花魁捐贈的？」春町這麼一問，喜三二搖頭道：

「水如果減少了就得補充，那是負責補水的上臈名字啦。」

喜三二或許是把刀放在常去的遊廓，身上連短刀都沒帶，而且此刻語氣比市井小民更粗俗。任官時，想必眉頭刻畫著深深的皺紋說什麼「下官毫無異議」。能夠視場合變換自如，正是他身為小說作者遊戲人間的灑脫。

相較之下，春町也頗有他的作風，舉止之間並未徹底擺脫武士風格。

「上臈的職責，原來不只是陪睡啊。」

但重三郎即便在這種小地方，也看到春町才有的誠實。

翌晨的天空澄澈，蔚藍無垠，是凜然晴日。

好一陣子，三人就這麼抬頭仰望成群野鴨排成箭矢形飛走。冷風呼嘯而過，將三人吹個正著，於是他們同時將脖子縮進厚棉袍的領口。

「走快點，活動一下會比較暖和。」喜三二匆匆邁步。

仲町大路北邊有大門，向南筆直延伸。

馬路的距離若以關西的榻榻米「京間」為單位，約有一百三十五間（約二百六十五公尺）。附帶一提，東西長一百八十間（約三百二十七公尺），吉原的總面積為二萬七百六十七坪（約六萬八千平方公尺）。

仲町道路兩側設有小門，均分了所謂的「吉原五丁町」。

「從位於北端的大門看過來，右邊（西）是江戶町一丁目、揚屋町、京町一丁目，左邊（東）是伏見町、江戶町二丁目、角町、京町二丁目。」

和伏見町一樣，都是低等遊女聚集的堺町，因明和五年（一七六八）那場大火關閉至今。揚屋町則是商人們的店面和住處。

---

46 秋葉常明燈：吉原仲町的盡頭有供奉防火之神秋葉山權現的小神社，社前高聳銅燈籠。

穿過木門後道路兩側是成排遊廓。

遊廓基本上都是雙層建築。妓樓的規模和格式以大見世為頂點，從中見世依次至小見世，建築物越來越小，品級也逐漸下降。不過，數量是小見世最多，將近九成，大見世只有幾家。

見世的差別以店面造型來區分，大見世有血紅柵欄直達天花板的總籬。籬，就是環繞上臈們等待恩客指名的小隔間「張見世」。

「簡直像監獄。」春町悄聲說。

男人們透過柵欄的縫隙對遊女品頭論足，從縫隙間窺見的女人風情，醞釀出無敵的魅力。不過，喜三二諷刺：

「俗話說：『夜窺、遠眺、傘下看，醜女也添三分美。』在吉原，這句俗諺顯然得加上『籬內看』。」

如果有看中意的女人就進入見世。見世的玄關是泥土地，將這裡和店內區隔的也是籬。

到了中見世，半籬是標誌，籬的上方有四分之一是敞開的。

小見世全部都是半籬，柵欄只有下半部。露出的空間越大，價格就越便宜，遊女的才藝教養也越差。不過，並未忘記遊女特有的情調。

「小見世的女人會幫你點菸，隔著籬把菸管遞過來。」

用那個吞雲吐霧，不僅充滿情色感，還會覺得自己很有異性緣而頗為開心。喜三二回想起來不禁露出笑容。重三郎扯高嗓門：

「好了，吉原也走到盡頭了。」

仲町南端被稱為水道尾。

「想逃到這黑牆外都毫無辦法呢。」

春町仰望的圍牆上端有防盜倒刺閃爍銳光。重三郎說：

「儘管如此，每年還是會發生幾次上臈脫逃的騷動。」

遊女當然不被容許離開。妓樓的小廝全體出動四處搜尋，最後通常會被抓回來，就算活著回來也在懲罰下喪命的例子並不罕見。

「的確如春町所言，上臈就是籠中鳥。」喜三二說著，環抱雙臂。

「武士的處境也差不多。」

春町露出憂心的神色。喜三二又想開口，但對盯著黑牆的春町投以一瞥後，終究閉上嘴什麼也沒說。

「這道牆外，是一般人絕對跳不過的護城河，也就是俗稱的『鐵漿溝』。」

生活在此地的女子吐出的鐵漿[47]，將護城河水染成漆黑。

「來都來了，不如讓春町去祭拜一下九郎助稻荷吧。」喜三二提議。

九郎助稻荷神社位於吉原的東南方，走進大門前有玄德稻荷，東端有明石稻荷，西邊有榎本稻荷，西南方有開運稻荷，在吉原的五間稻荷神社之中，這裡最熱鬧。

相傳建於和銅四年（七一一），因此距今已有千年以上。

據說起初是因為降臨的黑狐與白狐之中，黑狐應千葉九郎助之請在此接受供奉。因頗為靈驗，神威傳遍江戶。慶長年間舊吉原創立時定為鎮守，遷移至新吉原時也比照辦理，被尊奉為正一位九郎助稻荷大明神云云。

「別說是九郎助了，還有人稱之為陰險的腹黑助咧。」喜三二批評。

「聽說晝狐是上臈的別名。」重三郎也展露豐富的知識。

「呵呵，畢竟狐狸精的任務就是蠱惑凡人嘛。」春町這麼一說，喜三二接腔：

47　鐵漿：將鐵片浸泡在茶、醋或酒中酸化而成的液體。遊女用來染牙化妝。

「人人都來祈求找個好老公，黑狐也吃不消啊。」

「九郎助給神諭，能騙就騙。」重三郎吟詠打油詩。

不過，三人面對紅色的鳥居都噤口不語。女人們正在認真祈禱，對她們來說，這個時間其實算是清晨。

「是在祈求神明拯救飄零如河上浮竹的己身嗎……？」

喜三二的語氣變得異樣認真。說圍籬是監獄的春町，凝視遊女們的身影。重三郎想到她們的心情也不敢隨便開玩笑了。

「咦，蔦重先生。」年輕女子溫柔地貼身靠近重三郎肩頭。

「紫野姑娘……」重三郎臉紅了。

「你來許願早日成為地本問屋嗎？」

紫野噗哧一笑。自從《一目千本》以來，他和這個上臈就關係不錯。

——紫野來九郎助稻荷神社祈求什麼呢？

「上次租的書我早已看完了。」

「快點送新的書來。」紫野不只是這樣催促，也撒嬌使性子。

「和蔦重先生討論書本，是我最大的樂趣。」

紫野六歲時就被賣來花柳街當丫鬟，在知名的花魁調教下，從和歌到俳諧、書法、茶道、花道乃至圍棋、將棋無不精通，她的博學多聞連重三郎都招架不住。

「偶爾也捧捧場，叫我去茶屋陪客嘛。」

「……」

「不愧是蔦重老弟，不容小覷喔。」

喜三二竊笑，連春町都別有意味地笑了。

「上臈是重要的顧客。」

昨晚，重三郎將喜三二和春町、重政等人送到遊廓後，就走出大門回到大門旁的家。同樣身為單身漢他當然也會買春，不過，這天已心力交瘁，立刻鑽進被窩躺平。就是因為知道那樣的內情，喜三二才會一直笑得鬼頭鬼腦。

「如果能成為江戶的地本問屋，找晝三作陪也是應該的。」

晝三是指高級遊女，本來意思的花魁。在喜三二花名遠播的寶曆年間，花魁的最高等級是「太夫」，如今到了安永時代被稱為「晝三」或「散茶」。尤其「應召晝三」更是名花中的名花，她們不會排排坐在籬內的張見世供客人挑選，而是和指名她的客人在引手茶屋見面。遲早，紫野應該會升格為晝三。

「暮六刻（下午六點左右）之前，記得送書來喔。」

年輕的遊女，再次輕撞被鬧得措手不及的重三郎肩膀。

「我也想了一個還不錯的小說故事。」

「是、是嗎？那，我一定洗耳恭聽。」

重三郎在寒風中窘迫得滿頭大汗。她走出鳥居後對神社正殿行個禮就走了。吉原的女人即便在冬天也不穿襪子，紫野雪白的腳跟很耀眼。

「嗯……」春町曼聲沉吟補了一句：

「看來，我也得再研究一下男女情色。」

五

「回程，就走羅生門河岸經過吧。」

喜三二意味深長地挑起一邊唇角。羅生門河岸，即便在吉原之內也格外與眾不同，這一帶和伏見町的局見世、西端的河岸見世都是特別廉價的遊廓街。被稱為「切見世」，是比大、中、小見世更低等的遊玩場所。喜三二立刻展現前輩風範。

「冥府三途之川的奪衣婆索取六文錢過河費，茨木童子[48]卻以百文錢送人至極樂世界。」

「茨木……啊，只有羅生門有鬼出來嗎？」春町探頭窺看小巷。

寬僅京間三尺（約一公尺），連人們錯身而過都有困難的窄巷旁，是鱗次櫛比的分割式排屋。長條形排屋被分割成深六尺（約一點八公尺），門面寬四尺八寸（約一點五公尺）的小房間。如此狹仄卻稱為「局[49]」，的確是吉原特有死要面子的作風。切見世沒有圍籬，是木板門做的玄關。

「房間只有兩張榻榻米大，交易只有一炷香的時間。」

不愧是寶曆年間知名的花花公子，喜三二連這種下等場所的規矩都瞭如指掌。一炷香燒完為一切（約十二三分鐘），要價百文（約一千五百圓），所以玩的時候分秒必爭。

喜三二領頭，其次是春町，重三郎殿後，三人排成縱隊沿著羅生門河岸向北走。

鐵漿溝的惡臭越過黑牆飄來，還有縈繞不去的脂粉香，再加上妖女們和男人殘留的體味簡直嗆人。

還在貪睡賴床的女人們，到了晝見世的時間也會站在門前。屆時，要這樣列隊前行就有困難了。因為左右兩邊都有女人拉客，伸出手拽客人的手臂。切見世不只是年老的遊女，染上惡疾的女人也會流落到這裡。

「……我不想畫切見世的女人。」春町嘀咕。

「因為都是老妖婆和滿身膿瘡的女人？」喜三二只轉過頭問。

「不，不是那樣。」

春町似乎也想讓重三郎聽見，斜著身子說。重三郎慌忙上前縮短距離。

「小說不能如實描寫悲哀與情念，那樣只會讓讀者看得喘不過氣。」

春町主張，江戶的小說必須意識到當世風俗。

「只把焦點放在有趣滑稽之處，不也是一種創作手法？」

並不是想隱瞞黑暗，但是，以吉原為舞台的小說如果變得沉重，寫作的人也會很痛苦。

「我的小說，我希望讀者是懶洋洋地躺著邊挖鼻孔邊閱讀。」

這個說法雖然粗俗露骨，但春町是認真的。

「我的家族當然也有種種故事，但是，我不想吐那種苦水。」

昨晚在宴席上說的話重現腦海，重三郎凝視春町那纖細白皙如少女的脖頸。

——吉原就像是人生業報的縮影。

然而，正如春町所言，悲愁交給戲劇即可。蔦屋要製作的，是吹來當今這個時代新風的嶄新小說。不沉重，不流淚，沒有腥風血雨的場面。他要製作的是就算被批評無聊，也能把吉原特有的風情轉化為笑意的輕快讀物。這種書，想必能贏得江戶的好評。

「『身如河上浮竹』這個比喻說得好。」

春町呢喃。人生在世，不只是遊女，武士、平民也一樣總是面臨憂患。

「那種時候，我只盼小說能排遣百分之一的憂愁。」

——春町是個認真得可怕的人。

領頭的喜三二發出「嗯嗯」一聲猛點頭。他似乎看穿重三郎的擔憂，說道：

「不過春町，也用不著那麼用力下定決心啦。」

48　茨木童子：又稱羅生門之鬼，是平安時代大江山鬼王酒吞童子的部下。

49　局：大型建築內區隔出來的房間。在宮中或貴人的宅邸，通常為女官的住處。

喜三二說：「帶來歡笑、影射世情、貫徹瀟脫，那種主題隨便想都能想出一大把。」他展露滿滿自信。

「所以，稍微放輕鬆一點嘛。」

「……」

這次輪到春町閉口不言。

「在這吉原，據說一晚可以揮霍千兩金銀。」

早上一千兩花在日本橋的魚河岸[50]，中午一千兩花在劇場街，重三郎展現雄心壯志。

「我要讓大家看到，千兩價值花在書本上可以賺回數倍。」

「蔦重老弟了不起。」

沉思的春町突然開口說。重三郎摸不透他的真意，不由挑眉。

「蔦重老弟就像是織田信長。」

「嗯？」這次不只是重三郎，連喜三二都忍不住湊近盯著春町。春町解釋：

「城市不只是供人居住、做生意的地方。」

城市是生物，織田信長察覺了這點，運用樂市樂座[51]的手法，讓城市奔放地成長同時也成功地加以馴化。

「做法雖然不同，但是和蔦重老弟正想做的應該是同樣的事吧？」

重三郎深深頷首道：

「正因如此，才想借助各位的長才。」

「不見得。」春町斜覷重三郎。

「我倒覺得會完全被你的韁繩操控。」

「有時候聽騎士的意思奔馳會更輕鬆。」

喜三二如此插嘴。「不過……」他強調：

「作者和畫師就像是野馬，也可能把騎士甩下馬喔。」

「……」

重三郎默默凝視兩人，兩人也回望這個立志成為出版商的年輕人。

銳利的眼光相撞，重三郎不甘示弱地把壓過來的力量推回去。

——這些人懂得小說的精髓。

「喵——」巷子裡跑出一隻捲尾巴的花貓，悠然走過三人身旁。妓院中，響起女人的呼喚聲：「小玉，你跑到哪去了！」

小玉一度回首，但是又「喵」了一聲後，若無其事地鑽進對面的巷弄。

被貓這麼一打岔，三人愉悅的緊張氣氛解除。重三郎用一如往常的語氣說：

「好了，早晨的吉原探索就到此結束吧。」

---

50 魚河岸：魚市場所在的河岸。現在的築地，以魚類批發為中心形成大商店街。

51 樂市樂座：樂是自由之意，也就是廢止市場稅和座商的特權，繁榮市場的商業政策。

第三章　耕書堂

一

蔦屋重三郎悄悄將鼻頭湊近寫有「耕書堂　蔦屋」這行大字的招牌。

他深吸一口氣，墨汁的氣味，大致已消失。儘管如此，記憶中深遠的香氣清晰重現。

這個招牌是在二年前，安永六年（一七七七）冬天掛出來的。

重三郎終於成為一店之主，借用養兄經營的茶屋門口做生意的生活畫上休止符，擁有了自己的書鋪。

開店當天早上，重三郎將新做的圍裙帶子綁緊，用力拍一下下腹部。

「我是蔦屋耕書堂的主人。」

雖然精神抖擻地揚聲說道，接著卻稍微有點露怯。

「不過，也兼做打雜的小工……真是的。」

然而，苦笑也立刻轉為坦然接受的微笑。

「暫時，我要好好蘊積力量。」

這年二十七歲的重三郎，已經畫好接下來五年的藍圖。

獨立後暫時要增加資本，不過，不必汲汲營營存錢。就像老虎捕捉獵物，運氣的同時全身蓄力，專注在瞄準的目標上。

重三郎打算從吉原這個源泉，打造河流注入江戶市井之間的大海。

——為此，必須讓蔦屋的名號滲透各地。

重三郎的視線從招牌移開。映入眼簾的，是彷彿「唰」地張開一匹藍布的晴空。下方，呈「く」字形緩緩迂迴的上坡，連接土堤的大路。坡道上成排商店的屋頂後方，回首柳的細長葉片隨風搖曳。

從吉原的大門至號稱日本堤的堤道之間，是蜿蜒曲折的坡道，這裡叫做衣紋坡。以男人的腳力只要走個一百三十幾步，距離很短，兩側密密麻麻都是引手茶屋、外賣餐館，令人不由自主對吉原越發期待。

日本堤是連結淺草聖天町和三輪的單行道，也是通往吉原的唯一一條要道。為了吸引來這個惡所玩樂的客人，沿路都是掛草簾的餐館，這種繁榮景象頗為可觀。而日本堤和衣紋坡的轉角，高出一截的回首柳伸出粗大的枝椏，成為吉原的路標。

「不知有多少男人，是從那柳樹之處駐足回首吉原？」

重三郎有點惆悵，同時也萌生一點幸災樂禍的心理。畢竟，男人們依依不捨的眷戀，正中上臈的下懷。

——蔦屋，也將讓全江戶的人依依不捨地回首。

轉機在安永四年（一七七五）的秋天來臨。

重三郎策畫了細見《籬之花》的印刷出版。

「我不會忘記鱗形屋的恩情，但是說到買賣就另當別論了。」

重三郎本就不打算一輩子只做細見改所和販賣商，這樣的他，眼前突然出現躍升為細見出版商的道路。

「不過，真沒想到，那個鱗形屋竟然……」

鱗形屋孫兵衛長年來獨佔細見出版。

然而，眼看即將進入安永四年的夏天，卻爆發醜聞。人稱鱗形屋得力幹將的德兵衛，居然擅自將大阪某書店出版的實用書籍改名後販售。

重三郎對臉皮厚得堪稱奸詐的德兵衛也有點招架不住。如今德兵衛的嚴重過失不僅抹黑了鱗形屋的招牌，更受到官府的嚴厲責罰。他被處以重刑，不僅家產遭到沒收，更被放逐到江戶方圓十里之外。

鱗形屋孫兵衛也被追究監督責任，被官府課以二十貫文罰金。

面對這個事態，重三郎以人人張口結舌的神速展開行動。

在那背後，有他早已進行改所工作，並且沒有被鱗形屋採納他的新方案這個背景。以上臈們為首，乃至忘八、叔父和親戚們經營的引手茶屋這些吉原自家人的支持下，得以確定販賣管道也是一大關鍵。

他印刷的新版細見，版型只比以前的大一點。但是，採用了以上下對開形式介紹妓樓，是鱗形屋沒有的體裁。因此，厚度只有原來的一半，省下裝訂的功夫，進而也大幅節省了雕版、印刷、紙張費。這些省下的成本反映在價格上，製作出更廉價、輕便的吉原導覽手冊。

至於鱗形屋，肯定對重三郎的做法不是滋味。然而，之前的醜聞令鱗形屋開不了口。時勢也幫了重三郎一把。

重三郎做完單薄的細見後，立刻馬不停蹄地製作超級豪華的書。

安永五年正月刊行的《青樓美人合姿鏡》，成為拿到的人紛紛讚譽「日本印刷史上最美的書籍」的傑作。

——負責繪圖的是重政大師，進而還有重政的好友兼勁敵的勝川春章大師。

重三郎請來了安永時代的畫師中號稱龍虎雙雄的兩人。

他想起照例給紫野送去書本企畫案時的情景。

「咦，這次的書要花這麼多錢？」

已經成為花魁甚至被稱為吉原代表人物的紫野，也不禁蹙起美麗的眉頭。

然而，當紫野拿到做好的書，也忍不住目瞪口呆、為之啞然。不管翻開哪一頁，都有重政和春章競相展露技藝的美人畫登場。遊女們伴隨季節風物的華麗風采，令觀者無不嘆息。而且這本豪華巨作，也意外成為遊女介紹書。

重三郎在雕工、印刷工都起用了江戶數一數二的高手。當然，紙張也精心挑選，印刷的色彩、線條的粗細都有二位畫師不厭其煩地提出要求把關。有時畫師和工匠差點吵起來，不過，那正是重三郎的目的。書做好時，兩位畫師和工匠互相點頭稱許，甚至摟肩相擁。

——而且，完成如此奢華巨作的我，當然也備受矚目。

如果知道製本的費用，日本橋通油町成排的大型地本問屋想必也會嘆息。這筆費用，再次由上臈出資。換言之，是她們攏絡的大富豪們掏腰包。不過，得到的反響更明確，遊廓到處都有女人來懇求他「下次也找我一起出資」。對上臈們來說，蔦重的書從此具有非凡意義。

而重三郎，構思要讓這本書走出吉原遍及江戶市井之間。

——對我而言，光是批來問屋的書籍販賣不算本領。

就算對批發商而言，重三郎在吉原建立且掌握的販賣管道、緊密的人脈和地緣關係也不容輕忽。進而，《青樓美人合姿鏡》是江戶最知名的豪華本，不管送去哪裡都不丟人。頓時，好奇心強烈的江戶人紛紛議論：

「做出這種巨作的蔦重，是吉原的書商呢。」

——那麼貴的書肯定很難賣出去。

然而，奢華的製本給人們留下強烈印象。重三郎得意地笑道：

——光是讓人知道蔦屋在吉原做出風雅之舉就足夠了。

去年（安永七年）春天的細見《人來鳥》，直接標明「細見出版書店　蔦屋重三郎」。因為店名印得太大太明顯，甚至有人批評「這根本是趁機給蔦屋打廣告」。

不過，也因此，剛開幕的書店進一步提升了知名度。

——挑我毛病的人，根本不懂書籍的力量。

最好的證據就是吉原內部並未傳出指責的聲音。

——吉原眾人，很清楚我想做的事情有多少價值。

二

狸貓和狐狸正在眼前指桑罵槐。

這一頭有貉和水獺在吐口水。

那邊抱頭苦惱的老爹是大蛇，旁邊的老闆娘是貓妖嗎？

——若在吉原編寫一本妖怪奇談，不管拿誰當模特兒都不愁演技欠佳。

重三郎這樣想像，不禁呵呵偷笑。

「蔦重先生，想到什麼好主意嗎？」

老狐狸，不，誇耀大籬的老牌青樓樓主下垂的臉頰抖動。重三郎慌忙肅容端坐開口：

「借用繪本的形式決定排名，您看如何？」

這是叔父經營的引手茶屋的大廳，身為吉原老闆的眾人還在繼續無止境地爭論。

不知幾時起，重三郎也被叫來參加這種吉原大老們的聚會。

即使門窗敞開，外面的清風還是吹不進來。梅雨季悶熱的雲層密布不下雨，卻也不肯讓陽光透過縫隙露臉。

不過，重三郎的發言似乎給眾人鬱悶的臉孔照來一道光芒。

「六月底的玉菊燈籠節一定要成功，熱鬧迎接文月（七月）……」

接下來的葉月（八月）通常生意不景氣。正因如此，在吉原，八月一日至月底為止，天天都會舉辦「吉原俄（即興劇）」，吉原藝人全體出動爭相表演短劇、舞蹈等節目。頭等青樓會推出拖曳的活動舞台，在仲町沿路表演，觀賞即興劇的花魁身旁有恩客坐鎮。籠罩吉原的樂曲喧囂，為夏季尾聲的暑氣添加繁華的熱氣。

「給即興劇再添一個重頭戲吧。」

「怎麼？要打著讓歌舞伎演員協助即興劇的名義進入吉原？」

江戶兩大代表性惡所的當家招牌就是遊女和歌舞伎演員。

不過，平時嚴禁演員出入吉原。因為他們是河原乞丐[52]，身分不被一般大眾接納。寶永五年（一七〇八），在官府的裁斷下雖從長吏頭[53]淺草彈左衛門的治下脫離，之後卻依然被視為社會底層，沒資格走進吉原大門。

「在這點，上臈也一樣，動輒被輕蔑為賣淫女。」

可是，遊女和演員一旦站上光輝的頂點，立場立刻改變。會被畫成錦繪，印刷出來馬上被大家搶著購買。重三郎深知，善加利用這種危險的扭曲意識就是展現書商本領的時候。

「演員姑且不談，先向江戶大眾宣傳即興劇是吉原夏天不可或缺的盛事吧。」

而且，並非雇用大批人手投入市井之間，只要出書便可期待幾百人、幾千人的影響力。重三郎併攏膝蓋開口：

「序文要麻煩喜三二老師。」

吉原和喜三二的關係就像是月與雁、梅與鶯，只要蔦重先生開口委託，想必他絕對會寫。「交給蔦重先生便可高枕無憂……」老闆們紛紛如此表示。

重三郎又羞又喜，同時促膝上前道：

「這本書就叫做《明月餘情》如何？」

眾人滿懷期待點頭同意。這下子，重三郎的工作又多了一項。

重三郎在吉原的發言力一天比一天強大。

那多少也是因為吉原的大老們擔心客人減少。

「像私娼寮那種地方，乾脆一舉擊潰算了。」

忘八和引手茶屋的店主脫口說出過激的發言。

「官家許可的聲色場所在江戶只有吉原，私娼寮那些傢伙不知怎麼想？」

的確，官方許可的遊廓在江戶只此一地別無分號。可是，就算不特地來吉原，江戶到處都有可以嫖妓的店，這畢竟也是不爭的事實。

「記得幾年前在木挽町遇見的鄉下人，就寧可去私娼寮。」

而且，最近大河東岸的深川、向島這種風化區，人氣扶搖直上。

那一帶在悠然的田園風景中散布著細川、水野、水戶的德川等各藩的別館，小巧的料理店和大店的別莊增添雅趣，神社、佛寺也不少。那種風情，文人墨客似乎格外鍾愛。

但是，重三郎泰然處之。在忘八和茶屋老闆面前，他展現了堅定的自信。

「就趁現在，讓人看清吉原與其他花柳街的差異吧。」

如果只是滿足性欲、享受美食，未免無趣。

「要讓江戶大眾興奮期待。」

---

52 河原乞丐：江戶時代演員被視為下九流的戲子，因草創期是在河岸搭小屋表演而有此名。

53 長吏頭：江戶時代關東的賤民又稱長吏，長吏頭自己也是賤民，負責管轄。

被重三郎這麼一說，忘八們似乎很訝異。重三郎面露得意：

「想必沒有男人不為花魁心動。」

上臈是吸鐵石，吸引男人。她們也是火焰熾烈的木炭，即便從遠處也會緩緩溫暖男人心。

「不過，如果靠得太近也會被燒傷。」

「事到如今，這不是廢話嗎？」樓主們八成這麼想，但他們還是靜待重三郎的下文。

「我準備了不比花魁遜色，同時卻又別有心動滋味的東西。」

某忘八只是沉吟一聲「嗯」。另一個老闆或許是想到什麼，微微拍膝。重三郎異於平時作風地賣關子說：

「想必，各位猜想的，和我的想法截然不同。」

「蔦重先生到底在策畫什麼？」

「是以往的江戶從未出現的東西。」

「……？」

面對催著要答案的吉原大老們，重三郎拍胸脯打包票：

「一切，就請交給我蔦屋重三郎。」

晝見世開始後，衣紋坡逐漸有人來往。

重三郎拿撣子給堆積的書籍撣灰。不過，從他自立門戶到安永八年（一七七九）為止，蔦屋印刷出版的新書包括細見在內不過二十本，陳列的書籍大半是知名地本問屋的商品。

「喜三二和春町似乎名聲響亮，有這兩人的書嗎？」

一個說是普通百姓似乎有點無賴的年輕男人站在店門口。大白天就想上青樓，許是賭博發了橫財。重三郎迅速將撣子的握柄插進腰帶，毫不遲疑地遞上朋誠堂喜三二用「道陀樓麻阿」這個唬弄人的筆名撰寫的《娼妃地理記》，以及喜三二和春町攜手合作的《江戶自慢評判記》。其實這兩本書都是兩年前出版的，不過，至今依然銷路不錯。

年輕男人似乎要和書本封面比較，仰身望著耕書堂的招牌。

「是你家自己出版的？」

「您說得沒錯，是蔦屋出版的，而且是我心愛的小說作者。」

「心愛？」男人苦笑著輪流翻閱二本書。

「原來如此，的確風雅。那我兩本都買吧。」

「這是送給上臈的最佳伴手禮喔。」

「順便，有沒有有趣的黃表紙？」

黃表紙小說正席捲江戶的出版界。這玩意外表看起來像是給兒童看的繪本，和青本一樣是黃中帶綠的封面。可是，內容完全是針對大人。

——鱗形屋把運勢都賭在黃表紙了。

擅自盜版發行留下污點的名店，傾盡全力不斷出版黃表紙帶動流行風潮。那種手段和製本的精確，令重三郎瞠目。

歸本究源，鱗形屋藉由春町於安永四年出的《金金先生榮華夢》，就已嘗試開拓黃表紙這個嶄新的成人娛樂小說市場。

「那本書的確是傑作，成果比我當初聽春町兄說的構想更精采。」

此言絕不誇張，通俗小說在《金金先生》之前和之後的表現有驚人的劇變。春町完美混合了風雅、行家、滑稽，並且運用影射世情百態這個調味料精準發揮功效。

「我希望讀者懶洋洋地躺著邊挖鼻孔邊閱讀。」

猶記春町當初如此發下豪語，此事重三郎想忘也忘不掉。做成繪本的形式，或許是春町自己的心願。

「成年人或許會嘲笑繪本只不過是給小孩看的玩意，可是，那些成年人卻爭先恐後翻閱春町兄的繪本哈哈大笑。」

黃表紙就是給大人看的繪本，每翻開一頁，都有滑稽逗趣的插畫和文章不斷展現。

——黃表紙的精髓是漫之畫，也是漫之文。

「漫」這個字，意思不只是廣泛蔓延，也蘊含欺騙、侮蔑這種負面意涵。膚色白皙、過於纖細且充滿感性的作者，用自己寫文章、自己畫圖的妙手絕招奠定了諧謔的王道。

——鱗形屋的招牌無疑也為《金金先生榮華夢》貼上醒目的金箔。

大店的信用成為強大的武器。如果，那本書是如今還很渺小的蔦屋出版的……

——果然還是只能仰賴吉原的力量吧。

給上臈們分發黃表紙，請她們一有機會就向客人宣傳書的精采有趣。只要能獲准在上臈的香閨枕畔放一本，客人應該會拿起來看，好評就會這樣不斷繁衍子子孫孫。

——不過，如果保持現有的吉原規模，書就算賣出去了，銷路也可想而知。

重三郎預測不久的將來會是黃皮書的全盛時代，因此，他打算實現三大重要事項。其一，是抓住春町和喜三二這樣優秀的作者，乃至秀逸脫俗的畫師與最高技術的工匠。

說句題外話……喜三二眼看就要平步青雲升任駐守江戶首席代表。春町也升格為該藩的仲介兼駐守江戶副官，在養父退隱後成為倉橋家的家主。值得欣喜的是，兩人每次造訪吉原都會來重三郎的書店露個臉。藩外交官這個台面上的官職，和私底下黃表紙作家的身分顯然都正邁向充實期。

重三郎堅定地放話：

「當兩人的筆藝如火純青時，蔦屋也將成為江戶知名的書店。」

至於他祕密策畫的第二項，就是必須進一步提升吉原的魅力和蔦重的名聲。「吉原的」、「蔦重的」這兩個放在前面的頭銜，必須具有耀眼又妖異的吸引力。

——為此正一步步施展策略。

重三郎毫不吝惜地把書店賺到的利潤投資在下一本出版品上。他邀請看好的文人與畫師在吉原的夜晚享盡極樂，杯觥交錯時，趁機談論下一本書的企畫，了解小說作者們的想法和個性。比起嗆人的脂粉味、豪奢的美酒佳餚，和小說作者及畫師的交談遠遠更有意思。

——遲早有一天，這樣結下的關係將會不斷累積終而爆發。

重三郎想起伊豆大島三原山的火山口大噴發。在他自立門戶的安永六年大噴火到現在，火山屢次噴出黑煙，流淌熾熱火紅的岩漿。

——只要蓄積力量，必然有發揮的一天來臨。

他不會只把吉原視為酒色花街，以風流意氣凝聚力量、打造群英聚匯的梁山泊，就是重三郎的野心。江戶仔樂意付錢給有形的東西，就連木片、草屑都能做買賣。不過，重三郎想從吉原賣出的是流行、好評和羨慕這些無形之物。

「給我一份細見。」

新客人上門了，重三郎殷勤地遞上冊子。如此讓書店生意興隆就是他的第三樁大事。不過，他絲毫不打算用惡劣的奸詐手段做生意。賺大錢，花大錢。金錢流通天下，一旦流到自己手上，就大方地送出去，如此活用金銀。

——只要有才華，無論多少書都賣得掉。

重三郎緩緩增加出版印刷的書籍數量，不過，尚未企圖一攫千金。和細見一樣，他瞄準的是牛涎般細水長流銷路紮實的出版品。他打算用那筆錢當基礎，將來大幹一場。

三

「蔦重，你知道所謂的富本節[54]嗎？」

照例，又是在他和喜三二及春町聚會喝酒時。

說起流行簡直如數家珍的喜三二如此問道。重三郎的眼睛和耳朵隨時隨地都在盯著吉原各處。嗯，的確聽說淨琉璃圈出現新星，但他用忙碌當藉口並未去劇場一窺究竟。

「請務必指點一二。」

重三郎促膝上前，春町也頗有一貫作風地取出筆墨，準備記錄最新情報。

「你倆這是幹什麼？只不過是當今的流行玩意罷了，別擺出這麼誇張的架勢好嗎？」

喜三二雖然苦笑，還是告訴了他們。不，是乾咳一聲後吟出一小段淨琉璃戲詞。喜三二是精通各種才藝的高手，早已超越業餘玩家的水準。

「有一個宮本豐前太夫。」

豐前太夫的美妙嗓音和絕妙的抑揚頓挫廣受好評，聲勢甚至凌駕常盤津[55]的人氣，在與吉原並稱「兩大惡所」的劇場街似乎也備受矚目。

「此人被稱為『馬臉豐前』，長相欠佳，但是說起淨琉璃那可是絕品喔。」

「嗯嗯。」重三郎和春町猛點頭。

「不過話說回來，這次的黃表紙就立刻採用這個風格吧。」春町運筆如飛。

「喂喂，是我要先寫的，春町你得讓我先。」

喜三二要求，春町噘起嘴。喜三二脖子一縮，重三郎環抱雙臂。最後三人放聲大笑。

「那我也立刻去聽富本節。」重三郎說完又馬上改變主意：

「不，乾脆請那位豐前太夫來吉原吧。」

雖然極盡奢侈，但這才是活用金錢的方式。

邀請豐前坐首席的這場宴會，不只有喜三二、春町，也邀請了北尾重政、勝川春章。這位當紅的太夫，看到一流的作家和畫師齊聚一堂似乎也很驚訝。而且，酒席的主辦人還是蔦屋耕書堂這個吉原書店年輕的店主。

「您看怎麼樣，富本節的正本和練習本能否交給我出版？」

重三郎豐潤的臉頰綻放微笑，像是隨口搭話般提議。

堪稱天賦的優雅，宛如稚子的天真爛漫，那正是重三郎過人之處。即使談起買賣，也完全沒有散發出露骨的撈錢意味。喜三二等人當下聲援：「這個主意好！」至於重政，更是熱切地探出身子積極勸說太夫：

「日本橋通油町成排的大店固然好，但是蔦重今後的發展更令人期待，遲早會成為江戶最好的繪本問屋喔。」

蒼白的春町，眼中亮起更顯幽深的光芒，說道：

「豐前太夫，在場的我們可以保證這點。」

「吉原的書店，聽來不是很風雅嗎？完全符合淨琉璃的世界。」

喜三二再次強調，太夫也被說動了心思。

——當晚獲得重大成果。

首先，重三郎取得淨琉璃首演時發行的「正本」權利。「正本」是在淨琉璃的劇本上記錄演員的台詞和動作、舞台布景和裝置、服裝。歌舞伎的觀眾會一邊翻閱「正本」一邊欣賞舞台演出，如果是受到好評的公演，

---

54 富本節：三弦琴音樂之一，淨琉璃的一種。在江戶由富本豐志太夫創始。

55 常磐津：淨琉璃的流派之一，按照節（曲調）以說書的方式講故事。負責說的稱為「太夫」，負責拉三弦琴伴奏的稱為「三味線方」。

正本的銷售量相當驚人。

重三郎不久後也成功拿到了富本節「練習本[56]」的出版權。

漫無目標地徘徊江戶街角時，總會聽見不知從哪來的淨琉璃吟詠聲，重三郎有時不禁對著那彷彿烏鴉要生產的噪音苦笑。也因此，可以讓味噌不至於腐敗的密封桶據說賣得不錯。

在澡堂和理髮店，聽到的都是人們互相炫耀：「我已經學到《忠臣藏》的第五段，山崎街道那個部分。」「雖然我還是太夫學徒，但有幸出席聚會。」月夜裡，甚至出現成群業餘人士站在別人家的屋簷下練習淨琉璃，就算屋內人大吼：「滾開！」朝他們潑水，愛好淨琉璃的人也毫不洩氣。

當然，富本節的「練習本」有太多人想要。重三郎沒錯過這個機會，今年安永八年（一七七九）正月起就開始盛大發售。「練習本」的封面是鮮亮的淺藍色，一本四文錢，所以銷售量無疑會衝高。

就連被稱為「往來物[57]」的兒童用初等教科書，他也打算插一手。

書院的興盛，父母想供孩子求學的熱潮越發高漲。孩子是否會纏著父母買書姑且不說，想讓孩子學習基本知識的父母必然會掏錢。

因此，往來物也低調地年年都可以確實再版增刷。而且，往來物沒有版權可言。資深的地本問屋就曾放話：

「難不成還要寫信向弘法大師[58]請示，能不能使用五十音和歌？」

如果有內容不錯的書，偷偷從中截取一段抄寫，換個封面即可，這叫做截本。百人一首和武士諸法度、女大學、字典等書也一樣。說得更極端一點，只要換個封面就能做出一本書，而且無須擔心像鱗形屋那樣，因為盜版問題動搖書店根基。

——可以用細見和練習本，再加上初等教科書鞏固生意地盤。

「在嗎？」喜三二赴宴歸來順道來訪。

重三郎把算盤推到一旁，拉過來茶具請他喝杯熱茶。

「嗯，正本之後是練習本，再加上教科書嗎？」

一邊拿著茶杯呼呼吹氣，喜三二奸笑。

「《一目千本》和《青樓美人合姿鏡》的做法倒是令人佩服。」

「喜三二兄，其實印製《明月餘情》也是同樣的手法，我一毛錢都沒虧。」

「蔦重，你真是了不起的商人。對了，之前春町也拚命誇你呢。」

據說春町當時不勝感慨：

「不愧是蔦重，不僅能策畫出華麗的裝幀，更不忘打造牢固的基礎。」

重三郎被春町這麼誇獎不知怎的臉都笑開花了。不僅是因為春町向來不會跟風拍馬、討好別人，更因為自己能被春町純粹的眼光看中而欣喜。

「不過，蔦重，黃表紙可是和江戶大眾正面對決喔。」

喜三二稜角分明的嚴肅臉孔緊繃得更嚴肅了。

「如果賣不出去，你會嚴重虧損，就連身為作者的我和春町也會受到連累，名聲大跌。」

---

56 練習本：又稱節本，擷取作品的一部分，練習淨琉璃時使用。在詞章記有曲譜。

57 往來物：指近代教科書出現之前日本寺子屋廣泛使用的教科書，曾作為讀書與習字教材。原指書信往來。平安時代末期有藤原明衡編輯的《明衡往來》，是從書信中挑選出的模範文例。自此即出現此名稱。

58 弘法大師（七七四—八三五）：平安時代初期的僧人空海，謚號弘法大師。據說是他參考梵文，將日文五十音字母以平假名排序成陣。

這時門口響起粗厚的嗓音：「轎子來了。大人，您在嗎？」
「……」
然而，兩人緊盯著自己映在對方眼眸中的身影，始終動也不動。

四

「咕嚕咕嚕」轉動的大板車車輪發出驚人的聲音。
重三郎驚呼一聲從五十間道閃避到屋簷下。
「老天保佑，老天保佑……」在江戶，一年總有好幾人被大板車撞倒不幸喪命。
書肆．蔦屋耕書堂的店門口，載滿翠綠青竹和枝葉婆娑異常漂亮的松樹的台車絡繹不絕，剛灑過水的泥土路面留下清晰的車痕。
安永八年己亥年也所剩無幾了，在吉原，正忙著準備過新年。
吉原過年裝飾用的門松是「背靠背的松枝」這種獨特造型。不是放在遊廓的玄關門口，而是擺在路中央，門松的裝飾品對著建築物內。換言之，背靠背的二枝門松並排放在路中央。青翠茂密的粗竹挺立，比成年人還高的松樹連根種植。每根枝椏都裝飾著紅白、金銀的吉祥物，還打了三支傘擋雨。如此豪華又奇妙的門松，在江戶，不，就算找遍整個日本也找不到。
前來一睹極盡誇張華麗門松裝飾的人們絡繹不絕。
不愧是吉原，不管做什麼都必然吸引大眾目光。
過完年就是安永九年（一七八〇）庚子，重三郎即將迎來三十一歲的生日。

他奠定書店基礎的二十幾歲，和安永這個年號一起過去了。

安永元年，目黑行人坂發生大火，各地也相繼出現強風豪雨等天災，繼而還有農作歉收，為了抹去這些災難決定改元。

換言之，明和九年（一七七二）在十一月十五日終止，翌日起改為安永。頓時，這樣的打油詩傳遍各地：

年號縱改安廉永久，萬物齊漲是明和九。

田沼在新時代依舊毫不猶豫地推動重商主義，也因此，物價不斷上揚。「明和九」是用了日語「困擾」這個諧音的雙關語[59]。

改年號為「安永」也是因為後桃園天皇即位，寓意「壽安永寧」的這一節出自《文選》收錄的張衡〈東京賦〉，這是一首詠洛陽的長詩。

重三郎頗有他一貫作風地嘆服：「張衡這個人是詩人，也是政治家。不僅如此，也精通算數、天文，發明了很多東西。」

「如此說來，平賀源內老師堪稱江戶的張衡。」

平賀源內精通本草學、地質學、西洋學、醫學、小說、淨琉璃、繪畫，也促進生產推動產業發展，堪稱三頭六臂，多才多藝。這樣的源內，在安永三年以「福內鬼外」的筆名替細見寫序。源內更在安永五年，完成「摩擦起電器」，令江戶大眾目瞪口呆。只要轉動木箱的握把就會放射閃電，是很神奇的發明。

據說還有人合掌膜拜，認定「箱子裡面關著雷神」……

---

59 「明和九」的日文發音「めいわきゅう（meiwakyu）」音近『困擾（漢字寫做「迷惑」，發音為「meiwaku」）』。

「以為會活躍到百歲的老師，不等安永八年的除夕來臨就逝世了。」
就連春町接獲源內的死訊似也不勝感慨。
「京都三條糸屋的女兒，姊姊十八，妹妹十五。諸國大名以弓矢殺人，糸屋姑娘以眼睛殺人……」
春町念經般吟詠的，是堪稱小說基本的「起承轉合」大綱。
「搞出這套規則的就是平賀源內先生，可謂小說作者的開路先鋒。」
源內的意外過世，起因是受託修理某大名的豪宅。他誤以為修繕計畫書被偷，憤而殺死木匠工頭。入獄後不到一個月，就病死獄中。但是，很多人都認為他是被暗殺。不僅如此，甚至還有人有憑有據地表示他其實逃獄了，現在還活著。
說句題外話，日後重三郎把全副身家賭注在演員畫時，「他起用的神祕畫師可能正是源內」這個流言傳遍江戶。此外，當時領走源內遺體的是狂歌和小說作者平秩東作，後來重三郎與他也結下深厚交情。
傳聞中，源內逃獄後庇護他的正是執掌天下的田沼意次。
重三郎雖然覺得可疑，但以意次的滔天權勢，若要偷偷庇護源內還真有可能。
「田沼大人的執政之道，說穿了就是衝、衝、衝。」
目標放在富國的執政當局，似乎趁著俄羅斯船隻來到蝦夷地計畫進行海外貿易，也聽說正著手印旛沼乾拓[60]的大事業。日本將會越來越繁榮，成為那個中心區的，不是京都、大阪，而是江戶。自然而然地，江戶城也逐漸渲染浮躁的氣氛。
「書店的買賣今後也將面臨關鍵期。」
重三郎對伙計俐落下達指示，他自嘲地喃喃自語當店主兼打雜小工已成往事。如今雖還比不上大店，但是蔦屋已經雇得起人了。

「老闆，細見已經印好了。」

伙計用繩子綑綁名為《五街松》的細見，一邊如此報告。重三郎詢問冊數，手摸著日漸肥厚的下顎思考。每晚吃美食，令他的身材也日漸發福。

「要再印一點嗎？沒問題，銷售地點我已有苗頭。」

細見會大量分送至妓樓、花魁和引手茶屋，賣細見的小販就連後巷大雜院都會一一走遍，挨家挨戶叫賣。只要把細見對摺隨手插進外掛的領口或是塞進袖子，就會被另眼看待成風流男子。

伙計點頭，說聲「那我去了」拔腿就跑，這是要去印刷師那裡充當特急快遞員。就連平時穩如泰山的老師傅，到了年底也不得不忙碌奔走，書店的工作也漸入佳境。重三郎確認一天的行程安排：

——呃，繪本小說預定八刻半（下午近三點時）出貨嗎？

包括黃表紙在內，繪本類本來就是正月的招福物品。笑是喜事，會給新年帶來好運，所以銷路很好。不只是來店裡購買的客人，新年參拜時，熱鬧的神社、寺廟前小攤售出的繪本數量也不容小覷，出租書店也搓手急著趕緊送去給得意主顧。

——還有錦繪，店門口也差不多該貼上迎春圖了。

「這裡是耕書堂沒錯吧？」

一名客人背對冬陽，站在店門口。逆光形成黑影的訪客，腰部突出兩根長長的東西。是武士。

「在下……」是個身材瘦高的老人。一頭白髮，觀其腰桿挺得筆直，重三郎聯想到白鶴。

「哎呀，是旗本大人訂購的那個吧？」

60　印旛沼乾拓：印旛沼位於現在的千葉縣西北部，在水中築堤，將堤內排水晒乾闢為新土地。

重三郎連忙躬身迎接老人。這是只要說出名字人人皆知的某知名旗本[61]的家臣。

「喂，有貴客來了，快請人家去裡屋。」

重三郎的妻子慌忙出來迎接。她的丹鳳眼，迅速在丈夫和客人之間轉動。重三郎已經開始動手解下工作圍裙。

「我立刻把那個拿來。」

妻子深深折腰邀請家臣入內。只因她是出版淨琉璃練習本和教科書的伊賀屋千金，書店同行之間就出現「蔦屋這小子，為了眼前的利益才跟人家成親」這種誹謗流言。他的確在蒐購那些書的出版權，但是，重三郎早已決定，既然難堵悠悠眾口乾脆充耳不聞。不僅如此，他還對新婚妻子驕傲地說：

「看樣子，我的舉手投足都受到同行的注目。」

妻子乖乖點頭。她的容貌平庸，個性沉默，言行舉止和愛穿的服裝都以低調保守為先。不過，不愧是書店的女兒，不僅能讀能寫，會打算盤，還非常愛看書。

最重要的是，她能夠深深理解重三郎的工作。

在房間坐下的旗本家臣，立刻解開包袱巾，連桐木箱都準備了。

「大人叫我早點取來。」

家臣毫無笑容，額頭刻畫著深深的皺紋，高挺的鼻子加強了精明的印象。

——旗本那邊，想必也經常聽這位囉唆抱怨吧。

這麼一想，手裡的畫就有點拿不住了。他小心翼翼抬起眼。

「大人，您知道這是什麼嗎？」

「嗯。」老武士傲然點頭。

「在下對鑑賞畫作略有自信。」

老人驕傲地表示年輕時學習狩野派，對南畫和俳畫也頗有心得。

「……」

「因此，家主大人才會派我來找你吧。」

——如果給老人看了這個，說不定會嚇得翻白眼昏過去。再不然就是暴跳如雷？

重三郎即將打開的是「豔本」。同樣的發音也寫成咲本、笑本，也稱為枕繪、笑繪、WA記[62]或者春宮畫。以性為主題，描繪男女交媾涉及的森羅萬象。

不過，豔本也是適合新春的喜慶之畫。

性是豐收、子孫繁榮的根本。性事多多少少醞釀出滑稽，從中產生虛無的笑意。笑是世間的幸福之首，搞笑精神和風流、瀟灑、影射人情百態也息息相通。

因此，豔本深受江戶武士乃至一般平民的喜愛。五十七年前的享保七年（一七二二）十一月，第八代幕府將軍吉宗推動政治改革發布禁令，但也只是讓地本問屋停止在店內發售，幾乎還是公然流通。

不僅如此，諸侯大名和富商們還會分送豔本當作新春賀禮，內容越精緻就越被奉承為內行風雅的玩家。所以，製作豔本時，必須選用畫技一流的畫師。

另一方面，江戶最具代表性的畫師都在畫豔本。不，不畫豔本的浮世繪畫師，甚至會被視為冒牌貨。這次的作品亦然。以家財萬貫馳名的旗本主動找上重三郎商量「想做一本出色的豔本」。不過，歸根究柢豔本的主題畢竟是男女情事，如果是那種被人戲稱為石部金吉[63]的老古板，可能會露骨地蹙眉。

61　旗本：將軍的直屬家臣，高階武士，俸祿未滿一萬石，但有資格列席將軍出場的儀式。

62　WA記（ワ印）：春畫的暗語。「WA」指笑繪（waraie）的「wa」，也指猥褻（waisetsu）的「wa」。

63　石部金吉：江戶初期流行的淨琉璃歌詞中的人物，用石和金這種硬物形容人頑固死板。

——儘管如此，對方還是派了一個嚴謹誠實的典型人物來檢查成果。

「對了，畫師找的是哪位？大人也非常關心這點。」

重三郎煞有介事地乾咳一聲後，這才回答老人的問題：

「是鳥山石燕大師的門人。雖然年紀尚輕，沒沒無名，但是說到實力，不只是石燕大師，就連北尾重政、勝川春章二位大師也可以保證，絕對是一流作品。」

重三郎彷彿淨琉璃太夫般朗聲說道：

「對了，文字部分的意趣也請您看一下，非常用心地融入古今四季的知名詩歌。」

剛才的尷尬氣氛不知不覺已消失，變得格外熱絡。乾脆把妻子叫來彈琴助興吧。

「自古以來，就有『香木冒芽即芬芳』的說法。這兩位年輕的畫師及寫手，年紀輕輕就已散發過人的芬芳。而且，是很適合新春正月的喜慶話題。請您觀賞一下。」

重三郎屈膝上前，用誇張的動作「唰」地攤開畫卷，展現五彩繽紛的畫面。老人文風不動地沉著臉拿起畫，他一張一張屏息翻閱。

「……」

老人緊盯著春畫，彷彿貼了樹皮的皺巴巴臉龐染上熱氣，太陽穴爆起青筋。

——有點太刺激了嗎？

但是，豔本按照旗本的要求極盡奢華，封面用的是桃紅色高級紙張，再加上精緻的綢綢包裝加工。布面題簽是朱紅色，纏繞綠色蔦羅花紋，以北尾重政特有的秀麗文字寫上書名「御江戸之宜四季十二月」。

至於內容，一眼便可認出是那位旗本大人當主角，對手是吉原的十二名花。

背景包括正月的初買[64]、初午[65]、三社祭、稻荷祭、端午節、行水[66]、玉菊燈籠[67]、即興劇、中秋節、亥子[68]、西市[69]、除夕等每個月的吉原風物。畫中男子的服裝和配飾都是那位旗本的喜好，枕畔的隨身袋子和菸管也是旗本的愛用品，一眼就能看出是模仿旗本本人。

「大人，您看了還滿意嗎？」

老人皺眉，口中念念有詞。重三郎頓時彷彿吞下冰塊。

——以裸露陽具的旗本當主角，搞不好讓他很生氣，覺得是在愚弄大人。

可是，看到草圖當下就叫好的是旗本本人，責備重三郎也沒用……

——或者，是覺得用來當作正月賀禮過於奢華，所以不高興？

細密表現女人髮際線的頭雕技巧，連陰毛微妙的捲曲都刻畫得惟妙惟肖。印刷套色方面以金銀、朱、青為首，用了多達十六色，顏料也是一瓶五兩的高級品。光是色版就用了二十幾張，印刷次數超過四十次。進而，還有不著色只以線條浮雕的空印為首的豔印、渲染等，印刷師發揮了十八般武藝。

——如果用這個當贈禮，旗本大人一定會得到風流玩家的一致讚譽。

「……」

老人始終緘默，重三郎提心吊膽，深怕隨時會挨罵。

「好像有點冷，我去幫火盆添點木炭吧。」

---

64 初買：指正月初二第一次購物。在吉原是指今年第一次買春。

65 初午：二月第一個午日於稻荷神社舉行祭典，祈求五穀豐收、生意興隆。

66 行水：以木桶或盆子入浴淨身除穢，同時也是為了夏季消暑。

67 玉菊燈籠：為了紀念早逝的遊女玉菊，在中元節時於引手茶屋的簷下掛滿燈籠追悼。

68 亥子：十月的第一個亥日舉行活動，從這天起打開暖桌，取出火盆使用。

69 酉市：十一月的酉日於鷲神社舉行祭典。

但是，老人並未回答。午後的陽光照亮房間已經足夠溫暖，可他絞盡腦汁也只想到這個逃離房間的藉口。重三郎受不了這種尷尬的氣氛，不知該拿使者怎麼辦。戶外有伯勞鳥「吱吱吱吱、啾啾啾」響亮地啼叫。對了，今早下了初霜。

——我彷彿被老人像伯勞鳥捕獲的獵物般插在樹枝上。

不過話說回來，旗本派來的使者也太奇特了。重三郎正在內心發牢騷時，突然響起一個低沉的聲音：

「蔦屋先生，這個……」

老人抬起頭，只見眼中燃起熊熊烈火。老人倏然促膝上前。

「啊！」重三郎驚呼。他誤以為會被砍殺，反射性地仰身向後躲。然而，老人只是放鬆眼角和嘴角笑了，深刻的皺紋變得更深。

「哎呀，太好了，真是精采的名作。」

老人深深點頭，把全套作品一張一張仔細疊好，放進桐木箱。

「我家主人本就是知名的風流人物，這下子大人的名聲想必會更響亮。」

「是……」

重三郎回答的同時也夾雜了安心的嘆息。滿身大汗，浸濕了內衣冰涼地貼在身上。對那樣的重三郎投以一瞥，老人站起來說：

「畫和文章，雖然都出自無名的年輕人之手，但他們必將成為舉世知名的傑出人物。」

五

北尾重政，也就是紅翠齋，盤腿坐著彎起上半身。

把柳枝細棍伸到蠟燭外焰和內焰交界的橙色和黃色之間，這樣燒出的碳棒稱為燒筆。

雖然不時吸鼻水，但是重政轉動細棍、反覆伸出抽回時的表情很認真。

重三郎坐在畫師的正對面，隔著蠟燭看見對方的兜襠布，實在不是委託作畫的氣氛。

「瞧。」重政滿意地舉起漆黑的燒筆給他看。

「本來可以吩咐弟子去做，但是唯獨這個還是得自己動手。」

燒筆是畫草圖時不可或缺的東西。

重政拿起下一根細棍，察覺重三郎的視線後又將細棍放下。

「呃，是旗本用來當作年禮的豔本是吧？」

「明知重政老師很忙碌，還是硬著頭皮來懇求您。」

重三郎推開坐墊，恭敬地伏身磕頭。

重政苦笑說「太見外了，別那樣行大禮了」，一邊吹熄蠟燭。

「我並未排斥工作，也沒有嫌棄春畫。」

以旗本精通吃喝玩樂的本性，越新奇的東西八成越開心。重政起身拿來一本黃表紙，《開帳利益札遊合》，這是安永七年的作品。插圖由繼承北尾姓氏的年輕畫師完成，是重政的弟子。

「這位畫師，我記得耕書堂去年、今年的富本節正本的封面也都是請他畫的……」

「沒錯，他的畫技紮實，所以我交給他試試。」

尤其是市村座戲班子的顏見世狂言[70]《吾孺森榮楠》的正本《著色紅葉段幕》預定十一月出版，正忙於印刷。

---

70 顏見世狂言：每年十一月顏見世（演員亮相）時上演的歌舞伎狂言。藉此介紹戲班子演員，對故事的時代背景和地點都有特殊規定。狂言是以對話為主的歌舞伎喜劇。

「請務必介紹這位年輕畫師讓我認識。」這種時候的重三郎眼色都變了。

「喂！傳藏在嗎？」重政把手攏在嘴邊朝裡屋喊道。

對面房間傳來窸窸窣窣的動靜，似乎擠了兩三名弟子。

「快點，蔦重先生在等候。」

紙門緩緩開啟，一個腰桿挺直的白皙青年優雅地屈膝行禮。紫藍底色綴有白色細條紋的和服，想必是信州生產的上田紬，窄袖深處隱約露出朱紅色鹿子紋[71]內襯。綁成細長形的本多髻也是，是個相當時髦的人物。

「我是北尾政演。」

師傅重政瞇眼一看，指著喉頭說：「喂，這裡。」抬起頭的政演，彷彿驚覺不妙地吐出舌尖，迅速解下天鵝絨圍巾。

「這年頭的年輕人，就算在屋裡也不肯解下圍巾。」重政很受不了地說。

「先不說別的，現在根本還不冷吧。」

政演笑嘻嘻接受師傅的抱怨不當一回事，把圍巾仔細摺疊好放在膝上。

重三郎正式與政演面對面。

長臉，挺直的大鼻子，濃眉，黑多白少的丹鳳眼。雖然像演員一樣臉上的五官深邃搶眼，卻絲毫沒有下三流戲子那種阿諛和卑微。

——這種男子氣概，只要是女人，想必連吉原的遊女也不會放過他。

「他是家主之子，從小沒吃過苦，所以個性有點大剌剌的。」

重政嘴上雖這樣說，卻無比疼愛地看著年輕的弟子。

「是，今後如果也能不食人間煙火地專注於風雅和冶遊，悠哉過日子，那就太幸福了。」

政演無辜地坦然表示。那種說話態度，給人的印象不油滑，充滿嬌憨。語氣和舉止優雅，想必的確是從小不愁吃穿長大的吧。

「作畫方面還順利嗎？」

「斷斷續續有插畫工作。對了，也承蒙蔦屋先生多方照顧，謝謝您。」

此人看起來感性格外敏銳，卻沒有多愁善感的氣質，所以不會給人像春町那樣纖細敏感的印象。

政演的本名叫做岩瀨醒，綽號傳藏，寶曆十一年（一七六一）八月中旬誕生。和重三郎相差十一歲七個月，幾乎等於小了一輪。

「政演先生是在景氣好的時代成長的，想必物資豐足。」

「是，也因此懂得如何挑選好東西非常重要。」

政演轉為打從心底覺得有趣的口吻。

「並不是只要在所謂的名店買齊各種東西，就能成為風雅人物。」

不是追逐社會潮流，而是要提早預判一步或半步。

「領先太快的話會很突兀，誰也不理解，反而會被嘲笑。可是，如果得意地穿著去年流行的衣服花色也會顯得粗俗。」

如何巧妙地拿捏分寸才是風雅的精髓。政演說這番話時並未刻意炫耀吹噓，語氣也並不自大，說得十分坦然。重三郎當下直覺：

——新時代的時髦人物，說的就是這種人吧。

「政演是道地的平民，而且是江戶仔。」

重政似乎沒忘記重三郎平時成天說「想發掘不是武士的平民作家」、「平民就該描寫以平民為主角的書籍」。

---

71 鹿子紋：傳統的日本花紋之一，根據小鹿背部的白色斑點設計的圖案。

——如果蔦屋成功捧紅他，說不定可以創造喜三二、春町之後的新時代。

過完年，他打算以喜三二為主陸續推出黃皮書，如今卻早早開始尋求取代他的人才，連他自己都覺得大膽……不過，手裡的棋子當然是越多越好。

「那，就請政演先生創作豔本？」

然而，重政搖頭。

「我想讓這小子負責文字的部分。」

政演的畫雖然不錯，但文筆更出色。重政面有得色地撫摸下顎，雪白的鬍渣發出沙沙聲。

「遲早我打算讓他像春町那樣，圖文一手包辦。」

既然如此……這種時候的重三郎腦筋動得特別快。

「我想請政演先生在豔本之外，參與喜三二先生台面上的工作。」

豔本雖說幾乎是半公開地交易，但是不可能陳列在店頭。就這點而言，如果是黃表紙……朋誠堂喜三二寫的書必然受到好評。假使年輕畫師的名聲能夠跟著傳揚開來，就能讓有才華的年輕人抬高身價。而且，一起工作的話，政演還可以吸收如今正值巔峰期的喜三二的文筆靈氣。堪稱一石二鳥。

況且，政演和喜三二應該合得來。面對強勢的喜三二，政演四兩撥千斤的情景如在眼前。

——這是新舊兩代花花公子的對決。

重三郎像要徵詢「意下如何？」以眼神詢問北尾師徒。

師傅兩眼一掃望向徒弟。政演浮現脆弱的微笑，微收下顎。可以感到年輕人掩都掩不住的青春鬥志，重三郎越發欣賞他了。

「那麼，關於豔本，關鍵的插畫方面要交給誰？」

重政遞上幾本別的黃表紙。重三郎把政演的作品放到一旁，仔細翻閱那些書，不知不覺緊張地吞口水。

重政、春章、鳥居清長……他無法否定當紅人氣畫師的影響。然而，畫中還有一種幾乎凌駕在那種影響力之上、生猛得甚至血腥的氣魄。

「此人叫做北川豐章，是石燕豐房的徒弟。」

「噢？是船月堂老師的……」

重三郎心不在焉地回答，目不轉睛看著畫。當他小心翼翼抬眼時，重政笑了：

「你想必難以啟齒，那就什麼都不用說了。」

——論及繪畫天分，政演絕對不容輕忽。但是，豐章顯然技高一籌……

不過，政演自己倒是直接挑明重三郎兩人的想法：

「師傅、蔦重先生，豐章畫得比我好。」

「一開始就認輸嗎？你這小子也太沒出息了。」

重政假裝生氣。

「是。」政演皺起漂亮的眉毛。

「繪畫和文章或許有好壞之分，但我認為那無關勝負。」

「說得好像你很懂似的。」

聽起來像在斥責徒弟，但是重政的語氣充滿慈愛。而政演，也沒有對師傅深厚的關愛諂媚阿諛，只是態度淡定地坦然說出想法：

「創作品可分成三種，如果用酒來形容……」

平時喝的酒、在像樣的店裡端出的好酒，以及名實皆符合高級且高價的美酒。

「這些各有其份，也各有不同的享受方式。」

然而，世人往往將三者混同。

「我的畫就像是小酒館的酒。」

站著喝頂多要價八文錢的本地酒，如果和遠從攝泉十二鄉運來一合[72]要價二十四文的酒相比，會有點尷尬。

「不過，用來配家常菜的話，比起昂貴的關西酒，還是廉價的本地酒更合適。」

原來如此。重三郎恍然大悟，並且也同意政演的畫作足以匹敵美味的本地酒。

「豐章這個人的畫作，或許遲早會成為媲美灘或池田這些地方釀製的名酒。」

這點重三郎再次同意。既然如此，他想趁著豐章成名前搶先把他拉來蔦屋。重三郎變得很貪心。

「知名旗本送禮用的豔本，就起用這兩位新銳作家吧。」

政演負責寫文章，重三郎希望文字融合吉原的名產和四季的知名詩歌。

「不如也試著仿照十二歌仙的意趣吧。」

政演立刻提供一個好點子。

「為了請豐章作畫，我會去拜訪石燕大師。」

重三郎著手安排計畫。重政對當下就已躍躍欲試的重三郎投以別有內情的一瞥：

「豐章那小子，可不像政演這樣筆直樹幹似的一根筋通到底喔。」

即便是以畫筆隨心所欲操縱妖怪百態的石燕，對徒弟彎曲枝椏似的扭曲個性好像也很頭痛。

重三郎一聽，又在坐墊坐下來了。

「這倒是有意思，我蔦屋重三郎修剪樹木的手藝，就請您拭目以待。」

72　一合：日本酒的單位，一合約等於一百八十毫升。

第四章　狂歌連

一

重三郎的手撐著屋形船的紅毯，遠眺河面。

大川的浪頭之間照亮的光芒不斷變換銀、綠、藍各種耀眼色彩。這種晴天如果再持續個兩三天，梅雨季大概就要結束了。

岸邊綁在幾根木樁上的豬牙船隨波搖曳，船與船若即若離的樣子，就像小貓互相碰撞肩膀。

「噢，比想像中還大。」

穿著風雅格紋和服的青年坐在重三郎身旁，兩人仰望逐漸接近的吾妻橋。

「目前看來，你就像這座橋。」

瞬間沉默後，青年轉為異樣執拗的口吻：

「你的意思是我只值兩文錢？」

兩文錢，是吾妻橋的過橋費。這座橋不是官府負責而是百姓施工興建的，為了籌措這筆費用所以收取過路費。不過，兩文錢幾乎和零食一樣便宜。

年輕畫師的視線始終對著橋，心眼卻牢牢窺視著重三郎的反應。重三郎也刻意不看他那邊。不過，畫師眼中蘊藏的東西，重三郎自認非常理解。矜持、聰穎、狷介、嚴峻……以及倨傲，腦海冒出的形容詞都是和通俗小說或浮世繪完全不搭調且艱澀、麻煩的形容詞。

——可是，此人的內心也充斥羞恥心。

雖然蘊藏驚人的才華，卻找不到適合的活躍場所。如果將過度的自信和實際的繪畫事業放在天秤兩端，會傾向哪一邊不證自明。因此，即便一點小事他也會追究找碴。如果嘲笑他這是「膽怯的自尊心」，他八成會立刻氣得發瘋，連脖子都漲紅。不過，內心想法這麼好猜的畫師，還真找不出第二個。

涼風倏然吹過大川的水面，撫過兩人臉頰。

「這叫做白南風[73]。」

重三郎轉移話題後，緩緩轉頭看青年說：

「剛才的比喻，意思是說你和這座橋一樣價值匹敵千兩、萬兩喔。」

「……」

「地本問屋用等同一碗蕎麥麵價格的十六文販售錦繪，黃表紙的價格更是只有那個的一半，很難裝滿千兩箱。」

「……」

吾妻橋是在距今十年前完工，不過，在跨越隅田川的大橋之中是最新的。兩國橋、新大橋以及永代橋，都是萬治或元祿時代建造，所以已有近百年歷史。

「我想請歌麿先生畫新時代的浮世繪，而且是關於吾妻橋的。」

歌麿直到前兩年還叫做北川豐章，之後改名忍岡歌麿，自稱歌麿。

他比重三郎小三歲，這是聽周遭的人說的——之所以用如此迂迴的說法，是因為他本人關於身世始終保持冷淡的態度。

「我是哪裡人、多大年紀，和畫畫無關吧。」

只要成為江戶首屈一指的畫師，自然不會再有人議論那種事。他就是這樣發下豪語。

不過，重三郎聽北尾重政大略說過他的身世經歷。

歌麿幼年還叫做勇助時，母子倆現身江戶，據說受到零陵洞鳥山石燕豐房的照顧。石燕很快就發現這個幼童的天賦。果然，得到畫筆的勇助展現了過人的靈氣。

身為石燕的朋友、自己也曾在歌麿的請求下指點畫技的重政說：

「石燕同意徒弟襲用『豐』這個字的，只有歌麿喔。」

光從這點，就可看出師傅對徒弟非比尋常的期許。

接著，重政先聲明「這純粹是無聊的傳言」才說道：

「也有人說他可能是石燕的私生子。」

但是，叫做豐章時的歌麿，以新人畫師的身分完成富本節正本的封面圖和小型戲劇畫後，立刻輕易拋棄了這個名字。當然，事先完全沒有對石燕打招呼。

「有段時期石燕等於將他逐出師門，到現在兩人的關係好像還是很複雜。」

對於繼承狩野派畫風的石燕來說，歌麿創作描繪性愛的豔本似乎也是令他不悅的主因。在當代，少有不碰豔本的畫師，但是石燕的心情也不難理解。

「如果是為了那件事，我也有責任。」重三郎略微蹙眉。

「當初把那小子推薦給蔦重你的是我。」重政也撇著嘴。

73　白南風：夏末，梅雨季結束，天空變得明亮時，從東南方向吹來的夏季季節性風。梅雨季時，在黑暗天空中吹來的南風，則稱為黑南風。

但歌麿的繪畫天分和潛力驚人，就連重政都不得不承認比愛徒政演高出數倍。不，即便北尾政演本人也退讓一步自認天賦不同。

「歌麿自恃甚高，也因此，格外難纏。」

聽到這種忠告的重三郎更想見對方了。這種反骨的精神他也有，而且正如重政所言的實力，不，比聽到的更厲害的實力也讓他迷戀。

——只不過難相處的個性，也格外傷腦筋就是了。

船速變快了。

過了花川戶，繼而越過竹屋碼頭，吉原的水路大門漸遠。

對岸是向島，草叢茂密得幾乎蔓延到這邊的綠意覆蓋河堤，從河堤冒出頂端橫木的，是三圍稻荷神社的鳥居。

「說到吾妻橋完工的時候，那時我好不容易才剛成為細見改所。」

「蔦重先生，那你之後只用了七年時間就成為江戶繪本問屋的寵兒？」

「和船隻順流而下一樣，只是僥倖搭上時代潮流。」

「不見得吧。大家都說，沒有哪個書店業者能像你一樣眼光精準地抓住時機。」

船鑽過吾妻橋下，成年人雙臂環抱都抱不住的巨大橋腳從河中伸出，支撐形似蛇腹的條條橋板。

「不知您在說什麼。」

重三郎難得挖苦，就算在春町和喜三二、年輕的政演面前都不會這樣說話。

重三郎憋住苦笑。

——瞧我弄的，這不是等於被歌麿牽著鼻子走嗎？

正如歌麿所言，現在「書肆．耕書堂」的名聲已經相當廣為人知。

不，重三郎自己都快變成江戶的名人了。做生意做到店主的名字比店名更紅，簡直比人稱十八大通的糧商還厲害。

「第七段戲碼出現的吉原租書商，就是蔦重先生吧。」

從各方傳來這樣的聲音，以敬畏的眼神看著他。

那是安永九年（一七八〇）的事，所以是兩年前的正月，烏亭焉馬等人合作的淨琉璃《圍棋太平記白石傳》初次公演就大獲好評。尤其是第七段「揚屋」，被活生生拆散的宮城野和信夫姊妹在遊廓重逢，立誓為父報仇，是全劇最高潮的一幕。

在那裡，出現了一看就知道是重三郎的人物。

「說到吉原、書店，就想到耕書堂，可是蔦重先生正想把『吉原』二字替換成江戶。」

歌麿稍微抬起下巴看著重三郎。雖然此人本就和阿諛、奉承、柔和無緣，但他此刻似乎連心中都想發飆，射過來的視線令人悚然。

——不過，這正是他描繪前所未見的浮世繪的原動力。

如果是風景畫，必須讓人感受到當場的氣候和風向，甚至是散發的氣息。若以人為題材也要能夠牽動心情，因此必須有非比尋常的視角。

「的確。一如歌麿先生的拚命掙扎，我也正積極構思如何出版能夠席捲整個江戶的作品。」

重三郎再次轉為挑釁的口吻。果然，歌麿被「掙扎」這個字眼激得勃然大怒。

「原來如此，那我也得像蔦重先生一樣逮到好機會往上爬。」

——噢，這次是來這招嗎。

蔦屋生意興隆的背後，其實有鱗形屋不只一次、甚至犯了第二次的失誤。

起初是店員犯錯那件事，重三郎趁機奪下細見出版商的寶座。可是，鱗形屋孫兵衛的反攻炮火猛烈，馬上就大量生產新的小說黃表紙。一時之間甚至幾乎把喜三二和春町當成專屬作家。對這種情況，重三郎只能半是呆然地乾瞪眼。

可是，到了安永末年，鱗形屋突然停止出版繪本小說。

誰也想不到，孫兵衛竟然徹底退出江戶。

繪本問屋同業之間傳來這樣的流言：

「據說孫兵衛好像得替將軍麾下某家臣收拾爛攤子。」

那個武士為了填補在吉原揮霍的虧空，擅自將主家的寶物取出抵押債款。

「當時居中牽線的就是孫兵衛。」

沒想到，東窗事發。武士切腹自殺，孫兵衛也難逃罪責。

「這下子，地本問屋同業商會的特權等於空出一席了吧。」

歌麿撂下這句話，就想從船邊回到船艙，重三郎不禁拽住他的袖子。

「如果被那樣解釋，我也不愉快。」

可是，歌麿的言下之意也不能說是錯的。

實際上，重三郎的確再次迅速接手了鱗形屋沒落後的空缺。

先找喜三二和春町，希望今後取代孫兵衛印刷出版。

「蔦重終於要一決勝負了嗎？既然如此，那我當然得助你一臂之力。」

喜三二響亮地拍著厚實的胸脯保證，春町也點頭答應，不過，他又悄悄補了一句：

「小說不過是浮世的無根草，這點彼此切不可忘記。」

重政和春章也一樣，他們知道，重三郎在安永時代提升了吉原的價值，同時也一直在積蓄力量。

接獲鱗形屋瀕死的消息，仙鶴堂的鶴屋喜右衛門和永壽堂西村屋與八等大型書店，對老店已不抱希望，轉而推舉蔦屋。這個事實，以空前的震度撼動了江戶的各家地本問屋。此外，重三郎和喜三二等人的深厚交情，也幫助他順利攏絡了即將失去鱗形屋這個得意主顧的雕版師、印刷師們。

從鱗形屋批貨的繪本店和租書店當然也不例外。

江戶城內不知到底有多少繪本店、租書商販扛著多少本書，他們也會拿出版的冊子製成摹本流通。書籍就是這樣贏得好評，傳遍江戶大街小巷。

——我建立的只是在吉原的販賣網。

具有準確情報的吉原細見、絢爛豪華的遊女評價圖鑑，將這些印製出版，成為眾人公認的優質書店。正因為生於吉原，才能夠成功打造出走在當今流行尖端的形象。

但在吉原大門外，要把生意擴展到整個江戶並不容易。

「鱗形屋的沒落，對蔦重先生來說，是天大的幸運。」

歌麿繼續辛辣批評，這次重三郎並未否定這個指摘。

「一毛錢也沒出，就得到了心心念念的龐大力量。」

從作者到工匠、銷售網，蔦屋就像天上掉餡餅似地接收了鱗形屋代代累積的資產。而且，還有意外的發展在等著。

重三郎本來打算等鱗形屋收掉後，再進駐一流書肆林立的日本橋通油町。沒想到，天大的好消息意外降臨。在通油町經營地本問屋的丸屋小兵衛，不只營業權、就連店鋪和倉庫據說都可能一併出售。

重三郎沒有錯過良機，立刻去丸屋周遭打聽。據說對方還在猶豫，尚未釋出營業權和店面。但是，這年頭可沒那麼好混，足以讓一家缺乏特色的書店苟延殘喘。

——最遲明年正月就會判明情勢。

新年伊始對書店來說正是旺季，會競相出版新書，屆時丸屋應該會做出決斷。

重三郎計畫在翌年天明三年（一七八三）的初春，動用堪稱鱗形屋遺產的「力量」，出版前所未有的大量繪本。不知丸屋是否做得出這種大膽的舉動？

——櫻花綻放時，希望能夠完成交涉。

進駐日本橋對書店來說就像是站上風光的舞台，在林立的知名書肆、地本問屋之中將會掛出「蔦屋」的招牌。

「希望我也能沾到蔦重先生的光，讓歌麿之名也扶搖直上。」

歌麿浮現淺笑。

河面上，潑辣跳出一尾銀色的魚。

是所謂的福子魚嗎？那是長大之後就會被稱為鱸魚的出世魚[74]。

二

船尾傳來「差不多可以了嗎？」的詢問聲。

上船的廚師，抓著發出烏光的魚尾巴。是長度約有二尺半的鰹魚，如果是剛上市的初鰹想必價值三兩。這傢伙跳起兩三下，廚師也跟著在船板上左右搖晃。白瓷酒器放在鍋中，架在爐子上溫熱，發出高亢的聲音。

「我在日本橋的河岸買了最新鮮的好貨色來。」

廚師裸露一條胳膊開始揮舞菜刀。

「來，我們邊喝酒邊聊繪畫吧。」

重三郎舉瓶斟酒。巧的是，那正是上次政演將歌麿比喻的伊丹清酒，帶有桶裝酒特有的杉木芬芳。

「又要叫我畫黃表紙和滑稽本的插畫嗎？」歌麿舉杯說。

他喝起名酒就像喝水一樣一口乾杯，即使人人讚美的酒也不放在眼裡的喝酒態度，頗有歌麿的一貫作風。

「時機差不多了，我想好好畫出令人驚豔的美女。」

的確，幾年前的正月，應某旗本的要求祕密製作的豔本受到熱烈好評，重三郎對他超乎期待的技藝非常滿意。

不過，歌麿身為畫師有他必須晉升的階段。

那也是防止他沉溺於天賦才華，讓他磨練畫技的手段。儘管知道他遲早會跳過中間的兩三階一飛沖天，唯獨這點還是得堅持。

——只要按照那個步驟來，女人的嫵媚和美麗，甚至內在，想必都可以如實地徹底表現出來。

做完豔本的工作後，委託他做的是蔦屋「台面上」的工作：滑稽本和黃皮書的插畫。這個，也是必須的步驟。在那之中，歌麿與志水燕十合作的滑稽本《身貌大通人略緣記》受到好評。從此，兩人攜手合作了多本黃皮書和滑稽本。

「如果是和燕十再次合作，你也不介意吧？」

重三郎說著又敬了歌麿一杯酒。

志水燕十也是石燕的門人，算是歌麿的師兄。

石燕的徒弟雖然不像重政和春章那麼多，但是門下英才輩出，別具特色。最搶眼的就是戀川春町，這位詩

---

74 出世魚：出世是成功、晉升之意。武士會隨著地位提升改名字，因此這種隨著成長階段有不同名稱的魚就稱為出世魚。

畫雙絕的才子，對歌麿和燕十來說都是過於偉大的前輩。

話說回來，燕十雖是幕府家臣，卻是俸祿微薄的窮武士。比起畫技，詩歌和文章更耀眼。讓他寫滑稽本，可說是重三郎的慧眼。

「你和燕十，就在不久前好像還在吉原張揚地玩樂吧。」

連那種事都知道，當然是因為他們的花費都是記蔦屋的帳。

「不行嗎？」

歌麿無趣地獨酌，對重三郎的空酒杯正眼也不瞧。重三郎之所以容忍他這種舉動，純粹只是對他的實力和前途另眼相看。

最主要的是，吃喝玩樂是滋潤畫師與小說作者這塊田地的春雨，重三郎不可能責怪他。

不過話說回來，燕十特別愛玩。因為經常和他作伴，歌麿也變得夜夜流連花街柳巷。同樣由蔦屋贊助遊玩費用的政演也是年紀輕輕就已經是風月老手，但兩者的風格截然不同。

政演講究風雅，表現在說話和穿衣、態度上，他就像水黽輕盈周旋在一個又一個歡場女子之間。相較之下，燕十和好搭檔歌麿從羅生門河岸到總籬，只要是有女人和酒的地方，就毫不挑選地到處品嘗。

——而且政演的帳，怎麼看都像是上臈請客。

重三郎很了解吉原的行情，政演的帳目金額相當便宜。想必，是他的俊俏外表和優雅舉止、洗練時尚的衣著和用品、專注的說話態度令上臈也為之著迷。

——反觀之下……歌麿兩人，似乎被當成肥羊狠宰。

菜色送來了。先是生魚片，然後是下酒的烤魚腸、炸物、大蔥鮪魚鍋，以及初夏特有的鰹魚套餐。

「魚頭要怎麼吃？」廚師用河水沖洗刀子問。

「煮的比較好。薩摩（鹿兒島）好像有所謂的魚頭料理。」重三郎回答。

歌麿默默動筷。

「哎，你別不高興了，就在插畫方面暫時再發揮一下才華吧。」

——遲早，定會讓歌麿做一番大事業，令整個江戶都談論歌麿。

以喜三二、春町兩巨頭為首，蔦屋的部署漸漸完善，工作正感得趣的燕十、喜三二的女徒弟龜遊等新作家的嶄露頭角也令人欣喜至極。畫師也以重政大師為首，有政演、政美及歌麿。有時春町也會只負責作畫。政演不只作畫，通篇都在影射世情的文章也很拿手。不過，重三郎打算網羅各種人才，加強蔦屋的陣容。

「歌麿先生，有人很想見你一面。」

明年開春的小說出版攻勢務必成功，秋天一定要買下丸屋，從吉原大門旁遷移至日本橋。其中最關鍵的，就是蔦屋耕書堂的招牌商品。為此要做好事前準備。

而且，如果這個計畫實現，歌麿的野心自然也會跟著有成果。

「……」

歌麿不知重三郎的野心，沉默地喝了一杯又一杯。

三

四人、五人……小廝絡繹爬上大屋頂。

「嘿咻！」

隨著一聲吆喝，大桶的水潑出。瓦片上頓時有水珠四處彈跳，升起蒸騰的水煙。摺起衣服下襬的小廝們後方，彷彿酸漿草的果實般染上橙紅的太陽逐漸西沉。

「這樣反而更悶熱吧。」

歌麿小心避免屋頂噴濺的水花沾到衣服，拎起下襬後退。

「那不知是瓦片熱氣，還是海市蜃樓？不，或許是想讓客人如墜五里霧中暈頭轉向吧。」

仰望的歌麿身旁，北尾政演笑嘻嘻地搧扇子。扇面畫著二尾鯉魚依偎游泳。

「是京傳老師的親筆作嗎？不，紅鯉魚的筆觸不同。」

歌麿說到「老師」二字格外用力。政演幾年前也開始寫小說，用的是山東京傳這個名號。政演——山東京傳，對歌麿的諷刺輕巧閃避。

「你說得沒錯，比起我畫的，紅色那尾更嬌豔。」

重三郎在旁呵呵含笑。京傳的白扇子，把他與相好的上臈，松葉屋的林山許下的男女誓言寄託在畫中。吉原這地方說大實則狹小，小說作者和畫師的一切行為都會傳到重三郎耳裡。

「來來來，差不多到了貴客抵達的時間。」

重三郎插入兩名年輕畫師之間推著他們的背。

——希望今晚的酒席一切順利。

天明年間，今晚客人的影響力急速增大。能否攏絡此人，也將左右蔦屋耕書堂的前途。如此一來，歌麿和京傳命運亦然。

敞開的窗戶掛著捲簾，屋頂灑的水落下水滴帶來涼風。

客人還沒到，重三郎將雙手放在窗欄上。

「小廝製造的午後陣雨也不壞。」

從袖子露出的潔白手腕，由於皮肉豐腴看起來頗有威嚴。

「如果有牽牛花的爬藤，焦茶色捲簾和白花的組合想必好看。」

京傳闔起扇子拋向空中，像畫筆一樣流暢轉動。

「今晚是打算用蔦羅藤糾纏吧。」歌麿湊趣說。

重三郎對他的揶揄充耳不聞，先替客人空出上座。

歌麿、京傳依序就座。若就畫業和出版的成績而言是京傳大幅領先，但在此決定按照年齡排序。以實歲算來，重三郎三十二歲，今晚的客人三十三。歌麿大約二十九或二十八，京傳今年秋天才滿二十一歲。

歌麿理所當然地立刻在坐墊坐下，京傳甚至沒有露出不滿。基本上，這本來就是個溫柔細心又體貼周到的青年。

京傳說「我敬陪末座」就去抓正要坐下的重三郎的腰帶。

「不，沒關係。像你們這樣有前途的年輕人，應該盡量坐得離那位近一點。」

「砰！啪！」的聲音炸響，京傳起身捲起簾子。

「是兩國橋放的煙火。」

「從吉原果然看不見煙火，只能聽聲音嗎？」歌麿也轉頭望著窗口。

重三郎試圖維持秩序，說道：「老師抵達前，我先吟詩一首吧。」

京傳和歌麿都轉向他。重三郎乾咳一聲：

「置身在北國，聆聽夏煙火；聲聲傳入耳，蔦屋復蔦屋。」

重三郎說完像小孩般吐出紅紅的舌尖扮鬼臉。

北國是指吉原。說到煙火自然首推鍵屋，由此聯想到耕書堂……

京傳和歌麿爭相要說話時，紙門倏然拉開。

「蔦唐丸先生，看來你還得好好加油啊。」

男人黑多白少的渾圓大眼睛，首先鎖定重三郎。

「老師，我已恭候多時。」重三郎立刻堆出滿面笑容。
男人的眼珠一轉，從包廂這頭掃到那頭。
「京傳，好久不見，你越來越活躍了。」
京傳恭敬地低頭行禮，不過，不覺諂媚阿諛的態度令人很有好感。
「如此說來，這位就是歌麿了？聽奈蒔野馬平人說你頗有繪畫天分。」
被點名的歌麿也端坐行禮。奈蒔野馬平人是燕十寫狂歌時的筆名，附帶一提，蔦唐丸也是重三郎寫狂歌時的名號。
「今天，有種種事要拜託您。」
歌麿不僅從狐朋狗友燕十那裡聽說，重三郎也再三對他強調過男人的權勢，所以他異於平時的恭敬態度也是理所當然。
「在這家，是小廝露出毛茸茸的小腿從屋頂灑水降溫？」
男人大步走過重三郎等人坐成一排的位子來到窗邊。
「太沒情調了。應該找上臈或藝伎來，穿著朱紅襦袢露出雪白的小腿灑水，那才妙呢。」
男人頓時看起來色瞇瞇的。或許他自己也察覺了，慌忙轉為嚴肅古板的口吻：
「那樣的話，更能夠成為知名景點。蔦重，你去告訴吉原的大老們。」
「如此一來，久米仙人都會從雲端降落喔。」
京傳一本正經地回嘴。男人噗哧一笑，重三郎趁機響亮拍手示意。
樓下傳來老闆娘「好，馬上來」的回答。
男人一放下酒杯，和武藝看似無緣的纖細指尖輕搔頭皮。

只要是吉原的宴席必定有美女伺候——男人似乎如此期待，急忙去了理髮店，剛刮過的頭皮發青。

重三郎切入正題說：「叫美人來之前有要事相求。」

「這種要求，幾乎所有的書店都曾提出。」

男人動輒就要吊人胃口的說話態度，或許是因為自覺身為江戶狂歌界的領袖？抑或，是因為年紀還不大時就已被奉承為「老師」。重三郎精明地抓住這種心理。

「不過，四方赤良『老師』，蔦屋也準備了很多很多符合老師眼光的企畫。」

戳戳戳！重三郎以商談為名義的長槍尖端戳中客人的心口。老師每次或許自以為已經完美閃躲，但重三郎每次刺出長槍時，也在緩緩加強力道。

「不過，蔦重為何如此支持狂歌？」

吉原的買賣照理說應該很忙。他一邊這麼說，一邊拿筷子夾取鹽烤鯛魚。重三郎深有感觸地回答：

「我相信在天明當世，狂歌才是江戶大眾的驕傲。」

冷掉變硬的魚身讓赤良的筷子戳不動，只揭下紅色網狀的那層魚皮。

「俗話說：『虎死留皮。』但鯛魚只掉了一層皮，不讓我吃美味的白肉。」

老師望著在筷尖晃動的烤魚皮，微微皺起鼻頭送進嘴裡。

重三郎立刻機靈地借題發揮：

「人死留名，老師的大名也請讓蔦屋為您流傳後世吧。」

「嗯。」過於清晰看起來也有點惺忪的雙眼皮眼睛，倏然閃現銳光。

如今四方赤良——大田南畝，不只是江戶文人，在自負是風雅玩家的眾人之中也逐漸成為魁首。南畝的寶刀就是狂歌，這種戲謔的和歌想必很快就會在江戶怒放絢爛的花朵。

歸根究柢，江戶的狂歌本就是大田南畝與小島恭從、山崎景貫最早開始的。三人都是出身武士家庭的頑童，南畝和山崎也是私塾的同期生。老師內山賀邸（椿軒）是知名的歌人，他們卻選擇了比正統形式的和歌更諧謔搞笑的狂歌。這大概是錦繪誕生、黃表紙小說受歡迎的這些背景下，醞釀出明和時代特有的心態吧。

不過，就連內山自己，和學生們喝酒時也曾即興詠出這麼一首：

跳蚤落杯亦酒友，壓不爛也踩不扁。

後來南畝自號「四方赤良」，小島取名「唐衣橘洲」，山崎也取了「朱樂菅（漢）江」這個狂名，大為得意。

而且，如今這三人已並稱狂歌三傑，頗具影響力。

「以南畝老師率領的山手連為首，再加上菅江老師的朱樂連，甚至吉原也有大文字屋、扇屋等商人組成連。」

喜歡狂歌的同人聚會稱為「連」，連沒有武士與平民、身分與職業之分。不過，風雅、冶遊、影射世情的精神不可欠缺，也不可忘記最愛的就是奇妙古怪的意趣。說得難聽一點，就是故作灑脫、過於奢侈、矯揉造作的人爭相將狂歌當成表現的手段。

就像喜三二叫做「手柄岡持」，春町叫做「酒上不埒」，大牌的小說作家和畫師也各有狂號。

不久前，據說在南畝主持的狂歌連，成員各自帶來淺草海苔舉辦「競寶會」。

南畝硬把海苔當珍品瞎掰，在場的風雅人士也爭先恐後開始炫耀海苔。

「這張紙片是有六歌仙美譽的作者，以金字寫成的一首佳作。」

——不過，這正是當代現況。

庶民並非人人都對滑稽的和歌與荒唐搞笑的風格感興趣。不過，人們感到狂歌和它帶來的氣息夠風雅，對狂歌連交遊廣闊的人士抱有憧憬。重三郎揚聲說：

「南畝老師的狂歌是江戶風格，可是橘洲老師的，終究是關西的流派。」
「……沒錯，那傢伙的狂歌結尾總是有點做作……」
江戶大眾不想模仿京阪風格，只想盡情享受本地孕育的新機運。
——正好和我試圖提升吉原的印象，進而加以擴展的想法一致。
狂歌的搞笑、狂歌連的成員、其中瀰漫的風味、江戶特有的驕傲與獨創，他想用這些作為印刷品的主軸。
「南畝老師的做法，一切都與蔦屋想出版的東西不謀而合。」
燈籠點亮，四人的影子變大。
老闆娘使眼色詢問是否要叫藝伎陪酒，重三郎委婉制止。
南畝察覺後面露不滿，但是，重三郎暫時還不想把脂粉豔香帶進包廂。歌麿和京傳也都知道他的想法，因此始終端坐保持嚴肅的神情。南畝似乎很意外，沒想到會變成這樣公然談生意的場合。
「不過，如果有什麼和蔦屋合作得到好處的方法，你就直說吧。」
南畝就像被戲劇中的奸商越後屋慫恿奸計的貪官從上座發話。
「恕我冒昧，關於您和橘洲老師的關係……」
南畝無法找女人和歌舞樂曲助興的不滿霎時從臉上消失。
「蔦屋想說什麼，我實在不懂。」
轉而出現的，是聽到不快的名字產生的心情動搖。堂堂狂歌領袖，似乎將內心想法都寫在臉上了。
——南畝這種人很好懂。
重三郎坐在下座，立刻展開攻勢，試圖刺穿對方的弱點。
「南畝、橘洲兩位老師的對立，我知道不只是狂歌方面的立場不同。」

南畝重視的是反映時代的機智和創意的巧妙，就算成果有點拙劣也會放一馬。橘洲追求的卻是異於南畝的復古風格的風雅、端整。

至於何者更適合做買賣，從書商熱烈拜見南畝的事實已見分曉。不過，南畝的高人氣對橘洲而言自然不是滋味。橘洲拉攏平秩東作、元木網、蛙面坊懸水等人，據說正在籌備明年出版的《狂歌若葉集》。

重三郎又補上一槍：

「可是，橘洲老師並未邀請南畝老師共襄盛舉。」

不只是露骨地排擠南畝，還一再公然批判。

「……」

南畝的太陽穴猛然抽搐，厚實的嘴唇也不滿地噘起。

「我蔦屋耕書堂重三郎絕對支持南畝老師。」

「……」南畝始終沉默地注視重三郎。

京傳的長臉幾乎埋進領口說：

「不只是蔦重先生，我和歌麿兄，不，和蔦重先生熟識的小說作者及畫師也都支持您。」

被京傳斜眼一瞥後，歌麿也傾身向前。

或許是全場的聲援令南畝信心大增，他緊繃的臉頰終於稍微放鬆。

「不過，蔦重應該不是精心算計得失後，才對我虛應故事、討好我吧。」

這時立刻回答「您說得是」很簡單。

但是——重三郎看中南畝，是因為欣賞他的實力和經歷。

大田南畝於寬延二年（一七四九）生於江都的牛込。

如前所述，他比重三郎大一歲，天明二年這時正值三十四歲的壯年。

他雖是下級武士之子卻從小文筆出眾，學問方面也是精通三史五經和《源氏物語》、《萬葉集》、《古今和歌集》等書的秀才。十九歲時，在漢學同窗平秩的帶領下出版狂詩集《寢惚先生文集》，頓時成為東都[75]的話題。

對於當時尚未從事書店工作的少年重三郎而言，寢惚先生雖然年紀相仿卻是必須仰望的大人物。

重三郎初次拜訪南畝是在天明元年。

南畝寫的黃表紙評論記《菊壽草》中，把蔦屋耕書堂出版的喜三二作品《見德一炊夢》放在卷首讚不絕口。附帶一提，這本書由重政負責插畫，封面寫著「榮華不過五十年，蕎麥一碗五十錢」，頗有喜三二一貫的戲謔風格。

對於靠著吉原細見和教科書、富本節正本這些出版品備受矚目的蔦屋來說，趁著安永．天明年間特有的風潮進軍黃表紙市場也是多年來的夙願。

如果冷靜審視，《菊壽草》只不過是趁著黃表紙受歡迎隨便定出排名高下的作品。

但是，一旦加上南畝的名氣，意義就不同了，狂歌的人氣以倍數成長是眾所周知的事實。只要乘著當代狂歌寵兒南畝．四方赤良這股好風，蔦屋耕書堂也能揚帆啟航大洋。

——人氣、話題這種東西很可怕，如何利用這把雙刃劍是做生意的關鍵。

重三郎初次造訪南畝家時，帶來這樣的狂歌：

大名鼎鼎響四方，赤焰明亮童亦知。

75　東都：相較於西邊的京都，位於東邊的江戶或東京。

這是委託大島蓼太創作的，此人號「雪中庵」，和與謝蕪村等人並稱俳諧的中興五傑。南畝得知這是知名文人的作品，對於吉原書商獻上的這首狂歌龍心大悅，不掩歡喜。

重三郎不只是基於生意上的盤算看好狂歌，身為江戶庶民也對狂歌有極高評價。

江戶百姓特別喜愛打油詩之類「影射、滑稽、輕快」的笑話，喜三二和春町打下基礎的黃表紙就是那種喜好的代表。武士、富商們習慣交換圖畫曆由此產生多色套印的錦繪，以及動輒以性為主題的豔本，這些都少不了搞笑，而且也是京傳、歌麿這些年輕世代亟思開創的庶民新娛樂。

狂歌的流行，就是有這樣的水脈滔滔流淌。

當然也無法否定田沼意次的重商主義為江戶帶來的經濟影響。

或許該說，傾向豪奢的時代潮流產下的鬼子，那就是狂歌。重三郎坦然表示：

「我曾說過小說、錦繪、插畫就是漫之文、漫之畫。」

「噢，你說漫畫啊。」博覽強記的南畝對他一笑。

「雖是短暫慰藉之後便可隨手扔掉的文章和圖畫，卻飽含毒素，是嗎？」

重三郎也大膽地笑了，窺看歌麿和京傳的臉色。兩人都深深點頭。

「南畝老師精通古今和漢的詩歌，深諳笑話、香豔俳句、嘲諷事物的感覺。我對這點很佩服，也很欣賞。」

南畝「嗯嗯」有聲，端起架子撫摸下顎。

「蔦重的想法，今天如果不聽個明白看來是不會放我走了。」

不過，南畝先發制人道：

「橘洲的企圖云云，對我來說其實不痛不癢。」

南畝為了對抗橘洲的《狂歌若葉集》，正在編纂《萬載狂歌集》，而且出版商是知名的須原屋伊八。「怎樣，沒有你蔦屋出手的餘地了吧？」南畝彷彿想這麼說，傲然對他抬起下顎。

重三郎肅容坐正，直視南畝。京傳旁觀事態，悄悄拉歌麿的袖子。雖然一直故作乖巧，其實已經快無聊死的歌麿，也配合地故意裝出嚴肅的神色。重三郎倏然將長槍尖端抵向南畝的喉頭，步步進攻地說：

「我蔦屋所求，並非只是一本或二本的狂歌本。」

他想得到的，不只是南畝這狂歌樹上開的花，還有結實累累的果子。

「首先我想借助老師的力量，不只是京傳先生，也提升歌麿先生的名氣。」

四

「嘿咻、嘿咻……」抬轎的吆喝聲漸漸遠去。

重三郎和歌麿送走最後一位客人。

兩人在上野的忍岡，寬永寺的雄偉外觀沐浴秋天的明月，影影綽綽塗成一片漆黑。到處都有蟲子競相鳴叫，許是要報復剛才吵吵鬧鬧壓倒他們音量的人類。

暮六刻的鐘聲響起後，至今不知已過了多久。不過，風雅人士肯定會來吉原夜遊。

「話說……」重三郎望著凌亂的房間說。

「你也差不多該離開這裡，搬去蔦屋了。」

重三郎之前就考慮把歌麿安置在身邊，不過，這並不是想用蔦蘿緊緊綁住對方。今後數年將會決定歌麿的身價，正因如此，他希望歌麿能夠專心在畫業上。

「繼續待在忍岡的話，你應該沒辦法安心畫畫吧？」

在蔦屋，有南畝的徒弟——擁有「質草少少」這個戲號的加藤源藏工作。他絞盡腦汁想出「唐來三和」這個筆名，正卯足全力，預定明年一開春就出版洒落本。他的積極鬥志、在桌前埋頭工作的模樣一定會為歌麿帶來良性刺激。

「而且，我店裡是前來吉原的作者、畫師都會順路來訪的地方，說不定意外可以結下好緣分。」

歌麿的神情仍亢奮未醒，微微點頭。

——就連歌麿，都對今晚的巨大成果感到震驚。

天明二年（一七八二）夏天，在吉原宴請南畝的成果終於有一樁落實。

重三郎翻閱堪稱點名簿的簽名簿。

首先，是歌麿以宴會主人的身分簽名。接著，是受到特別禮遇的四方赤良和朱樂菅江這二大巨頭。然後是喜三二和春町、重政和春章。也有浮世繪作品正在好評銷售中的鳥居清長。燕十、烏亭焉馬、市場通笑、芝全交、森羅萬象（竹杖為輕）、南陀伽紫蘭、伊庭可笑、雲樂齋、田螺金魚……錚錚名士跨越各連齊聚忍岡。這一切，都是南畝的影響力所致。

「這些人的小說和畫作，就算各出版一本也足以成為江戶首屈一指的書店。」

焉馬不只是淨琉璃作者，也致力創作相聲的滑稽故事。通笑、萬象、金魚、可笑等人是當紅小說作家，還有全交是歌舞伎狂言師。金魚、萬象是醫師，他們的朋友也相繼被狂歌吸引，而且都是江戶的知識分子、風流人物。

「狂歌師和小說作者、浮世繪畫師跨越界線的交友時代來臨了。」

這些人齊聚忍岡，來到歌麿的大本營，堪稱是件大事。就算畫得好，畢竟只是一介年輕畫師的歌麿，在今晚大幅提升了地位。

「看來我暫時在南畝老師面前都抬不起頭了。」歌麿也滿意地湊近看著簽名簿。

「沒那個必要。」重三郎立刻回答。

「只要照你想做的去做就行了。否則，會失去你的個人風格。」

不過，就連重三郎都沒想到事情會進展得如此順利。

不只是狂歌，還有狂詩和打油詩。宴會進行中，空酒瓶越來越多，舉座氣氛熱鬧。

還有競寶。各自取出不值錢的東西掰出歪理吹噓，是大家的拿手好戲。首先是喜三二，他宣稱湯圓是爪哇產的大珍珠。

接著，個性正經的春町也慢條斯理解開包袱，從中取出一顆大蕪菁。這是他特意從家裡帶來的。

「這是從住在俄羅斯的大海中，吃掉鯨魚的大貝殼取出的逸品。」

他繪聲繪影地仔細描述從海底撈上那玩意的海女是怎樣的碧眼紅髮。

春町難得在宴席上這麼活潑，重三郎悄悄瞇起眼凝視他。

「好了，各位，今晚的壓軸是這個。」

重三郎，不，蔦唐丸展示的是畫在絹布上的親筆春畫，當然是出自歌麿之手。

重三郎舉起從吉原拿來的銀燭台，讓大家觀賞那精采的筆觸。

「……」

舉座屏息，甚至可以清楚聽見吞口水的聲音。

畫面上是熟女沒收美少年收到的情書，譴責他的不忠。

接著，是看似寡婦的女人對久違的情事感到羞赧同時卻也燃起熱情。

還有毛髮茂盛的粗野男人，夜襲清純美女，到此為止還好，問題是遭到對方咬手臂極力抵抗。

每一幅，都有新鮮的構圖和無與倫比的香豔風情，並且籠罩笑意。

「歌麿先生自己，對這樣的作品遠遠還算不上滿意。」

重三郎一邊說明，內心不由苦笑。

昨晚和歌麿也起了爭執。

女人的表情、動作、氣息，肌膚的觸感，乳房的質感，女陰和男根的描繪手法……

「完全不滿意，這種東西還不能見人。」

歌麿就像使性子的小姑娘一樣爆起青筋。

但重三郎似慈母般安撫他：

「我也不滿意喔。」

正因如此，才想讓歌麿畫出更好的浮世繪。

「不過，歌麿先生，你只要發揮現在自己擁有的力量就好。」

那樣就能讓全場讚嘆不已。重三郎鎖定的這個目標實現了。

「每一幅都只是試筆之作，見笑了。」歌麿的聲音有點激動拔尖。

「這些畫如果印刷出來一定會大受歡迎。」

南畝大力保證，喜三二和春町、重政和春章也一致同意。

「遲早，我打算製成一套十二張的大型錦繪。」

重三郎這麼一說，三名青年迅速抬起頭。

其中一個正是歌麿本人，另一人是鳥居清長。

歌麿本來不想招待他。重三郎暗想，這也難怪。

在江戶以地本、繪本問屋闖出名號的西村永壽堂，幾年前，歌麿接到這家委託的黃表紙插圖工作，曾經意氣昂揚。然而，永壽堂在聯絡幾次後就放棄了歌麿。

永壽堂轉而起用的畫師，正是清長。

他是以演員畫聞名的鳥居畫派英才，年紀應該也和歌麿相仿。永壽堂不僅請清長畫插圖，也請他畫歌麿至今尚未涉獵的美人畫，而且是單張印刷的浮世繪。破格的待遇，可以看出永壽堂對清長空前的期待。

果然，清長創出的八頭身修長美人畫，成為打破過往常識的傑作，開始轟轟烈烈席捲江戶！

對歌麿而言，這是令他懊惱得咬牙切齒的憾事。

他的眼中燃起比蠟燭更強烈的火焰，並且毫不客氣地噴向清長：

「怎樣，我的筆力稍有長進嗎？」

「在我看來進步神速……相當精采。」

清長眼尾挑起的淡漠雙眼也緊盯著歌麿。

「沒想到能得到清長大師的讚許。」

「不過，春畫的主題我也有腹案了。」

「慢著，你們別吵了。彼此都畫出好作品，良性競爭才是常道。」

插入兩人之間的，是最近靠著黃表紙和清長搭檔合作受到注目的通笑。不愧是擁有「愛說教的通笑」這個綽號，開口閉口都帶著說教的意味。

然而，歌麿對他好心的仲裁不當一回事：

「如果要畫女人，我絕對不會輸給你。」

「這種大話，請你看過我的春畫之後再說。」

「又開始了……」彷彿很想這樣說的，是抬頭的三名青年中最後一人，京傳。

「筆之綾丸兄。」

狂名叫做「身輕折輔」的京傳喊出歌麿的戲號，他從容不迫、帶點溫柔的聲音沖淡了在場的緊張氣氛。

「春畫可以讓畫師展現技巧。其實，連我也想過各種構思。」

不過……京傳優雅的長臉歪向一邊。他的衣服是暗褐色粗條紋，當世的流行款式。在各個出名的在座眾人之中也格外灑脫，好看得氣煞人。

「我的畫技比不上歌麿兄和清長兄。正因為了解這點，所以……」師傅重政不禁露出苦笑，春章倏然挑眉。歌麿和清長也尷尬地促膝端坐，即使是吵架的兩人，也無法忽視京傳說的話。

由此可見，京傳以政演之名畫的插圖進步有多麼顯著。

天明元年的《菊壽草》作者南畝，不僅在書中對蔦屋印製、喜三二創作的黃表紙讚不絕口，也將政演放在僅次於重政、清長的畫師排行榜第三位。接著今年南畝也在黃表紙評論記《岡目八目》中，把首席畫師的榮譽給了清長，第二名給了政演。不過，京傳對此絲毫沒有驕傲：

「我能與兩位較量的，頂多只有枝微末節的穿鑿隱喻。」

「不，政演兄的畫，連細節都描繪得非常周到。」

清長打圓場，連歌麿都忍不住跟著這麼說：

「你的畫和文章的靈氣誰也無法模仿。」

在場的風向頓時從歌麿與清長的對立，轉為對畫師政演和小說作者京傳的讚美。這時，南畝慌忙插嘴：

「第一個誇獎政演和京傳的人是……」

重三郎間不容髮地捧場接腔：

「正是四方赤良老師！大田南畝老師果然是慧眼獨具。」

南畝不知該說是個性率直還是一根筋通到底……立刻驕傲地翹起鼻子。這時京傳也補了一句話：

「南畝老師，您總算發現京傳和政演是同一人了？」

京傳淘氣地噘起嘴唇。這是因為，南畝在《岡目八目》寫道：「作者雖名為京傳，其實是紅翠齋門下弟子政演的自畫自作。」似乎之前長期都沒發覺政演和京傳是同一人。

——這一切，都是因為京傳自己和政演混合使用。

在重三郎看來，自己明明早就提醒過了。不過，就算被翻出舊帳，南畝還是一派狂歌領袖的風範，得意洋洋地泡茶。

「哎，到現在我還在懷疑是不是雙胞胎呢。」

就像鬆掉的腰帶一下子解開，全場哄然大笑。

《岡目八目》中，京傳的作品《御存知商賣物》被放在黃表紙作品類的第一名。

至於作者部分，京傳排在喜三二、春町、全交的後面是第四名。無論文章或繪畫，京傳都成了江戶小說界的風雲人物。蔦屋自然不消說，江戶各家書店也紛紛邀稿，針對他展開一場爭奪戰。就在那樣的情況下，京傳以《御存知商賣物》精心模擬蔦屋的徽紋及吉原細見等物，文中出現的人物，只要是對當世動向敏感的讀者，一眼便可認出那是重三郎。

——和喜三二兄及春町兄一樣，自己與京傳也志同道合。

這個事實很重要。正因如此，重三郎才會希望京傳能夠成為極盡庶民風流意氣的知名作者。

——差不多該說服京傳了。

不過，今晚的主角是歌麿。重三郎希望藉由把他推入狂歌界，替他鋪就成為畫技與前途兼具的大人物之路。只要把京傳和歌麿作為天明時代蔦屋的當家招牌，便可高枕無憂。

「蔦重，你在偷笑什麼？」

心情很好的南畝把矛頭轉向重三郎。

「大概是春畫太精采，忍不住就想笑吧。」

末座有人出聲，於是全場再次一陣大笑。

「哎呀，被說中了。」重三郎將三幅絹畫捲起。

「這些畫，我想當作今日的伴手禮。」

舉座為之哄然。在重三郎的眼色下，歌麿迅速膝行至南畝身邊。

「接下來要請各位吟詠狂歌。老師，請選出一首最佳作品，我會將我的親筆畫送給他。」

在全場的注視下，南畝滿意地環視眾人。

五

重三郎用剪燭心的剪刀，剪斷粗蠟燭的燭芯。

漆黑的燭芯發出潮濕的聲音掉落。燭火熄滅後，周遭頓時變暗。唯有枕畔燈籠的橙黃燈光，隱約照亮房間。

重三郎在叔父的引手茶屋要了一個小房間。說穿了，等於是祕密巢穴。

最後把歌麿送至遊廓後，重三郎沒有回到大門旁的自家，反而走進這個房間。

重三郎連被子也沒蓋，直接躺下。秋季深夜，開始瀰漫冷空氣，但是醉意令全身發燙，所以這樣反而很舒服。

「看來推銷歌麿有了成功的起步。」

南畝要離開忍岡之際在重三郎耳邊如此低語，那種帶著酒氣的溫熱呼吸弄得耳朵癢癢的。

江戶的風雅人士，都知道歌麿背後有南畝還有蔦屋。而且那不是偏心，是認可歌麿實力之後的守護。

——就連歌麿和清長的反目，都恰好成了增添風味的逸事。

當紅的鳥居清長，歌麿作為他的勁敵受到廣大矚目。

——新時代即將揭幕。

歌麿不只師從石燕，也從重政和春章那裡受教不少。
就連清長也老實承認受到春章拿手的演員畫啟發靈感。
京傳以政演之名創作的畫作也同樣可以看出春章的影響，不過，那堪稱他們走過的軌跡。今後，歌麿和清長等人走的路想必會成為錦繪新的大道。
就像現在，政演搖身變成京傳後精心創作的小說，已經無法再說他模仿喜三二、春町等大師。今晚出席的新進作者們也是，從安永年間到現在的活躍表現極為耀眼。
——新的感覺，新的表現手法，新的客人想必也會為此拍手。
說到這裡才想起，春章說過「有個有趣的徒弟」，據說叫做勝川春朗。不只是春章的技法，此人連本朝和唐人、西洋的畫法也熱心研究。
「那小子簡直是個畫瘋子。」春章的神情像在開玩笑又像認真。
「蔦重你最喜歡這種怪物級的年輕人吧？」
——明天就立刻去拜訪這個叫做春朗的徒弟吧。
才華忽然萌芽，能否眼尖地發現那個苗頭，一半靠運氣。不過，即使遇見了，好好培養那個才華就是重三郎的重要職責。
——新芽紛露，是天大的幸運。
為了讓江戶人接受他們，蔦屋怎麼行動也成為關鍵。
——推銷書籍必須有策略。
重三郎想起前幾天偶然去某居酒屋時聽到的對話：
「當紅的暢銷書，說穿了其實都是被書店、租書店編造的廣告文案吸引才買下的吧。」
就外表看來，八成是商家員工。兩人似乎關係親密，多喝了幾杯後說話也變得隨意。

「是啊，一聽說是暢銷書，就會想拿起來看看。」

「就算不看，也會想放在枕邊吧。」

「沒錯，江戶仔就是受不了當世流行的誘惑。」

重三郎捏著熱酒的瓶頸，忍住想脫口嚷嚷「好燙」的衝動，專心聽兩人的對話。

「可是，一旦厭倦了就會立刻扔掉。」

演員、浮世繪、茶屋的招牌西施、黃表紙、洒落本……兩人一一列舉曾經轟動一時，最近卻再也聽不到消息的各種人事物。

「那或許是好東西，但誰在乎啊？只要流行退潮了，就此無人問津。」

「連一句『再見』都沒有就消失了。」

重三郎放下酒杯。本該美味的酒水異樣苦澀，他閉上眼。

——人氣這種東西，說穿了不過如此。

這玩意就像鬼魂，誰也抓不住尾巴。風雅和冶遊亦然，遠看像鬼，近看說不定只是枯萎的芒草。

——我就是要推銷那麼虛無的東西，講難聽點等於是在販賣謊言。

但是書籍和浮世繪醞釀出不可思議的氣氛，人氣和風雅這種無形的東西，不僅和江戶大眾的食衣住相關，甚至和生存方式密不可分。

書和畫，會對人、對土地作祟。拜那冤魂所賜，書和畫才有銷路。

若能爭取到書靈為友，便可得到龐大助力。

重三郎輾轉反側，不由嘆息。

忽然間，響起窸窣聲響。重三郎抬起脖子，只見飛蛾撞到燈籠。鱗粉發出金光飄落，如果是小說作者，大概會比擬成金幣亂舞。

身為商人想賺錢是理所當然。蔦屋如果賺錢了，用來培育年輕才華的資金當然也會增加。不過，如果不時時用力說服自己接受這點，對做生意的空虛感受就會像烏雲籠罩心頭暗影。

蔦屋重三郎是為了錢經營書店嗎？

——並不是。

哪怕百分之九十九都是被江戶大眾看完隨手扔掉、一笑置之的書籍也無妨。

但是，至少必須出版一本能夠在時代留下烙印的書。

「讀者只要邊挖鼻孔邊看即可。」

他忘不了春町的謙遜自貶。這位堪稱畏友的作者，正因為經歷過生活的苦難和生存的艱辛，才能夠流著血汗把那些經驗昇華為黃表紙。完成的文章和繪畫荒唐絕頂，任誰看了都會哈哈大笑。這幾年，春町的作品中也一再有看似他自己的人物登場，把自己當成笑話的標的。

春町明年新春預定由蔦屋耕書堂連續出版黃表紙和洒落本。

已經醉得口齒不清的他，撫摸著競寶大賽獲勝的蕪菁——不，南海大珍珠，說道：

「蔦重兄，書名已經定好了，就叫做『廓愚費字盡』和『猿蟹遠古故事』。你看如何？這樣夠輕鬆吧？」

「……」這名稱雖然不壞，但重三郎可以察知春町的心情。喝醉的他，臉上更顯纖細易感，蒼白得甚至壯烈。

「就這樣決定了。荒唐突梯，才是小說的正道。」

春町今晚似乎在宴席格外快活，不過，那並不表示他熱衷狂歌。

比起狂歌本尊的詩作，春町更需要的是堪稱配角的酒酣耳熱的胡鬧騷動。

「熱鬧喧囂才是浮世本色。反過來說，也是憂愁重重永無出頭之日的現世吧。」

春町如此喃喃自語後，攤開手腳睡著了。

喜三二摟著爛醉如泥的春町把他塞進轎子。

「我送春町回小石川。」

「我用竹筒裝了井水放在轎子裡。」

「嗯，替我向南畝先生致意。對了，還有歌麿也是。那小子，接下來會很忙喔。」

就這樣，已成為江戶通俗小說大師的兩人走了。

「春町老師不要緊吧？」

京傳站在重三郎身旁。

「沒事，應該只是喝多了。」

「雖說是通俗小說，也得嘔心瀝血才寫得出好作品。」

能夠淡然說出這種話，也是京傳年輕的魅力。

「接下來，你要去找吉原的老相好？」

重三郎斜眼問。京傳或許是想吹吹夜風，把領口稍微敞開。

「情郎怎麼還沒來？——讓女人好好焦急一下，也是花花公子的法則。」

京傳當下嘀咕：「我好像太自戀了是吧？」重三郎跟著笑了。

「春町老師也教過我小說和插畫的法則。」

被他這麼一說才想到，宴席正熱鬧時兩人的確躲在角落頭碰頭講話。

「噢，我還以為你被醉態醺然的春町兄糾纏招架不住呢。」

「不不不，不是那樣。」京傳露出意外正經的神色說：

「春町老師說，他寫的黃表紙就算被世人如何吹捧都不可能留到後世，也不該留存。」

「……」重三郎重重吐出一口氣。那是春町才有的覺悟。

「那你是怎麼回答的？」

「說來好像很自大，但我也有同樣的想法。」

不管是政演還是京傳，繪畫與文章，二者都只是時代沉澱後的上層清水。

「上層清水只不過口感比較好，真正重要的東西沉澱在水桶底下。」

「……」

重三郎感到醉意逐漸清醒。

的確，京傳的作品巧妙地汲取當代風俗，風雅地表現出來。觀察入微的程度，已經堪稱當代第一。黃表紙在哪藏有流行、在哪裡暗喻詼諧，皆以雙關語或諧音字表現，讀者不由深陷京傳布置的層層影射比喻。

京傳的這種才華值得稱讚。

不過，他的資質與其說是畫師或小說作者，毋寧更接近意匠家。文章和繪畫夠出色，讓他能夠做到那點。他深知文字和繪畫的力量不僅互相完美輔助，還能使效果加倍的技巧。

——如果有京傳畫畫，寫廣告文案的招牌……

那肯定會引起轟動吧。而且，京傳立志以漫之畫、漫之文一決勝負。他有種遨遊戲謔世界的從容姿態，那是從小沒吃過苦的人才有的天真無憂。這種種因素結為一體醞釀出風流意氣，他身上沒有什麼鬱鬱寡歡的影子，這也是他和春町的不同之處。

——如果從小生長環境不同，京傳說不定本來可以像尾形光琳[76]那樣。

76　尾形光琳（一六五八—一七一六）：江戶時代的畫家、工藝家。琳派代表人物。

京傳畫的，是時代色彩本身的美麗花朵。可惜花季太短，強風一散就凋零，也可能有人隨便伸手就被摘下。

不過，重三郎不打算特意把這個告訴京傳。

但是，京傳似乎早已對此達觀。

「之前我也說過了，歌麿的畫和我的，從基礎上就不同。」

「……」

「歌麿擁有超越狩野派和琳派、圓山派畫師的顯著資質。」

京傳以他一貫的作風淡然說出驚人之語。繼而，他明知四下無人還是壓低嗓門：

「就連南畝老師的狂歌，或者該說今晚各位的大作，其實都像是浮萍。」

即使燦爛綻放，終究是無果之花。雖不知天明時代會持續到何時，但那絕非能夠流傳到下一世的作品。

「……」重三郎不僅醉意全消，甚至感到背部發冷。

「我看了從關西流傳過來的《雨月物語》。」

重三郎當然也知道這本書。那是安永中期，所以是大約六年前，京都的梅村判兵衛和大阪的野村長兵衛合作刻印的。作者剪枝畸人，聽說是住在大阪的上田秋成這位國學家。

「那本書，一定會流傳後世仍受人傳閱。」

「噢，有何理由如此斷言？」

「因為《雨月物語》描述了人性的本質。」

怪談故事的背後有人類的深厚情感蠢動，京傳的評語很正確。

「可是，寫的內容不嫌太沉重？」

或也因此，那本書在江戶這邊沒什麼銷路。不過，京傳搖頭表示：

「我佩服的，是秋成老師影射人性的方式，我們江戶的小說作者學都學不來。」

江戶的作者，沒有那樣深陷在人性泥沼中。比起心靈精髓，更注重政治和風潮、金錢、男女戀愛……他們議論世間種種，輕蔑以待。

在江戶，輕快的主題加上搞笑和輕佻的調味料，這種小說才討喜。

「那個，或許就是同樣是『粹』這個字，關西解釋為『純粹』，江戶卻視為『意氣』的差異。」

京傳扯著自己的袖子，把手插進袖中後交抱雙臂。

「我如果紅了，或許會留下京傳或政演的名字。但是，作品恐怕不可能。」

這點，秋成老師正好相反。意外的是，據說秋成老師如今竟懷才不遇……

「那本書就算到孫子、曾孫、玄孫那一輩也會繼續閱讀，因為描寫了不退流行的本質。」

「你是說，歌麿的畫也會像秋成老師那樣？」

對，京傳點頭同意。

「歌麿不是想畫女人嗎？而且是當代首屈一指的美人。」

「呵呵呵，看來歌麿也風流好色啊。」京傳輪廓深邃的臉孔綻放微笑後，又繼續說道：

「不過，對他而言重要的是本性甚於外表。他想揭發這點。」

超越時代而生就是這樣。即使只掬取上層清水般有趣好玩的部分，遲早也會被人厭倦遭到遺忘。

「不過，春町老師和我都無所謂。」

在重三郎聽來，京傳說的話爽朗果決，自己也該拿定主意。他說：

「不過，有些小說只有山東京傳寫得出來，蔦屋想出版的是那個。」

重三郎瞪眼凝視頗有當世帥哥風情的京傳，年輕人若無其事地充耳不聞。

上野寬永寺境內，傳來夜啼的鶇鳥詭異陰森的聲音。

六

隔著窗戶紙屏透入溫煦的秋日朝陽。

重三郎在被窩裡伸懶腰，然後，試探著用左腳大拇趾壓住右邊小腿。最近，喝太多酒的隔天總會有點水腫。

腳趾尖陷進肥胖光滑的小腿，輕輕鬆開腳趾後，凹陷的皮肉也沒有立刻彈起。

一聲嘆息，重三郎起床了。要從床上坐起時，凸起的肚子也變得礙事。探頭一看燈籠的油碟，一隻飛蛾的屍骸如枯葉。是昨晚那隻灑落金粉的蟲子嗎？

向經營引手茶屋的叔父打聲招呼後，重三郎穿上草鞋。

耕書堂近在眼前，一回去想必已備妥早餐，開店時間一到便可在現場指揮。重三郎早早就已開始盤算一天的工作安排。

他向大門前的面番所鞠躬，接著又向對面的會所行禮如儀。面番所是做密探的武士和捕快、差役們駐守之處。在這裡，一早就有外賣餐館的小廝出入是為了送宴席料理。面番所的官吏三餐向來如此豪奢，送餐和費用都由吉原負責。

會所是町番屋、遊廓領班和手下四人一組駐守。這邊都是熟面孔，從木板小屋內豪爽地對他打招呼：「天氣不錯呢。」

回到家，妻子也沒怪他徹夜不歸，通情達理地伺候他。其實稍微露出不悅也是應該的，妻子卻毫無那種跡象。就算和遊女同席，丈夫也是不近女色只談工作。她似乎一心這麼認定。

——真希望她稍微多點女人味。

妻子為摸著鬍渣神色倦怠的丈夫送上飯碗。

「來，今早吃麥飯。」

不是白飯而是蕎麥或麥飯、紅豆飯，果然還是因為在意重三郎的身體。不只是水腫，偶爾也有心跳過快的狀況，這是俗稱「江戶病」的腳氣病徵兆。雖然不至於影響工作，但妻子不可能不擔心。

「今早是哪位要來？」

「這個啊……」重三郎回想昨晚的宴席眾人。

「至少燕十、通笑、可笑這幾人一定會來吧。」

這樣說或許很失禮，但他們還沒資格連早餐都和上臈一起吃。恩客不只一人的上臈，說不定最後沒有留他們過夜，是獨自就寢的。若是那樣，蔦屋就得替他們準備早餐。

京傳想必正在相好的女人胸脯呼呼大睡，清長、焉馬也少不了女人。至於歌麿就難說了，他……就算為了賭一口氣也不可能來。

——算了，反正遲早會住在同一個屋簷下。

「給大家吃的也是這個嗎？」

「怎麼可能？我替客人準備了白米飯。」

重三郎一邊苦笑「這可是注重身體健康的一番好心」，一邊凝視壓得扁平中央有條線的麥仁。仔細想想，那種形狀似乎意味深長。

「蔦重在嗎？」店門口，一個威嚴十足似乎故作低沉的訪客聲音響起。妻子踮起腳尖望向門外。

「第一位客人是南畝老師。」丈夫還沒說完，妻子已起身出去了。

最近，南畝頻頻前來吉原。

藉由細見的工作在吉原布下的網絡恢恢，卻疏而不漏。南畝會去的地方有三處。首先，是京町二丁目的大文字屋；樓主村田屋市兵衛擁有加保茶元成這個狂名，現為吉原狂歌連的盟主。

扇屋主人鈴木宇右衛門也是別名棟上高見的吉原連大老，他也擁有墨河這個俳名。二者，只要南畝來訪想必都會殷勤款待。

第三間是松葉屋，這裡有和京傳傳出緋聞的番頭新造[77]林山。南畝似乎是在京傳的介紹下開始來這家妓樓。這年秋天，京傳雖才剛滿二十二歲，但是比起南畝早已是風月老手。或許是為此不服氣，南畝不甘示弱地看上某個上臈，如今三天兩頭去妓樓。

妻子回到房間，向重三郎報告已備妥起居室。重三郎把麥飯的飯碗和筷子放回桌上。

「蔦重的企畫，想必一切都很圓滿吧？」

南畝這麼說完後，或許是牙縫卡著菜屑，嘖嘖發出老鼠似的聲音。

「萬事都如蔦重所想，也是要下點功夫呢。」

重三郎連忙說「豈敢」低下頭。

被只比自己大一歲的南畝直呼蔦重，重三郎不以為意。但是，和南畝的短暫來往中，「蔦重」二字蘊含的意味已經改變了。原先那種高高在上的傲慢消失，如今聽來甚至帶著幾分諂媚。不過，重三郎並未利用這個機會討要好處。

南畝越親近，他反而悄悄後退。反之南畝如果退縮，他就立刻進逼。這種絕妙的距離，和他與喜三二、春町、京傳等人保持距離的方式明顯有所不同。

——狂歌和蔦屋耕書堂，互相扶持就是最佳關係。

上臈如果看中哪個富豪就會全心奉獻，富豪也為遊女的深情心滿意足。

兩者之間的橋梁是金錢，抑或是真心？

「明年春天的吉原細見，我打算定名為『五葉松』。」

前面的序言請喜三二寫，文末的跋想委託南畝。喜三二的序言，如今已經成為細見不可或缺的一部分。如果再加上席捲江戶的狂歌領袖助陣，細見的價值會更高。蔦屋的書集合了當紅話題人物，這點很重要。

「對了，給南畝老師的謝禮，您希望我怎麼安排？」

「這個嘛……」南畝賣關子，不過，態度並不卑微。

每晚逛吉原，荷包想必也吃不消吧。雖說是幕府家臣，南畝的俸祿並不多。不過，根據重三郎的人脈網打聽到的消息，田沼大老的心腹，勘定組頭[78]土山宗次郎是南畝的靠山。既然加入了聲勢扶搖直上的土山派，遊廓絕不可能輕忽南畝。

不過，重三郎沒有因此看不起南畝。南畝從父母那一代就背負巨額債務，據說飽嘗辛酸。至少，他成長的環境和喜三二、京傳截然不同。

相對地，要在南畝身上發現春町、歌麿等人對創作投注的那種渴望也很難。毋寧，那種熱情已投注在他身為幕臣如何維持生計上。

「南畝老師能夠遇見狂歌是一種幸運。」歌麿曾說。

「因為南畝老師寫的黃表紙、洒落本沒有一本像樣的。」

歌麿的毒舌，並非單純地講壞話。重三郎也同意他的評論。不過，南畝年紀輕輕就努力鑽研和學與徂徠派漢學[79]的素養在狂歌創作上開花結果。模擬正統和歌少不了淵博的教養，諧音和雙關語的滑稽味、諷刺世俗的

---

77 番頭新造：被認定資質差、長相不佳或年紀大的遊女，負責照顧花魁的生活起居。
78 勘定組頭：江戶幕府官職。在勘定奉行的麾下管理勘定所官吏，負責農政、財政相關事務。
79 徂徠派漢學：江戶中期的荻生徂徠提倡的儒學思想，內容包括他寫的《學則》、《辯道》等。

妙趣，南畝全都能夠隨心所欲地發揮。

南畝追求的除了「力量」別無其他，可是，這不是用來創造名作的力量。狂歌連集合眾人，帶來更多手下。當然，頭目是他。其中就有南畝這個人想要的東西。

重三郎以往交好的小說作者和畫師，並未主動結黨。因為創作文章和繪畫的人，都是獨行俠。恃己之力，只靠自己活下去。

——對南畝先生來說的美饌佳餚就是名望。

和蔦屋合作，可以飽餐那個。

「我和一般書店不同，不只賣書還賣人。」

重三郎之前已有提升吉原價值的輝煌成績，他深諳如何透過書本這種有形之物，製造無形的人氣和好評。南畝也認可蔦屋的實力，雙方的想法，格外牢固地結合。

——南畝先生其實個性非常認真呢。

這種人相處起來很容易，歌麿和春町那種個性陰鬱的人更難纏。

「對了……」重三郎立刻執行昨晚想到的計策。

「您嫡子的置髮典禮，差不多要舉行了吧？」

武士的孩子到了三歲，就不再剃髮，開始留長頭髮祈求健康成長。

「趁著您家長子有喜，不如把狂歌連的成員都請來，盛大地慶祝一下？」

慶祝的費用由蔦屋負擔。南畝或許覺得這是好主意，頻頻點頭。不過，他似乎察覺這種佔便宜的好事背後還有下文。

「蔦重，你用大田家嫡子當藉口有何企圖？」

「不，我只是想祝願令公子健康成長。」

「少騙人了。」南畝果然腦子動得快。既然如此，重三郎也只好一一把盤算說給他聽：
「能否藉著舉辦置　典禮的緣分，編纂老師最得意的狂詩集？」
「……」
「赤良老師的人氣，由蔦屋來吹旺火苗，讓火焰熊熊燃燒。」
重三郎這麼說完，給茶壺扔進新茶葉，火盆上的水壺冉冉冒出蒸氣。
「可是《萬載狂歌集》也是正月出版，同一個作者的書在同一時間不可能每本都暢銷吧？」
南畝老師雖然博學多聞，對於做生意的時機似乎不了解。重三郎轉為歌舞伎的奸商那種語氣：
「這個就包在我蔦屋耕書堂身上，我會給熊熊燃燒的赤良之火澆油。」
正月剛到，別家出版的赤良與橘洲的狂歌本就競相稱霸，屆時蔦屋也推出狂詩集加入戰場。赤良的作品如果在書店佔據更多位置，大眾就會把他視為暢銷作家。
——不過，我這邊也有甜頭。
只要出書，就等於到處宣傳赤良——南畝老師和蔦屋有緊密的關係。如此一來，想必也會認為狂歌集中聯名出現的那些風雅人士都和耕書堂交好。
——唉，這個世間，就是這麼回事。
話題如風呼呼穿過，在強風的煽動下，人氣的火焰會燒遍整個江戶。
「把火災和狂歌、狂詩的興盛相提並論太不謹慎了。」
雖然嘴上說得好像很懂得分寸，但南畝似乎已評估好得失。
「書名就叫做『李不盡通詩選笑知』您看如何？」
「理不盡（不合理）？蔦屋你說的話的確不合理，是強人所難……」
「沒有什麼不合理，堅持到底最重要，這才是達人。關於通詩選，請做好這個心理準備下決心。」

重三郎請南畝喝新泡的茶，陶瓷茶杯裡豎起茶桿。

「茶桿直立是好兆頭。」

「這應該是拜南畝老師德高望重所賜吧。少了老師，別說是狂歌，整個天明時代都不值一提。」

重三郎含笑回應。感覺自己好像真的變成狡猾奸詐的糧商了。

第五章　順風滿帆

一

大田南畝窸窸窣窣摸索袖內。

可是，似乎怎麼都取不出來。他噘起嘴，連眉頭都擠出深刻的皺紋，圍棋子似的渾圓黑眼珠從右至左，上上下下移動。

重三郎知道不能嘲笑南畝的苦戰模樣，因此臉色很像在勉強憋住咳嗽。可是，身旁的春町，不，在這個場合應該稱為酒上不埒，卻毫不客氣。

「南畝大師自以為是酒販子嗎？狂名的典故太沒創意了。」

春町面帶不滿。的確，南畝若穿上工作圍裙會令人聯想到酒鋪。

天明年間名聲響亮的狂歌師四方赤良，名字取自釀造本地酒「瀧水」的四方久兵衛。久兵衛那裡賣的下酒菜赤味噌也大獲好評。

「鯛魚味噌四方赤，欲飲一杯山寒鴉。」

在市井之間，這首詩連小孩都能朗朗上口。還有，僧侶以暗語稱酒為「赤」，也會聯想到喝醉時的赤紅臉龐。

「反正都要做，我更想搞一場天狗妖怪都目瞪口呆的酒宴大亂鬥。」

這麼說的春町，不僅穿著紅色女用襦袢，臉上還拍了白粉，甚至塗抹口紅。口紅抹到嘴唇外面倒是有點可愛。這樣子，簡直是道地的廉價娼妓。

「哎，別這麼說嘛。南畝先生的袖中到底會冒出什麼，我們就拭目以待吧。」

重三郎勸春町喝酒，春町一邊發牢騷「其他人也很沒創意」一邊遞出酒杯。

今晚在吉原也舉辦了狂歌會。

從傍晚就在大文字屋開始熱鬧喧囂。樓主市兵衛的狂名是加保茶元成，是吉原狂歌連的大老。差不多到了宴會告一段落時，在春町的提議下決定來一場扮裝大賽。

——姑且定名為狂歌壇吧。

重三郎在內心發下豪語。雖有蔦唐丸這個寫狂歌用的狂名，但誰也沒把重三郎視為狂歌師，他純粹只是書商蔦重。不過，狂歌壇少了重三郎已無法成立。

——我與狂歌壇的關係，或許就像蚜蟲與螞蟻[80]。

從安永進入天明時代，狂歌不再只是歡場玩家的娛樂。如今整個江戶吹起狂歌熱，庶民也被席捲。

「找到了，找到了！」

南畝在上座高聲嚷嚷，他終於拿出來的是漏斗。

「看，把這玩意戴在頭上不就是帽子？」

真是令人左右為難不知該說啥好。就像春町抱怨的，他的扮裝很粗糙，毫無創意。不過，全場都興奮得大呼小叫。南畝這位老兄，大概真的很喜歡聽別人讚美，一改剛才的古怪神色，現在已是一臉滿意。

「既然如此，那就請各位也發表一下扮裝主題吧。」

四方赤良大神的旨意令在座眾人再次沸騰。「你先上！」「開什麼玩笑？你才該先上！」……明明個性都很招搖喜歡惹人注目，狂歌師們這時卻互相推讓。

「哎呀，慢著。那就由在下的使者負責挑選順序吧。」

打扮成大黑天福神的手柄岡持（其實是喜三二），從他揹的布袋迅速取出一個紙盒。

「哇，那是什麼？」

酒上不埒這麼一問，手柄岡持笑得鬼頭鬼腦，重三郎也不禁好奇地探出身子。手柄岡持「啪」地打開蓋子，隆重出場的是「啾啾」叫的白老鼠。最近，江戶市井之間非常流行養老鼠。尤其是身上有斑紋，或者渾身黑毛只有胸前白毛如月亮的珍稀品種，賣出相當昂貴的價格。

——不愧是喜三二，即使年近五十，依然緊緊跟上當代潮流。

「來，我的使者啊，由誰開始打響扮裝比賽的第一炮？快告訴我。」

老鼠令人聯想到南天果實的紅眼睛眨動，最後開始四處移動。重三郎緊盯著那玩意，當下開口：

「老鼠大人多子多孫。『啾（jiu）』發音同『忠（chu）』，這可是吉兆。」

重三郎口若懸河。

「小民立誓對南無四方赤良大菩薩忠心耿耿，還請保佑狂歌千秋萬世繁榮。」

「順便，也保佑狂歌本出版能夠生意興隆。」

喜三二補上這句不說也知的台詞，重三郎對他聳了聳肩。

——說得沒錯，進入天明時代後，耕書堂的生意越來越興隆。

---

80 蚜蟲與螞蟻：蚜蟲尾端分泌蜜露供螞蟻取食，以換取螞蟻的保護，二者是互利共生的關係。

蔦屋這艘船乘著時代的潮流勇往直前、一帆風順。

而且船長重三郎，精明地把船槳塞給狂歌師們，讓他們全體出動划槳。

「不知是狂歌領先，還是蔦屋先？是狂歌師的活躍在先，還是江戶的狂歌熱在先？」

不過，天明初期的蔦屋只能膜拜其他書肆的後塵。實際上，赤良編纂的《萬載狂歌集》的出版商就是須原屋伊八，而且這本狂歌集賣得相當好。

「這次蔦重可沒有抓住時機吧！」

尖酸刻薄的地本、繪本問屋得意地哈哈笑。然而，重三郎不可能大意失荊州，他早已精明、確實地打入南畝和狂歌師內部。之後，地本問屋商們只能目瞪口呆。

「以往隨口詠完就拋諸腦後的狂歌被印刷出版，銷路長紅，改變了狂歌的價值。」

重三郎確實地行動，在吉原招待狂歌師們更是細心周到，也成為狂歌會的後盾。每次必然將南畝奉為上座貴賓尊崇，攏絡最重要的人物，支撐狂歌壇，讓他得以演出時代的「氣氛」。

「這次那個蔦屋好像要出版更厲害的狂歌集。」

「蔦屋的聚會，看來最好盡量多參加幾次。」

不用多久時間，狂歌師之間就開始流竄這樣的傳言。

——天明時代的狂歌壇已納入我手中。

抓著略有感慨的重三郎肩膀把他搖醒的是酒上不埒。

「老鼠大人已經決定好扮裝比賽的出場順序了。」

房間中央，朱樂菅江捧著模擬飛梅[81]的樹枝。

枝椏上掛著紅白小餅當作花朵。是藉著菅公的傳說以天神大人自居。

「哪位替我去院子抓隻黃鶯來。」

這個時間，就連遊走在江戶街頭的鳥販都找不到。

「別管那個了，還是我的老鼠大人重要。喂，別逃，站住。」

喜三二揮舞布袋追老鼠。

接著輪到平原屋東作，也就是平秩東作。不知有何居心，他開始啃米果。

「把吃完的米果袋子這樣倒過來戴在頭上，換言之也就是『果米扣頂上』，發音正好和我的狂名相同。」

「哎呀呀，這種即興表演，真是了不起的急智。」

已經醉醺醺的春町讚不絕口。在此附帶說明，急智就是即興創出雙關語。

「粗俗加粗俗就是真正的粗俗，粗俗地表演粗俗才是真正的玩家。」

春町說完，用襯衣罩住整個腦袋說：「連我自己都覺得完全狗屁不通。」重三郎再次環視全場——大腹久知為、鹿都部真顏、竹杖為輕、文文舍蟹子丸……一個個像是抱著胃藥的招牌，下一瞬間已把筷子插在綁在頭上的毛巾假裝鹿角，或是抓著掃帚，甚至有人像螃蟹一樣雙手揮舞剪刀。

南畝按著滑落的漏斗頭冠說：

「第一名是元木網。什麼扮裝主題也沒想，本人扮演本人，這才是真正的元木阿彌[82]。」

總之，每人的扮裝都很簡陋，缺乏創意，就像大雜院孩童都想得到的主意。結果，這些武士、醫師、文壇

---

81 飛梅：傳說中，菅原道真被貶至太宰府後，梅樹思念主人，也在一夜之間飛至太宰府。

82 元木阿彌（motonomokuami）：發音同「元木網（motonomokuami）」。戰國時代筒井順昭病死後，因兒子順慶年幼，遂讓聲音相似的盲人木阿彌當替身，直到順慶長大才公開順昭之死，木阿彌恢復原本身分。因此意思是指辛苦半天好不容易有成果，卻又退回原點。

大師、錢莊老闆居然一本正經地玩得這麼開心，簡直令人傻眼。

二

「稍微透點風吧。」

重三郎打開紙窗，一反這個季節的常態，彷彿打開蒸籠的熱風拂面而來。這樣子，室內室外都差不多。不過，重三郎還是稍微敞開領口乘涼。

從遊廓二樓望向道路轉角，只見門口的守衛拿出響板。

「咦，已經到了打烊時間嗎？」

打烊時間定於四刻（晚間十點左右）。這個時間一到，整個江戶的出入口都會關閉，但在吉原正是賺錢的時刻。當然，對四刻佯裝不知，到了九刻（午夜零點左右）守衛這才四處巡邏。這時，見世清搔的三弦琴聲停止，青樓和茶屋這才「基本上打烊休息」。

吉原連響板都會騙人。

會出現這樣的打油詩，也是因為此地才有的風俗。

「差不多該散會了吧？」

小心翼翼抱著紙箱的喜三二來到身旁。箱中發出窸窣動靜，可見老鼠大人最後還是被順利抓回來了。

「明天是十一月八日，要舉行風箱祭吧。」重三郎感慨萬千，喜三二也點頭。

「難怪，剛才我下去樓主房間一看，紀伊國屋文左衛門[83]的箱籠堆積如山。」

風箱祭時，會向外丟橘子當作避火的咒語。之後，過了十天就是水道尾奉祀的秋葉大權現的祭禮。秋葉大神也被視為避火、滅火之神，受到民間虔誠信仰。

「為了找老鼠大人，你連樓下都去了？」

「嗯，這傢伙，好像被橘子吸引了。」

喜三二苦笑著，將紙箱舉到眼睛的高度給他看。

這時，對面的店門口忽然鬧起來。一名上臈衝到店外，被拉客的龜公們攔住，隨後店內小廝也紛紛衝出來。重三郎和喜三二面面相覷的同時，也響起女人的尖叫和男人的怒吼、打人的悶響。

「真可憐，何必如此粗魯。」

重三郎探出上半身觀望。喜三二嘀咕：

「對現世問題視而不見，只顧著為狂歌狂歡起舞的做法也值得商榷。」

聽到喜三二的獨白，重三郎像是深有同感般兩手一拍：

「我也有重要的浮世工作尚未完成。」

轉頭一看包廂內，瞌睡醒來的春町正舉起酒瓶。

然而，只滴落一兩滴。他或許是放棄了，脖子一轉，和重三郎對上眼。

「在那裡的——不就是讓吉原的日本堤也枝葉茂盛的蔦唐丸閣下嗎？」

這下子從上座的南畝到下座的眾人全都朝這邊行注目禮。重三郎也用演員的口吻念台詞：

---

83 紀伊國屋文左衛門：江戶時代富商，生卒年不詳。風箱祭時為祭拜打鐵之神，鐵匠會從屋頂扔橘子，但某年暴風雨阻斷航路，導致橘子缺貨，價格高漲，據說紀伊國屋文左衛門冒險從關西行船運送橘子至江戶，趁機大賺一筆，得以發跡起家。

「閣下，為情憔悴雖乃常事，但是既然如此，不如想出在場人數那麼多的狂歌，把它寫出來。」

重三郎大聲說著，一邊給他看準備好的硯台和紙張。

——今晚的我，就扮演貪婪的商人吧。

天明時代的狂歌壇是寶箱，只要出版狂歌，銷路頓時就會像長了翅膀一飛沖天。

天明三年（一七八三）正月，以四方山人的名義，率先推出南畝的狂詩集《通詩選笑知》，請元木網編寫狂歌指南書《海濱細沙》。

接著又催促南畝編纂《狂歌才藏集》，這本書的內容無論在質量雙方面都必須超越之前須原屋出版的《萬載狂歌集》。

「慢著，慢著，蔦屋，須原屋正在不停催我寫續集呢。」

「一天十二個時辰中，您把七個時辰分配給蔦屋，五個時辰給須原屋就可以了。」

「別開玩笑了，那我什麼時候睡覺？」

本町連、伯樂連、山手連、赤松連、小石川連……天明四年，蔦屋版的元旦狂歌集出了五集之多。而且並非平庸的裝幀設計，黃表紙的企畫出版正是蔦屋耕書堂的巔峰。他要在以影射世情為性命的黃表紙這個酒杯，注滿狂歌這種諧謔之酒。

「但這個絕妙主意，絕非狂歌壇提議。」

是的，狂歌師們只是隨口吟詠狂歌。挑選可能有銷路的作品，精選容器之後開版印刷是重三郎的工作。

「可喜可賀，可喜可賀。新年伊始，世間就傳聞蔦屋和狂歌壇已攜手合作。」

最後的成果，就是《狂歌狂文老萊子》。

這是向前來祝賀南畝母親六十大壽的風雅人士徵集狂歌作品出版的一冊。從這場盛會的策畫到運作，當然都是重三郎負責。不僅用南畝的兒子當名義，這次連他母親都搬出來了。

這樣的南畝也在親生母親的祝壽會邀請函上這麼寫著：

「出席的各位，當天想必有大方的書商前來徵集狂文狂歌。」

重三郎不理會南畝的揶揄，逕自在五冊元旦狂歌集之一《年始御禮帳》留下一首：

萬事如意壓歲錢，財源滾滾千金春。

狂歌靠著書商精心策畫，無論再多本都能化為金錢。

天明五年、六年蔦屋耕書堂和狂歌壇仍在繼續蜜月中。

其中最受矚目的，是《俳優風》這本狂歌師的評價記。

從封面、體裁到內容都讓人意識到此書是在評斷歌舞伎演員的優劣。也只有重三郎才有這個本領，能夠集合南畝、菅江，以及有段時期鬧翻的唐衣橘洲這三巨頭。狂歌壇的轟動，也令人不得不再次認識重三郎深藏不露的實力。

狂歌師們用狂名掩藏真實身分，偶爾對世間冷眼一瞥，嘲笑世事和輿論粗俗不文。

「可是，那些人不可能是達觀的隱士。」

狂歌師們恨不得大家認可他們是風流、會玩、懂得瀟灑的人，故作坦然和功利心扭曲共存。重三郎不禁自言自語：

「可是，我不會笑話他們。」

因為，只要把狂歌師們都當成大號兒童就行了。南畝老師以下，人人都熱衷狂歌這個遊戲。如果連區區兒童都馴服不了，算什麼大人。不，算什麼書商。

「南畝老師的這個作品如何？」

他有充分的古典素養，滿載情色和影射暗喻、風雅。而且，還裝傻吟詠出「放屁百首」。

小女傭龍田[84]，屁股蛋曝光，紅葉深淺處，鬧個紅臉膛。

「天啊，真下流。」武士的妻子想必會如此蹙眉，平民女子卻哈哈大笑。

被那樣的南畝帶領著，天明年間狂歌可謂是百花齊放。

然而，給狂歌帶來更多價值的，正是書商重三郎。他拉攏南畝，支持狂歌壇，因此展現出天明這個時代的「氛圍」。

「這年頭嬉笑作態，人人都在裝傻。」

重三郎與南畝面對面時，臉頰總會發癢。因為，言行舉止都會忍不住變得戲劇化。

「南畝老師就是狂歌的火種，少了這個，一切都無法開始。」

「嗯。」被重三郎這樣拍馬屁，南畝看起來相當愉悅。不過，似乎也覺得自己時時刻刻被蔦羅糾纏越發動彈不得，所以有點莫名的不安吧。

「書店可不只蔦屋一家喔。這點，你最好牢牢記住。」

南畝傲然挺起胸膛，重三郎立刻謙卑地低頭。不過，南畝可能覺得伏身的重三郎臉上正露出淺笑，所以還是不放心，聲音之中夾雜試探。

「不過，蔦屋出版的那些書賣得如何？」

「……」重三郎沒有回答。狂歌領袖皺起眉頭，尖銳地投以一瞥道：

「用不著臉色那麼難看。只要有蔦屋的才幹，想必一帆風順。」

南畝雖然虛張聲勢地哈哈大笑，語氣卻轉為討好：

「不管怎樣，蔦屋這盞明燈如果熄滅了，狂歌的世界才真的會一片漆黑呢。」

喝得醉醺醺半瞇著眼的春町膝行上前。

青本春至一抹雲，彼方霧靄山東來。

春町念出蔦唐丸的狂歌。

「蔦重先生，你沒有文才。」

「是啊，和酒上不埒先生相比，拙作簡直望塵莫及。」

不過，宿屋飯盛是這麼吟詠的：

詠歌拙劣恰恰好，文才驚天還得了。

「就這個意味而言，我或許是模範狂歌師。」

重三郎開玩笑回嘴，春町本已快闔起的眼簾卻霍然睜大：

「蔦屋老闆的作品若是這副德性，有損耕書堂的招牌，還是找人代作比較好。我看不如委託京傳好了。」

重三郎像要搖扇子似地猛搖手：

84 龍田：流經奈良縣西北部的龍田川是賞紅葉的知名景點，此處為雙關語。

「我有幸在場作陪已經充分愉快了。」

春町目不轉睛看著重三郎，發出暗光的眼睛令重三郎忐忑不安。果然，身為絕代作者兼畫師的他連內心最深處都看穿了：

「蔦重兄，今晚放浪形骸的我，你一定認為很愚蠢吧？」

他無法隱瞞春町，重三郎肅然端坐，文風不動：

「能夠看見這樣的春町兄，也是書商之喜。」

能夠見識小說作者的真面目，也有助於企畫作品。書商是小說作者的騎手，如何控制轡繩就是騎手的工作。駿馬的資質是發揮還是扼殺也全看書商，更何況，春町還在耕書堂出版了《萬載集著微來歷》這本狂歌壇多位名人登場的黃表紙。

「拜春町兄所賜，帶動狂歌人氣的馬力增長了兩倍甚至三倍。」

這時，又揮來一鞭子的是重三郎。春町冷不防脫口說：

「蔦重先生等於是操縱小說作者和畫師的傀儡師啊。」

——果然，對春町只能甘拜下風。

重三郎早就知道自己欠缺文才，正因如此，才要透過春町和京傳、歌麿這些天才和俊傑，代他抒發內心對小說、繪畫的各種想法。他自認看得很客觀，把那些作品好好推銷出去就是對他們最大的回報。

「我是蔦重先生操縱的木偶嗎？」

「就算不用絲線操縱，您也寫出了傑作。」

「不見得吧，真的是這樣嗎？」

最近春町喝得越醉時自省的神色就越濃厚。

「戀川春町如果沒有你操縱，只不過是個木偶。」

「……」

這時，重三郎並未完全捕捉到侵蝕春町的憂鬱究竟從何而來……

三

重三郎衝出店門口。

淺紅深紅的赤，橘子和棣棠花的黃，只見北方天空被火焰照亮。隨風飄來的不只是木材燒焦的氣味，也纏繞令人掩鼻的異味。不時如雷鳴般響起的，無疑是建築物燒毀崩塌的聲音。

天明七年（一七八七）十一月九日，卯刻過後（清晨六點左右）吉原失火了。

好奇心強烈的人們紛紛跑去看熱鬧。

「我真是運氣太好了。」

如果決定繼續留在吉原，此刻早已被捲入火災。

蔦屋風光搬遷至日本橋通油町是在天明三年秋天，之後這四年的光陰，耕書堂已融入這條街。

「老公。」妻子拉扯他的袖子。

「叔父及其他親戚據說都平安無事。」

「那些作者和畫師不知如何？」

「目前為止，還沒聽說有誰遇難。」

聽到火災警鐘響起的瞬間，妻子比重三郎更迅速對伙計們下達指令：

「把所有的水桶、水缸、水壺都拿出來裝水，倉庫給我牢牢上鎖。

「書裝在推車上，以便隨時運走。

「印書用的雕版拿濕布包裹，萬一迫不得已時至少可以扛著雕版逃走。」

凌厲吊起眼的她，停頓一拍呼吸後說：

「找個人去吉原跑一趟，確認親戚們的茶屋情況以及京傳老師、唐來三和老師等人是否平安無事！」

「蔦屋耕書堂的興隆或許該歸功於妻子。」重三郎在心底這麼想。

「起火點是角町。到處都有傳言，說這次或許是有人縱火。」

聽著妻子說的話，重三郎忽然想起扮裝比賽的那晚，從窗口窺見的遊女。妓樓沒把她當人看待。

——說不定，縱火的是上臈。

「不過話說回來，吉原還真是屢屢被祝融光顧。」

很久以前的舊吉原時代在正保二年（一六四五）燒個精光，明曆大火（一六五七）時也燒得一乾二淨。搬遷至新吉原後又發生延寶火災（一六七五），光是重三郎立志成為書商的明和年間就接連在元年（一七六四）、五年、八年、九年四次付之一炬。附帶一提，明和九年的那場火，就是世人所謂的「目黑行人坡大火」。

而三年前的天明四年，吉原再次化為焦土。

「暫時大概只能住在臨時遊廓吧。樓主們八成也……」

重三郎說到這裡，卻被妻子默默制止他說下去，於是就此噤口。

吉原就算摔倒了，也絕對不會默默吃虧。重建完畢之前，在今戶、橋場、回向院前、淺草並木、駒形、黑船町等地設置臨時遊廓繼續營業。臨時遊廓是向一般商家或旅館租借，更慘的只能就地挖坑臨時搭建小屋。

然而，對男人來說那是好消息。不用大老遠去江戶北端，又比私娼寮好，在市內就能和上臈親近，因此客人頻繁上門。

「相對地，若非燒得精光，寸土不留，上面的大人也不可能准許臨時遊廓營業。」

儘管吉原上下都做好防火的準備工作……樓主腦中閃過的只有越燒生意越旺這個念頭。

吉原大火，在天明這個時代只不過是頻發的災難之一。

基本上天明時代是在安永時代剛迎來第十年春天時改號的。隨著光格天皇即位改元換代，幕府將軍是第十代的家治。

但是，改元後西邊立刻爆發嚴重的饑荒。翌年，各地洪水氾濫，以白米為首，穀物、蔬菜非比尋常的漲價和災厄相繼發生，商人的囤積惜售逼得農民和商人工人起義。

饑荒未獲平息持續數年，日後被稱為「天明饑荒」。

儘管如此，被稱為重商主義天選之子的田沼意次還是摩拳擦掌，下令展開印旛沼乾拓這項大事業。連他的兒子意知都爬升到僅次於老中的高位，田沼一派謳歌權勢，寵信南畝的勘定組頭土山宗次郎也意氣風發。

然而，彷彿是上天要懲罰田沼那樣的作為，天明三年夏天，淺間山大噴火。這年各地也發生饑荒。以松江藩為首，京都、大阪爆發大規模的平民暴動，騷動也波及東北各地。饑荒加上貧困，由於執政者的無能，放棄故鄉的民眾絡繹來到江戶。

喜三二的故鄉秋田也有民眾起義。喜三二平時的磊落灑脫消失了。

「……田沼意次大人的權勢說不定也到此為止了。」

他不愧是藩內高官，自言自語般低喃。

天明四年，甚至發生意知在江戶城中遭人刺殺這種前所未有的事件。

天明五年的物價高漲也很嚴重，不只是江戶人，全國百姓都變得非常窮困。

「田沼大人終於被罷免了。」

重三郎緊張地吞口水。

到了天明六年的晚夏，取代意次掌握實權的是松平定信，他的執政簡直是保守政治的化身。

重三郎遞出包裹。

那是向島最有名的山本屋櫻餅，巧妙去除砂糖黏膩的高雅甜味深受喜愛。即使不是賞花季節，也有很多顧客求購。

「這是給阿賤姑娘的伴手禮。」

南畝在天明六年七月，替上臈三穗崎贖身。老師雖已有家室卻在接近不惑之年時陷入熱戀，即使下大雨或鬧洪水也照樣上遊廓報到。

才見雨停又滂沱，一腳踩進愛情沼。

南畝將三穗崎養在別邸，給她改名為阿賤。阿賤體弱多病，想必那不只激發南畝的愛意，也勾起憐憫之情。

重三郎偶然聽到書商們私下議論：

「老師只要去蔦屋舉辦的書畫會露個臉，賺的錢就夠他去吉原玩好幾次了。」

「老師能替遊女贖身也是靠那邊賺的錢。」

別人要說什麼無法控制，不過書畫會是撈錢的好差事倒是真的。只要有南畝出現，會場就陷入狂熱。南畝本人只要揮毫或做幾首狂歌就夠了，之後只需要吃吃喝喝閒聊幾句。儘管如此，拿到的禮金卻是份量十足。

「謝謝，那我就收下了。」

南畝意興闌珊地把點心盒放到一旁。重三郎心想，比起送櫻餅或許還是該送錢才對，一邊窺視南畝的臉色。

「聽說土山宗次郎大人遭到判處極刑。」

南畝幽幽說完就閉上嘴。和最近又變得更胖的重三郎成對比，今年南畝的憔悴一天比一天嚴重。

「平秩東作也因為祖護土山大人被關進監獄。」

土山宗次郎如實呈現田沼時代的狂躁氛圍，身為勘定組頭的他利用權勢，尤其是他積極開拓蝦夷地，據說趁機中飽私囊撈了不少錢。南畝無力地點頭：

「土山大人被判處極刑最大的理由，就是將大文字屋的當家遊女納為小妾，據說在她身上花的錢高達一千二百兩。」

「也就是說，那是武士不該有的奢華舉止吧。」

「大文字屋的樓主是吉原狂歌連的總負責人，和我的交情也很深。」

更何況南畝還被視為土山的手下。他的表情變得恍惚：

「替阿賤贖身，是我做錯了嗎？」

身為武士的南畝只不過是下級幕府家臣，這樣的他，靠著狂歌在俸祿之外得到少許零用錢。這時，卻傳出他給雖然不出名卻的確是上臈的女人贖身的緋聞。如果和土山相比，雖然抹不去一切都很小家子氣、格調差了一大截之感，但就算被松平定信的改革策略拿來開刀也不足為奇。

「恐怕已經到了我抽身的時候。」

「……」

事實上，南畝在天明七年七月就停止了公開的活動。說不定，就此停筆也有可能。

——到頭來，南畝先生的覺悟不過如此而已嗎？

影射世情，在衣食住方面自命風流，排除粗俗、追求高雅的風月老手。可是，那個世界的居民，底子意外地單薄，就連骨氣都能輕易折斷……

「蔦重，別用那種眼光看人。」

南畝指責，但在重三郎看來，比起憤怒顯然是悲哀更強烈。同時，對於這種削弱小說作者意志力的改革政策也湧現強烈的叛逆精神。

——不過，當初我也不是真心欣賞這個人。

說來不好意思，對於喜三二和春町、京傳以及歌麿這些人，純粹只有對創作才華的敬畏。可是，對南畝和狂歌還有純屬生意方面那種算計的一面。

「狂歌的騷動就當作是美好的回憶吧，那真是一段宛如泡沫的時光。」

南畝黑多白少的眼睛凝視重三郎。

「生意第一、賺錢優先的社會自然會走向該有的結局，蔦重你也想太多了。」

「……」重三郎刻意不回答。

重三郎賭上性命的書店買賣，絕對不能輕易化為泡影。

——只是，這股餘波，但願不要波及其他的小說作者就好。

四

那就像剛泡過澡的女人肌膚，像羽二重餅那種糕點一樣發出雪白嬌豔的光澤。

重三郎略帶猶豫地碰觸，指尖輕輕滑過，他不禁「哇」地發出驚嘆。

「討厭，人家至少都有精心保養喔。」

紫野這麼說著，彎腰準備酒器。從豐腴的腰身到臀部線條，肆無忌憚地散發熟女的韻味。

「我不是那個意思，我只是沒看過這麼氣派的桌板。」

「蔦重先生，您忘了我家那口子是誰嗎？」

已經完全變成平民女子，而且言語有點輕佻的紫野，冒出吉原特有的說話腔調。重三郎含笑點頭對她示意。

——她被木材批發店老闆贖身，已將近十年了吧？

從安永年間就穩居花魁之名的名妓紫野，然而，這樣的她卻令人意外地早早同意贖身。丈夫據說是在深川木場販賣紀州和大和運來的木材的富商，在吉原掀起一陣話題，是無可挑剔的天賜良緣。

「反正等到二十七歲，簽約的賣身年限也滿了。不過，我無法忍耐那麼久。」

紫野贖身後被養在別宅，似乎過著自由自在的生活。後來丈夫的退休和長期罹病，再加上她的懇求，終於開了一間小店。

「不過，妳還真是幸福。」

上臈即使賣身契約期滿往往也因還不了債而淪落到低等的青樓或私娼寮，再不然就是罹患惡疾因此喪命。的確是身世飄零如浮竹——但是，現在提起那種話題未免殺風景。

「這間店很有意思，從背後看，客人就像小鳥一團和氣地停在棲木上。」

說到居酒屋，通常是坐在矮几上，把料理和酒放在地上。可是，紫野用整片漂亮的檜木當作餐台，七八名客人坐成一排，身為老闆娘的她隔著餐台一邊斟酒一邊和客人交談。

「是竹杖為輕先生告訴我，南蠻[85]有這種只有一片木板當桌面的酒館。」

「好像叫做巴魯[86]喔。」紫野邊斟熱酒邊說。

「他是源內老師的徒弟，研究西洋學問，所以知道很多奇妙的知識。」

---

85 南蠻：日本在十五世紀開始與歐洲人交易後，主要指西班牙、葡萄牙或東南亞進口之物。

86 巴魯：「bar」的西班牙語發音。

店裡只接待熟客，這種方針也很合文人墨客的胃口，尤其是與重三郎有關的風雅人士，立刻把這裡當成他們的祕密基地。

「店裡進了從伊丹那邊運過來的劍菱好酒。」

劍菱在關西酒之中，因清冽爽口的風味在江戶贏得好評。

紫野俐落地準備。上臈，尤其是做到名妓的地位，身邊大小事情都不用親自打理。這反而成了壞處，導致她們精通床笫祕術、能歌擅舞卻對烹飪和裁縫、洗衣等家務往往一竅不通。但紫野被贖身後，不僅通曉世事，似乎連家事都能應付自如了。

「不過，關西的名酒是怎麼弄到手的？」

稻米連年歉收使得酒水釀造量激減，價格也隨之高漲。在坊間，最近酒太貴，所以會摻水，頻頻有人抱怨滋味淡薄。

「蔦重先生，蛇有蛇道。某些地方，照樣有酒。」

紫野說著神祕費解的話，兩個酒杯放在長長的桌板上，捏著微微散發熱氣的酒瓶脖子。每到酒宴時，吉原還在用塗漆酒杯，但是江戶的居酒屋幾乎都已改用陶器。

「要把火盆也拿出來嗎？」

天明七年也已近尾聲。根據喜三二和南畝等人表示，松平定信過完年應該會就任輔佐幕府將軍的重職；他的政治，帶有濃厚的強辯意味，非要強調崇尚簡樸一絲不苟。如此一來，通俗小說、極盡華麗的錦繪、性感到骨子裡的春畫……恐怕通通都會遭到取締。

「不過……」重三郎不等人問就自動開口。

「就算是官府，也無法阻止書店的發展，尤其是蔦屋要做的事。」

重三郎工作的某一部分受到江戶大眾的支持。

「我反倒想說，有本事欺負書店就放馬過來吧。」

舉杯一口喝光後，重三郎像要掃除軟弱般一而再、再而三搖頭。

「那股鬥志，那股鬥志就對了。耕書堂如果垮了，江戶會變得很無聊。」

紫野激勵重三郎後，轉變話題。

「對了，昨天歌麿先生也在快打烊時來了。」

「他沒說住在耕書堂已經住膩了？」

「他已經醉得很厲害了。」

紫野接下對方的杯子一邊不禁偷笑。

接下來的事不問也知道，她的眼神已經如此表明。

重三郎對歌麿的喜愛已到了走火入魔的地步。

打從四年前讓他寄宿自家，不只是吃喝，就連生活費用也全部提供。歌麿對此也沒說聲謝，就帶著妻子一起住進來。

「北川（kitagawa）發音同喜田川（kitakawa），如果喜歡這個姓氏，你不如就用喜多川。」

喜多川正是重三郎自己的姓氏。「呵呵。」歌麿撇唇冷笑。

「這是要公開告訴世人，歌麿是你耕書堂養的狗嗎？」

重三郎好不容易才忍住想說「又來了」的衝動。

——天底下哪有這樣養不熟的狗？連尾巴都不肯搖。

實際上，與其說歌麿是狗，其實更像貓。心情好的時候就「呼嚕呼嚕」叫，一旦不如他的意，立刻翻臉不認人。給他好臉色，他就得寸進尺；對他凶一點，他就連話都不肯說。可是，他卻好意思大搖大擺在重三郎的家裡住下來。

——儘管如此，我還是喜愛他的才華。

實際上，歌麿在畫業方面的進步相當驚人。之前也將藝伎描繪得栩栩如生，纖細分明的柳眉、豐潤的臉頰，以及櫻桃小口。女人嫵媚的視線正在盯著什麼呢？

「非常好。」重三郎對他點頭，可是，眼中毫無笑意。

「可惜，還無法超越鳥居清長先生。」

歌麿頓時氣得渾身發抖。

「我哪一點輸給清長了？你給我說清楚！」

歌麿很早就給自己設定了畫業的目標，意氣昂揚想畫美女，甚至想用畫筆捕捉女人內心祕密的他，得到了最好的畫材。可是，追求頂級美人畫的畫師，若用爬山來形容，顯然還在半山腰。

「我沒說你是模仿哪位畫師。」

事實上，可以看出歌麿特有的畫技。儘管如此，重三郎還是深深皺眉說道：

「可是反過來，你希望世間的畫師都模仿歌麿嗎？」

重三郎希望他能畫出獨一無二、只有喜多川歌麿才畫得出的美人畫。

「多管閒事。」歌麿恨恨磨牙。

「既然如此，讓京傳或春潮、政美去畫就好了。」

聽到對方撂下這種話，重三郎豐腴的臉頰掠過暗影，平時像福神一樣慈祥的面容頓時猙獰如閻魔王。

「放屁！」

重三郎抓住歌麿纖細白皙如女子的手臂，粗大的手指幾乎陷入肉裡。歌麿掙扎著想甩開，卻無能為力。

「我蔦屋重三郎看中的是喜多川歌麿，我要讓你成為日本第一的畫師！」

他和歌麿之間的關係總是這樣，心力交瘁毫無辦法。

但是，和畫師、小說作者的來往、談話，是書店的重要支柱。有時斥責，有時撫慰，推動創作者激發靈感。

——那個成果到了天明時代一下子開花結果。

天明三年（一七八三），重三郎開始著手大量生產黃表紙、洒落本。附帶一提，從同一年的新春版《五葉松》起，吉原細見已被蔦屋壟斷。

喜三二和春町各自創作了幾本書，燕十與三和也運筆如飛。插畫部分不只有重政和政演，還有北尾門下的政美。政美是比京傳（政演）小三歲的才子，後來他自號鍬形蕙齋，以津山藩專用畫師的身分轉向擔任幕府御用畫師的狩野派，不過那還是很久之後的事。

歌麿的畫筆更加醒目，他和燕十、三和合作，也替赤良寫的黃表紙小說畫插圖。

「南畝先生的狂歌雖好，小說寫得實在令人不敢領教。」

歌麿照例毒辣地批評。

「我到底得替這種破玩意畫插圖到什麼時候？」

然而，重三郎若無其事地說：

「歌麿先生的畫筆有魔刀的犀利，請你揮舞那個，幫助狂歌的將軍大人。」

耕書堂替赤良出版的黃皮書還有一本。

「這本的插圖，已委託新人北尾政美。」

重三郎刻意朝歌麿投以執拗的視線。

「歌麿先生總不可能比政美還差吧。」

「哎呀，已經喝光了。」

紫野為酒瓶倒入新酒加熱。回想這幾年與歌麿打交道的情景，重三郎似乎一不小心喝多了。

「順便也麻煩妳來點下酒菜。」

「重三郎先生對豆腐、青菜想必沒興趣吧……？」

紫野言外之意，是勸他少吃油膩之物。他的酒量大增，下酒菜自然也想吃濃油赤醬的重口味。他想用吃吃喝喝，來掃除做書店這行不知不覺鬱積的負面情緒……

「歌麿先生說這次的狂歌繪本投注了很大的心力。」

「嗯。」重三郎縮起下顎，脖子出現凹凸線條。

「那將成為代表天明時代的繪本、偉大傑作。」

書名是《畫本蟲撰》，內容包括蜜蜂、毛蟲、蟋蟀、蜈蚣、螻蛄、蠼螋、蝴蝶、蜻蜓、螢火蟲，還有蛇類、蜥蜴、青蛙……十五對開版本收納各類昆蟲和四季花草。這些插圖，配上宿屋飯盛撰寫的以昆蟲寄託愛意的狂歌。

——那本書的主角是歌麿的畫，絕非狂歌。

歌麿徹底採用寫實手法，他傑出的繪畫創意讓不會說話的昆蟲產生表情，不會動的花草彷彿也有了生命。歌麿的繪畫技術，超乎想像。

「你明知我想畫的是女人，還故意這樣整我？」

「你說這是整你？」重三郎興奮漲紅的臉孔，勉強恢復平靜。

「我的本意，是要讓歌麿這個畫師試試看，究竟能把昆蟲花草摹寫到多逼真。」

這次是歌麿的太陽穴爆起青筋。

「噢，有意思。」

歌麿拿起素描簿走進森林，在草叢中跪地凝視昆蟲和雜草。

「……！」

重三郎一看歌麿的房間不禁啞然，散落的草稿震撼力十足，簡直像是直接翻拍實物。而且，也完全擺脫了長期受到北尾重政和勝川春章影響的運筆方式。不，應該說已經凌駕其上。

重三郎立刻著手準備印製繪本，找來了雕版師、印刷師以及江戶技術最好的工匠。

——不只如此喔！這次輪到我讓歌麿大吃一驚了。

「什麼，豐章……你是說歌麿？」

重三郎拜訪鳥山石燕豐房。由於石燕以妖怪及百鬼夜行圖出名，因此一提到石燕的家不免想到詭異的鬼屋。不過，他的住處其實是非常正常的房子。

老畫師在自己房間眺望簷廊外的庭院。雖然紙門整個敞開，吹入的晴朗和風卻很輕柔。柿子的葉子落盡，只剩下最後一顆果實掛在枝頭，粗大的枝椏上站著白頰山雀。

「歌麿的作品由我來寫跋？」

為了調解師徒倆長年來斷絕關係的僵局，重三郎從去年就開始祕密策畫。

「去年春天出版的狂歌集，歌麿先生用了『木燕』這個印章落款，完全是因為對石燕師傅的恭敬和思念。」

石燕挺起弓著的背，深陷的眼窩，眼窩深處一再眨動的雙眼，眼頭有黃綠色的眼屎。年過七十的畫師就像老猴子。重三郎攤開包袱巾，是《畫本蟲撰》的樣稿。

「哇！」石燕頓時瞪大雙眼。

「大師，您看他連草圖都畫得這麼精采。如果印成繪本，江戶所有的畫師都會目瞪口呆。」

當他報上召集的雕版師和印刷師的名字，石燕再次驚呼：

「不簡單，虧他能夠把畫技精進到如此程度。」

石燕的眼中隱約泛淚。重三郎拉起老師傅宛如枯枝的手說：

「總有一天我會讓歌麿先生畫出石燕大師都沒畫過的單幅畫和錦繪。」

不，歌麿的本領唯有在五彩繽紛的錦繪才能充分發揮。

「這一切，都是因為有蔦屋照顧他。」

重三郎點頭。在那種覺悟的背後，蘊藏身為書商的好勝心。

「說到蔦屋就會想到狂歌本和黃皮小說、教科書，不過，今後也會大規模印刷浮世繪。」

重三郎越說越起勁：

「而且，我要請歌麿先生畫出江戶首屈一指的美人。」

「讓那小子畫女人……？」

「他應該會畫出超越當代第一的清長先生的作品。」

石燕再次盯著草圖入神。白頰山雀嘰嘰喳喳叫著飛走了，石燕依然泛著淚光噤口不語。然而，重三郎仔細品味這漫長的沉默。

他知道師傅和弟子之間的冰壁將會緩緩融化。

石燕答應替《畫本蟲撰》寫跋。

——以心寫生，筆有骨法，畫有技法。今有門人歌麿摹寫昆蟲栩栩如生，是為心畫也。

身為名人，也是恩師的石燕，肯定了歌麿那種把對象畫得惟妙惟肖的實力。

「歌麿先生就各種意味都得感謝蔦重先生呢。」

紫野稍微挑起嘴角。重三郎認為，那是與做生意無關，發自真心的微笑：

「不不不，我並沒有期待他那種感謝。」

紫野用同樣的表情凝視重三郎，最後，她的笑意加深：

「以前，吉原也有您這樣的人。」

看中含苞待放的少女，極盡一切奢華把少女培養成自己喜愛的怒放花朵。

「歌麿先生因為蔦重先生的偏愛，將會成為浮世繪界的花魁，那一天馬上就會來臨。」

「不過，那傢伙可是桀驁不馴的野馬。」

要放手讓他自由奔馳嗎？抑或，應該抱著被甩下馬甚至被踢死的覺悟抓緊轡繩？

重三郎的眼內，霎時浮現山東京傳的面孔。如果是他，想必立刻就能領會書商的意思。可是，歌麿不吃那一套。

「嗯……」重三郎把酒杯包在手中沉吟。

上等名酒在小酒杯中蕩漾起伏。

五

重三郎再次著手準備旅行，這時妻子加入了。

「呃……手套、綁腿。對了，草鞋帶這麼多雙應該夠了吧？」

他很感謝妻子俐落地幫他準備，不過，行李也太多了。

「我只是去一下日光拜拜，這樣太誇張了。」

「唉喲！」嬌嗔的妻子忙到圍裙飛起，一邊鼓起臉頰。

「出門在外，誰也不知道會發生什麼事。」

更何況這次是和山東京傳，以及在地本問屋同行之間也是大老的仙鶴堂・鶴屋喜右衛門的三人旅行。

「那兩位如果準備得不充分，你就可以把你帶的分給人家。這樣一來，人家會覺得蔦屋貼心周到，你的名聲不就更好了嗎？」

「拜託，我是書商欸。如果要提高名聲，應該是讓出版的書籍和浮世繪大獲好評。」

「這是什麼話？這種小細節的用心有多重要，你應該最清楚。」

「……」

重三郎撇嘴，再次望向像要千里迢迢去伊勢參拜的大包袱。

天明八年，重三郎之所以提議去日光東照宮和中禪寺參拜，並非只為了散心。

蔦屋耕書堂在狂歌熱退燒後，正處於如何發展事業的重大分歧點。

「已經不能期待南畝先生讓狂歌壇起死回生了。」

「之前你不是非常支持狂歌嗎？」

妻子對丈夫的說詞很訝異。然而，重三郎斬釘截鐵地斷言：

「南畝先生沒有那種覺悟。」

狂歌壇的鼎盛期在天明四（一七八四）、五年時，每次去狂歌的聚會，都會擠滿風雅人士爭相展露才華。

「四處拾取那種才華的我，曾為成熟果實的甜美芬芳而狂喜。」

然而，果實越來越少，而且切開一看，不是被蟲咬過就是空心的。

「正因如此，才會像要給果樹施肥那樣在酒席即興演出，精心設計狂歌集的主題。」

儘管如此，狂歌師們還是日漸失去光彩，彷彿果樹原地枯萎。

「喪失嬉戲和影射比喻之心，或許是因為我把生意做得太大了。」

「……」妻子定睛凝視丈夫。

隨口詠出、隨即拋到腦後才是狂歌特有的光輝，一旦印製成書，光輝也變得黯淡。就像現在，重三郎也打算在歌麿的昆蟲寫真繪本中把狂歌當成附帶添頭。狂歌已經只剩下這點價值了，但重三郎不僅想好下一步，連接下的第二步、第三步都在構思中。

「其一，就是歌麿。另一個，是山東京傳。」

之所以邀請也是競爭對手的鶴喜——第三代鶴屋喜右衛門一同旅行，也是因為放眼將來。重三郎像要再次確認般說：

「仙鶴堂・鶴屋位於京都二條通的書店可是祖上代代相傳歷史悠久的書肆。」

「我聽說鶴屋從關西那邊過來開分店，當初剛到江戶時本來是做正經的書物問屋呢。」

「可是，鶴喜已經轉變方針，也開始賣有銷路的通俗小說和浮世繪，同時兼顧書物和地本。」

鶴屋擁有成立不到二十年的蔦屋難以比擬的歷史和格調。

「如果要讓蔦屋和鶴屋聯手，只有京傳先生能做到。」

「沒錯，滑稽詼諧的小說要賣得好，少不了京傳幫忙。」

重三郎很早就看出他的才華。可是，俗話說：「香木初冒芽便芬芳。」那種馥郁芬芳，江戶各家書店也都聞到了。松村、岩戶屋、伊勢治這些一流書肆爭相出版京傳的作品，尤其是鶴屋喜右衛門，更是連續好幾年印製他的黃表紙。

「老實說，鶴喜出版《御存知商賣物》時我真的慌了手腳。」

「的確，那本黃表紙成為京傳先生的成名作。」

那是天明二年（一七八二）印製的，南畝大為激賞，小說作者京傳和畫師政演合而為一，作為繪本小說的新秀贏得廣大矚目。

「都是因為我把重心過於偏向京傳先生的繪畫工作。」

正因如此，才請他畫了《青樓名君自筆集》這本描繪吉原當紅遊女和隨侍的新造婢女、小丫鬟的作品。連火盆裡的灰燼、院子的樹木枝椏都細膩觀察，是京傳（政演）的特色，完成的浮世繪非常精采。妻子瞇起眼：

「再配上上臈親筆寫的狂歌，這種絕妙主意只有你想得出來。」

「可是，蔦屋還是想要小說的名作。直到三年前的天明五年，終於實現這個心願。」

京傳的文章和繪畫合一的《江戶生豔氣樺燒》——這本書成為京傳黃表紙的代表作。書中主角仇氣屋豔二郎是大富豪的放蕩兒子，生得極醜，卻以帥哥自居，是個自以為是的傢伙。他一心想打出花花公子的名號，不斷做出荒唐的傻事。最後，豔二郎很快成為江戶最受歡迎的人物。這小子的獅子鼻都被稱為「京傳鼻」，隨著京傳的名聲廣受喜愛。

「就連孩童都會畫豔二郎的臉孔。」

鶴屋看到這種情況，摩拳擦掌要反擊，其他的書商也拚命想攏絡京傳。

「可是，對京傳展開拉鋸戰的話只會沒完沒了。」

既然如此，乾脆讓蔦屋和鶴屋聯手霸佔他。

「京傳先生應該也會同意這個要求。」

這次的旅行，他希望以京傳為主，和鶴屋談判，取得三人都能接受的結果。為此，他已準備了任何書商都想不到的驚天妙計。

「這下子，就連鶴屋都會目瞪口呆喔。」

重三郎和妻子忘了打包行李，只顧著大談書店生意經，難怪旁人常說這對夫妻很像。

這樣的兩人，忽被亮光照耀——有人掀起區隔店面和後面房間的布簾鑽進來了。

「是誰？」重三郎逆光瞇起眼，妻子的聲音已經搶先響起。

「唉喲，也沒人招待，伙計到底在幹什麼？」

妻子說聲「我立刻去泡茶」，小跑步奔向裡屋。

「我是不是來得太早了？我想邀蔦重兄一起去找鶴屋。」

來人是京傳。他就算成為王牌作家也完全沒架子，容長臉的五官深刻立體，就算飾演歌舞伎的帥哥角色應該也沒問題。每次衣著都以黑色為基調，裝扮得非常典雅。腰間掛的印傳皮革[87]菸盒用的是暗紅色，也是令人佩服的好品味。

「京傳先生只帶一個小竹箱？」

重三郎哀怨地問。京傳朝堆積如山的行李投以一瞥，不知是否該笑，表情變得很複雜。

「我聽說是三人旅行，難道人數增加了很多？」

「不，不是那樣。」

「請稍等一下，我立刻減輕行李。」重三郎把工作用的圍裙扔到一旁。

「真是的，揹著這麼大的行李，又不是租書商。」

重三郎一邊發牢騷，同時也想起要對京傳提議的事。

「那件事您能夠答應嗎？」

「嗯？」京傳狐疑地挑眉後，爽朗地綻放微笑。

「是潤筆費的事吧。」

蔦重也算是絞盡腦汁想出各種奇招或者妙計，京傳坦率地佩服不已。

87　印傳皮革：以羊皮或鹿皮染色後用漆描繪花紋，據說是從印度傳來的技法，因此稱為印傳。

「畫作姑且不提，寫小說還拿錢，這樣真的可以嗎？」

「那當然，江戶的通俗小說不管怎樣我都希望由京傳先生帶頭改變。」

以往別說是沒這個習慣給小說作者潤筆費（稿費），連這種想法都沒有。就連對待喜三二、春町，也只是贈送書籍和浮世繪，花錢招待他們去遊廓盡情玩樂而已。

「其實光是替我付酒錢就足夠了。」

「那方面今後也不用擔心。總之，京傳先生完全不用擔心錢的問題，請儘管去玩。」

對江戶大眾販賣美夢、帶來歡笑的小說作者如果太小家子氣，作品也會變得很寒酸。先不說別的，蔦屋和鶴屋連續出版京傳的作品大受歡迎藉此賺了不少錢。所謂的潤筆費，只不過是正當的分紅，根本沒必要客氣。

「不過，並不是對誰都會付潤筆費。」

這是當紅小說作者獨享的特權。而且，由年輕的京傳首開先例，想必會給之後的小說作者們帶來很大的鼓勵。

「小說作者如果奮發創作，就會寫出更好的作品，書商當然也再樂意不過。」

「是這樣嗎……？」

京傳摸著下巴，噘起嘴唇思考。就連這樣的小動作，看起來都完全不惹人厭，甚至還帶有一點少年氣質，這正是他的優點。

「我的作品，其實不成氣候差勁得很呢……我會再考慮一下。」

「那，我能拿到多少錢？」——沒有這樣粗俗地直接詢問也頗有京傳一貫作風。如果京傳真的問了，重三郎當然也打算認真回答。可是，京傳卻立刻轉移話題：

「歌麿先生也開始發揮本領了。」

毋庸贅言當然是指那本《畫本蟲撰》。京傳柔和的雙眸蘊藏著可怕的犀利。

「畫師喜多川歌麿果然是特級品。」

那種逼真描寫的筆力用來描繪女人時會變成鋒利無比的利刃，京傳讚不絕口。可是，重三郎眼尖地發現他的臉上閃過微妙的陰影。

「京傳先生的小說，成果和評價也不輸給歌麿先生的畫，請繼續努力精進。」

「……」

「不，我可不是瞧不起北尾政演的畫技。」

重三郎這麼一說，京傳連忙謙稱「不敢當」。重三郎用強烈的口吻打斷他：

「那本《青樓名君自筆集》，以七幅畫匯集十四位名妓集成一帖，之後又重新裝訂成袋裝五彩畫帖《新美人合自筆鏡》……」

「那是天明四年的事了。」

「任誰都同意那絕對是畫師北尾政演的名作。」

妻子送來茶水，重三郎和京傳呼呼吹氣享受熱茶。

「駿河[88]沿路的花橘，也難比茶香——果然如芭蕉翁吟詠的俳句，駿河的茶很香。」

京傳這麼一說，妻子立刻插嘴：

「您看過店裡貨架了嗎？」

天明八年，蔦屋依然生意興隆。主要核心還是京傳的小說，今年春天也出版了他的三本黃表紙，二本洒落本。所有的作品，京傳都沒有兼任插圖工作，只負責執筆寫作，黃表紙是與歌麿合作。

---

88 駿河：舊地名，現在的靜岡縣中部。

布簾外，店門口傳來客人喧嚷的聲音。

「尤其是洒落本特別受歡迎。」

重三郎放下茶杯，妻子也把托盤抱在胸前圍裙上說：

「真的，不久之前連陳列洒落本都還要猶豫半天呢。」

洒落本描寫的是花街柳巷的種種故事，安永年間，甚至被惡評為環繞遊女描寫猥褻淫穢的小冊子。所以，繪本和地本問屋不會公開在店內陳列，但是如今情況不同了。

「拜京傳先生所賜，洒落本的內容和價值都已截然不同。」

不愧是擅長記錄遊廓內情和人情奧妙的京傳，不僅是遊廓的內幕，連人心機微都有所著墨。重三郎想起那位紫野姑娘就對京傳寫的洒落本《兒子房間》讚嘆不已。

「京傳先生真的很了解男女之情。」

遊女和恩客的確互相欺騙，但，不可否認的是，那並非全部。男女應該毫不掩飾地互訴真心，兩人用真心一起享受喜樂愁苦。跨越金錢和算計、肉欲的藩籬才能夠純粹地交往。京傳的心底有這樣的想法：

「遊女賣春是工作。所以，心理必然有某種問題。」

紫野的語氣變得有點強硬：

「正因如此，才會被京傳先生寫的那種溫柔牽絆。」

不僅銷路長紅，還得到前任花魁的背書保證，京傳當然也有幾分得意：

「吉原和上臈是江戶最自豪的風流意氣，小說作者當然得描寫那個，您說是吧？」

同樣生於江戶，重三郎和京傳在內心深處頗有共鳴。

「生於將軍大人膝下……」京傳舉出種種好處。

可以觀賞江戶城的魚虎，用淨水給新生兒洗澡。吃得到搗過的白米，在優渥的環境下健康成長。這是江戶仔的驕傲，他說得興起，甚至用自己來比喻江戶日本橋：

「瞧，透過我的本多髻可以將安房上總[89]一覽無遺吧！」

重三郎和妻子並排坐著，湊近看京傳像老鼠尾巴綁成細細一圈的髮髻。

「咦，方向反了，看到的是西方被茶香吸引的駿河那邊。」

這次是京傳和妻子不解其意地望著重三郎。

「靈峰富士山加上鬼蔦[90]的印記。」

這正是蔦屋的商標。「原來如此。」「唉喲！」「就是這麼回事。」三人輪番大笑。

「獎勵文武，熱衷學問的風潮在平民大眾之間想必也會提高。」重三郎恢復書商的面孔。

松平定信掌握政治實權後，世間氛圍變得綱紀端正，質樸簡約。

世間這口大鍋的風味，只要加一點鹽就會徹底改變。從浮躁嬉鬧，轉向篤直的生活方式。那正是商機，不過，蔦屋就算出版正經八百的書也很無趣。

「仰賴京傳先生，不受江戶的風流意氣侷限，出版新型態的小說也是一個辦法。」

想必，世人會一次又一次被驚豔。蔦重很滿意自己這個點子。

「然後，反手一刀斬斷鬱悶拘束的改革風氣。」

京傳回答「好啊」，表情隱約變得像個共犯。

「書籍加上錦繪，耕書堂會讓世間越來越熱鬧喔。」

布簾再次被掀起，這次是伙計出現。

---

89 安房上總：舊地名，現在的千葉縣南部和中部。

90 鬼蔦：徽紋的一種，圖案為蔦羅鋸齒形葉片。蔦羅旺盛的繁殖力象徵「子孫繁榮」。

「鶴屋老闆來了。」

重三郎和京傳互使眼色。

「嘿咻。」

重三郎揹起可能會被人譏笑是趁夜潛逃或小偷的巨大包袱。

第六章　春町

一

一出門，四周頓時變暗。

「啪！」一滴雨點落在臉頰。許是因為櫻花季節已近，最近天氣很不穩定。

重三郎轉頭一看，秋田藩主宅邸雄偉的三層主屋的屋瓦上方，即將被獅子形狀的烏雲籠罩。

重三郎細細咀嚼堪稱盟友的他說的話。

「我已經充分寫夠了，了無遺憾。」

朋誠堂喜三二・平澤常富如是說。就在去年天明八年，喜三二徹底退出小說世界。這是藩主佐竹侯親自下令，即便是他也無法抗命。

「我已經五十幾歲，也到了被要求退隱的年紀。」

喜三二的眼角和嘴角出現清晰的皺紋。重三郎和他見面都是在晚上，總是在燭台和燈籠的火光下。更何況，每次只注意他在宴席上快活的言行舉止，完全沒發現他已有如此老態。

喜三二用手刀比出砍頭的動作。

「可別笑話我是窩囊廢喔，蔦重。」

想當年他還是個前途未卜的小書商，喜三二就傾力相助，是他的大恩人。正因為有喜三二在，蔦屋耕書堂才能有飛躍性成長。

「豈敢！」

「白河[91]大人的治下，真叫人喘不過氣。」喜三二說完，無力地笑了。

「就算繼續做駐守江戶代表的工作，暫時恐怕也不能去吉原了。」

這年秋天，據說幕府有意禁止各藩駐守江戶代表的聚會。

「正因為夜夜聚集，蒐集幕府和各藩的情報才有江戶駐守代表存在的價值。」

喜三二說「簡直叫人活不下去啊」，兩手一攤開始屈指計算道：

「首先是織品，能樂裝束、外袍和頭巾。總之，官府禁止一切華麗的東西。髮飾、人偶都成了攻擊的目標，連料理和糕點之中較費工夫又昂貴的，也不准賣，不准吃。」

「就在前不久，我也看到市井之間打扮時髦的人物被衙役拖走。」

「沒錯，沒錯，京傳那種人想必很不高興。」

「不過，京傳先生是走低調奢華路線的風流人物，向來都是穿一身黑或褐色，應該不至於被指責吧？」

喜三二自己也是一身淺藍帶灰的所謂「深川鼠色」服裝，布料也是棉質，非常樸素低調。

「一味取締只會收到反效果，可惜方正死板的石部金吉無法理解。」

喜三二大剌剌批判。雖然室內只有兩人，重三郎還是不禁環視四周。

喜三二執行駐守江戶首席代表的公務時是在另一個小房間，這裡據說是處理私事用的房間。以前受邀前來時，桌上總是凌亂堆滿硯台、毛筆和寫到一半的稿子，現在卻異樣乾淨。不過，倒是隨手放著眼鏡。寬敞的藩主宅邸內，只有人們偶爾經過走廊的動靜。

「反正我就是這樣的男人，不管誰要豎起耳朵偷聽我都無所謂。」

「的確，如果是喜三二兄還真沒法子。」蔦重不禁噗哧笑出來。

去年出版，應該會成為喜三二最後一本黃表紙的《文武二道萬石通》，就是很有他個人特色的痛快之作。該書藉由久遠的鎌倉時代，源賴朝和畠山重忠這對主僕的故事，影射田沼派的失勢。如果將武士分為「文武二道選其一之士」和「牆頭草」，幾乎大部分都是牆頭草武士，這個故事設定也很不客氣，完全把松平定信的執政當成攻擊對象。

「俗話說『鼬鼠的某某[92]』，我這個寫書人只能藉此一吐為快。」

「那將成為讓朋誠堂喜三二這個名號流傳後世的作品。」

重三郎說「不過撇開那個不談」，從懷裡取出一張紙。喜三二接過來，打開摺成四摺的白紙。

世間蚊子最煩人，半夜嗡嗡擾清夢。

喜三二一瞬間露出玩捉迷藏被鬼發現的小孩那種表情。

「這個，你是在哪拿到的？」

「貼在花柳街的牆上。」

那是對大力推動改革的松平定信惡狠狠的批判。在江戶坊間，如今經常看到這類塗鴉，但在諧謔和影射方面這首詩顯然拔得頭籌。

「該不會是喜三二兄的傑作吧？」

91　白河：主導寬政改革的松平定信本為白河藩主，故有此稱呼。

92　此處指諺語「鼬鼠的最後之屁」。鼬鼠被逼至絕境會放出惡臭退敵，比喻走投無路時只能訴諸最後手段。

重三郎隨口問道。喜三二誇張地對他皺起臉說：
「怎麼可能？很遺憾那並不是我寫的。」
「……如此說來……」
「能夠寫出這種詩句的才子可不多喔。」
重三郎的腦海浮現一位狂歌師。不過，那人對改革心生恐懼，照理說早就自動退出狂歌壇了。
「如果真是那位寫的，那我倒要對他改觀了。」
「憑空推測太不解風情了。就是因為不知道作者是誰才風雅，就讓作者保持匿名不好嗎？」
喜三二露出賊笑，轉頭打開矮櫃的門。他取出的是戀川春町的作品，今年正月出版的《鸚鵡學舌文武二道》。
春町承接好友喜三二的最後作品，變本加厲地拿改革政策當笑話。而且，甚至還影射了定信寫的《鸚鵡言》。
「銷路很好吧？我去書店一看，堆積如山。」
重三郎應聲點頭。
天明九年（一七八九）一月二十五日改元為寬政元年。
彌生三月[93]，喜三二之前提及的禁奢令頒布，定信的改革行動大發雄威。
「替世人聲張不滿是書店的重要職責。」
「嗯，不愧是蔦重，再次令我刮目相看。」喜三二滿意地點頭。
「況且還有唐來三和的《天下一面鏡梅鉢》，不是好像比春町賣得更好嗎？」
那同樣是批判改革的黃表紙小說。以菅原道真暗喻定信，影射充滿饑饉與暴動的當代。火山噴火，天降金銀。民眾荷包滿滿，連乞丐都有昂貴的鯛魚可吃。五穀豐收，人心一律充滿謙讓的美德……全篇充滿對當代社會的諷刺和諧謔。

「梅鉢也是定信大人的家徽。」

「哎，你說得一點也沒錯。那本書，隨隨便便都賣了一萬本。」

「噢，那等於江戶每一百人就有一人買了這本書。」

黃表紙賣個幾百本算是馬馬虎虎，超過千本就會舉辦慶功宴。三和的新作，可以說賣得超級好。

重三郎伸手比出在空中打算盤的動作。

「豈止一萬人，想必有更多人看到。」

一如重三郎所言，應該說江戶大眾看到那本書的機會遠比一萬本更多。因為租書商會四處跑，一本書通常有很多人看。也得算上把喜歡的書自行抄寫下來，輾轉他人之手的冊數。

「蔦屋的生意興隆是最好的喜訊。」喜三二凝視這個甚至被他公開宣言是弟弟的書商。

「我走了還有京傳接棒，三和也下筆氣勢如虹。至於歌麿，你要讓他畫美人畫吧？」

雨勢變大了。

滂沱大雨在三味線堀的水面打出成千上百的水窪。

重三郎撐開喜三二叫他帶走的雨傘，轉頭一看，門衛用手遮頭跑到簷下躲雨。已成為名勝景點的七倉庫，白牆在雨中朦朧一片如煙如影。

「一點也不像春雨，越下越大了。」

秋田藩主宅邸位於下谷七軒町，返回日本橋通油町的書店途中，重三郎打算順便去歌麿位於久右衛門町的

---

93 彌生三月：在日本稱呼農曆三月為「彌生」，有「草木茂生」的意思。

新居——重三郎把柿子色洋傘斜舉，恨恨仰望天空。

「為了新作以及鳥山石燕大師的一週年忌日法會，有很多事情必須商量。」

石燕彷彿是看到歌麿的《畫本蟲撰》贏得世間高度評價終於安心了，在去年夏天逝世。

可堪稱告慰恩師的是，歌麿接下來這本有插圖的狂歌本《潮退時》也即將出版。

繼昆蟲之後，準備了三十六種貝類作為主題。同樣是清新脫俗，畫風典雅的傑作。

「歌麿的逼真畫技已臻大成。」

歌麿只靠自己的畫筆，尋求堪稱孤高的境界。重三郎為他的進境做好了周全準備。

「可是，歌麿超乎我的期待，深入男女情事的堂奧。」

那是豔本《歌枕》。歌麿不僅窺探性愛深淵，甚至深深浸淫其中。不過，他並未溺死，反而從泥沼底部發現珠玉。

「春畫雖然不能公開發行，卻受到無數風流人士的注目。」

《歌枕》和《畫本蟲撰》成為表裡一體，一口氣提升了歌麿的存在感。當前，有幾個畫師能像他這樣不僅把花鳥風月畫得栩栩如生，還能夠描繪男女情念？

天明七年末，京傳看到這本豔本的試印版後不由驚嘆：

「比鳥居清長先生的《袖卷》更厲害！」

清長成為天明時代美人畫的霸主，也是因為有春畫《袖卷》這個風味強烈的地下作品。重三郎也讓歌麿走同樣的路線。

——天明初年，在上野忍岡邀集江戶名流雅士的那場盛宴，我在那席上就已下定決心了。

那時候，刻意當著清長的面展出歌麿親筆畫的春畫。不過，那純粹是習作，歌麿自己也不滿意。直到天明末年，他的繪畫主題已經變得很豐富，畫技也經過嚴格的磨練，終於完成全套十二張的傑作豔本。

「岩石上的海女望向海中，兩隻河童正在侵犯另一名海女……」

京傳拿起的那幅畫，濃縮著驚人的奇想。松枝和葉片、水流都描繪得非常寫實，筆觸流麗。海女濕淋淋的黑髮，雪白的肌膚，鮮紅的內褲。妖豔得令人悚然的海女，和醜惡至極的怪物形成強烈對比。

「……遭到凌辱的海女，或許是在岩上屈膝而立的美麗海女祕藏的願望？」京傳轉為畫師的面孔嘀咕。

「或許吧。不過，這點想必只有歌麿自己才知道。」重三郎刻意敷衍帶過。

說到十二張一套的畫帖製成時歌麿的反應，那簡直是驕傲極了！

「立刻送去給清長看吧。」

就算不這樣做，清長想必也會立刻入手《歌枕》。

「在料理茶屋的二樓靜靜幽會，這幅畫令我很驚豔。」

重三郎稱讚，歌麿仔仔細細地冷然看著他。

那些春畫，充斥著互相吸唇、互挖股間的男女恨不得盡快滿足肉欲的生猛情欲。可是，歌麿對於男女兩人的眉眼口鼻，也就是臉部五官，竟然完全省略。

「我還以為你會生氣，罵我為什麼不畫眼鼻。」

——如果是其他畫師這麼做，我當然會怒罵。

「女人手摸男人臉孔的動作婀娜，男人滑向女人香肩的手指蘊藏的力道強勁。女人豐腴的大腿被男人的內衣遮住，就連女人的後頸碎髮都格外有韻味。」

歌麿不置可否地傾聽，但是，似乎無法忍住得意地笑道：

「好吧，看來你似乎對我的畫觀察入微。」

歌麿的眼中亮起幼童自覺幹了大事的驕傲光彩。

「不過，既然身為繪本書商，還是希望你能把眼睛再睜大一點。」

畫中男人的一隻眼被女人的髮絲遮住，描繪得格外細緻。畫師如此補充說明。

——當然，我連那種細節都注意到了。

不過，重三郎還是刻意發出驚呼。

歌麿的鼻子又驕傲地抬高了一寸。

如箭矢落下的雨，彷彿澆花器的水用盡般轉為絲絲小雨。撥開薄墨色的雲層，灑落些許陽光。

沒拿傘的小廝跑過重三郎身旁，泥濘濺得很高，噴到少年的衣襬上。

就算要去歌麿的新居，這樣髒兮兮的也不適合。這附近沒有襪子店的招牌嗎？重三郎從傘下東張西望。

——我的襪子也髒了。

「咦，這不是蔦重嗎！」路過的茶屋內傳來呼喚聲。

重三郎收起雨傘探頭窺看茶屋的屋簷深處，泡水的襪子發出「啾啾」的刺耳聲音。

「原來是奇奇羅金雞老師。」

「喂，你過來一下。」

這個說話傲慢的人物，把束起的頭髮像獸尾那樣甩動。金雞現年二十三歲，比不惑之年的重三郎小了足足十七歲。是也替上野七日市藩主前田侯看診的醫家之子，人稱小大夫。

可金雞對醫業不屑一顧，狂熱地全心投入狂歌。

——不過，這小子完全沒有創作和歌的天分。

這樣的金雞，已經由蔦屋耕書堂出版了一本狂歌集。

不僅如此，蔦屋今年甚至還推出《嗚呼奇奇羅金雞》這本以他為主角的黃表紙。而且該書由京傳執筆，歌麿負責插畫，動用兩位當家王牌，製作陣容非常豪華。

——不過，我沒有出一毛錢，費用全由這小子自己負擔。

重三郎又想起歌麿，那是他送去這本書的畫稿費時發生的事。

「哼，比當初說好的錢還多啊。」

歌麿拍拍包裹金子的絹布包。重三郎淡定地與他帶著窺探的執拗眼神交會，報以微笑道：

「因為強人所難地拜託你作畫，所以也包含了謝禮。」

不過話說回來——金雞別提有多興奮激動了，他付了比之前講定的金額更多的錢。

歌麿沒什麼喜色地把金子往旁邊一推。

「蔦重先生，你應該不是在做斂財的工作吧？」

書店這一行容不得大意或懈怠。他再次嗤之以鼻。

被歌麿挑釁是常事。重三郎在內心做好戒備，臉上卻依然一派沉穩。況且，歌麿應該也早就清楚他完全無意捧紅金雞。

「做書店這一行等於顫巍巍走在圍牆上。而且右邊是血池，左邊是針山，不容掉以輕心。」

「噢，意思是說不管往哪一邊跌倒都是地獄嗎？」

「是不是地獄也要看錢。若要做出絕品浮世繪，不僅靠畫師，也少不了高明的雕版師和印刷師。」

——或者該說，如果不那樣做，就過不了我自己那一關。

「況且，生活在世間最難預測今後發展。」

大眾對風向很敏感，只要有什麼東西流行就會一湧而上。不僅如此，他們可以輕易捲起旋風，也可能翻臉無情立刻棄如敝屣。

「世間大眾真有那麼重要嗎？我只畫自己相信的畫，僅此而已。」

重三郎一再微微搖頭後幽幽說道：

「我也一樣受夠了所謂的世間啊。」

當代最暢銷的書就是《徒然草》，那是充滿教訓意味的書，而且還是很久以前寫的。民眾對松平侯苛刻的取締憤憤不滿，轉身卻立刻蜂擁而上搶購這種充滿啟蒙與啟發的生活指南書籍。重三郎滿腹牢騷：

「照我說來，比起滿紙訓誡的書籍，詼諧和影射世情的書其實更有內容。」

「好書不見得就賣得好，毋寧該說，是暢銷的東西抓住時機乘風揚帆賣得更好。」

就像清長，也是這樣受到大眾歡迎的。歌麿的說詞毫不留情。

「江戶所有的畫師、畫工都臣服於清長，畫來畫去每幅美人畫都大同小異。」

「正因如此，我希望歌麿先生開創新的潮流。」

重三郎放低聲音。

「一心只想賺錢的書店很多。」重三郎的聲調變得強勢：

「可是，我和他們不同。」

對於重三郎的強調，歌麿沉默不語，室內瀰漫畫師家特有的顏料混合凝膠的氣味。

「洒落本和黃表紙被批評是在浪費紙墨，甚至有人說那是猥褻淫穢。」

人們心存輕蔑，認定地本問屋賣的不過是那種程度的貨色。

「不過，我已經決定了，蔦屋出版的作品必須是驚天動地的巨作。」

喜三二、春町、京傳以及歌麿。每個人，都貫徹了他這個信念。

「最重要的，是歌麿先生你們的工作能否做到盡善盡美，增刷再版只是結果罷了。」

隔著歌麿的肩頭，只見敞開的紙門內有許多顏料瓶和畫筆、散落的草稿。畫師低聲說：

「蔦重先生雖然這麼說，卻叫我畫過很多無趣的插圖。」

「的確——不過，那一切都成為提升歌麿先生畫技的基礎。」

「……」

重三郎的說詞連歌麿也無法反駁。

「況且，主要是狂歌師們也非常喜歡。」

這點金雞亦然，即使付出龐大的金額還是欣然接受。

「當事人自己滿意，以蔦屋為首畫師和小說作者們也荷包滿滿。這下子，沒有任何人吃虧喔。」

重三郎起身走進工作間。歌麿想拒絕，但是重三郎的動作更快。他拿起一張草圖，畫的是貓頭鷹，箭靶似的圓眼睛散發裝傻的味道。旁邊的素描，畫的是妖豔熟女拋來意味深長的媚眼。

「嗯，看來張張都會是傑作。」

歌麿並肩站在打從心底佩服的重三郎身旁，嘖了一聲搶回草圖。

重三郎走進茶屋。

「過來，過來。」金雞像要叫下人般招手。重三郎回應：

「您什麼時候來江戶的？應該早點通知我一聲。」

「咦，我一直待在遊廓，還叫花魁代我寫了信通知你，你沒收到？」

重三郎很想苦笑，但他還是用力忍住了。說到金雞這個人，長相比京傳筆下的懶漢豔二郎還醜。今天的衣著也令人噴飯，人如其名全身金光閃閃，俗人穿上俗衣還洋洋得意。

「小大夫，至少把那件亮瞎眼的外袍先脫下吧？」

因為改革大業的使徒們，正在四處搜捕衣著違反禁奢令的人。

「不要緊，他們才不敢抓我。」

「萬一真的被捕，就去哭求前田藩主大人。」金雞一邊舉杯，一邊大言不慚說。

酒香撲鼻而來，金雞也沒露出什麼津津有味的表情就一口喝光。看著他年齡不大卻已鬆垮的喉頭蠕動，重三郎身為生意人又開始暗自計算：

「我打算再做一本喜多川歌麿的狂歌畫集。」

金雞聽到不容錯過的大消息，連忙把酒杯往紅毯上一放。

「是你家出的書後面已經大肆宣傳過的那個吧？」

寫真豪華繪本三部曲，繼昆蟲、貝類之後將要出版《百千鳥》。

「我很欣賞金雞老師，所以想要拜託您。」

重三郎連濕襪子都忘了在意。

「您能否支持歌麿的才華，在經濟方面贊助他？」

聽到早已成名的畫師名字，傻大，不，小大夫顯然有幾分心動。此人，對於名聲的欲望特別強烈。

「歌麿的畫作，配上我選的狂歌，能夠獨佔江戶的話題嗎？」

「沒問題。」重三郎說著，感到臉頰異樣僵硬。

——我知道自己的臉皮越來越厚。

溫和與敦厚消失，變成老江湖商人特有的嘴臉。這種變了一個人的感觸，仔細想想，是從面對南畝時開始的。

既然如此——重三郎乾脆大膽地豁出去，索性，徹底做個貪婪的奸商吧。

「明年寬政二年，最遲寬政三年就會出版，這樣安排您看如何？」

重三郎認為狂歌已成明日黃花，更何況金雞的作品本來就不怎麼樣。不過，哪怕是這樣的狂歌師也有用處。

「不過……」書店主人語帶威懾地把臉向前伸。金雞吃驚地向後仰身，驚愕地猛眨眼，與其用「吃槍子的鴿子」形容他，不如說是報時金雞。

「即便在吉原，要包養花魁也得付出相應的金錢。」

歌麿的地位堪稱浮世繪的名花，對金雞這種人來說更是高價之花。正因如此，才要把開在富士山高嶺上的牡丹插在俗豔的廉價花瓶。

「如果您也有這樣的覺悟，歌麿的繪本，文字部分就由金雞老師撰寫吧。」

如何？這個主題，要合作還是拒絕？

金雞重重將雙手向後撐著地毯，外袍的前襟敞開。

簡直像小狗投降露出肚皮。

「知、知道了，那，我要準備多少錢？」

二

印刷師拿起板子像要膜拜。

雖然身高不足五尺，他的手卻像相撲選手一樣巨大厚實。

雕版用的是從伊豆運來的櫻木。德川時代之前說到雕版都是用梓木，但是當代用的是伊豆海岸一帶砍伐的櫻木，而且關鍵還得是「潮木[94]」。

從採光窗透入的光線照亮木紋，浮現鶺鴒似的斑紋。同樣的陽光也照在印刷師的頭上，他的花白頭髮已經稀疏，要綁髮髻都很勉強。

「這個雕刻，果然技術不同。」

94 潮木：靠近海岸生長，經常吹海風的櫻木。

印刷師浮腫的雙眼仔細盯著雕版。

重三郎就像自己被誇獎一樣露出笑容。在江戶排名前五的雕刻師，技術果然細膩精緻。重三郎一收到雕版就馬不停蹄親自送來印刷師這裡。

「尤其是髮際線之精細，太精采了，這可不是誰都做得到的。」

鬢角、額頭、後頸……每一處的頭髮，尤其是髮際線那纖細又精密的雕工，不愧叫做髮雕，那是比真正的頭髮更細的精密雕刻。雕刻師絕妙的技巧實現了那個境界。

一張雕版不可能靠一人獨力完成，周圍背景和衣物的花色、圖案有年輕的助手負責雕刻，但是被稱為「頭雕」的臉孔、頭髮、手腳等精細部分通常是資深雕刻師的個人舞台。

「歌麿的那本《歌枕》，雕刻那個女陰捲毛的也是……」

重三郎頻頻點頭。

「是同一位雕刻師傅沒錯，那個女陰的雕工，堪稱江戶的驕傲。」

印刷師慎重抱著雕版，他印刷錦繪的技術，也不比雕刻師遜色。而且，如果雕工不理想，這位印刷師會當場把雕版砸碎，對品質的要求素來嚴格。

「這下子，我也不能認輸。」

「這就對了，期待您的工作表現。」

印刷師朝著裡屋大喊：「喂，蔦重先生接下來的工作你們也不能放鬆喔！」

低頭操作馬連拓擦板或塗顏料的工人們一齊抬頭，其中一名工人回答：「知道了。」印刷師傅滿意地點點頭，忽然低聲嘀咕：

「不過，這人叫做金雞？這個狂歌師我怎麼沒聽過。」

重三郎只能支支吾吾含糊帶過。他像要把痴迷狂歌的財主名字丟到一旁，氣勢洶洶說：

「不只是全篇都是鳥的繪本，今後，師傅您還會變得更忙碌。」

「每一本的畫師，都是歌麿？」

「我請他畫江戶名勝景點和四季自然美景以及風流極致。」

歌麿的畫，擷取水墨畫的精華，也採用了師傅石燕的狩野派手法。用被稱為普賢像的櫻花品種來隱喻普賢菩薩，而且用女身來體現，大膽進行這種影射。

如此一來，重三郎也想把版型做得更考究。他打算如果做成繪本就用摺頁式，橫長形的大版本來豐富意趣。

「歌麿先生的意欲，自由自在吸收各種畫法的才華，即使到今天依然令我驚訝。」

「一、二、三……七，歌麿的錦繪印刷豪華本從天明時代就多半備受矚目。」

「而且，在不久的將來終於要……」

重三郎和印刷師說到這裡就打住，兩人的視線，像共犯般交會。窗戶外框，停著一隻帶褐色的鮮豔黃綠色小鳥，正微微歪頭凝視兩人。重三郎猛然盯著那春天的小鳥。

「黃鶯色在婦女之間似乎頗受歡迎。」

「那就請您印刷出適合那種色調的江戶美女吧？」

印刷師傅愛惜地輕撫雕版。

印刷師在工作桌的四角，都放著摺成二寸左右的濕手巾。

這是為了在桌上放置作業台，用毛巾牢牢固定台子。台子稍微傾斜，印刷師這頭比較高。

印刷師的右邊是裝滿水的木桶，裡面放著平刷。手邊有大大小小的碗，裡面裝著藍色、朱色、黃色等顏料。旁邊有刷子和刮板，有平刷，有小筆，也有像鬃刷那種清除網孔堵塞的工具。簡直像筆店。

「全是用馬尾巴的毛喔。」

不過、在靠近馬屁股的地方，依照中段、尖端之別使用方式各不相同。

「而且，買來的刷子，工匠也依個人喜好調整過。」

印刷師用鯊魚皮整理尖端的毛，或者弄粗，這叫做細工。

「我來晚了。」

重三郎和印刷師同時回頭，只見歌麿拍打著春風挾帶的沙塵走進來，毫無愧色地說。

「我在修改美人畫，一不小心忘了時間。」

今天的他一襲紫色外袍搭配紫藍色條紋的窄袖和服低調雅緻，腰帶卻是黑底有二條朱紅色粗線頗為醒目，這是向來與眾不同、具有歌麿特色的裝扮。

「畫師加上出版商都到齊了，那就開始工作吧。」

印刷師把坐墊對摺後一屁股坐下，背部肌肉糾結如累累岩石。歌麿和重三郎也在他的兩側坐下。

錦繪初刷時出版商和畫師都會露面，至於印刷工作，全部由師傅親手完成。

「新的雕版沒有摩擦和收縮過，因此印出來的成果最漂亮。」重三郎說。

「嘿嘿嘿，和遊廓第一次開苞一樣。」印刷師傅開玩笑。

上臈的第一個男人，通常會挑選精通性事的富豪，浮世繪也是同樣的道理……

大約才十五六歲滿臉青春痘的年輕徒弟過來行禮。

「關上門窗。」聽到師傅這麼吩咐，徒弟連忙行動。

「如果風吹進來令周遭環境太乾，雕版也會收縮。」

印刷師檢查了好幾片雕版的正反兩面。雕版一律是雙面雕刻，每換一塊板子就要換顏色，在一張紙上層層織出彩錦。

「墨色、土紅色，另外還要藍色、黃色和朱色吧。」

印刷師這麼一說，歌麿立刻反應：

「青色和紅色的色調，請你們特別注意。」

畫師做出詳細的要求，印刷師執行那些要求。歌麿連色彩深淺都俐落地一一指示，毫不猶豫。

「你的腦中，已經有明確的完成圖吧？」

印刷師表示理解。他頭也不回地說：

「蔦重先生呢？」

出版商插嘴時，幾乎都是把念頭放在銷售業績為主。

「江戶大眾已經受不了禁止奢侈、獎勵儉約的政策，我想好好撫慰他們那種心情。」

這是麻煩又含糊不清的高難度要求，但對印刷師而言也是展現手藝的時刻。

「這可是歌麿的傑作，很快就會收到大量的追加訂單把雕版磨得越來越薄。」

聽到印刷師傅異於平日作風的奉承，不只是重三郎，連歌麿都笑了。

浮世繪如果受歡迎便可大賺一筆，相反的例子也很多。不僅要有畫師和雕刻師、印刷師這些人才，租書商和繪本商、書商這些銷售組織也必須有良好管道。進而，也得靠著能夠引起話題的繪畫主題和內容給江戶大眾留下深刻印象。

「好了，讓我露一手給你們瞧瞧吧。」

他將畫筆沾上墨汁，一邊轉動畫筆一邊使用。同時，用另一支筆沾水製造濃淡深淺。接著用細竹片刮上漿糊，給色調醞釀出光澤和緊緻。

「今天的漿糊煮得好。」印刷師對守在一旁伺候的年輕徒弟說。

「爛糊糊的黏性太強，或者反之太稀都不行。」徒弟聽了師傅的話點點頭。

「插進刮刀後會輕輕彈回來，塗在板子上時『唰』地迅速染色才好。」

「聽起來，和女孩子的肌膚一樣嘛。」歌麿說。「沒錯。」印刷師傅說。

印刷師看時機差不多就把紙放在雕版上，徒弟確認紙的位置。

紙張事先已經沾濕，蔦重和歌麿緊張地屏息。

「兩位幹麼這麼緊張，這樣之後的工作撐不住喔。」

印刷師這麼說著，毋寧也像在告誡自己。他把竹皮包裹的馬連拓擦板迅速滑過。

印刷師沉默地繼續作業。

梅雨季將至，室內悶熱。不只是印刷師傅，重三郎的額頭也緩緩浮現汗珠。

每次塗上顏料，疊上紙張，就會增加更多色彩逐漸築成絢爛世界。

「我想看師傅露一手絕活，證明交給您是對的。」歌麿提出要求。

「包在我身上。」印刷師轉頭得意一笑。

實際上，印刷師按照設計好的色調，運用種種技巧完成的成品有時甚至超出畫師的預期。

「先空印一次吧。」

印刷師把紙放在沒有塗顏料的的雕版上用力摩擦，藉由紙張形成的凹凸陰影來表現雪花、波浪、衣服花紋等等。

「果然厲害……」重三郎不禁讚嘆。

「現在驚訝還太早。」印刷師將馬連在紙上輕拍。

空印往往會出現變形。用力製造凹凸陰影時，和平時相反，要用凹版雕版凸起紙張表面，讓衣服和身體的輪廓飄然浮起。歌麿伸指。

「雪堆成的獅子，還有雪人，這些請你用凹凸技法。」

「小事一樁。」

布紋印刷，是把布貼在雕版上，直接將布紋複印在紙上。用在旗幟或手巾這些細節，可以讓印出的畫更逼真。

雕版的木紋部分採用空印，直接將木紋印成畫面紋樣的技法叫做木紋壓法。

等顏色乾了就用刮刀擦顏料製造鮮豔的光澤，這叫做豔印，可以讓絲緞、天鵝絨這些有光澤的布料或漆器等圖畫產生難以形容的質感。

「好了，開始加上暈染吧。」

「說到那個……」歌麿環抱雙臂。

天空和大海，只是平板地塗上藍色和朱色太俗氣。由深至淺給色調製造階層與變化，這種程度只能算普通手藝，變化之後還能醞釀出透明感才算是高手。

「紙門內，酒酣耳熱正在吵鬧，我希望將藝伎的影子做出渲染效果。」

墨色濃淡層層做出效果，使得酒席上人們喧鬧的動態，就像殘影那樣表現出來。印刷師再次拿起馬連。

「馬連這玩意，不能用擦的。」

年輕徒弟目不轉睛地看著師傅的手部動作，重三郎也跟著看。

「要像打摩紙面那樣推過去才是關鍵。」

大片圖案時動作要快，細微的小塊描寫要稍微用力。

「知道嗎？光靠手的觸感不夠。紙張和馬連，以及雕版發出的聲音都要仔細聆聽去分辨。」

重三郎豎起耳朵。「沙沙，搓搓，沙——沙、沙、喀、喀。」雕版和圖案隨著馬連每次摩擦紙面發出不同的聲音。

一次又一次刷上不同深淺的色彩加以暈染，就算有六種顏色，作業也不只是印刷六次。如有必要，光是暈染就要仔細印刷十幾次。

「好了，看看成果如何。」

印刷師輕輕掀起紙張，歌麿與重三郎再次屏息。

印刷師猛然伸直雙臂攤開錦繪。

重三郎發出感嘆，身旁的歌麿滿足地說：

「很好，印得很好。」

三

紅色和黃色的短箋和西瓜、鯛魚、葫蘆、帳簿、算盤……

妝點江戶七夕節的餘韻，因為天氣太熱已經垂頭喪氣。把家家戶戶烤焦的太陽正要沉落，但白天的熱氣依然籠罩。

準備簷下掛燈的女人伸直腰桿，衣服下襬隱約露出雪白的小腿。但是，重三郎的表情始終僵硬。

「為什麼……會變成這樣！」

路過行人紛紛投以訝異的眼神，然而，重三郎還是不顧一切向前走。

接獲意外的消息，那個衝擊甚至重傷內腑，令他實在待不住。如果不像惡狼一樣漫無目標地在街頭徘徊，恐怕會發瘋。

「應該有什麼對策才對……」

將連綿屋宇染成茜紅的夕陽，在淚水中模糊。

寬政元年七月七日（新曆一七八九年八月二十七日），戀川春町死了。

「這下子駿河小島藩松平家，或許總算可保安泰。」

「不過話說回來，那傢伙好像直到最後都沒有回應定信大人的召喚。」

「居然為了區區黃表紙喪命。」

「而且，還是那種死法。」

出席喪禮的武士交頭接耳竊竊私語，重三郎淚濕的眼睛望著他們。武士們似乎察覺他的注視，被那陰鬱的氣勢壓倒，佯裝不知。

靈堂與其說樸素，簡直寒酸得令人懷疑是否在故意羞辱死者。這居然是在明和、安永、天明時代身為江戶小說先驅者的喪禮……

枯瘦如鶴的老婦垂著頭，身旁或許是因為喝酒過多鼻子發紅的老武士憮然呆坐。春町是倉橋家的養子，養父母的肩膀不時顫抖，除了哀傷，想必更多是對家族名聲蒙羞的憤怒吧。

春町的妻子不在場，早在丈夫死亡的數日前就已被迫和離了。由此也可看出，春町做出這個決定早有覺悟。

——乾脆把我包的豐厚奠儀討回來，重新由耕書堂給他辦一場追悼會吧？

聽著外行人都聽得出有多拙劣的拖沓誦經聲，重三郎不禁咬唇。

——只恨自己無法讓春町兄回心轉意……

悔恨在內心盤旋，毫無終止的跡象。本該早已哭乾的淚水，再次緩緩湧現眼瞼下緣。

「去他媽的！」重三郎大罵。

這個舉動，很不像雖是幹練書商但向來眾所周知個性溫和的他會做的事。

得知春町臥病在床，是在吉原外大片農田覆滿早苗的嫩綠時節。

告訴他這個消息的，正是喜三二，而且地點是千住宿場。喜三二沿著奧州街道北上的旅行即將啟程。

「雖然遺憾，但我必須離開江戶了。蔦重，你多保重。」

重三郎造訪藩主宅邸後，喜三二確定歸隱秋田。佐竹藩主不僅下令他停止寫作，還不容分說地要求他返鄉。

一身旅行打扮的喜三二拉起重三郎的手，把臉湊近對他耳語：

「春町的事，就拜託你了。」

「對了，春町兄怎麼沒有來？」

喜三二面帶苦笑微微搖頭。然而，看到重三郎茫然的神情，他把聲音壓得更低：

「你該不會什麼都沒聽說吧？」

重三郎這時才得知，春町在家閉門不出。最近他忙著書店的工作，掉以輕心地以為沒有消息就代表平安……

每次回想起這點，他都很氣惱自己的粗心。

「我正想著差不多該找他討論新作品的企畫呢。」

喜三二對隨從使個眼色。隨從點點頭，離開兩人。

「是裝病。」

聽到這句耳語，重三郎驚愕地瞪大雙眼。

「那傢伙，偏偏接到定信大人的親自召喚。」

「……」

「可是，他卻頑固地不聽命令，堅稱重病臥床無法面見大人。」

喜三二鬱悶地調整腰間兩把刀的位置。不只是藩內高官，藩主松平信義侯，想必也收到了命令春町出面的公文。喜三二說：

「武士這種身分，毫無變通的餘地。想必春町自己也知道，根本不可能徹底逃避。」

遲早定信會命他停止寫作，再不然，就只能在那之前聲稱病入膏肓自己離開江戶。

「不過，春町的小島藩徒步三天即可抵達，和我的長途旅行大不相同。」

喜三二雖然嘴上開著玩笑，臉頰卻很僵硬。重三郎也同樣笑不出來。

「不如你假扮租書商，去他家看看？記得在包袱裡偷藏美酒，讓他發洩一下鬱悶。」

「知道了，我會這麼試試。」

「拜託你了。」喜三二說著，把手伸進懷中。

「這是我用過的，你留著用吧。因為我想你應該也看不清小字了。」

喜三二遞上愛用的眼鏡，重三郎收下臨別贈禮。

喜三二說聲「我走了，彼此保重」就邁步離去。

他高大的背影，唯有這天看起來格外瘦小帶著一絲落寞。

走上小石川的富坂時，頭上傳來老鷹笛音似的叫聲。

重三郎在坡道途中駐足，胸腹之間已有贅肉的身體現在經常不聽使喚。

樹林之間隱約可見水戶藩邸的屋瓦。路過的女孩們看似武家姑娘，或是名門的女傭，她們腳步輕快是因為要去傳通院拜拜嗎？重三郎抹去汗水。

——結果沒能見到春町兄……

他去拜訪春町，門前卻有年輕的武士站崗。

「倉橋大人病重，任何人不得會面。」

年輕的武士鐵面無情。擺出這種態度，無疑是藩內吩咐的。

「既然如此，麻煩替我轉交給倉橋大人。」

重三郎以眼神示意手裡的包袱。那是請紫野的店裡準備的知名灘酒，以及與喜三二有關的秋田名產稻庭烏龍麵，另外還有歌麿的狂歌繪本試印本。

「好，我會把這個交給倉橋大人。」

對方的態度很冷淡。重三郎想到藏在懷中的信。想必，即使把信拿出來，送到春町手裡之前也會被撕毀吧。

「倉橋大人還好嗎？」

「你沒長耳朵嗎？我應該說過了，大人重病。」

如此無禮的說話態度，令重三郎啞然。武士一手拿著包袱，另一手用力推重三郎的胸膛。

「你的話說完了嗎？說完了就趕緊滾。」

重三郎踉蹌著試圖窺探緊閉的門內有無動靜，然而，大宅一片死寂。

——早知如此，真的該假扮成租書商才對。

在富坂途中休息的重三郎收起手巾。

被粗魯推了一把的胸口還在痛。天空中，又有另一隻老鷹滑翔而過。人生在世要是也能像鳥一樣，不用拚命拍翅就能輕鬆飛行該有多好。

他不後悔出版《鸚鵡學舌文武二道》，想必春町也有同樣的心情。然而，既已招致等同文字獄的結果，出版商要負很大的責任。

——如果對春町兄見死不救，有損蔦屋的顏面。

不過話說回來，松平定信的取締還真是一天比一天嚴格。

之前，居然還對京傳強制罰款。

「等一下！」重三郎的叫喊把耕書堂堆積的書籍都震動了。

「我店裡出版的唐來三和先生的《天下一面鏡梅鉢》才剛剛被要求絕版。」

這次連京傳都被抓去衙門。

「什麼！《時代世話二挺鼓》也被盯上了嗎？抑或是《孔子縞于時藍染》？」

重三郎之所以這麼大聲，是因為這二本黃表紙的內容，也是嘲諷田沼父子的沒落，感謝當局的德政令江戶百姓變得方正死板，反而使社會越來越奇怪。不過，重三郎立刻念頭一轉：

「京傳先生的作品充滿精心構思的影射，官吏應該沒有聰明到足以看穿。」

果然，京傳被罰款，是因為他負責插畫的石部琴好寫的《黑白水鏡》。琴好雙手上銬數日後，遭到逐出江戶的重罰，書也被迫絕版。

「這無疑是對京傳先生的威脅。」

被禁止出售的《天下一面鏡梅鉢》起用了榮松齋長喜負責插畫，他沒有受罰。不僅如此，小說作者姑且不論，負責插畫的畫師從來沒有問罪的先例——可是，京傳卻……

「老天保佑，老天保佑，這真是池魚之災啊。」

被官吏狠狠折磨後終於釋放的京傳，對重三郎露出從容的苦笑。但他被糾舉的事實，不只令重三郎震驚，也充分震撼了江戶的所有書商。

「不過，不管是什麼事，能夠首開江戶先例都是一樁雅事。」

雖然嘴上逞強，不可否認的是，京傳的表情和動作還是籠罩陰影。

京傳從小在大江戶長大，是那種彷彿只萃取風流意氣而毫無雜質的人物。在自稱江戶仔的人們當中，有些人以粗暴、剛強為傲。但是，京傳的天性和那種人有一線之隔。

——但願他不會因此對小說世界產生反感就好……

從京傳的美學看來，在官府的種種批評下堅持執筆簡直想都別想。他不可能露出畏懼幕府，或者企圖脫罪的醜態。可是小說這種東西，就得像那隻老鷹一樣自在翱翔，隨心所欲地書寫才有趣。

重三郎就是因為知道京傳那種心情，才會讓他盡情執筆。因此，產生風雅的靈感，寫出精闢入微穿鑿影射的文章。

「怎麼可以仗著權勢和權力為所欲為？粗俗也該有個限度。」

京傳這麼說完後，轉為可以解釋為自嘲與掃興的語氣道：

「與其靠小說和浮世繪這些東西賺錢，還是做點小生意維持生計更輕鬆吧。」

這應該不是真心話吧。不過，以京傳的為人，或許就像風雅的花魁冷淡打發粗俗的恩客，真的會斷然抽手。這就是京傳式的骨氣。

重三郎忐忑不安。就在這時，發生了春町閉門不出的大事件。

「南畝老師決定假裝不在家，喜三二兄走了，京傳意志消沉。再加上，春町兄面臨停筆的分歧點……」

當紅的小說作者相繼面臨的災難，不只牽涉到蔦屋耕書堂的命運，甚至是關係到江戶地本根基的大事。這種時候，更不能低頭。哪怕是強顏歡笑，也得抬頭挺胸。坡道兩側成排樹木的頂端是高遠的晴空，白雲被風吹著跑。

「先考慮春町兄的事情再說吧。」

重三郎打起精神，匆匆朝自己位於日本橋通油町的店走去。

「是春町大人寫來的。」妻子遞上信封。

坐在桌前支肘托腮的重三郎抬起頭。

「噢，終於。」他忍不住興奮地揚聲，隨即大喊「好痛」搓揉小腿。原來是慌忙想起身，撞到桌邊了。

拆開信一看，熟悉的柔和文字出現眼前。的確是春町的字跡，頗有他一貫的風格，規矩沉穩的文章之間潛藏毒辣諷刺娓娓道來。

——之前收到美酒等與喜三二兄有關的物品，萬分感謝。未能見面備感遺憾。因有看門狗綁在門口，有那畜生露出獠牙狂吠，導致任何人都無法進入寒舍。這種粗俗不文尚請見諒。

「這句話該我說，直接走大門硬碰硬簡直笨透了。下次我會效法大盜稻葉小僧潛入府上。」

重三郎忍不住露出微笑對春町遙遙寄語。

然而，下一段文章令他幡然變色。

——三和、京傳與琴好據說受到懲罰，喜三二兄也以體面的方式被迫離開江戶。蔦重先生也不得不放棄出版梅鉢，想必肝腸寸斷。

就連我也罹患顫抖之疾，只能窩在被窩。

千代田城中特地派來御醫，據其表示，病根在黃表紙浮世繪之流。對方聲稱只要從此放棄繪本小說便可保住性命。

「嗯……果然受到松平定信大人施壓嗎……？」

——可是，我的病根是什麼，我非常清楚。

「嗯。」重三郎的眼睛湊近文字，妻子也跟著來到身旁。

——我顫抖是因為憤怒。

即使此刻寫信給蔦重先生，依舊忍不住滿腔憤懣，字跡幾乎凌亂。

「春町兄。」重三郎呼喚白皙的小說作者，

「你的心情，我蔦重自認了解。」

——繪本從兒童讀物起步，曾幾何時已發展成嘲諷政局。

「是的，正是因為春町兄賦予黃表紙新的生命。」

春町之前和之後，江戶的小說徹底改變。雖然沿襲圖文並茂的讀物體裁，卻有影射世情的利刃發出冷光。

正因為批判社會現象的辛辣嘲諷奏效，成年人才會爭相購買。

——然而，有件事不可忘記：黃表紙是讓人躺著邊挖鼻孔邊看的讀物。我始終記著這一點。

「我知道，我蔦重比誰都清楚。」

——我寫黃表紙，被同僚嘲笑太軟弱，甚至遭到儒學家當面侮蔑。之前，也被藩主斥責不忠，養父母說我是全家之恥。

「春町兄，被說成那樣的您……」

重三郎想到意氣投合的小說作者不禁落淚。與丈夫並肩迅速看完來信的妻子遞上手巾，重三郎用力擤了一下鼻子。

——記得有一次蔦重先生提及曾和南畝先生談到，小說是漫之文，插畫是漫之畫。我認為小說也需要有漫之心。

「漫，也有充滿、瀰漫之意。不僅如此，還帶有欺騙、侮蔑這種尖銳的棘刺。」

雖已年過不惑，依然臉頰豐潤如少年、不失赤子之心的春町，他的容貌清晰浮現眼前。重三郎的眼中，再次掉下眼淚。

「春町兄絕非軟弱之人！」

田沼時代吹噓只要能賺錢便可萬事無憂。之後時局一轉，政策緊縮，開始了只有嘴上特別囉唆的寬政改革。春町無論在哪個時代，對於最有力人士都射出無數支冷箭。

重三郎在桌旁堆積如山的作品中尋找，《鸚鵡學舌文武二道》彷彿自動投懷送抱，掉到他手裡。重三郎對內容倒背如流般說得頭頭是道，妻子頻頻頷首。

那本書寫的是天皇命菅原道真當宰相時的故事。

菅公對鬆散懈怠的公卿獎勵武道，可是，公卿們的種種行為簡直是道地的漫之文、漫之畫——跨在遊女身上練習騎馬，四處侵犯坊間男女，號稱千人斬。

天皇目瞪口呆，遂下令：

「既然獎勵武術行不通，那就培養優秀的文官吧。」

然而，並沒有學者可當範本。朱子學者、徂徠派都不中用，吟詩寫文的學者自然更不用說。菅公無奈之下只好上奏：

「完全沒有能夠經世濟民，也就是精通經濟之道的學者。」

天皇狐疑地歪起腦袋：

「經濟是什麼？是宵夜吃的雞？」

田沼時代事事追求奢侈，導致萬物齊漲。

寬政改革轉而大聲要求樸素儉約，物價總算勉強下降。

然而，不只是幕府，各藩也依舊財政困難，坊間居民和農民還是一樣過得很苦。

「定信大人喜好學問，可是，學問能夠改革社會嗎？在太平時代推崇武道有什麼用？」

每次翻頁，眼淚就滴滴答答落在紙上。

「春町兄的隱喻痛烈無比，連搶先一步的喜三二兄都比不上他。遑論梅鉢，春町兄的文、圖都比那個好上數倍。」

可是，衙門沒有懲罰寫小說的武士，卻逮捕市井之間的平民作者和畫師。此舉雖然粗暴，卻正是幕府的隱喻手法。這是對重三郎和喜三二、春町的警告。

「我向春町兄確認過。他說，只要提到鸚鵡就會被視為對定信大人的著作指桑罵槐。」

當時，春町一改平日作風，只是大膽地對他挑起一邊嘴角。

「看來他已經下定決心了吧。」

春町的來信最後，是這樣結束的：

生涯苦樂四十六年。
即今脫卻，浩然歸天。
且將吾身視若不存。
臨死之際，寂寞如彘。

「春町兄！你該不會打算尋短吧？千萬不能死！」

重三郎趴倒在黃表紙上。

厚實的肩膀微微顫抖，最後越來越激烈搖晃。他慟哭不止。

妻子也吸著鼻子，悄然抱住丈夫。

之後，重三郎也一再拜訪春町。然而，終究還是未能見面。

即使寫信過去，也如石沉大海。春町自四月二十四日起就已退隱，更何況如今等同幽禁，說來也是莫可奈何。

七夕當日——這個身材瘦小、膚色白皙、性情纖細易感，文章、繪畫皆擅長的男人自殺了。

戀川春町，本名倉橋格，狂名酒上不埒，得年四十六歲。

藩職已累進至重臣高位，俸祿一百二十石。身為小說作家作品多達三十冊，大半都是親手繪製插圖，堪稱江戶中期的大才子。

然而，幕府對春町的死不以為意，繼續推動改革。

就在這寬政元年的秋天，諸藩駐守江戶代表的聚會遭到禁止，商工同業會也被迫解散。進而，因棄損令的頒布，糧商也受到嚴重打擊。對武士取消債權的指示，嚴重打擊藏前的富豪，吉原的燈火也就此黯淡。

「而且，聽說還要繼續節儉三年……」

重三郎一邊發牢騷，一邊對著墓碑合掌。

春町葬在內藤新宿北裡町的成覺寺，隔壁是祭祀三途川奪衣婆的正受院，南有因閻魔堂出名的太宗寺。內藤新宿是連打雜的女傭都格外嫵媚的私娼寮，在千駄谷一帶出了名的熱鬧。

「春町兄向來怕寂寞，就算有點吵，想必也不會妨礙他長眠。」

墓前的大捧花束，應該是昨天來掃墓的歌麿留下的，他算是春町的徒孫。

與重三郎同行的京傳，在墓前供奉一幅畫。

那是春町的肖像畫：淡漠的眼神，白皙豐潤的臉頰，女子似的櫻桃小口。

京傳讓畫中的春町拿著弓和紅色箭箱。

「正如蔦重先生所言——春町先生對這世間射出了無數支箭。」

京傳靜靜閉眼後，又補上一句：

「而且，他比常人加倍羞澀，也比常人加倍溫柔。」

「這句話還得加上反骨精神。」

明明無風，肖像畫卻不停晃動，重三郎和京傳面面相覷一再點頭。

重三郎本該哭乾的淚水再次滑落臉頰。

第七章　歌麿

一

就算膝蓋想用力，身體也不聽使喚。

支配下半身的是鈍痛和麻痺，雙腳想用力站穩頓時膝蓋一軟頹然垮下。而且，無論背部或腹部乃至全身都發燒浮腫。

讓他搭著肩膀扶他的年輕畫師打從心底擔憂地湊近看著他。

「我揹您吧。」

這樣關心重三郎的是勝川春朗，春章的徒弟，今年三十二歲。重三郎讓他畫相撲圖和小說插圖後，他豐富的才華源源不斷溢出，是被看好的新秀。

重三郎抓著春朗的肩膀。這時，一個陌生男人跑過來，年紀約莫二十五左右吧。

「請問，山東京傳先生呢……？」

重三郎勉強做出笑容，硬擠出話。

「也許還在審問吧。」

年輕人朝房子那邊睨視。春朗問：

「你是京傳先生的朋友？或者，是有志成為小說作者？」

「……」

年輕人眨著眼睛來回看著書商和扶著他的畫師，最後似乎做出決定：

「我姓瀧澤。蔦屋先生，請多保重。我進去審問所看看。」

重三郎目送他奔向玄關後說：

「那，我就不客氣地讓春朗照顧了。」

重三郎老實趴在厚實的背上。身材壯碩的春朗，輕鬆揹起略胖的重三郎。

衙門的審問終於結束。

寬政三年（一七九一）三月，雖說是春天，但這天吹來的寒風還是令人縮起脖子。

審訊極為嚴苛，重三郎雙手被反綁在身後，跪在泥土地上。與其說是要調查他有無犯罪，其實打從一開始就已把他當成罪人了。

「關於書店和出版的相關命令，你應該不至於忘記吧？」

衙門的官吏劈頭就凶狠地斥責他。此人外型纖細，看起來脾氣似乎很暴躁，彷彿塗抹胭脂的鮮紅嘴唇發出油光。

另一個負責偵訊的官吏，不只是臉孔和身體的輪廓，連眼睛、鼻子、嘴巴、耳朵都是圓的。但這人一點可愛的影子都沒有，就像吠吼的獅子。

「社會風紀紊亂，武術學問不振，這都是不成體統的書和浮世繪害的。」

寬政改革終於波及書店。在頒布的多項命令中，去年寬政二年五月的取締令尤其令重三郎這些經手小說、浮世繪的業者困惑。

那八條命令如下：

- 禁止繼續製作小說類。如真有必要出版，也得接受衙門的指導。
- 不可將轟動社會的話題立刻做成單張畫印刷出版。
- 參雜猥褻事例、妖言惑眾撰寫故事的人尤其必須嚴重取締。
- 色情書刊必須盡數絕版。
- 發行新版書籍時，必須註明作者和出版者的真實姓名。作者不明、出版者不詳的書籍不得刊行。
- 嚴禁偽裝古代、捏造不當事宜。即使是普通書籍，也不得極盡華美、添加潤色，也禁止高價製版。
- 對於虛構事實、假名抄本等，禁止收取閱覽費或出租。
- 書店彼此應嚴格互相監察。

緊接這個之後又在去年（一七九〇）十月，以再次強調的形式貼出公告，要求徹底做到「為維護善良風俗，針對不當猥褻書目的行事改革」。

所謂的行事改革正是審閱制度。

進而又在次月，嚴格規範書籍批發業者以外的出租商和零售書商做買賣。從審閱和流通管道雙管齊下，企圖取締小說和浮世繪。

貌似獅子的官吏，凶神惡煞地拿竹刀捅重三郎厲聲說：

「蔦屋，你這傢伙向來無法無天，仗著地本問屋老大的地位作威作福，不把行事改革放在眼裡。」

地本問屋同業商會於去年組成。問屋同業在內部組織設置「行事改革」一職，取締猥褻書目。比方說，之後出版的浮世繪都清楚印上了「極」字印章，這是檢閱合格的證明。

大江戶的知名書商蔦屋重三郎，肩負代表問屋同業的重責大任。儘管如此，他的做法卻是對衙門陽奉陰違。

「書商聽從官府的指示還得了！我們可是江戶仔，如果沒有嘲諷政策的氣概，根本不可能出版充滿活力的作品。」

推出黃表紙、狂歌、洒落本、錦繪……席捲江戶的書商意氣昂揚，在重三郎的一己決定下，行事改革這個重要角色幾乎完全失去作用。這種情況，和重三郎結緣，日後自號曲亭馬琴的男人在著作《近世物之本江戶作者部類》中有詳實的描寫。

——事實上，行事的身分雖是地本問屋的雇工，其實是住在後巷大雜院的貧民。

他們依賴裝訂冊子的工作維持生計，等於是在大型書店的庇蔭下混口飯吃……關於蔦重的這件事，當然對遞來的書也沒仔細檢核就蓋章。

不遵照官府意思的蔦屋耕書堂，衙門自然不是滋味。

另一方面，重三郎也太輕視官吏了。結果到了寬政三年，重三郎照例為了慶賀新春，盛大推出山東京傳的黃表紙四冊和洒落本四冊。

當然，也有歌麿發揮本領創作的豪華狂歌繪本《百千鳥》，江戶人交相稱頌。

「京傳因為插畫判處罰金，結果居然反過來利用逆勢一次大量出版新書。」

「是啊，這本歌麿的繪本，用色簡直是太精采了。」

這樣的風評顯然刺痛了官府的神經。

而且——蔦屋耕書堂已經不只是單純的書店。

對於江戶大眾而言，蔦屋可說是特別的場所。只要去耕書堂的店頭，深吸一口當世空氣，令其滲透五臟六腑，光是這樣就能掌握世事的最先端。

日前也是，一群十幾歲的平民姑娘嘻嘻哈哈來店裡。

「來蔦屋有三種樂趣。」

「是什麼？」

「來店之前，想像不知會有什麼樣的書和畫就很興奮。」

「在店裡四處找書的樂趣，和挑選衣服、首飾時一樣。」

「啊，我懂，我懂。」

「然後，是離開書店時的心情，感覺肌膚都發熱了。」

「就算不買書或畫，光是來一趟也值得了。」

不不不，姑娘們，還是請你們買點東西再走啊。

重三郎在心中這麼反駁，同時也為耕書堂能夠成為自己理想中的書店而開心展顏。

「只是賣小說和錦繪的話，哪家書店都做得到。」

不過，蔦屋耕書堂從小說作者和畫師構思草案時就深入參與。重三郎雖然無法親自執筆，但是創作者的意圖和他的想法有時激烈衝突，有時互相融合昇華為作品。

「我製作的書和畫，噴發出以風流意氣為名的靈氣。」

說到這裡才想起，春朗曾經說過：

「英吉利有『information』這個名詞。」

春朗吸收西洋畫技法也很積極，四處漁獵資料時學到了這種知識。

「噢？那是什麼意思呢？」

「那個，好像是無形的事物。」春朗用大手摸著粗糙的下顎說。

「不過耕書堂充斥的，好像和那個很接近喔。」

比方說，利用書籍賦予吉原這個地方新的價值。只要去蔦屋，就會覺得接觸到江戶當世的空氣。像這種情形，應該就是「information」。

「我們不只是在摹寫女人、風景和演員。該怎麼說呢，雖然不是要畫在畫裡，但必須散發出像聖光一樣的東西，也就是蔦重先生說的靈氣。」

聽了春朗的說明，重三郎也有點理解了。

「因為耕書堂一心想提升當世風氣，成為把那種氣息散發到整個江戶的文化堡壘。」

正因如此，衙門才會拘捕重三郎，進而只要把當代首屈一指的小說作者京傳也一網打盡——松平侯的眼中釘就會消失。

「對我的指控，只有那個嗎？」

重三郎雖被泥土地冒起的可怕寒氣，以及跪坐導致血液循環不良產生的高燒折磨，還是如此質問官吏。

「啥？你說什麼！」獅子男氣得眼珠子瞪得更大。

「混蛋！光是違反公告就已是不可饒恕的重罪，你居然毫無反省之意。」

一旁的窄臉男浮現鄙夷的淺笑。

「蔦屋的罪狀其他還有很多，我們會一一跟你慢慢算帳，你最好有心理準備。」

獅子男沾濕手指翻簿子。

「呃，京傳寫的《仕懸文庫》、《錦之裡》、《娼妓絹籭》這三本洒落本，簡直是猥褻淫蕩不成體統。」

明知如此，還大搖大擺陳列在店頭。這項罪行，和重三郎讓行事改革一職名存實亡一樣不可饒恕。

「請問，京傳先生會怎樣？關於剛才提到的書，一切責任都在我身上，還請讓京傳先生無罪釋放……」

重三郎的請求被窄臉男冷酷地打斷。

「混蛋，你對官府的審判有意見嗎！」

「少囉唆。」獅子男毫不留情地拿竹刀敲打重三郎的背。

重三郎向前撲倒。儘管如此，不留情的責打還是一下接一下。

——在別處接受審訊的京傳先生說不定已經昏倒了。

他是個最受不了粗暴的瀟灑人物。

——京傳先生是否早已預見這個下場呢？

其實，去年京傳曾來商量，說他不想再寫小說了。果然還是《黑白水鏡》插圖一事的後遺症。

「我不想再受到那種對待，我想改行做別的買賣，輕鬆過日子。」

安撫如此抱怨的京傳，總算讓他繼續執筆的正是重三郎。

「京傳先生的作品如果消失，耕書堂也會立刻垮掉。而且，蔦屋和京傳先生是多年交情，請您務必要繼續寫小說。」

然而，京傳不發一語，只是微微嘆息。

春町自殺、喜三二離開後，京傳的時代來臨。不，其實打從天明中期起，京傳就已成為江戶小說界最閃亮的那顆星，包下他的蔦屋也意氣風發。

——該說是書商的本性嗎？自己只顧著在意書籍的銷售聲勢，卻忽略了作者的生活周遭……

寬政二年，京傳迎娶吉原扇屋的遊女菊園為妻。和心愛的女子如願成家的他，想要遠離情勢日漸危險的小說世界堪稱理所當然。是重三郎太粗心了。

「啪！」竹刀再次打到背上。

「嗚嗚嗚……」劇痛撼動皮肉，響徹骨頭，額頭滿是冷汗，重三郎咬緊牙關。

「你不是很得意嗎？竟敢違抗松平大人的旨意，想必早已做好覺悟了吧。」

獅子男指出重三郎這幾年的動向。蔦屋影射改革的先鋒，就是喜三二寫的《文武二道萬石通》。這本書不僅創下前所未有的銷路，接著春町、三和的作品也相繼刷新銷售紀錄。

「江戶書店的動向，我們全都詳細調查過。」

不只有衙門指派固定巡邏的捕快，還派出臨時巡邏，甚至是密探遍布整個城市，鉅細靡遺地監視江戶大眾。

「耕書堂的《天下一面鏡梅鉢》賣得太好，生意興隆得甚至無暇裝訂新書。」

的確沒錯。當時，蜂擁而至的客人甚至把店裡的柱子都擠彎了。

「老闆，實在接待不了客人了。」店內伙計叫苦連天。

重三郎也被客人包圍，只能在推擠中命令伙計：

「沒辦法，那就這樣吧——等內容和封面印刷出來，油墨未乾也沒關係，為了節省製書時間，直接用縫線固定後就賣吧。」

重三郎這個前所未聞的奇招，被視為「客人自己裝訂的書」，贏得更高的評價。而且客層遍及各個年齡，男女老少，甚至孩童都有。

——黃表紙已經不只限於風流玩家，那是屬於江戶大眾的。

然而，這本書遭到禁止出版。

「死不改悔的傢伙，今年春天居然敢叫京傳執筆，嘲笑幕府大人。」

獅子男拿竹刀挑起趴在泥土地上的書商下顎讓他抬起頭。

另一個負責審訊的窄臉官吏一手拿著京傳寫的洒落本，書還保持在店頭盛大出售時裝在袋中的狀態。

窄臉男用指尖彈著袋子表面格外顯眼的「教訓讀本」這幾個字。

「真是謝謝你一番苦心啊，大人也非常震怒呢。」

語氣明明毫無抑揚頓挫，伶俐的聲音卻如冰水當頭澆下。重三郎小心翼翼抬起眼。

「享保年間的改革就已禁止色情書刊，寬政二年頒布的公告應該也聲明過再次禁止了。」

窄臉男走近重三郎踹他。重三郎幾乎向後翻倒，好不容易撐住，卻又立刻挨了一記竹刀，慘不忍睹地躺平。

「雖然假借淨琉璃和戲劇的名義，要描寫的其實是吉原和深川。」

正如官吏所言，《仕懸文庫》借用歌舞伎狂言「曾我物語」的主題其實是描寫深川。《錦之裡》寫的是淨琉璃本的攝津神崎的遊女夕霧與伊左衛門，《娼妓絹籭》寫大阪新町的梅川和忠兵衛的戀情暗指吉原。

「我光是隨便瞄一眼，都知道義太夫的念白是本歌。」

獅子男莫名地自豪，窄臉男伸舌舔舐鮮紅的嘴唇。

「那叫做教訓讀本？」毫無防備的重三郎肚子又被踢了一腳。

「松平大人要求你們這些書店沒有執照就不准工作的真正用意你不懂嗎！」

「再沒有比平民左右的社會更麻煩的東西。」獅子男跟著接腔。

「如果讓這些蠢蛋暢所欲言，政局就完蛋了。」

在坊間井邊、居酒屋角落這種地方互相發發牢騷應該沒關係，可是，把那個寫成小說散布到世間就麻煩大了。

「你利用書本，打開了剪舌麻雀[95]故事裡那個大箱籠。」

95　剪舌麻雀：日本的童話故事，好心的老爺爺在麻雀贈送的大箱籠和小箱籠之中選擇小的，發現裡面裝滿金幣，貪心的老婆婆選了大箱籠，裡面卻裝滿妖怪和毒蛇等物受到懲罰。

「書如果賣得好，一般大眾就會錯覺自己想說的話是正確的。」
「書叫醒了沉睡的孩子，愚蠢的想法會不斷蔓延。」
重三郎聽著官吏的斥責和怒罵，鮮明想起已故小說作者的臉孔。
——春町兄，只不過是區區小說就化為毒箭刺傷了官府大人。
本該正忍受痛苦折磨的重三郎，想到春町卻自然而然微笑了。
然而，兩個官吏並沒有忽視他的笑。
「混蛋，你想愚弄我們嗎！」
窄臉男毫不在意下襬凌亂抬腳猛踹，獅子男也不留情地揮舞竹刀。重三郎只能像蝦子一樣蜷縮身體，然而，他依然滿面笑容。
意識逐漸遠去，酸液從胃部逆流，重三郎的嘴角冒出黃水。
「喂，拿水來，水！快去拿水桶！」
獅子男尖聲呼叫守衛。
重三郎讓春朗揹著，一邊抬手去摸乾燥僵硬的頭髮。
「好痛。」身體只要稍微動一下就令皮肉和關節作痛。
「您、您還好嗎？」
「把我送回店裡後，你能否立刻去京傳先生那裡一趟？」
春朗扭轉粗壯的脖子，粗糙的半邊臉轉過來。
「京傳老師的審訊，據說是衙門的初鹿野河內太守大人親自執行。」
重三郎屏息，然後像要悄悄打探般說：

「意思是說……他受到比我更嚴重的拷問？」

「不，據說老師的父親也一起遭到傳喚審訊。」

總不可能父子倆都像重三郎一樣被打得體無完膚吧？——春朗如此推測。京傳的父親傳左衛門在新兩替町擔任家主。

「是嗎……？但願如此就好。」

「真是一點好事也沒有，讓蔦重先生受到這種折磨。」

春朗寬大厚實的肩膀搖晃。

兩人出了北町徜門，避開日本橋的喧嚷，走過前方的一石橋。被抓走時還在中天的太陽，此刻已徹底西斜。和吉原一樣，號稱每天有千兩巨款流通的魚河岸也被夕陽照耀，越發寒冷的晚風吹向重三郎。

春朗的後頸散發男人特有的體味。

那似乎也讓重三郎幾乎萎縮的心情稍微打了強心針。

二

歌麿毫無顧忌地環視屋內各處。

「哎呀，這真是太慘了。」

才剛聽見他從隔壁房間發出這種感嘆，繞到走廊的歌麿連聲招呼也沒打就已拉開書房的紙門。

「徜門那些人，原來做得這麼徹底啊。」

——哎，真是意外。嗨呀，太可怕了。哎呀呀，老天保佑，老天保佑。

歌麿刻意嘀嘀咕咕彷彿在念咒。而且，帶點幸災樂禍的味道也很像他的作風。

「不過，這樣基本上算是結束了嗎？」

「作為一家雖小但愉快的書店的確是。不過，蔦屋可不會因為這點小事就被擊垮。」

重三郎被抓去衙門，遭到以審訊為名的嚴刑拷打。官府將蔦屋耕書堂視為「背叛改革的元凶」，這點是重三郎親身體察到的。

最後，審判結果非常嚴厲。

山東京傳雙手上銬五十天。負責審查蔦屋耕書堂替京傳出版的洒落本的兩名地本問屋行事，被禁止進入江戶方圓十里，遭到輕度放逐。京傳的父親傳左衛門也受到嚴厲斥責。當然，被檢舉的三本洒落本一律禁止發賣就此絕版。

歌麿仰望重三郎書房的天花板。

「反正都是要沒收一半，從屋頂開始拆除上半部其實也別有趣味。」

「啊？」重三郎對這位天才畫師露骨的嘲弄，不但沒生氣反而笑出來。

「那個點子，我收下了。改天，我會請哪位作家寫出來。」

重三郎遭到的判決是闕所，也就是沒收財產的重罰。從金錢到傢俱，除了妻子當初帶來的嫁妝，其他一切東西都被拿走一半。

「不僅如此，看這副慘況，連房子都被拆掉一半。」

當日情景，至今烙印在重三郎的眼裡、耳中和心頭。

官吏們率領一群值班的消防隊員現身。

這組消防隊的隊長穿著印有車繩徽紋的短掛一臉歉疚地將手刀比在額頭。

「這是長官的命令，咱們也沒法子。蔦重先生，請你原諒。」

「……」

「蔦屋是我們江戶仔的驕傲，正因如此，這次的任務格外痛苦。」

「……」

那兩個窄臉男和獅子男正用測量繩測量耕書堂的面積。

「讓你見識一下沒收家產有多麼嚴格。你們都給我老實、準確、不准有半分誤差地拆掉一半！」

在官吏的催促下，消防隊員們絡繹出動。大家都不敢和重三郎對上眼，拖著刺叉和大槌、鐵鉤走過他面前。這些東西，都是失火時為了防止延燒，拆毀房屋用的工具。

「好，給我動手拆掉！」

「是，遵命……」消防隊員們有氣無力地回應，開始打破房門，拉倒柱子。

「吱吱吱吱——」高亢、異常刺耳的噪音響起，彷彿垂死者刺入大腦最深處的咆哮。店內柱子雖然發出摩擦聲拚命抵抗，終究還是緩緩歪倒。

之後地面震動，放在門口的百合盆栽依次倒下，大朵白花噴濺出黃色花粉。妻子低聲發出尖叫，重三郎拉住她的手。

泥土和木材的塵埃飛揚形成煙幕。妻子甩開丈夫的手大叫：

「慢著！哪有這麼過分的道理！」

重三郎摀住妻子的嘴。然而，她的聲音點燃了層層包圍耕書堂的看熱鬧人群。

「簡直不是人！」

「白河水清無法居住[96]！」

---

96 白河水清：白河指出自白河藩的松平定信，暗喻他的儉樸政策規矩繁多過於嚴苛。

人們七嘴八舌噴出對改革的不平不滿。消防隊長也環抱雙臂點頭說：「一點也沒錯。」從時而聚攏、時而散開的圍觀人群後方，甚至有人扔小石子。

官吏怒吼著要求消防隊繼續作業，面目猙獰地恐嚇群眾：

「居然封鎖我們的娛樂。」

「誰敢批評政策，通通抓走！」

「哼！有本事你就抓抓看！」

又有小石子飛來，擦過獅子男的臉頰。顴骨高起的地方滲血了，群眾拍手叫好大喊「活該」。

「我、我饒不了你們！」獅子男怒髮衝冠衝入人群中。

「哇！」群眾轟然散開，分向各處逃跑。

之後過了一年多，時間來到寬政四年秋天。

只剩一半的房子，至今仍不習慣。昔日本是自家的土地現在依然被沒收，雜草叢生，到了傍晚更有惱人的蟲鳴唧唧，也有野貓就此定居。

紙門外，芒草化為黑影搖曳。

「對了，京傳還好嗎？」

歌麿從菸盒取出發出烏光的菸管，想必是黑檀木做的。彷彿無視禁止奢侈品的風潮，是他向來的作風。

重三郎把菸盆推向歌麿，小抽屜裡有水府葉和南部葉以絕妙比例調配成的菸葉。

「這就是京傳調配的菸葉嗎？」歌麿把菸葉塞進菸管點燃。

「那傢伙，是認真打算開菸店嗎？」

「這就不清楚了。不過，他答應繼續寫小說。」

冉冉青煙在重三郎和歌麿之間形成煙幕。歌麿喟嘆一聲「噢，很香」，似乎很滿足。

「江戶長大的小少爺，大概受不了雙手上銬將近兩個月了吧。」

「這點，我也非常擔心。」

重三郎曾偷偷派鎖匠去京傳那裡。當然，是為了解開手銬。

可是，京傳拒絕了。整整五十天，他放在身前的雙手就這樣掛著葫蘆形手銬過日子。

「京傳先生到底是太誠實不知變通，還是英勇地以為手銬不算什麼，我實在不懂。」

「呵呵呵。」歌麿再次噴出煙霧。

「一定是太笨啦。」

這麼說完後，歌麿的眼神射向重三郎書桌旁堆放的小說。

每一本小說的封面都有華麗誇張的圖畫貼著畫題短籤，顯然是為了吸引客人注意。「山東京傳」和「通油町蔦屋出版」的文字格外醒目。

「咚！」歌麿拿菸管頭敲打火盆，用撢落菸灰的菸管指著書。

《龍宮羶鉢木》和《實語教幼稚講釋》這二本，都是今年出版的刊物。

「據說替京傳代筆的這個瀧澤瑣吉，真的能用嗎？」

「……」重三郎沉默地自己也拿起菸管。

──就算刻意保密，看來在畫師和作者之間也出現不少傳言了。

京傳的意氣衰退難以掩飾，可是，江戶的小說少了他無法成立。

正因如此，重三郎從去年年底就立刻開版印刷京傳的小說。而且，想出在封面作畫這個以往沒有的醒目方法，強調京傳的名字。其中也混雜《江戶生豔氣樺燒》的再版書，盛大豎起京傳復活的旗幟。

──店裡的書架也只剩一半，所以京傳先生的書一字排開相當壯觀。

沒收家產、雙手上銬的話題再加上醒目的封面設計，話題轟動一時，狹小的書店頓時人山人海。

可是，正如歌麿指出的，京傳的作品並未恢復以往的氣勢。如果不借助瑣吉的力量，根本不可能賣出那麼多本……

「老闆，鶴喜屋的掌櫃來了。」

門倏然拉開。才想到瑣吉，他本人就露面了。一如往常，深深皺著眉頭，只不過是來稟報客人上門也彷彿出了什麼大事。

「是嗎？那你先給客人上茶，請他稍待片刻。」

「知道了。」瑣吉微微鞠躬，也沒看歌麿就退出房間。

「真是冷漠的男人。」歌麿不是滋味地吐露。

「每個人的個性千差萬別……不過，不可否認的是，或許因為出身武家，他的確性情高傲。」

重三郎在奉行所遭到嚴刑拷打像條破抹布時，跑來詢問京傳安危的那個年輕人正是瑣吉。後來他去找沒解開手銬的京傳，直接要求「請收我為徒」。

「可是，你也知道京傳先生就是那種人。」

自己無意收徒──京傳如此拒絕後，又說：「不過，作為朋友來往倒是可以考慮。」看來似乎意氣投合。

「京傳先生那裡不只有像瑣吉這樣想當徒弟的人，也有自認京傳先生支持者的民眾，以及書店從吉原派來的使者，一天總有十幾人找上門。」

「所以，不是說京傳這傢伙似乎躲在二樓，假裝不在家嗎？」

看來歌麿大概也去找過京傳卻被告知不在，他有點憤憤不平。

「雖然如此，但據說只要瑣吉去了，京傳先生一定會讓他上二樓。」

「就算是因為他有才華，畢竟只是代筆程度而已吧？」

「可是，好像不只是那個程度而已喔。」

瑣吉以前名叫瀧澤興邦。

由於父親雖是武士卻轉行當醫師，有段時期他似乎也立志習醫。然而，他整天吃喝玩樂，很快就散盡家財落魄潦倒。他藏身在深川一帶，某日心生一念決定靠小說揚名，遂帶著酒樽當伴手禮，去拜訪比他大六歲的京傳致敬。

「後來，深川的大雜院被洪水沖走，他只好寄宿京傳先生的府上。」

這段期間，他以京傳替他取的名字「大榮山人」寫了一本小說。

「沒想到，對那小子束手無策的京傳，最後居然把這個燙手山芋丟給蔦重先生啊。」

「我店裡今年春天也有伙計辭職，所以他來得正好。」

重三郎苦笑，歌麿冷哼一聲：

「如果志願當書商也就算了，既然想成為小說作者，應該不可能在這裡待太久吧？」

歌麿對瑣吉似乎看得很不順眼。

「那個人，據說是覺得被平民雇用很丟臉，所以才改興邦之名為瑣吉。」

的確，瑣吉雖然沒有滿口牢騷，卻也不是開心地努力從事書店的工作。而且，還毫無顧忌地稱京傳為「我的朋友」。大概自以為遲早會成為超越京傳的作者，自視甚高的氣性之強也非比尋常。

重三郎響亮地簡短嘆口氣後轉移話題：

「歌麿先生，請在這裡稍等一下，鶴喜屋的事情我馬上解決。」

歌麿點點頭。重三郎和歌麿的視線停留在畫師帶來的包袱上。

「蔦重先生，在你回來之前，最好先喝杯水讓自己冷靜一下。」

歌麿自信十足地放話：

「這是會讓你嚇得腿軟的美人畫。你失去一半的家產，這玩意可以替你賺回來。」

三

昔日是春町固定位子的地方現在被瑣吉坐著。

這是紫野的店裡，知名的整片長條木板餐台的左端。

在他身旁，春朗像要埋起魁梧身體般捧著小茶杯啜飲。餐台上的小花瓶中，山梔子花散發強烈的芬芳。

「這種花一開就表示梅雨季也要到了。」

春朗喟嘆似地說完，瑣吉抬起頭道：

「噢，沒想到你還懂風流雅事啊。」

「以前在大雜院住我隔壁的水泥匠非常愛花，不只是山梔子花，也種了錦葵。」

「我還以為你是因為暖桌終於收起來了，才用季節的轉換當成話題。」

「胡說八道。」春朗冷然瞪視瑣吉，再次咆哮。

春朗對繪畫以外的事物渾不在意，雖然對可以當作畫題的季節變化很敏感，在食衣住方面卻毫無風雅。正如瑣吉所言，天氣熱了他就打赤膊度過，秋風吹起就早早取出暖桌鑽進蓋被取暖。今天也是，他這身打扮不像是畫師，倒像是落魄工人來到時髦雅緻的酒館。

「而且，只不過是白開水，也像劍菱或萬願寺那些美酒那樣喝得津津有味。」

雖然再次被瑣吉揶揄，春朗咧嘴一笑。他滴酒不沾，連茶都不喝。

「紫野姑娘店裡的白開水特別好喝。」

被提及名字，本來在陪右端看似醫師的男客說話的她立刻過來。

「二位都看過那幅錦繪了？」

春朗和瑣吉深深頷首。春朗把手伸進放在一旁的布袋窸窸窣窣翻找。

「喜多川歌麿，連我都佩服之至。」

春朗取出的是美人畫，同時，也有畫在白紙上的水墨畫散落在擦得晶亮的桌上。

「噢，這玩意是多餘的。」春朗一拿到歌麿的畫就已立刻摹寫。他是個熱心學習的男人。

紫野說聲「我可以看嗎？」拿起歌麿的錦繪，轉身貼在櫃子門板上。

畫中人剛洗完澡，身材豐腴，是個看起來就很多情且喜歡華麗招搖的二十幾歲女子。層層盤旋捲起如卷貝的髮髻，用二支髮梳固定，頸後碎髮散發性感風情。袖子稍微露出手臂，豐腴的肌膚嫵媚得令人想咬一口。女人扭頭朝肩後拋來婀娜的視線。

那柔軟豐腴的肩膀滑落浴衣，露出一邊乳房。男人如果把手放上去，看起來好像能把乳房完全收入掌中。而且，等待愛撫之際乳頭早早就已挺立。還有因為使用手巾而彎曲的手指也顯得意味深長，比露出的乳房更挑動男人心。

「連我這個女人看了都覺得是美女，背上竄過一陣寒意。」

「瞧！」紫野說著捲起袖子，不比美人畫遜色的雪白肌膚冒出無數小小的雞皮疙瘩。

「不只是看到可怕的事物時，怦然心動時也會這樣呢。」

「唉，歌麿先生的畫的確可怕。看他畫出這樣的美女，我也不能再渾渾噩噩下去了。」

春朗嘆息時，瑣吉在他身旁只挑起一邊唇角：

「以為書店被沒收一半財產，所以忙碌也會減半的想法太膚淺了。」

尤其是歌麿的美人畫盛大推出後，生意興隆得連午飯都沒時間吃，在當今的錦繪中銷售量也是一支獨秀。

那是題為「婦人相學十體」的美人畫系列作。

紫野選的那幅題為《花心之相》，另外還有《持團扇的姑娘》、《有趣之相》、《吹笛音玩具的姑娘》等等，全都散發出超越真實女子的嫵媚韻味。

「不只是上臈，也描繪了平民美女，這是蔦重先生的主意吧？」

欣賞重三郎的紫野說。說這句話的她，昔日也是被畫入美人圖的名妓。

她稍微壓低嗓門：

「不過，奢侈地用白雲母印刷，不會又受到懲罰吧？」

「目前為止，完全沒事。」

瑣吉這麼回答時，春朗在旁邊轉為感慨萬千的語氣：

「白雲母將背景染成整片銀色或珍珠白，把女子的表情，乃至指尖和髮尾都凸顯出來了。」

春朗只談畫技，因此瑣吉以內行的姿態負責解釋：

「穿平日服裝和浴衣的平民女子有哪一點算得上華麗？只要這麼說，官府就無從挑剔。」

「又不是描繪男女情事的豔本，露個奶而已，不可能因此就禁止出版啦。」

「唉喲！」紫野輕輕對春朗嬌嗔，一邊給他的茶杯添上溫度如肌膚的熱水。春朗像喝酒一樣喝得津津有味。

「不過話說回來……」瑣吉越發顯得深思熟慮。

「蔦重這個書商脾氣也很倔。」

瑣吉私底下直呼老闆的名字。他在這間店喝酒也是記重三郎的帳，卻絲毫不知感謝。因為他就算拋棄武士身分成為平民，心裡依然不屑順從書店那套做法。不過，今晚的瑣吉並沒有講重三郎的壞話。

「蔦重的膽子很大，儘管受到那麼嚴厲的懲罰也毫不畏縮。」

「對啊，蔦重先生就是這種人。」

「而且，他不只懂得出書，也有製作錦繪的天賦才能。」
「歌麿先生的畫技能夠進步到那種地步，也是因為蔦重先生讓他畫昆蟲、鳥類磨鍊出來的。」
春朗喝光白開水，「正因為有寫真的實力，才能生動描繪出女人的心情。」他如此指出。紫野想起往事不禁笑道：
「歌麿先生以前還氣呼呼抱怨，到底什麼時候才要讓他畫女人。」
春朗又攤開一幅畫，是《吹笛音玩具的姑娘》。
「清長先生畫的是全身圖，歌麿先生卻是近距離描寫女人胸脯以上的大頭畫。」
重三郎的新主題產生的震撼力，歌麿能夠實現那個主題的畫技。
「演員肖像畫之中有很多大頭畫，可是美人圖從沒這樣畫過，真是甘拜下風。」
「那也是蔦重先生提議的？」紫野這個問題是春朗回答的：
「蔦重先生可不是普通書商。我也要在耕書堂打響名號。」
瑣吉對春朗的大發豪語置之不理，深深皺起額頭說：
「蔦重對當世流行重心的精準掌握簡直令人受不了。」
瑣吉對自己的博學多聞頗為驕傲：
「最近，女人最流行的就是面相占卜。」
「紫野姑娘不也很講究這個嗎？」被這麼一說，紫野挑眉，但還是裝傻說：「不知道。」
「所以，《婦人相學十體》就是趁著這股流行熱潮才暢銷的。」
整個江戶不只是未婚小姑娘，連熟女、阿婆都熱衷面相算命。小首飾店的店頭，也有很多女孩指著小鏡子映出的鼻梁或黑痣的位置興沖沖討論。
「重點是，蔦重並未製造算命的大流行，包括大頭畫也是。」

瑣吉舉出「黃表紙、洒落本、狂歌這些亦然」。
「你到底想說什麼？」春朗訝異地問。瑣吉立刻回答：
「蔦重真正從一開始製造的東西，其實寥寥無幾。」
可是，其中潛藏著蔦重之所以是蔦重的商業才能。
「只要發現小小的漣漪，他就能操槳掀起巨浪。」
說到這裡，灘、攝津等地運來的名酒似乎突然帶來醉意，瑣吉在餐台支肘托腮。此人喝得越醉就越囉唆：
「沒錯，我的確缺乏寫黃表紙和洒落本的才華。」
不過，只要有可以活躍的場所，他自信足以超越京傳，就連漢書的知識也勝過常人。
「繪本那種東西，畢竟只有笨蛋才看。我想靠著黃表紙以外的書籍成名。」
「瑣吉，你這種想法大錯特錯。」春朗勸諭。
「寫作者的榮譽，就是大量出版書籍並且賣得好。」春朗說話毫不留情。
「你自己不也好不容易才剛出版一本書？」
瑣吉以曲亭馬琴的名字在寬政五年出版了《笑府衿建米》；就連那個，也是因為有重三郎的深厚交情才能出版。
「要挑蔦重先生的毛病，講這種大話，也等你成為江戶首屈一指的作者後再說。」
瑣吉恨恨將醉眼轉向空中。儘管如此，他還是說出想法：
「看到蔦重的作為，我發現要發揮自我完全沒必要開創全新的事物。」
「那，你說說看你的策略。」
「從唐朝的《水滸傳》和本朝的忠臣藏擷取題材，靠那樣的讀本完成傑作，一定可以超越西鶴、秋成這些文壇前輩。」

春朗和紫野哭笑不得地面面相覷。這時門開了，新的客人進來。

「哎呀，榮之先生，好久不見。」

紫野纖腰一扭，躬身迎接來人，同時還不忘迅速把歌麿那幅畫取下，可見她有多厲害。春朗對新來的客人投以犀利注視。

「噢，那傢伙就是鳥文齋榮之嗎？做作的厭紅派[97]美人畫碰上歌麿先生也完全不是對手。」

春朗俐落地收起歌麿的美人畫和自己摹寫的畫。

「謝謝招待，我要回去好好構思一下技壓江戶所有畫師的作品。」

「那個大塊頭是誰？」

滿不在乎地聽著背後的新客人如此尖聲詢問紫野，春朗用力關上店門。

四

水上有豬牙船穿梭往返，兩岸擠滿船宿和料理茶屋。

山谷堀是經由大川去吉原時不可或缺的水路。水面有店家的燈光妖異蕩漾，彷彿要畫破那個，豬牙船頭吊掛的燈籠如光矢滑過水面。

「到那邊就好，讓我上岸。」重三郎說，船家轉頭。

「老爺，八百善還在更後面喔。」

97　厭紅派：浮世繪的一種。寬政改革提倡節約的背景下，不用搶眼的紅色系，只以薄墨、鼠灰為基調，添加些許黃、藍、紫、綠的錦繪。

「我知道。」

重三郎苦笑著從豬牙船邊伸出手，冰涼的河水沾染秋意。伸手一攪動，河面倒映的岸邊燈火和點點星光也隨之蕩漾。

「我想走一走。」

明明都搭船了，講這什麼奇怪的話！——船家彷彿想這麼說，微微歪頭不解地操槳。

「我人胖，上下船也危險，你扶我一把。」

豬牙船的船邊較低，而且為了加快速度，船身狹窄船底也是尖的。雖然早就知道船行時會左右搖晃，可身體還是應付不了。

好不容易上岸的重三郎，朝著知名的料亭邁步緩行。

「說是特別準備好像有點那個，不過要不要來一杯？」

今晚受到仙鶴堂的鶴喜邀請。雖然彼此都在同一區開店——想必是有機密大事要談？抑或是想拿重三郎當藉口，吃完美食之後，在吉原一親美人芳澤？

晚風清涼宜人，山谷堀一帶因改革政策有段時期失去繁華，但在這寬政五年（一七九三）的夏天正逐漸恢復活力。

這是因為，不僅是重三郎也是所有地本問屋宿敵的松平定信終於辭去重職。

「不過，幕府內閣主要成員都還在，所以不可輕忽。」

重三郎喃喃自語。

「但是話說回來，也給白河侯送了一份特大號臨別贈禮。」

彷彿是定信辭官的前兆，美人畫大為流行，香豔的浮世繪和武藝學問成對比。而且，設計這波流行的，正是應該已受到嚴重打擊的耕書堂．蔦屋重三郎。

因小說遭到重挫的蔦屋，又靠著錦繪重新抬頭。

「經手江戶浮世繪的店家，全部被耕書堂一網打盡。」

拜歌麿美人畫所賜，新的販賣通路也納入掌中。

「也包下一批工匠。」而且，他們都是通過重三郎嚴格審核的名匠。

「哈哈哈！」

重三郎也沒有用扇子掩口，旁若無人地放聲大笑。

趁著八百善的店主善四郎寒暄完畢，鶴喜命所有人退下。

重三郎把餐盤往前推開，鶴喜與重三郎，兩人不約而同點頭。

「今天想私下和您商談的有二件事。」

鶴喜說完優雅地使用懷紙擦嘴，重三郎也放下酒杯。

「其一……是為了京傳先生吧？」

「嗅，不愧是耕書堂。」鶴喜熱切地傾身向前說：「既然如此就好談了。」京傳是蔦重和鶴喜獨佔的作者，也是兩店的王牌作家，這個事實很重要。

「雙手上銬後，京傳先生的筆力明顯衰退，令我很擔心。」

「不，與其說筆力，應該是心力吧。」

京傳的妻子，原為青樓女子的菊園染上重病。重三郎延請醫師，對方卻坦白表示「是不治之症」。京傳的憂鬱，不可能輕易撫平。

鶴喜露出遙望遠方的眼神。

「《水滸傳》的圖解版，沒想到婦女、孩童都不屑一顧，大出當初預期。」

正因為企畫這本書的是重三郎，所以被抱怨也無法反駁。不過，鶴喜似乎不是為了抱怨。

「不過，如果每次出招都奏效，那樣反而會惹怒老天爺吧。」他很理性。

「問題是，現在只有蔦重先生能讓京傳有那個意願提筆。下一步該怎麼做？」

「暫時先出版教訓類的書吧，幸好那個比較能掌握銷售量。」

新春推出的黃表紙《堪忍袋緒善玉》，其實是以前出版的教訓讀本的二次、三次炒冷飯。可是，藉由這些系列作，人心共存的「善玉[98]」、「惡玉」很快就傳頌一時。京傳想出有善、惡這二種臉孔的人物，應該會是繼「京傳鼻的豔二郎」風靡一世之後的漂亮出擊。

「豔二郎那本就很棒，連學堂的孩童都會在廢紙上跟著塗鴉，非常受歡迎。」

「如果能再現那種盛況便可大賺一筆。」鶴喜滿臉喜色。重三郎早就料到。

「『善玉、惡玉』這個字眼肯定直到後世都會口耳相傳。」

不過，問題在於創造出這種話題人物的作者本人——想必會面有難色地表示「每次都寫同樣題材的東西實在提不起勁」。

「真麻煩。蔦重先生，您要怎麼說服他？」鶴喜流露商人特有的精明逼問。

「那就告訴他，歌舞伎走紅的戲碼即使一再搬上舞台，每次不也照樣客滿？」

「噢，原來如此。」鶴喜豐腴的臉頰晃動肥肉。

「況且，京傳先生已經被我們綁住，想必也無法不同意我們的意思……」

更多的話就不用說了。重三郎以眼神制止後，鶴喜聳了聳肩。

到這時候，一直仰賴小說作者才華出版書籍的時代已經完全結束。

就連京傳這樣的大牌作者，如今都必須根據書商的意向來寫作才能出版。

「對了，京傳老師的店好像風評相當不錯。」鶴喜改變話題。

京傳在今年秋天終於開了菸店，為了籌措開店資金，重三郎和鶴喜收入場費舉辦書畫會，為京傳帶來龐大的收入。

「頗有京傳作風，精心設計菸盒，宣傳方面也特別做了才華洋溢的廣告單，相當受歡迎。」

近日之內據說也打算在京都大阪設置販賣所，就算在寫書方面受委屈，只要做生意能一吐鬱悶，遲早應該會再次發揮長才。不過，鶴喜似乎另有想法：

「他應該不會把菸店當正職，就此冷落小說吧？」

「怎麼可能？」重三郎付之一笑。

「就在這樣議論之際，片面倒向節儉的風氣應該也會漸漸放鬆吧？」

遲早必然有京傳活躍的機會。重三郎判斷社會風潮走向的直覺並未生鏽，這點從歌麿的美人大頭畫席捲江戶的盛況想必也已證明。

「學習歌舞也在坊間姑娘之間廣受歡迎。」

那些女孩也會聚集起來盛大舉辦歌舞音曲的成果發表會。由此可見，如果定信的餘威猶在絕不可能容許這樣的活動。

「不愧是蔦重先生，對於當世流行比任何人都敏銳。」

明知是鶴喜的奉承之詞，重三郎還是有點得意。

鶴喜誇獎他後，收起柔和的神情猛然壓低嗓門：

「第二件事……就是歌麿。」

98　善玉、惡玉：京傳在黃表紙畫出臉孔渾圓如珠（玉），寫著「善」、「惡」的小人，將人心的善惡擬人化，從此成為善人、惡人的代名詞。

鶴喜提醒重三郎「務必小心」。他日前也來過八百善的樓上包廂。當時，樓下非常吵鬧。他悄悄開窗一看，店門口，正好有轎子抵達。

不只是店裡的成群女人，也出現幾個男人，熱熱鬧鬧迎接來客。雖然鶴喜和年輕時比起來看遠、夜視的眼力已經大不如前，但他不可能看錯人。

「那不正是繪本問屋那群人嗎！」

有和泉屋、上村屋、近江屋，還有村田屋治郎兵衛和一五郎、岩井屋等人攜手合作。

「這是怎麼回事！」

從轎子下來的男人態度非常高傲。

男人傲慢地點點頭，悠然睨視出來迎接的那群人。彷彿要把那種大牌才有的態度捧得更高，男人們搓著手卑躬屈膝地殷勤陪笑。

那分明是喜多川歌麿。

繪本問屋業者撇開女服務生和男店員，把歌麿當成寶物般小心翼翼領進店內。

歌麿臭著臉大搖大擺走進去了。

「不只是那群人，歌麿先生不知也在打什麼算盤。」

「……這是真的嗎？」

五

喜多川歌麿扔下炭筆。

炭筆彈跳滾動，在潔白畫紙上的女人臉孔留下淡淡痕跡。

「唉喲，明明畫得很棒，有什麼不開心嗎？」

「有人打擾，今天到此為止。」

歌麿故意不看重三郎那邊說。

「這真是抱歉。」

端坐在房間角落的重三郎緩緩起身。這是吉原江戶町二丁目的遊廓玉屋，歌麿正在這裡給上臈的畫像打草稿。當然，這幅畫將由蔦屋耕書堂印製。

「我沒有惡意。」

歌麿最討厭在畫作完成前被人看到，明知如此重三郎還是來了。兩人之間，有超越世間一般出版商和畫師的關係。因此，他對歌麿像女人心或秋季天空一樣善變的心情始終縱容。

「我馬上就走。」

「唉喲，蔦屋先生，您留下來我也很歡迎喔。」

遊女明石抬起埋在領口的長臉說。歌麿似乎正要描繪明石沉思的表情。

——雖然被惹惱了，作畫倒是進展順利。

歌麿已經不只是擷取美女表面的美貌。

——要挑剔美人畫的容貌相似很簡單。

畫師都有拿手的畫法，所以線條相似也在所難免。再加上堪稱浮世繪傳統的小眼睛、瓜子臉、長鼻梁、櫻桃小口這種類型化的審美觀，這點歌麿也不例外。

但是，歌麿精確地抓住眼鼻唇的瞬間動態，以及女子蘊藏其中的微妙心理變化。因此，他的美人大頭畫每一幅醞釀出的香豔氣息都不同。

——浮世繪多不勝數，能夠把女子的心情和個性甚至是境遇都描繪出來的卻只有歌麿先生。

「那麼，我在茶屋等候。」

「打擾了。」重三郎語氣輕快地說著，就此離開。

然而，歌麿假裝聽不見。

傷腦筋。重三郎的嘴角狠狠下垂後恢復原狀，長嘆一口氣。

穿過江戶町的木門來到仲町大街，好似混合了脂粉和酒氣，以及男女呼出氣息的味道令人懷念。右邊是大門，再過去是五十間道，重三郎的書店事業就是從這裡開始。歷經奔波疾驅後好不容易才剛成為江戶首屈一指的名店就遭到沒收家產的重罰，幸好拜歌麿的高人氣所賜稍微彌補了金錢損失。

「不只是美人畫，下一步我也已經想好了。」

重三郎暗藏凌厲鋒芒，那是和氣生財的書商絕不讓人看見的表情。

西沉的太陽，將雲層染成櫻粉色也只在短暫一瞬。

天空變成橙色，之後薄墨擴散，吉原很快就會響起三弦琴聲。雖然重陽節已過，簷下排放的菊花依然怒放，再過不久月亮也將皎潔生輝。

「那就揮灑不比明月和名妓遜色的金錢吧。」

重三郎很久沒邀歌麿來吉原了，在叔父的茶屋吃完飯又去了玉屋。

「柳橋和深川都不對，我還是想在吉原款待歌麿先生。」

歌麿有那樣的價值。

「歌麿先生創作的無數美人畫是江戶綻放的絢爛之花。」

歌麿這位畫師，直到寬政五年（一七九三）之前都還排名在第四、第五的位置。雖然出色的寫真畫技、出類拔萃的繪畫創意得到認可，但是缺少一幅錦繪的代表作，畢竟還是影響到他的地位。

可是《狂歌人遊女集》、《六玉川》震撼世間，《婦人相學十體》、《婦女人相十品》的大型畫讓畫師的排名順位完全顛倒。

「轉眼之間，喜多川歌麿就爬上了當代第一人氣王的寶座。」

也難怪他開始驕傲地署名「哥丸筆」，不只是北尾政演（京傳），就連鳥文齋榮之、勝川春潮等知名的畫師，也都被他一腳踢開。

歌麿在《寬政三美人》描繪茶水店的招牌西施、米果店的話題女郎、吉原的藝伎這些年輕貌美的姑娘。進而，在借用本歌「歌仙」和歌麿的寫真傑作《畫本蟲撰》的名字題為《歌撰戀之部》的作品中，也完美地妖豔描繪年齡、階層各不相同的女子。

就連鳥居清長看到後都甘拜下風，傳言將在近日之內退出美女畫界……想成為歌麿門徒的志願者絡繹不絕，市面上也開始出現很多偽作。

「好吧，那就恭候這位支撐寬政時期蔦屋耕書堂的絕代畫師吧。」

歌麿很快活。

彷彿忘了之前重三郎突然來訪惹惱他的事，大吃大喝，高談闊論。

台面上的美人畫當然不用說，他也提及潛藏地下的春畫、豔本的構想。

如今歌麿名聲大漲，如果出版豔本肯定會引起爭奪戰。

「不過，豔本這種會受罰的東西，你大概已經受夠教訓了吧？」

歌麿轉為試探的口吻。重三郎從容接招：

「別開玩笑了！春畫我當然歡迎，還想請您畫出比《歌滿枕》更精采的作品呢。」

畢竟，春畫是江戶大眾不可或缺的娛樂。雖然無法加上富士山和蔦羅的蔦屋商標，但只要是大方展現性愛與男女的快樂、情事奧妙的傑作，他絕對會毫不遲疑地印刷出版。

話題也提及出入蔦屋的年輕畫師和小說作者。先是歌麿說：

「勝川春朗雖然還不成熟，但是可以感到他對繪畫的貪欲。」

今後春朗或許會有意外的變化。對於歌麿的慧眼，重三郎也欣然點頭同意。

「耕書堂也委託他畫黃表紙的插圖，他真的對繪畫很熱情。」

不過，春朗探求畫技心切已經有點走火入魔，或者該說是旁若無人。在師傅勝春章門下時不厭其煩地天天研究狩野派，也是其中一例。

勝川派的高徒春好看不過他這種行為，最近似乎頻頻找他麻煩。

「但願不會引起無謂的爭端，演變成逐出門派或禁止活動就好。」

「到時候，蔦重先生就像當初收留我一樣照顧他不就行了？」

歌麿這麼說完後，「不過，你那房子只剩下一半，大概沒辦法吧。」然後哈哈大笑。

天明期間，歌麿曾在重三郎家寄宿數年。不僅是生活基本開銷，從畫材到玩樂費用，都由重三郎包辦。不過，也正因此，他的畫業才能有長足進步發展到今天。

重三郎就是這樣，對他看中的畫師和小說作者不吝傾注金錢和關愛。

——我的做法沒有錯。

「對了，曲亭馬琴『老師』怎麼樣了？」

曲亭馬琴是瑣吉的筆名。一談到他，歌麿的語氣就會變得很惡劣。

「也給他出版了繪本形式的話本……不過，好像還是不成氣候。」

馬琴的博學連京傳都咋舌，重三郎也很看好他的文才光輝。

可是，在流行的大眾讀物方面，他好像就是無法發揮實力。

「說到這裡，好像沒在耕書堂看到他。」

「就在前不久，他離開書店當贅婿去了。」

馬琴竟在寬政五年的夏天，成為鞋襪商「伊勢屋」的主人。對象是比他大三歲的三十歲熟女，聽說還是寡婦。而且，熱心撮合這樁婚事的是京傳。

「據說他向京傳先生抱怨過，在書店工作無法寫小說。」

既然如此——京傳以不懷好意的煽動方式慫恿滿腹牢騷的馬琴，只要他找一戶人家當贅婿，從此便可天天過得像退休老人享清福。

歌麿洋洋得意。

「因為京傳放話，不可拿寫小說當正職，只能在工作之餘執筆。」

「可是，照理說瑣吉的性情高傲，居然爽快答應了。」

馬琴向來的憂鬱似乎已貼在臉上，說道：

「算是靠妻子養活吧，生意全盤交給妻子打理，我每天只專心寫小說。」

成為贅婿後改名為瀧澤清右衛門，筆名似乎還是堅持用曲亭馬琴。

「哼，」歌麿撇唇，「半吊子小說作者和寡婦，這倒是破鍋自有爛蓋配。」他嘲笑，接著露出賊笑：

「這種家庭通常有嘮叨的岳母，那小子會被壓榨喔。老婆八成長得也很醜，個性肯定也很惡劣。那種女人不可能理解小說作者的心態。」

隔壁包廂傳來熱鬧的音樂，不但有三弦琴而且鼓笛齊鳴。高明的伴奏和女人們的燕語鶯聲之中，夾雜中年男人低沉沙啞的聲音。

「差不多該離開玉屋了吧？」
重三郎催促，歌麿準備起身。
「對了，有件事情我一直很好奇。」
重三郎輕快的語氣，令歌麿以眼神示意：「什麼事？」
「前幾天，有人在山谷堀的八百善看到歌麿先生。」
「據說其他出版商聯合舉辦盛大的宴會呢。」重三郎不動聲色地補充。
歌麿倏然挑眉，太陽穴抽動了一兩下。
「我在哪和誰喝酒，應該是我的自由吧？」
「您說得沒錯。不過……」重三郎微微喘氣。
「不過怎樣？」
歌麿的臉色驟變，重三郎看了有點心慌。
「最近讀本批發商就像蒼蠅一樣惱人，趕了又趕還是繞著我打轉。」
「因為歌麿先生有那樣的價值呀。」
「正因如此，才要充分活用我的價值。」
歌麿的語氣、僵硬的臉頰，明白道出他寸步不讓。雖說早已習慣他挑釁的態度，但唯獨今晚情況不同。重三郎深吸一口氣。果然，歌麿撂下話：
「我不是京傳。」
「這是什麼意思？」
歌麿抬起的腰又坐回去，刻意不從正面看重三郎，說道：
「我可不記得成了你的小妾。」

「……小妾……？你在說什麼？」
過於惡劣的態度，連重三郎都為之啞然。但歌麿還在繼續大放厥詞：
「你別以為可以永遠把我當成籠中鳥。」
「……」
到底在說什麼？重三郎目瞪口呆簡直說不出話，而且，只因為一句不用說出口的話就搞砸今晚的悔悟也火辣燒灼內心。
——一定要設法挽回歌麿。
吃喝之後，也叫了作為大頭畫題材的上臈來陪席。不過，他可不是為此白白花錢。熱情招待的彼方可以看見下一道祕計之門，要打開那扇門，少不了歌麿的畫技、實力、官能感。
——正因為這個成果輝煌，蔦屋的復興才能穩如泰山。
「對不起。拜託，請不要生氣多心。」重三郎合掌懇求。
——簡直像在安撫不聽話的小女孩。
但是，為之煩惱、安撫是有意義的。
「請忘記剛才說的話。的確，不管您要和哪家書商喝酒都沒有我置喙的餘地。」
重三郎拍拍衣服的膝蓋，這次終於站起來。
「請把不愉快順著山谷堀的水流沖走吧。」
「走，去玉屋吧。」他朝撇頭不看他的歌麿肩膀伸出手。
然而，重三郎肥厚的手掌被狠狠甩開。重三郎呆立原地。
「別碰我，我已經看透你的本心了。」
這次又要說什麼？重三郎無法判讀歌麿的內心，當下手足無措。

「那些書商都說了，你好像在外面吹噓，能夠隨心所欲操縱歌麿的只有你。」
「荒唐，我怎麼可能說那種話！」
「我不是任何人的所有物！就算有繪畫之神，那傢伙也別想指使我！」
歌麿說著把面前的酒杯一扔，「咻」的一聲，砸到壁龕裝飾的菊花，白色花瓣淒慘散落。
「……」原來是這麼回事啊？重三郎在內心恍然大悟。
那晚，書商們成功攏絡了歌麿。不，以為把歌麿攏絡在手中的只有重三郎，也許誘惑之手早就伸出來了。
「沒意思，我要走了。」歌麿叫他不用送，語帶顫抖：
「如果你追上來，那我們就真的從今晚斷絕關係了。」
被他把話說到這種地步，重三郎也不禁肩膀哆嗦。
「我知道了，今晚就到此結束。」
然而，重三郎轉為不容分說的毅然語氣：
「後天，請讓我去歌麿先生府上拜訪。」
重三郎上前一步，縮短和歌麿的距離。
「我有重要的工作商量。」
歌麿的眼中再次蘊藏怒火。這次他倏然起立，畫師的臉孔伸到重三郎的鼻尖前：
「我就是對你這種地方看不順眼！」
只要是蔦屋重三郎的指令，喜多川歌麿什麼都會聽從。
「我和其他任由書商指使的畫師不同！」
歌麿最近日漸顯眼的傲慢，這時洶湧噴出。
「我並沒有說再也不替蔦屋作畫。

「剛才甚至談到明年預定出版的浮世繪和春畫，這樣不就夠了嗎？
「想要喜多川歌麿的美人畫的出版商源源不絕，我也有很多想畫的女人。
「江戶所有的美女都想畫，蔦屋打算把那些全部印製出來嗎？能夠像報紙那樣，每天不斷印製錦繪的新版嗎？」歌麿說得口沫橫飛。
「你辦不到吧？那就把我的美人畫分給其他出版商有何不可？」
——這是什麼話？你能夠走紅，是因為有我這個伯樂。
可是，重三郎說不出口。一旦說出來，和歌麿的交情才真的是完蛋。
唯有隔壁包廂的吵鬧格外醒目。大概是開始跳舞了，連摩擦榻榻米的噪音都傳入耳中。彷彿要推開沉默的重三郎，歌麿一口氣說完：
「重政、京傳、政美、榮之和春朗也行，只要有能與我匹敵的畫師，你儘管用他們沒關係。我也不要求出版商一定要是蔦屋。」
「……」
「想把江戶所有的美人盡數畫出來。」這的確很像歌麿會說的話。
可是，重三郎在尋找那背後悄聲屏息的東西。歌麿的心願只是畫師必然會有的無窮渴望嗎？真的沒有纏繞金錢和名聲的腐臭嗎？
——不，金子恐怕打動不了這個人。
不過，也不能當作一時鬼迷心竅就一笑置之。重三郎的心頭出現一個空虛的大洞。鑽出籠子的鳥，已經不可能回頭……
歌麿平息怒火，用冷冰冰的語氣撂下話：
「想見你時，我自然會派人去找你。」

他轉身啐了一聲拉開紙門。現在出手還能抓住他……然而，重三郎沒有那樣做。身心都沉重如鉛塊。

只聞「咚咚咚」下樓的聲音，以及老闆娘和女服務生拚命挽留他的哀求聲。

——他，走了。

隔壁包廂似乎興致越發高漲。

「就連那小蟲，都要成雙對，看翩翩鳳蝶，咱倆也結伴，枉風流情誼，菜種不知蝶之花，蝴蝶不知菜種味。」

這不正是京傳創作，傳唱一時的三弦琴獨奏曲嗎？

在大呼小叫的吵鬧聲中，重三郎呆然凝視淒慘散落的菊花。

第八章　寫樂歲

一

重三郎高舉一張草圖無法動彈。

連幾乎冒出的呼吸都憋住，因此心臟發出哀鳴。

「終於，找到了。」

在那之前，已經無情扔棄幾十幅肖像畫的手，不由自主顫抖。室外的陽光想必逐漸暗沉，可是對重三郎來說，唯有這幅草圖被強烈的光芒照耀。命運的黑子[99]，無疑正巧妙操作長柄，替他高舉起龕燈[100]。

「嘿咻。」重三郎拿著畫紙屈膝起身。自從和歌麿決裂後，為了排遣憂愁，忍不住暴飲暴食。也因此，不僅變得更胖，腳也水腫。可是，此刻身體竟感覺異樣輕盈。

淹沒書房整片榻榻米的其他畫作，已全數無用。重三郎不客氣地踩過那些畫，響起踩踏落葉似的聲音。他拉開門大聲呼喚：

99　黑子：歌舞伎或人偶劇中，穿黑衣搬運舞台道具或操縱人偶的工作人員。

100　龕燈：江戶時代隨身攜帶的燈籠，類似現在的手電筒，只照亮前方不會照到提燈者。

「找到了，我終於找到了！就是這個人，這個人！」

隨即，慌忙沿著走廊跑來的是重田幾五郎。直到剛才，他還在和紙上塗礬水以免錦繪滲色，所以袖子是捲起來的。

他是在瑣吉以曲亭馬琴的身分專心創作後，接替瑣吉進入蔦屋耕書堂。幾五郎在大阪住過幾年，當時學了畫，也曾以「近松與七」之名參與創作淨琉璃戲曲。不過，他和偉大的劇作家近松門左衛門完全沒有血緣或師徒關係。

「終於，鬼迷心竅了嗎？」

「喂，不要把重要的畫家講得像妖魔鬼怪似的。」

「不過，要抓住下一個天才的尾巴可真是費盡力氣吶。」

這個人，不知是故意還是天生的，老是用江戶仔的口音說著不自然的關西腔。

「來，讓我也瞧瞧。」

幾五郎把臉伸向重三郎的懷裡。

「哇。」幾五郎感嘆一聲，但他隨即皺起眉頭。

「果然是怪物。」

他的指摘很正確，重三郎也沒見過如此奇妙的肖像畫。

觸目驚心的描寫，粗野的線條運用。模特兒最討厭、卻也是那人最大的特徵，被畫師毫不留情地抓住了。

而且，下筆沒有絲毫顧忌。

重三郎從這幅畫感受到揶揄和痛罵、怨念這些惡意的漩渦不停盤旋。

——現在的我和這個無名畫師有同樣的心情。

財產減半的痛苦經歷、歌麿的叛意、京傳的怯懦，寬政三年（一七九一）起，重三郎的運氣就走上坎坷航路。無論如何，他都要渡過滔天巨浪，航向新的陸地。

然而，海路似乎終於出現晴朗天候。所以，他的聲調雀躍：

「正因為是前所未有的運筆方式，才要請他替蔦屋作畫。」

「……老闆您也是怪人哪。」

打從心底傻眼的幾五郎用那種眼神望著書店主人，但是重三郎不以為意。

「這個人是什麼來歷？住在哪裡？」

被重三郎用急切且強烈的口吻訊問，幾五郎拿起桌上的備忘錄。

「編號是多少？」畫作角落寫著小小的數字。

「四十四號。」重三郎瞇眼看著小字說。

「四十，四。不愧是第四代半四郎的肖像畫，連數字都很吻合啊。呃，此人住在八丁堀。嗯，四加四等於八，連住址都搞雙關語嗎？然後，他的名字是……」

重三郎顧不得阻止他開玩笑，心已經飛向八丁堀。

二

重三郎收起地圖，終於放慢腳步。

說到八丁堀，這附近都是捕快和衙役的公家宿舍。路上行人吊兒郎當披著外掛，從腰帶露出的是綴著紅色流蘇的警棍。錯身而過的捕快，令重三郎想起自己受審的過程不禁身體僵硬。不過，進入北島町後，一般民眾變得更多。

「有理髮店，護城河邊有地藏橋這座石橋……嗯，就是這一帶沒錯吶。」

幾五郎照例用那種腔調說。

「八丁堀的七大怪之一，沒有地藏菩薩的地藏橋，是在地獄會遇見的地藏橋。」

從蔦屋所在的通油町到這裡，要向西南方走半里五町（約二點五公里）。雖然心情急躁，但是不坐轎子，徒步走了約莫四分之一時辰（約半小時），讓他已徹底整理好思緒。

「把那個想跟來的傢伙留在店裡是對的。」

幾五郎如果跟來了，好不容易即將彙整的思緒也會立刻散失。

他要找的房子雖小，但是有大門，或許地位不高，但儼然是武士家宅。

不知從哪飄來臘梅那搔動鼻子的甜美香氣。

重三郎想起充滿春意的黃花，一邊仔細望向大門。門已經處處破損搖搖欲墜，卻沒有修理。他確認門牌上的姓名。

出聲呼喚後，一個優雅的年長婦人現身玄關。頭髮雪白，眼角和嘴角的深刻皺紋可以看出年紀。不過，腰還沒有彎。

「我是日本橋的書商蔦屋。」

應該是對方的母親，抑或是打理家務的女傭？重三郎難以判斷。老婦人說聲「恭候多時」請他進屋。一走進大門，只見院子有成排杜鵑花形成和鄰家之間的樹籬，距離嫩綠的新芽冒出顯然還需要一段時間。

他被帶進打掃乾淨的房間送上茶水，並且請他稍待片刻。

茶水帶著恰到好處的苦澀，清澈的嫩綠色，沉穩的香氣，溫度不大燙。好喝。

屋內不知從哪傳來靜靜響徹地面的聲音：

枝頭梅色帶戰意，一花綻放天下春。

戰士英勇上戰場，心花難開表祝福。

「是謠曲吧，是〈箙〉嗎？」

這是梶原源太[101]的亡魂在梅樹前，傾訴一之谷那場激烈大戰的修羅物[102]。

這齣曲目彷彿已預見重三郎和屋主的交涉。

重三郎傾聽某人練習謠曲，同時也想起來此地的途中聽見百姓有這番對話：

「歌麿的美人畫，聽說西村傳兵衛和泉佐也要出版呢。」

「歌麿已經不替蔦屋工作了嗎？」

沒那回事。他甚至很想追上走過的那兩人。然而，不負責任的流言已傳遍大街小巷，到了必須拚命抗辯的地步，所以很棘手。

不過，出版商們如傳言所說蜂擁找上歌麿是不爭的事實。

「不管怎樣，我絕對不畫演員肖像畫。」

歌麿靠著美人畫得到穩如泰山的王座，據說曾這樣放話。

「既然如此，蔦屋偏要挑戰演員肖像畫。」

重三郎放下茶杯自言自語。歌舞伎的肖像畫和美人畫並稱二大招牌。對江戶大眾而言，歌舞伎演員是不輸給上臈的明星，也是人人都在意的存在。

---

101 梶原源太（一一四〇—一二〇〇）：平安時代末期至鎌倉時代初期的武將。

102 修羅物：能樂的曲目之一。描寫武士因犯下殺生罪，死後墜入「修羅道」受折磨的故事。

因此，出版商和劇團團主聯手合作，每次公演都會推出新的演員肖像畫。擔心畫作銷路的不只是出版商，演員也一樣忐忑不安。如果戲劇受歡迎，畫就會賣得好；畫賣得好的演員，戲劇也會走紅。因此，畫師的責任重大。

前年寬政四年（一七九二），演員畫的代表人物勝川春章過世了。空出來的王座，將會由誰坐上去？論畫技、經驗、知名度、氣勢……歌川豐國雖然在各方面都領先一步，但是勝川春好、春朗、春英等人也緊追在後。不過，不可否認的是，每個畫師都還差了一點火候。

情勢混沌的演員畫——重三郎果然發揮一貫作風使出了嶄新的手段。

「啊哈哈哈！畫師競技！」

聽了重三郎的對策，幾五郎被逗得捧腹大笑。喜愛開玩笑和插科打諢的心性也是他的天生本領。

「就請每人都拿來最得意的演員肖像畫吧。」

「那，乾脆在耕書堂近日出刊的卷末盛大公告？」

然而，重三郎手摸著下顎道：

「嗯，那也是個妙計。不過，這次就不鬧那麼大了。」

其實，重三郎計畫將來要用高額獎金，辦一場浮世繪畫師的技藝大賽，讓江戶所有畫師用同一個畫題一較高下。歌麿自然不消說，從大老北尾重政到人氣上升中的鳥文齋榮之、榮松齋長喜……豐國、春朗等人也一律包括在內。他甚至還想邀請京傳。

「噢，這可是大江戶浮世繪大賽啊。」

「就算為此，也得發掘世間被埋沒的天才。」

磨練無名畫工的畫心，向社會廣而告之，那正是書商的手腕。重三郎打算傾注自己所有的培養技術、對繪畫和小說的想法。

「既然要比賽，我希望我看中的無名畫師在浮世繪大賽奪得第一名。」

「蔦屋耕書堂不只會製作黃表紙，在浮世繪方面也得掌握天下。」

那種事是否做得到，重三郎自己也不知道。不過，要讓現有畫師以外的人物執筆是有講究的。在此，潛藏著比發掘新人更大的企圖，但是重三郎當然沒有傻到輕易就連內心深處的實情都暴露出來。

儘管如此，聽到老闆透露計策一端後，幾五郎還是睜著圓眼睛滴溜轉，聲音也格外響亮：

「好，那就去理髮店和澡堂宣傳。」

這兩個地方都是坊間傳言和評價流竄的社交場所。蔦重正打算發掘被埋沒的繪畫天才喔，自認自己可以的人通通來報名，來集合吧！——這招肯定管用。

「嘿嘿嘿，那就立刻行動吧。」

正如幾五郎所言，就這樣蒐集到五十幾張肖像畫。多半都是慘不忍睹的劣作……但是泥濘之中還藏著發亮的珠子！

——好，今天就展現一下我唬人的本領。

手中的茶杯已徹底冷卻。

彷彿躲在哪確認他已把剩茶喝光，謠曲也停止了。

「讓您久等了。」

高大的男人滑著腳步動作優雅地出現。重三郎事先就已知道，他是能樂喜多派的配角。

「練習時間有點拖久了，非常抱歉。」

和歌舞伎演員不同，他說話時意識著武家身分。年齡大概三十二三歲吧，顴骨很高，所以臉孔整體看起來很大，給人個性好強的印象。

——不過，此人應該潛藏著鬱鬱寡歡的陰暗力量。

「我是齋藤十郎兵衛。」他彬彬有禮地行禮。

「胡亂塗鴉自娛的畫作，沒想到竟能讓江戶無人不知、無人不曉的蔦屋重三郎先生看中……」

重三郎也肅然坐正，取出那幅編號四十四的草圖。

「這種畫就算找遍江戶也找不出第二幅，請務必替蔦屋創作。」

重三郎也顧不得寒暄，直接說出想法，身體也不禁熱切地向前傾。但十郎兵衛輕易躲開重三郎當仁不讓的氣勢。

「雖說只是隸屬阿波藩的能樂演員，但我畢竟是領取藩主俸祿的武士身分。」

似乎剛刮過鬍子，臉頰青色的刮痕浮現苦澀。

「我無法表明身分公然畫浮世繪。」

然而，重三郎莞爾一笑，身體向後坐回原位後從容不迫。

「這是當然。正因如此，齋藤大人的名字和身分就祕而不宣吧。」

十郎兵衛屏息，就像在能樂舞台上忽然忘記謠曲某句歌詞般手足無措。但他畢竟是資深的演員，立刻就恢復鎮定。

「如果要隱瞞一切作畫，難道是要我當哪個知名畫師的幕後代筆？」

「不，我不會那樣做。就像有人用狂名創作狂歌，齋藤十郎兵衛大人也可以成為另一名畫師。」

「也就是說要用化名？」

「可以這麼說。」

浮現殷勤假笑的兩人視線交會。如果是平時的重三郎，會溫和接受對方的選擇，但今天不同。

「探究能樂之道想必很辛苦，但繪畫也同樣必須付出超越常人的代價才能大成。」

「……」

十郎兵衛在試探重三郎的真意。重三郎再次傾身向前，決定傳達本意。看似老好人的神情不變，但是雖然外表溫和，內在卻有堅毅的靈魂與膽識。不是銀光閃爍的匕首，是鈍重的柴刀。但是，能夠給予致命傷，連骨頭都砍斷的，是看似愚鈍的柴刀。

「天賦才華和精進努力想必二者都重要。但是，在有些場合，情況也會有所不同。」

「……」

「有時光靠才華也可能脫穎而出。」

重三郎的聲音變得強烈，不比在舞台上鍛鍊出來的演員差。然而，十郎兵衛垂眼看著膝蓋，默默搖頭，綁成一束的頭髮也左右搖晃。

「可是，我不認為自己有多少繪畫創意。」

「不，你有。」重三郎促膝上前。

「那幅第四代半四郎的畫，能夠那樣畫的只有你！」

線條的確粗糙，完全沒有逼真的畫技，所以畫作本身甚至產生扭曲，整體的比例也非常拙劣。

「可是，就是那樣才好。正因如此，才會產生詭異的強烈的印象和震撼力。」

重三郎驀然浮現嘲諷的笑容。

「這幅演員肖像畫，喜多川歌麿恐怕絕對畫不出來。」

十郎兵衛抬起垂落的眼簾，眼中出現些許畏懼。

「居然拿我和聞名天下的歌麿比……蔦屋先生，你腦子正常吧？」

重三郎的臉孔再次逼近十郎兵衛，已經近到口水都會噴到對方臉上。

「當然是正常的。如果錯過你的才華，有負江戶第一書商之名。」

他那種強烈掌握演員特徵的繪畫才華，首先就很吸引人。

因此，不管誰看了都會覺得他的肖像畫淺顯易懂。

「不過，連演員不想被人指出的缺點都畫出來，評價可能會褒貶不一吧。」

儘管如此，粗大的線條產生可愛和搞笑、滑稽的韻味。

「眼睛的描繪方式也很棒，圓滾滾的，會油然產生親切感。」

況且，正因為沒有學過畫，所以畫筆沒有討好人。

「歌麿先生把女人的活色生香直接封印在畫中。而十郎兵衛大人您的畫，有歌麿美人畫缺少的人心內在的哀愁。」

「高不可攀的歌舞伎演員固然好，等身大的人性化演員肖像也很有趣。」被重三郎這樣誇獎，十郎兵衛更加不知所措。

「怎麼可能？我在繪畫方面純粹是外行人。」

就是因為清楚這點，報名蔦屋演員畫的創作者之中，符合資格的也只能是十郎兵衛。要朝未知世界踏出一步當然會害怕，但必須請他大膽地走出去。

「十郎兵衛大人的確是外行人，而且還是蜂須賀藩主大人麾下的能樂師。」

「是這樣沒錯，那又怎樣？」十郎兵衛俊秀的額頭彷彿浮現這行字。重三郎的口吻就像在學堂教導幼童的老師：

「所以，沒關係。」

又不是下定決心今後只靠繪畫生存。既然如此，不忘自己是外行人，委身於馬鞍上操縱轡繩者的手腕吧。拙劣又強烈的才華，是活用還是埋沒，全看蔦屋重三郎的手腕。

「而且，再過一陣子您就會有空閒了。」

大名諸侯必須在江戶和領地輪流各住半年，可是，十郎兵衛沒有讓藩主喜愛到回阿波時也一起帶走，也不是能幹的能樂師。

「蜂須賀藩主不在的期間，您就以神祕畫師的身分盡情作畫，您看如何？」

「可是，正如我剛才也說過的……萬一事情敗露……」

重三郎對十郎兵衛的反駁充耳不聞，他用強勢的語氣滔滔不絕，只說自己想說的話：

「報酬我已經準備好了。」

十郎兵衛的眼神游移。重三郎從懷中取出江戶紫[103]布包，從隆起的布料不難判斷金子的數量。

「您就把這當成是茶點的替代品。」

「不、不行，我不能收下那種東西。」

好一陣子，兩人隔著布包動也不動。

室外有鶇鳥咻咻叫，大概是來吸食剛才綻放強烈香氣的臘梅花蜜。面對那包金幣，打破片刻沉默的是重三郎：

「在能樂的世界，據說生來就已註定能否出人頭地。」

從率領門派的太夫到職分，主角、配角、樂手各自的等級和道路都已規定好了。就算再怎麼有才華，也不可能跳脫既定的框架。

「恕我冒昧直言，您在喜多派的能樂不可能成為第一人，也不可能以主角的身分戴面具舞蹈。」

---

103 江戶紫：偏藍色的紫色，江戶代表性的染色。

正因為被說中了，十郎兵衛的喉頭顫動不由呻吟。

「這不是很荒謬嗎？可是如果執筆作畫，您可以成為風雲人物喔。」

他蒼白的臉頰，意外迅速地染紅。重三郎對他拍胸脯：

「一切請包在我蔦屋耕書堂身上。如此一來，名聲和金錢，您想要多少就有多少。」

「……」十郎兵衛緊張地吞口水。

重三郎已不再說話，他倏然抽身只留下一句「您好好考慮」，那包金子也直接留下了。

在玄關，和來時一樣是那位優雅的老婦人送他離開。

顯然收到充分的效果，重三郎的臉頰微微露出微笑。

鶇鳥又叫了，想必吃飽喝足要回山裡了。

三

勝川春朗緩緩伸展魁梧的身體隔著簷廊仰望天空。

微雲輕柔籠罩太陽，令人感到風和日麗的季節特有的風情。

「從太陽的狀態看來，差不多七刻（下午四點左右）了。」

「蔦重先生到底什麼時候才回來？」春朗頻頻發牢騷。

「今天老闆是為了重要工作出門。」

幾五郎從裡面的房間回答。他從剛才就沒有塗鬱水，只顧著吞雲吐霧。只要重三郎一沒盯著，他就這副德性，是個難纏的傢伙。

簷廊外，綠意漸濃的院子裡，翅膀彷彿在白紙滴了幾滴墨的蝴蝶翩翩飛舞。

「惜春遠去，懷抱琵琶心沉重。」

春朗吟詠俳句。幾五郎從裡屋膝行過來。

「那是芭蕉的俳句？總不可能是春朗兄自己做的吧？」

「是蕪村啦。」春朗毫不客氣，說出十年前過世的俳人名字。

與謝蕪村的俳句令人詩興大發，大概是因為色彩豐富鮮明，從頭到尾都清新如繪畫吧。

「如果是我，抱的不是沉重的琵琶，應該是這玩意吧。」

春朗伸手去拿從早上就扛著的生財道具。那是約有成人那麼高的紙糊辣椒，裡面有分裝成小袋的辛香料。

「畫師的工作，不幹了嗎？」

「那倒不是……不過，只能棄卒保帥。」

「賣辣椒，賺到錢了？」

「沒有，完全不行。」

春朗自嘲地對幾五郎苦笑，他已經窮到這種地步了。之所以手頭拮据，起因正如重三郎也擔心過的，是他熱心學習狩野派繪畫的事情露餡了。

師傅春章暴怒，再加上師兄春好使奸計，導致他被逐出師門。

「而且連老婆都死了。」

留下兩個女兒、一個兒子，一個大男人要養孩子並不容易。

「不過，沒有畫筆還是活不下去。」

那種事，打從一開始就知道。然而，卻因為關係惡劣的大師兄告狀導致他被逐出師門。對於這樣的春朗，伸出援手的正是重三郎。他介紹了替兩國某家繪本問屋畫招牌的工作給春朗。

然而，招牌掛出的當天，春好不知從哪打聽到消息，居然跑來惡劣地破口大罵。不僅如此，還命手下把招牌扯下來砸碎。

「嗯嗯，原來還有這樣的事情發生啊。」

幾五郎完全放下工作，在春朗身旁坐下。他從簷廊伸出腳晃蕩，彷彿是配合他，剛才那隻蝴蝶也緩緩上下飛舞。

「也不知道你還有什麼臉來，換言之，你是走投無路了才來蔦屋燒香拜佛啊。」

幾五郎挪動屁股靠近春朗。又不是美少年，袖中卻似乎藏了香袋，隱約散發白檀的香味。他低聲說：

「老闆打算靠演員畫大幹一場喔。」

「是嗎？」春朗的苦笑更深了。三年前他也在蔦屋印製了幾幅演員畫，可是，之後就沒接過訂單。想必是因為蔦重判斷沒那個必要吧。

然而，關係並未斷絕。重三郎甚至建議他，不如畫名勝景點或風景畫也不錯。之前介紹招牌工作也是出於溫情。

所以，他才來低頭。可是幾五郎對春朗的企圖嗤之以鼻。

「這麼說或許很抱歉……」幾五郎翻起討人厭的白眼。

「蔦重老闆這次的演員畫不會交給你喔。」

「你講話還真不客氣。」

春朗錯愕地回視他。不過，他的態度倒是格外淡定。

「那麼蔦重先生是打算委託春英嗎？」

之前，徒孫春英把半四郎和男女藏、鬼次等當紅演員都像歌麿的美人大頭畫那樣匯集在一幅畫的作品就相當不錯。不得不承認那小子的畫技也進步了。在這點，反觀我的演員畫……始終脫離不了師傅春章的影響。

若是現在，應該可以更下功夫，畫出有春朗特色的畫。這點連我自己都覺得焦急。

可另一方面也有點放棄了，無法否認自己的確有點看不起演員畫。

——說穿了，那只不過是媚俗。

當紅演員的肖像畫不能畫得醜，不僅無法用逗趣的角度看待，甚至可能毀滅江戶大眾的夢想。演員本人固然不用說，就連戲團團主都不會答應。必須畫得高雅美麗，畫師就是得討好社會大眾才能存在。

對春朗來說，他就是無法這樣客觀看待。

——我真的是個只能笨拙生存的男人。

可是，對繪畫的講究不輸任何人。創意、畫法、構圖，全都要展現富士山那樣的卓越。

——總有一天連歌麿先生也會大吃一驚。

在內心這樣威風地大發豪語後，立刻察覺世間麻煩的糾葛關係。

「……只要勝川一門還盯著，我就不可能畫演員畫嗎？」

勝川派的拿手技藝就是演員畫，如果踏入這個領域等於主動挑釁。就連蔦重，想必也不可能挑起無謂的爭端。

「春朗這個名字，也得對他們師徒還以顏色。」

這樣繼續左思右想，說不定不見蔦重就直接回去比較好。

但是，幾五郎執拗的討厭視線纏繞著他，含笑更加靠近。

「走開，走開。難不成你對我有性趣？」

春朗露骨地浮現厭惡。儘管如此，幾五郎還是不罷休：

「偷偷告訴你喔……」彷彿噁心吐氣似的低語掠過春朗的耳邊。

「老闆已經找到厲害的人選了。」

「啥？」春朗的聲音拔尖。幾五郎緊貼著他的身子不肯離開。
「畫風非常奇特，連你也會嚇到喔。」
春朗粗魯地推開幾五郎柔軟的身體。
「比我更厲害的畫工？那傢伙到底是誰！」

四

「咚！」用力踩踏木板的聲音甚至傳到這邊。
那彷彿是個信號，琴聲和鼓噪聲就此消失，許多低聲重疊，但重三郎聽不見談話內容到底在說什麼。
「練習好像也到最後高潮了。」
戲團團主在布簾那頭，歪頭指向距離房間遙遠的舞台。重三郎也跟著看過去。
「所以，畫師到底是誰？」
語氣雖然不到煩躁，但是明顯充滿質疑的意味。
「是完全的新人。」
重三郎雖然換了說詞，但是對團主不知第幾次的詢問還是給出同樣的答案。
「嗯，看來真的很想隱瞞身分啊。」
「是勝川或歌川的私生子嗎？」班主嘀咕。
「總之，不管怎樣，既然是蔦重先生推薦的人，那一定是畫技高明的畫師吧。」
他嘀嘀咕咕打開手邊的文件盒。重三郎低頭行禮說：「您說得是。」這次精明地注視對方的手部。
對方取出的是豐國的系列作，今年寬政六年正月開始刊行的演員畫，獲得非比尋常的人氣。

「五月五日起的公演，泉市也說要和豐國合作呢。」

被團主有點諷刺地這麼一說，重三郎對他微笑。

泉市是指和泉屋市兵衛，在芝神明三島町開店。現任家主是第四代繼承人，和重三郎一樣身材肥胖，但是不僅下手快狠準，而且滴水不漏，非常細心。

「不僅把俊男美女畫得好，連站姿都很優美，所以演員們也一致給予好評。」

這點重三郎也知道。豐國近年來展現的進步的確令人刮目相看，就連前面提到的演員畫，單色平塗的背景襯托出當紅演員的舞台扮相，而且生動抓住了最精采的瞬間。

「坊間都說演員畫大師想必會由豐國接棒呢。」

團主揮舞手裡的浮世繪。但是，重三郎的評價毫不留情。

——這種畫法，過度模仿清長和歌麿。

也因此，尚未確立豐國個人的風格。而且吸收二位大師的優點反而造成反效果，變成徒有漂亮表面的畫。多半用站姿，也在題材上欠缺震撼力。

——平塗背景凸顯演員本身，這個技巧可以用。另外值得一提的就是捕捉戲劇剎那表情的手法吧。

「豐國的確是高手。但是蔦屋的祕密王牌，那可是畫風驚人。」

「噢，那我拭目以待。」

——不過，對和泉屋也不能掉以輕心。

和泉屋的心裡，想必盤旋要和蔦屋耕書堂為首的日本橋勢力對抗的意識。劇場圈以和泉屋為首包括佐野屋喜右衛門、若狹屋與市等多家店面林立，形成一條書店街。可是，人們總說芝區的格調比不上日本橋，始終無法扭轉那種評價。

——而且，蔦屋備受矚目，受到的批評也會格外苛刻。

遭到重判闕所，被沒收一半家產後，蔦重或許一度陣亡。可是，他扶持歌麿重新爬起來，這次企圖靠演員畫徹底復活。芝區的書商們不可能樂見商業勁敵的復活，也不可能默默旁觀。

舞台那邊又傳來巨響，地板上匆忙來去的腳步聲以及音樂聲中，練習再次展開。

五

「愛宕山我就不爬了。」

重三郎用比歌舞伎演員還誇張的動作護著心臟。

妻子雖然面露驚訝，還是回答：「沒必要逞強。」她小心翼翼抱著增上寺的去病符。

幾五郎握拳做出用望遠鏡眺望愛宕山的動作。

「愛宕山其實比富士山高。那，老闆您就好好休息吧。」

「是啊，我也想吃點甜食呢。」

重三郎真的很久沒有這樣帶著妻子外出了，雖然多了幾五郎這個跟屁蟲，妻子還是很興奮。

通往增上寺山門的大路，不只有茶水店，也密密麻麻擠滿路邊攤和雜耍戲園子。不時，也有海風吹過，但是人潮擁擠抹消了海水味。

「相撲季和生薑祭時想必會更擁擠。」

妻子從山門延伸出的漫長通道望向正門，甚至踮腳伸長脖子的模樣很像少女。不過，妻子頭上的白髮已變得醒目。

——是我讓她吃了不少苦。

自從她嫁進門，重三郎就以一飛沖天的氣勢專心投入書店事業。把吉原升格成風流冶遊的大本營，毫不吝惜地給當代小說作者及畫師金錢和精神雙方面的支持贊助。在那樣風光的日子背後，籌措那些經費，在重三郎外出時掌管店裡生意，這一切想必並不容易。

而且，想到被官府盯上後的日子……更何況，最近重三郎的身體也不好，不時有心悸和氣喘的病症襲來。醫師說是江戶病，腳氣病。妻子當然更加注意飲食和丈夫的身體，同時也開始熱心求神拜佛。

「也去參拜神明社吧。」妻子說完，使個眼色。

「反正，你一定很在意那一帶吧。」

飯倉神明社就在出了增上寺大門不遠處，通往武家宅邸密集的愛宕山下那條路的繁華盛況，也是芝區的知名景點。重三郎說：

「不只是商家和餐飲店多，也有接近東海道的地利之便，買書和錦繪當伴手禮的人想必比日本橋還多。」

「你每次說來說去都是書。」

妻子沒好氣地橫他一眼。幾五郎「嘿嘿嘿」地浮現猥瑣的笑容。

「神明社一帶是花街，好像也有美少年吶，從妓院窗口看到的增上寺聽說別有一番風情。」

「這個人真是的。」妻子瞪視的對象轉為幾五郎，重三郎也跟著苦笑。

「聽說這個地名由來是因為起初有七間店賣春。」

神明社境內的私娼寮在之前的改革中都被取締關門。不過，不知是幸或不幸，今年四月吉原再次被大火燒光，導致這裡據說又有妓院復活云云。

「你看，你看，那群人應該也是抱著不正當的意圖來拜拜吧。」

和幾五郎同年代的男人，帶著似竊喜似害羞的神情走過。

「喂，別用手去指人家。」

三人開玩笑之際，很快走進神明前。

從七軒町和門前町之間左轉就是神社，但他們繼續走到三島町。

靠著豐國的演員畫賺到一筆的和泉屋，在多家書店中也格外惹眼，擠滿人潮。店門口，有晚春正要進入初夏時期特有的陽光，帶著銀色燦爛照耀。

「想到這些人都是來買豐國的畫，真是佩服。」

「怎麼可能？應該不至於吧……」

可是，重三郎顯然在生意競爭方面晚了一步。歌麿從籠子飛出去時，如果立刻發掘十郎兵衛，今年正月起就可以加入演員畫商戰了。

——不過，過去的事情追悔無益。

「我就不過去了，我們繞一圈再回來這裡。你趁這段時間去幫我看看什麼畫最受歡迎。」

「是！」幾五郎拔腿跑過去。重三郎也和妻子邁步前行。之後來到前方夾著民宅的牧野內膳正官邸，在那背後，彷彿要吞沒牧野家，矗立著伊達松平陸奥太守雄偉的宅邸。

「歌舞伎的劇團老闆，有好消息回覆了？」

妻子隨口問道。重三郎面有難色。

「豐國的人氣爆發，一路上升。我們這邊卻是無名新人，而且畫的是那麼嚇人的畫……」

「劇團老闆那邊的預付金，只能放棄了嗎？」

「嗯。」重三郎噘起嘴唇。

「這次的較量不只是內容，印刷數量我也打算震驚全江戶。如果能事先有筆收入會大有幫助。」

事前的金錢交易也是緊抓住劇團團主和演員心思的密約。當然，演員的畫像必須畫成俊男美女。重三郎不打算為了錢那樣抹殺新畫師的才華。

「我已有下一步對策，妳放心。」重三郎這麼保證後，妻子也安心點頭。重三郎又補充道：

「五月公演時三家控櫓[104]劇團都要演出的話題正熱門，這也將成為一大助力。」

天明末年起歌舞伎一直遭遇困境，改革政策更是殘酷打擊。官府認為演員過於奢侈，禁止提高報酬，舞台裝和住處、日常生活也被強迫節約。

「第三代菊之丞的生活過於奢侈，還遭到處罰呢。」

妻子皺眉。

菊之丞是薪資超高的名演員，雖飾演女角卻有數名小妾，住在諸侯大名都羨慕的豪宅，因此遭到官府嚴厲斥責。不過，重三郎並不服氣官府的做法。

「演員和上臈是江戶的夢想，他們如果不夠光鮮亮麗，價值也會減半。」

結果被稱為本櫓的中村座、市村座、森田座這三大戲班子都票房銳減，而且還發生火災，最後甚至連錢都籌不出來。

「可是，江戶大眾不能沒有歌舞伎。」

取代無法演出的本櫓，獲准租用劇場的是控櫓的都座、桐座、河原崎座。這下子三家戲班子一齊演出，整個江戶為之轟動。

「等到五月，蔦屋耕書堂一定要發出勝利的歡呼。」

神明前的道路在大横丁結束。夫妻倆左轉，在牧野宅邸鄰接的柳生宅邸圍牆處調頭折返神明前。幾五郎眼尖地發現重三郎，立刻跑回來。

「好多客人都在問豐國畫的五月公演演員畫什麼時候刊行。」

---

104 控櫓：擁有演出權的江戶三劇團（中村座、市村座、森田座）因故無法演出時，其他劇團獲准代為演出使用劇場的制度。

「我想也是。」重三郎態度從容地說。

「歌麿老師的美人畫也賣得相當好。」

「歌麿還是一樣受歡迎嗎？」

最近重三郎的腦中只有演員肖像畫，其中，也藏著想揮別歌麿陰影的想法。不過，蔦屋和歌麿的關係並未徹底斷絕。就像現在，每家書店都有賣蔦屋增印，附有富士山形和蔦羅商標的頂級歌麿美人畫。只不過，天才畫師和重三郎之間長年來的蜜月期宣告結束了。

「村田屋、山口屋、江崎屋、伊勢金、丸文、伏善、河重……現在要找出沒有印製歌麿老師畫作的出版商反而更困難。」

主要包下歌麿的鶴屋，也通知重三郎他邀請了歌麿合作。以吉原失火後的臨時遊廓營業為題材，鶴屋準備了「臨時遊廓八景遊君之圖」這個畫題。

「千萬不能忘記，耕書堂明年也要和歌麿先生合作喔。」

他一邊告誡幾五郎，也想起上次和歌麿久別重逢時的情景。

重三郎和歌麿彷彿完全忘記之前的不愉快，但彼此都很清楚內心還有一根小刺，至今仍會刺痛。

「坊間每家書店都在疑神疑鬼，懷疑蔦屋是否要認真印製演員畫。」

歌麿用一如往常的語氣切入正題。重三郎苦笑道：

「好不容易才找到畫師，還不知道畫出來的作品能否像歌麿先生這麼厲害。」

「哼，是你在理髮店和澡堂找的外行人？」

雖然口吻似乎覺得很無聊，但他顯然十分好奇。

「改天也會介紹給歌麿先生認識。」

「順便您也給他指點一下畫技吧？」重三郎試探著說。

「唉喲，那我可敬謝不敏。」歌麿意味深長地回答。

「想拜師的人太多，我已經夠煩了，況且我壓根不打算畫演員肖像。」

歌麿公開宣言「要畫出不負日本第一畫師頭銜的浮世繪」，可見他對自己的信心堅定不移。另一方面，書商之間也有傳聞，據說他的態度一天比一天傲慢。不過，他的畫作成熟度和商業價值也不斷上升，沒有書商敢正面勸誡這位當紅畫家。

——如果是以前，我還可以提醒他。

不過，歌麿自然不可能知道重三郎這種心情。畫師扯高嗓門：

「演員畫還欠缺美感。」他滔滔不絕：

「不僅是俊男美女，要創作出把舞台提升至夢想世界的錦繪才算數。」

「可是……」重三郎忍不住想反駁，慌忙又閉上嘴。歌麿斬釘截鐵說：

「不只是女子，任何畫題我都只想畫出美的極致。」

——如果給他看蔦屋出品的演員畫，他八成會怒髮衝冠吧。

美醜姑且不論，我想追求的是能夠挖掘內心深處的畫——重三郎萌生難以壓抑的願望。這是危險的嫩芽，但他無意摘除。「若能培育成參天巨樹，結滿飽含毒氣的累累果實……」他受到那樣的誘惑。

——新畫師已備妥，但是，真正的畫師其實是我蔦屋重三郎。

歌麿的目標是美的山頂，重三郎雖已陪他走到九合目[105]，卻無法兩人攜手站上山巔。既然如此，那就去征服別的山峰吧。曾經黃表紙具備的反骨精神和諧謔，現在要把這玩意揮灑在畫中。正因如此，重三郎無法滿足

105　合目：按照登山的難度把整個行程分為十等分，從山腳至山頂依序為一合目、二合目等。

只扮演畫師的照顧者。

——現在的我想必就是傲岸的化身，和眼前的歌麿一樣。

重三郎與妻子、幾五郎經過和泉屋前。

店主市兵衛出現，穿著看似樸素卻做工精緻的上等服裝，下襬微微搖曳，滿面笑容地接待客人。不經意間與重三郎的目光撞上，兩人幾乎同時若有似無地點頭致意。就這樣，也沒有出聲招呼，彼此又移開視線。

重三郎催促妻子，大步走向神明社。

「和泉屋的老闆，在店門口一直看著我們吶。」

轉頭的幾五郎頻頻報告，重三郎態度悠然地充耳不聞。

六

從綠橋往北，濱町堀的寬度驟然變成窄溝。

一早開始下的雨令水量湍急，焦糖色水波每次撞擊就會帶著白沫。

齋藤十郎兵衛站在橋中央手扶欄杆。

一隻圓滾滾的老鼠從河面伸出鼻子逆流游泳，細小的鬍鬚濕亮，露出白色門牙，渾圓的黑眼珠凝視虛空。老鼠四肢拚命滑動了兩三下後沉入水中，掙扎求生的樣子很可憐，卻無法抵抗這激流。這麼一想，這隻小生物的拚命努力甚至令人感到滑稽。

「看到這種東西真討厭。」

十郎兵衛不滿地說著，從綠橋向西走。前方是通油町，有蔦屋耕書堂。

「我終於下定決心了。」

十郎兵衛的說話方式變得格外像武士。

「我想說說我的想法。」

明明打算爽快地說出來，可是真的抵達地本問屋前，不願被輕侮的自負又冒出頭。但重三郎浮現慈藹的笑容，那反而令十郎兵衛的心潮起伏，感到某種可怕的東西。

「我已恭候多時。」

重三郎鄭重低頭行禮。不過，他並沒有像商人那樣殷勤搓手。而且，起身時的眼中蘊藏暗光。

「因為您遲遲沒有回覆，我有點擔心。」

可是，重三郎來過家裡一次之後不僅再也沒露面，甚至沒有隻字片語催促。結果十郎兵衛自己先急了，不惜這樣親自來到日本橋通油町。

「時間有限，那就立刻決定工作細節吧。」

「不，控櫓期碰上三家劇團都推出五月公演，這種好機會不能錯過。」

自己都還沒說是否答應，重三郎就想往下談了。十郎兵衛刻意乾咳一聲，咳去梗在喉頭的不快。

「老闆，用不著那麼急。」

「可是，老闆……」十郎兵衛作勢請他等一下。

「我並不了解歌舞伎，無法描繪實物的舞台。」

「噢……」重三郎在一瞬間驚呆了。不過，他立刻調整態勢，依然是個不知該說是糊塗還是縝密、莫測高深的男人。

「當然，我會請齋藤大人去劇場。」

桐座可以看「討敵乘合話」和常磐津淨琉璃「花菖蒲思笄」，都座的話可以看「花菖蒲文祿曾我」。

重三郎叫他好好去觀察演員。

「我能陪您同行時我也會去，平時也會讓幾五郎這個伙計陪伴您。」

幾五郎以前在大阪寫過淨琉璃劇本，分散在三家劇團的關西演員他都很熟。

「從便當到座位的移動，一切都請吩咐幾五郎。」

這根本不是討論工作細節，倒像是重三郎片面決定大小事宜。十郎兵衛很不高興。

「那個什麼幾五郎先不談。」他才剛說出口，重三郎就「啪啪」拍手。

「喂，幾五郎，過來給齋藤大人打個招呼。」

「好，馬上來！」

這種時候，小房子聲音傳得快倒是很方便。十郎兵衛氣憤地瞪視重三郎俐落下達指令，但書商似乎毫不在意。

「河原崎座的時代狂言《戀女房染分手綱》，有人氣、實力都號稱第一的白猿在劇中挑戰能樂難曲〈道成寺〉。」

白猿（市川蝦藏）的名聲就連十郎兵衛都知道，直到剛才還針對書商的氣惱矛頭一下子轉向了。

「什麼？河原乞丐竟然要表演〈道成寺〉。」

即使同樣是舞台表演者，能樂和歌舞伎還是有天壤之別。

歌舞伎純粹是下賤的戲劇，屢屢被官方懲罰。即使是相當知名的演員，只要錢給得夠多，照樣坦然和捧場的觀眾同床共枕。

相較之下，能樂從猿樂以前就深受足利、織田、豐臣、德川為首的武家喜愛和庇護。因此十郎兵衛隸屬於大名麾下，算是低階武士。

聽著十郎兵衛激動的說詞，重三郎神情肅穆地點頭。

「可是，遠比能樂低賤的歌舞伎演員，居然把能樂的重要曲目用在戲劇中，企圖讓江戶大眾陷入狂熱。」

「老闆，你到底想說什麼！」

十郎兵衛更加激動，本已轉向歌舞伎演員的矛頭又回到書商身上。

不過，可以感到怒氣勃發的背後有黑暗的陰影。他雖是武士身分卻很窮。即使有藩主的威光，就連在阿波，不認識他的人也佔多數。反之，蝦藏在江戶廣受歡迎，差別明顯。而且，十郎兵衛如今被書商說服，將要替他輕蔑的歌舞伎演員畫肖像。

最重要的是，他收了重三郎留下的禮金。修理房屋自然不消說，之前還在久違的酒席上叫了女人陪酒……十郎兵衛獨自氣憤、嫉妒半天後才察覺自己的立場完全理虧。他垂下頭，看著併攏的膝蓋。被自我厭惡壓倒，頓時汗如泉湧。

抬眼一看，重三郎也湊近回視著他。

「齋藤大人的心裡，有陰暗的怨恨、嫉妒、憤怒，我希望您把那一切都傾注在畫中。」

「那樣的畫，我……」

構思出超越凡夫俗子預想的絕妙點子，如天狗大神一樣發揮神通之力的可怕商人。看來人們對蔦屋重三郎的評價沒有錯。十郎兵衛如果是蟲子，書商就是蟻獅，蟲子越掙扎就滑落得越深。

走廊響起一陣腳步聲，長臉長鼻子、眼睛卻很小的男人走進來。

「齋藤老師，歡迎。我是幾五郎。」

男人自來熟地打招呼，在重三郎的身旁乖巧坐下。

「今後由我陪伴老師去看歌舞伎。」

重三郎點點頭從懷中取出裝錢的絹布包，幾五郎斜瞄一眼露出賊笑。十郎兵衛彷彿要說「別用這種小把戲瞧不起我」。

「蔦重先生，用不著這樣費心……」

但重三郎默默遞上金子。

「畫畫的所有費用、看歌舞伎的種種支出，也全數由蔦屋負責。」

「那麼，這個是？」

「這是剩下的另一半訂金，請儘管收下。」

重三郎再次把三寸左右的布包推向十郎兵衛。一旁的幾五郎問：

「五月五日第一天公演，要按照什麼順序去三家劇場？」

重三郎笑咪咪地來回看著十郎兵衛和幾五郎。

「對了，齋藤大人作畫用的別名我也準備好了。」

十郎兵衛醒悟自己已被綑綁得動彈不得。

七

山東京傳給菸管點火。

嘬出的下唇吐出濃煙，接著立刻又用鼻孔吸回去，就像鯉魚躍龍門。

「你這手絕技比魔術師還厲害，是從哪學來的？」

曲亭馬琴問。京傳繼續吐出幾個菸圈說：

「世間還有更厲害的技藝，前不久我還在淺草見過有雜耍藝人用放屁演奏短曲和《三番叟》舞曲呢。」

那才是道道地地的「音響」。京傳呵呵笑，再次把菸管放進嘴裡。馬琴一臉無趣，用手揮開菸圈：

「那件事，蔦重先生委託的東西你有想法了嗎？」

「嗯？是什麼事來著？」京傳挑眉。

馬琴認真打量京傳那張五官都很搶眼的臉孔：

「就是五月要推出的那個畫師的名字呀。」

「噢，那個啊。嗯……別提了，我什麼都還沒開始想呢。」

不過，京傳還是放下菸管把筆和硯台拉過來。

「現在才要想，你可真離譜。」馬琴發出哭笑不得的聲音。

京傳不以為意，在紙上運筆如飛。先在左邊寫「紙菸草入貨」，右邊是「夏季菸草」，兩邊的文字下方是「品項齊全」，左下角是「山東京傳商店」。

「山東京傳商店，這有點過分了吧？」

京傳聽了用筆畫線刪除，改為「京屋傳藏店」。

「那又是什麼？」

「我的菸草店的新招牌。」

「拜託你適可而止好嗎？蔦重先生如果來了會生氣啦。」

與其稱為新兩替町，毋寧該稱為銀座的繁華街上，有京傳的店。兩人就待在店裡的二樓。這是門面寬九間的店，生意一天比一天興隆。最令人驚訝的，就是女客人很多。馬琴轉為感嘆的口吻：

「看來看去，這年頭的女人，不只是穿衣打扮，連抽菸都開始模仿遊女了嗎？」

說到愛抽菸的通常是風塵女子，不是什麼良家婦女。

「不，那是有理由的。」京傳得意地抽動鼻頭。

「碰上心儀的男人就送香菸取代送情書——我想出這個點子後大受歡迎。」

馬琴張口結舌，說不出話。

「我甚至也建議熟識的豆沙餅店，不如設計一個節日專門讓女人送男人豆沙餅。」

據說豆沙餅店老闆聽了大搖其頭不敢苟同。

「他認定男人不吃甜食。真受不了這種死腦筋的人。」

「土用[106]吃鰻魚就是平賀源內想出的主意，你是說要效法那個？」

「不不不，我可沒有那位大師那麼聰明。」

馬琴對這樣的京傳咋舌不已。有這個閒工夫忙著做生意，應該把精力投注在寫小說的正職上才對。今年寬政六年（一七九四）正月京傳也由蔦屋出版了幾本黃表紙，但是說到關鍵的內容……沒有一本是值得一看的傑作。可是，他卻費了很大的力氣利用小說替他的菸草店做宣傳。

之前也在小說卷末大剌剌地公開寫著：

「生意興隆，也要感謝各位讀者賞臉捧場。對了，四月一日起，本店也開始販售夏季香菸珍品。」

馬琴是為了專心寫作才點頭當鞋襪商大姊的贅婿，所以，他完全不碰家裡的工作。今年第一個孩子出生後他也知道被當成一家之主期待，但他可管不了那麼多。

「好了，還是打起精神，好好想個不輸給歌川豐國和勝川春英的氣派畫師的名字吧。」

京傳再次拿起筆硯沾滿墨汁。

「對了，你的作品評價如何？」

京傳又拿了一張白紙，一邊流暢寫下畫師名字一邊問道。

「……別提了，完全沒有引起話題。」

馬琴臭著臉。京傳說的是同樣由蔦屋出版的黃表紙《福壽海無量品玉》，說來窩囊，銷售量慘遭滑鐵盧。

「書本那種東西，本來就不可能賣得多好，還是得另找副業好好賺錢才行。」

京傳對著紙眼也不抬地說。馬琴改變話題：

「蔦重先生發掘的畫師也是，正職據說是能樂演員。」
這時，伙計從樓下上來。
「蔦屋的老闆來了。」
不算大的房間裡，五個大男人促膝而坐。
幾五郎嫌煙霧大把窗子敞開，窗外就是京橋川，川邊有小千鳥碎步跑過。或許是怕被小鳥啄食，一隻金龜子從窗口飛入，落在尚未全乾的墨字上。在午後陽光的照耀下，小蟲閃耀如金幣。
「就讓這傢伙來選吧。」
重三郎也用不輸給戶外溫暖陽光的快活語氣說。京傳、馬琴、幾五郎以及春朗面面相覷，金龜子趴在京傳想的名字上動也不動。
「寫樂歲嗎？」重三郎仔細打量字面。摹寫演員真面目的樂趣，那不只是對購買演員畫的江戶大眾，對重三郎而言想必也是一種愉悅。
「寫樂歲念起來和『放肆』同音。」京傳得意地笑了。
戀川春町這個名號的由來是因為住在小石川的春日町。朋誠堂喜三二的發音近似文思枯竭而不改其樂，也就是武士安貧樂道。四方赤良取自知名的酒鋪和那裡用來下酒的赤味噌。小說和狂歌不僅喜歡用諧音雙關語，玩笑過分的也不在少數。重三郎就是和這樣的一群人攜手合作到今天。
「寫樂歲是這人剛剛才想的名字喔。」
馬琴迫不及待拆穿。

106 土用：通常指立秋前的十八天。日本習慣在土用的丑日吃鰻魚消暑補身。

這樣的馬琴，也想了多達三十個名字。翻閱漢書時，他調查過古今畫師的名字。重三郎一板一眼地逐字看著方塊字，口中念念有詞。

「每個名字都很氣派，但這又不是要替話本的主角取名……」

「每個都是杜子春之類《水滸傳》人物的名字諧音。」

幾五郎插嘴，馬琴頓時噘起嘴。

「我可不是只參考四大奇書，四書五經我都看了。」

雖然相繼成為蔦屋的食客，但馬琴並不喜歡幾五郎。兩人都是武家出身，也都有志以文章為生。兩人都愛喝酒也很好色。相似的地方雖多，但不可否認的是兩人的言行舉止和性格堪稱一剛一柔，的確差異明顯。

馬琴平時就常言詞辛辣地貶低幾五郎。

「真是自鳴得意的膚淺俗物，不知道你以前在大阪到底在搞什麼。」

「等你成為當紅的小說作者再來耍大牌吧。」幾五郎也不甘示弱。

幾五郎像要對抗馬琴，也展示他想出來的畫師名字。

「伽羅、真南蠻、蘭奢待，怎麼樣？」

「哼，這些都是香木的名稱吧。」馬琴不屑地說。

「而且，都像是你名字的附贈品。」

今年春天，幾五郎以十返舍一九之名踏入小說世界，出版了《初役金烏帽子魚》這本以戲劇為題材的書。不過，文章是京傳寫的，幾五郎負責的是插畫，出版這本書是想帶動蔦屋的演員畫買氣。

「畫倒是挺不錯的。」京傳誇獎幾五郎。

「焚燒十次也不失香氣的黃熟香，世人稱為十返香，所以取名十返舍。怎麼樣？」

馬琴對沾沾自喜的幾五郎毫不客氣。

「給自己取最好的名字，用不上的名字就丟給關係到蔦屋命運的畫師？」

重三郎介入兩人之間打圓場：

「馬琴先生，一九先生，都先把新作讓我看看吧。」

重三郎最後選了京傳想的名字。

「寫樂歲，也就是放肆。我選這個。」

「你喜歡就好。」京傳高興地說。

「寫樂歲這個名字好，名字可以替畫解毒。」

春朗拿起十郎兵衛的畫。在場眾人雖然都已看過，還是對這幅畫擁有的震撼力、妖異不祥的魔力不由嘆息。幾五郎嘀咕：

「的確，取一個可笑的名字來稀釋毒氣應該比較好。」

春朗挪動魁梧巨體背靠著柱子。

「我也打算改用北齋宗理這個名字。」

「北齋嗎？那個也不錯。取名由來是什麼？」

京傳問，春朗含糊其詞：「和寫樂歲的『放肆』打對台，北齋的發音近似『荒唐可笑』吧。」

他再次下定決心將自己的命運賭在畫筆上。最近，他和剛開始受歡迎的畫師堤等琳走得很近，想學習對方的畫法。重三郎打算傾盡全力支持找回創作欲的春朗也就是北齋，不過，現在推銷寫樂歲更重要。

重三郎把「寫樂歲」這個名字，和十郎兵衛報名應徵的畫作雙雙高舉。

「寫樂歲，就各種意味都很適合這次的演員畫。」

「不過，寫樂歲可以當名字，卻不適合當作姓氏。既然如此，不如把『歲』改成『齋』。」

馬琴屈指數來：最早有一筆齋文調，近年則有磯田湖龍齋和鳥文齋榮之、榮松齋長喜。基於同行之誼，這裡就把北齋也加上去吧。『齋』這個字通常放在姓氏裡，但也可以當作名字。「『齋』這個字，也有滌淨身心服獻給神的意思。」馬琴炫耀自己的博學。

「這幅畫不知會惹惱畫神，還是令畫神啞口無言？」

改名北齋的春朗調侃，除了馬琴之外的人全都放聲大笑。

「穀物收成叫做『歲』，這是喜慶的字，還是用這個字吧。對了，新畫師的本名叫做什麼？」

京傳問，重三郎立刻回答：

「本名是齋藤十郎兵衛。不過，因為是阿波藩的專用能樂師，因此算是武士身分，如果被人發現他在畫歌舞伎演員的肖像畫，將會受到嚴厲斥責。」

「齋、藤，把這個姓氏拆開重組吧？」

京傳把玩乾燥的毛筆筆尖。藤齋，齋藤，齋，藤……

「全名就叫做東西寫樂歲吧。東西，發音近似藤齋，東西，寫樂歲是也。」

京傳模仿劇場的開場念白。這次馬琴也咧嘴笑了。

重三郎和幾五郎，沿著京橋川走向中之橋的方向。

京傳支肘倚靠窗口，目送兩人離去。河川兩岸有木炭批發店和青果市場，人潮擁擠，但京傳的目光始終跟著恩人。重三郎也四十五歲了，肩膀變得肥厚，背部看起來也臃腫地隆起。

「蔦重先生變得好胖，臉色也不大健康，顯然心臟有問題。」

京傳低喃，北齋也同意：

「而且，恕我冒昧直言，臉也變醜，出現惡兆。」

「嗯，是暗懷鬼胎的面相。」

京傳關上窗子。正因為知道蔦屋的實際情況，他很清楚這次印製演員畫是背水一戰。蔦屋窮困的主因之一正是自己的文筆欠佳，這點也讓京傳很愧疚。

「除了我和京傳先生的作品之外，今年春天印製的全是舊作。」

正如馬琴所言，蔦屋復刻了大量的春町與喜三二的黃表紙。看到《金金先生榮花夢》的封面，京傳也不禁油然感到懷念。

「蔦重先生把賣書的錢給了春町先生離異的前妻。」馬琴補充說。

「對蔦重先生來說，或許這也是一場憑弔春町先生的戰役吧。」

改革綁住繪畫與小說的手腳，是有害無益的大麻煩。它奪走了蔦重敢稱為盟友的春町性命，也是折斷喜三二那支筆的罪魁禍首。不，就連京傳也是，從那件事之後就縮起了筆。

「在寬政期的最後，出版奢華時代的黃表紙，是一種暗喻諷刺嗎？」

馬琴沉吟。

「蔦重先生千萬不能焦急。」京傳打從心底很擔心。

「這次的演員畫，他似乎投注了相當大的心力。」

萬一失敗了——他很擔心蔦重先生的下場。北齋面帶憂愁：

「為了避免那種情形，我們不是也決定要助他一臂之力嗎？」

馬琴對於確定用寫樂歲這個名字雖然仍有幾分耿耿於懷，但對重三郎的前途似乎還是格外關注。北齋也對著他「啪」地拍了一下腰帶：

「馬琴你說得對。不管怎樣，都要用演員畫好好風光一場。」

「呼……」京傳長吐一口氣。

「繃得太緊張也不好。事事都要風雅，要有放肆而為的心態。」

第九章 魔道

一

「噠噠噠！噠！噠！」彷彿用琴撥敲打的急促腳步聲跑過天花板。

「哆噠哆噠！」接著，另一種生物拖著肚子似的聲音在天花板響起。

「是老鼠和鼬鼠在追逐吧？」

幾五郎，不，十返舍一九仰望天花板。

東西寫樂歲憮然放下畫筆。逃竄的老鼠為何和自己的身影重疊？

「差不多到了大門關閉的時間吧？」

他就像學堂被命令留下的學童那樣說，強烈流露想早點從這裡放出去的願望。

然而，蔦屋重三郎什麼也沒回答，只是詳細比對幾十幅畫。

「我的家人說不定在擔心。」

他從一早就一直被關在蔦屋的工作間。寫樂歲小聲這麼說完後，刻意壓著眼頭像要拭淚，臉頰至下顎的鬍鬚形成陰影。

「應該早已過了四刻（晚間十點左右）。不過，現在再努力一下吧。」

重三郎依然盯著雕版用的草圖，冷然說道。他也一樣，不只是表情，全身上下都滲出疲色。但他不僅不顧自己，語氣也感覺不出對新人畫師的關懷。

天花板的騷動平息後，夜晚的氣息變得更濃郁了。令人意識到梅雨季已近的濕氣黏著肌膚，照亮三人的燭光搖曳。

「好吧，那我就再加把勁繼續畫。」

寫樂歲伸個大懶腰後，再次拿起畫筆。或許是因為自知技巧還不成熟，他不只有韌性而且作業規律。無所事事的一九很貼心。

「那我去幫你泡杯茶吧。」

「拜託給我一杯特別苦的。」

寫樂歲開朗地向一九道謝，但重三郎再次陷入沉默。

——業餘和專業人士之間的那道牆果然很厚。

寫樂歲在劇場打開素描簿，迅速走筆畫下的畫，果如所料蘊藏非比尋常的震撼力。所以，重三郎並沒有看走眼。可是，一旦動手畫成給雕刻師用的雕版草圖，他的筆就變得很生澀。

「沒必要畫得漂亮。」

每次被重三郎這麼說，寫樂歲都會老實回答「知道了」。可是，筆下卻可悲地漸漸失去自由奔放。

——這種東西就算交給雕刻師也會被退回來。

「這是外行人塗鴉嗎？」以那位雕刻師的作風八成會加上這樣一句諷刺吧。那是在警告，「不要小看我」。對於蔦屋耕書堂賭上前途的演員畫，工匠們也同樣是摩拳擦掌躍躍欲試。

——如果只需滿足作為商品的條件，那反而容易。

重三郎有更大的野心。問題是起用外行人，能夠實現那個野心嗎？事到如今，不免湧現或許自己事前想得太簡單的悔恨。

不過，他揮開無謂的念頭，像要說服自己般說道：

「也許是太想做出好作品，求好心切了。」

新人畫師倏然仰望地本問屋的老闆，不發一語地再次垂落眼簾。

「麻煩的事情，就通通掃除吧。」

院子的圍牆外，從小巷傳來走調的新內歌謠。住在這附近的某人，似乎喝了好酒醺然歸來。

「會買演員畫的，那是那種人。」

重三郎像書院的老師那樣諄諄教誨：

「畫作不需要有什麼幽玄或侘寂的意境，請把更淺顯易懂的喜怒哀樂傾注在畫中。」

歌舞伎和能樂的欣賞方式固然不同，客層也不一樣。演員畫用不著高貴，必須是橫巷的熊哥和他老婆都能看得高興的東西。

寫樂歲肅穆地微微點頭，似乎下定決心，伸出食指在並排放著的畫筆上來來回回。眼神很認真，但似乎也隱約散發畏懼。

「舞台服裝和演員的紋樣不用擔心，那種東西，事後隨時可以添加。」

「……」

打從五月公演首日起就去觀賞，照理說應該已把演員們的面相烙印腦海。角色和演員的個性交錯，形成表情和動作浮現。他希望能夠栩栩如生地描摹出那些，讓人就算不在劇院也彷彿正親眼觀賞。

「放心，那一點也不難，只要把你看到的如實畫出即可。」

其中，如果再加上寫樂歲特有的那種宛如挖出內臟的人性描寫，應該能打開演員畫的嶄新世界。

「……演員的臉孔，要如實摹寫是吧？」

寫樂歲像要告誡自己般低吟。然而，從他身上滲出的只有沉重的痛苦。明知不該，重三郎還是忍不住開口：

「怎麼了？應該沒那麼困難吧？」

若用料理來比喻，新鮮的食材就在眼前，只要直接做成生魚片即可。可是，這個男人為什麼就是不肯拿起菜刀？

「因為是大頭畫所以畫臉就好，身體不要也沒關係。」

重三郎的聲音甚至帶著怒氣。

「不是俊男美女也沒關係。」

寫樂歲聽著背後帶有斥責的指令，不情不願地運筆。

畫題，是五月公演的固定戲碼，報仇戲《花菖蒲文祿曾我》，由也是都座劇團團長的第三代澤村宗十郎飾演桃井家的家老大岸藏人。

藏人這個角色是根據《假名手本忠臣藏》的大星由良之助寫成的，是江戶大眾喜愛的那種一看就是善人的理想人物。而且，宗十郎是寬政年間最紅的明星，讓他飾演這種真人真事改編的角色堪稱「恰如其分」。

紙門倏然開啟，一九端著放有茶杯的托盤進來了。

大概是照例又在門外偷聽，不等人問，他就做出多餘的說明：

「好的，在下就來說明一下戲劇情節——舞台設定在京都的祇園町。在茶屋下棋的藏人面前突然出現一條蛇，這條蛇正是桃井家傳祕笈的守護獸。可是，傳家之寶的卷軸被盜，下落不明。對方的懷裡肯定藏著要找的那本書，這傢伙是可惡的反派！」

放下托盤的一九，做出彈三弦琴的姿勢，「噹噹噹」地自己用口技加上琴聲。

「哎呀，藏人，要怎麼出招呢？」

可是，寫樂藏的耳中似乎沒聽到雜音，他在慎重運筆。

宗十郎那宛如草鞋底的臉型輪廓，依序配上眉、眼、鼻、口這些五官。

「好，打起精神。表情要盡量平板，壓抑起伏，眼睛要有感情。」

重三郎催促。「咕咚」，寫樂歲緊張地吞口水，慎重下筆。

微微抿緊的嘴，特大的鼻子，挑起的眉毛黝黑。宗十郎的眼睛雖小，卻盡可能睜大。先在眼眶加上濃黑的粗線……

「不對，你去看歌舞伎到底在看什麼！」

重三郎臉色一變，大喊的同時，也用力拍打畫師的手。

白紙上，繼右眼之後正要成形的左眼驟然變形。被壓扁的筆尖向紙外拉出一條粗線，連底下的毯子都被墨汁嚴重弄髒。

「哇，你幹什麼！」

「哼！」寫樂歲氣得橫眉豎眼，但那股氣勢立刻如沙堡瓦解。

他看到的，分明是惡鬼。比自己矮了一個半頭的重三郎，正滿臉憤怒地瞪他。暗紅色臉龐，痙攣的雙眼，咬得臼齒吱吱響。

「那種半吊子的作品我不需要！」

重三郎抓起畫紙，粗魯地撕得粉碎。光是這樣還不夠發洩，連滾到一旁的筆也被他折斷。

「是那種面貌嗎？在你看來只是這樣？」

他一邊渾身哆嗦，揮舞著折成「く」形的毛筆要扔過去。

「老闆，不可以！」

一九拿頭抵著重三郎胸口把他從畫師面前拉開，托盤連同茶杯翻倒，茶水灑在畫上。

「您冷靜點！」

重三郎被他一路推到房間角落。寫樂歲快哭了，他望著被重三郎潑了茶水的畫。一九似乎這才放心，一屁股癱坐在地。

「噠噠噠噠噠！哆噠哆噠哆噠！」彷彿真的被畫入畫中動也不動的三人頭上，再次有鬧哄哄的腳步聲經過。

二

一九立刻把買來的演員畫全部排放出來。

「和泉屋的豐國，這個果然大受歡迎。」

從都座的戲碼選了第三代阪田半五郎、第二代阪東三津五郎，以及飾演藏人的宗十郎，是題為「演員舞台之姿繪」的三張一套大型全身圖。

「這邊是春英，是上村與兵衛的店裡印製的。」

都座的演員二張，桐座一張，河原崎座也一張。四張都和蔦屋的計畫一樣是大頭畫，背景也同樣用黑雲母印刷。

重三郎一張一張專注凝視二位畫師的作品，但他連眉毛都沒動，若無其事地放話：

「大致和我想像的一樣。以豐國和春英的本領，也差不多就這樣吧。」

寫樂歲和一九聽了，都露出滿臉問號。重三郎對他們莞爾一笑：

「只要照我想的去做，寫樂歲先生的畫，會比豐國、春英更加成為江戶的話題。」

和泉屋的確是幹練的地本問屋，但是，他並沒有操縱繪畫長才、引領新價值的手腕，豐國的畫就呈現出那個弱點。和泉屋雖然可以建議畫師怎麼做才有銷路，卻無法引出在畫師心底蠢蠢欲動的精髓。

上村與兵衛更不用說，枉費他手裡握著春英這匹年輕駿馬的轡繩，卻完全無法讓春英發揮蘊藏的力量。春英本該可以用更柔和的線條，甚至讓畫面散發演員的韻味，可惜每幅畫都悲慘地不協調。

「雖然印製的確比別的書商晚了一步，不過，可以一口氣追上。」

「您就把這些畫當成不良示範吧。」重三郎對先行出刊的演員畫不放在眼裡的態度似乎令寫樂歲稍微安心。昨晚也畫了很多畫，可是沒有一張能讓重三郎滿意。精疲力盡的寫樂歲後來就那樣打起瞌睡，因為一直趴著，臉頰清晰留下榻榻米的花紋。

他忍著呵欠，屈膝審視先行出版的演員畫。

豐國和春英的七幅錦繪鋪滿整片榻榻米，濃郁色彩的競演，給人一種彷彿置身牡丹園的錯覺。寫樂歲瞇起眼說：

「不過，歌舞伎的舞台和能樂不同，實在太花俏了。」

五月公演的印象至今鮮明。

寫樂歲被一九拽著袖子，出了大門街向南走，路上穿梭的行人顯然比平日多。不知是要去都座的堺町還是桐座的葺屋町，前往三家位置相近的劇場的群眾神情興奮步伐匆匆，寫樂歲也一再被人撞到肩膀。

「人好多，不輸給道頓堀的熱鬧。」

一九得意地拔高嗓門。兩人越往前走戲劇茶屋就越醒目地多了起來，難怪堺、葺屋合起來被稱為劇場町。

「咚咚咚」響起鼓聲，幾乎讓身體從核心躍動。

「第一天先去都座、桐座都看看，這是蔦重老闆的吩咐。」

至於河原崎座，劇場在距離這裡約有二十町的西南方的木挽町，所以明天之後再去。

「不過，都座和桐座應該先去哪一個？戲劇從早上到日落都有，名角通常過了中午才登場。」一九問身材比自己高很多的寫樂歲，寫樂歲啞然。

「那，就先去這家吧。」

劇場正面中央架著櫓[107]，圍繞一圈的布幕邊緣晃動。

二桿梵天[108]聳立藍天，櫓的下方是色彩繽紛的淨琉璃畫報招牌，以及用墨色鮮明的戲劇文字寫著狂言名稱和主要配角名字的招牌。屋簷有紅色和比藍色更偏向青色的淺縹色布幔，簷下掛滿染著演員家徽的燈籠。

一九和寫樂藏彎身從狹窄的入口鑽進劇場，在他們弓起的身後，傳來木戶藝人[109]招攬客人的喧嚷台詞。

「哇，這倒是很奢侈。」走進劇院的寫樂歲嘀咕。

劇場內分為上下二層包廂，還有土間[110]的邊角位子。

重三郎準備的當然是樓上的上等包廂。一九舉手遮在眉上環視劇場整體。

「真是絕景啊，到處都擠滿人、人、人……應該有一千五六百人。」

歌舞伎三座和位於日本橋本小田原的魚河岸，以及吉原都號稱一日千兩，不過有這麼多的人潮應該是理所當然吧。隔壁位子上，看似富翁的中年男人，正在催促幫閒問藝伎怎麼還沒來。

「午餐是從戲劇茶屋送便當過來。」一九像要強調萬事包在他身上般說道。

「灘的劍菱名酒是一瓶二合，要不要也來二瓶？」

「喝醉了會影響作畫，不用了。」寫樂歲一本正經地回答。

「不過，這個位子是從很高的地方看演員。」

而且，劇場內相當昏暗，如果要看清演員的真面目，最好還是下樓去一樓的平地土間。寫樂歲探出身子看樓下。

「哎呀，就算掉下去，說不定也可以拿觀眾當成人肉墊子保住一命。」

一九也靠著欄杆說：

「如果真要掉，我希望掉進女浴池。」

兩人一邊說著沒營養的廢話一邊離開上等包廂下樓去土間。

土間裡你推我擠相當熱鬧，人氣加上便當散發的醬油和飯香，還有大概為了今天看戲特意去美容院做頭髮的髮油味混在一起味道很驚人。

一九和寫樂歲斜著身子插入人與人之間，一九為了六人擠一格的土間席次展開交涉。對方是兩個平民姑娘，其中一人穿黃底黑條紋，另一人穿白底市松圖案點綴櫻花的和服。濃豔的化妝，反而強調出她們的稚氣。她們的視線上上下下，時而仰望樓上包廂，時而重新凝視一九。期間還不時露齒微笑，大概是一九在開玩笑吧。

「快來，快來，我順利交換到位子了。」

寫樂歲在這裡依然威儀端正地跪坐，至少比高大的身體盤腿而坐帶給鄰座的麻煩少一點。一九刻意感嘆一番之後又說：

「您一個人作畫想必更清靜吧？」

「那一九你怎麼辦？」

「等這幕戲結束請上樓去包廂，我會替您備妥午餐。」

---

107 櫓：劇場正面入口上方搭建的高台。

108 梵天：日本神道教獻給神明的幣帛，在長桿頂端掛著幣束，插在櫓上。

109 木戸藝人：歌舞伎劇場演出新戲時，在門口的台子上模仿演員音色熱場、招攬觀眾的藝人。

110 土間：指傳統日本建築中連接室內與屋外中間的中介多用途空間，在潮濕或寒冷氣候時，堅硬的地板也讓土間區域可作為廚房或作業場所來使用，有時也會成為販售商品的商店營業空間。

一九迅速說完，就推著姑娘們的屁股離開席位。

「咦，啊，一九，你等一下。」

寫樂歲想起身，可惜為時已晚。

歌舞伎的舞台寬十一間（約二十公尺），深二十二間半（約四十一公尺），是能樂舞台的木板京間三間（約六公尺）見方無法相比的巨大。

這麼寬闊的場地，歌舞伎演員要如何展現魅惑觀眾的演技呢？

「世間所謂外連[111]，誇張的動作亦然，快速變裝、懸空模仿人偶亦然。」

這些都是只追求惹眼的誇張動作和演出。的確，有這麼大的面積，想必的確也需要那種只能稱為邪門歪道的表演方式。

寫樂歲的心態變得有點惡意找碴。

這時，不知是誰發出的信號，場內響起彷彿水鳥一齊起飛拍翅的聲音，採光窗一一關閉。

本來被傍晚那種昏暗光線籠罩的場內，頓時變得一片漆黑。

說話聲、嬌嗔、吃便當的聲音、小販的叫賣聲……所有的聲音都消失了。

帷幕緩緩晃動，拍子木高亢的聲音刺入耳朵深處。

觀眾席的視線全被舞台吸引，熱烈的掌聲席捲全場幾乎掀翻劇場的天花板。

從寫樂藏的旁邊和後方，交錯響起觀眾們「終於等到了！」的吆喝，巨大的旋風籠罩劇場。

「哇！這是！」寫樂藏急忙準備畫本和筆記用具。

採光窗一下子全部打開，舞台在朦朧的陽光中浮現。天花板吊掛的無數繩索，挨挨擠擠地掛滿燈籠。觀眾席兩側堂皇伸出的花道也有成排巨大的蠟燭，精采地演繹出夜與晨的轉換。

「千兩巨星！」演員亮相時觀眾自己捧哏。

「唉喲，官府多管閒事，導致酬勞遠比千兩少了很多吶。」

場內一陣爆笑後，立刻又有別的觀眾雙手攏成筒狀大喊：

「江戶之花！媽的，老子渾身都麻了！」

人人都在鼓掌，大聲喝采。蓋過那些聲音的三弦琴和大鼓、笛音——舞台兩側，不斷有演員從二條花道出現跳舞，劇場再次劇烈搖晃。

能樂追求幽玄境界，演出深遠且崇高，觀眾連咳嗽都極力忍住。簡素化到極限的舞台，抽象化滲出的喜怒哀樂……

然而，歌舞伎不同，黑暗的妖異與燈光的豔色吸引魑魅魍魎。演員誇張地瞪眼、扯高嗓門，那絕對談不上優雅麗緻，卻淺顯易懂，觀眾可以毫無保留地流露感情和戲劇一體化。

「下流，可是，這種震撼力甚至可怕……」

演員塗白的臉也是。本來以為是模仿能樂的面具，但似乎猜錯了。歌舞伎狡猾地精明做出計算，把臉孔當成白紙，誇張地勾勒線條來表達感情。能樂的白面具之所以能夠投影內心動態，是因為有被壓抑的身體動作。在內心深處鬱悶的情意，激烈地反彈後呈現在表面。

「歌舞伎不搞那套麻煩，直接做出奸詐的表情。」

能樂是概念的表演，也要求觀眾具備知性和理解力、感性，否則無法欣賞意境深遠的歌劇。可是，說到歌舞伎的觀眾……

但寫樂藏深受吸引，甚至忘記執筆畫下那樣的歌舞伎舞台。

---

111 外連：歌舞伎和淨琉璃人偶劇中，注重奇特的視覺和燈光效果的演出。

舞台演出已來到男人發現殺父仇人，和妻子一起迎向砍殺仇敵的場面。

一襲白衣，綁著頭巾，紮起袖子的男人甩亂頭髮向前傾身。演員不僅沒有散發出伺機一償宿願的氣魄，反而做出給人印象有點茫然自失的表情。

「嗯，可見仇人應該是強敵吧。」

果然，對方握緊右拳，掀起左邊袖子，露出筋骨強壯的手臂，面相著實可憎。能樂不可能出現這種演技。這時觀眾席發出鼓譟：「半五郎，就等你表現了！」這傢伙雖然飾演反派人物，卻似乎比好人更受歡迎。

敵人激烈對打，接下恩仇之劍。睜大的雙眼集中，鼓起臉頰微妙地搖頭，這是典型的亮相姿勢。

「夠通俗！我知道歌舞伎的祕密了！」

善與惡，弱與強的單純對比，透過誇張地互相煽動被強調。還有這樣露骨的動作。能樂雖然安靜、徐緩，但是動作不會停止。歌舞伎不僅緩急之差強烈，還會停止表演，在一瞬間封鎖那個場面。寫樂歲毫不顧忌周遭眼光，高聲吶喊：

「就是這個，我必須盜取這剎那！」

重三郎默默傾聽陷入狂熱、滔滔不絕的寫樂歲講話。

外面的傾盆大雨也沒有停止的跡象，從紙門外鑽入的雨聲化為伴奏，更加凸顯這個新人畫師的饒舌。不過，幾五郎見重三郎沉默寡言就趁機插嘴，實在很吵。

「不對啦，採光窗哪有關上！」

一九自來熟地擺出前輩的架勢對寫樂歲說：

「不只是這樣，老兄，你就算搞不清狀況也該有個限度。」

熱切談論演員的神情和演技是無所謂，可是，你犯下大錯。

「敵人的角色是阪田半五郎飾演的藤川水右衛門沒問題，但你把飾演好人的演員搞混了。」

「你沒問題吧？」一九瞪圓眼珠子皺起鼻頭。

「我也從樓上包廂看到了喔。」不過一九沒說他把平民姑娘都叫到身旁的事。

「水右衛門捲袖子的場面，不是出現在阪東三津五郎飾演石井三兄弟的長子源藏報仇的那一幕。鬥雞眼、捲袖子，是他在祇園的茶屋和飾演大岸藏人的澤村宗十郎對峙時。」

宗十郎和半五郎，這才是主角和反派兩大巨頭的競演。搞錯這點簡直太誇張。

「看戲的觀眾，會回想起果然和演員畫上畫的一樣。沒有親自來劇場的客人則是靠著畫幻想實際是什麼情況，那不就是演員畫的重要任務嗎？」

寫樂歲如果把場景和演員調換，就會和實際的戲劇完全不像。

「就連老闆，也是叫你如實畫出演員本色和舞台的種種。」

可是，寫樂歲做不到那點。一九嘮嘮叨叨繼續教訓他。

「你啊，只要把知名演員的表演正確畫在紙上就行了。」

一九刻意東張西望，從工作間這頭看到那頭。

都是因為寫樂歲遲遲無法按照要求完成任務，才會變成這樣。三人日夜待在這裡，室內已經淤積大男人的臭味。而且，滿地亂扔的畫紙，碗盤裡還有吃剩的食物。連勞工市場、建築工地都不會這樣，簡直慘不忍睹。

「給污濁的空氣換換氣吧。」

一九打開門，走廊外，簷下躲雨的麻雀吱吱喳喳飛走了。院子的草木被雨淋濕，常綠植物的色澤變得更深。一九望著振翅飛走的麻雀後，伸出舌頭舔唇，好像還打算繼續勸告寫樂歲。

但重三郎制止那樣的他，手放在寫樂歲的肩上。

「終於，熬到現在，門好像終於開了。」

重三郎對他苦笑。親眼看過豐國和春英的畫作後，寫樂歲的畫心似乎起了變化。他就像要回憶剛醒時的夢境，比手畫腳描述劇場的樣子。

「如果是現在，或許畫得出好畫。」

這幾天的苦戰惡鬥——由於劈頭就命他如實描繪舞台，導致寫樂歲下筆瞻前顧後。

「是我完全搞錯狀況了，就像生米也沒煮就叫你盛進碗裡。」

即使把米如實畫成米也毫無意義，起碼需要把米變成酒的程序和功夫——蒸米，弄散酒麴，放進桶中發酵釀酒。不斷發揮材料的特性，製造出可以帶來陶醉的魔性飲料。

「演員畫不是傻乎乎地如實摹寫，但也不能是虛假的謊言。」

虛實只在一線，唯有順利走過那顫巍巍又不可思議的平衡。如果用豐國和春英的畫作來形容，他們頂多就像甜酒釀。可是，重三郎必須讓寫樂歲釀出清酒。

「到昨天為止，想必你只是被命令畫單純的肖像畫。所以，你一定忽略了待在劇場時的熱氣和觀眾的呼吸、舞台的樣子。」

「……」寫樂歲似乎還摸不透重三郎的意圖。

「歌舞伎劇場其實在你心中，請你現在再重新檢視一次興奮和心動。」

不是當作過去的回憶，而是正在內心閃耀的情懷。只要放大這玩意，用畫筆畫出來即可。那樣子，便可發揮他非比尋常、挖出人類本性的力量。

「不管戲劇的進行或演員是否有名。」

只要釀造他感受到的東西，應該就能製出不比灘酒遜色的美酒。

「……」

畫師依然沒開口，不過，眼中的光芒出現前所未有的火焰。

「蔦重先生，你剛才說的話我重新思考了一下……」

澤村宗十郎，之前一再失敗，不管怎麼畫都被重三郎怒吼、撕破的題材。

「那個舞台的樣子，終於從黏稠凝滯的沼澤冒出來了。」

陽光暗下，採光窗的光源也減半，舞台更添昏暗。

演員的背後一片漆黑，搖曳的蠟燭只照亮宗十郎的身影。看似淺柿澀色[112]的服裝，緩緩展開的扇子是也近似濃茶的黃綠色，上面清晰浮現觀世水[113]花紋。

宗十郎隔著棋盤，和半五郎飾演的敵人水右衛門對峙。

來通知他遺失的家傳卷軸下落的蛇出現，使他得知下棋的對手就是偷走卷軸的罪魁禍首。湧起的震驚和憤怒令宗十郎顫抖，也拚命試圖掩飾內心的激動。

「這時，舞台黑子悄悄走近，用長柄鯨鬚尖端的燭光照亮宗十郎的臉孔。彷彿在黑暗的夜空突有月光照耀，出現演員塗白的臉孔！觀眾席爆出怒濤似的歡呼和掌聲！」

就是這個，必須描繪這一刻的宗十郎！畫師當下抓起畫筆面對白紙，簡直瘋了。重三郎對那樣的寫樂歲瞇起眼。

「一九，你可以開始塗礬水的工作了。」重三郎對他一笑。

「終於，誰也沒見過的演員畫要開版印製了。」

112 柿澀色：偏紅的暗柿色，以未熟的澀柿染成故名之。

113 觀世水：漩渦形流水花紋，代表流水不腐，被視為清淨、吉祥的象徵。

三

醫師始終沉默地把脈。

重三郎呆坐在木頭地板鋪的坐墊上伸出手腕。醫師和寫樂歲一樣把頭髮全部攏起在頭頂綁成一束，但是年齡和重三郎差不多，所以後腦勺的頭髮已經稀疏，白髮也很顯眼。醫師放開重三郎的手腕後長嘆一口氣：

「不只是心悸和暈眩，也會痛嗎？」

「……」

醫師環抱雙臂，連眉頭都擠出深刻皺紋。

「沒有回答，我就當你是承認了。」

看吧，早就叫你要遵守醫師的囑咐。過了四十五歲後身體已經不能逞強了，要繼續吃藥，好好保養。治療這種病，那是唯一的方法。

「除了心口，腳和手有沒有哪裡不舒服？」

「……」

和寫樂歲的工作開始後，身體狀況越發惡化。然而，重三郎緩緩搖頭。醫師懷疑地凝視他：

「我給你開新的藥吧。」但是為了強調病情很不樂觀，醫師質問似地說：

「如果再繼續惡化……會有性命危險喔。」

走出醫師家門的重三郎踏上歸路。

帆布袋裝滿藥物擠得鼓鼓的，他像小孩一樣前後甩動著袋子走路。伊勢町地區反映米河岸、鹽河岸、小船河岸等地的活力，人來人往很熱鬧。走過道淨橋，水道反射陽光連重三郎身上都閃耀銀色。

這時候，寫樂歲應該正忙著畫最後幾幅。重三郎急於看成果，步伐甚至不由自主前傾。

——撇開那個不談，以和泉屋為首的各家問屋同行似乎摸不透我的動向。

「五月公演也即將結束，看樣子蔦屋似乎不打算有任何動作。」

「知名的工匠通通拒絕接我們的工作，該不會是蔦屋在背後操縱？」

「可是他找的畫師到底是誰，無人知道。」

對重三郎而言，不只是終於畫出超乎期待充滿震撼力的作品的寫樂歲，同業的疑神疑鬼也讓他很開心。不過，延誤了開版印製的時期是事實。

——本來打算在公演第一天出版。

那個計畫落空了，要推出二十八張大頭畫需要耗費大量金錢。

可是，蔦屋耕書堂的金庫已經失去過去的財勢。雖然四處周轉好不容易籌到錢，但是如果能事先從劇團團主那裡拿到預付金……不，要舉出「如果」的話另外還有太多——如果能獨佔歌麿的美人畫、如果京傳的小說沒有失去創作欲、如果能夠回到寬政二年前的蔦屋……

而且，如果能夠拿到預付金，寫樂歲的畫就會成為三家劇場的重要宣傳品。公演前能夠見到演員，也可知道戲劇的演出和服裝等細節。這樣子，畫得好像已經看過戲，在公演首日前開版印刷，就是戲劇畫的最佳方案。

「可是，如果事先給他們看那幅畫，八成會被憤怒地拒絕吧。」

重三郎像反派演員半五郎或高麗藏那樣自言自語。實際上，他的心態的確不平穩。他現年四十五歲，挑戰演員畫應可說是壯年階段的最後一場大戰吧。

——要做出新的創舉，就必須顛覆一切。

狂暴的念頭逐一擴大。重三郎在前半生打造的出版品都是風雅美麗的東西，也大大提升了吉原的價值，敏銳地讓人感受到上臈的容貌乃至舉止之美、取悅風月老手的女人味。

「上臈私底下的生存方式，被金錢束縛失去自由的悲哀，都隱藏在背後。」

可是這次，他想用另一種方式震撼世間。

「一定是因為寫樂歲的畫。」

他的畫背後藏著妖魔似的力量，重三郎彷彿也被那個附身了。

寫樂歲的背影看起來特別巨大，伸出的雙臂，彷彿破開巨岩缺口生長出來的松樹。畫師向前傾身，正在畫第三代佐野川市松的大頭畫。

「只剩一點就可以完成了吧，不知成果如何？」

正想湊近觀看時，寫樂歲把紙揉成一團狠狠砸在榻榻米上。他沒理睬重三郎，逕自唾罵：

「那個演員，怎麼看都不像個女人。」

寫樂歲的氣魄也令重三郎膽寒。到此地步，新人畫師就像豁出去似地毫不留情挖掘演員的真實面目。

「是哪裡不滿意？」

寫樂歲轉身，眼睛吊起，充滿血絲。

「哪裡都不滿意。我想畫出戳破男人飾演女人這個騙局的畫。」

然而，怎樣都做不到。——寫樂歲咬牙切齒。

「不知浪費了多少時間。」

這麼說著，寫樂歲又把頭轉回去。他說出的話，因為平時靠歌謠鍛鍊喉嚨，深諳如何用身體發聲的技巧，所以即使小聲也很清晰。如果一九在，八成會把自己一直沒創作出好作品的事放到一旁，反過來嗆他吧。可是，重三郎沒那個意思。不僅如此，看到寫樂歲血氣旺盛地再次挑戰作畫，甚至微微笑了。

——和歌麿很像。

畫女人時，歌麿全身都會散發出瘴氣似的東西。

「我啊，畫女人時就等於用畫筆侵犯女人。」

歌麿曾經如此吹噓。但是，重三郎深知，他的畫並非餓狼異常欲望的產物。不只是摹寫眼前的女人，也可看出他把自己內心的美女投影在畫中，企圖用繪畫呈現理想的苦悶。而歌麿最後也的確成功超越了那個障礙。他之所以被稱為天才，正是這個緣故。寫樂歲正試圖碰觸歌麿的境界。

——可是，他一個人爬不上那個高度。

就連歌麿都在畫女人之前先費盡精力努力摹寫昆蟲、貝類和鳥類。

一切都是重三郎的指使。因為有那種努力，那種強烈的反抗心，歌麿的天賦才華才會萌芽。但寫樂歲沒有那個時機，他只能靠才華向前衝，必須完成二十八張雕版草圖。而且，他的才華就算大放異彩，也會被稱為邪門歪道。現在，重三郎必須帶領他完成畫作。

——而這些演員畫，也正是我的畫。

崇政、春章、政演、歌麿，這些年來與那些知名畫師結下深厚交情，一直在凝視繪畫精髓，如今要把那經驗和成果傾注全部。如果有人想說「區區一個書商說什麼大話」，那就儘管說吧。想嘲笑我以傀儡師自居，就笑吧。

重三郎在寫樂歲身旁坐下。畫師雖然睨視他一眼，卻立刻就想重回繪畫世界。

「這幅畫一起合作吧。」重三郎穩如泰山說。

「您不須無謂地擔心，一切請交給我，直到最後。」

寫樂歲很不高興。短短數日，他就陸續創作出堪稱寫真也堪稱怪誕的演員畫。雖然不算倨傲，但顯然帶來強烈的自負。

不過，重三郎對他那種態度不以為意。

「畫筆雖是寫樂歲先生拿著，但是筆該怎麼運用，請容我插嘴提供意見。」

「像之前那樣，又打算把筆折斷嗎？」

「視情況而定。」

「哼。」寫樂歲嗤之以鼻。重三郎把最近又胖了一圈的下巴縮起，埋在領子內。風吹過院子樹木的聲音響起，新綠葉片沙沙作響。

畫師之中，有人為了打響名氣乖乖聽書商的。另一方面，也有的畫師不管書商如何使出懷柔手段都不為所動。何者較受歡迎無法一概而論。不過，如果只圖名氣，殞落得也很快，頑固的人只會堅強地持續畫業。

——至於寫樂歲，會成為天下無雙？抑或只是瞬間消逝的煙火？

重三郎的肚子裡，魔神和善神在蠢動。何者獲勝，自己也很好奇。

「說到市松的臉部特徵，該怎麼安排呢？」

「高鼻子，這是最惹眼的特徵。」

「原來如此，那個演員的鷹鉤鼻的確顯眼。還有呢？」

「有稜角的顴骨，吊起的眼尾，小巧的薄唇。」

「那就請你畫出來看看。」

寫樂歲雖然點頭，但對重三郎緊貼在身邊顯然很嫌棄。可是，重三郎只是催他：「快，趕快畫。」寫樂歲拿起小筆。大長臉的輪廓，突出的下顎，倒八字眉，貓似的眼睛。

「嗯——」重三郎環抱雙臂。

「的確，就寫樂歲先生的畫來說很普通。」

「……」

被批評普通的畫師浮現一絲怒氣，但重三郎說：

「市松的容貌不難畫，可是他的邪氣、隱約瀰漫的哀傷，這個只有寫樂歲先生才畫得出來。」

那麼，到底還缺了什麼？畫師捕捉不到的本質，被書商以敏銳的語氣指出。

「剛才，您提到男人扮演女人的騙局。可是，那樣詮釋還太淺！」

「……」

寫樂歲沒有回答。重三郎感到他內心膨脹的情緒，如果把那個壓下去，想必會狠狠反彈回來。可是，重三郎沒有遲疑。

「演員的臉蛋就是生命。正因為畫出了無視這個定理的畫，所以我才沉吟。」

寫樂歲在乾旦身上沒有發現美，毫不客氣地凸顯男扮女裝的缺陷。比方說，之前完成的第三代瀨川菊之丞畫像。他是瓜子臉，氣質溫婉，下顎略微突出相當嫵媚。算是所謂高顏值演員，因此聞名。

「可是，寫樂歲先生您挖掘的不是漂亮表面，而是他的弱點。」

被重三郎這麼一說，寫樂歲就像聽見打雷的小孩，背部猛然打個冷顫。

「那幅畫滲出中年演員的焦慮。他苦苦追逐也無法挽回青春的現實處境，全讓您畫出來了。」

寫樂歲挺起胸膛，射來的目光如箭。然而，重三郎輕易用手揮開那支箭。

「我記得那幅畫中，他頭上綁著生病的頭帶吧。」

據一九說，「菊之丞並沒有綁那種東西」，但重三郎不以為意。演員的內心，懷著對美貌日漸衰頹的焦躁，這種不可能痊癒的心病。用生病的頭帶來暗示，不正是高明的影射嗎？

「沒有人會說那樣的菊之丞美麗。」

可是，那樣才好。「在意老醜的同時還要飾演女人」，這種畫就是重三郎想要的。

「好了，現在我想重新再問一次，市松內心的糾葛，到底是什麼？」

殘酷暴露演員的內在，少了這個就不是寫樂歲的演員畫。唯有寫樂歲，才能在紙面塗滿野草般強烈的生猛特色。開在墓地的彼岸花那種妖異毒辣，把歌麿拿手的清純百合和豔麗牡丹、凜然菊花這些風情都一腳踢開。

「騙局已被揭穿。來吧，請繼續拽出更深的內在世界！」

在重三郎的攻勢下，寫樂歲的反抗心撤退。店內傳來笑聲，男人之中似乎也混雜幾個女人，好像是一九在對客人開玩笑。

「如果不明白，那我教你吧。」

重三郎以壓倒店內喧囂的氣勢說。

「你先拋開市松試試。」

市松不算是知名演員，但也不是初出茅廬，也沒有菊之丞那樣的俊美容貌。儘管如此，還是執意扮演女角的愚昧，在死巷中徘徊的中堅演員的悲哀……

「沒必要可憐演員，嘲笑他是騙子就行了。」

其他畫師的那種討好阿諛完全不需要。對於混合不遜與倨傲、二流的粗俗無能演員，只要嘲笑他居然硬要演美貌女角的逞強就行了。

「要把惡貫徹到那種地步嗎……？」

「蔦屋的演員畫，如果和一般成品相同就麻煩了。」

演員畫只賣當代最受歡迎的明星。可是，寫樂歲畫的二十八幅畫，以市松為首，也包括谷村虎藏、中島和田右衛門和中村此藏這些三線演員。寫樂歲自己就是身為配角的能樂師，因此連跑龍套的都會注意。畫師網羅的對象，就算在演員評價記屈居下位，只要風格獨特都會被他一網打盡。重三郎也認同他的選擇：「這算是史無前例，所以夠風雅，夠有趣。」

「為何寫樂歲和蔦屋要畫市松？」

這裡，吐露了演員這個種族不得不抱有的心理糾葛。

「若想畫出演員的真面目，結果反而不符一般常態也是莫可奈何。」

不須顧忌，把虛構和意圖融入顏料，用線條勾勒出表情和動作即可。

「市松已經不適合再扮演女角，改演善人比較好——你要這樣引導大家。」

寫樂歲似乎在反芻重三郎的意見。

片刻沉默後，他像中邪似地開始動筆。怎麼看都只是個男人的臉部五官，有稜有角的肩膀。演員為了掩飾那些缺點，扮女角時的演技與下的功夫。包括刻意鼓起的胸部、華麗的髮型和巨大的髮簪，以及和容貌不搭調的溫婉手勢。

「為了影射，就讓畫中人穿市松格紋的和服，用同樣的徽紋吧。」

做到這種地步，等於直接指名這是佐野川市松。寫樂歲同意了這個趁機作弄人的點子。

「哈哈哈哈。」

兩人發出飽含傲慢的笑聲，甚至震得紙門抖動。

一九在店頭八成很訝異，不知裡屋發生了什麼事。

「哎呀呀，這真是愉快。哈哈哈哈！」

比剛才的哄笑更大聲，這次只有重三郎捧著大肚子哈哈大笑。

四

雕刻師環抱雙臂來回比對雕版草圖和山櫻木板。

距離悶熱的季節來臨尚早，卻已滿頭大汗。

戶外的成群孩童正在假裝演戲玩得起勁。

「我要扮演蝦藏。」

「不公平，阿伸每次都選風流的角色。」

「少囉唆，你演高鼻子的高麗藏。」

小演員們七嘴八舌的聲音甚至傳入工作間。

可是，雕刻師對身邊的喧囂似乎充耳不聞，始終目不轉睛盯著寫樂歲的畫。

「『目瞪口呆』這句話，想必就是為了這種畫存在。」

雕刻師沉吟，年長的工匠隔著他的肩膀伸頭看畫。

「這是嵐龍藏嗎？討債的大惡棍，大膽邪惡的嘴臉從畫中噴湧而出。」

「這種線條，這種氛圍，必須好好雕刻才行。」

「幸四郎飾演的山谷肴屋五郎兵衛也很厲害，你瞧這額頭和眉頭的皺紋畫得多好。思索的時候和五郎兵衛沉吟的場面，彷彿就在眼前。」

雕刻師傅點頭，一邊轉身對工匠說：

「我做雕版師這行幾十年，還沒見過這樣的東西。」

「而且，我聽說還拚命趕時間。」

工匠把手巾綁到頭上問，工頭口沫橫飛回答：

「正常情況下，從雕版到印刷，就算有一個月都不夠，這次蔦重先生居然要求在十天之內完成。」

「……這也太誇張了吧。」

而且是一口氣將二十八幅畫同時開版印製，簡直是把浮世繪的常識置之度外的誇張企畫。從雕版師送到印刷師手裡的畫，必須得到地本問屋同業組織按照當班制輪流擔任的「行事」檢閱蓋章，那個審查期間應該也考慮在內了吧？

「蔦重老闆是不是被這怪誕的畫搞得腦子都不正常了？」

「胡說八道，不要亂講話。」工頭喝止工匠。

「老闆在江戶無數高手之中，特別挑選我們這些工匠，把工作交給我們。」

工頭把小圓點圖案的手巾綁在頭上，頓時氣勢大增。

「如果不發揮男子氣概，做出不比雕版草圖遜色的工作成果，那我只能摘下雕版師的招牌了。」

雕版師拿起鑿子仔細拿磨刀石打磨，忽有龐大的人影籠罩他的手。抬頭一看，彷彿要制止他說話，影子的主人主動表明身分。

「我是蔦屋耕書堂的畫師。」

「啊？啊，聽說是寫樂歲……」

「看來及時趕上了。」寫樂歲在雕版師身旁彎下腰。

「我想重寫東西寫樂歲的名字。」

「那種事我可沒聽蔦屋老闆說起喔。」

「無所謂。」畫師的語氣不容分說。對於寫樂歲這個名字「摹寫樂趣」的意涵他毫無異議。但是，基於能樂師和武士的驕傲，他拒絕「放肆」這個卑賤、隱晦身分和諧謔的雙關語。

他起身從懷裡取出紙，上面寫著他親自命名的新名字。

「東洲齋寫樂，要用這個名字嗎？」

東洲齋是從本姓齋藤取一字，東洲影射他住的八丁堀。因為在江戶東邊的填海新生地，所以是東方之洲。

「儘管京傳的名聲響亮，但是讓小說作者替自己取名，身為武士還是感到恥辱。」

這份工作絕對不能暴露真名和身分，所以他希望能設法融入齋藤十郎兵衛的存在，多少也有那種自戀的自我顯示欲望。

——那麼多無理的要求蔦屋都答應了，改個名字應該也會容許我的任性。

在心中這麼嘀咕的下一瞬間，畫師不禁回頭。

因為他覺得蔦屋重三郎好像正露出穩重的笑容站在那裡。東洲齋寫樂畏懼這個出版商。德次、三津五郎、市松、宗十郎、男女藏、鬼次、蝦藏、高麗藏、富三郎……把這些演員畫進一張紙上的那段日子重現腦海。

那簡直是和重三郎的格鬥。那個柔和的男人豹變為魔鬼，像餓狼一樣緊追寫樂，最後吃肉吸血還不夠，連骨頭都要咬碎。

——畫出這二十八幅畫的，不是我寫樂。

反抗與順從，叛意與接受——迎向演員畫的挑戰時，畫師的情緒不斷翻轉變換。

——可是，最後……是我徹底輸了。

想起埋頭作畫的那段日子，渾身都會發抖。那不是因為感動和懷念，終究還是因為懼怕。他再也不想和蔦重那樣的惡鬼合作第二次。

重三郎棲息的世界，不是有風流冶遊的美麗花朵怒放、從泉水湧出美酒、遍灑甘露之雨的極樂世界，而是籠罩烏黑龍雲，舉步維艱的險峻岩地。在這種荒地，重三郎這個幽魂悄聲屏息，只有兩眼發亮瞄準獵物。

——他叫我畫出來的，不僅不是江戶大眾的憧憬，甚至是地獄圖。

「不可再深入下去了。」寫樂強烈告誡自己。

然而，重三郎早早就已下達接下來的工作指令。

「接著七月歌舞伎聽說要演出殉情戲碼和家族鬥爭的戲碼，這次不是大頭畫，試試看演員的全身畫吧？」

寫樂始終含糊其詞未置可否。不，如果容他說出真心話，其實在五月公演的畫作完成時已經精疲力盡。

——儘管如此，東洲齋寫樂的名字想必會流傳後世。

他身為能樂師可不是白白探求幽玄和侘寂境界投入演藝事業多年，二十八幅畫的價值他自認非常清楚。就算自己身為能樂師不可能被後人想起，那些錦繪也另當別論。想必會被稱為傑作，直到數百年後仍被津津樂道。只是，如果說到遺憾……

——東洲齋寫樂並非被神選中的畫師。

自己只是被蔦屋重三郎選中而已。而且，被重三郎附身，雖然也曾抗爭、掙扎，最後還是把重三郎想要的畫摹寫在紙上。

「呵呵。」寫樂浮現扭曲的笑。

——然而，誰也不知那種內幕。

只有東洲齋寫樂這個神祕畫師，將會繼續被世人稱道。

渾圓的梅子，表面的細毛閃耀黃金色。

重三郎仰望圍牆伸出的老樹枝椏，掛在空中的帳幕如薄膜，帳外的陽光照亮黃鶯色果實。雨季即將來臨，之後就是夏天，這種大自然的季節更迭異樣惹人憐愛，重三郎凝視片刻。

「咦，蔦重老闆。」北齋彎下巨體湊近看他。

「我正打算上耕書堂拜訪，您要出去？」

北齋和寫樂，不知誰更高？——重三郎邊胡思亂想邊回答。

「我去散步剛回來，因為醫師叫我一天要活動一次身體。」

北齋散發出對重三郎身體的憂慮，不想談論病情的重三郎率先邁步。說是散步，其實是四處巡視。毋庸贅言，是為了確認寫樂的畫作是否受歡迎。

「先去大路再說吧？」

沿著種植大梅樹的那戶人家黑牆走去，小路走到底後變成交叉路口。左右延伸的道路一如往常熱鬧，只見一名女子看似商家的少奶奶，風姿綽約地領著抱包袱的小廝快步走過。

「北齋先生，那些畫你怎麼看？」被重三郎這樣一問，北齋駐足。

「首先，明暗對比的意趣就令人讚嘆。」

背景塗抹黑雲母，凸顯出塗白的歌舞伎演員巨大的臉孔，彷彿漆黑的夜空出現一輪滿月。而且，黑雲母會隨著光線強弱閃現銀色，把黑夜妝點成星空。

「感覺就像在歌舞伎劇場。」

北齋的語氣半是佩服，半是不甘心。

「歌麿的美人大頭畫是白雲母印刷，豐國的演員畫背景則是整片淺灰色。所以，寫樂是故意為了別苗頭才選用黑色？」

「誰知道。」重三郎裝傻。

「黑與白，對畫師來說都是基本色，但是那樣使用反而顯得華麗至極。」

不愧是北齋，看得很透徹。這次為了壓低成本盡快印製完成，極端縮減套色，只用了三塊色版。和歌麿的美人畫用的雕版相比非常簡樸。

「不管怎樣，蔦屋的演員畫掀起江戶的話題是喜事。」

「謝謝。」重三郎雖然道謝，但始終保持清醒的心態。

「一九悄悄對我提過，現在坊間都在議論喔。」

地點是遊廓。不過，吉原在寫樂的演員畫問世的數月前，已在春天付之一炬。業者立刻申請臨時遊廓，妓樓從江戶北端一角疏散到城中各地。

「噢，今天的伴手禮是這個啊。」

富翁使個眼色，幫閒立刻打開包袱，浮世繪倏然呈現在榻榻米上。燭台的燈火搖曳，黑雲母的背景中竄出演員們變成大頭畫的白臉。

深刻、粗重的嘆氣冒出——不只是客人和上臈，幫閒、藝伎也看著演員畫。

「畫得這樣惟妙惟肖真不簡單。」富翁感嘆。

「如您所言，我甚至覺得好可怕。」

上臈美麗的柳葉眉皺起。

「唯有這個寫樂，我不想讓他替我作畫。」

「寫樂，畫妳？」富翁再次來回比對演員畫和上臈。

「的確，被這種畫師畫出來，好好的美人都變醜了。」

上臈嬌嗔一聲掩住口。然而，她心知肚明。

——不管怎麼掙扎，我終究是在苦海泅泳的魚。

被捧成太夫、花魁，學得琴棋書畫，穿上當代流行的華服，然而，事實上只不過是靠賣春維持生計的女人。就算賣身的契約期滿，也不保證能夠像世間一般婦女那樣在市井之間生活。正因如此，才要全力張揚，靠著風流意氣過日子。

「如果讓寫樂畫，連我的內心世界都會被暴露。」

上臈喃喃說。客人沒留意她說的話，還在談論八卦消息。

「雖然反應熱烈，但是出版商蔦屋好像沒賺到什麼錢。」

「那怎麼可能？」幫閒搖頭，客人反駁。

「可是，最近的風向對蔦屋都不是好事喔。」

「對了，曾我祭太華麗，已經被衙門狠狠盯上了。」

配合五月公演的戲碼，曾我兄弟[114]忌日的五月二十八日這天，在劇團團主和演員牽線下舉行了「曾我祭」。可是，遊行大街小巷的演員服裝和裝飾華麗的山車乃至各種舞蹈都太奢華，導致官府激怒。堺町和葺屋町這二大戲劇街的家主被懲罰雙手上銬，劇團團主也被懲處關禁閉，而且曾我祭在今年就勒令廢止。

「聽說是蔦屋為了推銷演員畫，給他們出的主意。」

「那群演員也是，好像都被寫樂的畫激怒了。」

寫樂的畫連演員最不想被人觸及的年齡與美醜都暴露了。扮演女角的自然不用說，就連一般男演員也不高興，甚至有人氣呼呼宣言再也不想讓寫樂畫肖像。

聽著客人與幫閒的對話，上臈輕觸反摺的紅色半領。這才想起，蔦重帶小說作者和畫師來包廂喝酒的次數大為減少。

「咦，蔦重先生已經拮据到這種地步了嗎？」

客人面露難色：

「就算印製出好畫，沒銷路的話還是無法做生意。那個男人，或許已經把好運全部用完了吧。」

「吱吱，咕隆咕隆……」刺耳的地面摩擦聲傳來，大板車追過了重三郎和北齋。

「現在的我好像這樣成了人們下酒的話題。」

說到這裡才想起，寫樂的畫好像只有初刷的時候是用大板車送去江戶各家書店。後來雖然一再加印，但是數量並沒有那麼多。

「世人就是這樣，想說什麼就說什麼。」北齋不停抓凌亂的鬢角。

「不過……」北齋似乎重新打起精神，拋出別的話題。

「我看到處都有模仿寫樂的畫，他的畫的確讓人忍不住想模仿。」

北齋的指摘是正確的，寫樂的作品具備其他畫師沒有的特徵。正因如此，出版後立刻廣為江戶人所知，甚至已有贗品流竄市面。雖然這種做法無法無天，但也間接證明了寫樂的畫在市場上的價值。

「因為寫樂的畫具有強烈的自我，那種東西即使是外行人也能輕易看出。」

北齋彷彿手裡拿著畫筆，舞動著指尖，如此陳述看法。

「浮世繪這種東西，就是被模仿、被抄襲才有存在價值。」

今後說不定還會出現刻意讓人模仿，每張畫都畫出類似臉孔的畫師。

「不過，真正的畫師不同。作畫者的自我太強烈，任何畫都會染上同一種色調。」

重三郎很明白北齋的意思。就那個角度而言，寫樂的畫成功了。

但是，重三郎並未發自內心感到喜悅。因為人們只看到畫的奇詭這種表面的東西，這成了重三郎心裡的疙瘩。

見他欲言又止，北齋單刀直入地挑明：

「要讓江戶大眾明白那種畫的好處，根本不可能。」

怪異、奇想天外，這些特質或許傳達得不能再清楚，可是人們不可能連畫中真正的厲害之處都明白。北齋以被稱為「軟骨富」的第一代中山富三郎，以及被稱為「賤人富，可恨富」的第二代瀨川富三郎的畫像為例。

「好好的乾旦，如果被畫得那麼逼真，一看就知道是男人假扮的了。」

可是，男人飾演的女角特質被精采地呈現出來。

「不是虛實相容，而是扭曲糾纏在一起。」

---

114 曾我兄弟：鎌倉時代初期的武士，兄弟倆因為父報仇而出名，成為戲劇、小說的題材。

「不，這不是貶義而是褒獎喔。」北齋慌忙補充說明。

「我當然不用說，就連歌麿想必也有同感，他應該懊惱得咬牙切齒。」

兩人走過小橋，船正在水道的岸邊碼頭卸下袋子和木箱。突然間，明明風平浪靜船卻動了。「唉喲。」船家連忙前後擺動身體巧妙地保持平衡。

「不過，我最佩服的還是蔦重先生高明的破壞手段。」

「破壞？你在說什麼？」

「您就別裝糊塗了。寫樂的畫作中，臉孔和手腳的比例亂七八糟，那種畫破壞的比例還不僅於此。」世間常俗認為，錦繪就是漂亮的、畫得好看的。重三郎卻徹底動搖那種固定概念，讓它倒向一邊，並且拽出棲息在黑暗中的不祥事物。

「蔦重先生真正的目的其實是那個吧？」北齋說出真心話。

「就連喜愛歌舞伎的那些人，也是在自己的眼珠子戴上謊言的濾鏡看演員和戲劇表演。」

重三郎停下腳，他伸手搭在橋畔主柱頂端的擬寶珠[115]上。剛才的船似乎卸下最後一批貨。視線從河面移向橋上，只見來往行人如蒸騰的陽炎晃動變形。在那之中，逆光的北齋成了一團黑影。重三郎大大點頭：

「若是十年前，我做不到這種事，大概也不會想要這樣做。」

「不過，這樣不是很痛快嗎？徹底粉碎了世間所謂的規矩。」

正如北齋所言，重三郎這些年也一直是靠著外表美麗、看了舒服的這種世人尋求的東西做生意，最具代表性的就是歌麿的美人畫。然而，有表必然有裡。

「不過，我覺得不必特地讓背面也暴露在陽光下。」

北齋畫清界線似地說，重三郎倒也沒否定他。

「明明已經搶先世人一步，拉攏到世人歡心，偏又要反其道而行，來個反手一擊。」

「而且，手段相當激烈。」北齋取笑。重三郎昂揚點頭：

「不過，我一點也不後悔。親眼看到錦繪的巍峨城池崩塌，我都激動得發抖了。」

重三郎說著思考了一下。

「沒想到破壞竟然讓自己很開心。會有這種冥府魔王似的想法，說不定是因為生命已岌岌可危。」但重三郎偏要逞強：

「今後該在已經空無一物的舊城跡上建造什麼呢？新的期待又增加了。」

兩人再次邁步。北齋或許是因為想說的都說了，突然陷入沉默。重三郎也始終噤口不語，朝著書店走去。

——可是……我還有「今後」嗎？

115 擬寶珠：在橋樑或神社寺廟的樓梯、欄杆頂端的寶珠形裝飾物，多為青銅製。

終章　蜉蝣

一

寫樂的臉孔猛然逼近，看起來就像他描繪的演員。

寫樂不只是眼帶憤怒，也蘊藏哀傷。雙手伸出，掐住重三郎的喉嚨，那股力量可不是鬧著玩的。重三郎拚命試圖推開寫樂，但他被寫樂騎在身上所以辦不到。魁梧的男人不停用力掐他脖子。

窒息感令他動彈不得，他想叫卻發不出聲音。

——怎能就這樣死掉！

重三郎也伸出雙手，放在寫樂粗大的長頸上。寫樂向後仰身想躲開，但重三郎也很拚命。畫師和出版商扭打成一團，在無言中糾纏。

「老公，你怎麼了！」遠處響起妻子的聲音。

「別管我，妳快逃！」

重三郎正想吶喊的瞬間，寫樂的魁梧身軀倏然消失。但是，被掐住脖子的痛苦是真實的。半夢半醒中，重三郎痛苦掙扎，這次是小腿放上燒紅熨斗似的痛苦襲來。「嗚！」喉頭冒出呻吟。

「你清醒點！」妻子迅速點亮燈籠，高舉在痛苦掙扎的丈夫上方確認安危。

重三郎顫抖，掀起的嘴唇冒出化為白沫的唾液。臉頰蒼白，額頭卻滾燙如燒熱的石頭，從額頭至鼻頭都有冷汗閃著暗光。

妻子勉強抱起丈夫的上半身，給他喝下事先煎好的藥汁。大半都灑出來弄濕睡衣。然而，儘管如此，藥似乎還是奏效了，重三郎粗重的呼吸總算平息。

「今晚，寫樂也出現了。」

和他合作是搏命決鬥。對所有的畫都傾注心血，哪怕只是一張畫也不容妥協。進而，還有收廢紙的商人都大驚失色的成堆廢紙，就像在死屍累累的最後終於完成雕版圖。

——執筆的人的確是畫師，但是操縱絲線控制他的是我。

那樣的驕傲籠罩重三郎。然而，過度干涉導致他的身體嚴重透支。妻子拿手巾擦拭丈夫的臉孔至脖頸。

「再休息一下就換件衣服吧。」

「謝謝。」重三郎緩緩從妻子的懷裡滑落般躺下。

打從開版印刷前，其實就已一再經歷顯然是病魔作祟的發作和症狀。可是，二十八幅畫一齊上市的那天起，每晚都出現更加劇烈的高燒和疼痛。不經意凝望的天花板木紋和圖案，逐漸與他和寫樂兩人三腳完成的畫作重疊。

「這是造出魔物的天譴嗎？」

重三郎帶著苦笑的獨白，令正要替丈夫準備乾淨衣物的妻子轉過頭。

「不，沒事。」

重三郎緩緩彎起腿觸摸小腿，浮腫的皮膚，指尖一按下去就深深凹陷。

二

敞開的窗子，有櫻花冉冉飄入。

以蔦屋重三郎為首，所有人都望著那花瓣的去向。花瓣乘著春風，恍如蝴蝶在室內悠然飛舞。

「這傢伙一定是在猶豫該把幸福送給誰吧。」

能夠立刻想出這種好兆頭的說詞，果然像十返舍一九的作風。

宛如紅貝削成薄片的櫻花，最後慢吞吞落在端坐的重三郎的酒杯上。

「果然，果然！恭喜！」一九聲音高亢地說，頓時所有人熱烈拍手。

「哎呀，真是不好意思。」

重三郎也羞紅了浮腫未消的臉頰，躬身行以一禮。

寬政九年（一七九七）春天——女兒節過完數日後，重建的吉原舉行了小小的宴會。出席的，都是和重三郎的關係密切如親戚的小說作者和畫師。

「因為身體不適就窩在店內閉門不出可不好。」

這次宴會的發起人是山東京傳。蔦屋靠寫樂的畫作轟動世間，從天明至寬政初年的狂歌、黃表紙、錦繪尤其是美人畫建立的聲望因此再次升高的記憶猶新。然而，在這段期間，重三郎也不得不和江戶病造成的心臟衰弱對抗。

「我本來也邀請了本居宣長老師，可惜老師似乎分身乏術。」

京傳露出傷腦筋的神情，逗得在座發出笑聲。

在蔦屋，不只出版原來的通俗小說和浮世繪這些繪本問屋經手的庶民娛樂刊物，也開始經手被稱為書物的正經書籍。以住在伊勢松坂的知名國學家撰寫的書物為首，賀茂真淵和村田春海、加藤千蔭等人也相繼加入執筆陣容。

「還有，那傢伙也沒來。」喜多川歌麿不是滋味地說。

「東洲齋寫樂這個男人到底是什麼尊容，真想拜見一下。」

寫樂在寬政七年正月開版印刷後，就忽然從浮世繪的世界消失了。從前一年五月出版演員臉部肖像畫算起，實際上工作期間只有十個月極為短暫。

「也許是不敢在風靡天下的歌麿先生面前出現。」

重三郎開玩笑，歌麿也對他報以苦笑。重三郎和他之前的確鬧翻了，不過，彷彿是因應寫樂帶來的衝擊緩緩退潮，蔦屋又開始出版歌麿的畫。二年前出版的《青樓十二時》，描繪上臈們白天不為人知的模樣被評為名作，幼兒金太郎吸吮妖豔的熟女山姥[116]乳頭的《山姥與金太郎》這個異色之作也引起熱烈的話題。

「起初的二十八幅畫，老實說，我也很驚豔。不過，之後的作品實在不敢恭維。」

歌麿用毫無顧忌的眼神依序望著京傳和一九，乃至北齋。

「總覺得那是其他畫師數人聯手咋咋呼呼畫出來的。」

「這種應該叫做贗作吧。」歌麿的嘲諷意味十足。

「哈哈哈，歌兄那種臆測太不解風情了。」京傳四兩撥千斤地化解攻擊。

重三郎抬起一直低頭看杯子的臉。

「寫樂要是在最初的階段收手就好了，不過蔦屋也有種種苦衷。」

一直皺眉撇唇苦著臉的曲亭馬琴像要袒護老東家般插嘴。

「寫樂就像是大鯰魚[117]，漂亮地掀起演員畫的大地震。不過，這尾鯰魚，站在做買賣的立場好像令人很頭痛呢。」

京傳立刻對馬琴指桑罵槐：

「我的作品固然也是如此，但你和一九的書也乏人問津呢。」

雖說開始出版宣長等人的正經書物，但蔦屋的主力依然是通俗小說。京傳、馬琴每年都會推出新作，再加上一九也已嶄露頭角。

「唉，我對京傳先生的指摘也無話可說。」

今天也衣著不修邊幅的北齋，重新交疊裸露的粗壯小腿。

「說到這裡，你的新名字是北齋宗理？別號固然變來變去，住址也從沒在一個地方固定下來吧？」

「現在住在哪裡？」歌麿邊夾菜邊問。

「奇怪，我是從哪闖入吉原的，我自己也不大清楚呢。」

北齋泰然自若地這麼回答，全場忍不住爆笑。戶外早啼的黃鶯，也跟著一起啁啾。由於那個調子完全不搭，因此大家再次朗聲大笑。

「黃鶯處處啼，舉目皆陋室。」

北齋吟詠。不只是重三郎，京傳、馬琴聽了也目瞪口呆。

「好句，彷彿可以看見小鳥動來動去。沒想到你還有那種才華。」

馬琴伸出下顎，一九立刻跟著附和：

「這是蕪村寫的吧？北齋先生對有繪畫天分的俳人好像特別執著。」

「噢，那麼蔦屋準備刊印的下一本俳諧繪本就交給北齋先生吧？」

重三郎繼狂歌之後又對俳諧產生非比尋常的興趣，最近投注大量精力在出版俳諧繪本。

「關西那邊知名國學老師的著作固然不用說，現在對俳諧也感興趣未免太忙了吧。你應該好好注重保養身體才對。」

---

116 山姥：住在山中的妖女，傳說在夢中和赤龍結合，生下金太郎這個力大無比的孩子。

117 大鯰魚：日本傳說中的生物，棲息在地下，每次晃動身體就會造成地震。

歌麿哪壺不開提哪壺地丟出話題後，就不負責任地開始吃烤魚。

「畢竟如果不動腦筋思考各種對策，蔦屋就無法重新振作。」

世人拿著寫樂畫作的聳動詭譎挑毛病，謠傳蔦屋就是被那個吸走了精氣。京傳溫柔地打圓場：

「據說從南蠻那邊進口了一種心臟妙藥。」

他打算無論如何都要設法弄到手。京傳這麼一認真起來，連歌麿也點頭。

「讓各位擔心了，真是抱歉。」

重三郎對酒杯漂浮的花瓣吹一口氣，櫻花微微搖晃。

重三郎雖然一直舉杯，但他很克制喝進嘴裡的量。或者該說，其實他想喝也不能喝。北齋本就滴酒不沾，京傳也不大喝酒，馬琴和歌麿等人和平時比起來喝光的酒瓶數量也少了很多。今晚也沒有叫上腦和藝伎陪酒。最後一道菜是清口的甜點，彷彿籠罩煙霧的透明葛粉點心內包著鮮紅的樹莓。

「雖然不是清談，不過這樣的聚會也不錯。」

京傳用牙籤插進甜點說道。附帶的綠茶不愧是宇治名品，帶有高雅的清香與溫潤回甘、柔和的苦澀。

店裡的女人收拾料理後，重三郎望向窗外。彷彿一腳踢翻房間的燭台，吉原這個不夜城的燈火飛進來。

「瞧，今年燕子大概也會來孵蛋吧。」

重三郎指的屋簷下，大概是去年的鳥巢，以淺褐色的泥土固定，不僅處處夾雜羽毛，還沾著朱、黃、紫各色線頭。重三郎悄悄把手放到耳邊閉上眼，彷彿可以看見母鳥頻繁來去的樣子，可以聽見雛鳥「吱吱喳喳」催促母親餵餌的聲音。重三郎再次體會到生命的堅韌與寶貴。

「在燕子再次飛來撫養幼雛之前，我一定要設法恢復健康。」

他睜開眼說，浮腫得只剩一條線的眼皮，發出磨利的針尖似的光芒。歌麿、京傳、北齋和馬琴、一九停止閒聊，視線一齊集中在江戶號稱地本問屋扛霸子的男人身上。

「那麼，就到此散會吧。」

重三郎環視全場，他做出要倚靠扶手或拐杖的動作，緩緩屈膝起身。雖然吃力，但他的動作可以看出拒絕他人協助的氣概。

「說到蔦重先生，對我們來說等同父親。為了祈求重要的父親早日康復，讓我們拿出江戶仔的氣勢以掌聲結束！」

京傳面對大家這麼一說，所有人都站起來了。京傳張開雙手發聲：

「那麼，借用各位的手。」

「一、二、三！」響亮的拍手聲穿過窗口，響徹重三郎從小生長的吉原。

即使入夜後，依然殘留春日暖意。櫻花的氣息雖縹緲，那虛幻雅緻的芳香乘著晚風飄來。重三郎肅穆地抿著嘴，然後緩緩邁步走出。一九說：

「在大門前叫了轎子，我扶您吧。」

「沒關係，我自己可以走。」重三郎露出微笑，緩緩向左右轉頭。

「不過，今晚可真愉快，改天再一起出來玩吧。」

「好了……」正要繼續說話的重三郎，忽然停止動作，膝蓋開始不停哆嗦。他就像傀儡人偶一邊的線斷了，半身猛然垮下。

「老闆，老闆！」

站在旁邊的一九大喊。北齋推開一九，用粗壯修長的手臂抱起重三郎。然而，看到他的臉後北齋啞然。重三郎翻著白眼，咬緊牙關，那種模樣就像要死了。

「喂，不好了，快叫醫師，叫醫師！」

京傳拉開紙門大聲呼喊。歌麿從懷裡取出手巾，在北齋輕輕將重三郎放下躺平後，替重三郎擦拭額頭。

重三郎手捂著心臟一帶，低聲呻吟……

三

臥室門楣上插的菖蒲，散發蘊藏清爽躍動感的香氣。

這種端午節不可或缺的綠葉，據說具有驅邪除魔的神效。葉子上，停著比菖蒲顏色稍淺的蜉蝣，彷彿天仙羽衣的透明翅膀緩緩開合，同時用金黃色的小眼睛凝視重三郎。

重三郎臥床已將近兩個月，病情毫無好轉的跡象。不過，今早感覺比平時好多了。這點，一直守在枕邊照顧他的妻子，似乎也敏感地察覺。她的聲音不禁也像五月的藍天一樣變得爽朗。

「吃藥的時間到囉。」

重三郎從被窩只伸出頭，保持那個姿勢頷首。不愧是特地從長崎買來的藥，價錢也相當驚人，不過據說一切都由京傳出資。

「我本來還打算照顧他一輩子。」

昔日揹在背上的孩子已經成長得比父親還強壯，可以反過來揹父親了嗎？

「啊？你說什麼？」

「不，沒事。」

前幾天，他命妻子把後事安排記錄下來。她似乎已有心理準備，淡定地記錄重三郎的口述，將內容一一複述確認無誤：

「蔦屋耕書堂的財產轉讓給掌櫃，也准許他襲名為第二代蔦屋重三郎。但是不可輕視第一代的妻子，必須當成親生母親好好孝順。」

第二代的生意不可能比得上天明至寬政初年蔦屋的興隆。

攏絡本居宣長、進軍書物領域的野心恐怕也無法完全託付給第二代了。

「必須傾注全力和永樂屋合作。」

永樂屋東四郎是名古屋的幹練商人，永樂屋出版的書，蔦屋作為江戶的經銷所也有販賣。此舉，應該也會成為蔦屋存續的妙招。

「生意真的很困難時，就把黃表紙和錦繪的雕版全部賣掉。」

妻子朗讀後，投來譴責的眼神。然而，重三郎說：

「那樣就好，總比蔦屋走投無路什麼書都沒有好。」

如果回顧過去，他太執著培養小說作者和畫師，疏忽了培養書店繼承人，也沒能生出繼承血脈的孩子。

可是，重三郎現在反而慶幸這點。

人的一生就像春町笑談的，終究不過是黃粱一夢。

——吉原的小書商，竟然攀登到江戶頂點，起碼這樣就已經很好了。

他把吉原醞釀的無形的風流意氣、豔色光華，用書和畫輕飄飄包裹著推銷出去，也散發豪華絢爛的典雅氣息。雖然製作看似俗氣，其中卻不忘知性色彩，這正是重三郎厲害的手段。

——我出道之前的吉原，和之後的吉原，意義想必大不相同。

受到朋誠堂喜三二、北尾重政、勝川春章、大田南畝這些大老的關愛，也和戀川春町結下忠實盟友的約定。

——只要來蔦屋耕書堂，就會沉醉在店內洋溢的江戶風流意氣的氛圍。

富士山形加上蔦羅葉片的蔦屋商標，成為世間流行風潮的標誌——自己的確打造出了那樣的時代。就算沒有在蔦屋耕書堂買書，光是說出店名，好像就能以風月老手自居——自己成功創出了那樣不可思議的氛圍。

進而，京傳與歌麿兩人都是重三郎一手培養出來的天才。之後，馬琴、一九、北齋等人應該也會成為江戶書商不可或缺的存在吧。

——受到改革的池魚之災被沒收一半家財也不過是小小的意外。

正因如此，才能夠借助寫樂之手，傾吐自己心頭盤桓的情懷。

妻子給他餵藥。

藥很苦，但是似乎讓心頭的疙瘩稍微下去了。

「現在，幾點了？」

妻子也不知道，一邊整理碎髮，說出大概估計的時間。

——今天身體狀況和心情都非常穩定。

如果可以，真想就此安詳死去。自從在吉原的宴席倒下，不只是疼痛和倦怠，還有對死亡的恐懼不斷折磨他。如果拖著那種東西告別人世，那才真的是粗俗，簡直太殺風景了。

「今天中午左右，我就要死了。」

妻子在一瞬間臉頰抽搐，但是立刻擠出僵硬的笑容。

「你在胡說什麼，今天不是心情很好嗎？」

重三郎浮現自然的溫柔笑容。

「妳不懂？都已經嫁給我多少年了！」

「唉喲，你這人真是的！」

妻子瞪著重三郎，從她的眼簾，頓時有淚水溢出。

過了中午重三郎依然活著，不過，一直半夢半醒地昏睡。

可是，不時又會猛然睜眼，對妻子開玩笑：

「真奇怪，宣告一生落幕的拍子木[118]好像還沒敲響呢。」

「不，你的舞台今後還要繼續表演。」

重三郎緩慢吸氣。

不知怎的，剛印刷出來的油墨和紙張的氣息瀰漫鼻腔。

——難道在另一個世界也準備印刷製版？……啊，真令人期待啊。

重三郎彷彿要燃盡最後的燈火般微微哆嗦了一下。

——咦，在那裡等我的不是春町兄嗎？

一直停在菖蒲上的蜉蝣飛起。從妻子稍微打開讓清風和陽光進來的紙門縫隙，像要運送重三郎的靈魂般飄然鑽出去了。

重三郎神情安詳，陷入深深的長眠。

寬政九年（一七九七）五月六日傍晚，絕代書商離世，得年四十八歲。

蔦屋重三郎葬於淺草的正法寺。

墓誌銘由人稱狂歌四大天王，在歌麿的成名作《畫本蟲撰》也負責編選狂歌的宿屋飯盛撰寫。他雖因經營旅社的財務問題遭到逐出江戶，仍讚揚在幕後支撐天明時代狂歌壇的重三郎。

118 拍子木：一種用兩片硬木或竹製成的日本傳統樂器，通常用細繩連接起來，演奏時互相拍打發出敲擊聲。

為人志氣英邁，不修細節，待人以信
其巧思妙算，非他人所能及也

中元節的墓地，線香的裊裊輕煙一重又一重形成白濛濛的霧靄。
頭髮綁成一束的魁梧大漢緩緩出現，獻花膜拜，一邊轉動念珠一邊逐字看著碑文。
「志氣高昂，才智出眾。
不在意小事，以誠信待人。
擁有獨特的創意和卓越的企畫。
除了蔦屋重三郎再也找不到這樣的人物……」
男人的臉上閃過貌似苦笑的痕跡，但是隨即又恢復面無表情的臭臉。
他把勺子[119]放回水桶，再次緩緩走過墓碑之間。
輕盈穿越依然熾熱的陽光自在翱翔的燕子，想必是已經離巢的幼鳥。
他舉手遮在額上追逐黑鳥的去向，和一個裝扮豪奢、年約四十的男人錯身而過。應該是平民，但是看起來不像商人。有點吊兒郎當、桀驁不馴的感覺，顯示此人不是普通人物。男人轉頭用不客氣的語氣說：
「你該不會是……」然而，他似乎念頭一轉，自己先報上名字。
「我是喜多川歌麿。現在，我要去祭拜那個曾經把我盡情玩弄在鼓掌之間的書商了。」

119 勺子：日本寺廟或神社內都會有個上頭放有勺子的小池子，稱為「手水社」，參拜神明前須先洗手漱口，清潔淨身，代表敬重神明。

作者後記

梅雨短暫放晴的午後，在飯店頂樓的餐廳——午餐的客人大半已離開。

但是，作家與編輯還在低聲交談。兩個大叔頭碰頭的模樣實在怪異……

「蔦屋重三郎這個人，似乎抱著無窮的渴望呢。要不要寫寫看這個男人？」

草思社的藤田博先生用磁性男低音說。而我，沉吟半天搖晃RIEDEL酒杯。藤田先生點的這瓶高級紅酒，在杯中不停旋轉幾乎湧到杯邊，花香撩動鼻尖。

「很多人都寫過江戶的書商，但我想看增田先生你寫的蔦重。」

從酒杯一抬起眼，就撞上藤田先生的視線，眼中，蘊藏不懷好意的企圖。

仰頭一口喝下葡萄酒。菜色固然美味，酒也很棒。我慢吞吞回答：

「我對蔦重也有興趣。不過，要寫就寫成小說。如何？」

編輯驚呼一聲「哇！」瞪大雙眼，沉默片刻。不過，很快就咧嘴一笑。

「那我倆就再來搞點有趣的大事吧？」

兩個大叔在二〇一三年祕密約定。從那天起我立刻開始蒐集資料，但是費了三年才完成。期間，我的第一本口袋書和第二本小說出版，《吉本興業的真面目》也推出文庫版。不過，即便如此，我還是每天過著勉強糊口的日子，每次探頭看錢包都不得不哀號。這是因為，把小說當成工作目標，靠雜誌一攫千金賺取生活食糧的模式已經瓦解了。似乎也有人以為我從雜誌消失，已經去了遠方。

「哎呀，五十幾歲是苦難的時代。人生，就是這樣形成的。」

當我抱怨難熬的日常生活，比我大幾歲的藤田先生平靜地如此斷言。

認識蔦屋重三郎這個人物是在二〇一一年，因為當時我在週刊雜誌寫江戶的豔本和出版方面的文章。

蔦重堪稱是策畫經理人，這位十八世紀末期的書商奇妙地符合那些洋文職業的語感——「editor」、「producer」、「director」、「planner」……每項工作表現都很傑出。不僅對繪畫和藝術的品味超群，也有機智和靈氣。而且，還是出手闊綽的金主，豪邁大膽的幕後主腦。

蔦重一切都是獨力完成，在各方面皆留下一流的存在感。

最重要的是，他把吉原的形象提升成時尚的象徵，把書本這種媒介裝滿風流意氣和風月行家這種內容。手段如此厲害的人物生於江戶時代，抓住巨大都市居民的心，我們對於這個事實必須致上敬意。

不過，平成時代，談論蔦重的人似乎多半都著眼於商業精神。

但我略過了那個方面，如果光用金錢和地位來評價此人未免太可惜。只因為是人生勝利組、是名人就值得尊敬？那簡直可笑。蔦重的魅力絕對不在那種地方。

若要笑我這是窮作家愛唱反調，那就笑吧。

在背後支持絕代書商的渴望是什麼？我想抓住他頻頻做出暢銷書的源頭。

「就是那個，就是那個。我想請增田先生寫的就是那個！」

在知名居酒屋，藤田先生熱切地傾身向前說。那是在蔦重研究告一段落，終於即將提筆時。我奸詐地點了（雖然好喝但非常昂貴的）純米大吟釀酒，一邊深深點頭。不過，我決定不告訴他這個主題其實發揮了我的古怪彆扭本性。不過，以藤田先生的為人，這種事情想必早就知道吧。

寫蔦屋重三郎的過程中，我彷彿逐漸體會他的悲哀與焦慮。

歌麿和寫樂，如果沒有蔦重便無法成就偉大的事業。喜三二與春町、京傳也同樣受到蔦重的恩惠。不，江戶最具代表性的創作者們，想必曾經一再和書商正面衝突，蔦重也沒有輕易退讓。這樣問世的作品令江戶大眾狂喜。這些作者，想必很慶幸自己選擇由蔦屋耕書堂出版著作。

話說回來，蔦重自己真的滿足了嗎？

我想回答「NO」。

在他心中，盤旋著難以徹底壓抑的「creator」的天分。前面提到的英文中，我刻意沒有放上這個字。不過，毋庸贅言，從事創作工作的演出者不能缺少豐富的創造性。蔦重雖然沒有親自寫作、畫畫，但他展現的卓越創造性足以和天才與鬼才們為伍，最後量產出大批優質作品。

如果歌麿沒有逃出籠子、京傳沒有一蹶不振，如果沒有寬政改革對言論自由的打壓、沒有遭到家產一半被沒收的重罰——蔦重內心埋藏許久的欲望或許也不會浮出表面。

然而，不知該說幸或不幸，他積壓的熱情因寫樂的演員畫噴發——詭譎的描繪，極端的造型，粗野的律動感，暴露演員內在的無情，創造人心內面潛藏的扭曲的震撼力；不過，幸好還有一絲幽默感帶來救贖。

蔦重盡情發揮自己所有的創造性，完美地成為藝術家。

然而，火山大爆發後，蔦羅纏繞的富士山急速失去霸氣。儘管如此，看著化為魔鬼的書商操弄畫師的模樣，我還是深受感動。

待人態度謙和柔軟，個性圓融，卻又膽量過人，充滿人情味。蔦重的墓誌銘，可以看出他善良的人品。那樣的他，卻在人生最後一幕徹底扮演了令人發抖的反派。

不只是蔦重一人，我對書中每個人物都很有感情。

春町尤其是我最喜歡的人物，我讓個性纖細又辛辣的他扮演蔦重盟友這個重要角色。喜三二、重政的大哥派頭也可靠極了。北齋和一九身上投影了日後的活躍。自尊心過高的馬琴或許是我自己的分身。至於南畝的人物塑像純粹是想像的產物，蜀山人的粉絲還請見諒。

還有歌麿——雖然是個不討喜的傢伙，繪畫實力卻是頂尖的。實際上，歌麿畫的美人和豔本把我迷得七暈八素。藉著蒐集資料的名義，不知去看過他的作品多少次。歌麿和蔦重、雕刻師和印刷師們結為一體創作出來的無數美人畫實在是傑作，不，簡直性感極了。

和歌麿成對比的是京傳，長年維持優雅外表的大帥哥，溫柔體貼，腦子也聰明。當然，女人緣特別好，卻又不惹人厭。從小家境富裕，沒吃過苦，是他的長處，也成了弱點。

本書也是環繞蔦重的男人們的友情故事，所以女性角色頂多只有蔦重的妻子和紫野，這點也請讀者理解。不過，我自認把兩人都描寫成好女人。

「代號T10，終於完稿了。正式書名叫做這個如何？」

藤田先生取的是《絕代書商》。附帶說明，「T10[120]」是本書作家和編輯之間的暗號……雖是非常拙劣的隱喻，但近三年來一直這麼稱呼。

「絕代，其實好像是念成『稀代』喔。」

藤田先生用比平時更低沉沙啞的音調說。那時，我正專心挑選餐前酒酒單上的成排雪利酒，只是心不在焉地回答「噢」或「嗯」。

「這本要是賣得好，下次可以用書中其他人物當主角再寫一本。」

「嗯，不過如果賣垮了，又要怎麼辦？」

藤田先生停頓一拍呼吸後才嘀咕：

「到那時候……只能大嘆一聲『已矣哉』吧。」

就這樣，我的第三本小說，生涯第十四本單行本問世了。藤田博先生從我的出道之作《無盡的渴望》就是責任編輯，這個書名也成為我一貫的主題。這次也給裝幀設計家間村俊一先生添了不少麻煩。在此謹向二位致上謝意。

最後，看到這本凝聚作家與編輯無數想法的《蔦重》的各位讀者，我要說聲「謝謝」，就此結束後記。

二〇一六年十一月吉日

增田晶文敬上

120　T10：應是取自蔦屋（Tsutaya）的英文縮寫「T」，10的日文發音「jū」和重三郎的「重（jū）」同音。本書日文原名為「稀代の本屋　蔦屋重三郎」。

文庫版附記

我開始親近時代小說是在三十歲左右。

那個時期正是生活充滿艱難、痛苦的上班族生涯末期，描寫人情機微和人生悲哀的時代小說令我格外心有戚戚焉。同樣地，也對美味的日本酒深奧的風味開竅，領會到長嘆一口氣浸泡在溫泉中的愉悅。那已是距今將近三十年前的事。

我無疑是個不合格的員工——這個過於明白的事實，令我的自尊心嚴重受傷。公司裡沒有任何人能夠令我敞開心扉，不僅如此，還被人稱會長的男人毫無理由地深深厭惡。雖也考慮過換工作，但我不認為自己能在組織中發揮自我。既然如此，到底該如何安排今後的人生？

我一直抱著當作家的夢想，卻沒有勇氣實行。優柔寡斷，偏又滿腹牢騷，只有自我厭惡感與日俱增。那段日子不知該拿自己怎麼辦，實在煩透了。

就在那種時候，我翻開了時代小說。

我看了藤澤周平和隆慶一郎乃至松本清張、池宮彰一郎、柴田鍊三郎、笹澤佐保這些前輩的著作。書架上陳列的書，想必反映我當時的心情，多半是帶點晦暗陰影的作品。池波正太郎在我開始看時代小時後很快就去世了，但他的系列作中，比起鬼平，絕對是梅安醞釀的黑色氛圍更合乎我的心情。我清楚記得，這樣的日子持續了好幾年。

我躺在床上翻書，我知道當明天來臨，又要面臨現實生活的不利狀況。儘管如此，不，正因如此，才要看時代小說。江戶市井和武士生活的故事輕輕抱住我的肩膀。

當時媒體動輒使用「療癒」這個字眼，明明看似與苦悶和糾葛無緣的人也立刻成天掛在嘴上，讓我至今都不喜歡這個字眼。

我還是認為自己是被優秀的書籍溫柔地安慰、安撫（不過，是否受到激勵就不確定了）。而且，也不確定當時是否想像，或者決定過將來自己也要寫時代小說。

老實說，這點我幾乎已毫無印象。

我進入寫作世界是在三十四歲，一九九四年。

終於向公司提出辭呈的那天，妻子告訴我懷了長子。雖然很像灑狗血的連續劇情節，但這絕對是真的。我懷著即將為人父的自負，更強烈的是想要對上班族時代遇上的那些人還以顏色的復仇氣概。幸好出版界當時景氣還不錯，雜誌一片好景。我到處寫訪談報導和紀實文學，第一次得到文學獎是一九九八年，第一本單行本出版是二〇〇〇年——連我自己都不由苦笑，簡直是龜行的速度。

轉行寫作後我也繼續看時代小說，乙川優三郎、淺田次郎、宮部美幸、吉村昭等人的大作，只要一出版，我就立刻買來。雖非為了保存紀錄，但我也去舊書店搜羅昭和時代老作家的時代小說。

就這樣，時代小說在我的書架上逐漸變得醒目。

本書《蔦重》，是我第一本以江戶為故事舞台的時代小說。

到了五十六歲，終於可以推出這個類型的作品。這是非連載長篇小說的第三作，或許該說仍然還在菜鳥之域。

「蔦屋重三郎」由草思社出版的原委，已在「後記」一五一十表白。包括我對重三郎這個出版人在製作、企畫方面的才華祕藏的現代性做的敘述，還請各位一併閱覽。

這次趁著出版文庫版的機會，我重讀本書，多少也覺得好像有點太拘泥重三郎的人生軌跡和史實。不過，當初我並非刻意要寫傳記，只想探究他抱著的無窮渴望。這點我想再次強調。

閱讀文末列舉的江戶資料也是愉快的作業，一本不夠就再找下一本資料。以這種形式逐步前進，受到大量書籍的幫助。和閱讀的冊數成正比，知識不斷增加，征服欲也得到滿足。看到紙箱堆滿書籍，就會沉浸在自我滿足默默微笑，連自己都有點哭笑不得。

總之，當我這次重新校稿，發現了和現在寫作方式的差異。這點，如果和我目前的最新作——以江戶為故事舞台的第二作《畫師之魂：溪齋英泉》相比就很明顯。我純粹是我，卻也不斷在一點一滴改變。但我沒有大幅修改本書。和其他文庫版一樣，我想把執筆寫這篇作品時的寫法、想法當作足跡保留下來。

不過，這十年被稱為時代小說熱潮（也有人不客氣地指出已經厭倦了）。我等於是在流行風潮的巴士發車後，才慌忙追趕。這樣的我，自己還覺得滿有趣的。執筆時經常夢見以江戶為舞台的夢，常常停筆擔心「如果改編成電影，配角該怎麼安排」，所以才會老是拖延交稿吧。不過，恐怕很難找到適合的男演員來扮演外表敦厚、內心充滿渴望的重三郎。如果是各位，會邀請哪位明星呢？

撇開那個不談，重三郎讓我體會到以過去為故事舞台的樂趣。

對於現在的事件，輿論、網路和社群媒體充斥的發言經常令人產生違和感。那已經不只是現代年輕人不像話、媒體的論調云云的問題，不僅對當今社會本身充滿不信任和不安，甚至還會產生憤怒。

藤澤周平先生曾在散文自嘲地寫道：「有時會覺得，這年頭已經犯不著再寫那種古文。」這也許是時代小說首席作家才有的隱晦自謙，不過或許該說是「古文效果」吧，很多事的確只要假借江戶故事便可表現出來。

那和堪稱藤澤先生真意的「說到人心內在的真心話，從古至今毋寧毫無改變，這才是真相」也息息相通。

實際上，江戶時代的民情風俗、人心善惡，都和現代有驚人的相通之處。文化、文政時期的《世事見聞錄》披露的江戶社會實態也不斷印證了這點。正因如此，不只是書中的重三郎，春町、京傳、北齋等人的言行，也都寄託了許多我想對現世抒發的感想。

以「古文」為緩衝發出怒吼，這或許正是書寫時代小說的醍醐味？

如果問我今後是否也會繼續寫時代小說，一如前述的《畫師之魂》，我只能說「有機會的話就會寫」。如果遇上我深感興趣的人物或事件，而且能夠敲定出版社，那我很樂於執筆。

那樣的話，或許有一天——我想利用「古文」效果挑戰新的嘗試。

我想寫滿載馬琴的名作那種浪漫和傳奇，主角固然不用說，就連配角都充滿支線故事的小說。我想在書寫過程中凸顯創作出來的角色，就算被批評太通俗也無所謂。總之，我只想寫有趣的小說……此刻朝書架一瞥，《大菩薩嶺》和《西海道談綺》正在拚命點頭贊同。

我三十幾歲開始親近時代小說的感覺，多少也帶有懷念之情。因為那和我少年時代迷戀德國詩人耶里希．凱斯特納、英國野生動物藝術家歐尼斯特．湯普森．西頓、芬蘭作家朵貝．楊笙等人名作的體驗極為相似。我希望能夠寫出不需要艱澀解析語彙和文脈，純粹只沉溺於小說世界的作品。

走筆至此不由想起，我深愛的江戶小說作者說過這樣的話：

「我希望讀者躺著邊挖鼻孔邊閱讀。」

二〇一九年四月吉日

增田晶文

晶片、能源、巧克力

從世界地圖看見30個國家的經濟動能與投資潛力

세계지도를 펼치면 돈의 흐름이 보인다

朴正浩 박정호——著　張亞薇——譯

格陵蘭島
P.171
達連隘口
P.325
巴西
P.191

目次

第三篇　大氣候和資源改變命運的國家

第四篇　未來潛力無窮的國家

第五篇　生活方式特立獨行的國家

前言

近年來，國際社會的遊戲規則正在改變。冷戰結束後，以美國為首的國際格局開始發生重大變化。過去，美國製定貿易和商業協議、太空開發政策，以及專利和技術相關的國際標準時，透過 G7 會議與少數頂尖國家協調就已經足夠。然而，這種作法在現今已經很難得到「國際社會普遍同意」的評價。在此情勢之下，G7 會議的參與規模自然擴大為 G11 會議和 G20 會議，比過去需要更多國家的同意與合作。現在，為了爭取世界各國的合作，我們必須了解每個國家處於什麼樣的情況、有著什麼樣的需求。

自 2000 年以來，許多國家日益依賴中國崛起，現在則必須尋找新的替代方案。誠然，中國經濟的快速成長為許多國家帶來了巨大機會，許多公司利用中國廉價的勞動力和基礎設施，重拾產品與服務的價格競爭力；來自中國的低成本產品和服務，為國際社會千禧年以來持續的低價趨勢創造了舒適的環境。當然，低價趨勢已成為國際經濟持續成長的墊腳石。

中國的快速崛起也引發中國消費的增加。短時間內累積了大量財富的中國企業和消費者紛紛移往世界各地，繼續大肆投資和消費。中國企業開始透過併購聚集擁有國際競爭力

的企業，中國消費者也創造了全球最大的旅遊需求，毫不猶豫地大肆購買包括奢侈品在內的各種商品。追根究柢，中國經濟的快速崛起無論從供給或需求的角度來檢視，都是全球經濟的一大機會。

然而，中國經濟近期卻呈現出與以往不同的發展。隨著中美衝突的爆發，願意投資中國的外資開始逐漸減少，尋求將中國本土工廠遷往海外的企業數量也逐步攀升。中國是大多數國家的第一或第二貿易夥伴，換句話說，由於中國市場衰落，世界必須開發新市場來取代過去中國的位子。

中國也需要尋找新的貿易夥伴。以美國為首的西方國家很可能不再像過去那樣大量進口中國產品，特別是在未來的新興產業領域更是如此，很有可能在產業初期就將中國排除在外，以此為基礎建構供應鏈。

中東地區的擔憂日益加深。這是因為在 COVID-19 之後，消除石油的政策進一步加強。中東至今還沒有一個國家具備完全的無石油自立基礎，在此情勢下，多個中東國家基於目前已獲得的資金，積極投資探索未來食品產業。如果任何一國建立起全新的工業基地，中東將因此而改頭換面。

鋰，可能會成為未來社會中、有著如過去石油般地位的資源。隨著以二次電池為中心的世界正式開始，世界各地對哪些地區可以獲得鋰、以及由誰獲得開發權的興趣日益濃厚。鋰儲量較大的中南美洲國家和非洲國家，突然接收到國際社會的各種友善態度。

變化不僅在國家層級發生。由於異常氣候事件和宗教衝突，難民人數也正在迅速增加。這些變化在難民遷入的國家引發新的社會問題，而難民引發的社會問題正成為國際社會新的驅動力。聯合國難民署最新發布的全球趨勢報告顯示，2022 年全球難民人數將突破 1 億人，所有難民中約 60% 是從本國逃往其他地區的國際流離失所者。更大的問題是，未來難民人數預計會以更快的速度成長。現在難民增加的最大原因，並非戰爭或宗教，而是異常的氣候現象。氣候異常的程度正在加劇，使得受到影響的難民人數正以失控的速度不斷上升。

現在，是擬定新計畫的時候。從某種意義上來看，說我們已經跨過了起跑點也不為過。而上述現象與南韓不無關係。南韓是世界上對外依存度最高的國家，從糧食到能源幾乎完全依賴外國供應；最近，就連勞動力也越來越依賴國際移工。在這種情況下，我們現在需要的是解讀並妥善應對國際變遷的趨勢。為了實現這一目標，我們必須先仔細研究那些不常互動的國家。與新國家形成新型夥伴關係，需要從各個方面了解他們，例如這個國家最迫切的需求是什麼、這個國家如何變成現在這個樣態、在快速變化的環境下他們關心哪些議題。

自從我任職於韓國國家研究所以來，我有很多機會訪問許多國家進行各種計畫。透過當時的經歷，我了解到：要了解一個國家的情況，最重要的是了解它的歷史、地理、文化

背景。例如，要了解石油生產國的經濟，就必須了解國際石油權的分配機制，中東國家如何從美國和英國煉油廠手中收回石油開發權。接著，我才能理解中東地區的決策邏輯，例如為什麼中東的地緣政治風險因素是因為石油開發權，或者為什麼杜拜會執著於「世界最好、最大、第一」的稱號。

我在世界各地遇到的人們與我親身經歷的環境，一一回答了我的所有問題。我從台灣的工程師那裡聽聞南韓半導體產業期待已久的晶圓代工領域是如何誕生的，以及台灣在晶圓代工領域崛起的背景。另外，俄羅斯為何在擁有世界五分之一土地的情況下仍不斷發動戰爭、擴張領土，西方國家為何不能對俄羅斯掉以輕心，這在我從波蘭過境恰巧到訪的加里寧格勒裡也有暗示。

如果我沒有去荷蘭這個全球農業強國學習智慧農業知識，我可能還會誤以為荷蘭很多農產品是在國內直接生產與銷售；如果不是以色列企業家告訴我，他學會了自己的創業理念和技術技能，那麼像以色列這樣的小國如何能夠維持徵兵制度，同時充當新產業的創業中心，則是完全超出我的理解範圍之外。

如果在等待下一次埃及之行時，我沒有在飯店房間裡看電視，就不會知道埃及最大的擔憂是與尼羅河對岸衣索比亞的水源糾紛；看到尼日的情況，我才明白比特幣等加密貨幣在世界各地是如何被使用的；直到在印尼搭電梯，我才意識到學生時代所記下的資訊、關於緬甸是佛教國家而印尼是伊

斯蘭國家的說法錯的有多離譜；我親自造訪的香港，讓我見識到香港金融業的發達，也讓我有機會反思國家的房地產政策。

本書是對我在海外專案或個人旅行中了解到的事實，進行重新調查和分析撰寫而成。也許這是一種職業病，自己似乎總是忙著詢問事物背景和原因，將經濟原則套用到我所遇到的每個人、每件物品，以及所造訪的每個地區。我之所以能夠出版這本書，是因為我收集了許多線索，嘗試紓解一直縈繞在腦海中的好奇心。

本書不僅僅適合商業界人士或政策制定者閱讀，也為與家人、愛人、朋友一起出國旅遊的人們，提供一個能更深入了解當地情況、增加旅行樂趣的機會。比起旅遊指南，相信這本書將能提供從經濟角度出發、更豐富的解讀與詮釋。對於那些離自己很近、卻又不太了解的國家，希望這本書能成為我們理解其前世今生的一個小小線頭。

於明知大學實驗室

朴正浩

第一篇

工程師和商人的國家

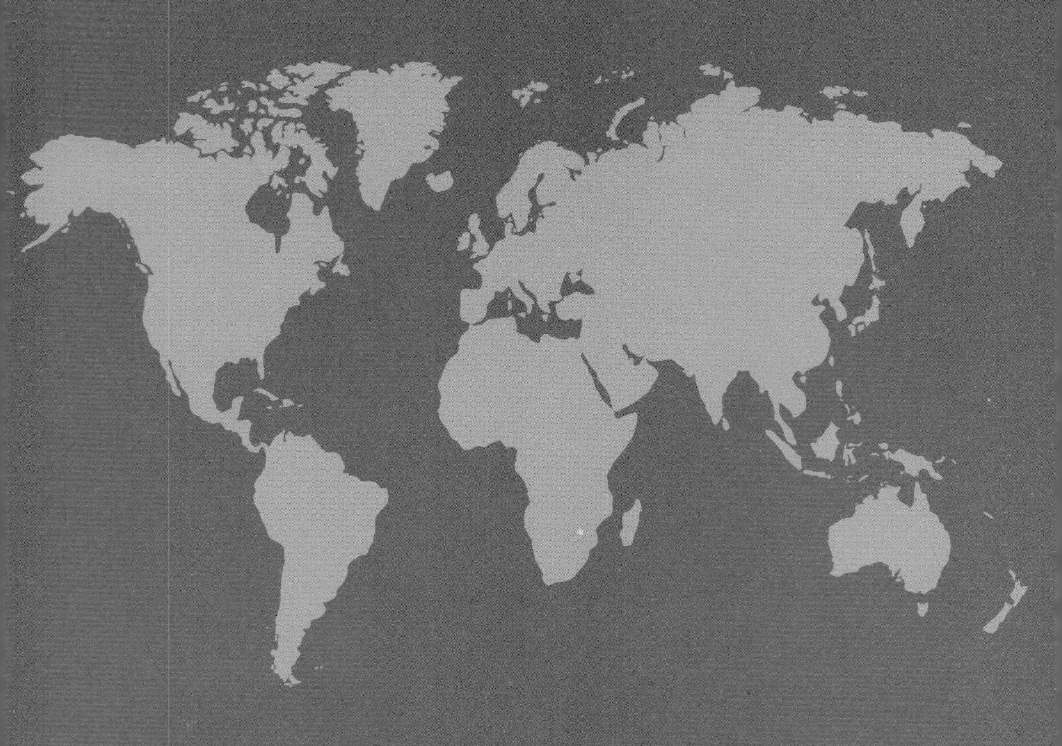

我從來不想成為一名商人，

我只是想改變世界。

——理查．布蘭森（Richard Branson），
維珍集團創辦人

TAIWAN

台灣——

工程師洞察力所打造的半導體強國

▶人口：23,409,323（第 57 名）

▶貨幣單位：新台幣（TWD、NT$）

▶ GDP（2023 年）：7,907.28 億美元（第 21 名）

▶ GDP 成長率（2022 年）：2.43%

▶失業率（2023 年）：3.43%

▶通貨膨脹率（2022 年）：2.9%

▶網路使用率（占人口百分比）：91%

台灣曾經是國際社會的孤立國家。自中國實行改革開放政策，並開始活躍於國際社會之際，中國也對與台灣邦交的國家施加壓力。在此過程中，許多國家開始與台灣斷交。1971 年中國加入聯合國，台灣便失去了聯合國會員國的資格；1979 年中美建交後，美國與台灣斷絕了邦交。

南韓也不例外，一夕之間就背棄了台灣。南韓在 1992 年 8 月 24 日宣布與中國建交，同日隨即與台灣政府斷交。當台灣駐明洞大使館無條件移交給中國的消息傳到台灣時，台灣民眾的憤怒達到了頂點。經過這些事件，台灣自然而然處在國際社會的邊緣地位。

中美貿易衝突後，台灣經濟呈現驚人成長

國民黨原本是中國大陸的主人，然而當國民黨在內戰中輸給共產黨、並於 1949 年遷往台灣時，形成了現在的兩岸關係。被趕出中國大陸的國民黨統治台灣，與中國保持對立關係。但隨著中國的崛起，台灣被排除在國際社會之外，台灣內部要求與中國恢復關係的聲音日益高漲。自 1987 年起，台灣積極尋求改善與中國的關係，兩國甚至在 1992 年透過「九二共識」，同意在「一個中國」的原則下尊重彼此的意見。

然而到了 2000 年，主張台灣完全獨立的民進黨候選人

陳水扁當選總統，兩岸關係再次陷入緊張。中國政府允許中國團體赴台旅遊，增加台灣對中國的依賴，並自 2011 年起逐步允許個人旅遊。隨後在陳水扁當選後，中國透過與台灣的邦交國建交，在外交上孤立台灣。結果導致薩爾瓦多、巴拿馬等 6 個原本與台灣建交的國家與台灣斷交。截至 2023 年 8 月為止，台灣的邦交國只剩下 13 個國家（譯註：諾魯於 2024 年 1 月宣布與台灣斷交，目前台灣的邦交國為 12 國）。

然而最近一段時間，國際社會對台灣的態度徹底改變。2021 年 4 月在倫敦舉行的七國集團（G7）宣布「支持台灣加入國際組織」。不只美國，英國、德國等 G7 國家也一致表態承認台灣的國際地位。作為參考，美國在 2019 年發布

‖南韓、台灣、日本的人均 GDP 趨勢‖

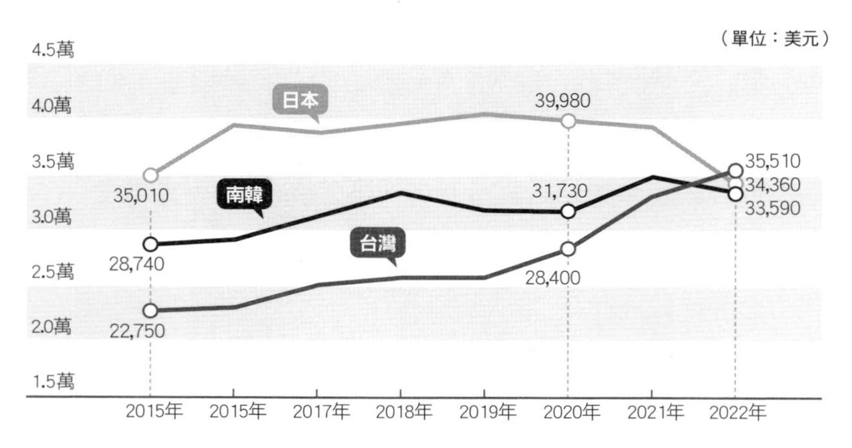

出處：國際貨幣基金

的《印太戰略報告》中將台灣列為一個國家，並在美日峰會中正式提及台灣問題，遭到中國的強烈反對。

由於國際社會對台灣的關注不斷增加，台灣的經濟也快速成長。根據台灣主計總處的數據顯示，2023 年 Q1 台灣實質經濟成長率與前季相比達到 3.09%，這幾乎是南韓 Q1 成長率 1.6% 的兩倍。台灣 2019 年及 2020 年的實質經濟成長率分別為 2.96% 及 3.11%，超越南韓同期的 2.0% 及 -1.0%。

台灣的經濟成長率不僅僅在 2022 年、2023 年超越南韓。自 2017 年中美貿易衝突爆發以來，除了 2018 年之外，台灣的經濟成長率一直超過南韓。2022 年台灣人均實質國民所得（GNI）為 33,565 美元，20 年來首次超過南韓（32,661 美元）。

這些趨勢不得不引起南韓的高度關注。事實上，台灣被排除在國際社會之外對南韓的經濟來說是一個重大機會。由於許多國家基於對中國的隱憂而與台灣斷絕外交關係，台灣無法採取任何振興貿易的措施，例如自由貿易協定（FTA）。誠然，在這樣的環境下，在許多領域與台灣競爭的南韓企業產品能夠更輕鬆地進入海外市場。換句話說，近期希望與台灣合作的國家數量不斷增加，意味著南韓企業和產品迄今所享有的優勢正在消失。

2018年11月12日，張忠謀出席第二十六屆亞太經濟合作會議（APEC）

台積電讓台灣成為半導體強國

最近工業領域的一項國際議題是「晶片四方聯盟」（Chip 4）。該提案旨在建立全球最重要工業產品半導體的生產供應鏈，其中美國負責設計、南韓和台灣負責製造、日本負責材料和設備。

這些議題清楚揭示了台灣的半導體強國地位。國際社會之所以提及台灣，是因為除了與中國的衝突之外，唯一的問題就是半導體問題。曾經因中國而成為孤島的台灣如何成為半導體強國？而其核心半導體公司台積電，又走了一條什麼

樣的道路？

台積電（TSMC）成立於 1987 年，是一家提供一種稱為半導體委外生產或代工（foundry）的新型業務結構公司。台積電為缺乏生產設備或因生產線的額外擴張所困的半導體公司提供外包製造產品，藉此持續成長。過程中，台灣政府為了創建一家具有如此獨特業務結構的公司也付出了龐大的努力。

台灣首先成立了國家級研究機構工研院（ITRI），以提升本國企業的技術能力。工研院所累積的知識和技術被轉移到私營部門，鼓勵創投公司的發展。曾任職於德州儀器（Texas Instrument，TI）長達 25 年、並且擔任副總裁的張忠謀，被任命為工業技術研究院的院長。

德州儀器是一家在半導體史上取得重要成就的公司。最初它是一家石油探勘公司，憑藉著在石油探勘過程中所獲得的技術進入軍事工業領域。1954 年，德州儀器將世界首創的矽電晶體（silicon transistor）商業化，第一台電晶體收音機問世；20 世紀 60 年代，歷史上第一台便攜式計算器誕生。曾在主導半導體早期發展的公司擔任副總裁的張忠謀，接受台灣「幫助促進半導體產業」的請託，於 1985 年返回台灣，擔任工業技術研究院院長。

台灣認為，確保 IT 產業的技術實力應該是經濟實現永續成長的首要任務。尤其從 1960 年代開始，源自於美國的援助受阻，自力更生成為台灣經濟的首要任務。為此，政府

尋求各種變革，首先是採取出口導向的經濟成長模式，不再為了吸引外資而強制加工出口區內企業生產的所有產品出口，而是對從國外進口的原料和中間產品取消徵收關稅和運費稅，並且也免除加工出口區內工廠的所有稅收。

隨著營商環境的改善，台灣優越的勞動力吸引了大批美國、歐洲和日本企業進駐台灣。當時，台灣的電子零件產業主要生產電晶體收音機和黑白電視機。此外，不少台灣企業併購了成立於二戰前的日本企業。尤其在 1970 年代，隨著日本企業大量進軍電子零件產業，台灣企業為了保持競爭力，掌握相關技術變得特別重要，在這個過程中，台灣也意識到了半導體的重要性。

獨立的半導體設計與生產

其中，張忠謀比其他人更快意識到，必須將半導體市場的設計和生產分開。當時，許多才華洋溢的人才離開德州儀器後，正爭先恐後地創辦新的半導體公司。張忠謀清楚洞察出，德州儀器有越來越多的研究人員想辭職創業，但由於投資生產設備的巨大成本而猶豫不決。為了生產半導體，需要投入大量資金來投資生產設備，這是開展新的半導體業務的最大障礙。隨著半導體的實際性能逐漸提高，生產它們需要更多的設備，規格也隨之提高。

隨著半導體產業有望快速成長，半導體公司不僅開始湧入美國，也開始湧入日本、歐洲、南韓和台灣。他們建造了大規模的生產設施，以提高初期的市場競爭力。無法支付巨額設備投資成本以滿足大規模需求的公司將被迫出現赤字。也因此，當時的半導體市場成了美國、歐洲、日本等主要國家大型材料企業的必爭之地。

但台灣政府和張忠謀打破了半導體產業傳統商業結構的模式，成立了台積電。半導體產業的核心工作主要分為半導體設計、生產、組裝和測試。在台積電成立之前，所有半導體公司必須承辦從設計、生產到測試的所有業務，一家沒有半導體生產設備的公司會是什麼樣子在當時是很難想像的。不過，台積電打破了這個模式，該公司專注於委託製造，為缺乏生產設備或因生產設備擴張而感到負擔的半導體公司生產產品。台積電宣稱能夠幫助對半導體感興趣的公司，在無須對生產設備進行大量投資的情況下，仍能開展半導體事業。

台積電的新商業模式在全球廣受好評。因為如果委託台積電代工，可以減少很多風險因素。半導體工廠和 IT 資產隨著時間的推移變得陳舊，並且由於新技術的發展而迅速過時。除此之外，半導體市場變化很大，因此需求可能會突然增加，接著急速暴跌，再加上設備的維修費用也相當可觀。在集合眾多風險因素的情況下，投資半導體產業需要巨額資金，這也將決定企業本身的生存。然而，由於台積電的晶圓

代工商業模式，促使半導體公司可以專注於其業務，無需在高風險的半導體工廠和設備上投入大量資金。

固定成本的增加，例如對生產設備的投資，意味著風險管理變得更加困難。然而，自台積電成立以來，許多新創企業能夠將生產外包給台積電，並只要專注於設計新的半導體產品，已與現有的半導體產品產生區別化，這加速了各個領域專業公司的出現。當新產品設計出來時，由於台積電在設計新產品時提供生產服務，因此在技術領域擁有天賦的矽谷工程師紛紛開始創業。在沒有生產設備的情況下經營半導體業務的企業，稱為「無晶圓廠公司」。

由於台積電對半導體製造環境的改變，催生了各種類型的半導體產品。因此人們認為，現今半導體產業快速成長的幕後推手，就是台積電的代工生產模式。

美國為何提出晶片四方聯盟？

台灣政府打造半導體強國的努力不僅限於成立台積電，為了培育以半導體為中心穩定的上游和下游產業，台灣成立了新竹科學園區。該園區靠近桃園國際機場，周圍有國立清華大學、交通大學、工業技術研究院電子工業研究所（ERSO）等產業大學和研究機構。除此之外，優惠稅制也吸引許多企業進駐。另一方面，為了發掘獲得美國等國家學

位並從事 IT 行業的高科技人才，以及在美國留學的學生，特別在矽谷設置辦事處，並積極展開招聘活動，也因此新竹科學園區聚集了許多優秀人才。

台積電的商業模式是導致美國半導體製造市場占有率下降的決定性因素。在 1980 年代，美國的全球半導體製造市占率為 40%，但目前這一數字已大幅降至 10% 左右。由於台積電的關係，美國新的半導體企業獲得了不必自己建造生產設備的便利性，而在這個過程中，美國失去了半導體生產據點。

預計未來半導體市場將持續以每年 7% 以上的高速度成長。尤其由於大多數國防設備都需要半導體，建立可以直接生產半導體的環境變得更加重要。因此，美國正試圖建立一個可以在國內直接生產半導體的環境，而 Chip 4 聯盟也被評估為這項努力的一部分。最近美國向南韓和台灣請求協助半導體生產，最關鍵因素就是台積電的崛起。

去中國化和克服人口高齡化的諸多挑戰

儘管台灣在半導體等某些領域確實取得了令人矚目的成就，但要維持現狀仍有許多必須解決的挑戰。

第一個挑戰是減少對中國的依賴。台灣是典型的對外依存度高的國家，其貿易依存度（進出口占名目 GDP 的比率）

超過 100%，出口依存度（出口占名目 GDP 的比率）也超過 50%。換句話說，台灣經濟沒有出口就難以維持。然而，如果我們更仔細觀察這些出口，會發現中國占據絕大多數的比率。台灣對中國的出口比例高達 40%，台灣企業的大部分海外直接投資也在中國。自 1991 年允許對中國直接投資以來，截至 2020 年，台灣已在中國投資了 1,897 億美元。這比同期台灣在其他國家投資的 1,475 億美元還要多。

從中國的角度來看，台灣是中國的主要貿易夥伴，占據中國第 3 大進口國和第 11 大出口國的地位，因此兩國之間的經濟交流與合作水準相當高。這使得台灣政府難以無條件支持美國，因為與中國建立友好關係也是一個非常重要的議題。

台灣的另一項挑戰是人口老化。台灣在 2018 年就已經進入高齡化社會之列，預計 2025 年將進入超高齡化社會。台灣人口在 2019 年達到高峰 2,360 萬，目前正在下降。自 2020 年起，台灣人口開始下降，死亡人數超過出生人數，預計 2052 年人口將降至 2,000 萬以下。

目前，台灣政府正在積極推動外籍人才的招聘，以解決人口老化導致的產業人力短缺問題。為了創造外籍勞工和外國企業能在台灣自由經營的環境，台灣自 2019 年起將英語指定為第二官方語言，努力提升所有公民的英語使用水準。

產業結構偏向某些產業，也是台灣必須克服的挑戰。台灣前 10 大製造企業中，有 8 家是電子及配件公司。台灣經

濟未來若要穩健成長，必須培育資訊和通訊技術以外的不同產業。

台灣沒有任何大型企業集團也是一個令人擔憂的問題。台灣各大企業正紛紛回歸外包結構的格局，生產全球品牌的產品。換句話說，能夠直接吸引消費者的台灣自有品牌並不多見。

顯然，台灣還有許多挑戰需要克服。但從台灣的立場來看，當前的國際氛圍是 40 年來首次出現的新機會。台灣將如何利用這個機會，以及南韓將如何應對台灣的崛起，未來值得持續關注。

UNITED KINGDOM

英國——

統治「世界中心」300年的秘密

- ▶人口：67,736,802（第21名）
- ▶貨幣單位：英鎊（GBP、£）
- ▶ GDP（2023年）：31,589.4億美元（第6名）
- ▶ GDP成長率（2022年）：4.1%
- ▶失業率（2022年）：3.6%
- ▶通貨膨脹率（2022年）：7.9%
- ▶網路使用率（占人口百分比）：97%

專利制度為工業革命奠定基礎

英國被稱為「日不落國」。因為它在世界各地擁有廣闊的殖民地，這代表著太陽總是在英國領土的某個地方升起。事實上，很難準確統計出英國總共擁有多少國家殖民地，該數字根據當時所處的時期而有所不同，例如孟加拉、巴基斯坦和印度在英國殖民時期是同一國家。截至20世紀初，已有60個國家從英國殖民地獨立出來。在20世紀之前，英國是名符其實世界上最強大的國家。

英國是如何成為世界上最強大的國家？背景是「專利制度」。直到17世紀，英國仍未具備實現工業革命的製造和技術條件；相反的，歐洲大陸的國家擁有成熟的製造條件。在歐洲，製造業已經發展迅速，例如鐘錶業和鐵加工。作為參考，當時手錶是與今日的智慧型手機媲美的主要工具，也是為日常生活帶來最大改變的物品。

另一方面，英國仍停留在農業國家的水準，因此在1623年，英國引入了為工程師的技術付費的專利制度，以提高行業的競爭力。之後，來自歐洲各地的工程師在聽說他們的技術可以獲得公平的報酬後便開始湧向英國。這些工程師的綜合能力引發了工業革命，使英國成為世界上最強大的國家。工業革命是英國首度利用外部力量作為成長的跳板。

在看到英國加強專利制度、並躋身於世界上最強大國家之列後，一些國家也以此為目標，最著名的兩個國家是德國

和美國。德國是世界上第一個引進實用新型制度的國家。如果專利制度是創造出以前不存在的新事物時所授予的獎章，即從無到有創造出某種東西的話，那麼實用新型制度則屬於改進已存在之事物的類型。換句話說，如果改善現有名為「A」的產品達到「A+」或「A++」等級，就可以被認定為實用新型。為了吸引歐洲各地的眾多工程師來到德國，德國以「實用新型」的名義來承認那些未被認定為原創物品的經濟價值。基於這些嘗試，德國至今仍保持著世界領先的製造業強國地位。

美國也是將英國視為標杆的國家。美國在《憲法》第1條中明訂專利保護規則，《憲法》第1條通常包含國家必須秉持的價值觀。有鑑於英國透過專利制度躋身世界強國，以及美國的發展需要吸引來自歐洲各地有能力的工程師，因此美國《憲法》第1條第8款第8項具體規定了專利保護制度。

英國如何成為世界金融中心？

透過工業革命獲得經濟實力的英國，開始像其他西方列強一樣全面占領殖民地，然而，英國的殖民管理方式與其他國家截然不同。例如，法國更喜歡直接統治其殖民地。法國人員被直接派往殖民地進行監督，這種方法引起了殖民地當地人對法國的敵意。西班牙則使用階級制度來管理其殖民

地。各個地區的統治方式是，來自西班牙本土的人被賦予最高等級，出生在殖民地的西班牙人被賦予次高等級，而出生在殖民地的非西班牙人和非當地人被賦予較低等級。

相較之下，英國更喜歡位居幕後，採取從背後指揮當地統治者的間接方法，並且將殖民地的優秀人才送往英國本土接受教育，提拔他們晉升到政府的高階職位。這種統治方式使得殖民地國家即使在獨立之後，通常也與英國保持友好關係。

因此，即使英國的殖民地國家成為新獨立國家後，它們仍屬於大英國協（Commonwealth of Nations），並持續進行密切的經濟和政治互動。大英國協甚至透過每四年舉辦一次大英國協運動會（The Commonwealth Games）來保持密切的關係。直到 1980 年代後期，大英國協的旅行、留學、就業都是免簽證，並對許多物品實行免關稅，這是英國在二戰後仍維持國際社會地位的基礎。時至今日，英國仍持續運用其外部影響力。

英國金融業的發展也可以用同樣的歷史背景來解讀。紐約通常被稱為世界金融中心，但更準確地說，它是美國金融市場的中心，這是因為光靠國內市場就可以創造足夠的機會。相反的，作為英國首都的倫敦才配稱為真正的國際金融中心。英國擁有全球約 30 ～ 50% 的外匯、股票和其他金融衍生商品，倫敦證券交易所（London Stock Exchange）在 2015 年之前一直是世界第一大證券交易所，超過美國的紐約

證券交易所（NYSE）。

英國作為國際金融中心的核心區域是倫敦城（City of London）的一個金融特區。倫敦城金融特區為倫敦 32 個行政區中的獨立行政區，擁有寬鬆的稅收制度，受到全球知名企業和富人們的青睞。

這種稅收制度的背景可以追溯到大英帝國時代。當時，大多數英國商人生活在殖民地，並在這些地區賺取利潤，但往往很難將殖民地的利潤帶回英國。因此，英國引進了一項制度，對於曾居住在殖民地的英國居民在當地賺取的利潤實施延期徵稅，這一制度一直延續到最近，形成「非居住規則」（non domicile rule）。

非居住規則的制度是，即使你的戶籍地址是在英國，但如果實際居住地登記在英國以外的國家，你在英國以外的國家所賺取的利潤便能獲得延後徵稅。最近，英國富豪們被批評濫用法律，因為他們選擇住在酒店而不是自宅，營造出居住地在海外的假象，許多人因此獲得延期納稅。儘管有這些負面作用，寬鬆的稅收制度還是吸引了來自大英國協的富人們、俄羅斯的財團、日本與中國等亞洲富豪們，匯聚了全球最富有人們的資金。

英國已成為世界文化瑰寶的寶庫

英國在世界各地建立殖民地、管理大英帝國所獲得的好處並不止於此。英國倫敦是世界上擁有眾多博物館和美術館的城市之一，截至 2019 年，倫敦擁有的博物館和美術館數量達到 215 家。此外，英國還開放大部分的博物館和美術館供免費參觀。擁有如此多博物館的英國之所以不得不免費向遊客開放，是因為大部分展品都是從世界各地的殖民地掠奪而來的物品。

如果我們回顧一下英國主要博物館的歷史，就能了解這一點。大英博物館被認為是世界三大博物館之一，最初是一個展示私人收藏的小型博物館。1753 年，醫生漢斯・斯隆（Hans Sloane）將他收藏的 80,000 件物品捐贈給國家，使其成為世界上第一個公共博物館。後來，由於博物館裡逐漸擺滿從世界各地掠奪而來的收藏品，因此需要一個以繪畫為中心的展廳。政府收購商人兼收藏家約翰・朱利葉斯・安格斯坦（John Julius Angerstein）的私人收藏之後，國家美術館正式對外開放。據了解，國家美術館目前擁有約 2,300 幅中世紀晚期至 19 世紀末的畫作。作為參考，大英自然歷史博物館則展出來自世界各地的絕種動物和本土生物的標本展品。

要求大英博物館歸還展品的呼聲仍在繼續。自英國脫歐以來，就連歐盟成員國也紛紛發聲，要求將文化遺產歸還各

國。歐盟的 27 個會員國在一項重新定義未來與英國關係的談判中，加入了「非法盜竊的文化財產必須歸還其原籍國或給予賠償」的內容。當然，談判文本中並未列出具體須歸還物品，但據評估，該主張積極反映了希臘和義大利的立場，希臘希望英國歸還古希臘文物、義大利則希望歸還古義大利文物。

在希臘文物方面，大英博物館展出來自帕德嫩神殿的大理石雕塑「埃爾金大理石」（Elgin marbles）。當希臘處於鄂圖曼帝國統治之下時，被指派擔任英國駐鄂圖曼帝國大使的托馬斯·埃爾金（Thomas Elgin）將雅典帕德嫩神廟的大理石雕塑帶到了倫敦。這也是雕塑名稱中含有「埃爾金」的原因。希臘和英國在埃爾金大理石問題上一直存在著分歧。希臘堅持要求歸還埃爾金大理石雕塑，聲稱是英國政府單方面竊取的，而英國則強烈反對，聲稱埃爾金大使是透過與鄂圖曼帝國簽訂的合法合約而獲得。

以「摩艾石像」聞名的南太平洋復活節島也要求大英博物館歸還石像。這座巨大的人形石像是復活節島原住民在西元 6 世紀至 15 世紀之間以玄武岩雕刻而成的，1868 年未經許可被英國士兵帶走並贈送給當時的維多利亞女王（Queen Victoria）。另外，包括埃及、奈及利亞等非洲國家，以及加拿大、墨西哥、中國和東南亞在內的許多國家，都呼籲英國政府歸還其文化資產。據悉目前大英博物館擁有的南韓文物約 200 多件，其中包括高麗青瓷和朝鮮白瓷。

大英博物館展出的埃爾金大理石，取自帕德嫩神殿的東部山牆

到目前為止，英國政府面對各國的要求採取完全消極的立場，不過英國仍與一些國家討論以租賃形式歸還的方式。但在這種情況下，國際上很難接受前往英國的外國遊客在參觀大英博物館時，還要付錢以欣賞他們本國的文物。事實上，英國的許多公共博物館和畫廊都是免費的，只針對外國觀光客收費的這一點，也讓外國遊客難以接受。

專注於設計領域

當英國人統治世界時，獲得的不僅僅是各個國家的文化寶藏，來自世界各地，代表文化領域的文化資產，也為英國

人民培養高水準的文化和藝術意識奠定了基礎。另外，為了提供二戰後飽受摧殘人們的生活慰藉，並扶植遭受重創的文化藝術家們的生計，英國成立了音樂與藝術促進委員會（The Council for the Encouragement of Music and the Arts），這也是英國專注於商業設計的背景。

各國在修復戰後損失時通常只關注建築、土木工程和公共安全。然而，即使戰損尚未恢復，英國在 1946 年將音樂藝術委員會改組為藝術委員會（Arts Council），在各個地方小城鎮舉行音樂會、表演等藝術活動。由此可見，英國人民對文化、藝術和生活的重視程度。獨特的是，當時的音樂藝術促進委員會首任主席是傳奇經濟學家約翰·梅納德·凱因斯（John Maynard Keynes）。當時，凱因斯堅持應該以國家公共資金來支持文化藝術領域，但他也堅持所謂的「公平獨立交易原則」（Arm's length principal），即國家不該主動干預文化藝術家的藝術活動，應保持一定距離。

英國對文化和藝術的態度不僅止於教育和情感層面。1970 年代後期，當英國經濟陷入困境，經濟危機嚴重到需要向國際貨幣基金組織（IMF）尋求援助時，時任英國首相的瑪格麗特·柴契爾（Margaret Thatcher）轉向商業文化和藝術設計，以此來克服困難。柴契爾當時以「設計或衰落！」（Design or Decline!）作為口號，實施強而有力的設計振興政策，藉此克服英國的危機。

柴契爾對設計這項商業藝術的興趣背景，也與大英帝

國時代不無關係。英國透過印度的殖民地，向世界各地出口紡織品，維持了世界最高水準的經濟實力地位。但包括法國在內的其他西方列強，則憑藉其殖民地所生產的棉花，開始追趕英國。目前，英國正將設計視為保持競爭優勢的一種方式。19 世紀中葉，當時的英國首相羅伯特．皮爾（Robert Peel）提出一項設計推廣計畫，以解決英、法之間紡織品貿易的不平衡問題，從而催生設計博物館和設計示範學校的成立。透過此次經歷，英國更加認定設計是提高國家紡織業競爭力和經濟價值的重要手段。

音樂與藝術促進委員會並不是英國在二戰結束後設立的唯一機構。溫斯頓．邱吉爾（Winston Churchill）於 1944 年成立工業設計委員會，其目的是恢復戰後崩潰的英國工業，重點是設計。另外，為了培養國內優秀的設計人才，邱吉爾在 1945 年推動「優秀設計運動」。英國還有另一位關注設計的領導人，那就是英國首相安東尼．布萊爾（Anthony Charles Lynton Blair）。他將設計視為引領英國的未來新動力，提出「創意英國」（Creative UK）和「酷英國」（Cool Britannia）的口號，實施了公共設計優先政策。

南韓目前的情況與英國柴契爾首相時期沒有太大區別。有結果表明，南韓現有的核心產業正在逐漸失去競爭力。由於低出生率和人口老化，導致人們的整體創新能力下降。面對這種情況，何不關注一下設計領域呢？包括資通訊技術（ICT）在內的第四次工業革命所代表的一系列產業，大多

是基於顛覆性創新而發展。換句話說，這些產業完全顛覆現有的技術和秩序，並透過引進全新的方法得以發展。這些行業很難在高齡族群中實現，因為他們的敏捷性、學習能力和好奇心都在下降。

然而設計領域就不同了。當然，設計領域需要新資訊與敏感度，但各種經驗和反覆試驗對於創造良好的結果也至關重要。在科技領域，30 ～ 40 歲的人通常構成行業的中流砥柱；但在設計領域，10 ～ 70 歲各個年齡層的人都在積極工作，這也是為什麼設計領域中有很多大師都是老年人的原因。

以「Polo 衫」享譽全球的設計師拉爾夫・勞倫（Ralph Lauren）出生於 1939 年；義大利的建築教父亞歷山卓・門迪尼（Alessandro Mendini）出生於 1931 年；與之齊名的義大利奢侈品創作大師喬治・阿曼尼（Giorgio Armani）則出生於 1934 年。這些人們在設計領域功成名就，但很難想像出生於 1930 年代的人能夠在資通訊領域取得成果。

設計領域所創造的附加價值不容忽視。與一般的研發相比，投資設計可以產生約 3 倍的附加價值。如果一般研發投資可以預期使銷售額成長 5 倍，那麼在設計產業，這一數字為 14.4 倍。

設計領域對創造就業機會的效果顯著。從 2019 年的就業激勵係數來看，汽車為 6.24、半導體為 1.77，而藝術、運動、休閒領域則為 9.34。設計領域的能力對所有領域都有連

鎖反應，包括製造業、服務業、文化產業、電子和通訊業以及醫療保健，這也是其優點。

儘管有充分的理由關注設計領域，但南韓社會似乎並沒有真正關注設計領域。現在，是時候採用「設計行業」的觀點，將設計本身視為一個行業，而不是將設計視為注重結果的「產業設計」觀點。

借助外在力量克服危機

讓我們回到英國。如前所述，英國今日大部分的地位和成就都是基於大英帝國時代。毫不誇張地說，英國在各個時期都是透過適當利用英國境外情況而發展起來的。然而，英國近來推動的「脫歐」（Brexit）之舉引起了人們的質疑。英國退出歐盟，選擇自我孤立。英國的脫歐增加了英國經濟的不確定性，由於預估英國將失去其在歐盟的會員資格，總部位於英國的跨國公司紛紛撤離英國，並遷往歐盟國家。因此，近年來英國的商業投資持續低迷，家庭可支配所得也在下降。國際貨幣基金組織和世界銀行（World Bank）等主要國際機構，也下調了對英國脫歐之後的經濟成長預期。

有趣的是，英國對這場危機的解決方案仍然與過去相同。英國政府消除貿易成本和手續，並積極引進自由港制度，透過提供稅收優惠，允許自由貿易。透過降低企業稅

率，英國正吸引離岸公司的投資，同時強調英國與愛爾蘭一樣是歐洲企業稅率最低的國家。

作為引領第一次工業革命的國家，英國正在全力以赴，力爭在第四次工業革命時代保持領先。儘管引領工業革命的領域與過去相比已截然不同，但英國培育這些產業的策略與17世紀的策略並無太大差異。英國政府對專利所產生的利潤實行低企業稅率（10%），以鼓勵海外公司和外國工程師將其創新理念在英國取得成果並且商業化。這項政策讓人想起17世紀的專利制度，它成為工業革命背後的驅動力。

另外，為了吸引來自海外的頂尖人才和新創企業，英國於2019年3月起推出一項新的簽證制度，即所謂的創新者簽證（innovator visa），該簽證將發給計畫在英國開展業務的人們。英國更引進創業簽證（Start up visa）制度，由擔保機構在審查商業理念之後簽發簽證。同時，英國也積極培育風險投資、群眾募資和天使投資人，運用國家尖端的金融體系以鼓勵新創企業。

英國王室也加入了這一行列，由現任國王查爾斯的弟弟安德魯·溫莎（Andrew Windsor）王子所創立的非營利基金會Pitch@Palace，過去五年來已在62個國家舉辦了120多場創業競賽，並承諾贊助近800家公司。這些努力得到了回報，2017年倫敦在全球城市創業生態系統中排名第三，僅次於矽谷和紐約。

如上所述，每當出現危機時，英國總是透過借力外部力

量來克服危機。而英國是否也能明智地藉由「外部力量」來克服在脫歐之後面臨的新危機，還有待觀察。

UNITED ARAB EMIR

阿拉伯聯合大公國——

為什麼執著成為最大、最好和第一

- ▶人口：9,516,871（第 96 位）
- ▶貨幣單位：阿聯酋迪拉姆（AED，DH）
- ▶ GDP（2023 年）：4,989.78 億美元（第 33 位）
- ▶ GDP 成長率（2022 年）：7.4%
- ▶失業率（2022 年）：2.8%
- ▶通貨膨脹率（2022 年）：4.8%
- ▶網路使用率（占人口百分比）：100%

有些國家的城市名稱比國名更廣為人知，例如阿拉伯聯合大公國。一般來說，出差或出國旅遊時，目的地通常是國名，例如英國或美國；但是前往阿拉伯聯合大公國出差或觀光時，卻較常提到目的地的城市名稱，例如杜拜、阿布達比等，這證明杜拜和阿布達比在阿拉伯聯合大公國占有絕對的份量。許多人之所以將阿拉伯聯合大公國視為一個以城市為中心的國家，是因為它所面臨的經濟形勢。

石油決定了一場戰爭的輸贏

阿聯的正確名稱是阿拉伯聯合大公國（United Arab Emirates，UAE）。阿拉伯聯合大公國於 1971 年從英國獨立，是一個由七個部落組成的聯邦國家。原本這個地區生活著許多部落，但正因為海盜的存在，他們才為國際社會所熟知。在 17 ～ 19 世紀期間，阿聯是海盜的巢穴，因此被稱為「海盜海岸」（Pirate Coast）。隨後，英國開始統治該地區並剷除海盜，並於 1853 年與當地部落酋長簽署永久海上和平條約。該地區的部落處於英國統治之下，以至於他們在 1892 年簽署了一項條約，未經英國許可不得與任何國家建立外交關係。然而英國並沒有積極干預這些地區的內政，最後由於部落之間頻繁的衝突和糾紛，導致其難以發展。以英國的立場來看，沒有理由關注以捕魚和開採珍珠為主要職業的

貧困地區。

第一次世界大戰時，中東處於鄂圖曼帝國的控制之下。然而，英、法兩國為了牽制鄂圖曼帝國，並將中東置於自己的影響之下，因此在該地區締結了不同的條約，不斷在中東製造衝突。

首先在 1917 年，英國外交大臣亞瑟・貝爾福（Arthur Balfour）發表了《貝爾福宣言》（Balfour Declaration），支持在中東巴勒斯坦建立一個猶太國家。然而《貝爾福宣言》與兩年前英國高級專員亨利・麥克馬洪（Henry McMahon）1915 年宣布的《麥克馬洪宣言》（McMahon Declartion）完全相反，這是因為《麥克馬洪宣言》表示支持在該地區建立阿拉伯國家。另外，1916 年英國和法國簽署了《賽克斯—皮科協定》（Sykes-Picot Agreement），該協定界定了英法之間的權力邊界，這與上述兩個支持該地區獨立國家的宣言大相逕庭。

美國對中東的興趣始於第二次世界大戰之後。在二戰前，美國僅靠國內生產的原油就能滿足需求，出於這個原因，美國對與海外產油國建立關係或原油價格的走勢完全不感興趣。然而到了 1940 年代，美國開始意識到海外石油產區的重要性。尤其在 1941 年參加二戰後，美國意識到戰爭的成敗取決於石油的供需是否順暢，也看到了中東產油國的重要性。更重要的是，作為盟友的英國和法國是無法自行供應本國原油的國家，而德國、蘇聯等受到牽制的國家，也面

臨需要順暢供應石油以維持國防軍力的處境。這就是為什麼儘管中東到了 1940 年代初期所生產的原油產量不到全球產量的 10%，其重要性仍在日益增加。

1944 年 8 月 8 日，美國和英國簽署《英美石油協定》（Anglo-American Petroleum Agreement），主要提倡沙烏地阿拉伯的石油應該歸美國所有，而波斯地區（伊朗）的石油將交由英國開發，伊拉克和科威特的石油則由英、美雙方共同開發。此時創立的煉油公司就是沙烏地阿拉伯國家石油公司（Saudi Aramco）和英國石油公司（BP）的前身。《英美石油協定》簽訂後，英、美兩國成立了國際石油委員會（International Pertroleum Commission），由兩國各指派四名成員，共八名成員組成。該組織將針對各國所建議的生產量和市場控制措施進行磋商。

石油資源豐富的阿拉伯聯合大公國擔心「石油耗盡」

20 世紀初期，當阿拉伯聯合大公國發現石油時，英國改變了一向對其地區採取的被動態度。英國必須解決部落之間的領土爭端，以確保在這些地區開採原油的權利。當時，代表這些地區的九個部落將領土邊界問題留給英國人，但是並沒有獲得友善解決。最終，這九個部落中不包括那

些分裂至巴林和卡達的部落，剩下的七個部落分別是杜拜（Dobai）、阿布達比（Abu Dhabi）、沙迦（Sharjah）、阿吉曼（Ajman）、富傑拉（Fujairah）、拉斯海瑪（Ras Al Khaimah）和歐姆庫溫（Umm Al Quwain），他們聯合組成阿拉伯聯合大公國。目前阿拉伯聯合大公國的政治體制是由阿布達比國王擔任總統，杜拜國王擔任副總統兼總理。

阿拉伯聯合大公國擁有全球第六大石油儲量，長期以來一直被視為憑藉石油貨幣的富裕中東國家的象徵。如果你走在杜拜的街道上，隨處可見藍寶堅尼和法拉利等超級跑車。如今儼然成為富有代名詞的謝赫曼蘇爾（Sheikh Mansour），便是阿拉伯聯合大公國阿布達比的王子。在阿拉伯聯合大公國富有的不僅僅是少數皇室成員，該國所有公民都可以從石油收入中獲得種種好處：除了提供免費教育和醫療服務外，阿拉伯聯合大公國更為計畫出國留學的人們提供免費的留學費用，並且提供他們在境內和海外皆能獲得醫療服務。

就像這樣，阿拉伯聯合大公國看似是一個衣食無虞的國家，但它最近卻面臨中東最大的問題，那就是石油的提前耗盡。目前它的石油儲量只有 30 年，預計到 2050 年左右就會耗盡。基於這個因素，阿拉伯聯合大公國比其他中東國家更早一步為石油枯竭後的局勢做好準備。1986 年發現石油時，作為杜拜領導人的謝赫拉希德（Sheikh Rashid）一直透過創建自由貿易區和建設學校、醫院和道路等各種基礎設施，為

石油資源的枯竭做足準備。這就是為什麼杜拜和阿布達比與中東其他城市不同，能夠成為國際大都市的原因。

阿拉伯聯合大公國希望，即使在石油耗盡之後，仍有許多人湧向杜拜並促使經濟活動蓬勃發展。最終唯一的方法就是利用出售剩餘石油所得的資金，將其主要城市轉變為具有國際競爭力的中心樞紐。

打造全球最棒、最大、第一

為了彌補環境最惡劣的城市和起步較晚的缺點，阿拉伯聯合大公國開始追求成為「全球最棒、最大、第一」的榮耀。杜拜憑藉各種大型專案成功吸引了國際社會的關注，包括世界第一高樓哈里發塔、世界最大的購物中心杜拜購物中心、中東第一座室內滑雪場、全球最昂貴的酒店帆船酒店，以及全球最大的人造島。繼杜拜之後，阿布達比也遵循杜拜的成功模式，積極追求經濟發展，吸引了羅浮宮、古根漢博物館和法拉利世界等，將自己打造成世界級的旅遊勝地。

然而，僅僅建立基礎設施並不足以吸引跨國企業來到此地。因此，阿拉伯聯合大公國正在將其體制環境改為前所未有的水準，以營造世界上最有利於商業的環境。首先，它取消了聯邦層級的企業稅和所得稅。唯有總部設在阿拉伯聯合大國的石油和天然氣公司（超過 50%），以及為這些公司提

供金融服務的跨國金融公司（20%），才需要繳納更高的企業稅率。

跨國公司不願在中東開設辦事處的部分原因是宗教和文化因素。然而，杜拜的伊斯蘭宗教法的運作方式與鄰近的中東國家略有不同，對於外國人的限制較為寬鬆。正因為如此，阿拉伯聯合大公國是中東地區唯一可以飲酒的國家。在杜拜，有些地方（例如飯店）只向外國人出售酒類；另外，外國女性也可以自由穿著。

因此，阿拉伯聯合大公國管理國家的方式比其他中東國家更具高水準的開放性和創造力，以便在面臨石油即將枯竭的情況下，確保未來的糧食來源。

石油輸出國組織OPEC成立的目的是與西方抗衡

石油依然是支撐中東經濟的主要來源。英法或美英為什麼要建立基於互利關係上的石油供需體系，而不是互相爭奪石油利益？原因在於煉油業是一個可以透過協商促使獲利大幅提升的產業。

在石油市場，如果原油產量控制不當，很容易導致價格大幅上漲或下跌。這是因為石油工業是一個需要大規模投資設備的製程產業。為了生產原油，需要投入大量資金用於鑽

井和建造海上平台。在這個過程中，如果原油生產國之間沒有相互達成共識，那麼在油價上漲時期，各國都將不得不投資額外的設備。而在這個過程中，很容易出現過度投資的情況。但一旦進行了投資，即使油價下跌也無法停止營運，必須保持營運才能減少損失。當這種情況發生時，原油產量往往超過需求，從而成為導致油價暴跌和眾多石油生產商破產的原因。最終，為了避免這種情況發生，許多產油公司和石油霸權國家選擇相互密切合作。

石油輸出國組織（Organization of Petroleum Exporting Countries，OPEC）是一個由中東產油國組成的組織，成立的原因是吸取了西方石油公司的經驗教訓。西方石油公司已經意識到，協商是石油工業得以發揮影響力、建立持續而穩定的獲利結構最重要因素。石油輸出國組織於 1960 年 9 月由沙烏地阿拉伯、委內瑞拉、伊朗、伊拉克和科威特五個國家共同在巴格達成立，這五個國家聯合起來抗議西方石油公司不平等的利潤分配結構。

這不是中東國家第一次對於西方列強協調下運作的石油工業進行反抗。從 1960 年代末期第三次中東戰爭開始，埃及和其他阿拉伯國家開始將石油武器化並向西方國家施壓。1967 年 6 月，阿拉伯國家突然決定停止石油出口。然而，當時阿拉伯國家對石油的控制作用不大，因為擁有最大石油儲量的沙烏地阿拉伯並未加入停產行列。當時沙烏地阿拉伯的石油部長艾哈邁德·亞瑪尼（Ahmed Zaki Yamani）對石油

武器化抱持懷疑的態度，他認為石油武器化只會導致阿拉伯地區的經濟損失。另外，當時與美國關係友好的伊朗仍繼續生產石油，而委內瑞拉、印尼等中東以外的國家則藉機提高石油產量，從而減輕阿拉伯地區石油停產所帶來的影響。

中東是全球石油產業的關鍵

由於產油國之間的立場分歧，1960 年代後期中東首次嘗試將石油武器化並沒有產生太大效果。不過也有一種解釋認為，當時全球的石油需求還不到 1970 年代的一半，因此中東石油的重要性不如今日這般重要。就在 1960 年代，美國限制石油進口以保護本國石油產業。這表明，當時的美國即使沒有 100% 全面運作其石油生產設備，仍能透過本身現有的生產能力獲取足夠的石油，甚至還能儲備部分石油。

然而到了 1970 年代，情況發生了變化。隨著全球對石油的需求增加，需求量開始超過供應量。在此之前由於石油產量過剩，即使中東切斷石油供應，也不會造成重大威脅。但進入 1970 年代之後，中斷石油供應可能導致供應缺口和油價飆升。於是中東地區自然而然成為石油秩序的關鍵，並進一步獲得能向全世界表達自己立場的權力。

在 1970 年代，第一個反對西方石油公司與產油國之間利潤分享原則的人是利比亞的穆安瑪爾．格達費（Muammar

穆安瑪爾．格達費出席非洲聯盟峰會

al-Gaddafi）。從 1969 到 2011 年掌權長達 42 年的格達費提出警告，如果美國西方石油公司未能滿足他的要求，他將把美國石油公司在利比亞的所有資產國有化。最終，西方接受了格達費的要求，而伊朗、沙烏地阿拉伯等國也起而效法，試圖經由談判來糾正不平等的利潤分配原則。

直到 1960 年代，石油工業的權力重心都集中在英、美等國的石油公司（如標準石油、殼牌、英國石油公司、德士古公司和海灣石油）。然而受到中東國家揭竿而起的影響，重心轉移到了中東和其他產油國企業。

綜上所述，中東地區似乎正面臨另一個良機或危機。隨著對世界能源供應上占絕對份額的俄羅斯所採取的經濟制裁和去依賴化局勢加劇，阿拉伯聯合大公國和中東其他國家的影響力將因此增加，並進一步提升國際地位。

MACAO

澳門——

年輕人夢想成真的城市

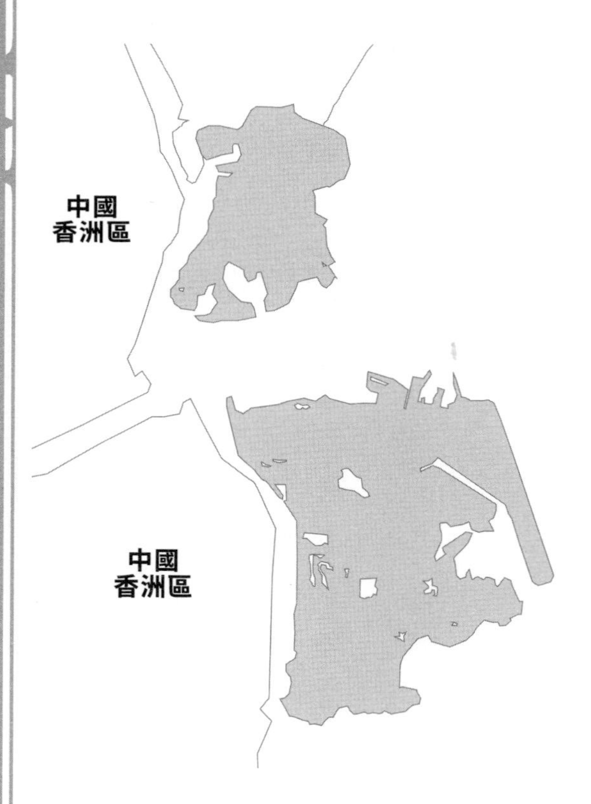

▶人口：704,149（第 167 名）

▶貨幣單位：澳門幣（MOP、MOP$）

▶ GDP（2021 年）：301.2 億美元

▶ GDP 成長率（2022 年）：-26.8%

▶失業率（2022 年）：2.6%

▶通貨膨脹率（2022 年）：1.0%

▶網路使用率（占人口百分比）：88%

提到世界上最大的賭博城市，很多人都會想到拉斯維加斯（Las Vegas）。然而，就賭場和博弈相關的銷售而言，澳門的賭場營業額在 2007 年已經超過了拉斯維加斯。賭場並不是澳門唯一合法化的博弈事業，賽馬、賽犬比賽、中國彩券、即時彩券和運動彩券（足球、籃球）均獲得政府官方正式許可。毫不誇張地說，澳門是名副其實的世界上最大的博弈城市。

香港由英國統治，澳門由葡萄牙統治

正是因為葡萄牙，澳門半島才被全世界所熟知。自 1540 年代以來，澳門一直是葡萄牙的貿易據點和貿易中心，比香港早了 300 年。自 16 世紀葡萄牙商人抵達澳門以來，澳門一直是歐亞海上貿易和基督教傳教活動的主要根據地。起初，葡萄牙商人們以晾曬船上的貨物為藉口，透過賄賂明朝官員而留下來，但當他們開始與亞洲進行全面貿易後，他們支付大筆費用租用貿易所需的土地。此後，葡萄牙人正式獲准留在澳門，條件是每年支付一定數額的金錢。

沒有一個國家願意把自己的領地交給外國商人使用。儘管如此，明朝之所以允許葡萄牙人留在當時的澳門地區，是因為他們幫助鎮壓海盜，明朝也從與歐洲國家的貿易中獲利。當葡萄牙人鎮壓海盜的時候，明朝也特別寬待他們。

然而，明朝的這一決定最終導致澳門被併入葡萄牙海外省（Portuguese Overseas Province）將近 300 年。

起初，葡萄牙無意占領澳門地區。這是因為葡萄牙不僅獲得了合法使用的權利，而且中國政府也沒有進行太多干預。但當看到英國在 1840 年贏得鴉片戰爭、並透過《南京條約》割讓香港後，他們改變了主意。正如英國占領香港一樣，葡萄牙決定占領澳門地區。葡萄牙最終於 1887 年從清朝手中奪取了澳門的控制權。從那時起，澳門的歷史完全由葡萄牙執筆，直到 1999 年 12 月 20 日澳門主權回歸中國為止。就某種意義上來說，澳門在割讓後受到葡萄牙的影響遠大於香港受到英國的影響。英國在給予香港人完全英國公民身份（full citizenship）方面很吝嗇，但葡萄牙不同，葡萄牙授予 20 萬至 30 萬澳門人完全的葡萄牙公民身份。葡萄牙之所以能夠更容易地授予公民身份，是因為葡萄牙允許雙重國籍。

香港和澳門不同的公民身份政策，對它們未來與中國的關係帶來重大影響。中國政府宣稱，即使香港和澳門回歸中國後，仍將按照「一國兩制」的原則運作，但逐漸開始將中國的價值觀和政策強加於人。過程中，不少香港民眾進行大規模示威抗議，但澳門並未發生重大騷亂。這是因為相當多的澳門人已經取得葡萄牙國籍。自 2009 年根據《澳門特別行政區基本法》第 23 條實施國家安全維護法以來，澳門在政治上變得親中，在經濟上對中國的依賴也日益加深。

澳門如何成為博弈勝地？

那麼，是什麼讓澳門成為今日的博弈勝地，是葡萄牙還是中國？答案是葡萄牙。年輕人立志致富的幹勁，加上葡萄牙政府的政策許可，使澳門成為賭城。

首先，葡萄牙之所以將澳門發展為賭場城市，是因為其作為貿易港口的價值正在逐漸消失。1840 年代英國透過《南京條約》控制香港島之後，亞洲貿易開始以香港為中心展開。尤其是 18 世紀到 19 世紀，英國一直保持著世界第一強國的地位，擁有龐大的貿易量。相較之下，葡萄牙的國力逐漸衰弱，其貿易成長主要仰賴中南美洲而非亞洲。隨著澳門的每況愈下，就連原本以澳門作為根據地的貿易商也逐漸開始青睞毗鄰澳門的香港。葡萄牙政府為了另尋替代方案，做出了將博弈合法化的大膽決定。

當時，葡萄牙重視博弈是理所當然的，因為澳門已經因為賣淫和販毒而臭名昭彰。在香港失去貿易中心的地位之後，澳門的謀生之道大為縮減，導致幫派賣淫和毒品猖獗。隨著局勢持續惡化，澳門政府認為需要一個新產業來因應賣淫和毒品問題，同時振興澳門經濟。但是葡萄牙本土的競爭力正在減弱，難以提供資金來開發位於地球另一端的澳門。在這種難以對澳門進行大規模投資的情況下，葡萄牙政府另尋關注度較低的行業，最後選擇了賭場。葡萄牙政府從 1934 年開始正式推動博弈業，並在當時將賭場的經營權全部移交

給「泰興」（Tai King）公司。

澳門賭場傳奇，何鴻燊

說起澳門這個賭城，不能不提起一個人，那就是泰興公司的主席何鴻燊（Stanley Ho）。何鴻燊出生於1921年，可以說是打造今日澳門的人。他出身名門望族，在富裕的環境中長大。他的曾祖父是荷蘭猶太人，從亞洲和歐洲之間的貿易中累積了大量財富，祖父是清朝末期香港五大商人之一。儘管出生在這樣一個富裕的家庭，何鴻燊的童年卻在一夕之間風雲變色。在他13歲時，父親因股票投資失敗負債逃往越南，他的兩個兄弟因絕望而自殺，他的母親則在當鋪工作以勉強維持生計。

當時還是中學生的何鴻燊為了籌措治療自己爛牙的醫療費，求助於一位曾得到父親幫助的親戚，但他們斷然拒絕何鴻燊的請求。何鴻燊曾經歷過如此冷酷的對待，以及因為一分錢都沒有而被趕下公車的屈辱。他說，小時候的處境滋養了自己，讓他意識到這個世界是多麼殘酷。

儘管家境貧寒，何鴻燊仍努力學習，並考上了香港大學。然而，由於香港因甲午戰爭而陷入戰亂，他未能完成學業。無奈之下，他只好前往澳門，並在一家日本貿易公司找到了工作。

何鴻燊的外表出眾，尤其是年輕時，他與劉德華、張國榮等香港著名影星相比毫不遜色。由於他的外表，很快引起了一家日本貿易公司執行長的注意。何鴻燊不但長得好看，英文也很流利，而且頭腦聰明，可以記住大部分客戶的電話號碼。不僅如此，他還有膽量敢在戰爭期間冒著生命危險進口貿易商品。由於這些能力得到認可，何鴻燊被選為總裁秘書。由於在秘書辦公室表現出色，他很快就得到了晉升，僅短短入職 2 年就被提拔為首席執行官，並獲得 100 萬美元的特別獎金。何鴻燊籌到這筆創業的初始資金後，創辦了一系列紡織和建築生意，幾年之內，他就賺得千萬美元的財富。歷經 10 年的職場生活之後，他重獲兒時的財富。

當一個名叫何鴻燊的男子來到澳門，並在短時間內賺大錢的消息傳到了黑幫耳裡，黑幫開始明目張膽地打壓他，並且越演越烈。1953 年在澳門累積了巨額財富的何鴻燊出於無奈只能返回香港。他將在澳門賺取的收入投資於香港房地產，變得更加富有。光憑如今香港仍是全球房地產最貴城市的這一點來看，足以證明當時何鴻燊從房地產投資中賺到了多麼可觀的財富。

在被香港拒於門外的情況下長大的何鴻燊，迎來了人生中最好的機會。擁有澳門獨家賭場經營權的泰興董事長傅德蔭（Fu Tak Yam）於 1962 年過世後，急需尋找接任者來經營賭場業務的澳門政府注意到了何鴻燊。由於何鴻燊在澳門經商以來，與政界人士往來頻繁，證明他的商業頭腦不容小

覷。另外，由於他的財力背景雄厚，人們期待他在獲得商業經營權的同時，也能夠開展各項新的投資。

於是何鴻燊打造了我們現在所熟知的澳門。何鴻燊憑藉著從葡萄牙政府獲得的賭場經營權，試圖將澳門打造成全球最大的賭場城市。第一步是，在確定賭場現有的遊戲類型過於簡單、難以吸引大量顧客後，便引進了輪盤賭注、二十一點等在歐洲很流行的玩法。同時也開始興建賭場飯店，以吸引顧客長期逗留在澳門，充分享受賭場的樂趣。

當時由何鴻燊打造的葡京賭場酒店，至今仍是澳門著名的景點之一，澳門遊客如今依然聚集在葡京酒店前拍照留念。葡京賭場酒店是一座巨大的金色建築，形狀像一朵蓮花。即使現在有更高的建築和更炫的賭場不斷推陳出新，但在當時，這座高達 228 公尺的建築是澳門最顯眼的地標。葡京賭場酒店也使得何鴻燊一躍成為澳門賭場的教父。當時的澳門缺乏現代化設施，在這個情況下，何鴻燊建打造了一座大型酒店來容納所有的賭場顧客。那麼為什麼何鴻燊的投資額度會遠遠超過當時澳門的規模？

為什麼需要冠絕群倫的地標？

為了解釋這一點，我先分享一下自己的經驗。當我造訪農村地區的僻靜小城市時，我注意到一件不尋常的事情，

那就是那裡的超市或商場的規模，比城鎮本身的規模大了許多。當然小城市的超市再怎麼大，也遠不及都會地區首爾的大型超市。但是，若考慮到小城市地區的居民和消費人口，小鎮的大型商場規模很可能超越都會地區的大型商場。

為什麼會出現這種現象呢？這是否是管理階層的誤判，誤解了該地區的市場規模？還是人口數量相對較少所造成的錯覺？為了準確起見，需要有統計數據。例如可以比較農村地區和都會地區大型超市的每位使用者的商店面積，或者商店面積與附近居民的人數比較等數值。但不幸的是，很難找到與此相關的具體統計數據。

然而我們知道，全球最大的賣場沃爾瑪（Walmart）也是起源於美國南部的一個小城市阿肯色州。當然，近年來很容易在市中心或商業區看到沃爾瑪超市，但這些都是沃爾瑪先透過在小城市經營大型商店，成為世界第一大超市後打下的江山。日本最大的零售商永旺集團（AEON Group）也是如此。永旺集團名譽會長岡卓拓也強調，「小店應該在市區經營，大店應該在郊區經營。」除此之外，他還給員工一條管理指南：「我們應該把超大型賣場開在偏僻的地方，因為狼可能會出沒。」偏僻的郊區擁有一家規模龐大的超市絕非巧合。

那麼為什麼沃爾瑪和永旺集團要在較小的城市經營較大的特價超市呢？綜上所述，這是一個戰略決策，透過在該地區建立一個大型超市來防止新競爭者的加入，並以此獲得

穩定的利潤。假設有人在小鎮經營一家小型特價超市，它很可能會在同一地區遇到新的競爭對手。他們認為，由於現有的市場規模較小，因此判斷即使有新企業開設新的賣場仍可以共存。然而，當一家新超市進入該地區時，兩家公司都被迫進行削價競爭，這不可避免地導致利潤或利潤率下降。更糟的是，如果競爭對手在該地區建立了一家讓自己望塵莫及的大型超市，現有的生意可能會面臨威脅甚至倒閉。換句話說，如果你在小城市經營一家符合該地區規模的小型超市，將會面臨各種風險，即使經營中型超市也是如此。

但是，如果你經營一家超大型超市，那麼情況就不同了。如果這家大型超市的規模相對於城市規模來說已經是過度投資，那麼其他競爭對手就會對這個市場望而卻步。當然，競爭對手也可以建立比現有更大的超市來進入市場。然而，即使他們成功地用這種方式擠下原本的大型超市，但因為他們建立的新商場已遠遠超過市場規模，因此將面臨獲利率大幅下降的問題。這就是為什麼新企業很難進駐已經擁有大型超市的小城市的原因。最終，在小城市建立大型超市可以防止競爭對手進入。儘管由於過度投資，短期內利潤可能會下降，但從長遠來看，能夠獲得長期穩定的回報，因為沒有其他競爭對手會進入這個市場。

在經濟學中，這種提前封鎖各種可能性，向競爭對手施加壓力，以此追求利潤的方式稱為策略承諾（strategic commitment）。一般來說，我們擁有的選擇越廣泛、越多，

我們能得到的滿足感或利潤就越高。換句話說，當你能夠根據情況做出各種策略決策時，情況對你更有利。但是，當你的滿意度或獲利結構取決於他人的決定時，那就另當別論了。在這種情況下，有時會透過刻意去除自己可選擇的範圍和廣度，以獲得更大的滿足感和利潤，這就是一種策略承諾。

小城市的大型特價超市是基於策略承諾的選擇。當你在小鎮上經營一家小型超市時，擁有的選擇很多，如果該地區的情況不利，可以輕易撤出或遷移商店的位置。換句話說，就是你擁有許多選擇權。然而如上所述，選擇越多、利潤結構就越不利；相反的，當你大規模投資了設備，因此面臨撤離難、搬遷難的處境時，情況就不同了。大規模的投資可以阻止競爭對手進入，從而創造一個更加游刃有餘的經營環境。

藉由過度投資或投資超越必要的設備來阻止競爭對手進入，以產生穩定利潤的這種策略承諾，不僅僅出現在特價超市領域。在需要大規模投資設備的鋼鐵、石化、資通訊等產業，經常可以看到這種策略成功讓競爭對手難以仿效。

葡京酒店的目標也是達到相同效果。何鴻燊興建的葡京酒店規模遠超過了當時澳門的賭場業，這不僅阻礙了其他競爭對手進一步投資，還為葡萄牙的官員注入一劑強心針。因為酒店被命名為葡京（Lisboa），這是葡萄牙首都里斯本（Lisbon）的葡萄牙語發音，從而擄獲了葡萄牙官員們的心。

首先，房間窗戶有捕魚圖案。意思是把住在酒店的賭客們比喻成魚類，將他們囚禁在設置好的網中。與電梯相連的區域呈現圓形，類似於鳥籠。據說這也是風水的一種，象徵著來到葡京酒店賭場的顧客們都被困在賭場裡，輸掉所有的錢，就像籠子裡的小鳥被困住直到羽毛都掉光了一樣。

隨著葡京酒店的開業，何鴻燊的夢想似乎已然實現。實際上，每個到澳門的遊客都貢獻了自己口袋裡的錢。與此同時，台灣、香港和新加坡都處於快速成長的狀態，願意在澳門花大錢的顧客人數也逐年增加。結果，何鴻燊繳納的稅款一度達到了澳門總稅收的一半之多。根據《富比士》2011 年 1 月公佈的數據，何鴻燊的財富為 31 億美元，成為香港和澳門排名第 13 位的富豪。何鴻燊從澳門賭場特許經營權中累積了巨額財富，他將部分資產回饋澳門。澳門的代表性雕塑澳門旅遊塔和友誼大橋，都是何鴻燊向政府捐款興建而成，他的公司也持有澳門機場三分之一的股份。

如果說此時的澳門已然成為何鴻燊的私人都市，一點也不為過。澳門居民甚至認為，「澳門白天的主人是葡萄牙，夜晚的主人是何鴻燊。」由於葡萄牙政府已經授予他 40 年的賭場獨家經營權，如果何鴻燊退出賭場業務並且轉業，澳門政府對此不會樂見，原因是會減少稅收。

澳門回歸中國後的未來

當澳門回歸中國後，何鴻燊的地位開始逐漸出現變化。起初，由於為數眾多的中國人可以自由前往澳門旅遊，使得何鴻燊的生意蒸蒸日上。因經濟成長累積了巨額財富的中國人來到澳門之後，開始揮霍無度。然而當中國政府意識到這一點之後，開始介入澳門的賭場業。首先，政府率先開放賭場市場，打破了何鴻燊的壟斷地位，讓全球的賭場業得以在澳門拓展生意，在這個過程中何鴻燊的影響力也被削弱。

何鴻燊一直過著光鮮亮麗的生活，直到 2020 年壽終正寢，他的一生共有 4 位妻子和 17 名子女。據說，因為他是亞洲首富又長得帥，所以很多女人選擇他。何鴻燊擁有太多女人，以至於他只接受有自己孩子的女人為妻。但有一件事他從未做過，那就是「賭博」，賭場皇帝遠離賭博這一事實涵義極深。何鴻燊的一生如此輝煌，他的傳記被拍成了電影，2009 年上映的香港電影《最後的求婚》就是改編自何鴻燊的真實愛情故事。

澳門仍然是中國唯一賭場業合法化的地區，其賭場規模龐大，約占澳門總稅收的 85%。就澳門政府財政貢獻總額而言，占了 80% 以上；在就業方面，澳門超過 20% 的人口從事賭場業。依賴賭場業的澳門，其經濟受全球經濟周期和投資環境影響較大，波動也因而較大。為此，中國政府正致力於將澳門打造為旅遊及 MICE 產業（高附加價值的綜合展覽

業，源自會議 Meeting、獎勵 Incentives、展覽 Exhibition、大型會議 Convention 的首字母）的核心城市，並積極推動會議業的發展，興建規模為南韓國際展覽中心（KINTEX）1.4 倍的「威尼斯人會議展覽中心」。

澳門作為賭城的未來將如何變化，是否會出現另一位像何鴻燊這樣的企業家，繪製新的藍圖，還有待觀察。

NETHERLANDS

荷蘭——

小國如何成為世界第二大出口國

▶人口：17,618,299（第 72 名）
▶貨幣單位：歐元（EUR、€）
▶ GDP（2023）：10,808.8 億美元（第 17 名）
▶ GDP 成長率（2022 年）：4.5%
▶失業率（2022 年）：3.5%
▶通貨膨脹率（2022 年）：10.0%
▶網路使用率（占人口百分比）：92%

當人們想到荷蘭時，首先想到的是「農業」，這是因為荷蘭作為風車之國和以鬱金香為代表的園藝強國的形象非常強烈。近年來，荷蘭也被譽為國家領先的智慧農場技術，這在統計學上是正確的，因為其為世界第二大農產品出口國。然而，如果你仔細觀察荷蘭的內部運作結構，你可能會對「農業國家」這個詞存疑。事實上，形容荷蘭的最佳用詞是「商人之國」。

商人的抗議引發獨立

自建國以來，荷蘭一直是個具有巨大商業影響力的國家。直到 16 世紀初，荷蘭仍舊處於統治西班牙的哈布斯堡（Habsburg）王朝的管轄之下，但由於西班牙和荷蘭在地理上相距甚遠，因而允許荷蘭行使某種程度的自治權。再加上，由於哈布斯堡帝國被劃分為 17 個省，各個地區的商人和貴族都擁有許多獨立權。

尤其，經濟活動所獲得的自主權比政治、國防和外交的自主權更大。這就是為什麼荷蘭商人能夠在整個歐洲擴展他們的商業活動。當時，荷蘭充分利用其位於北歐、英國和南歐國家之間的地理優勢，從與歐洲各地的中介貿易中獲得巨大利潤。

然而，當查理五世（Karl V）成為西班牙國王後，情況

發生了重大變化。查理五世需要巨額資金來控制法國，他比任何人都更瞭解他的祖國荷蘭商人的經濟實力，因此他利用了他們的經濟財富。

查理五世開始鎮壓新教並強制推行天主教，以加強他對荷蘭的統治。對於身兼神聖羅馬帝國皇帝的查理五世來說，這是一個理所當然的選擇，因為他的支持根基來自於天主教。然而，這引起荷蘭商人極大的抗議，因為他們大多是新教徒，這也成為荷蘭獨立的開端。

當查理五世去世，由費利佩二世（Felipe II）即位後，荷蘭的局勢迅速改變。西班牙國王費利佩二世在1559年與法國簽署了一項條約，解除先前的敵對關係，還實施了撤軍荷蘭地區的政策，該政策原本的用意是牽制法國。事實上，西班牙之所以統治位於法國北部的荷蘭，就是為了在緊急情況下，與法國北部接壤的荷蘭聯手進攻法國。不過，隨著西班牙與法國的關係變得更加友好，沒有理由繼續斥巨資在荷蘭駐軍。

儘管西班牙大軍撤出荷蘭，但西班牙對荷蘭的經濟和宗教鎮壓越演越烈，荷蘭商人的不滿情緒最終爆發。1567年，荷蘭爆發了反對西班牙統治的叛亂。與歐洲各國進行貿易的荷蘭商人的經濟實力，以及他們對自力更生的渴望，成為了荷蘭獨立的起源。

藉由中介貿易成為「農業強國」

事實上，荷蘭之所以被譽為「農業強國」，並不是因為「農民」，而是「商人」。荷蘭的國土面積只有南韓的40%，相當於慶尚北道和慶尚南道的面積總和，卻能夠與美國並駕齊驅成為全球前兩大農產品出口國。如果仔細分析荷蘭的農業結構，就會發現它具備有別於其他國家的特徵。荷蘭的農業是利用中介貿易，意思是並非直接種植和出口農產品，而是從其他國家進口農產品之後，進行分類和加工，再出口給需要的國家。

其中一個代表性的例子是可可豆。荷蘭是僅次於象牙海岸的世界第二大可可豆加工出口國，然而實際上，荷蘭甚至連 1 噸都沒有自產，完全仰賴進口。根據荷蘭統計局 CBS 的數據顯示，2019 年荷蘭總共進口了 110 萬公噸的未加工可可豆，成為全球最大的可可豆進口國。從金額來看，約為 161 億美元。以這種方式進口的可可豆當中，有四分之一立即轉售至第三國，無需任何額外加工，其餘的則加工製成可可粉和可可脂再出口海外。

據推測，這種中介貿易形式的農業被認為是荷蘭商人的心血結晶。17 世紀當荷蘭商人在美洲發現可可豆時，他們比任何人都更清楚，最好在他們的殖民地生產可可豆再出口到其他歐洲國家，而不是自己種植。從那時起，荷蘭投入可可豆貿易，如今它是世界第一的可可豆進口國，進口了全球

‖世界農產品出口國排名‖

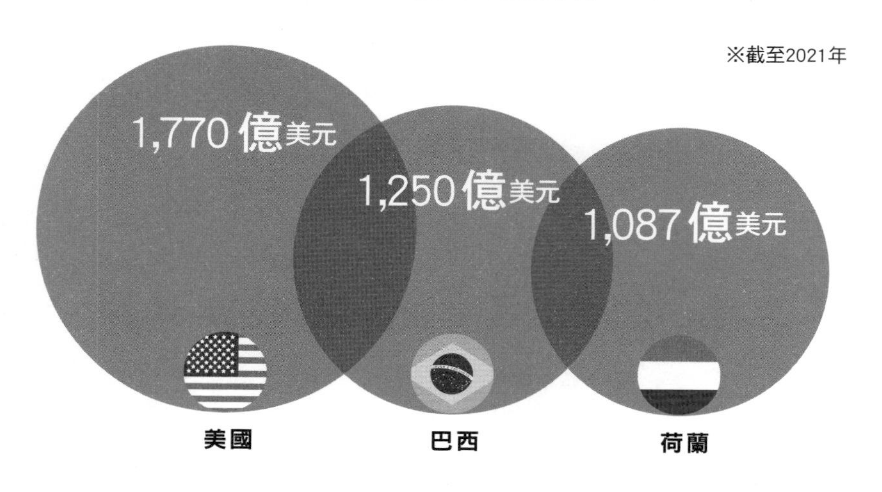

資料來源：美國農業部、荷蘭統計局

30% 的可可豆。

當然，對於環遊世界尋找貿易商品的荷蘭商人來說，可可豆並不是唯一的選擇。以占荷蘭出口農產品最大比例的菸草為例，出口量達 89 萬噸，而菸葉進口量達 120 萬噸，菸草出口業績完全來自於進口菸葉的加工；在咖啡領域，荷蘭也是世界第五大進口國。鬱金香等象徵荷蘭農業的園藝領域也不例外，出口到歐洲鄰國的玫瑰數量比他們自己直接種植的玫瑰還多，這就表示出口的玫瑰有很大一部分是從海外進口之後再出口。

荷蘭農產品的出口地區也日益多元化。最初，向荷蘭進

口農產品的地區大部分是歐洲國家：鄰國的德國占荷蘭出口總額的 25%、比利時占 11%、英國和法國各占 9% 和 8%，歐洲國家共占出口總額的 76%。但近年來，荷蘭對中國等亞洲地區的出口量正在顯著增加中。

不容小覷的小國，世界第六大貿易國

荷蘭是一個農業強國，在過去幾年中取得了飛快的進步。它專注於培育生物能源、生命科學和農業食品產業，這些都是以農產品為本的高附加價值產業。其中，荷蘭政府正在扶植從海藻中提取生物燃料的生物能源產業。早在 2019 年，生物能源在可再生能源發電中的比例已增加到 26%。另外，國家也積極投資各種高附加價值產業，例如從農產品中提取原材料的生命科學產業，以及利用資通訊技術來建立農業耕作系統。

然而，即使已擁有這些高附加價值產業，荷蘭仍堅持從其他農業生產國進口農產品之後，再加工並轉售的方式。這表示在農業發展的過程中，荷蘭也充分運用了本身特有的「商人特質」。由於這一系列的成就，荷蘭排名前 10 大的出口產品不再是農產品，而是加工藥品和疫苗。

描述荷蘭的關鍵字「商人」也適用於文化方面。荷蘭以開放、寬容的文化而聞名，許多在其他國家被視為非法的事

情在荷蘭卻是可行的，這一點可以從游走世界各地進行貿易的商人身上找到原因。很可能是因為他們親眼見聞和身歷其境時，體認到自己的文化和價值觀並非絕對，而只是眾多文化中的一種。肯定並理解對方是貿易能夠順利進行的先決條件，這樣的心態也是不容忽視的因素。

最近荷蘭再度迎來一次絕佳的發展機會。由於英國「脫歐」，許多原本設立在英國的企業都遷往荷蘭。過去，許多跨國企業在英語國家之一的英國設立了辦事處，並在歐盟開展生意。然而，隨著英國退出歐盟，不可能再享有降低關稅和寬鬆貿易管制等好處，因此荷蘭成為新的替代對象。包括索尼（Sony）和松下（Panasonic）等日本家電企業已經撤出或縮減其在英國的辦事處，並且在荷蘭開設新的辦事處；彭博社（Bloomberg）和探索頻道（Discovery）等媒體集團也已從英國遷至荷蘭。

結合荷蘭獨特的商人特質和外在環境的變化，荷蘭有望繼續保持全球最佳貿易國的地位。除此之外，在荷蘭方圓1,000公里的範圍內，住著2億5,000萬名最富有的頂級消費層。而荷蘭最具代表性的鹿特丹港擁有歐洲第一、世界第十位的物流量。荷蘭國土雖小，但絕對不容小覷，它的貿易額和出口量都高居世界第六。這就是為什麼觀察荷蘭商人又要從哪裡取得商品，以及賣向何方，是一件饒富趣味的事。

SWITZERLAND

瑞士——
超級大國之間的生存之道

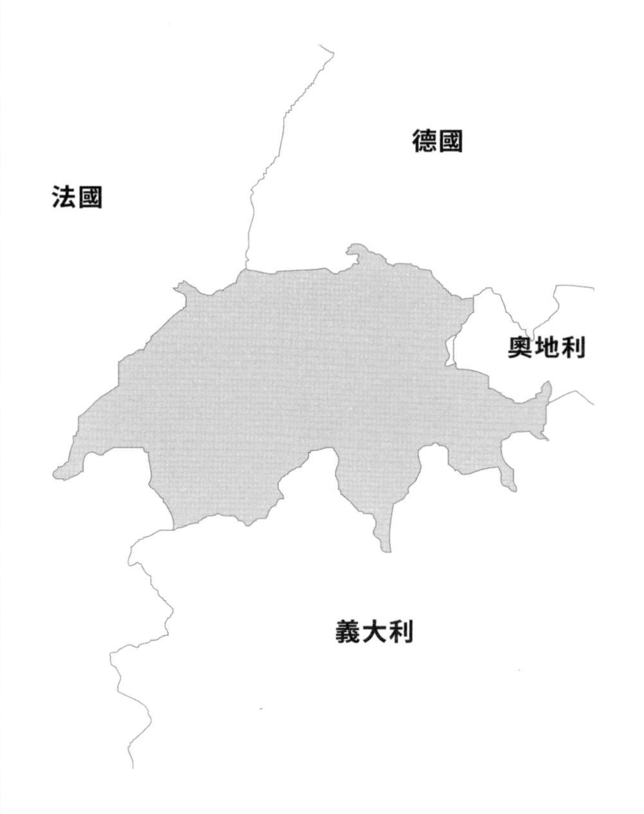

- ▶人口：8,796,669（第 101 名）
- ▶貨幣單位：瑞士法郎（CHF、Fr）
- ▶ GDP（2023 年）：8,696.1 億美元（第 20 名）
- ▶ GDP 成長率（2022 年）：2.1%
- ▶失業率（2022 年）：4.2%
- ▶通貨膨脹率（2022 年）：2.8%
- ▶網路使用率（占人口百分比）：96%

過去4、5年來，有兩個主要因素對全球經濟產生了重大影響，那就是「COVID-19」危機和「中美衝突」。儘管COVID-19疫情在某種程度上得以控制，但中國和美國之間的衝突問題才正要開始浮出水面，預計將在未來10至20年內對南韓經濟產生深遠的影響。實際上在這個過程中，南韓面對美國和中國這兩個超級大國應該採取什麼樣的策略值得深思。在這方面，瑞士的歷史帶來了不少啟示。

瑞士的優勢在於其開放的社會結構

瑞士有著曲折的歷史，與其寧靜的自然景觀形成鮮明對比。瑞士的直系祖先是赫爾維蒂人，屬於凱爾特部族。大約於西元前15世紀，赫爾維蒂人來到今日的瑞士定居。他們來自於德國南部，居住在瑞士中部的高地，從而奠定了瑞士的基礎。隨後赫爾維蒂人於西元前58年被併入羅馬帝國，受到羅馬帝國的統治直到西元400年左右。在西元455年日爾曼民族大遷徙期間，除了赫爾維蒂人之外，其他種族也來到瑞士，阿勒曼尼人定居在瑞士北部、從屬羅馬的勃艮第人定居西部、倫巴底人則落腳於南部。正是在這個時候，德語、法語和義大利語成為今日瑞士的官方語言。此後，瑞士飽受外侵困擾。西元6世紀時，瑞士被法蘭克王國吞併，在9至12世紀則受到神聖羅馬帝國統治，當它脫離神聖羅馬帝

國之後，又被哈布斯堡王朝統治。

瑞士之所以被這麼多國家占領，是因為它在地理上的重要性。想要從義大利半島到達歐洲大陸，就必須經過瑞士；反之亦然，從德國向南的貿易路線也必須經過瑞士。因此，如果能控制瑞士，就可以在當時的貿易中占據優勢。雖然近年來歐盟的主要貿易是往東西方向擴展，而不是南北方向，使得瑞士的功能縮減，但瑞士憑藉著位於歐洲大陸中心的地理優勢，仍然是歐盟成員國之間陸路運輸的關鍵要地。

然而，這對瑞士人來說並不是一個有利的環境。由於位於歐洲中心，不僅承受著接連不斷的外侵壓力，而且由於大部分的地區崎嶇多山，對瑞士人來說並不是一項地理優勢。

再加上，現今作為交通樞紐，毗鄰海洋的條件越顯重要，然而瑞士是一個完全內陸的國家。在如此惡劣的環境下，瑞士卻擁有驚人國力的秘訣是什麼？即使聽起來很矛盾，正是尤於國土狹小、人口少，加上特殊資源匱乏，因而造就了今日的瑞士。

瑞士長期以來一直試圖建立開放的社會結構，以克服其惡劣的環境。瑞士開放的社會結構也可以從與海外移民的關係看出，瑞士擁有開放的氛圍，為移民提供與本國公民同樣平等的機會，並包容移民的個性和獨特性。在某種程度上，這種環境是可能的，因為瑞士人本身就是移民的後裔。不僅超過三分之一的瑞士人口來自國外，還有超過 10% 的瑞士人在國外生活和工作。

如今，代表瑞士的跨國公司創始人也大多數是瑞士的移民。瑞士的代表性企業雀巢的創辦人亨利．雀巢（Henri Nestle）就是一位德國移民；手錶製造商斯沃琪（Swatch）的創始人尼古拉斯．海耶克（Nicolas Hayek）來自黎巴嫩；雪茄香菸公司大衛杜夫（Davidoff）也是由俄羅斯籍猶太人季諾．大衛杜夫（Zino Davidoff）所創立；被公認為史上第一位提出連鎖飯店商業模式的凱撒．里茲（César Ritz）則是法國移民的後裔。至今，《財富》雜誌所公布的全球前 500 大公司中，對比人口數來說，瑞士企業所占比例是最高的。

瑞士人很清楚，他們的開放國家政策和交通樞紐的地理優勢，在戰爭時期很可能會居於劣勢，長期受外侵所擾的瑞士開始尋求以永久中立國的身份來應對危機。永久中立國是不參與其他國家之間戰爭的國家，相對來說，其他國家也不會入侵永久中立國。瑞士於 1648 年透過《西伐利亞條約》脫離了神聖羅馬帝國獲得獨立，在拿破崙戰爭後的歐洲重組過程中，瑞士被授予永久中立國的地位。1815 年的維也納會議上，國際社會再次重申這一點，允許瑞士人保護自己的安全。

瑞士在二戰期間如何保持其「永久中立國」地位？

在第二次世界大戰期間，瑞士藉由保持其永久中立國的

地位而得以逃脫戰火。當時，荷蘭和比利時也宣布中立，但這些國家卻遭受了德國入侵、領土被占領的屈辱，這是因為單憑條約所訂定的中立國地位是相當薄弱的。那麼，二戰期間瑞士是如何避免陷入戰爭漩渦的呢？

瑞士是當時的同盟國德國和義大利之間的戰略要地，儘管如此，瑞士之所以能躲過戰爭，是因為當時的瑞士貨幣瑞士法郎是儲備貨幣。許多國家發行自己的貨幣，但並非所有貨幣都被全世界接受。為了發揮儲備貨幣的作用，它必須能夠發揮貨幣的原始功能，例如在貿易和國際金融中作為交換媒介、價值儲存手段和價值計量單位。

在第二次世界大戰期間，德國比以往任何時候都更需要鐵礦石、煤炭和石油等資源來應對戰爭，這是因為從德國本土和被占的領土所獲得的資源，仍不足以維持龐大的軍事力量。德國試圖從與戰爭無關的第三國獲取這些資源，石油是由中東進口，但問題在於付款方式，向德國出售石油的中東國家不願意用德國貨幣或當時的儲備貨幣美元或英鎊支付。因為這些國家當時正在參戰，隨著戰爭的結果，這些國家發行的貨幣隨時可能變成廢紙。換句話說，這些貨幣作為價值儲存的功能受到威脅，無法發揮交換媒介的作用。

德國陷入了困境，解決方案是採用瑞士發行的貨幣支付。因為瑞士是一個沒有參加戰爭的永久中立國。德國向瑞士出售金條，將其兌換成瑞士法郎，並用它們作為支付方式來購買戰爭所需的物資。因此，從德國的角度來看，維持瑞

士法郎的穩定價值對德國至關重要。換句話說，德國不是不願意入侵瑞士，而是不敢。瑞士沒有被捲入第二次世界大戰的主要原因就是其貨幣作為儲備貨幣，成為參戰國的支付方式。

德國未能入侵瑞士還有其他幾個原因。瑞士宣稱，「如果德國入侵，我們將摧毀連接瑞士和義大利的阿爾卑斯山的所有通道」。另一個因素是，入侵瑞士實際上可能使得德國和義大利之間的物資和部隊運輸變得更加困難。德國也擔心瑞士會利用阿爾卑斯山崎嶇的地形發動一場長期的游擊戰，從而削弱自己的軍力。

因此，瑞士中立的目的在於防止周邊列強直接發動攻擊，甚至瑞士也選擇永久中立作為保持其在這一地緣政治地

‖美元／瑞士法郎匯率波動‖

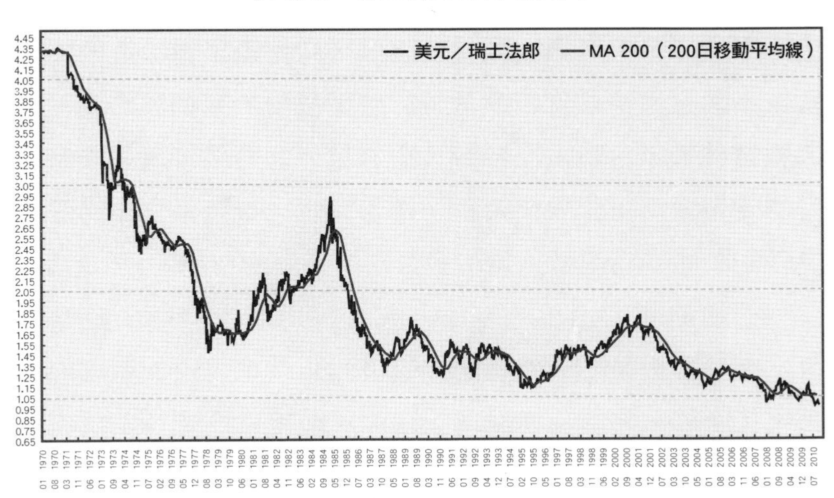

位中的價值的一種方式。從那時起，瑞士的永久中立國地位對瑞士的經濟和產業結構產生了深遠的影響。

在整個 20 世紀，世界一直處於分裂狀態。由於接連發生一戰、二戰和冷戰，假設一個國家被併入某一陣營之後，往往很難在其他陣營從事經濟活動。不僅如此，如果一個屬於特定陣營的國家在戰爭中失敗，那麼將面臨龐大的損失。在這種環境下，瑞士作為永久中立國的地位正巧讓人覺得瑞士是一個經商的好地方。事實上，這種想法反映在經濟現象上。1894 年，瑞士的鄰國義大利和瑞士之間的匯率比是 1 比 1，即 1 里拉兌換 1 瑞士法郎；然而，在兩次世界大戰之後，需要 1,000 里拉才能兌換 1 瑞士法郎。美元的走勢也與此類似。1970 年，1 美元可以兌換 4 瑞士法郎；但近年來，瑞士法郎的匯率已經上升，甚至 1 美元還買不到 1 瑞士法郎（0.88 瑞士法郎）。

瑞士的國家穩定特質是全球跨國企業決定將總部遷往瑞士，或者將海外總部設在瑞士的關鍵因素。截至 2018 年，瑞士擁有約 29,000 家跨國公司，約占就業人口總數的四分之一，在瑞士經濟中占據重要地位。

高水準的教育和優秀的人力資源

雖然這裡列出了代表瑞士的許多跨國企業，但瑞士經

濟絕非只倚重在這些大公司上。中小企業占瑞士經濟結構的70% 以上，其中不乏展現出世界級能力的中小型企業。

瑞士之所以能夠發展出大量具有國際競爭力的中小企業，最大的因素就是「教育」。與其他經濟合作暨發展組織（OECD）國家相比，瑞士的教師薪資高且受到社會尊重。正因如此，在學校任教的人都是瑞士本國公民中最有才華的人才。高品質的教育環境有助於在瑞士為跨國公司工作的瑞士公民獲得外語技能、專業精神，並且擁有高尚的職業道德。

這也是瑞士收入不平等程度低於其他國家的最大因素。透過高水準的教育環境，人民具備自行創造新機會的能力，這也成為各種創業活動和中小企業在瑞士蓬勃發展的基礎。

目前，瑞士憑藉著優秀的人力資源和高教育水準帶來的研發能力，在化學製藥業和精密機械業處於領先地位。此外，他們正在打造適合本身特性、以保密性和穩定性為本的金融業，並且創建名為世界經濟論壇的新型創新來引領工業化時代。

銀行保密的利與弊

正如每個國家都有其優點和缺點，瑞士也不例外。瑞士國家競爭力的核心支柱之一是其銀行保密性。1685 年法國路易十六（Louis XVI）撤回南特敕令（Édit de Nantes）之

後，新教徒們紛紛移居日內瓦尋求宗教自由，並開始從事銀行業。然而法國國王向日內瓦銀行借了巨款，同時向人民舉債，因為害怕被指責為奢侈，於是想隱瞞貸款的事實，這就是銀行保密法制的起源。

瑞士銀行保密法規於1713年由日內瓦市政府首次制定。後來，透過1907年瑞士中央政府頒布的《民法》和1911年的《勞動法》，制定了一項規定，如果銀行洩露機密，使得客戶蒙受損失，那麼客戶將獲得損害賠償。1934年，《聯邦銀行法》加強了規定，任何違反銀行保密規則的人都將承擔刑事責任，這項規定一直延續至今。如今，銀行保密法已成為超越瑞士市政當局，足以代表整個瑞士的特殊制度。

受惠於銀行保密法，歐洲最富有的猶太人開始將瑞士銀行當作其資產的避風港。尤其猶太人長期以來飽受迫害和壓迫，他們的資產經常被沒收，因此對於瑞士的金融服務反應熱烈。現在，包括猶太人在內的世界各地富人都在瑞士銀行經營他們的私人金庫。

然而銀行保密法也帶來了隱憂。瑞士金融企業從納粹德國時期的猶太受害者那裡不勞而獲地取得他們的存款、伊朗等多個恐怖主義國家利用瑞士帳戶作為保護和分配資金的手段，以及不願提供關於跨國逃稅者的帳戶資訊，這些都是主張廢除瑞士銀行保密制度的論據。

文化開放性是瑞士競爭力的來源，近年來也發生了變

瑞士的戈爾內格拉特庫爾姆酒店（Gornergrat Kulm Hotel）有一個儲藏黃金的地堡。在瑞士，建造保險箱是為了利用崎嶇地形來保護客戶的機密性

化。這是因為瑞士在處理中東難民湧入歐洲的問題上堅持封閉政策。具體而言，政府正趨向加強排外政策，例如立法禁止在瑞士境內設置伊斯蘭宣禮塔（minarets）、驅逐外國罪犯等。瑞士的這些舉動背離了瑞士的核心價值觀：團結和寬容，而這正是瑞士成功創造神話的關鍵。

代表瑞士經濟的主要產業是金融、精密工業、食品、醫藥和貿易。其中，金融業之所以發達，是因為瑞士是安全存放人民財產的最佳地點，以逃離二戰的動亂。由於瑞士在冷戰期間是中立國，任何國家都可以往返瑞士，因此貿易業也得以蓬勃發展。

南韓之所以關注瑞士，是因為它與南韓目前所處的情況相似。南韓正如同走鋼索一般，夾在美國和中國之間，就像

中立國的地位影響了瑞士的產業結構和經濟一樣。因此有必要了解南韓該如何利用當前的地緣政治地位來發展自身的產業和經濟。

第二篇

擁有自己產業的國家

偉大的工業領袖和

偉大的將軍一樣罕見。

——美國經濟學家
威廉・格雷厄姆・薩姆納
（William Graham Sumner）

RUSSIA

俄羅斯——

想要了解鐵路業，就去俄羅斯

- ▶人口：144,444,359（第 9 名）
- ▶貨幣單位：俄羅斯盧布（RUB，₽）
- ▶ GDP（2023 年）：26,264.9 億美元（第 11 名）
- ▶ GDP 成長率（2022 年）：-2.1%
- ▶失業率（2021 年）：4.7%
- ▶通貨膨脹率（2021 年）：6.7%
- ▶網路使用率（占人口百分比）：88%

俄羅斯國土面積1,713萬平方公里，是朝鮮半島面積的80倍，是世界第二大國加拿大（998萬平方公里）的兩倍。

現在的俄羅斯與前蘇聯相比，面積明顯縮小。現在的亞美尼亞、亞塞拜然、白俄羅斯、愛沙尼亞、喬治亞、哈薩克、吉爾吉斯、土庫曼、拉脫維亞、立陶宛、摩爾多瓦、烏克蘭和烏茲別克過去都是蘇聯領土。

儘管俄羅斯是一個幅員遼闊的國家，但歷史上卻一直不斷努力爭取更大的領土，以取得「不凍港」（冬季不會結冰，船舶能正常進出的港口）。這種解釋也試圖在2022年入侵烏克蘭問題上成為一種說服力。

一個沒有不凍港的國家

毫不誇張地說，在俄羅斯廣闊的領土上，幾乎沒有可以常年通行的不凍港。正因為如此，俄羅斯不得不眼睜睜地看著歐洲各國在大航海時代之後，建立自己的殖民地並享受經濟帶來的巨大繁榮。畢竟，對於俄羅斯人來說，確保一個不會凍結的港口，是提高其國際地位和經濟實力的先決條件。

俄羅斯確保不凍港的努力方向首先從歐洲開始。很多人都知道俄羅斯的聖彼德堡是一個不凍港，但即使如此，在寒冷持續的情況下有時也會結冰。從聖彼德堡港出發到海洋，還必須經過一系列狹窄的海峽，包括厄勒海峽（Øresund）、

聖彼德堡是俄羅斯最大的港口城市，但出海環境並不理想

大貝爾特海峽（Storebælt）和小貝爾特海峽（Lillebælt）。不僅如此，由於英國和波羅的海國家的牽制，聖彼德堡港不適合作為向海洋擴張的據點。

俄羅斯隨後將注意力轉向另一邊的亞洲。1860 年的《北京條約》使俄羅斯獲得了通往太平洋的海參崴港，然而由於公海結冰，海參崴也未能成為一個永不結凍的港口。在甲午戰爭（1894 至 1895 年）中勝利的日本，原本想要擁有的遼東半島，被俄羅斯透過第三方干預而占領，並一度控制了旅順港，但最終俄羅斯在日俄戰爭（1904 至 1905 年）戰敗後，不得不向日本投降並交出港權。因此，俄羅斯在確保一個可以常年運行而不凍結的港口路上走得相當艱辛。

俄羅斯對克里米亞半島的執著

目前，俄羅斯唯一通往歐洲方向的不凍港是「加里寧格勒」。從俄羅斯的角度來看，它是面向西歐的前線。然而，加里寧格勒與俄羅斯本土相距 482 公里。德國在第二次世界大戰中戰敗後，加里寧格勒併入蘇聯的立陶宛蘇維埃共和國。即使在蘇聯解體後，加里寧格勒仍然是俄羅斯的領土，因為德國政府在 1990 年東德和西德統一時期，承認它是蘇聯領土。換句話說，蘇聯透過允許東德和西德的統一，以換

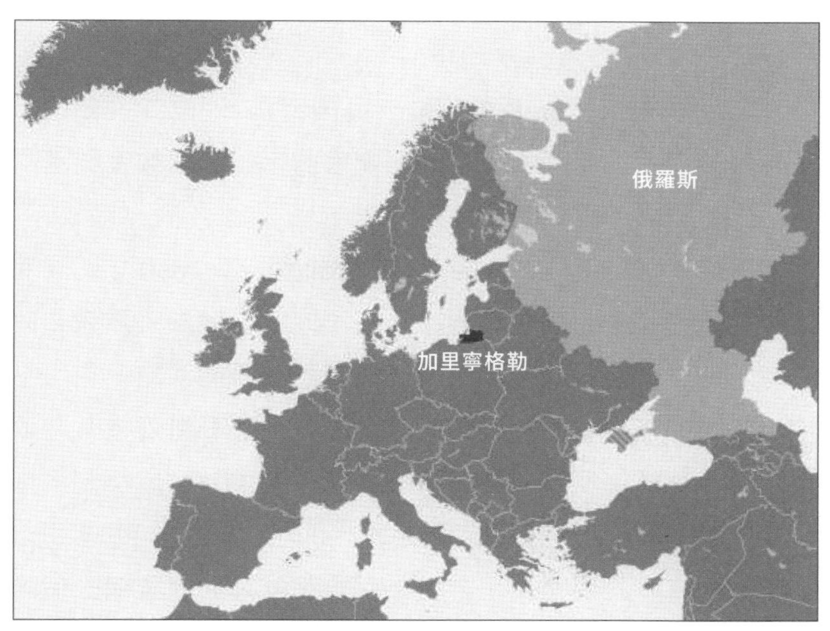

加里寧格勒是俄羅斯唯一濱臨波羅的海的不凍港，但與俄羅斯本土相距甚遠

取通往歐洲的不凍港。蘇聯解體之後，波羅的海三國獨立，現在的加里寧格勒是從陸地上與俄羅斯隔絕，如同島嶼般的飛地。

有基於此，在與俄羅斯本土分離的加里寧格勒並不是沒有獨立或分裂的呼聲，但是俄羅斯無意允許分裂，甚至選擇在沒有像樣的職業足球隊的加里寧格勒建造 2018 年的俄羅斯世界盃體育場，向世人清楚表明這是俄羅斯的領土。

俄羅斯對克里米亞半島執著的原因也是如此。克里米亞半島位於烏克蘭南部的黑海沿岸，東側隔著狹窄海峽與俄羅斯毗鄰。克里米亞半島西側有一個名為「塞瓦斯托波爾」的港口，幾乎可以算是俄羅斯經海路到達歐洲的唯一窗口，也是一個全年都可以使用的不凍港。不僅如此，它還是一個不可或缺的軍事港口，可以通往地中海、大西洋和印度洋，以在歐洲、中東、非洲和高加索地區獲取戰略利益。

最初，塞瓦斯托波爾港所在的克里米亞半島在 1783 年到 1954 年期間是俄羅斯的領土。然而在 1954 年，時任蘇聯共產黨總書記的尼基塔．赫魯雪夫（Nikita Khrushchyov）將克里米亞併入烏克蘭，作為他的政治據點。到了 1991 年，隨著蘇聯的突然解體和烏克蘭獨立之後，克里米亞完全劃歸烏克蘭所有。由於如此重要的領土移轉至烏克蘭，俄羅斯失去了一條經由地中海通往歐洲的海上航線。

但俄羅斯迎來了一個意想不到的機會。從 2013 年 11 月到 2014 年 2 月，烏克蘭首都發生了稱為廣場起義的大規模

反政府抗議活動，呼籲親歐洲政策和民主。這一切始於烏克蘭總統維克托·亞努科維奇（Viktor Yanukovych）突然停止尋求與歐盟達成全面自由貿易協定，從而採取親俄政策的關係。抗議者要求與歐盟經濟整合、總統亞努科維奇下台，並釋放被監禁的前總理尤莉亞·季莫申科（Yuliya Tymoshenko）。

始於 2013 年 11 月底的反政府抗議活動逐漸升級，規模擴大，到了 12 月變得更加激進，並蔓延到其他城市。對此，亞努科維奇政府在 2014 年 1 月中旬發布了《反抗議法》（Anti-Protest Law）並鎮壓抗議活動，導致人民死亡。結果引發越來越多來自國際社會的批評和壓力，即使親俄和親歐政界人士試圖達成協議，但最終仍失敗。在此過程中，俄語被剝奪了其作為第二官方語言的地位，這也刺激了潛在的克里米亞半島分離主義份子。

自 2014 年 2 月 23 日起，克里米亞自治共和國的親俄勢力在俄羅斯軍方協助下，開始接管克里米亞自治共和國境內的主要政府設施、機場和軍事基地，等同否定臨時政府的合法性。克里米亞自治共和國向總統普丁請求提供政治和軍事援助，俄羅斯議會也批准了普丁的要求，授予他在緊急情況下向烏克蘭採取軍事行動權。隨後，克里米亞自治共和國召開緊急會議，針對是否併入俄羅斯舉行全民公投，最終確定劃分為俄羅斯領土。

許多分析家認為，1979 年蘇聯軍隊入侵阿富汗也是獲得

不凍港的手段之一。據稱，蘇聯計畫在占領阿富汗之後，向鄰國巴基斯坦挺進，最終取得通往阿拉伯海的海上航線。

目前由俄羅斯控制的不凍港只有黑海的塞凡堡、遠東地區的海參崴和歐洲的加里寧格勒。經過幾個世紀的努力，僅僅取得三處不凍港的事實，驗證了俄羅斯想要獲取不凍港是多麼的不容易。

然而，由於近來受到全球暖化的影響，俄羅斯期待已久的不凍港問題似乎可望解決。如果北極洋因為全球暖化而融化、港口開放，俄羅斯不僅能夠獲得數個渴望已久的不凍港，而且還將確保不受美國和英國等西方海上大國干涉的國際航線。此外，俄羅斯還能夠開發埋藏在北極圈內的龐大資源，並將其作為經濟成長的動力。由於北極洋凍結，俄羅斯為了拓展海洋而尋找所謂「不凍港」的寶藏，數百年來一直漂蕩在大西洋、地中海和太平洋間，經歷了許多艱難歷程。如果氣候變化使俄羅斯成為世界頂級海洋國家，它將採取什麼樣的行動值得關注。

444展現出俄羅斯的特色

南韓不得不關注俄羅斯的動向。俄羅斯在地理上靠近朝鮮半島，它的重要性和唯一與朝鮮半島接壤的中國一樣，並且對朝鮮懸而未決的重大問題有相當大的影響力，例如南北

韓問題。

儘管俄羅斯是如此重要的國家，但與美國、中國或日本相比，南韓人們對俄羅斯的興趣並不大。但是當南韓對俄羅斯了解得越多，就會越意識到它對南韓來說是一個非常重要的國家。南韓和俄羅斯是彼此互利的國家，具有最容易實現「雙贏」的經濟結構。

除非溫度低於零下 40 度，否則不要說冷

南韓和俄羅斯對彼此很重要的主因有三個，而這三個原因都與俄羅斯的老笑話「444」有很大關係。在俄羅斯有一個笑話是這樣講的：「永遠不要說你遇到了困難，除非涉及到數字 4。」

第一個 4 是天氣：「除非溫度低於零下 40 度，否則不要說冷。」俄羅斯的天氣極其寒冷，這也是為什麼即使俄羅斯擁有幅員遼闊的西伯利亞，卻很少利用它的原因。在蘇聯時期，罪犯被送往西伯利亞，試圖透過強迫勞動來開發西伯利亞。西伯利亞就是這樣一個俄羅斯人最排斥的地區。

從人口分佈來看也是如此。俄羅斯的 1.4 億人口當中，有 1.2 億人居住在烏拉山脈以西，占全國領土面積的 28%。剩下的 2,000 萬人則生活在西伯利亞和遠東地區，那裡的人均國民收入也從西向東遞減。在靠近歐洲的烏拉山脈以西地區，人均國民收入約在 25,000 美元左右，但在靠近南韓的遠東地區，人均國民收入落在 3,000 美元左右，差異明顯。

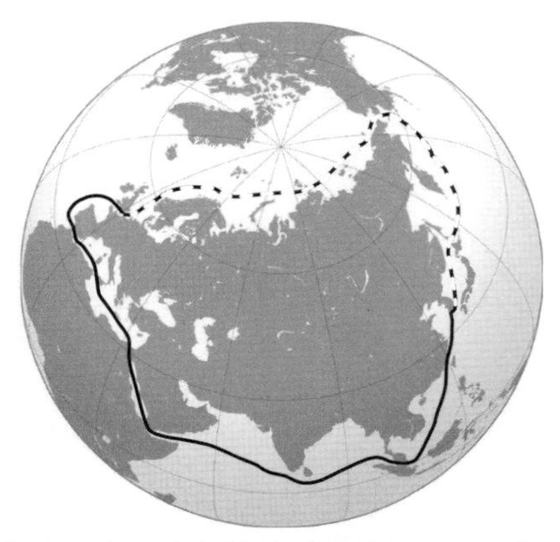

北極洋航線（虛線）和現有的南部航線（實線）。從釜山到荷蘭鹿特丹的南部航線需要約21,000公里的路程，北極洋航線需要12,700公里，旅程可縮短約10天

為此，從國家均衡發展的角度來說，俄羅斯十分關心對西伯利亞和遠東地區的開發。因為這些地區的發達與否是俄羅斯得以持續發展的關鍵。最近還有另一個原因，那就是中國在遠東地區的影響力越來越大。目前，中國商人已經進入俄羅斯遠東地區從事商業活動，開始主導經濟領域。

基於這一點，給南韓帶來了契機。從俄羅斯的角度來看，與南韓合作是牽制中國商人的最佳王牌。事實上，俄羅斯長期以來一直將北韓和南韓視為開發西伯利亞和遠東地區的主要合作夥伴。據了解，在歐洲安理會制裁之前，已知約有 4 萬名北韓工人在西伯利亞從事伐木和鐵路建設工作。

俄羅斯和南韓共同對開發基於北極洋航線的東海沿岸表現出興趣。北極洋航線是歐洲與東南亞之間最短的航線。與現有的經由印度洋和蘇伊士運河連接鹿特丹和橫濱的南部航

線相比，旅行時間可縮短近 60%。考慮到南韓高度依賴出口的經濟結構，南韓企業應該對與俄羅斯共同開發遠東地區表現出興趣，其原因不言而喻。

除非距離超過 4,000 公里，否則不要說遠

第二個與數字 4 有關的俄羅斯笑話是：「在俄羅斯，除非距離超過 4,000 公里，否則不要說遠。」俄羅斯擁有世界上最廣闊的領土，兩端邊界時差高達 11 小時。因為國家幅員遼闊，資源也豐富多元。俄羅斯擁有世界第一大天然氣儲量和世界第二大煤炭儲量。原油儲量占世界儲量的 12.7%，排名第 6 位。由於產量高，與美國和沙烏地阿拉伯被公認為世界三大石油生產國。

就連俄羅斯也不清楚其境內究竟埋藏了多少資源。例如 2019 年，在政治犯流放地西伯利亞東南部的蘇霍伊洛格地區發現了歷史上最大的金礦，價值超過 6,000 億美元，相當於 1,780 多噸的儲藏量，震驚了全世界。

不僅僅是地下資源而已。俄羅斯占地廣袤，土地上生長著各式各樣的農作物和森林資源。俄羅斯的小麥生產量居世界第三、出口量居世界第一；俄羅斯也是世界上最豐富、最大的森林國家，森林面積占全球的 20%。

「資源豐富」的俄羅斯成為南韓羨慕的對象。換句話說，就是南韓可以促進與俄羅斯之間的各種交流與合作。首先，南韓可以從俄羅斯進口原油、天然氣和鐵礦石等主要工

業原料。木材也是如此，南韓 90% 以上仰賴進口。從進口原木的細節來看，紐西蘭進口的廉價膠合板原木最多，俄羅斯原木排名第三，僅次於智利。

事實上，2016 至 2019 年南韓從俄羅斯進口的十大產品中，自然資源占了大多數，包括第一名的原油、第二名的輕油、第三名的煙煤和第四名的天然氣，螃蟹和明太魚等食品原料也是主要進口產品之一。為了輕鬆取得這些資源，與俄羅斯建立關係對南韓來說非常重要。

除非酒精度數超過 40%，否則別稱為酒

最後的「4」與伏特加有關。喜歡烈酒的俄羅斯人有一句諺語：「除非酒精度數超過 40%，否則別稱為酒。」事實上在 2011 年之前，啤酒在俄羅斯還不算酒類。這是因為根據俄羅斯酒精法，如果酒精度數低於 10%，就被歸類為飲料。俄羅斯人的嗜酒程度也可以在相關研究中得到證實。根據世界衛生組織 2014 年公布的《全球酒精與健康狀況報告》顯示，俄羅斯被列為世界上第四大嗜酒國家。據計算，全球平均每人每年飲酒量為 6.2 公升，而俄羅斯人每年平均飲酒量是 15.7 公升。如果加上白俄羅斯（第 1 名）和烏克蘭（第 6 名）等前蘇聯國家，它的排名可能會更高。

酒對於俄羅斯人來說，具有特殊意義。在嚴寒的天氣中，利用喝酒來維持身體溫暖不是一種選擇，而是必須。俄羅斯的經典酒伏特加字根意思是「維持生命的微量水」，在

早期，它被用作治療傷口的藥物。

不過即使天氣再冷，連續飲用高酒精濃度的酒會危害身體健康。根據世界衛生組織 2013 年的數據顯示，俄羅斯人的平均預期壽命為 70 歲，在其所調查的 193 個國家中排名第 124 位。俄羅斯人的預期壽命低的主要原因是男性喜歡喝酒，俄羅斯女性的平均預期壽命為 76 歲，而男性為 64 歲。

由於平均預期壽命較短，導致國民年金發放上的爭議。2018 年，俄羅斯政府提出國民年金法修正案，逐步將男性的年金發放年齡從 60 歲提高到 65 歲，女性從 55 歲提高到 63 歲。俄羅斯人對這一決定感到不服，因為考慮到平均預期壽命，俄羅斯男性只能領取大約 1 年的國民年金。

政府也意識到「飲酒過量」的嚴重性，並採取控制飲酒量的政策。早期，伏特加的酒精含量通常超過 80%，但現在已降至 40% 左右。1985 年時任蘇聯共產黨總書記米哈伊爾·戈巴契夫（Mikhail Gorbachev）在執政之後，大幅減少伏特加的生產量，並且禁止在中午前販售酒類。

儘管如此，俄羅斯人民的健康問題卻絲毫沒有改善。近年來，俄羅斯衛生部一直致力於擴大預算和健康宣傳活動，藉由健康和福利來提高生活品質。特別是自 2015 年以來，醫療服務匱乏的遠東地區開始承認外國人的醫療執照。這是南韓可以進入的新領域，因為南韓在 COVID-19 大流行期間的「K-medicine」先進醫療系統引起廣泛的關注。

俄烏戰爭改變鐵路產業環境

從這一點來看，俄羅斯是南韓最重要的合作夥伴，比其他國家更重要。因此，南韓在俄烏戰爭中遭受的損失不僅限於天然氣價格和糧食價格上漲。進入 21 世紀後，這是一個機會，甚至可以使 21 世紀以來，以鐵路為中心迅速崛起的物流體系退步。

近年來，鐵路產業在世界各地迅速興起，最大的原因是鐵路是一種環保的交通工具。火車所排放的碳低於飛機，使其成為減少碳排放最有效的替代方案。在比較相同的行駛距離時，高鐵的碳排放量僅為飛機的 77 分之 1。與汽車相比，鐵路也是更環保的交通方式，鐵路消耗的能源僅為汽車的 6 分之 1，排放的二氧化碳僅為汽車的 9 分之 1。因此，隨著世界主要國家宣布碳中和的步伐加快，各國都正在制定增加鐵路利用率的計畫，以作為替代方案。

歐洲最先注意到鐵路是一種環保的交通工具。目前，許多歐洲國家正在積極推廣使用火車以代替飛機。法國已提出一項法案，禁止國內航班飛往搭乘高鐵 2 小時 30 分鐘內即可抵達的地區。該法案最初是全面禁止航班飛往搭乘高鐵 4 小時內可抵達的地區，但由於航空業的反對，範圍縮減為 2 小時 30 分鐘。德國則採取更強硬的立場，計畫在 2035 年取消所有國內航班。奧地利也取消了首都維也納到西部地區薩爾斯堡之間直線距離約 250 公里的航班，並在該航線上增設

了高鐵。

這一項政策立場不僅傳達出實現零碳社會的政治訊息，更因為它是一個以實用技術作為後盾的可行目標，因此引起了更多關注。在德國北萊茵－威斯特法倫州，有一個僅依靠太陽能和地熱能運行的科隆（Kerpen-Horrem）火車站。白天使用自然光，廁所則重複使用雨水。

人們對被認為是舊時代專有財產的路面電車的看法也正在改變。目前，世界各地的地方政府都在使用或增設路面電車，以作為一種環保的交通工具。在南韓，從 1899 年開始，路面電車作為交通工具使用了約 60 年，但由於汽車等替代交通方式的出現，路面電車於 1968 年 11 月全面停止營運。不過近年來，為了緩解交通壅塞問題，作為環保交通工具的路面電車再次受到關注，越來越多的地方政府正在嘗試引進。

人們對火車的興趣不僅限於重新利用過去技術這麼單純。特斯拉創辦人馬斯克（Elon Musk）創立的美國隧道鑽探公司（The Boring Company）正進行超級高鐵（hyperloop）的駕駛測試。超級高鐵是一種在大型真空管中使用磁懸浮艙，以每小時 1,000 公里以上超高速行駛的交通工具。這是一種比商用客機更快的高速運輸新概念，而且非常環保。與飛機相比，能源消耗為 8%；與高速公路相比，建築成本為 50%。超級高鐵的投資成本也低於現有的鐵路建設，根據美國政府的說法，建造一條從舊金山到洛杉磯的高速鐵路需要

1,000 億美元，但建造超級高鐵可以將經費減少至 60 億至 100 億美元。這是建設現有鐵路成本的 10 分之 1。

然而，由於最近的俄烏戰爭，不得不大幅更改振興鐵路產業的計畫。因為俄羅斯是世界上可營運鐵路領土面積最大的國家，同時在決定世界各地的國際鐵路標準方面，也具有很大的影響力。

俄羅斯領土占地球可居住陸地面積的 8 分之 1。除此之外，由於氣候嚴寒，俄羅斯是一個鐵路人力和貨物運輸蓬勃發展的國家。俄羅斯興建了西伯利亞大鐵路（Trans-Siberian Railway），以加強對西伯利亞地區的控制。在蘇聯時期，俄羅斯增加鐵路供應的目的，是為了實現社會主義國家之間在經濟和政治上的整合和團結。至今，國際鐵路產業仍然透過鐵路合作組織（Organization for Cooperation of Railways）來發揮最大影響力。

鐵路合作組織是一個擁有 28 個成員國的國際組織，包括俄羅斯、中國、北韓、吉爾吉斯、中亞的哈薩克，以及歐洲的波蘭和斯洛伐克等國。之所以有這麼多國家加入國際鐵路合作組織，是為了促進西伯利亞大鐵路、中國鐵路、滿洲鐵路、跨蒙古鐵路等世界最長路段的順利運作，並且共享鐵路線。

如果沒有各國就區域鐵路交通號誌、標準技術、票價和鐵路營運方式達成國際共識，跨國鐵路實際上是不可能實行的。目前，俄羅斯擁有國際鐵路合作組織管轄下最長的鐵路

‖歐亞鐵路幹線‖

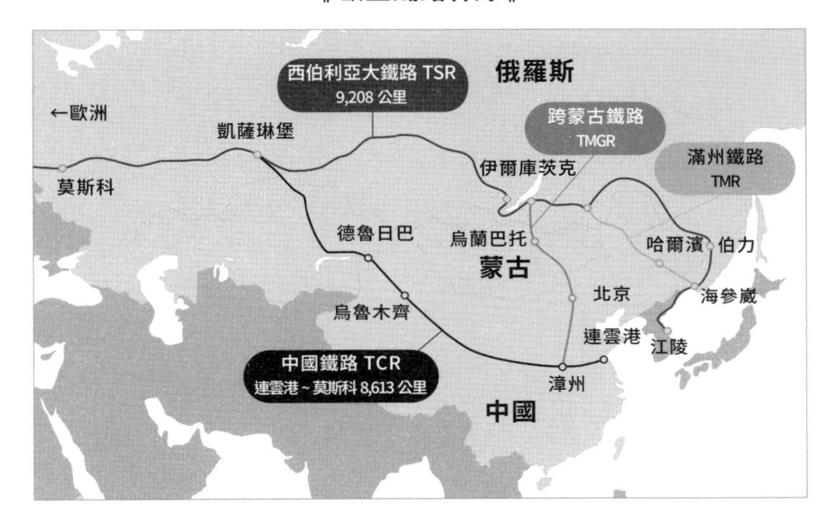

線，也是與國家相連最多的國家。

提供參考，俄羅斯對西伯利亞地區的喜愛和興趣持續的時間比預期的要長。在早期，主要是基於經濟因素。16 世紀最昂貴的貿易商品是毛皮，它產自於西伯利亞，利潤豐厚。出於這個原因，人們普遍認為，俄羅斯集中管理西伯利亞是為了確保這個供給地的貨源供應無虞，維持毛皮貿易的順暢，為國家財政帶來巨大利益。到了 19 世紀之後，俄羅斯對西伯利亞的看法略有變化。俄羅斯除了考慮西伯利亞的經濟價值外，還出於軍事目的。從俄羅斯的角度來看，跨鐵路建設具有重要的軍事戰略意義。在日俄戰爭前夕，俄羅斯利用西伯利亞大鐵路運輸軍需物資，因為鐵路是在寒冷天氣下

能順利運輸各種軍事裝備的唯一途徑。

近年來，採礦業在西伯利亞大鐵路沿線的發展尤為突出。另外在某些季節，農產品運輸量激增，促進了俄羅斯農業的發展，並且為旅遊業的發展有所貢獻。綜合這些考量，俄烏戰爭很可能對俄羅斯以鐵路為主的經濟發展計畫產生重大負面影響。

受到不利影響的還有南韓。南韓不斷試圖加入國際鐵路合作組織，藉此連接國內鐵路和歐亞大陸鐵路。然而，加入國際鐵路合作組織的條件是，必須所有正式成員國一致同意，而由於北韓的持續反對，一直未能如願。終於在 2018 年，北韓撤回了反對意見，南韓得以加入鐵路合作組織。

南韓之所以努力加入國際鐵路合作組織，是因為在貿易領域的種種好處。它與其他正式成員國簽署《國際鐵路貨運公約》(SMGS)、《國際鐵路客運公約》(SMPS) 等有關使用歐亞鐵路的重要國際協議上具有同等效力。另外，在貨運和客運領域必須辦理的三大出入境手續 CIQ，即海關查驗 (Customs)、移民入境 (Immigration) 和檢疫 (Quarantine) 時，成員國之間也享有優惠待遇的特權。

南韓全國標準鐵路的長度僅 4,077 公里，所以鐵路建設比例並不大。然而，它是世界上第五個營運高鐵的國家，並發展成為生產高鐵車輛 (KTX 山川) 的國家。目前，俄羅斯和國際鐵路合作組織市場正在尋求加快俄羅斯境內鐵路線的建設，這對南韓來說是一個非常重要的機會。

尤其考慮到資源和糧食匱乏的現狀和打造南北韓和平模式，遠東地區的穩定對於南韓至關重要。就俄羅斯來說，與南韓的合作對於解決其人民福祉問題、西伯利亞和遠東地區的發展，以及遏制中國的重要性越來越高。所謂一個巴掌拍不響，期待兩國能透過積極交流，打造漸進式的合作模式。

HONG KONG

香港——

金融業與制度息息相關

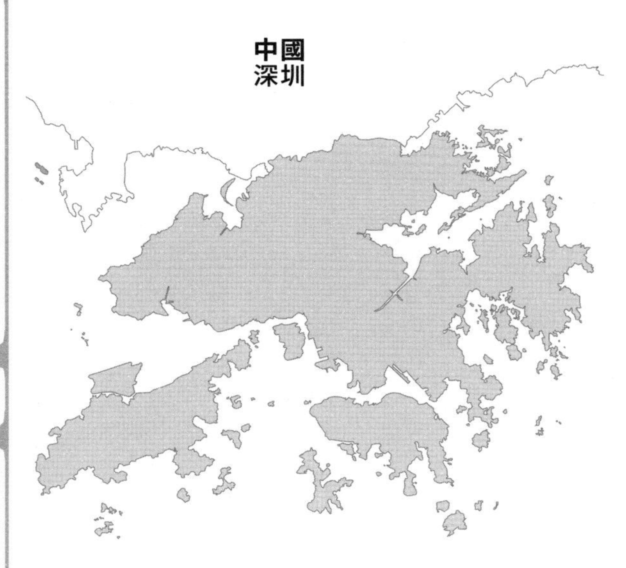

▶人口：7,491,609（第 104 名）

▶貨幣單位：港幣（HKD，HK$）

▶ GDP（2023 年）：3,828.54 億美元（第 41 名）

▶ GDP 成長率（2022 年）：-3.5%

▶失業率（2022 年）：5.1%

▶通貨膨脹率（2022 年）：1.9%

▶網路使用率（占人口百分比）：93%

在亞洲主要國家中，最近經歷最大起伏的地方是香港。因為隨著《香港國安法》於 2020 年 7 月 1 日起生效，加上中美貿易衝突進一步升溫，導致所謂的「撤出香港」（HKexit）。總部設在香港的全球金融公司紛紛撤出，香港知識分子也移民到英國和加拿大。英國家電公司戴森（Dyson）、法國化妝品公司歐萊雅（L'Oréal）和歐洲奢侈品公司路易·威登（LVMH）等企業則大幅縮減規模或退出香港。根據美國商業雜誌《財富》的報導，「在香港設有亞洲據點的美國企業數量，從 2020 年的 282 家到去年減為 254 家。」CNBC 報導指出：「2020 年有 9.3 萬人離開香港，隔年則有 2.3 萬人。」根據高盛（Goldman Sachs）的數據，2019 年 6 月至 8 月，當香港大規模的反華抗議活動如火如荼進行時，高達 40 億美元的資金流入新加坡。繼紐約和倫敦之後，作為國際金融中心的香港正被新加坡、印度、日本、台灣和南韓所取代。

香港電影為什麼會衰落？

過去曾有香港人因害怕中國干涉而離開香港的情況。曾幾何時，香港電影一度被評為好萊塢電影唯一的替代品。然而在 1997 年香港回歸之前，許多香港電影人開始擔心在中國的直接或間接統治下，是否還能繼續自由的創作。再加上

原本香港由於稅制和其他法規較為寬鬆，得以自由培育電影產業，於是憂心在未來的環境下能否持續。最後，許多電影人離開了香港。過程中，電影業的根基也開始搖搖欲墜。

在香港回歸中國之際，人們所熟悉的許多香港電影人都取得了海外國籍，或者開始在香港以外的海外工作。以《英雄本色》、《雙雄》等電影而聞名的香港黑色電影創始人吳宇森導演，在昆汀·塔倫提諾（Quentin Tarantino）導演的安排下進入好萊塢，拍攝《變臉》、《斷箭》等電影，票房大獲成功。香港的頂級明星包括成龍、周潤發和李連杰等也是如此。周潤發進入好萊塢，拍攝了《替身殺手》和《安娜與國王》等片，將工作重心移往美國。李連杰拍攝了《致命武器4》，而楊紫瓊在《007》系列中飾演龐德女郎，相繼進軍美國市場。

進入好萊塢的不僅是電影導演和演員，成龍的特技團隊陳家班、洪金寶的特技團隊洪家班也受到好萊塢的青睞。陳家班和洪家班參與了多部好萊塢電影，包括《駭客任務》和《臥虎藏龍》等，將他們幾十年來在香港累積的特技技巧傳授至好萊塢。

隨著大批的香港電影業支柱，包括導演、演員和劇組離開香港，香港電影也逐漸開始衰落。1993 年，港片在香港的院線收入約為 10 億港元（約 1.3 億美元）；但在香港回歸後不久的 1998 年，票房暴跌近 60%，減至 4.12 億港元（約 5,300 萬美元）。由於許多香港電影製作公司的管理結構惡

化，導致製作成本壓力升高，他們開始倉促發行品質不如以往的電影。因此與 1990 年代的全盛時期相比，香港電影的地位已大不如前。

金融業的發展需要自由的經商環境

這就是為什麼日本、台灣和新加坡等鄰近的亞洲國家正關注香港近期的發展，試圖藉此機會，吸引香港的金融企業進駐，以促進該國金融業的發展。

行動最快的國家是日本。日本最近修訂了金融相關的法規，以確保金融業務經營者在緊急情況下從香港撤離時，能夠迅速在日本開展業務。一般來說，若要開展金融業務，必須獲得該國政府的許可，並且需要相當長的時間才能獲得許可證。為了改善這種情況，日本政府修改了《金融商品交易法》的相關條例。提交註冊申請後，最快可在 3 天內獲得註冊證書，便能立即開始營運。未來，日本政府也將積極推動修法，為金融企業提供公司稅減免和租金減免等額外福利。

台灣也放寬了各種規定限制，以便成為香港可選擇的替代方案。台灣放寬了香港公民移民台灣的條件，並設立專門辦公室來處理相關事宜。事實上，像南韓一樣正在經歷出生率下降的台灣人口在 2022 年再次增加，據信是由於香港國安法實施後，離開香港而定居台灣的人數增加所致。作為參

考，2021 年 1 月至 11 月，有 9,772 名香港人獲得台灣的居留許可。

顯然，鄰近國家在吸引設於香港的全球金融企業上所付出的努力高於一般的情形。事實上，許多全球金融企業都將監管寬鬆視為選擇香港的首要原因。美國傳統基金會（U.S. Heritage Foundation）所公布的全球各國經濟自由度評估中，截至 2017 年，香港連續 24 年位居全球第一。在世界銀行 2017 年經商環境（Doing Business）評估中，香港排名全球第四，名列前茅。

金融業要發展，首先必須營造自由的商業環境。這不僅是因為在不同領域經營的跨國企業需要的金融服務內容有所不同，也因為個人金融消費者想要免費的金融服務勝過一切。

有一個例子足以證明監管程度對金融業的發展帶來多少限制。2011 年，世界各國掀起爭取伊斯蘭金融的競爭風潮。當時，世界各國以巨額石油資金為基礎，競相吸引伊斯蘭金融基金，南韓、香港、新加坡和英國等世界主要國家也不例外。當時南韓最終未能取得重大成果，而在幾乎沒有金融監管下的香港則截然不同。

要了解當時的情況，首先要了解伊斯蘭金融。在伊斯蘭投資原則「伊斯蘭教法」（Shariah）的規定下，伊斯蘭金融的運作方式與一般金融不同。最典型的是伊斯蘭禁止借錢時收取利息，正因為如此，伊斯蘭金融以不同於其他普通金融

企業的方式賺取利息。以購屋貸款為例，一般來說，銀行借錢給客戶買房，客戶會用這筆貸款購屋，然後向銀行支付利息。然而，在禁止收取利息的伊斯蘭教法中，銀行會買下客戶想要購買的房子，之後以該屋的居住權作為條件，由客戶向銀行支付租金以取代利息。貸款期限屆滿後，客戶和銀行按照原始協定的合約條款，向銀行購買房屋，以獲得房產所有權。

對企業的金融服務也以同樣的方式運作。假設一家伊斯蘭公司需要貸款購買飛機，為了在禁止收取利息的伊斯蘭金融中實現計畫，須由銀行成立特殊目的公司（SPV），以該公司的名義購入飛機之後，再將其出租給需要的公司。如此一來，銀行從公司收到的金額將不是利息，而是貸款。

2011 年，南韓的金融機構不允許以這種方式進行金融交易。南韓嚴格實行金融與工業分離的原則，將金融部門與一般工業部門劃分開來。因此，金融企業要租賃不動產或飛機等實物資產並不容易。

而香港的情況與南韓不同。香港對金融企業可以從事的業務範圍沒有太大限制，甚至可以自由建立和經營金融企業。相對來說，可處理的金融資產限額和內容則根據已成立的金融企業的財務穩健性等條件而有所不同。得益於這種靈活的金融體系，香港當時能夠成功吸引伊斯蘭金融資本。

香港如何成為世界金融中心？

全球金融企業選擇香港的主要原因之一，是自由的經商環境，但僅憑這一點很難吸引全球金融企業。為了讓金融企業在一個地區立足，需要根本上和內在上的變革。單憑金融機構的設立和運作變得容易，並不代表金融業就會發展；祭出放寬境外匯款限額、各種稅收減免政策的優惠，也不一定能使金融企業急於入市。這些政策是扶植金融業發展的必要條件，但不是充分條件。因為如果情況發生變化，稅收和外匯交易政策等法律和制度隨時可能逆轉。那麼，發展金融業需要提供什麼樣的環境呢？觀察香港迄今的發展歷程，很容易就可以看出金融企業和金融業者的首選環境。

香港作為金融交易中心的歷史比人們想像的更久遠。香港位於中國南方，離岸水域深，長期以來經常被用作長途貿易港口。香港這個名字是來自「Hong Kong」的粵語發音，意思是「出口香的港口」。香港很早就發展成為港口城市，自然引起了西方列強的關注。與此同時，由於中、英之間的鴉片戰爭，香港於 1843 年割讓給英國。它被英國統治了大約 150 年，直到 1997 年才回歸中國。英國之所以在中國眾多海洋城市中選擇香港，是因為它本來就是一個貿易蓬勃的城市，香港的金融業也基於同樣原因自然而然地發展起來。首先，大規模的貿易與金融業密不可分，設立公司制度的決定性要素也是由於進行長途貿易的「東印度公司」。另外，

還開發了保險、債券等金融產品，以支持在高風險之下展開長途貿易的商人。割讓給英國之後，香港自然成為西方列強的貿易據點，跨國金融機構也隨之進駐。

隨著多家全球金融企業開始在香港拓展業務，香港已經發展出一個適合這些金融企業員工居住的環境。因此，如果我們仔細觀察如今香港具備什麼樣的居住條件，就不難推斷什麼樣的環境可以吸引全球金融人士。

為什麼香港是金融企業的唯一選擇

香港成為世界金融中心的重要條件之一，因為它是世界級的旅遊勝地。旅遊業是香港的四大產業之一，截至 COVID-19 爆發前的 2018 年，香港每年的遊客人數超過 6,500 萬人次。以香港人口 745 萬、面積 1,104 平方公里，是南韓首爾市面積的 1.8 倍來看，這確實是一個驚人的數字。隨著中國人赴港旅遊的熱潮，香港的遊客人數增加了超過 17 倍。直到 1990 年代中期，中國人所占遊客總數還不到 20%，到了 2002 年增至 41.2%、2009 年上升到 60.7%，而 2016 年則達到 76%（4,277 萬人次）。然而，香港狹小的領土上並沒有什麼特殊的文化古蹟，也沒有特別美麗的風景。那麼，為什麼有這麼多遊客前往香港呢？

最大原因之一是香港是購物者的天堂。在香港，世界級

的奢侈品和名牌商店都聚集在一個購物中心，而且不用課徵關稅，能夠以更便宜的價格買到相同的商品。除此之外，不同於南韓，香港不徵收增值稅等消費稅，只針對部分酒類、菸類、油類徵收個人消費稅。由於這些稅收優惠，同樣的商品在香港比在其他國家更便宜。稅收優惠實際上是為了促進金融業，而不是購物業。由於香港一向對金融業保持少量的稅收項目、低稅率和簡便的行政手續，這也為它贏得了購物天堂的稱號。

其次，英語作為香港的第二官方語言，也是吸引國際金融企業的理想條件。如前所述，金融業是為了在世界各地開展業務的人們而發展起來的。為了向他們提供最佳服務，必須在世界各地開設分社，以便在任何產生交易的地方順利提供各種金融服務，包括存款和提款。因此，不同於總公司設在特定國家的金融企業，全球金融企業的員工通常使用英語工作。另外，在全球金融企業工作的員工大多是多國籍人士，因此在公司內部使用英語溝通是很常見的。在這種情況下，許多跨國銀行自然會選擇英語地區作為據點。

尤其，金融機構的員工出於工作性質，往往必須與特定客戶保持長期關係，負責客戶的財務狀況代表需了解他們的私生活。因此，如果管理特定客戶資產的員工不斷異動，從客戶的角度來看，很可能會感到焦慮和不適。出於這個原因，負責高資產人士的員工通常也會為他們的下一代提供財務諮詢。因此，金融企業的員工一旦安定下來就必須長期居

留。別無選擇的情況下，只能為孩子挑選適合的地方接受教育，而香港也是這方面的最佳地點。香港擁有隸屬於「英基學校協會」（English School Foundation，ESF）的國際學校，這些學校遍布各地，而且學費不會太貴，再加上使用全英語授課，因此足以擔任教育孩子的角色。然而香港回歸中國之後，中國政府關閉了大部分的英語學校，或是只留下其中少數的幾所，取而代之的是以中文為主的學校。

金融機構青睞香港的另一個原因是交通便利。香港機場擁有許多飛往全球主要城市的航班，不僅如此，從機場進入城市，或在城市中移動的便利性也勝於其他任何城市，搭乘「機場快線」從香港國際機場到市中心只需 25 分鐘。除此之外，香港也是「計程車天堂」。在香港不需要步行很遠，就能在任何地方叫到計程車，也無需等待空車。大多數公共場所，例如機場、渡輪碼頭和百貨公司，都會優先考慮計程車搭乘者。甚至當你走出公寓前門或離開公司大廳後，就能立刻上車。對於高薪的金融專業人士們來說，時間就是金錢。這些金融人士可以避免浪費不必要的時間在交通上，這也是吸引金融機構進駐的因素之一。

為避免金融人士浪費時間的措施不只限於計程車。香港的航班時刻表是以能夠當天往返亞洲主要城市安排而成，香港知名的一點是擁有許多午夜出發的班機。旅客可以在午夜搭機，在飛往亞洲主要城市的航班上過夜，並在黎明時分到達目的地。從上午到下午的各項商務會議結束後，搭乘夜間

益昌大廈是一個人口超密集的公寓建築，充分反映出1970年代香港的氛圍

航班返回香港，完成當日往返的商務之旅。

然而，比交通和語言環境更重要的因素是住房問題。香港被公認為是世界上房價最高的地區之一，香港公寓價格每坪超過 7 萬美元。之所以如此昂貴的其中一個原因，是沒有足夠的土地來建造公寓。如前所述，香港面積是首爾的 1.8 倍。其中，公寓用地和重要設施所在地的香港島和九龍半島僅占總面積的 15%，其餘部分是小島和農村用地，原則上不能建造房屋。即使大樓蓋得再高，狹小的面積內能夠居住的人數畢竟有限。

香港擁有這麼多天價公寓的另一個原因是，它是大多數亞洲富豪居住的地方。富豪們居住在香港得以享受香港提供的各項稅收優惠和金融服務，他們喜歡大面積的超豪華公寓，作為媲美財富的生活空間。我們常在報章雜誌中看到的香港高檔公寓，大多不是普通人的公寓，而是來自亞洲的富豪或全球金融企業高階主管所居住的公寓。

那麼，香港一般市民是如何生活呢？長期以來，香港政府致力於建造公共住房，為普通的香港市民和全球金融業人士提供可負擔的居住空間。香港從 1978 年開始正式推出公共租住房屋（公屋），這項政策一直延續至今。

香港政府提供的公屋與南韓的公屋有很大的不同。香港政府根據市民的收入高低按比例提供差異化的公屋，例如，為最低收入群提供負擔得起的住房，為高收入群提供更舒適的住房。這反映出隨著收入的增加，居民和外籍人士更願意生活在較昂貴的環境。當然，香港政府的公屋政策並不能完全解決居住問題，儘管如此，香港市民當中，有超過 200 萬人居住在出租屋，超過 100 萬人居住在公屋。也就是說，香港近一半的市民居住在公屋。

香港前行政長官曾蔭權（Donald Tsang）在 2007 年的亞洲金融論壇上，舉出香港之所以能夠跨越亞洲，成為全球金融中心的因素，那就是：(1) 可靠的法律體系、(2) 高效率的政府、(3) 資訊自由流動、(4) 低稅率、(5) 資本流動便捷、(6) 可隨時兌換的貨幣，以及 (7) 豐富而優質的勞動力等。

南韓在 20 年前也曾試圖打造出東北亞金融中心城市，至今也正努力培育國內金融企業成為全球金融企業。然而，付出的心血未能獲得有意義的成果，其原因可能出於過多限制和法規的結構性問題。為了讓南韓成為真正的金融強國，或許應該回顧上述香港的歷程。

ISRAEL

以色列——

創業強國的成功方程式

- ▶人口：9,174,520（第 98 名）
- ▶貨幣單位：以色列新謝克爾（ILS，₪）
- ▶ GDP（2023 年）：5,392.23 億美元（第 29 名）
- ▶ GDP 成長率（2022 年）：6.5%
- ▶失業率（2022 年）：3.5%
- ▶通貨膨脹率（2022 年）：4.4%
- ▶網路使用率（占人口百分比）：90%

以色列是一個名符其實的小國。它的人口約 800 萬，領土面積約為南韓的 5 分之 1，相當於江原道的大小。然而在風險投資領域，主要是資通訊領域，以色列是世界上最強的國家，任何國家都無法與之匹敵。

以色列是世界上新創企業活動最密集的國家。相較於人口而言，風險投資的創業率迄今為止穩居世界第一。不僅新創企業的數量高，其中不乏許多真正產生成果的企業。光是在美國納斯達克上市的以色列企業數量，就比整個歐洲大陸的企業還要多。由於這些成就，來自世界各地的風險投資家都注意到了以色列。根據美國中央情報局（CIA）的統計，以色列的人均創投金額是美國的 2.5 倍、歐洲的 30 倍、中國的 80 倍、印度的 350 倍。以色列是如何取得如此驚人成果的呢？答案就在一個意想不到的地方，正是徵兵制度和國防工業。

以色列的國防工業排名第一

目前，全球約有 30 多國實施徵兵制。這些國家大多是發展中國家、專制國家或獨裁國家，徵兵制取決於國家領導階層的需要。在國家制度成熟的國家中，維持徵兵制的國家有南韓、新加坡和以色列。

以色列之所以維持徵兵制，是因為與中東地區的戰爭頻

繁。以色列自建國以來，經歷過大大小小的戰爭，1948 年第一次中東戰爭、1956 年蘇伊士運河戰爭、1967 年以色列先發制人引發的六日戰爭，以及 1973 年的贖罪日戰爭。除了上述大規模戰爭之外，也不斷遭受各種規模的恐怖主義攻擊。因此，國防和安全對以色列來說至關重要。

然而，以色列需要採取獨特的戰略來維持其國防能力，因為與鄰國阿拉伯國家相比，其人口遠遠不足。以色列選擇的第一個方法是徵兵，所有公民都必須在軍隊服役，其中男性在以色列國防軍（IDF）服役 3 年，女性服役 2 年。但是，光靠簡單的徵兵制來維持國防能力有其侷限，因此需要在軍隊的運作方式上採取獨特作法。

最值得注意的是橫向的軍事體系。最初，一般的軍事體制是上命下從、服從上級命令的縱向體系，這是戰爭時期維持組織有序的必然選擇。當子彈如雨般落在你的頭上時，為了能夠即刻按照上級「向前衝」的指示做出反應，你需要訓練自己條件反射以回應上級的命令。在危機時刻，以自我為中心的思維和判斷可能會導致整個組織崩潰。因此，軍隊灌輸了一種文化，無論是多麼輕微的指示，都要無條件服從上級，即使在和平時期也要遵守。

然而，以色列的軍事體系卻不同，以色列軍隊以其橫向的文化體制聞名。在以色列，上級會與下屬討論作戰狀況以做出決策，如果下屬認為上級的指示是錯誤的，可能會看到下屬說服上級的情況。下屬被賦予的責任和權力比世界上其

他任何國家來得更大。

以色列軍隊的運作方式與其他國家不同的原因也在於人口不足。它的軍事組織具有典型的金字塔結構，但是，以色列的人口相當於城邦水準，很難建立多層次的組織體系。以色列軍隊的金字塔結構中，頂層的空間也明顯小於底層的空間。例如，美國的軍官與士兵的比例為 1 比 5，而以色列的比例為 1 比 9。這種組織結構自然擴大了下屬在決策上可以行使的權力和責任範疇。

通常軍方只向下屬提供有限的資訊，即使提供充足的資訊可以讓他們全方面判斷和應對驟變的情況，但仍然不會提供太多不必要的資訊。這是為了盡最大的可能減少在行動過程中被俘虜時，資訊洩露給敵人的風險。在一支組織龐大的軍隊中，即使行動過程失去一些成員，也很容易找到同級別的接任者代替，所以即使每名成員擁有的資訊有限，整個組織也不會分崩離析。但是在人數較少的以色列軍隊中，往往很少甚至沒有相同級別的人員可以替代特定軍階的人。在這種情況下，以色列可以選擇的方法是組建一支軍隊，為他們提供足夠的資訊，允許所有士兵根據自己的判斷，以便在上級或同袍出事時，依然能繼續執行戰場行動。

以色列的女性也必須服24個月的兵役

服役經驗有助於創業

以色列軍方的這種體制與其他新創公司的組織文化相似，新創企業的金字塔結構也較為薄弱，沒有替補或後備人員。因此，所有員工必須分享公司整體的情況並自行做出判斷，以應對臨時出現的問題。從某種意義上說，以色列公民是第一個從服役當中，體驗創業企業所面臨環境的先驅。

除此之外，橫向組織體制對於新創企業的成功非常重要，以色列人比任何人都更熟悉橫向的組織體制。再加上，它的文化比任何其他國家都更不易因為教育、財富或出身而

出現歧視，因此很容易接納橫向組織體制。以色列人的一個特點是，在吸引投資者的過程中，即使遇到世界級企業的CEO，他們也絲毫不畏懼，這也得益於服役經驗。

以色列有一個後備部隊制度來解決現役士兵短缺的問題。當原本生活在不同社會階層的人們重新入伍為軍隊效力時，等級制度再次根據軍階而不是社會地位形成。因此，有時出現剛上大學的年輕軍官向與父親同齡的人下達指令，或是下屬對他公司的總裁下達命令等情況。當然，以色列並不是唯一引進後備部隊制度的國家。但在其他實行後備制度的國家，並沒有培育出像以色列這種橫向組織體制。以色列之所以獨一無二，是因為以色列的後備部隊制度與其他國家的後備部隊處於完全不同的水準。以色列的後備部隊與現役部隊一樣，經常進行連續數週或數月的重複訓練，也會被部署去作戰。也就是說，它不是形式上的後備部隊，而是隨時可以投入實戰的後備部隊，而且訓練的強度和持續的時間都是他國望塵莫及的。

單憑上述的情境判斷、解決問題的能力和橫向組織體制，不足以解釋以色列新創企業的非凡成功。這是因為他們成功的領域是資通訊領域，該領域比任何其他領域都更需要高水準的專業知識。以色列人到底在什麼時候成為資通訊領域的專家？令人驚訝的是，這也與軍事密切相關。

ICT專家培訓的搖籃：塔爾皮約

近年來，國防力量以資訊為基礎，為網路戰做好準備也是一項重要策略。因此，以色列在軍隊內建立並運作多個與資通訊技術（ICT）有關的專門單位。這些單位包括追蹤恐怖組織資金的單位、攔截恐怖組織連線通訊的單位，以及利用尖端電子設備的單位。為了加入一個如此專業目的的單位，必須經過數十人對一人的競爭。其中最具代表性的單位是塔爾皮約（Talpiot），塔爾皮約在希伯來文的意思是「極品中的極品」。每年，以色列排名前 2% 的高中學生都會被鼓勵申請加入塔爾皮約，而這些學生當中，只有約 10% 的人能通過以物理和數學為中心的考試加入塔爾皮約部隊。

被選入塔爾皮約部隊的人員，在最負盛名的希伯來大學學習為期 40 個月的數學、計算機工程等科學和工程科目，之後以現役士兵身分服役共 9 年。服役期限比其他現役軍人多了 6 年。儘管役期比其他部隊長，但許多有才華的人會選擇塔爾皮約的原因是，它使他們在退伍後的社會生活中擁有顯著的職業優勢。以色列設計了其社會結構，使得軍隊服役的經驗成為退伍後職涯的指標之一。因此，你在服兵役期間擔任的職位，比你畢業於哪個學校或系所更加重要。

塔爾皮約部隊的成員在服役期間透過對導彈、網路安全等國防相關技術的研發，在加強以色列國防能力方面付出了貢獻。退伍後，他們運用所學成為資通訊技術領域的企業

家，並在以色列的創新生態業界中發揮關鍵作用。

以色列目前是網路安全產業中無可爭議的第一大國。以色列的網路安全市場占全球市場超過 10% 以上，隨著全球對網路安全的興趣日益濃厚，使市場前景更加光明。

以色列文化容許失敗

如前所述，儘管新加坡和南韓也有徵兵制度，但為什麼這些國家的創業文化不如以色列活躍呢？在眾多因素中，不可忽視的一個因素就是「對待失敗的態度」。

創業可能是某人一生中的第一次經歷。因此，對於已經擁有豐富經驗和專業知識的人來說，這可能是一項簡單的任務。但對於創業初期的 CEO 來說，這可能是相當複雜的任務。有時出於無知，一個看似非常簡單的失誤可能會一發不可收拾。最終，這些錯誤往往會累積起來導致創業失敗。

創業總是困難的。根據統計，2010 到 2014 年南韓約有 77 萬家新創企業，但同期有 69 萬家倒閉。5 年來的生存率僅為 27.3%。但是，如果對此更深入的研究，會得出一個有趣的結論。因為發現第一次創業的失敗率雖高，但第二次創業的失敗率卻大幅下降。根據南韓中小企業管理局 2015 年的調查，以創業 5 年後的生存率來看，重新創業的生存率比首次創業時高出兩倍以上。

考慮到這些事實，通常說創業的失敗率很高，意思是指第一次創業的失敗率高。就醫生和律師等專業人士而言，相較於創業，這些職業通常被歸類為穩定工作，因為他們在履行職責之前，會先接受長期訓練，學習相關領域少至 3 年、多至 10 年的關係，以降低失敗率。因此，未經事先排練和長期培訓的新創企業，其失敗率較高也是理所當然的。

大多數全球企業家都有過痛苦的經商失敗經驗。美國和中國的企業家平均經歷 2.8 次失敗，我們熟知的美國前總統川普（Donald Trumph）曾 4 度申請個人破產，中國的馬雲也歷經 8 次經商失敗才創建了阿里巴巴。

根據統計，南韓企業家平均經歷 1.3 次創業失敗。倒閉公司的 CEO 以自己的名義重新創業的比例約為 3%，倒閉公司的董事長作為高階主管參與的情況也只有 4.2% 左右。這些結果顯示，南韓企業家更有可能認為失敗就是失敗，傾向於停止嘗試，而不是將其視為一種經驗和成功的基礎。

這也是南韓創業 5 年後的生存率明顯低於 OECD 國家平均值的原因之一。南韓 2010 到 2014 年的創業生存率是 17 個受調查的 OECD 國家中最低的國家，英國 37.5%、德國 41.0%、瑞典是 62.6%。這些數字與南韓的情況形成鮮明對比，南韓的數據甚至低於 30%。當那些在創業失敗的過程中累積了大量經驗和知識的人不再參與創業時，南韓創業 5 年的生存率低落也不難理解了。

並非所有的失敗都是壞事。事實上，有些失敗是成功的

‖創業 5 年後企業生存率‖

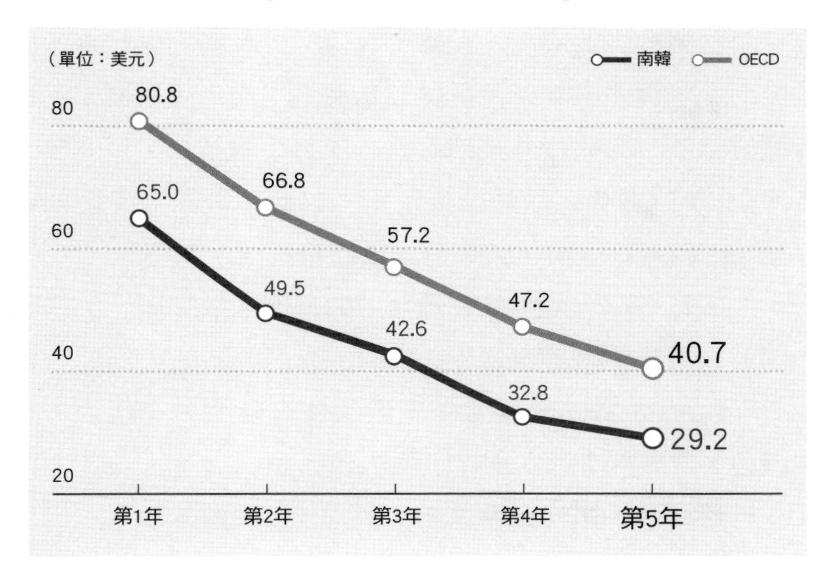

資料來源：OECD、中小企業新創企業部（截至2021年）

失敗，然而，能夠分辨並採取行動的企業不多。沒有多少公司會分析專案失敗的原因，並就這些結果對所有員工進行教育培訓，以防止類似的情況再度發生。透過對企業 CEO 的調查很容易證實這個事實，哈佛大學曾經訪問企業 CEO，詢問當專案失敗時，未受到該領域紀律處分的員工比例有多少，他們的回答是介於 2 至 5%。

以色列人普遍容忍失敗，但是對那些失敗後找藉口或不積極分析失敗原因的人，他們會嚴厲看待。對於以色列積極面對失敗的態度，各自的解讀不同。有人認為，這是因為以

色列自建國以來就面臨各種戰爭局勢。當人生第一次遇到戰爭情況，並且一次又一次發生時，過程中人們學會如何應對各式各樣的失敗。也有人認為，以色列是由長期生活在世界各地的人們所組建成的國家，因此相較之下，自然而然形成了更寬容的文化。

以色列的願望是發展製造業

由於上述原因，以色列顯然擁有世界最高水準的資通訊技術競爭力。然而，僅靠這些技術和國防能力並不足以支撐國民經濟。如果要保住國家的基礎，像是交通、電力和建築等，那麼製造業不可或缺。

然而，以色列要在製造業領域取得競爭力面臨著許多困難。最大的困難是以色列被約旦、敘利亞和埃及等伊斯蘭國家包圍，在這種情況下，要建設基礎設施以培育重工業極其不易。

以色列正試圖以更多樣化的方式保護其產業和產品。在某些情況下，貿易壁壘是由產品標準形成的。人口不到 1,000 萬的以色列堅持使用其他國家從未使用過的電源插頭，目的是為了防止外國企業輕易進入國內市場。如同以色列在內的其他國家，也是透過對國內銷售的各種產品實施獨特的標準來保護境內企業。

如今，世界上許多國家正在多方面努力推動新創企業，以擺脫低成長趨勢，並在本國建立創新的生態系統。然而，在這個過程中，許多國家試圖以全新的策略來建構創新生態系統，而沒有考慮現有的產業或社會結構。誠然，這種嘗試很少取得成果。在這種情況下，我們可以注意到，以色列創造了世界上最成功的創新生態系統之一，它以完全適合自身國情的方式，成功打造了一個創新生態系統。

SINGAPORE

新加坡——
在貿易中心的生存策略

- ▶人口：6,014,723（第 114 名）
- ▶貨幣單位：新加坡元（SGD、S$）
- ▶ GDP（2023 年）：5,155.48 億美元（第 30 名）
- ▶ GDP 增長率（2022 年）：3.6%
- ▶失業率（2022 年）：2.8%
- ▶通貨膨脹率（2022 年）：6.1%
- ▶網路使用率（占人口百分比）：91%

如果不先了解新加坡位在連接印度洋和太平洋麻六甲海峽的戰略位置，就很難理解為何它很早就能發展為一個中介貿易港口。

新加坡擁有世界上最大的轉運港，通往 123 個國家共 600 個港口；新加坡的樟宜機場也是一個航空樞紐，通往全球 90 個國家共 380 多個城市。在 2018 年，也就是 COVID-19 疫情爆發之前，該機場的旅客吞吐量為 6,560 萬人次，創下歷史新高紀錄。因此，跨國企業紛紛選擇全球趨勢匯聚地的新加坡作為進入東南亞的跳板。在新加坡營運的 7,000 家跨國公司中，超過 60% 將新加坡設為其在東南亞或亞太地區的總部。

僅僅因為它位於交通樞紐，並不代表全球公司湧向它的唯一因素。新加坡致力於留住優秀的人力資源，為這些公司提供順利營運的環境。在這樣的環境下，新加坡從小學就開始入學考試的激烈競爭，私立教育的比例也很高。

像高三生的新加坡小學生

新加坡的學制包括 6 年小學教育、4 年中學教育、2 至 4 年高等教育，以及 4 年大學。在小學，學生要完成 4 年的基礎課程和 2 年的探索課程。完成 6 年課程之後，他們參加小學畢業考試（Primary School Leaving Examination，PSLE）並進

入中學。學生們幾乎從中學開始，就確定了未來的出路。

如此競爭激烈的教育環境自然成為日益依賴私立教育的因素。在新加坡，小學生的私立教育非常普遍，這是因為從小學四年級至六年級就已經決定了中學的升學路徑。當孩子升上小學三年級時，學校和家長全都投身備戰入學考試。

除非孩子能力很差，否則要通過四年級的考試通常沒有問題。然而六年級的小學畢業資格考試決定了上哪一所中學，並且根據就讀的中學，來決定之後讀的是社區大學還是 4 年制大學。也因此，到了五、六年級，新加坡小學生的日常生活幾乎等同南韓的高三升學生。大多數有介於此年齡層孩子的家庭，如果經濟能力許可，通常會讓孩子上家教課或送到私立補習班。

然而，與南韓一樣，其負面影響也令人詬病。問題在於財富傳承和從小帶有偏見的教育現象。能夠負擔補習費用並接受英語和數學個別教育的孩子，可以提高考試成績並藉此進入名校，之後在學校與父母的保護傘之下，獲得良好的社會待遇，找到穩定的工作。相對來說，那些沒有透過家教來加強學習的孩子，進入中學之後，將不可避免地發現自己處在一個無法融入學習氛圍的環境中。除此之外，大多數私立教育機構都以學術或體育教育為主，學校課程設計也圍繞著與考試相關的科目。這也表明，學生無論是在公立學校還是私立學校，都沒有機會接觸藝術或音樂等科目。

然而，也不乏許多正面影響。新加坡優秀的人力資源是

其發展成為世界級金融中心的基礎，新加坡利用其作為交通樞紐的地理優勢來發展中介貿易，並且培育能夠支援中介貿易的金融業，成為世界級金融中心的背後推手正是優秀的人力資源。

新加坡政府吸引外資的強烈意願，為企業經營營造了有利的環境，因此外資企業進入新加坡時通常不會面臨太多困難。基於英語的普遍使用、透明的行政管理、政治穩定、簡化的稅收制度、先進的基礎設施和勞動力市場的靈活性，它被世界銀行評為「經商良好國家」的第二名。然而，由於新加坡政府對外籍人力的限制政策，越來越多的企業在人力管理上遇到困難，尤其是在高度依賴外籍人力的餐飲和建築等行業中更是如此。

為什麼會發展修船業？

作為貿易和金融中心的新加坡，有一項製造業占很高的比例，那就是修船業。由於新加坡位於許多船舶經過的路徑上，是進行船舶修理的最佳地點。

對於船主來說，移動到遠離現有貿易航線的地方修理船隻既昂貴又繁瑣，因此，他們自然更願意在船舶正常運作的經常路線上修理船隻。位於貿易路線上的新加坡，不僅可以快速修復船舶，而且幾乎沒有颱風等自然災害，因此可以全

天候進行維修。新加坡之所以能夠在全球修船業和海洋設備業穩步成長的原因之一，其地緣政治位置功不可沒。

位於交通樞紐的新加坡，已發展成為一個多民族、多元文化的國家，其融合程度遠勝其他國家，大約 30% 的人口（如果包括永久居民則為 40%）為外國人。目前，新加坡由多個種族組成，包括華人（74.3%）、馬來人（13.4%）、印度人（9.1%）和其他種族（3.2%）。在宗教方面，包括佛教（33.3%）、基督教（18.3%）、薩滿教（17.0%）、伊斯蘭教（14.7%）、道教（10.9%）、印度教（5.1%）等世界宗教在新加坡並存。語言方面，包括英語、華語、馬來語和泰米爾語在內，共四種語言被指定為官方語言，孩子們從幼稚園開始，需學習新加坡官方語言的英語和一種母語（華語、馬來語或泰米爾語擇一）。政府實施的政策是確保所有公民至少會說兩種語言。

人口高齡化和設備老舊問題

一直處於飛躍成長的新加坡，近年來也面臨各種問題，最大的問題之一是人口的高齡化。由於人口高齡化問題，新加坡的醫療保健支出從 2011 年的 30 億美元，到了 2018 年迅速增為 78 億美元。不僅如此，作為新加坡競爭力來源的各種社會基礎設施現在也逐漸老舊，因此需要大規模的二度

投資。未來 10 年，新加坡需要持續投資基礎設施，以彌補其過時的老舊設備，包括擴大鐵路網、開發樟宜機場 5 號航廈，以及開發大士港（Tuas）。

而農業部門也迫切需要投資。新加坡 90% 的糧食依賴進口，在 COVID-19 疫情爆發時期，難以供應基本農產品。這促使新加坡意識到糧食安全的重要性，因而設定目標，到了 2030 年將本國糧食生產比例提高為 30%。新加坡由於土地面積較小，需要發展都市農業（urban farm）、水耕和垂直農業（vertical farm）等農業技術。

新加坡曾經是亞洲最貧困的漁村之一，憑藉著地理優勢和懂得充分利用這一點的優秀人力資源，迄今取得了令人矚目的成就。然而，近年來壟罩新加坡的經濟環境並沒有那麼樂觀。持續的中美貿易衝突、中國經濟成長緩慢，以及 COVID-19 之後各國的保護貿易立場，對於高度依賴他國的新加坡經濟來說，造成了極大的負面影響。讓我們持續關注新加坡將有哪些替代方案來克服這些問題。

SPAIN

西班牙——
如何成為文化藝術之國？

▶人口：47,519,628（第32名）
▶貨幣單位：歐元（EUR、€）
▶ GDP（2023年）：14,924.32億美元（第15名）
▶ GDP成長率（2022年）：5.5%
▶失業率（2022年）：13.0%
▶通貨膨脹率（2022年）：8.4%
▶網路使用率（占人口百分比）：94%

1879 年，西班牙北部的桑坦德省領主、法國子爵唐・馬塞利諾（Don Marcelino），帶著年幼的女兒在西班牙的一個山洞裡急切尋找著某個東西。跟隨父親的小女兒感到無聊，在山洞裡閒逛，偶然發現洞壁上的圖畫有著熟悉的形狀，那是一隻野牛的輪廓。「是牛爸爸。」女孩大喊。

子爵提起燈仔細一看，發現洞穴的頂端畫著許許多多的野牛畫。更令人驚訝的是，色彩十分鮮豔，彷彿昨天才剛畫好不久。也許是為了炫耀自己的作品，甚至還留有一個手掌印當作簽名。這個偶然發現的洞穴壁畫是舊石器時代晚期的阿爾塔米拉洞穴壁畫，阿爾塔米拉洞穴壁畫不禁讓人聯想到，西班牙人在藝術領域的非凡能力，很可能是從他們的祖先那裡繼承而來。

西班牙的誕生源自於兩個民族的結合。首先，伊比利亞人於西元前 10 至前 3 世紀左右從北非移居，主要居住在半島南部和東部沿海地區，後來逐漸向北遷移至法國南部。伊比利亞人是對生活在地中海沿岸人們的統稱，他們生活在相似的地區，交流頻繁，因此形成了共同的宗教、生活習俗和語言。這就是西班牙目前所在的伊比利亞（Iberia）半島名字的由來。

值得注意的是伊比利亞人的特質。許多人類學家認為，雖然古代部落是在對特定領袖忠誠的同時，進而演化和發展，但伊比利亞人拒絕遵守規則或規定。即使到了現在，西班牙人不僅具備高度的個人主義傾向，並且不受中央政府的

阿爾塔米拉洞穴中的野牛壁畫

約束，表現出強烈的地域性。這種打破舊有的傳統慣例和方法，偏離既定框架、不斷嘗試的特質，便成了西班牙文化藝術發展的原動力。

多元文化交會的地理樞紐

西班牙地處交通要道的事實，不斷彰顯出西班牙人的非凡特質。西班牙之所以能夠成為貿易中心，是因為它東、西連接地中海和大西洋，北、南連接歐洲大陸和非洲大陸。地中海被稱為水平原，因為它的水域非常平靜，很容易航行。

正因為如此，西班牙人很早就能夠利用海上航線與其他文明頻繁往來。地中海是火藥、指南針、印刷術等亞洲各種發明和文化藝術傳入歐洲的通道，也正是因為地中海，阿拉伯、中東和印度的傑出科學技術得以傳入歐洲。尤其西班牙正是最早接觸到美洲大陸獨特感受力的國家。

然而，作為享受交通要道優勢的代價，就是頻繁遭受異族的入侵。所謂的交通要道也就代表同時是其他民族容易入侵之處，早期占領西班牙的第一批民族是羅馬人。羅馬人在西元前 1 世紀統治了整個伊比利亞半島，西元前 38 年奧古斯都（Augustus）皇帝宣布西班牙併入羅馬帝國。到了 5 世紀初期，日耳曼部落席捲歐洲。西元 410 年，日耳曼部落的一個分支西哥德人占領了伊比利亞半島，統治了 300 年。西班牙被異族占領的歷史並沒有就此打住，西元 711 年，由柏柏人和部分阿拉伯貴族組成的穆斯林從北非入侵，統治了西班牙 800 年。

在這個過程中，西班牙有機會將羅馬和日耳曼等歐洲各個地區的文化與中東和阿拉伯民族的情感相互融合。尤其西班牙被外國人占領了幾個世紀，這段時間足以讓其他文明的文化養分深植在西班牙人身上。

這些與各國的頻繁衝突，彷彿為文化藝術領域注入了源源不絕的靈感。腓尼基人、希臘人、迦太基人、羅馬人、西哥德人、猶太人和摩爾人等不同民族、不同宗教混合在一起，形成了自有的獨特新文化。換句話說，這種多元而具有

異國風情的文化融入了西班牙，創造出一種很難在其他歐洲國家看到的文化。

西班牙也一度是時尚潮流的發源地。文藝復興之後，各國之間的貿易變得更加頻繁，同時開始打造出歐洲典型的服飾文化。但在此之前，西班牙引領了整個歐洲的時尚。當時，西班牙所殖民的拉丁美洲和非洲各地區的異國風情是重要的靈感泉源。發現美洲大陸後，西班牙人在服裝中表達了從當地原住民那裡學來的獨特風情。西班牙風格的時尚風靡了整個歐洲，即使到了現在，「拉丁美洲風」這個詞已經成為現代時尚的專用術語之一。

化危機為轉機的文化藝術

即使到了現代，文化藝術仍是西班牙人最強大的競爭力。每當面臨危機時，他們都會透過文化和藝術來解決國家層級的難題。一個典型的例子是西班牙畢爾包古根漢美術館（Guggenheim Museum Bilbao）。最初，畢爾包（Bilbao）原本是西班牙具代表性的工業城市，擁有 700 多年的歷史。然而到了 1970 年代，由於無法及時因應工業和物流的變化，因此走上了衰退之路。1986 年，失業率飆升至 26%，再加上作為工業城市，其周圍自然環境的污染問題也相當嚴重。在這個過程中，西班牙人民為了拯救逐漸衰落的畢爾

畢爾包古根漢美術館全貌

包，所選擇的方法就是文化藝術。

1992 年，在公共資金支援下，西班牙成立了「畢爾包河 2000」（Bilbao Ria 2000）的城市發展公司，並決定在最不發達的地區興建一個結合商業與文化的綜合性商業中心。同時也對外宣布將爭取古根漢美術館進駐該中心設館，畢爾包也將從一座工業城市轉型成為文化藝術之城。這個策略奏效了，畢爾包古根漢美術館如今被視為代表歐洲的象徵性地標，畢爾包已迅速成為西班牙主要的旅遊觀光勝地之一。這項決策對畢爾包由停滯不前的工業城市轉變為文化藝術之城發揮了決定性的作用。古根漢美術館於 1997 年開放，

每年吸引130萬名遊客，是預期遊客人數的3倍，開放第一年就創下了1.6億美元的收入。這被稱為「古根漢效應」（Guggenheim effect），儼然成為地區創新的典範。

西班牙也利用文化藝術振興傳統市場，以及解決城市復興問題。馬德里的聖米格爾（San Miguel）市場創立於1800年代中期，隨著大型超市的出現，該市場瀕臨倒閉。然而，這樣一個歷史悠久、引以為傲的傳統市場，僅僅因為瀕臨倒閉危機，就將其拆除而改建為嶄新的現代建築，並不是西班牙人解決問題的方式。於是，他們保留了聖米格爾市場的樑柱和架構，改用玻璃來裝設四個側面，以便可以清楚地看到內部。不僅如此，為了克服傳統市場沒有天花板的最大缺點，還安裝了遮雨帳篷，以解決雨中購物的問題。帳篷採取現代繪畫的風格，這也成為了馬德里的代表性景點。如今，聖米格爾市場已成為熱門的旅遊勝地，每年遊客超過400萬人次。

「哦！西班牙！妳絕對是西方和印度之間所有國家中最美麗女王。」如同盛讚一般，西班牙本身就是一件文化藝術作品。就讓我們共同期待創造最高附加價值的文化藝術領域，在21世紀會對西班牙的未來發展有何貢獻吧。

第三篇

因氣候和資源而改變命運的國家

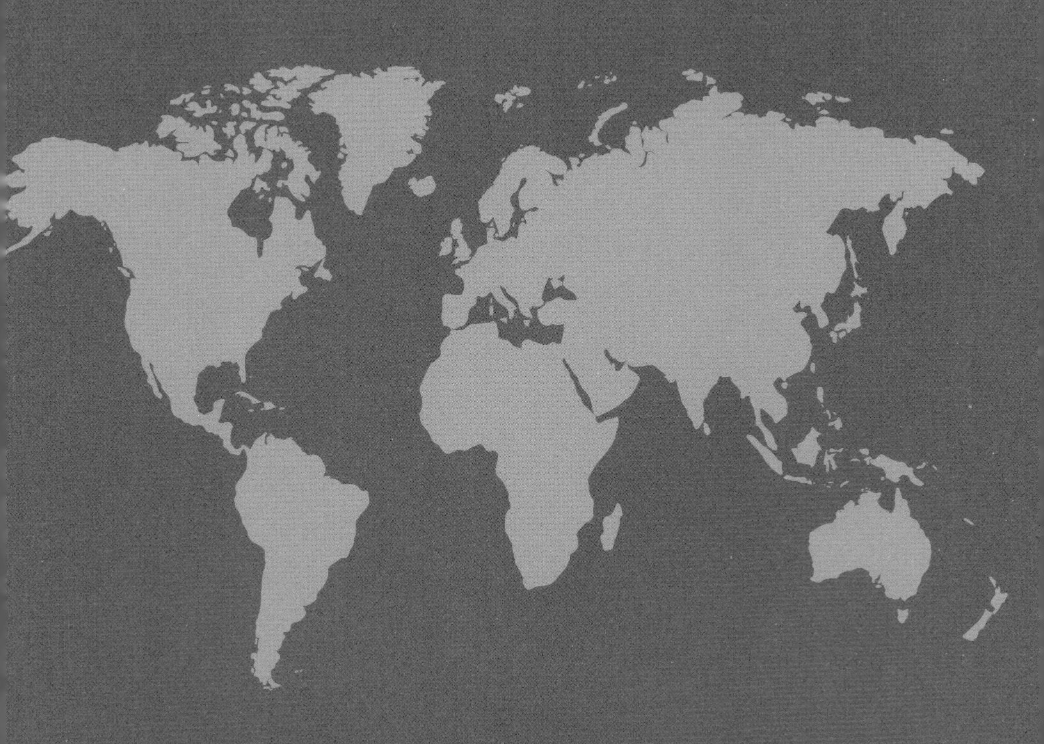

如果你了解一個國家的地理位置，

你就能了解它的政策。

——拿破崙

SAUDI ARABIA

沙烏地阿拉伯——
夢想「中東第二次繁榮」

- ▶人口：36,947,025（第 40 名）
- ▶貨幣單位：沙烏地裡亞爾（SAR）
- ▶ GDP（2023 年）：10,619.2 億美元（第 18 名）
- ▶ GDP 成長率（2022 年）：8.7%
- ▶失業率（2022 年）：5.6%
- ▶通貨膨脹率（2022 年）：2.5%
- ▶網路使用率（占人口百分比）：100%

如果要從中東眾多國家之中選擇一個國家，很多人會選沙烏地阿拉伯。從某種意義上來看，這種想法是很自然的。因為沙烏地阿拉伯對南韓來說，比其他任何國家更具戰略重要性。有一個例子可以證實這一點。外交考試是選拔外交領域最高級別官員的考試，通過考試的優秀人才被派往四個國家，其中之一就是沙烏地阿拉伯。繼美國、中國、日本之後，南韓之所以派遣高級外交官前往沙烏地阿拉伯，也是因為能源供需問題。

根據南韓國家石油公司 2017 年石油供需統計，南韓從沙烏地阿拉伯進口了 3.1922 億桶原油，占原油進口總量的 28.5%，在所有原油進口國中占比最大。

國家賺錢、人民受益的獨特經濟體系

雖然沙烏地阿拉伯在南韓經濟中扮演了重要角色，但真正了解這個國家的人並不多。尤其是沙烏地阿拉伯的社會制度與其他國家完全不同，因此不容易理解。從經濟和社會制度來看，沙烏地阿拉伯是一個非常獨特的國家，在 21 世紀的國家中很難找到類似的社會制度或經濟結構。這就是為什麼要正確理解沙烏地阿拉伯需要花費大量時間和精力的原因。

首先，沙烏地阿拉伯有一個完全不同的國家運作體制。

在一個典型的國家，是由個人或公司等私人機構進行營利的經濟活動，國家則透過徵收一部分利潤來確保國家運作所需的資金。然而，在沙烏地阿拉伯，經濟活動的主體是國家，而非個人或公司等私營部門。其結構是，作為國家收入絕對來源的國營石油公司直接展開經濟活動，民營部門則分享國家賺取的利潤。

當然，沙烏地阿拉伯並非在建國之初就擁有這種體制。在石油繁榮之前，沙烏地阿拉伯的財政狀況非常糟糕。在原本的伊斯蘭教中，根據法典《古蘭經》，只有稱為天課（Zakat）的稅，即自願繳納的稅，才占據財政收入的絕對比例，而不是強制徵稅。由於稅收不足，又必須支付公務員和軍隊的工資，以及國家主導的基礎設施建設等，使得該國在 1933 年左右幾乎瀕臨破產。在這種情況下，沙烏地阿拉伯僅僅以 25 萬美元的價格，將石油開發權轉賣給加州的標準石油公司。這是改變沙烏地阿拉伯國家管理體系的決定性事件。

從那之後，沙國政府與公民之間不再因稅收問題而關係緊張。這是因為人們幾乎不用繳稅。原油銷售收入占沙烏地阿拉伯財政收入的 80% 以上，人民因此享有廣泛的福利，除了教育和醫療外，他們還享有廉價的電力和其他能源。

出售石油的大部分收益流向沙烏地阿拉伯王室。沙烏地阿拉伯公民對政府如何編制年度預算幾乎沒有發言權，政府只向公眾揭露部分支出，並未透露原油銷售收入中有多少分

配給王室。在大多數國家，通常只包含小額雜項費用並將其列為「其他」項目，但在沙烏地阿拉伯情況完全不同。在國家財政收支的明細項目中，「其他」領域所占的比例最高。不過，由於大多數公民不向政府納稅，因此他們對這種結構並沒有表達太多不滿。

即使沙烏地阿拉伯由國家直接展開大部分的經濟活動，並將其成果分配給人民，也不代表人民過著富裕的生活。據了解，近 40% 的沙烏地阿拉伯公民生活在貧困之中，其中至少 60% 的人買不起房子。另外，大約一半的適婚年齡的年輕人由於沒有工作或無力支付婚禮開銷而結不了婚。大多數人的經濟狀況就是如此，導致人均國民收入比南韓更低，約在 2 萬美元左右，不同於我們印象中沙烏地阿拉伯王子的奢侈生活方式。

經濟依賴外籍的勞工，福利依賴王室的憐憫

還有一個不尋常的地方，大多數活躍在沙烏地阿拉伯經濟中的都是外籍勞工。曾經去過沙烏地阿拉伯出差的人很容易發現這一點，就是從你抵達機場到進入飯店，遇到的大部分人都不是沙烏地阿拉伯當地人，而是從附近地區來工作的外籍勞工。

例如，機場的行李管理員通常來自印度、巴基斯坦或孟

加拉，當你離開機場時也是如此。大多數的計程車司機都是巴基斯坦人，在酒店迎接客人的門衛也大多來自印度、巴基斯坦或黎巴嫩。事實上，有一些統計數據顯示，外籍勞工在民營經濟機構中的比例高達 90%。如果說在抵達沙烏地阿拉伯 1 個多小時之後，仍然沒有見到任何一個沙烏地阿拉伯人，這種說法一點都不誇張。

出於這個原因，沙國政府實施了限制外國人入境的簽證制度，此舉是認為外國勞工正在搶走沙烏地阿拉伯人的工作。此外，還宣布並鼓勵實行配額制度，要求僱用一定數量的本國人。問題在於，沙烏地阿拉伯人民已經習慣以外國人為基礎的經濟體系，透過買賣簽證以招募外國人的現狀更證明了這一點。這些秘密購買的簽證允許外國人從國營公司入境，而國營公司別無選擇，造成僱用大量外國人的局面。

沙國的社會制度和法律領域也有許多獨特之處。沙烏地阿拉伯是世界上僅存的少數專制國家之一。當然，歐洲和亞洲有很多國家都存在君王制，然而，這些國家大多是君主立憲制國家，意思就是國王的權力受到法律的限制。然而，在專制國家中，君主對國家權力擁有實際控制權，而國家機關只是執行君主權力的機構。在沙烏地阿拉伯這個專制國家，國王有權任命司法機構的所有法官和立法機構議會的主席；奴隸制度也是在 1962 年，根據沙國國王的遺囑而被廢除。

在一個以宗教為主導的國家，有些人對王室擁有的自主權多寡表示懷疑。然而，沙烏地阿拉伯王室對宗教律法的解

麥加是沙烏地阿拉伯的一座城市，是伊斯蘭教的第一大聖城，每年接待數百萬名朝聖者

釋相當具有彈性，在宗教界占據主導地位。舉例來說，1990年當沙烏地阿拉伯國王允許美軍駐紮在聖地附近與薩達姆·海珊對峙時，沙國的宗教領袖並沒有提出禁止異教徒駐紮在聖地附近的律法，而是十分順從國王的意見。

沙烏地阿拉伯實施福利制度的方式也與其他國家完全不同。嚴格來說，沙烏地阿拉伯的福利制度就是「王室憐憫」的代名詞，有一個例子可以證實這種說法。2008年，《阿拉伯報》刊登了一張彩色照片，照片中是一名參加過波斯灣戰爭的沙烏地阿拉伯士兵和他的妻子、孩子在內共10人，睡在伊斯蘭聖城麥加附近的帳篷裡。當時的報導提到，這名士

兵原本靠開計程車維生，但因為通貨膨脹和無力償還貸款而最終無家可歸。根據報導，這名士兵是為了祈求真主解決他的貧困而來到麥加附近。在報導刊登後的第二天，王室為他們提供了房子居住，軍人家庭終於有了一個家。這就是沙烏地阿拉伯的福利制度。

任何沙烏地阿拉伯公民如果需要幫助，他們可以在王室門前排隊等候並尋求幫忙。無論是想要出國留學、需要工作，還是因為父母生病而需要經濟援助，他們都試圖透過沙烏地阿拉伯王室的憐憫來度過難關。

牽制伊朗的低油價政策

談到這裡，確實會讓人產生疑問：「21 世紀還有這樣的國家嗎？」因為沙國的許多面向令人很難將其視為與我們生活在同一時代的國家。有趣的是，沙烏地阿拉伯國內認為這些作法已經過時的想法也正在蔓延。有越來越多的沙國人認為應該打破現有制度，因為以石油為中心的國民經濟體系已無法長久維持。以石油為中心的經濟難以為繼的第一個原因是頁岩氣革命。沙烏地阿拉伯能夠在中東地區持續保有領導地位的最大原因是得益於美國的支持。在美國透過頁岩氣革命實現能源獨立之前，它所需的石油大約三分之二是從沙烏地阿拉伯進口的。當然，由於沙烏地阿拉伯的政治穩定與美

國經濟息息相關，因此美國一直積極介入以維持沙烏地阿拉伯的穩定性。然而在頁岩氣革命之後，情況急轉直下。

傳統的原油集中埋藏在砂岩層的特定剖面中，而頁岩是泥漿沉積而成的硬化岩石，天然氣和原油廣泛分佈在頁岩層的整個剖面中。要鑽探埋藏在頁岩層中的天然氣或原油，必須將管道垂直挖入岩層 2,000 至 4,000 公尺的深度，然後必須重新水平鑽管。接下來，水、沙子和化學物質在高壓下透過管道上的許多孔洞高壓噴射，以打破岩層並提取其中的原油和天然氣。迄今為止，沒有一個國家能夠完成水平鑽井和水力壓裂製程，就算掌握了技術，也無法達到經濟實用性水準，因此無法從頁岩地層中開採原油。然而，美國是第一個獲得可用頁岩技術並開始全面大規模生產的國家。

因此，2019 年美國 67 年來首次從能源淨進口國轉變為淨出口國，並於 2019 年初超越沙烏地阿拉伯和俄羅斯，成為全球最大的原油生產國。相較於 2005 年，美國的海外原油進口量減少了約四分之一。當時的美國總統川普驕傲地說道：「我們不僅僅能源獨立，更是主導了能源市場。」頁岩氣革命所帶來的全球石油供需市場變化，很可能會大大削弱沙烏地阿拉伯的地位。

然而，沙烏地阿拉伯再怎麼努力依舊很難擺脫低油價政策，這是因為牽制伊朗最有效的手段正是低油價政策。自 2006 年以來，伊朗在國際社會被孤立的 10 年裡，沙烏地阿拉伯一直在中東扮演宗主國的角色，因此必須對伊朗的動向

進行牽制。為了重建日益落後的經濟，伊朗試圖在 2015 年與包括美國在內的國際社會達成核協定，試圖在國際社會上恢復正常國家的地位。伊朗的這項企圖也對沙烏地阿拉伯構成了巨大的威脅。

伊朗擁有世界第四大石油儲量和世界第二大天然氣儲量；此外，它也是世界上最大的資源持有國，擁有鐵礦、鋅、銅等多種地下資源。與其他中東地區不同，伊朗也擁有豐富的水資源，是一個以豐富的水資源為基礎，飲用水甚至主要農作物自給自足的國家。人口約 8,200 萬，平均年齡為 30.2 歲，以年輕人為主。伊朗擁有中東地區最大的內需市場，伊朗的內部能力足以在中東地區扮演領導者的角色。然而在伊朗，石油仍然是整個經濟體系的支柱。近年來，由於伊朗的工業趨於穩定多元化，該國對原油的依賴度較其他中東國家已大幅下降，但該國對原油的依賴度仍達整個國民經濟的 34%（截至 2017 年）。

考慮到伊朗的經濟結構，沙烏地阿拉伯需要維持低油價的原因就顯而易見了。因為這是消除伊朗權力最簡單的方法，也讓伊朗繼續尋求原油銷售的工業多元化。當然，這個戰略會對沙烏地阿拉伯經濟造成相當大的損害，但從沙烏地阿拉伯的角度來看，即使遭受一些損失，打擊伊朗可能比失去中東領導者的地位更為重要。

改革風潮蔓延

沙烏地阿拉伯國內也掀起了一股改革風潮。具代表性的改變是婦女的經濟活動。傳統上，由於宗教傳統，沙烏地阿拉伯婦女完全服從於家庭。在童年時期，女孩的成長與男孩沒有太大差別，但 6 歲以後，它們受到的待遇就完全不同了。女孩不能再和男孩一起上學，也不被允許去任何有男人在的地方，必須用頭巾或披肩遮住身體甚至臉。由於女性被嚴格禁止參與經濟活動，因此大多數的婦女無法發揮自己的才能或為社會發展做出貢獻。

但近年來，沙國政府出現了提供女性各類職業訓練和高等教育的趨勢，這也是沙烏地阿拉伯最期待與南韓進行交流合作的領域。幾年前，我參與了與沙烏地阿拉伯的官方發展援助計畫，當時沙烏地阿拉伯政府向南韓政府提出的要求，是開辦 EBS 和南韓通訊大學等遠距教育系統。原因是沙烏地阿拉伯婦女無法自由地從事外部活動，因此需要一個可以在家中接受技術和其他職業教育的制度，以便擁有一份穩定的工作。他們似乎認為，遠端教育是讓婦女參與經濟活動而不與宗教團體發生衝突的另一種選擇。由於石油可開採的年限越來越短，如今必須讓占一半人口的婦女加入經濟活動。

為此，宗教律法也出現彈性變化。2009 年，沙國國王薩勒曼．本．阿卜杜勒—阿齊茲（Salman bin Abdulaziz）建立了阿卜杜勒國王科技大學（KAUST），以改善該國臭名昭著

的貧困教育體系。這所大學擁有僅次於哈佛大學的第二大捐贈基金，是沙烏地阿拉伯第一所「男女同校」的學校。宗教領袖批評男女同校大學違反伊斯蘭法，沙烏地阿拉伯國王立即採取行動，解僱了提倡這些主張的宗教領袖。從那之後，其他宗教領袖甚至發表聲明支持成立男女同校大學。

2019 年底，「公共場所男女不平等座位」的禁忌也被打破。在沙烏地阿拉伯王儲穆罕默德．賓．薩勒曼（Mohammed bin Salman）推動對整個社會的大規模改革中，男女隔離原則（最常見的規定之一）正面臨廢止。

此外，大約在同一時間，沙烏地阿拉伯將其國有石油公司沙烏地阿美（Aramco）在股票市場上市，吸引了全世界的關注，這是該國唯一的收入來源。2018 年，沙烏地阿美的營業利潤達 2,240 億美元，這比蘋果、三星電子和 Google 營業利潤的總和還要多 1,998 億美元。截至 2023 年 7 月，全球市值達到 2 兆美元的公司只有蘋果、微軟和沙烏地阿美。沙烏地阿拉伯之所以將王室財源沙烏地阿美石油公司掛牌上市，是為了透過上市爭取外部投資資金，並積極推動在沙烏地阿拉伯的新投資。在此過程中，沙國王室 80 年來首次公布了他們實際上擁有的沙烏地阿美公司財務報表。

「新未來城」是沙烏地阿拉伯政府正在推動的新城市，也是一個實現經濟結構多元化、擺脫對石油依賴的大型計畫。它的面積是首爾的 43 倍，耗資約 1 兆美元。其中的住宅區「The Line」計畫以兩棟高層建築的形式建造，看起來

像一座長 170 公里的巨牆。由於全新的鳥瞰方式和天文數字的成本，其可行性遭到質疑，但隨著開始挖掘的和全球公司的訂單不斷到來，人們對它可能成為中東第二次繁榮的期待似乎也在增加。南韓企業也積極參與，包括 Naver 與沙烏地阿拉伯政府簽署備忘錄，現代工程建設公司則承攬了基礎設施建案。

沙烏地阿拉伯王室如此反常規的決策，清楚揭示沙國當前所處的環境。他們儼然承認，維持了幾十年的社會經濟結構已無法再持續下去。

FRANCE

法國——
行動的核心始終是能源

▶人口：64,756,584（第 23 名）
▶貨幣單位：歐元（EUR、€）
▶ GDP（2023 年）：29,234.89 億美元（第 7 名）
▶ GDP 成長率（2022 年）：2.6%
▶失業率（2022 年）：7.4%
▶通貨膨脹率（2022 年）：5.2%
▶網路使用率（占人口百分比）：86%

誠然，我們忙於解決國內發生的問題已應接不暇，為什麼還要了解海外國家呢？第一個原因是能夠以海外許多國家的例子作為借鏡，來引導我們解決所面臨的挑戰。從這方面來看，未來我們最需關注的國家之一就是「法國」。最重要的是，近年來居住在南韓的外國人口數量迅速增加中。

2020 年，在韓外國人居留人數首次突破 250 萬人，這個數字相當於南韓總人口的 4.9%。2007 年，在韓居住的外國人數量首次突破 100 萬，到了 2016 年增加了 1 倍，達到 200 萬人以上。僅僅 10 年後的 2020 年，這一數字再次增加了 50 萬，而且成長速度正在加快。同時，多元文化家庭的數量也迅速增加。來自中國、東南亞和西歐的移民很多，很難再稱南韓為單一民族國家了。

現在是南韓學習如何與來自其他文化的人們共同生活的時候了。而法國則是比南韓更早接受多元化國家的移民，並與之共存的代表性國家。

法國如何解決移民衝突？

許多人認為，法國之所以對外國人寬容，是因為它追求以「自由、平等、博愛」為代表的寬容（tolerance）和團結（solidarity）。然而，法國之所以接受這麼多移民的主要原因與南韓類似，主要是基於經濟層面。

法國在二戰之後和石油危機之前經歷了爆發性的成長，這段時期被法國人稱為「輝煌 30 年」（les Trente Glorieuses）。當時，由於法國各產業部門快速成長，不得不擴增人力，以解決勞動力短缺的問題，另一方面也是因為法國人開始逃避費神又吃力的工作。

於是，法國開始僱用來自低收入歐洲鄰國的移民，以及來自法國前殖民地北非馬格里布（Maghreb）地區的阿爾及利亞、突尼西亞和摩洛哥的移民。在法國經濟飛快成長的時期，這些外國移民從事大多數法國人不願接觸的 3D 產業（髒、累、危險的工作），為法國經濟發展做出重大貢獻。

然而，當石油危機發生後，情況完全改變。受到石油衝擊的影響，包括法國在內的整個歐洲大陸經濟嚴重下滑，法國也陷入高失業率危機。最終導致法國在 1974 年終止勞工移民的措施。

然而，許多已經抵達的外國工人們帶著家人來到法國，由於非法居留的外國人有機會滯留在法國，因此外國移民的數量持續增加。目前來自北非的穆斯林移民大約有 600 萬人，即法國總人口的 10%。

第二代移民與法國本國人之間的衝突，比起第一代移民更加激烈，這對南韓來說是值得重視的問題。法國社會學家將第二代和第三代法國移民稱為「仇恨的一代」（la haine）。因為他們對法國主流社會有著強烈的憤怒和反抗意識。第一代移民是在國外長大後才移民到法國，因此他們的

自我認同傾向於移民。因此，即使面臨法國本地人某種程度的歧視，他們會選擇辭職或接受。但這些移民的下一代卻不同，他們是土生土長的法國人，出生在法國、在法國接受教育，並且擁有法國國籍。這就是為什麼他們不能容忍法國社會出現的種族歧視和各種社會偏見。

法國第二代、第三代移民不滿情緒越演越烈的另一個原因是經濟不平等。這些第二代和第三代移民中的大多數人由於社會歧視，以及使他們難以專注學習的環境，因而往往從父母那一代繼承了貧窮。事實上，這些移民青年的平均失業率是法國整體平均失業率的 2 倍以上。這是包括歐洲其他低收入國家移民在內的失業率，調查數據比起只針對北非穆斯林移民的失業率來說，高出 1 倍以上。

法國第二代和第三代移民對社會歧視的不滿，已在法國全境和國際社會廣為人知。2005 年 10 月，兩名非洲青少年在一個低收入移民社區為了躲避警察時不幸喪生。當時，住在巴黎的憤怒移民們發起暴力抗議活動，燒毀數十輛汽車甚至襲擊商店。抗議活動不僅發生在巴黎，更迅速蔓延到附近郊區的 22 個小城市。最後，法國政府宣布進入緊急狀態，實施夜間宵禁。緊急狀態持續了 3 個星期，在此期間，全國近 10,000 輛汽車被燒毀、3,000 名移民被逮捕。

在南韓，多元文化家庭數量也正在迅速增加。為此，政府在 2008 年頒布《多元文化家庭支持法》，以支持多元文化家庭，以幫助他們融入生活，但目前還看不出成效。

來看看南韓2021年全國多元文化家庭狀況的調查結果。已婚移民家庭中，3人多元文化家庭中的13.0%、4人多元文化家庭中的7.5%，以及和5人多元文化家庭中的11.2%收入水準低於基本生活水準。根據2021年多元文化家庭調查，多元文化家庭兒童的平均年齡為10.7歲，其中6歲以下兒童占30.9%，等同於學齡前兒童；6歲至11歲兒童占37.1%，相當於小學年齡兒童。由此看來，南韓此時尚未顯現如同法國第二代、第三代的移民衝突。

最近的一項調查顯示，南韓9歲至24歲青少年兒童的人數和在南韓本地長大的孩子比例都在增加。在就讀中小學的多元文化家庭兒童中，8.2%的兒童遭受過校園暴力，與2015年多元文化家庭調查報告中的5.0%相比，增加了3.2%。

根據統計，多元文化家庭的孩子在南韓社會的成長過程中確實受到各種歧視和偏見。如果他們被剝奪了創造經濟基礎的機會，那麼就很有可能引發類似法國的社會衝突。這是法國正在給予南韓的寶貴教訓。

法國的能源策略

南韓應該向法國學習的不僅僅是其多元文化的家庭政策。在進入21世紀之後，一直備受矚目的能源領域，也是

南韓應該關注法國的例子。

一個國家要行使完全主權，必須具備建立自主權的三大要素：國防、糧食和能源。目前專家們一致認為，美國和俄羅斯是唯一能夠在這三個領域完全獨立、不因國際社會變化而動搖的國家。中國、日本和歐盟的一些成員國在國際社會上也具有很大的影響力，但如果仔細觀察各國的內部情況或決策，往往會發現他們選擇採取的措施是為了彌補自身的缺點。歐洲多國對於俄羅斯入侵烏克蘭的決策恰好反映出這種情況，法國也不例外。

法國是農業強國，自 1960 年代以來，農產品出口和煤炭進口是法國在堅決主張歐洲一體化的背景下不容忽視的因素。法國作為農產品的主要生產國，認為如果不把剩餘農產品妥善銷往歐洲國家，就很難解決國內的農業問題。為了解決這個問題，法國一直積極倡導歐洲一體化，以創造有利的農業出口環境。

相較之下，能源領域一直是法國頭疼的問題，也是一個不斷被拿來與世界領先國家進行比較的領域。美國、俄羅斯和加拿大是眾所周知的資源豐富國家；英國在其北海附近海域發現石油儲量後，也顯然躋身石油生產國；德國也基於褐煤和煤炭為其經濟發展奠定基礎。在國際社會有發言權的國家中，未生產本國能源的國家少之又少。

然而法國的情況則截然不同。法國本身難以透過生產能源來支撐經濟發展，因此一直以來不得不努力確保能源的順

暢供應。這就表示，要精確解釋法國在國際事務上決策背後的考量，正是能源供需問題。這一事實從法國所經歷過的歷史處境中便能獲得印證。

把德國煤炭視為戰爭賠償

二戰結束後，法國是戰勝國，但在維護自己的地位和權利方面受到限制。這是因為它的勝利並不是單靠自己的努力取得，而是得到包括美國、英國在內盟軍的幫助。不只如此，法國在第一次世界大戰之際因苛待德國而飽受批評，並認為這是導致德國發動第二次世界大戰的原因。因此即使法國身為戰勝國，卻不能免除戰爭責任。然而，一戰過後法國之所以向德國政府索求高額賠償，是因為如果不向德國獲取資源，就很難恢復本國經濟的緣故。

而這種情況即使在二戰結束之後也仍然持續。法國加強重點在限制德國的煤炭和鋼鐵產能。他們認為，如果不能克服在這兩方面長期落後德國的問題，就永遠無法拉近與德國的經濟實力差距。因此，法國希望控制德國鋼鐵生產的核心，同時也是煤炭儲量豐富的魯爾地區。他們向國際社會表達希望拆除工業設施，並將該地區的煤炭用作戰爭賠款，藉此恢復國家的經濟。

恰巧，歐洲大陸的鐵和煤炭的主要產地都集中在德法邊

1923年在魯爾區拍攝的法國士兵和德國老人。當時，占領魯爾區的法國軍隊對德國人民施以殘酷的暴力行為

境沿線。隨著工業革命，德國的魯爾—薩爾地區、法國的亞爾薩斯—洛林地區和比利時等地，都大量生產優質而豐富的煤炭和鐵礦石。德國想要法國的亞爾薩斯—洛林地區、法國想要德國的魯爾—薩爾地區。亞爾薩斯—洛林是萊茵河以西與德國接壤的地區，自中世紀以來就以盛產鐵礦而聞名，法國 90% 的鐵礦石儲量即埋藏於此。

萊茵河以東的魯爾地區盛產優質煤炭，德國近一半的煤炭產量來自該地區的煤田。從法國的角度來看，獲得魯爾區作為戰爭賠款不僅可以使其從戰後的損失中完全恢復，甚至可以在未來的經濟發展上比德國明顯更具優勢。因此，法國

毫不掩飾將鄰近的薩爾地區，尤其是魯爾區納入其保護地的野心。

事實上可以這麼說，二戰的爆發是由於魯爾地區。德國在一戰中戰敗之後，法國占領了亞爾薩斯—洛林，而後又以德國不繳納戰爭賠償為由，也占領了魯爾地區。自從法國占領魯爾區後，德國出現了惡性通膨（超高物價）。

以「舒曼計畫」引領歐洲煤鋼共同體

但是美國對魯爾地區的態度卻截然不同。由於以蘇聯為首的共產主義陣營在二戰前後迅速壯大，戰勝國的氛圍傾向於扶植和保護當時的西德，作為阻止共產主義陣營蔓延的前線，而不是嚴厲仲裁德國。其後，隨著美國宣布大規模援助計畫，不僅防範德國，還要防止西歐國家成為共產主義國家，因此法國最終被迫放棄取得德國煤炭和鐵礦石以快速恢復戰後損失的計畫。當法國在某種程度上放棄主動權並決定配合美國的政策時，它有了不同的機會來重新獲得原本認為已經失去的影響力。

法國決定在美國提出與規劃的國家間合作關係中，尋求經濟發展所需的能源供需方式。尤其當時英國拒絕與其他國家合作，並要求特殊待遇，因而導致與美國鬧翻，這為法國提供了絕佳的機會。

1950 年 5 月 9 日，法國宣布「舒曼計畫」，透過建造超越國家的歐洲共同體來共同協調、管理煤炭和鋼鐵生產。法國認為舒曼計畫不僅能提供穩定的煤炭供應，也能培育本國的鋼鐵工業。最終，歐洲煤鋼共同體（European Coal and Steel Community，ECSC）於 1951 年 4 月成立，它是歐洲共同體（European Community，EC）的前身，也代表了舒曼計畫正式啟動。

從下列事件可以再次驗證石油危機時期，能源供需問題對於法國決策的重要性。當 1973 年發生第一次石油危機時，歐洲共同體於該年 11 月發表聲明「我們支持阿拉伯」。當時歐洲的這一表態，是法國積極爭取的結果。甚至在第一次石油危機之前，法國就已經對美國和英國在中東地區的行為感到不滿，因為美國和英國的石油公司壟斷了中東的石油利益。由於中東國家在石油危機時期不斷削減石油產量，最終，以法國為首的歐洲共同體通過了一項支持阿拉伯的決議。

專注於核電而不是石油，以實現自力更生

此後，法國專注於發展核能發電，以減少對石油的依賴。法國在第二次世界大戰期間了解到核武的威力，並對核技術產生興趣之後，開始尋找核能的替代品，以加強其國

防。法國是 1958 年成立的歐洲原子能共同體的第一、第二和第三任主席國，從這一點也可以證實法國的意願。對於自 1950 年以來一直致力於確保核技術的法國來說，試圖透過核技術實現能源獨立是水到渠成的計畫。據此，法國日後成為全球第二大核電國家，統計至 2018 年為止，共營運 56 座核電廠，全國約 75% 的電力來自核電。過去，法國政府曾經將透過核能發電確保自主能源供需的計畫稱為「恢復失去的主權」。

‖各國運作中的核反應爐排名(2022 年)‖

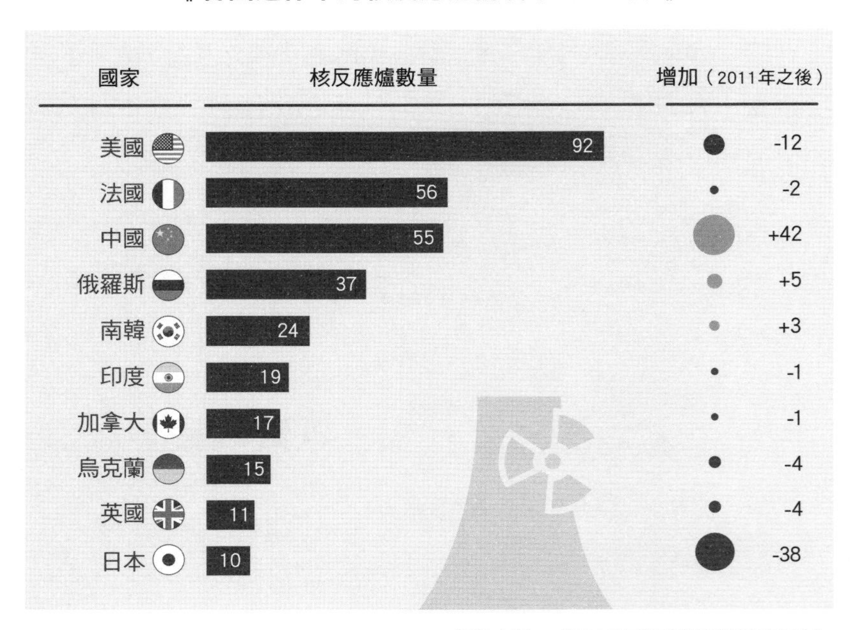

資料來源：《2022年全球核產業現狀報告》

法國在俄羅斯入侵烏克蘭後所採取的決策，也可以從能源供需的角度來解釋。法國一直是歐洲對俄羅斯能源禁運的強烈支持者，卻被發現增加向俄羅斯進口液化天然氣（LNG）而飽受批評。

就在歐盟積極尋求加強對俄羅斯制裁方法的同時，法國卻增加了進口量，甚至成為全球最大的液化天然氣買家。法國總統馬克宏（Emmanuel Macron）為了結束戰爭，聲稱「俄羅斯不應該在烏克蘭受到羞辱」，此舉引發了烏克蘭的強烈反彈聲浪。法國政府最近宣布計畫投資 517 億歐元以重建核電，預計到 2035 年將建造多達 14 座核電廠。

法國不斷致力於推動歐洲統合，經常在國際社會中表達與美國、英國不同的第三種意見。此舉背後，我們看到了一項事實，那就是國家利己主義與法國能源供應困境共同交織的情況。

GREENLAND

格陵蘭島——

新海上航線的橋頭堡

▶人口：56,643（第 206 名）
▶貨幣單位：丹麥克朗（DKK、kr）
▶國內生產毛額（2020 年）：30.76 億美元
▶ GDP 成長率（2021 年）：1.3%
▶失業率（2021 年）：3.7%
▶通貨膨脹率（2021 年）：-0.4%
▶網路使用率（占人口百分比）：69%

格陵蘭島面積約 217 萬平方公里，比墨西哥還大，是世界上最大的島嶼，位於加拿大北部。格陵蘭島是一個與世隔絕的自治區，無論在經濟、政治或外交上都很少受到國際社會的關注。這是因為格陵蘭島 84% 的地表被冰川包圍，而人口只有 56,000 人。即使是位於緯度較低的格陵蘭首府努克，每年超過半年以上氣溫在冰點以下，夏季氣溫也只有 8 度左右。此外，這段時間蚊蟲也會大量出沒。格陵蘭島的蚊群毒性比我們想像的更猛烈，以至於盛夏時期人們不得不用面罩遮住臉部。

第一次造訪格陵蘭島的人都會享有一種獨特的體驗。格陵蘭島是世界上唯一沒有移民篩選手續的地區，只要下了飛機，走出機場即可。這是一個攝氏零下 30 度的極寒國度，全國約有 5 萬人口，彼此相隔不過一、兩座橋的距離，人們大多彼此認識，所以不用擔心非法移民的問題。

由於格陵蘭島的氣候條件嚴苛，導致國內經濟疲軟，特定產業也難以發展或進行重大經濟活動。格陵蘭島雖然擁有包括司法權和警察權等的自治權，但自 18 世紀初以來，實際的土地所有權就已併入丹麥。作為參考，丹麥憑藉格陵蘭島的面積而躍升成為歐洲第二大國。總體來說，出於以上各項因素，格陵蘭島無論是在經濟或是外交層面都沒有受到國際社會太多的關注。

至今，國際社會對於格陵蘭島大多抱持著負面的看法。格陵蘭島居民為了克服漫長的冬季和嚴寒，不得不仰賴酒

精，因而導致自殺、酗酒、失業、家庭暴力和性暴力等社會問題十分嚴重。根據調查結果顯示，格陵蘭島總人口中，約有三分之一曾在童年時期遭受過性虐待，格陵蘭政府過往也曾提倡根除未成年人性虐待作為國家目標。另外，儘管由於政府的持續努力，自殺率正在下降，但格陵蘭島的自殺率仍然是世界第一。

為什麼格陵蘭島成為丹麥的領土？

格陵蘭島最早是在 986 年由諾曼維京人 Eiríkr Hinn Rauði 所發現。當時的維京人是非常偉大的探險家，雖然人們普遍認為哥倫布是第一個發現美洲的人，但事實上，維京人早在哥倫布之前就發現了美洲。維京人很早就擅長長途航行，這就是為什麼他們發現了現在的格陵蘭島。從 10 世紀末到 11 世紀，大約有 5,000 多名來自北歐的維京人移居至格陵蘭島定居。在那段時期，地球氣候溫暖，這使得一些北歐人遷移到格陵蘭島。這些早期的定居者以狩獵海豹、在有草的土地上放牧牛羊和種植作物為生。

最初定居格陵蘭島的維京統治階層，希望將更多的人帶到格陵蘭島來增強自己的權力，他們當時想到的辦法是將他們所定居的地區稱為「綠地」(green land)。由於極端氣候，冰山最大厚度超過 3,000 公尺。即使是一片冰山遍布的區

1780年，一幅在格陵蘭島海岸捕獵鯨魚和北極熊的畫作

域，但他們認為如果將它稱為綠地，也許很多人會因為好奇心而來到這裡。這就是這個巨大的冰川島嶼稱為格陵蘭島的由來。

到了 15 世紀，小冰河時期來臨，導致全球氣溫下降，因此凍結了整個格陵蘭島，一些可以飼養馬匹和牛羊的地區也消失了。與此同時，歐洲大陸爆發愛滋病，使得與格陵蘭島之間的貿易無法通行。定居在格陵蘭島的維京人被迫返回家鄉，格陵蘭島只剩下以捕獵海豹和鯨魚為生的因紐特人（Inuit）。

接著到了 18 世紀初，丹麥人搬到格陵蘭島並開始在那裡定居，格陵蘭島成為了丹麥領土。丹麥人移居格陵蘭島的主要原因是鯨油。燈油是從英文單字「lamp oil」翻譯而來，

意思是「照明燈的油」，最初是使用鯨油來點燈。為此，丹麥、英國、法國和俄羅斯等國的鯨魚勘探船前往格陵蘭島附近海域，過程中，包括丹麥人在內的許多歐洲人也來到格陵蘭島定居。

在格陵蘭島，有一個名叫「Okatsut」的小鎮，在丹麥文中是紅海的意思。格陵蘭島附近的藍色海水之所以被稱為紅海，是因為當時被獵殺的鯨魚的血液將海水染成了紅色。由此可以推斷當時鯨魚被肆意捕殺的程度。

氣候變化對格陵蘭島來說是雙面刃

近年來，國際社會對格陵蘭島的興趣日益濃厚，其原因是全球暖化。格陵蘭島具有萬年歷史的冰川已經開始快速融化，2019 年格陵蘭島冰川融化量為 5,320 億噸，是過去 16 年平均融化量的 2 倍。當時，隨著冰川融化流入大海，整個地球海平面上升了約 1.5 毫米；如果格陵蘭島的冰川全部融化，地球海平面將上升近 6 公尺。屆時倫敦、東京、上海、香港、印度加爾各答和孟加拉的達卡等沿海城市和低窪城市將會面臨消失的危機，位於三角洲低海拔地區的糧倉地區也極有可能被淹沒。因此，格陵蘭島冰川融化的程度並不僅僅是格陵蘭島的問題，而是全球關注的議題。

國際社會之所以關注格陵蘭島，不僅為了防止氣候變遷

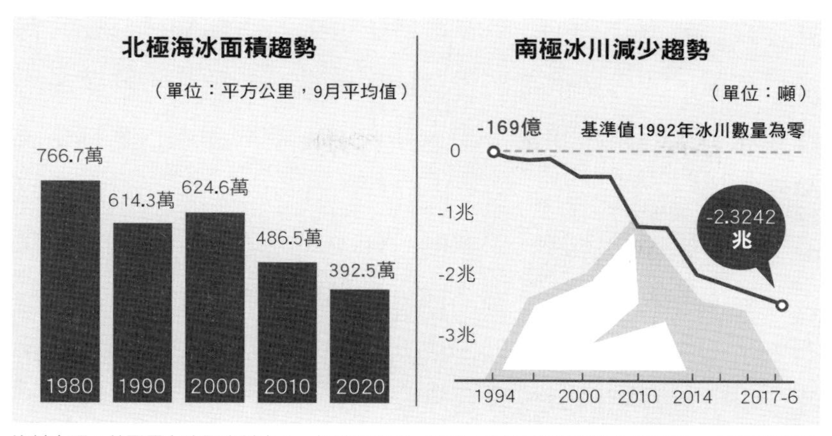

資料來源：美國國家冰雪資料中心、極地研究所、IMBIE（冰川物質平衡比較運動）、極地研究所

對自身造成危害，更因為如果全球暖化導致冰層加速融化，包括北極在內的格陵蘭島利用價值將大幅提升。如果北冰洋附近的冰川以現在的速度融化，未來 30 到 50 年內北極航線將全年開放，大幅縮短物流運輸距離。北極航線有兩條連接大西洋和太平洋的航線：一條是穿過西伯利亞北部，進入朝鮮、中國和日本等東北亞地區的航線；另一條路線是通過加拿大北部到達美國和墨西哥。北極航線的目的地占全世界貿易的絕大比重，如果能夠降低到達這些地區的運輸成本，很可能對全球經濟產生重大影響。

從北歐經北極至東北亞的航線是連接歐洲和亞洲的最短路線。從釜山到荷蘭鹿特丹的出口貨物通常使用經由蘇伊士運河的印度洋航線，距離長達 20,100 公里；但如果使用北極航線，距離僅 12,700 公里，可縮短約 37%，運輸天數也

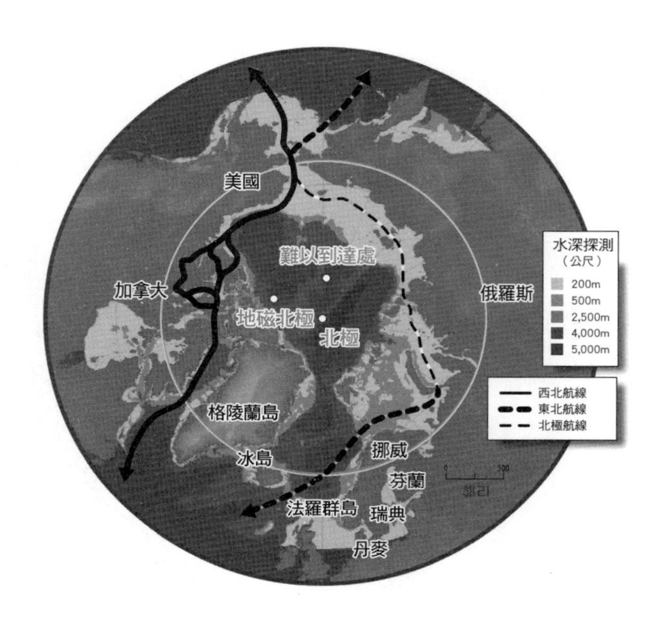

減少約 10 天。

目前，北極航線只能在夏季冰川融化的七月到十月運行，時間約 4 個月。如果由於全球暖化而使得北極航線隨時開放，屆時格陵蘭沿岸的港口城市自然也將蓬勃發展。

豐富地下資源與高度地緣政治價值

格陵蘭島的經濟潛力被寄予厚望，這是因為格陵蘭島是一個資源寶庫。由於格陵蘭島的冰層變薄，人們開始全面勘探，以挖掘永久凍土層下埋藏的寶藏。眾所周知，沉積物中

蘊藏大量的稀土元素，而這些是生產半導體和鐳射等高科技產品的重要原材料。根據估計，光是格陵蘭島西南部就埋藏了約1,000萬噸。這是中國總儲量的40倍，如果開發的話，可以取代世界約四分之一的稀土需求。

目前，中國稀土產量占全球的80%。隨著美國和中國之間的貿易衝突逐漸升級，美國需要新的替代品來供應稀土元素。如果真如許多專家預測的那樣，格陵蘭島擁有巨大的稀土元素儲量，那麼從美國的角度來看，占領格陵蘭島是維持其在國際社會中策略優勢的最佳途徑。格陵蘭島也盛產鑽石、黃金、鉛和鋅。最近，在格陵蘭島南部的克瓦內菲爾德（Kvanefjeld）還發現了鈾礦。

格陵蘭島受到關注的另一個原因，是它的地緣政治位置，格陵蘭島到莫斯科的距離為3,600公里，可以成為牽制中俄的戰略要地。基於這個原因，美國和丹麥簽署了一項軍事防禦條約，自1953年以來在格陵蘭島設置了圖勒空軍基地。冷戰時期，美國占領格陵蘭島對蘇聯構成了一定的威脅。近來，隨著俄羅斯總統普丁加強軍力部屬，格陵蘭島再次成為牽制俄羅斯的軍事策略要地。

格陵蘭島的地緣政治價值對中國來說也極為重要。在中國近期積極倡議的「一帶一路」政策中，格陵蘭島被納入北極絲綢之路。中國政府最近試圖資助在格陵蘭島建造機場，但遭到美國政府的阻撓。在格陵蘭建造機場的議題之所以受到越來越多關注的最大原因，是全球暖化導致冰川融化，更

容易取得飛機起降的土地。

格陵蘭島也是建立導彈基地的最佳地點，因為洲際彈道飛彈穿越北極圈前往美國的最短路線就是格陵蘭。美國很早就意識到這一事實，自冷戰初期以來就一直在格陵蘭島設置飛彈預警系統和太空監視系統。

美國能買下格陵蘭島嗎？

基於這些原因，美國前總統川普在任職期間曾表示希望從丹麥政府手中買下格陵蘭島。他還表示，將把位於中美洲和南美洲的美國領土波多黎各作為交換條件，以換取格陵蘭島。川普在 2019 年宣布，計畫在人口不到 2 萬人的格陵蘭首府努克重建美國領事館，並於 2020 年 6 月正式啟用。在過去的二戰期間，美國曾在努克駐有領事館，直到 1953 年關閉。如今再度啟用領事館正表明格陵蘭島的地緣政治價值不亞於二戰時期。

事實上，川普並不是第一位對格陵蘭表示興趣的美國總統。1867 年，安德魯・詹森（Andrew Johnson）曾經嘗試購買格陵蘭島，但以失敗告終。第二次世界大戰結束之後，哈瑞・杜魯門（Harry Truman）任內曾向丹麥提出以 1 億美元購買格陵蘭島，但由於丹麥拒絕而未能達成。

美國打算向丹麥購買領土的計畫似乎並非絕對不可能，

因為美國先前曾經向丹麥購買過領土。面積 346.36 平方公里的美屬維京群島原本是丹麥的殖民地，而美國於 1917 年以 2,500 萬美元的價格從丹麥手中買下它，至今仍屬於美國領土。熟悉這段歷史的美國總統可能會再度向丹麥提議購買領土。

也許是意識到自己的政治地位，格陵蘭島目前正致力於擺脫丹麥的影響，目標是成為一個完全政治獨立的國家。格陵蘭島自 1721 年以來一直是丹麥的殖民地，直到 1953 年才得以脫離。即使在那之後，它也未能成為一個完全獨立的國家，而是被併入丹麥王國，一直延續到今日。由於 2008 年所有的格陵蘭島居民舉行了全民公投，結果使得格陵蘭島在 2009 年獲得自治權，但國防和外交事務除外。當時，公投本身並未得到丹麥議會的正式承認，但投票的人們中有近 75% 希望獨立。丹麥政府為此做出回應，除了外交權、國防權和貨幣發行權之外，為格陵蘭島居民的公共安全和司法權利提供了極大的保障。它還將格陵蘭語（因紐特人的方言，而非丹麥語）定為官方語言，並宣布 6 月 21 日為自治紀念日。

格陵蘭島當時未能成為完全獨立國家的最大原因是經濟問題。由於格陵蘭島的經濟完全依賴漁業和旅遊業，該國的財政主要依靠每年從丹麥獲得的補貼作為資金。來自丹麥的補貼占格陵蘭島財政的三分之一，這一點使得他們很難放棄。

最近，格陵蘭島的天氣因全球暖化而變得溫暖，像中

世紀一樣可供多人居住的土地面積正在不斷擴大。再加上，許多海外國家都對格陵蘭島蘊藏的各種自然資源表示興趣並且希望投資，這些變化為沉睡已久的格陵蘭人民心中種下希望。全球暖化很可能是格陵蘭人千年來的首次契機。

AUSTRALIA

澳洲——
美中衝突中的代理人角色

▶人口：26,439,111（第 55 名）
▶貨幣單位：澳幣（AUD、A$）
▶ GDP（2023 年）：17,075.48 億美元（第 13 名）
▶ GDP 成長率（2022 年）：3.6%
▶失業率（2022 年）：3.7%
▶通貨膨脹率（2022 年）：6.6%
▶網路使用率（占人口百分比）：96%

澳洲距離南韓並不近。它是地球另一端的國家，需要近 10 小時的飛行時間，因此人們很少能與澳洲直接互動。然而，世界上許多國家確實認為澳洲是一個具有重要策略意義的國家，這是因為澳洲是世界上最大的資源擁有國。

南韓也是從澳洲進口煙煤、鐵礦石、天然氣、鋁和原油等製造業所需的許多基本資源。不僅如此，最近又多了一個值得我們關注澳洲的理由。美國和中國之間的衝突正是透過澳洲作為代理人的形式進行較量。

流亡地的澳洲，金礦崛起

澳洲開始發展的原因是罪犯。英國進入工業革命之後，許多人湧進城市尋找工作，在此同時，各種犯罪事件層出不窮。正因為如此，當時的英國沒有足夠的監獄來關押罪犯。為了解決這個問題，最先發現澳洲大陸的詹姆士．庫克（James Cook）的友人約瑟夫．班克斯（Joseph Banks），向政府提出將囚犯送往澳洲的想法。當時英國的內政大臣採納了這個提議，於是在 1788 年，11 艘載有 1,500 名囚犯和獄警的船隻駛向澳洲大陸。

在早期，澳洲是流亡地的最佳地點，因為它距離歐洲大陸十分遙遠，囚犯們即使試圖逃跑，幾乎不可能回到歐洲大陸。到了 1868 年，英國已將約 16 萬名囚犯強行轉移到澳

英國畫家愛德恩・史托克勒（Edwin Stockqueler）的作品〈澳大利亞淘金〉（1855）

洲。然而，隨著澳洲的移民人數迅速增加，在 1800 年代中期，罪犯在所有居民中的比例下降到 3% 左右。澳洲人口激增的原因，是 1851 年在新南威爾斯和維多利亞州發現了大規模的金礦。

黃金在澳洲的各個地區出現。從最早發現金礦的新南威爾斯和維多利亞州開始，南部地區的島嶼上也發現了金礦，昆士蘭等其他地區也傳來消息。今日澳洲最具代表性的城市之所以不侷限於靠近歐洲的幾個地區，而是廣泛跨越各個地

區，其原因是整個澳洲大陸就是一座巨大的金礦。

澳洲至今仍憑藉著其龐大的地下資源作為發展的基礎。它是 OECD 中第三大礦產出口國，也是世界上最大的煤炭和鐵礦石出口國，並且是世界前三大石油、天然氣、鐵礦石、煤炭和銅的供應國之一，這些被認為是世界五大資源。

更令人驚訝的是，澳洲擁有的全球最大儲藏量的資源全部都是主要的礦產資源。除了煤和鐵礦石之外，金、鉛、鎳、金紅石、鉭、鈾、鋅和鋯石儲藏量也位居世界第一。而鋁土礦、褐煤、鈷、銅、鈦、鈮、鎢儲藏量排名世界第二；鑽石和鋰的儲藏量位居世界第三；錳、錫和黑煤的儲藏量位居世界第四，使得澳洲成為名副其實的寶庫。

中國工廠的運作依賴澳洲資源

中國是和擁有如此巨大資源的澳洲關係密不可分的國家之一。中國身為世界工廠，是澳洲主要礦產資源的最大出口國。曾經有這麼一說，澳洲經濟的繁榮還是衰退，取決於中國的經濟。事實上，澳洲對中國的出口額達總出口的 38%。

注意到中國經濟依賴澳洲地下資源的國家正是美國，於是美國開始利用澳洲來遏制中國經濟。隨著中美之間的衝突加劇，澳洲持續在中國政府的敏感問題上採取強硬立場，例如禁止使用華為 5G 設備、呼籲調查 COVID-19 的起源、批

評香港實施國安法，以及駁斥中國在南海的領土主張和新疆維吾爾人的人權問題。

澳洲境內的這些舉動不僅僅因為受到美國的影響，同時也出於澳洲公民開始擔心中國在澳洲經濟中所占的比例不斷攀升。澳洲洛伊國際政策研究所（Lowy Institute）在 2020 年 6 月發布的一項調查結果顯示，94.4% 的澳洲人贊同對中國降低依賴的政策。

隨著反華情緒在澳洲國內蔓延，中國和澳洲之間的緊張局勢也越演越烈。2019 年，中國政府決定未來 5 年對澳洲生產的大麥徵收 80% 的反傾銷關稅，並且宣布限制澳洲牛肉進口、驅逐澳洲駐中記者，以及呼籲中國學生不要赴澳留學。作為參考，澳洲是中國學生最喜歡的留學國家之一，過去 4 年來有 25% 的中國學生選擇澳洲作為留學目的地。

以資源為武器，站在牽制中國的最前線

澳洲政府也對中國政府的這些舉動做出了強烈回應。2020 年 12 月，澳洲加強對外商投資的預審，在中國企業欲併購澳洲企業時，提供得以拒絕的法律依據。並且通過一項法案，允許澳洲地方政府有權拒絕中國政府推行的「一帶一路」計畫。

中澳之間的衝突對中國政府帶來的負擔更大，至少在短

期內是如此。中國政府禁止進口澳洲煤炭，目的是對澳洲經濟造成打擊，但過程中，中國湖南省、浙江省等的部分地區出現了供電困難。這是因為中國找不到足以取代世界領先的煤炭供應國澳洲的合作夥伴。

鐵礦也是如此。自從 2020 年 4 月中國和澳洲之間的衝突白熱化以來，鐵礦價格在 6 個月內幾乎上漲了 1 倍，從每噸 83.5 美元漲至每噸 161.5 美元（以 2020 年 12 月 18 日為準）。中國鐵礦進口總量的 60% 以上來自澳洲，而鐵礦價格的急速飆升則對中國經濟造成沉重的負擔。

面對中國政府對澳洲的強力施壓，澳洲在國際社會上率先採取反中立場。成立於 1956 年的「五眼聯盟」（Five Eyes）是由美國、英國、加拿大、澳洲、紐西蘭等五國組成的保密資訊聯盟，針對中國禁止進口澳洲產品的決策，聯盟宣布支持澳洲，並且從澳洲進口產品。當中國對澳洲生產的葡萄酒徵收報復性關稅時，包括美國、英國和澳洲在內共 19 個西方國家的議員們，在 2020 年 6 月成立遏制中國的「對華政策跨國議會聯盟」（Inter Parliamentary Alliance on China，IPAC），並發起「暢飲澳洲葡萄酒」的活動。

即使如此，中國在與澳洲的對峙當中也不能輕易退縮。對於未來可能和美國合作的加拿大、日本以及歐盟許多國家，極有可能也會採取反中立場的情況下，中國不得不沿用對澳洲的模式，向全世界發出強烈警告。其中特別的一點是，澳洲除了資源領域之外，並不是一個能在國際社會上造

成多大影響力的國家，因此中國也許是將澳洲視為最有籌碼發出警告訊息的目標。在這種情況下，如果中國政府對澳洲做出讓步，未來其他許多國家可能會看不起中國。

澳洲是一個資源大國，不僅與南韓經濟息息相關，也是主導全球經濟的美中衝突的戰場。這也是為什麼我們必須密切關注遠在世界另一端的澳洲經濟的原因。

BRAZIL

巴西——
往昔都是充滿機會的土地

- ▶人口：216,422,446（第 7 名）
- ▶貨幣單位：巴西雷亞爾（BRL、R$）
- ▶ GDP（2023 年）：20,812.35 億美元（第 10 名）
- ▶ GDP 成長率（2022 年）：2.9%
- ▶失業率（2022 年）：9.5%
- ▶通貨膨脹率（2022 年）：9.3%
- ▶網路使用率（占人口百分比）：81%

有些國家被鄰國人民視為「機會之地」。最具代表性的國家就是美國，它被稱為「美國夢」（American Dream），世界各地的許多人們將其視為一片充滿機會的土地，他們可以在那裡實現自己的夢想。近年來，南韓則是被亞洲未開發國家視為機會之地。因為在南韓工作 1、2 個月就可以獲得過去整整 1 年的收入，這一點吸引了許多亞洲國家的人們前來。然而，還有另一片鮮為人知的機會之地，那就是「巴西」。

葡萄牙在巴西找到了機會

第一個在巴西尋求機會的國家是葡萄牙。在開發拉丁美洲的過程中，西班牙和葡萄牙在哥倫布發現新大陸 2 年後的 1494 年，在教皇亞歷山大六世（Alexander VI）的主宰下，簽署了《托德西利亞斯條約》（Treary of Tordesillas），在地圖上垂直劃分了大西洋，東部由葡萄牙統治、西部由西班牙統治。

然而，該條約在 1494 年簽署時，南美洲大陸上巴西的存在尚不為人所知。有學者認為，當時航海技術比西班牙更先進的葡萄牙知道巴西地區的存在，但卻隱瞞了這一點。無論真相如何，巴西地區位於條約以東的範圍，最終落入葡萄牙的控制之下。

葡萄牙王室從16世紀後期決定親自開發巴西，也從這個時候開始，他們開始遷移到巴西的土地。當時，葡萄牙王室必須尋找高回報率的投資目標，以積極吸引巴西移民，這時引起他們注意的是糖。製糖業是勞力密集型產業，需要大量勞動力。為此，早期的葡萄牙人開始奴役南美洲大陸的土著。在這個過程中，當地人從葡萄牙人那裡感染了痲疹、天花等傳染病，由於沒有免疫力的土著成群結隊地死亡，於是葡萄牙頒布了禁止奴役土著的法律。

葡萄牙人發現很難維持本土勞動力，必須尋找新的替代方案來獲取勞力。他們將注意力轉向非洲土著。然而，非洲土著難以適應惡劣的甘蔗工作環境。從非洲帶來的非洲土著往往會在幾年內死亡，於是又抓來更多非洲土著，這樣的惡性循環不斷上演。正是由於這樣的歷史過程，使得今天巴西的人口結構由45%的白人、45%的黑白人種混血兒和8～9%的黑人組成。

曾經比葡萄牙富有的巴西

由於里約熱內盧附近發現金礦，使得更多葡萄牙人前往巴西。18世紀初，葡萄牙本土人口約200萬名，而移民到巴西的人數則達到40萬名。到了18世紀中葉，巴西在歐洲大陸的經濟實力已經比葡萄牙更加繁榮。

畫作〈不獨立，毋寧死！〉描繪佩德羅宣布巴西獨立的那一刻

起初，葡萄牙只是眼睜睜看著巴西的快速發展。不僅因為巴西和葡萄牙之間的距離太遙遠而難以實際控制，而且當時的葡萄牙統治階級認為，如果巴西經濟成長並繳納更多的稅款是件好事。

然而，當葡萄牙國王約翰六世（João VI）於 1807 年將王室遷往巴西以避免拿破崙入侵時，葡萄牙統治階級的想法改變了。被殖民地巴西奪走王室的葡萄牙本土統治階級，開始採取行動重新奪回國王。而在國王不在的同時，葡萄牙本土的自由派人數大幅增加，與巴西的經濟差距進一步拉大。

最終，國王約翰六世在祖國幾位貴族的要求下，於 1821 年返回葡萄牙本土，並將巴西的統治權留給他的兒子佩德羅（Pedro）。當國王歸來後，本土貴族開始對巴西實行強制稅收和高壓的歧視政策，他們甚至擬定了一項法案，將由葡萄

牙直接統治巴西的全部領土。巴西人們得知這一事實之後，最終在 1822 年宣布獨立，並選舉出佩德羅作為皇帝。如果當初約翰六世國王拒絕了返回葡萄牙的請求，並且留在巴西，今日的巴西也許就會屬於葡萄牙。

日本和南韓在巴西尋找機會

1900 年代到巴西尋找機會的是日本人。日本積極鼓勵移民巴西，以支持貧困農民。基於巴西適合農業的氣候環境，以及在國家層面的積極推動下，巴西移民始於 1908 年，一直持續到二戰後的 1970 年代。如今巴西已經成為日本人在本國以外居住人數最多的地區。截至 2018 年，日本移民巴西的人數達到 150 萬人。

日本移民開始在巴西種植柿子、蘋果、草莓、蘿蔔和辣椒等數十種農作物，對巴西當地農民產生了重大影響。日本人透過組織農業合作社、建立農產品分銷和銷售網絡，並且保障其合作社成員的福利等，將創新的農業管理引進巴西。

巴西至今仍然是一片充滿機會的土地。巴西國土面積是朝鮮半島的 37 倍，占南美洲大陸的 47.3%，是僅次於俄羅斯、加拿大、中國和美國的世界第五大國。巴西幅員遼闊，擁有豐富的天然資源，是僅次於美國的世界第二大糧食資源出口國，而它的石油、鋼鐵和天然氣等大部分主要資源也皆

能自給自足。巴西人口規模為 2.1 億人，居世界第七位。不過巴西經濟潛力不僅在於廣闊的領土和豐富的自然資源，由於包括重化工業在內的製造業基礎已經到位，因此巴西具備了發展製造業的基本條件。

由於巴西的經濟地位吸引了南美洲以外的全球關注，鄰近的中南美國家居民們將巴西視為「機遇之地」，移民不斷地湧入。特別是除了厄瓜多和智利之外，巴西和所有的南美國家接壤，使得移民入境十分便利。

巴西是一片充滿機會的土地，南韓也是。因為目前支撐南韓經濟的主要產業，包括化妝品市場的排名為全球第四位、汽車市場排名全球第七位、醫療器材排名全球第六位。這些產品擁有全球性的消費市場，市場銷售性很高。

MYANMAR

緬甸——

從一個富裕的亞洲國家淪為最貧窮國

▶人口：54,577,997（第 27 名）

▶貨幣單位：緬甸元（MMK, K）

▶國內生產毛額（2023 年）：639.88 億美元（第 87 名）

▶ GDP 成長率（2022 年）：3.0%

▶失業率（2022 年）：1.5%

▶通貨膨脹率（2022 年）：8.8%

▶網路使用率（占人口百分比）：44%

最常被媒體報導發生內戰的國家之一應該是「緬甸」。2021 年緬甸軍方發動政變，並且拘留在大選中獲得壓倒性勝利的翁山蘇姬（Aung San Suu Kyi）。時至今日，由於針對平民的暴力事件持續發生，緬甸軍方引起了國際公憤。儘管描述緬甸暴力局勢的報導不在少數，但真正深入理解並分析緬甸政治、經濟和社會情況的報導並不多。

最顯著的例子就是將翁山蘇姬誤認為緬甸總統。總結來說，翁山蘇姬並不是緬甸總統。翁山蘇姬在被捕前曾擔任外交部長、總統府辦公室部長兼國家顧問，負責國家重要決策，是一位行使實權的人物。

緬甸也是 20 世紀少數更名的國家之一。對於年紀較長的人們來說，比起緬甸（Myanmar），可能更熟悉 Burma 這個名字，Burma 是最初組成緬甸人民的民族名稱。緬甸是一個由多個民族組成的聯邦國家，緬甸人占該國 5,300 萬人口的大多數，約 70%；撣族、克倫族、克欽族（25%），以及其他華人、印度人（5%）等其他民族加起來僅占 30% 左右。出於這個原因，以前的國名寫成 Burma，即多數民族的稱呼，後來為了促進民族融合，改為緬甸。

近年來抵抗緬甸軍隊的民兵中有許多少數民族，這些少數民族正在積極以實際行動來確保未來的自治權。2017 年，緬甸軍方襲擊少數民族之一的羅興亞人，因此造成大規模的傷亡，導致出現大批難民，遭到緬甸其他少數民族的強烈譴責。從這些實際情況中可以看出，緬甸未來面臨的最大挑戰

2012年9月19日，翁山蘇姬與美國前總統歐巴馬在白宮會談

是民主化成熟，以及少數民族之間的融合問題。

最受期待的投資對象國

儘管緬甸的政治和社會局勢動盪不安，但在軍事政變之前，它一直是東南亞最受歡迎的投資對象之一。國際社會之所以關注緬甸來自於幾項因素。

首先第一點，與鄰近國家相比，緬甸的國民素質較高。近來，隨著中國、越南等亞洲國家薪資快速上漲，各國企業都準備將生產基地轉移到緬甸、柬埔寨和寮國等所謂的湄公

河新興國家。在這個過程中，緬甸被認為是好感度最高的國家。緬甸的識字率為 92%，遠高於鄰國柬埔寨（78%）和寮國（73%），這代表大多數緬甸人都有讀寫能力。

另外，緬甸的薪水是中國的五分之一。儘管它的最低工資每年都呈現上漲趨勢，但仍低於其他亞洲國家。根據 2020 年的統計，緬甸的平均薪資約為 110 美元，低於鄰國泰國的 300 美元、寮國的 124 美元和菲律賓的 170 美元。

豐富的自然資源也是緬甸成為投資目標的原因。緬甸的地質結構複雜，蘊藏多種天然資源。首先，它的天然氣儲量為 2,832 億立方公尺，位居世界第 40 位；緬甸也被證實擁有超過 5,000 萬桶的原油儲量；不僅如此，它還擁有大量的鈾、紅寶石和其他地下資源礦床。其中「玉石」可以說是緬甸最具代表性的地下資源。緬甸北部的克欽邦連綿起伏的山區，是全世界品質最高的玉石產地。緬甸也生產全世界 70% 的翡翠。翡翠是中國人特別喜愛的珠寶，在緬甸採集的翡翠每盎司可達數萬美元。

緬甸雖然擁有大量地下資源，但缺乏自行開發的技術和資金。因此，緬甸目前積極推動與跨國公司合資。占緬甸國家財政絕對比例的天然氣開發項目，也是由緬甸石油天然氣公司（Myanmar Oil and Gas Enterprise，MOGE）透過與跨國公司合作來營運。緬甸也擁有大量的煙煤、鈾、銅、鐵、鎳和鋅等策略性礦產，目前產量極少，但未來發展潛力極大。

緬甸也被認為是亞洲未來的消費市場。緬甸的人口結構

呈現年輕化，青年人口占總人口的 32.3%、15 歲～ 60 歲勞動年齡人口占 60%。目前，緬甸年輕人口所占比例仍較高，其中 10 歲～ 20 歲人口占比較大，因此預計未來的勞動年齡人口將大幅增加。

緬甸有很多問題，包括缺乏基礎建設

顯然，緬甸是一個深具潛力的國家，但要實現穩健的經濟表現，存在著許多必須解決的挑戰。最大的問題之一是缺乏足夠的基礎建設來支持經濟活動。緬甸缺乏交通、通訊、電力等國家基礎建設。儘管近年來緬甸對電力的需求急速增加，但電力建設仍然相當短缺，因此不僅在產業供電方面，許多地區對供應一般民生用電也呈現不足的情況。

近來為了開展商務活動，資通訊環境的重要性不亞於傳統基礎建設。緬甸和寮國被評為東南亞國家中 IT 環境最薄弱的國家。尤其以資通訊投資和電腦用戶作為依據的資訊技術領域中，顯示出緬甸的國家競爭力最低。此外，由於 2003 年發生的金融危機導致多家銀行破產，人們對銀行業的信任也降至冰點。緬甸銀行的利用率仍低於 10%，而私營商業銀行的規模甚小。由於缺乏抵押品、處置、執法和個人識別系統等金融基礎設施，僅願意處理 100% 抵押的貸款。在東協國家中，除了寮國和柬埔寨外，緬甸的銀行貸款占其經濟規

模的比率最低。

緬甸政府長期財政短缺也是經濟發展的一大阻礙。財政收入短缺的最大原因是稅收不足。其中地下經濟問題、會計和稅務資訊的不透明，以及稅務官員的腐敗被認為是主因。

雖然緬甸相較於鄰近的東南亞國家，擁有更優越的人力資本和豐富的資源，但緬甸在東亞 10 個國家的國家競爭力排名墊底。一般認為，與柬埔寨和寮國相比，緬甸的競爭力較高，但與新加坡、馬來西亞和泰國相比，則競爭力較低。緬甸曾是二戰之後獲得獨立的亞洲新獨立國家中最富裕的國家之一，但現在卻淪為最貧窮的國家，人均所得為 1,140 美元。我期待緬甸有一天能夠展現出高水準的民族性格，並克服當前危機。

第四篇

未來潛力無窮的國家

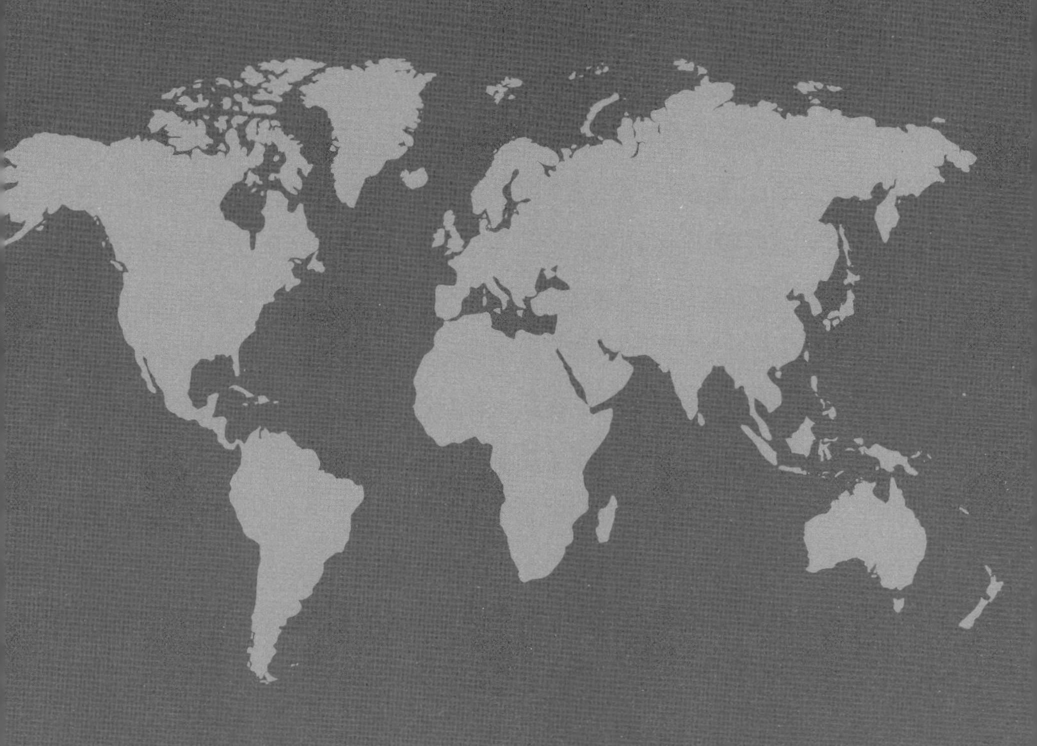

預測未來的最佳方式就是創造它。

——亞伯拉罕・林肯

奈及利亞——
利用數位貨幣孤注一擲

▶人口：223,804,632（第 6 名）
▶貨幣單位：奈及利亞奈拉（NGN，₦）
▶國內生產毛額（2023 年）：5,066.01 億美元（第 32 名）
▶ GDP 成長率（2022 年）：3.3%
▶失業率（2022 年）：5.8%
▶通貨膨脹率（2022 年：18.8%
▶網路使用率（占人口百分比）：55%

有時候，你無意中聽到一個自己不熟悉的國家時，你會意識到這樣一個偶然接觸到的國家正在對我們的經濟產生巨大的影響。對我來說，「奈及利亞」就是這樣的國家。除了知道奈及利亞是一個位於非洲的國家之外，我國大眾對它並沒有太多興趣。然而，我們在未來應該關注奈及利亞的原因有很多，第一個是因為人口。

根據聯合國統計的人口結構變化趨勢，奈及利亞人口預計將在 2050 年超過美國，成為世界第三大人口大國。作為參考，根據聯合國最近發布的世界人口展望報告，自 2020 年以來，全球人口開始呈現低於 1% 的成長率。因此，世界人口預計將在 2080 年左右達到約 104 億的高峰，直到 2100 年趨於平穩，之後下降。尤其是目前對世界具有重大影響力的美國、中國、日本和德國等 OECD 國家的人口，預計到 2100 年將持續下降。

就在 1982 年，奈及利亞人口還不到 8,000 萬，排不進世界前十大人口國家之列。然而近年來，奈及利亞人口激增至 2.2 億，成為全球第六大人口國家。預估這一趨勢持續下去，到了 2050 年，人口將達到 3.77 億人。

奈及利亞並不是唯一一個人口激增的國家，預估非洲其他國家的人口也將急速成長。舉例來說，預計到了 2050 年，剛果民主共和國和衣索比亞將分別躍居世界第八和第九大人口國。非洲人口快速成長的主要原因是，目前非洲國家 70% 以上的人口是 30 歲以下的年輕人，而奈及利亞是這一

切的中心。

奈及利亞受到關注的另一個原因是宗教。目前，世界各地再度爆發宗教衝突。這是由於戰爭、氣候異常和飢荒等原因，導致許多人遷移到其他地區。在這個過程中，來自不同文化的人們彼此比以前更加頻繁地接觸。當然，過去也曾有過移民，但由於移民的人數很少，要為自己發聲並不是那麼容易。從某種意義上說，他們移民之後是在異地過著低調壓抑的生活。但是情況已經改變了，來自非洲的移民如今已相當廣泛地分佈在歐洲和美國。現在，他們開始強烈維護自己的利益，如果未能如願，他們會透過示威或武裝抗議更積極地捍衛自己的權益。

帝國主義製造的衝突種子

奈及利亞是一個由約 250 個部落和種族組成的國家，使其成為一個充滿衝突的國家。代表性民族包括豪薩—富拉尼人（Hausa-Fulani）、約魯巴人（Yoruba）、伊博人（Igbo）和伊賈人（Ijaw），其中更有多達 500 多種語言。這些不同部落、不同種族之所以混合居住的原因，是因為帝國主義。帝國主義國家在殖民過程中，完全根據自己的立場和利益在殖民地劃定邊界和劃分行政區域，並沒有考慮民族、語言、宗教、文化等各種因素。在二戰過後，便以這些行政區域作

為根據，被劃分成各個獨立的國家。基於這樣的歷史，可以說包括奈及利亞在內的非洲、中東和東南亞的衝突至今仍未止歇。

歐洲人於 15 世紀首次踏足奈及利亞。1470 年，葡萄牙人是第一批登陸奈及利亞拉各斯（Lagos）海岸的歐洲人。16 世紀，歐洲人大量進入該國，從事奴隸貿易，尤其英國在 16 世紀中葉以後成立了許多奴隸貿易公司。當奴隸貿易在 1815 年被禁止時，英國轉而進口棕櫚油和原材料，控制了奈及利亞的經濟，最終在 1861 年 10 月 6 日獲得拉各斯的領土權，並於 1862 年對其進行殖民統治。

英國於 1874 至 1886 年以拉各斯殖民地和保護國（Colony and Protectorate of Lagos）的名義控制了奈及利亞的部分地區，隨後在 1885 年舉行的柏林會議上，得到列強的承認，得以擁有尼日爾河谷的控制權。1893 年宣布設立尼日爾海岸保護國（Niger Coast Protectorate），並從 1900 年 1 月起進行擴大和重組，分為奈及利亞南部保護國（Protectorate of Southern Nigeria）和奈及利亞北部保護國（Protectorate of Northern Nigeria）。根據 1958 年倫敦制憲會議的結果，直到 1960 年 10 月 1 日，奈及利亞才作為大英國協成員國而獲得獨立。然而，獨立對奈及利亞來說並不是一種祝福，而是更多苦難的開始。奈及利亞自獨立以來，經歷頻繁的政變和軍事統治。它在 1979 年結束軍事統治，恢復文官統治，但 4 年後的 1983 年，又發生了軍事政變，此

後文官統治和軍事統治不斷交替上演。

這些內亂也與西方國家脫不了關係。從最具代表性的衝突之一比夫拉戰爭就可以看出。1967 年 7 月至 1970 年 1 月，豪薩人和伊博人之間爆發比夫拉戰爭。一直遭受政治和宗教不平等之苦的伊博人在 1967 年 5 月宣布獨立，並建立「比夫拉共和國」。而伊博人主要生活的比夫拉共和國地區是原油蘊藏地，最終，由豪薩人為領導中心的政府不允許這片石油豐富的地區脫離奈及利亞獨立，於是開始肆意屠殺伊博人。當時，蘇聯支持豪薩人，為他們提供大量的武器和軍備。伊博人一直抵抗到最後，但當豪薩人和蘇聯切斷通往比夫拉共和國地區的糧食供應路線時，導致 1969 年有超過 200 萬的人死於飢餓，占伊博人總數的四分之一，其中包括 50 萬名 7 歲以下的孩童。最後，伊博人宣布投降。

衝突的原因因地而異

奈及利亞的宗教衝突也很嚴重。目前，奈及利亞 52% 的人口是基督徒、41% 的人口是穆斯林。奈及利亞南部是以基督教為主的地區，北部是伊斯蘭教為主的地區。各地區的經濟活動也不相同。豪薩－富拉尼人居住的北部地區屬於沙漠氣候，主要從事遊牧業或種植乾旱地區農作物的耕作，人口大多分佈在一些牧區。南部地區主要居住著約魯巴、伊賈

和伊博等民族，其中不少人在沿海地區從事農業。南方和北方的歷史變遷過程也不同。尤其是北部和內陸地區，是由強國建立和發展的地區，包括 9 世紀建立的博爾努（Bornu）王國和 19 世紀建立的富拉尼帝國。相較之下，南部沿海地區的居民自 17 世紀以來就缺乏政治中心。

正因為如此，奈及利亞的衝突內容因地而異。由於南方基督教勢力與北方伊斯蘭教勢力交鋒的地區主要在中部，因此中部地區經常為了宗教而爭端不斷。基督徒原本在中部地區聚居，但在 20 世紀初期，以穆斯林為主的豪薩—富拉尼族擔任錫礦工人而大量遷入，導致頻繁與基督徒發生衝突。

在北部地區，伊斯蘭勢力之間爆發衝突。北部地區由於工業基礎薄弱、人均所得較低、現代教育不足，但人口成長率很高，導致嚴重的青年失業現象。在這種環境下，一群血氣方剛的年輕人成為恐怖分子，組成名為博科聖地（Boko Haram）的組織，正在發動武裝抵抗，並聲稱要建立一個以北部地區為中心的純伊斯蘭國家。博科聖地是一個強硬派宗教組織，意思是「西式教育是褻瀆神明」。博科聖地自稱是強硬派的伊斯蘭國（IS）西非分支，甚至將溫和的伊斯蘭組織視為敵人，發動自殺式攻擊、暗殺重要人物、攻擊警察總部、槍擊和縱火等恐怖活動。

南部地區蘊藏豐富的原油。在該地區，占原住民大多數人口的伊賈人聲稱控制了石油資源，並對政府軍進行遊擊式恐怖攻擊。由於這些地區左右了石油的供需，奈及利亞中央

政府也出面進行安撫並採取強硬兼施的措施。政府特赦那些曾參與武裝團體從事活動的人，透過解除武裝和再教育以促進社會融合，同時徹查並懲罰那些仍屬激進分子的成員。目前，南部地區的叛亂勢力相較於過去，已被大幅削弱組織力量，現在則轉變為實施大規模綁架來追求經濟利益的犯罪組織。

因此，奈及利亞不斷發生大規模綁架事件，例如旅遊巴士被襲擊、遊客全部被綁架的事件，也有武裝人員闖入學校綁架教師和學生共數百人的事件；另外，同時綁架多達200到300名學生的事件也層出不窮。綁架對象包括從嬰兒到大學生和遊客等，奈及利亞武裝團體似乎將集體綁架學生視為「有利可圖的犯罪」。

南方地區之所以出現這麼多的綁架案件，與經濟原因不無關係。由於氣候危機的影響，放牧面積持續減少，剩餘地區成為私人土地，更加深了遊牧部落與以農業為中心的定居部落之間的衝突。根據奈及利亞國家統計局的數據，40% 成年人每天的生活費不到1美元。最後，不滿這種環境的年輕人組成武裝團體，參與綁架犯罪，向受害者家屬索取贖金，獲取鉅額金錢。這些南部武裝團體造成的傷亡比東北部的宗教團體還要多，也成為奈及利亞最致命的安全危機。

奈及利亞境內的這些種族和宗教衝突問題不再只發生在本土。為數眾多的奈及利亞人目前已經移居歐洲，有超過100萬奈及利亞人居住在英國。目前，越來越多的奈及利亞

人因生活困頓而逃往歐洲尋求其他生活方式。迄今為止，奈及利亞已有 220 萬人因境內衝突而失去家園、流離失所。在這個過程中，大批的奈及利亞移民逐漸成為歐洲內部的一股政治力量。這種趨勢正在形成一種局面，即奈及利亞人的聲音很快將在歐洲變得更加響亮。目前看來，包括歐洲在內的其他地區未來也會像奈及利亞一樣，現有勢力和外來勢力之間的衝突將變得越來越嚴重。

奈及利亞的數字貨幣e-Naira

我們可以從奈及利亞的另一個部分窺見未來，那就是加密貨幣領域。目前，奈及利亞是非洲國家中最大的加密貨幣持有國，據估計，奈及利亞約有超過 2,000 萬名加密貨幣持有者，占非洲加密貨幣持有者的 40% 以上。奈及利亞成為加密貨幣天堂的最大原因，是政府失敗的貨幣政策。

奈及利亞人更喜歡加密貨幣的原因是物價飆漲。由於 COVID-19 和俄烏戰爭，奈及利亞的物價暴漲，導致需要大量的現金來購買基本必需品。人們在現金短缺的情況下，使得奈及利亞的提款機前總是大排長龍，許多人等著排隊提領現金。甚至出現有人領不到現金，一怒之下放火燒掉銀行的事件。

另外，奈及利亞貨幣大幅貶值也是罪魁禍首。奈及利

亞決定廢除與美元的貨幣掛勾制度，結束多年的美元配給。貨幣掛勾制是一種將本國貨幣與美元的匯率固定在固定比例的制度，換句話說，它是以美元為標準的固定匯率制度。奈及利亞政府之所以過去以來維持這種固定匯率制度，就是為了盡量防止本國貨幣貶值。然而，奈及利亞已經結束了其與美元掛勾的美元配給制度，以吸引國際社會的投資。人們相信，如果匯率由市場自由決定，離開多年的外國投資者就會回流。然而，這卻導致貨幣價值急劇下跌。

後來，奈及利亞政府實施貨幣改革，因為不可能再繼續印製並供應快速暴跌的貨幣。奈及利亞中央銀行發行新鈔，並要求在 4 個月內兌換掉舊鈔，但問題是提款機和新鈔嚴重短缺。印製和供應新鈔的速度，已遠不及急遽暴漲的物價，再加上奈及利亞的行政效率也不夠高，無法提供足夠的新鈔供 2 億多人同時使用。

最後，奈及利亞選擇了以區塊鏈為依據的數位貨幣作為替代方案。起初，奈及利亞政府對加密貨幣抱持負面態度。2021 年 2 月，奈及利亞禁止使用比特幣，並發出一封信函，禁止受監管的金融公司進行加密貨幣交易。對數位貨幣持負面態度的奈及利亞政府選擇自行發行數位貨幣。奈及利亞中央銀行發行的數位貨幣稱為「e-Naira」，從那時起，e-Naira 與現有貨幣奈拉一起被使用作為奈及利亞的官方貨幣。e-Naira 是真實貨幣的數位版本，與奈拉的幣值相同。從理論上來看，e-Naira 似乎是一個不錯的選擇，因為它可

以在短時間內大規模供應，並且可以掌握檯面下和負面產業的資金流向。

然而，2021 年 11 月首次發行的 e-Naira，直至今日被當地銀行拒於門外。目前只有 0.5% 的奈及利亞居民使用 e-Naira，原因是奈及利亞人不再信任政府發行的貨幣。當奈及利亞人有多餘的錢可以存款時，他們將其兌換成比特幣等加密貨幣，因為人們認為儲值加密貨幣比起不斷貶值的本國貨幣更容易保值。就年輕人而言，他們認為即使再怎麼努力工作也無法改善生活，但透過投資加密貨幣就能一舉翻身，對於那些從事正常經濟活動的人來說也是如此。經由奈及利亞商業銀行匯款到海外的手續費很昂貴，但如果使用加密貨幣則無須擔心費用。當然美元是更可靠的貨幣，但美元對他們來說可望而不可及。目前，比特幣等加密貨幣正成為一種替代貨幣，以避免奈拉匯率的快速波動和政府的干預。

由於物價飆漲，對於發展中國家來說貨幣日益貶值，因此開始仿效奈及利亞的作法。巴哈馬於 2020 年 10 月推出官方數位貨幣「Sand Dollar」，成為全球第一個將中央銀行發行的數位貨幣商業化的國家。還有一些更激進的國家，例如薩爾瓦多。薩爾瓦多是世界上第一個同時將比特幣和美元訂為法定貨幣的國家。不過到目前為止，很難說各國以數位貨幣或加密貨幣取代法定貨幣的嘗試是否成功。不過，預計未來將會出現更多貨幣政策失敗的發展中國家，而他們選擇的替代方案之一可能是發行數位貨幣。在這種情況下，全世界

都在關注奈及利亞目前所嘗試的數位貨幣將如何發展。

奈及利亞是未來可期的國家。奈及利亞大約 70% 的人口是年輕人，擁有豐富的勞力和資源，石油和天然氣占非洲總儲藏量的 30%，也蘊藏電池的關鍵資源——鋰。擁有如此豐富資源和人口的奈及利亞，能否成為非洲的希望？

VIETNAM

越南——

取代中國的世界工廠

▶人口：98,858,950（第 16 名）

▶貨幣單位：越南盾（VND，₫）

▶ GDP（2023 年）：4,490.94 億美元（第 34 名）

▶ GDP 成長率（2022 年）：8.0%

▶失業率（2022 年）：1.9%

▶通貨膨脹率（2022 年）：3.2%

▶網路使用率（占人口百分比）：74%

越南是南韓近年來最感興趣的國家。因為它對南韓的企業和個人來說，已成為前景看好的投資標的。即使在COVID-19大流行之前，在越南投資的外國資本中，南韓所占的投資比例也是最高的。1988至2017年投資越南的外資中，南韓以6,324筆、總金額558.27億美元位居第一。其次是日本，投資件數為3,523筆、總金額461.51億美元；排名第三的是新加坡，投資件數為1,927筆、總金額414億美元。

南韓視越南為重要投資對象的主因，是與越南之間的經濟交流迅速增加。從南韓與越南的貿易趨勢來看，2014年越南是南韓第六大出口國，在2015年上升至第四位，2017年僅次於中國和美國，位居第三位。兩國貿易關係可望進一步增強，未來越南可望超越美國，成為南韓第二大出口國。

成長來自於1億人口的內需市場

南韓企業對越南經濟的影響力也不斷擴大。三星電子越南子公司占越南國內生產總值的比例高達20%，事實上，據說三星電子的業績決定了越南的GDP。另外，人與人之間的交流也日漸頻繁，截至2019年，每年前往越南的南韓人高達400萬人次。截至2023年5月，赴越南旅遊的南韓遊客人數已超過130萬人次，壓倒性排名第一。隨著兩國貿易越來越頻繁，許多人直接或間接地接觸到越南的變化，自然而

然衍生出投資越南的興趣。

南韓企業對越南投資感興趣的另一個原因，是越南市場蘊含的未來潛力。從人口結構來看，2023 年 3 月越南總人口約 9,885 萬人，是世界人口排名第 16 名的國家。預計到 2025 年人口將突破 1 億人、2040 年達到 1.5 億人。不僅如此，越南的人口結構也呈現典型的金字塔狀。以 2019 年為準，25 歲至 64 歲人口占 55.1%，其中以消費能力較高的 20 歲至 30 多歲人口居多。

曾經身歷其境看過越南當地情況的人，更可能將越南視為一個正在持續成長的市場，而不只是未來可期的市場。隨著越南經濟日益快速成長，消費能力已超過大多數中等收入國家。河內、胡志明市等大城市人們的偏好早已從傳統市場轉變為便利商店和大型超市等。從消費趨勢來看，與其他已開發國家一樣，人們對健康和養生的熱衷度正在增加。因此，人們更傾向於在超市尋找優質、可靠的產品，而不是廉價的產品。

波士頓顧問集團對越南中產階級進行的消費者行為調查也得到類似的結論，調查結果顯示，越南中產階級選擇海外旅遊作為他們最感興趣的消費支出活動。隨著越南廉價航空的發展，預估未來出國旅遊、尤其是前往鄰近亞洲國家的需求將急速增加。

繼海外旅遊之後，最受越南人歡迎的是高檔化妝品和個人保健產品。如前所述，越南的主要消費群是年輕人，他們

‖越南人口金字塔（2019 年）‖

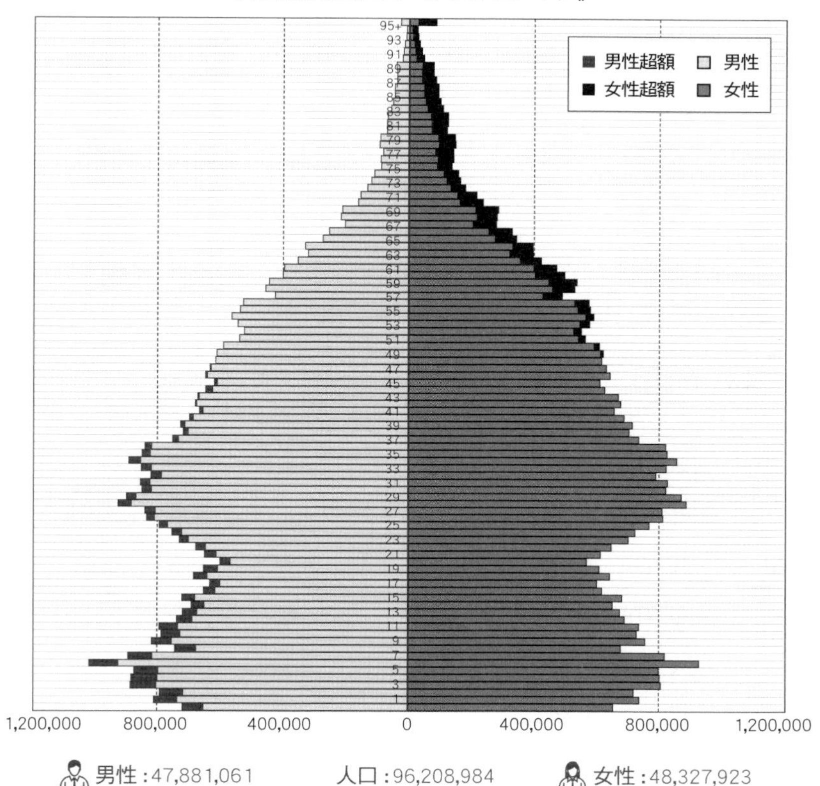

對自己的外表非常重視，因此對化妝品等美容產品非常感興趣。此外，人們也非常喜愛能夠炫富的最新電子產品。

越南的線上電商市場成長速度也很驚人。據 2022 年統計，線上電子商務市場規模約占整個零售市場的 7%，幾乎是 5 年前的 2 倍。越南的網路用戶中約有 74.8% 透過網路購物，全年購買金額相較於前一年增加了 14%。面對如此快速

成長的越南市場，日本和南韓企業目前在購物中心、線上購物、超商和百貨公司等所有領域都正展開競爭。

晉身成為世界工廠

隨著越南國內市場的快速成長，這將成為南韓經濟的機會，因為最近越南最受歡迎的商品主要是南韓產品。根據對越南消費者的調查顯示，越南人最喜歡的產品是南韓、泰國和日本的產品。

雖然越南擁有吸引人的內需市場，但因為其地理位置位於東南亞的中心地帶，約有 6.3 億人口居住，是通往鄰近東協國家最理想的出口地點。除此之外，越南從北到南與漫長的沿海地區接壤，使其成為連接東亞和西南亞的樞紐，由越南廉價勞力所生產的產品很容易出口到美國和歐盟等國家。

市場研究公司 IHS Markets 指出，由於最近中美之間的貿易戰，使得越南正在成為取代中國的世界工廠。報告預測：「隨著跨國公司實現供應鏈多元化以避開中國，預計它們將在中期內以越南等國家為對象，增加海外直接投資。」

許多公司關注越南的另一個原因，是轉讓定價（transfer price）所帶來的經濟利益。首先，我們來看看轉讓定價。轉讓定價是指關聯企業（related party）之間進行交易時，適用於原物料、產品或服務的價格。跨國公司總部向海外分公司

提供營運資金貸款，或者提供製造成品所需的高規格零件，此時就決定了與各海外分公司的交易所適用的價格。並且根據該價格向海外分公司收取零件銷售的款項和利息，其中零件銷售收益和利息的收入就是轉讓定價。轉讓定價也在南韓引起大眾矚目，這是由於南韓通用汽車向美國總部交易所支付的利率已達到 5.3%，當人們得知它以高價從其總公司進口各種零組件時，這個消息引起了軒然大波。

這些轉讓價格比較容易定價，因為它是企業內部之間的交易價格。因此，可以透過調整價格將子公司的利潤調整為總部的利潤。在某些情況下，海外分公司的利潤可能會全部轉移到總公司，不留一毛錢。問題在於，這個過程中，某些國家的企業稅收規模會產生改變。如果一家企業調整轉讓定價，將海外分公司的利潤全部轉移到總公司，那麼海外分公司所在的國家就無法徵收到任何企業稅。目前，隨著許多國家提高對外開放的程度，他們逐漸意識到全球企業轉移收入的作法對本國企業的稅收影響甚巨。南韓在 1998 年頒布了《國際稅收調整法》，為跨國企業提供了法律依據，在他們調整轉讓定價時，必須繳納國內子公司減少的稅款。自 2008 年起，中國還實施了企業稅法和特別稅收調整計畫，允許對根據轉讓價格調整的利潤徵稅。

回到越南，與上述國家不同的是，越南直到最近才對跨國企業轉讓定價的調整問題予以回應。在 2017 年 4 月越南財政部公布的 20 號通知（Circular 20）之前，越南是僅存少

‖南韓貿易順差貿易夥伴排名‖

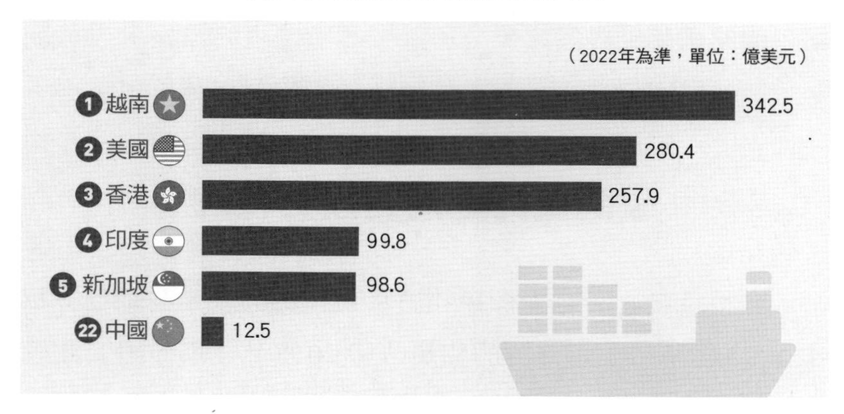

資料來源：產業通商資源部

數最容易調整轉讓定價的製造業國家之一，這也是眾多外資企業關注越南的原因。

俗話說：「一個巴掌拍不響。」注意到上述各種機會的海外投資人和企業之所以紛紛湧入越南，也是因為越南採取積極態度來接納外國投資人。

越南政府很早就制定了出口導向型的經濟政策，並且積極推動與多國建立自由貿易協定。其中一個典型的例子是與歐盟的自由貿易協定。直到不久前，南韓還是亞洲唯一一個與歐盟簽署自由貿易協定的國家。然而繼南韓之後，越南與歐盟的自由貿易協定於 2020 年 8 月 1 日正式生效。因此，進軍越南的企業在出口到世界三大市場之一的歐洲市場時可以獲得優惠待遇。目前，越南正進一步積極加入東協經濟共同體（AEC），並推動與其他國家建立自由貿易協定，藉此

強化其地緣優勢。再加上越南作為可以取代中國的出口據點，因此備受世界關注。

越南是房地產的投資標的

到目前為止，越南散戶投資者最大的興趣是房地產。根據 2015 年 7 月 1 日修訂的住房法和 2015 年 12 月 10 日生效的住房法實施令，在一些限制條件下，獲准進入越南的外國人和外國企業目前可以在越南購置房產。

另外，由於越南物價低，所以建設成本也較低，再加上得益於氣候因素，不需要建設暖氣設備，所以房地產價格也相對便宜。基於這些原因，許多南韓投資者在越南以低價購買公寓，然後尋找機會以賺取月租金並從市場上獲利，因此人們對投資越南的興趣日益增加。目前，南韓投資者試圖透過銀行或證券公司的私人銀行中心投資越南房地產。南韓是擁有越南房地產資產最多的五個國家之一，與新加坡、馬來西亞、日本和香港並列。

中國和美國之間急劇升級的貿易緊張局勢也對越南有利。原因在於，預估美國將對中國產品徵收高額關稅並實施各種制裁，許多跨國企業已經開始將中國的生產據點轉移到越南。NIKE、adidas、UNIQLO、蘋果、小米等企業紛紛搬遷或宣布將生產據點從中國遷至越南。美國商會（U.S.

Chamber of Commerce）2018 年對中國企業進行的一項調查顯示，受訪的 430 家企業中有近三分之一表示正在考慮將業務遷出中國，其中 18.5% 的企業更青睞以越南作為新的目的地。從統計數據中也可以證實越南從中美貿易衝突中所獲得的經濟利益：根據美國人口普查局（US Census Bureau）發表的數據顯示，2022 年越南對美國貿易順差達到 1,161 億美元，僅次於中國和墨西哥，排名第三。這是越南有史以來最高的一次。

越南擊敗世界強國的力量

包括南韓在內的全球企業之所以關注越南市場，不僅是因為近年來與越南之間的經濟往來頻繁，更是因為他們高度重視越南人民的潛力，而越南歷史已經證明了這一點。越南是與當時世界上最強大的國家蒙古、法國、美國和中國在戰爭中獲勝的國家，這一點非常罕見。

從歷史來看，有許多王朝或國家曾經風靡一時。然而，他們中的大多數由於其他民族的入侵而國力衰落。當他們長期受外族統治時，通常很難在歷史上找到他們的蹤跡。但這個規律似乎並不適用於越南。西元前 111 年，漢武帝殲滅了越南的南越王朝，越南被中國統治將近 1,000 年（西元前 179 年～西元 938 年）。然而，越南人堅持獨立，反抗中國

的統治，最終在 983 年實現獨立。

越南也贏得了對蒙古的戰爭，而蒙古是世界上規模最大的帝國。當時，蒙古人一共入侵越南 3 次。1257 年，蒙古將軍兀良合台入侵越南，占領河內。大約 20 年後，他再次率領 50 萬大軍入侵越南，河內再次淪陷。當時的統治者仁宗建議向蒙古人投降，以免人民受苦，但陳興道將軍堅持抵抗到底，並全面指揮戰爭，最後擊敗蒙古人，奪回河內。1287 年，蒙古人率領另一支30萬大軍入侵越南，在這個過程中，陳興道將軍的白藤江之戰是越南人最引以為傲的勝利戰績。在這場戰爭中，陳興道將軍十分關注白藤江的水位，白藤江的潮汐差異甚大。陳興道將軍提前在河床上插入木竿，在漲潮時引誘蒙古軍，當蒙古船隻在退潮時被木杆卡住而擱淺時，他放火燒船，因而大獲全勝。就這樣，越南成為世界上唯一一個 3 次成功抵禦蒙古入侵的國家。

第二次世界大戰後，越南在對法戰爭中取得勝利。第二次世界大戰之前，法國在越南的影響力很大，從一些例子中很容易看出這一點。例如說，越南使用的文字是由法國創建的。自 16 世紀以來，許多歐洲傳教士被派往位於貿易要地的越南，而當時進入越南的傳教士中最多來自葡萄牙。這些傳教士開始使用拉丁語、葡萄牙語等來標記越南語，後來法國主教羅歷山（Alexandre de Rhodes）整理了這些書寫方法，並於 1651 年出版《越南語—葡萄牙語—拉丁語詞典》，成為今日越南文字的先河。

美國士兵在峴港附近對一名北越士兵施以水刑

長期統治越南的法國，即使越南在第二次世界大戰結束後獲得獨立時，仍然要求控制越南。法國甚至不承認1946年透過全民公投當選為總統的胡志明（Hồ Chí Minh）。最後胡志明的軍隊進攻法國，爆發第一次的印度支那戰爭。當時，美國支持法國以避免越南落入共產主義陣營，而包括蘇聯在內的共產主義陣營則支持胡志明。最後，第一次印度支那戰爭在1954年由越南占領法國軍事據點奠邊府而告終。

從那之後，越南對美國進行了直接戰爭，而不是透過法國對美國進行代理戰爭。1964年8月4日，一艘在北越首都河內附近海域巡邏的美國驅逐艦，在公海遭到北越軍隊襲擊，這就是所謂的「東京灣事件」（Gulf of Tonkin incident）。

當時北越否認這一事實，但美國卻以此為藉口轟炸北越，最終導致第二次印度支那戰爭，也就是越南戰爭。越南在這場戰爭中也擊敗了美國這個世界上最強大的國家，贏得了勝利。當時，全球媒體的頭條新聞都是報導越南這個好不容易擺脫法國殖民統治的新獨立國，甚至還算不上是完全獨立的分裂國家，是如何戰勝美國這個世界強國。越南最終在1976年統一成為越南社會主義共和國，首都定為河內。

然而等待越南的卻是與另一個強國的衝突。1979年，由鄧小平領導的中國人民軍突然襲擊越南，爆發第三次印度支那戰爭。當時中國以越南和親中的柬埔寨政權發生武裝衝突為由而與越南開戰。隨著越南贏得了這場戰爭，因而確立今日的越南邊界。由此看來，越南是一個具有強烈民族性的國家，過去贏得了所有與蒙古、法國、美國和中國的戰爭。

越南在與強國的戰爭中取得了傑出的戰績，但令人驚訝的是，它並不是像南韓那樣由單一民族所組成。越南是一個多民族的國家，共有54個民族共同生活，其中京族約占總人口的88%，以及其餘53個少數民族。這些少數民族大多分散在山區或高原，主要以狩獵或燒墾為生。每個民族都有自己的傳統文化和語言。越南共有五種語言系統，根據民族或地區的不同，有數十種不同的語言。更令人驚訝的是，這些不同民族在每個危機時刻都能齊心協力，在對抗世界上最強大的國家戰爭中取得勝利。

越南人民的堅韌精神也表現在經濟領域。因為大多數在

越南經營的跨國企業，都高度讚賞越南人民的教育熱情和勤奮精神。

越南的共產主義挑戰

如果你只是因為最近越南的外國投資激增，就認為越南是一個容易做生意的地方，那麼你可能會大失所望。的確，越南正在透過降低企業稅率、廢除不必要的法規來改善經商環境，但其水準仍低於東協鄰國。根據世界銀行對越南、馬來西亞、泰國、印尼和菲律賓等東協主要國家所進行的調查顯示，越南經商環境評級低於平均水準。世界經濟論壇的數據也顯示，越南的經商環境在東協地區（不包括新加坡）僅排名第七。

越南並不是只有制度政策方面的經商環境較差，更嚴重的是越南境內基礎建設不足。在某些地區，越南境內的運輸成本高於從越南到美國的運輸成本。例如，從胡志明市到諒山市（Lang Son）的運費為 250 美元，而從胡志明市到美國西部的運費約為 200 美元。目前，越南的當務之急是建設商務活動所需要的基礎設施，不僅包括道路，還有港口、鐵路和機場等。

現在，在越南國內，政策立場也正在從無條件吸引外資，轉變為主要在可以進行技術轉移的領域和高附加價值產

業吸引外國資本。此外，政府不再只關注經濟發展的開發部分，而是開始考慮經濟成長的品質層面，例如保護環境和振興落後地區的經濟等。

越南的政治結構也令人擔憂。越南是世界上僅存的少數傳統共產主義國家之一，它仍堅持列寧主義，實行越南共產黨的單一領導體制。越南共產黨不僅掌管國家的政治，還包括行政、軍事和外交等所有領域。最大的問題是共產黨官員的腐敗。根據國際透明組織 2018 年的國家清廉指數調查，越南在受調查的 180 個國家中排名第 117 位。最近，越南為了改善這些問題，由國家層級出面，展開剷除腐敗的行動，2019 年約有 100 多名共產黨官員因腐敗而受到紀律處分。但目前還很難說已經取得了明顯的成果。

由於越南是一個傳統的共產主義國家，其經濟也以國營企業為中心。越南前 100 大企業中，國營企業的比例在 31% 左右，越南當地私人企業的比例為 39%，也就表示每兩家當地企業中就有一家是國營企業。目前，越南國營企業的獲利能力低、效率低，負債率高，經營管理不善。為了使越南經濟在未來擁有一個堅實的架構，當務之急就是提升國營企業的業務績效。

目前，越南的經濟規模只有泰國的一半左右。然而，國際貨幣基金組織、世界銀行和亞洲開發銀行等全球主要經濟機構預測，未來越南經濟成長率將保持在 6% 左右。越南的貿易結構是從中國或南韓進口中間產品，進行加工之後再將

成品出口到美國或歐盟等已開發國家。中國在全球市場上一直扮演這個角色，但根據預估，越南將在未來取代中國。

越南是全球發展最快的國家，其政府正計畫開發各種安全營運中心事業，並以具有未來發展性的新產業作為內在驅動力。在這個過程中，預估南韓建築企業和鋼鐵企業可望進軍市場建立安全營運中心，而且南韓企業在電子、流通和服務領域的機會也將會增加。顯然，越南這樣的環境從根本上有利於短期經濟波動以及政治、政策的不確定性。這也是為什麼我們此時此刻應該關注越南的原因。

INDIA

印度——

選擇「工程學」以提升社會地位的人們

▶人口：1,428,627,663（第 1 名）

▶貨幣單位：印度盧比（INR，Rs）

▶ GDP（2023 年）：37,368.82 億美元（第 5 名）

▶ GDP 成長率（2022 年）：7.0%

▶失業率（2022 年）：7.3%

▶通貨膨脹率（2022 年）：6.7%

▶網路使用率（占人口百分比）：46%

隨著中美貿易衝突越演越烈，有一個國家正引起關注。印度被認為是後中國時代的代表，COVID-19 事件也成為世界關注印度的契機。隨著非接觸文化的擴展，資通訊技術和製藥領域變得越來越重要，而印度在這些領域擁有大量優秀的人力資源。

然而，從外人看來，印度並不是一個容易融入的國家，因為它有很多獨一無二的東西。這個因素使得許多公司在嘗試進軍印度時面臨到許多困難，最後不得不放棄。

人口最多的國家

2023 年國際社會最大的改變之一，就是世界第一人口大國從中國變成了印度。事實上在此之前，人口經濟學家就認為印度很可能擁有最多的人口，超過中國。

中國一直以來受到詬病，因為它似乎透過誇大人口數字的方式來吸引外國投資。相對來說，印度的官方人口約為 14.2 億人，而人們普遍認為實際人口超越這個數字。印度自 1872 年起每 10 年進行一次人口普查，然而父母身份不詳的兒童則不予登記。

然而，如果現在就把印度稱作全球消費市場還為時過早。就經濟規模而言，自 2014 年以來，印度以每年 7% 左右的速度成長，並在 2018 年升為全球第五大經濟體，但人

均 GDP 仍不到 3,000 美元。換句話說，大多數人的生活收入尚未達到一定的購買力水準。

例如，在印度 14 億人口中，只有約 3 億人擁有智慧型手機，而具有代表性的消費產品電視也是如此。根據市場調查公司「Counterpoint Research」的數據顯示，2019 年印度的電視銷售量達到 1,500 萬台，比前年增加 15%，創下歷史新高，但主要銷售的是 32 吋機型，價位在 150 美元左右。相較於南韓以高階中、大型電視作為旗艦產品來說，印度的消費力仍遠遠落後。

綜合上述所說，南韓企業很難在短期內進軍印度，也不容易取得巨大成效。印度是一個目前正在發展中的國家，為未來消費市場成熟時做足準備，似乎是更明智的策略。

地方政府凌駕於中央政府之上

人們對印度有一種偏見，認為印度的政治體制很落後。然而，印度有著先進的政治制度，堪稱民主的天堂。印度有 9 億人口擁有投票權，舉行選舉時，有多達 100 萬個投票所。

截至 2023 年 5 月的統計，在印度選舉委員會登記的政黨多達 2,657 個。由於人口眾多，從開始投票到公布最終結果需要近 1 個月的時間。在 1951 年 10 月的大選中，這也是印度脫離英國獨立以來的首次大選，從投票到宣布結果花了

4 個月的時間。

印度的地方自治也很發達。印度是一個由 29 個州組成的聯邦國家，各個地區都是透過投票自由選擇自己喜歡的領導人和政治制度。這就是為什麼有些地區是共產黨執政，有些地方則有分裂運動。

這是希望進入印度市場的企業必須考慮的問題。與其他發展中國家不同，印度中央政府影響地方政府決策的能力有限。可以說地方政府擁有獨立的決策權，就像一個獨立國家。即使在印度經營的企業已經與中央政府協調相關細節，也必須再次與地方政府進行談判。有幾家企業在進入印度的初期，由於只聽從中央政府的指示，後來因為無法獲得地方政府的許可而以失敗收場。

除此之外，也要注意印度不同地區的語言和文化有顯著的差異。即使同為印度人，彼此之間也可能必須透過口譯員或英語才能互相溝通。近年來，印度各地區統一了不同的稅收和行政制度，為外國投資者提高便利性，但目前還沒有普及到每個地區。

選擇「工程」以提升地位

儘管困難重重，各國仍不放棄印度市場的原因之一，就在於它擁有優秀的 ICT 人才。以美國矽谷為例，非常依

‖ 按國籍劃分具有學士以上學歷的矽谷技術人員比例（2017 年）‖

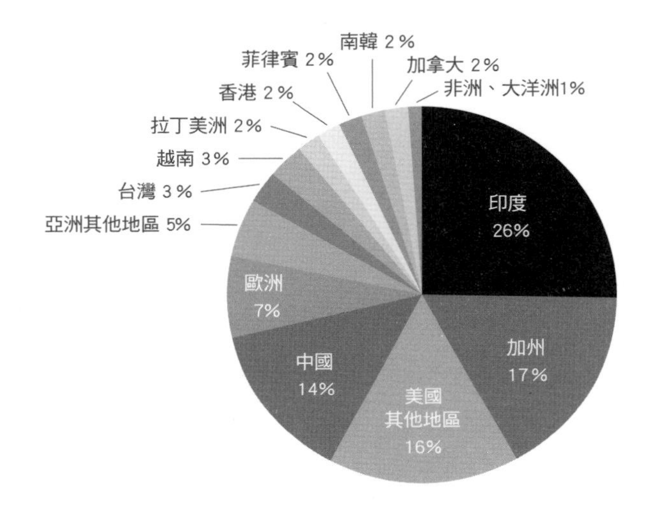

資料來源：美國人口普查局、美國社群調查

賴印度工程師，以至於有一種說法，沒有印度人，矽谷就無法運作。在 Google、微軟、Adobe 等世界級創新公司的執行長中，經常可以看見印度人的身影。此外，美國太空總署（NASA）有 36% 的科學家來自於印度。

印度之所以擁有如此多優秀的科技人才，很大程度上是因為種姓制度。儘管種姓制度在法律上已經不復存在，但現實中仍然具有強大的影響力。據說在印度做生意時，企業的業績會因為企業家的種姓而有所不同。

在這樣的現實下，許多印度年輕人選擇工程學作為出路。而這並不是為了在印度國內企業謀職，而是為了在 Google、

Facebook、Amazon 或三星等跨國企業找到工作，或是透過創業賺大錢。

事實上，印度最負盛名的大學——印度理工學院（Indian Institutes of Technology）的入學考試比其他國家更引起矚目。許多跨國公司為了招攬優秀且薪資低廉的 IT 人才，都爭先恐後在印度理工學院舉辦招募會。因為排隊的公司太多，因此學校會根據畢業生的就業狀況和在校生的喜好而精心挑選徵才企業。

「又大又慢的大象」開始奔跑

近年來，印度一直努力透過各種方式吸引外國企業。尤其在「印度製造」（Make in India）的口號下，強化國內經濟的製造業競爭力，並規劃 2025 年將製造業對 GDP 的貢獻率提高到 25%。為了達到這個目標，印度正努力降低化學品、紡織品、鋼鐵、金屬和消費品等關稅，並加強與海外企業的交流與合作。

特別是在當前經濟下滑、憂慮加劇的背景下，印度的積極措施越來越受到國際社會的關注。現在人們對國際經濟衰退的擔憂近似於過去的全球金融危機時期，然而當時全球經濟之所以能夠迅速回歸良性循環，得益於中國在 2000 年以來快速成長的經濟消費和投資。

根據美國財政部「月度資本流出與流入報告」顯示，自 2008 年 9 月全球金融危機爆發以來的 3 年中，中國已經購買了 4,814 億美元的美國政府債券。自全球爆發金融危機以來，中國穩定購買美國公債，有助於美國維持低利率並刺激消費。此外，在中國經濟刺激政策下釋放的 4 兆元人民幣，使得全球經濟得以快速復甦。在 2008 年全球金融危機之後，中國在全球經濟中扮演了重要的救火角色。

目前國際社會似乎希望印度在最近迅速放緩的全球經濟方面能夠發揮作用、重振經濟。這是因為俄羅斯入侵烏克蘭之後，中國與俄羅斯結成強大的反美聯盟，無法再扮演以往救火隊的角色。中國對經濟衰退的擔憂也促使其提振國內需求。

印度的無限成長潛力

印度擁有巨大的潛力。印度擁有世界第七大土地面積，達 28 萬平方公里（朝鮮半島面積的 15 倍、南韓面積的 33 倍），印度人口為 14.2 億，世界上每 6 人中就有 1 人是印度人。印度目前人口以每年增加 1,600 萬人的速度成長，這個數字約為南韓總人口的三分之一。廣闊的領土和龐大的人口轉化成無限的成長潛力。這就是為什麼印度被認為是當前經濟的紓困方案，就像過去的中國一樣。

讓我們更深入地了解一下。印度在 1947 年結束了英國 240 年的殖民統治，基於龐大的國內市場，採用了前蘇聯的社會主義經濟發展模式，也就是實行由政府主導的自給自足型經濟發展。它是印度獨立運動人士賈瓦哈拉爾·尼赫魯（Jawaharlal Nehru）主張的作法，目的是取代進口、保護新創產業，以避免獨立之後過度依賴西方強國。透過政府主導的成長政策，印度實現了糧食自給自足，並成功實現基礎工業和重化工業的部分工業化。與此同時，也培養出包括具備熟練工作力在內的大量科技人才。在 1960 年代，發展經濟學領域的兩位世界級頂尖學者勞爾·普雷維什（Raúl Prebisch）和漢斯·辛格（Hans Singer）強調，「發展中國家必須優先考慮國內需求，而不是透過出口來實施對外型的發展策略。」這一理念已經在印度實現，一部分中南美洲國家和巴基斯坦也選擇了同樣的策略。

但是這種成長並沒有持續太久。採取替代進口產業策略的國家所取得的成果很短暫。許多經濟學家透過非洲大陸的國家來比較和解釋為什麼那些追求自給自足以替代進口的策略失敗了。大多數非洲國家是二戰後在相似時期、相同情況下產生的新興獨立國家，這就表示透過比較採取出口導向政策和替代進口政策國家的經濟成長率，很容易可以發現問題。

經濟成長有出口導向政策和進口替代政策

事實上，迦納在二戰後獲得獨立時是主要的可可出口國，可可出口占其 GDP 的 20%。作為一個獨立的國家，迦納採取了替代進口策略，以實現經濟獨立。原本用來投資生產可可的資本被分散投資於其他產業，導致可可出口量急遽下跌。結果導致迦納的人均 GDP 從 1957 年的 1,500 美元，下降到 1983 年的 310 美元。

相較之下，大約在同一時間獲得獨立，並且擁有類似資源的象牙海岸實施了咖啡、可可和木材等代表性產品的出口導向政策。隨著出口效益的提升，象牙海岸從 1957 到 1983 年的年平均成長率為 5 到 7%，人均 GDP 增加了 1 倍多。

南韓也是一個以出口導向經濟模式發展出來的代表性國家。南韓在經濟發展初期，國內市場較小，因此採取了將產品銷往廣闊的全球市場、以取代狹隘國內市場的策略。需要考慮的不只是國內需求，還擴及海外市場，而大規模生產可以實現規模經濟，因此更有成效。此外，在對外型經濟體系中，企業面臨的競爭不是與國內企業的競爭，而是與外國企業的競爭。在這種環境下，國內企業自然會將自己的競爭力水準與國際水準進行較量，在此過程中進一步加快提高生產力並發展技術。

讓我們回到印度。尼赫魯提倡的自給自足模式最初也獲得了成功，但很快就適得其反。尤其為了實行封閉的社會主

義經濟模式，引進過度監管的制度，使其成為所謂的「監管天堂」。以保護小企業為名，禁止大企業進入，大部分重化工業以國營企業的方式運作。透過嚴格執行生產項目、設施規模和地區的許可程序，結果阻礙了相關工業部門的發展，導致生產力下降和增加補貼的負擔。而且，一律強制規定的監管政策，已將整個印度變成滋生腐敗官員的溫床。

此外，為了抑制外國投資，還推出了《外匯管理法》，規定外資持股的限額，並採用嚴格的勞動法，使得工作環境變得嚴苛，這自然造成企業經營面臨困境。尼赫魯式的經濟發展模式未能帶來進一步的成長，反而導致整體經濟的失敗，包括失業率上升和貧富差距擴大。最終在 1991 年陷入了金融危機。

印度尋求回歸尼赫魯式的自給自足政策

在嚐到失敗的苦澀之後，印度從 1990 年代開始轉向以市場經濟原則為基礎的創新改革和開放政策。在廢除各種法規、國有企業民營化、減少補貼的基礎上，引進並積極推行自由市場原則，以吸引外國資金和外國公司。在進出口領域，政府也從先前的積極審批制度（需取得允許才放行）轉變為消極審批制度（除不允許之外均可）。除特定領域外，大部分行業允許外商直接投資，這一轉變成為印度市場快速

‖印度．英國GDP預測趨勢‖

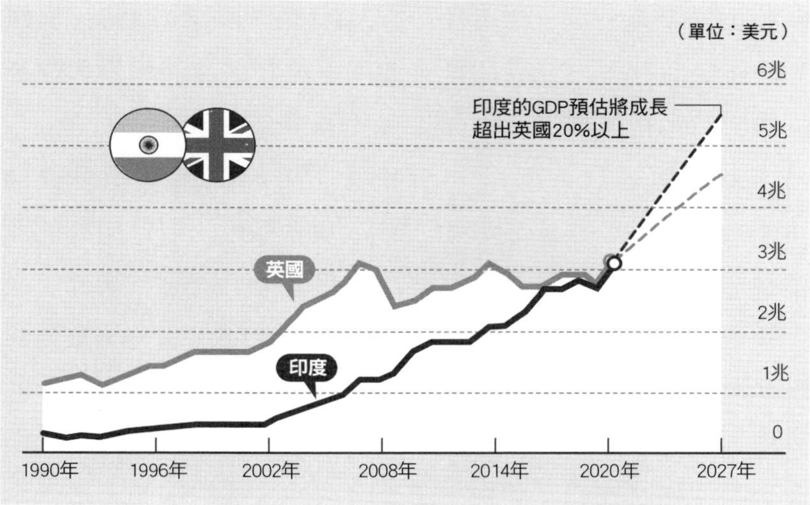

（單位：美元）

印度的GDP預估將成長超出英國20%以上

出處：國際貨幣基金

成長的轉捩點。改革開放後，GDP 成長率從 1951 至 1974 年低迷的 3.6%，以及 1981 至 1991 年的 5.4%，經過 14 年後，在 1992 至 2005 年的年均成長率達到驚人的 6.3%。在 2000 年代，年均成長率以超過 8% 的速度快速成長。

然而，即使印度近來表現出色，也很難指望未來能持續以這種速度成長。確切來說，現在就斷定印度能夠重振自 COVID-19 爆發以來急劇降溫的全球經濟似乎還為時過早。這是因為印度近期以來的經商環境並不樂觀。

首先，長期的地緣政治衝突對經濟來說是一個壞消息。儘管印度國內政局穩定，但與中國和巴基斯坦的邊境地區爭

端不斷。1947 年印度和巴基斯坦獨立後，喀什米爾地區被印度和巴基斯坦瓜分，比例各占 63% 和 37%，是隨時可能爆炸的不定時炸彈。而且印度東北部邊境和印度洋地區與中國的衝突也仍在持續中。

由於地緣政治衝突，印度現任總理納倫德拉·莫迪（Narendra Modi）政府最近提出 3,000 種可以取代中國的印度製造產品，並表示會持續實行。印度電子政府技術部永久下架 59 款中國應用程式，包括視訊服務 TikTok、即時通訊服務微信和阿里巴巴集團的手機瀏覽器，中國企業也被正式排除在 5G 行動通訊業務之外。近期為了保護本國產業，印度對其他國家提高了關稅，並且再次擴大進口管制。這表示它正在回歸尼赫魯式的自給自足政策。儘管印度擁有無限的成長潛力，但對它在全球經濟中發揮主導作用的期望仍然有著不確定性。

「該死的拉德克里夫線」

國際貨幣基金組織形容印度經濟正在從「龐大而緩慢的大象」轉變為「開始奔跑的大象」，這片面解釋了印度的改變。然而，印度要真正奔跑起來，還有很多挑戰需要解決，其中之一便是邊界問題。

如今有很多國家的邊界大多與地理上的大自然環境無

關。最極端的人為邊界是美國和加拿大之間的邊界，兩國綿延數百公里的邊界並不是一個物理環境，而是按照緯度線精確水平劃定的邊界線。少數因為考慮自然美景而劃分開來的地方，是紐約北部和加拿大安大略省之間的聖勞倫斯河。當然，五大湖中的四個湖泊，蘇必略湖、休倫湖、伊利湖和安大略湖，也可以視為由大自然形成的邊界。即使如此，根據這些湖泊所劃定的邊界線也是筆直的，完全沒有考慮湖泊的形狀和地形。

美國和加拿大之間的邊界是在兩國領土的許多居民開始自由遷徙一陣子之後才劃定的。正因為如此，很多事物自然而然跨越了兩國邊境。例如，佛蒙特州的圖書館有一條穿越借閱室的邊界；另外有一家飯店橫跨加拿大魁北克省和美國紐約州；此外，還有許多私人住宅橫跨了美國和加拿大的邊界線。由於這種獨特的景觀，佛蒙特州的邊境小鎮德比鎮已經成為一個觀光勝地。沿著德比線（Derby Line）有一條道路，其中一側是加拿大邊境，另一側是美國邊境。因此，經過這條路的人必須受到邊境人員的管控。任意從道路的一端移往另一側是常見的非法行為，有可能導致觸犯移民法規而受罰。有很多遊客特地來到這裡，只為了親眼目睹這獨特的風景，使邊界成為一個饒富趣味和獲得獨特體驗的空間，德比線就是這樣的例子。

然而，如果不考量實際狀況而在劃定邊界上出錯，則會導致兩國之間發生戰爭等流血衝突，這樣的情況並不少見，

印度就是其中之一。

決定今日印度與其鄰國巴基斯坦、孟加拉和尼泊爾之間邊界的要角不是別人，正是英國。第二次世界大戰結束時，英國必須劃定印度與其鄰國之間的邊界，而這項任務委託給當時擔任英國情報局局長的西里爾．拉德克利夫（Cyril Radcliffe）。但是，拉德克利夫在英國政府要求他界定印度邊界之前，從未造訪過印度。

拉德克利夫認為，宗教是決定印度邊界最重要的因素，當時印度的宗教領袖也贊成這種作法。穆斯林領袖穆罕默德．阿里．真納（Muhammad Ali Jinnah）為了穆斯林教徒，正式向英國政府提出將國家分離的請求，英國政府也同意了這項要求。拉德克利夫在接下為英國政府劃分邊界的任務之後，只在印度短短停留 37 天，就決定了如何劃分印度鄰近地區的邊界。拉德克利夫在完成至今仍飽受爭議的邊界任務的第二天就離開了印度，他還燒毀為了確定邊界所收集的所有資料。據說，當拉德克利夫聽說他所劃定的邊界被稱為拉德克利夫線（Radcliffe Line）時，他稱其為「那條該死的線」。

邊界紛亂導致停滯不前

拉德克利夫之所以對他所劃定的邊界給予負面評價，可

能是因為他已預知自己所劃定的邊界線將帶來的悲劇。當邊境附近的居民聽說將實際按照拉德克利夫線劃定邊界時，他們依據宗教信仰，開始遷往這片即將成為新家園的土地。

居住在印度北方邦的穆斯林遷移到了附近的穆斯林定居點，而被困在巴基斯坦拉合爾的印度教徒和錫克教徒則遷往德里和阿姆利則。從印度、巴基斯坦和當時的東巴基斯坦到孟加拉的遷徙持續了幾個月，沿途發生了好幾場血腥災難。

引發這些地區動盪的原因之一是飛地（Exclave）的形成。飛地是指與本國分離並被他國領土包圍的土地，位於美國本土之外的阿拉斯加就是一個例子。印度和孟加拉的鄰近地區衍生出許多這樣的飛地，而這正是拉德克利夫以宗教作為劃分國界標準的結果。

科奇比哈爾（Cooch Behar）是與印度和孟加拉接壤的邊境地區，長期以來一直是交通樞紐，也是與其他地區貿易往來頻繁的地方。隨著貿易的發展，印度教、伊斯蘭教和佛教等多種宗教傳入這裡，並在某些村落形成了單一宗教的定居點。因此，印度和孟加拉邊境沿線形成了許多飛地。而這也導致在印度境內出現孟加拉的領土，而在孟加拉境內也出現許多印度領土。荒謬的領土劃分並沒有就此停止。甚至出現過孟加拉領土內有一個印度領土，而那個印度領土內又出現一個孟加拉領土的情況。就好像俄羅斯的傳統娃娃裡面有另一個娃娃，而那個娃娃裡面又有另一個小娃娃一樣，以此形成邊界。

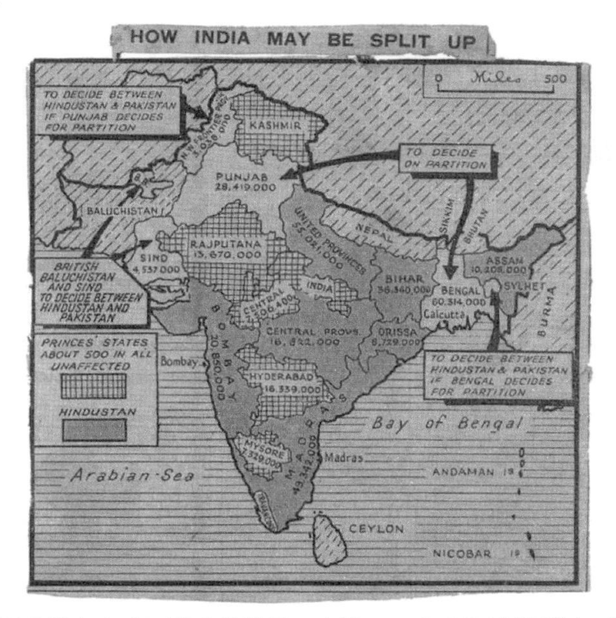

一幅預測英國將如何分裂印度的地圖，它於1947年6月4日刊登在《每日先驅報》上

很明顯，錯誤的分區必然會導致衝突。這就是為什麼印度和孟加拉別無選擇，只能不斷調整各自的飛地。1958 年，印度和孟加拉首次嘗試交換各自領土內的飛地，但未能成功。後來在 1974 年，兩國再次試圖交換領土，在最近的一次，也就是 2011 年時也試圖交換領土，但由於利益關係，再度無法達成協議。

因此，印度和孟加拉仍然各自保有對方的領土。截至 2015 年，孟加拉共有 111 個印度飛地，居住著 38,521 名印度人；印度則有 51 個孟加拉飛地，居住著 14,863 名孟加拉

人。居住在偏遠地區的居民無法取得或行使公民身分，因為偏遠地區的居民必須經過另一個國家的領土才能到達自己的政府機關，而在擁有自己的簽證發放系統的印度和孟加拉，如果在無簽證的情況下，越過邊境進入自己國家的行為被視作違法。事實上，孟加拉飛地約75%的居民在返回祖國的途中因途經印度領土而被監禁。

有人可能會認為，巴基斯坦和印度之間的拉德克利夫線爭端是由於第三方劃分領土所造成的。但是，由英國人劃定的另一個地區的邊界則呈現出完全不同的一面。一個具代表性的例子是杜蘭線（Durand Line）。英國公務員莫蒂默·杜蘭（Motimer Durand）負責劃定阿富汗邊界。雖然杜蘭也是遠道而來的外地人，但作法卻不同。在確定邊界的過程中，杜蘭試圖盡可能地容納各個部落之間現有的邊界，並考慮到遊牧民族的特點，考量他們根據季節遷移與返回到哪些地區。儘管盡了這些努力，但在最終確定邊界之後，部落之間還是出現了一段時間的衝突。但與拉德克利夫線不同的是，杜蘭線維持了穩定，並持續相當長的一段時間。

就像這樣，一旦確定邊界線之後，就可能導致接壤國之間爭端不斷。當然，並不是所有過去劃定的邊界都是人為誤判或者失誤。直到20世紀初，許多地區都沒有清晰的地圖，因此有許多邊界出於對地形的誤判而繪製錯誤。然而，即使由於意外而設定出錯誤的邊界，它仍然是鄰國之間衝突的主要根源。

對南韓來說，幸運的是目前還沒有發生重大的邊界糾紛。但是南北韓統一後，諸如與中國接壤的圖們江和鴨綠江邊界問題，或者與南韓沒有直接關係的俄羅斯與日本之間的千島群島問題，以及中日之間的南海問題等，隨時有可能成為引發南韓地區衝突的根源。為了在發生這類衝突時確立自己的立場，有必要重新審視目前地球上已知的國境邊界是由什麼人、以什麼標準而劃定的。

AFRICA

非洲——

地球僅存的最後一個成長引擎

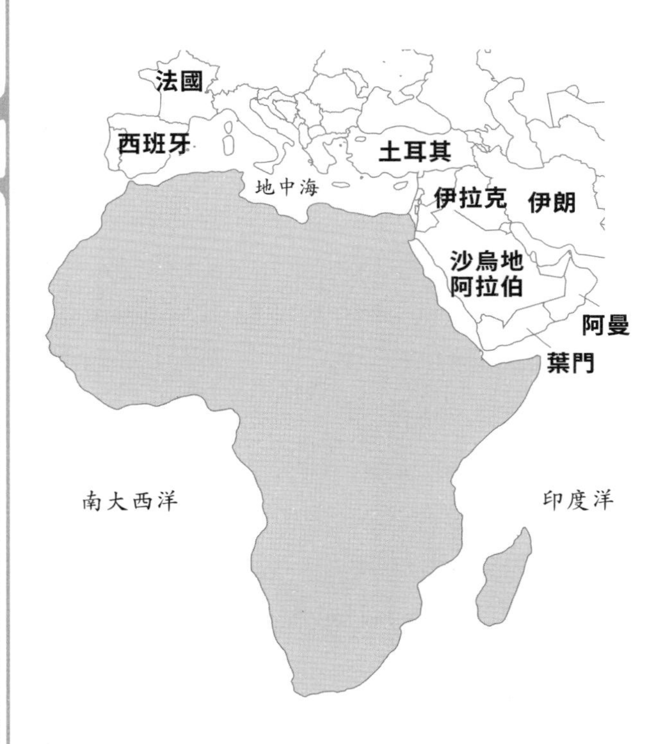

▶人口：約 14.5 億人

▶國家：54 個國家

大多數的人對非洲漠不關心或一無所知，對非洲國家也有許多偏見和誤解。但如果我們忽視非洲的潛力，就有可能錯失良機。

人們對非洲最常見的誤解之一，就是非洲是一個人均收入不到 4,000 美元的貧窮地區。但以世界銀行統計的人均購買力評估標準（GNI）來看，相當多的國家國民收入超過 10,000 美元。包括塞席爾 24,300 美元、模里西斯 22,390 美元、迦納 15,370 美元、加彭 14,130 美元，以及赤道幾內亞 13,350 美元。

印度人均 GNI 僅為 6,390 美元、中國人均 GNI 僅 17,200 美元。現在，隨著印度和中國經濟的迅速崛起，情況已經發生變化。據 2010 年統計，有 12 個非洲國家的國民總收入高於中國，而 20 個國家的國民總收入高於印度。

非洲，資源和人口豐富的「機會之地」

許多包括歐洲在內的跨國企業關注非洲是有原因的。非洲大陸幅員遼闊，占地球陸地面積的五分之一，是地下資源的寶庫。自 2000 年代初期以來，世界石油價格飆升，許多國家都將非洲作為新的資源開發目的地。而非洲大陸之所以自 2000 年代以來年均成長率超過 5%，也與這些資源開發不無關係。

‖非洲國家 GDP 變化趨勢‖

	1990	2005	2020	（單位：10億美元）
1.	南非	南非	奈及利亞	432.3
2.	阿爾及利亞	奈及利亞	埃及	363.1
3.	奈及利亞	阿爾及利亞	南非	301.9
4.	埃及	埃及	阿爾及利亞	145.2
5.	摩洛哥	摩洛哥	摩洛哥	112.8
6.	利比亞	利比亞	衣索比亞	107.6
7.	蘇丹	安哥拉	肯亞	98.8
8.	喀麥隆	突尼西亞	迦納	72.4

資料來源：世界銀行

但是並非所有非洲國家的成長都完全依賴資源開發。在54個非洲國家中，只有10幾個國家是石油生產國。整個非洲能夠持續成長的最大原因，是它擁多達14億人口的龐大消費市場。跨國企業針對這些消費者拓展各種商機，不斷積極投資非洲，因而能夠維持高度成長率。

非洲市場夠大，可以實現規模經濟。非洲有14億人口，占世界總人口的16.4%。更值得注意的是它的人口成長趨勢。聯合國預測，到了2100年，非洲人口將達到44.6億人，占世界總人口的36%。屆時，世界上每10人中就有4人來自非洲大陸。全球管理諮詢集團麥肯錫也預測，非洲勞動年齡人口將在2034年超過印度和中國，成為最年輕的大陸。

目前，包括北非在內的非洲消費市場規模為 1.4 兆美元，成長速度僅次於亞洲。過去 10 年來，非洲的汽車擁有率幾乎增加了 1 倍，而 2017 年手機普及率達到 10 億人，移動通訊產業的成長速度超過其他任何大陸。隨著手機和網路銀行用戶數量的迅速增加，行動貨幣也被大量用於購買媒體產品、服裝、個人護理用品和食品雜貨。

非洲在健康和美容產業處於領先地位

非洲人對住房的渴望也在不斷增加。正因如此，非洲城市的發展速度比世界上其他任何地區更快，各國政府也在城市發展方面發揮領導作用。目前，非洲城市人口已接近 5 億人，比 1950 年的 3,500 萬增加了約 14 倍。雖然在 2016 年，城市人口約占總人口的 40% 比例，明顯低於其他大陸，但預計到了 2030 年，有超過一半以上的人口將居住在城市。

隨著這些變化，非洲的建築需求正在迅速擴大，這對於南韓建築企業來說是一個絕佳的機會。根據南韓海外建設協會統計，來自於非洲的建設訂單金額正快速提高，從 1980 年代的 5.67 億美元，到 1990 年代增為 13 億美元，以及 2000 年代增加到 116 億美元。2010 至 2016 年的累計訂單金額約 107 億美元，是 2000 年代訂單金額的 92%。這凸顯了近年來非洲對建築的需求不斷在成長。

隨著非洲人民收入水準的提高，美容產業也大幅成長。準確來說，似乎沒有哪個大陸比非洲更注重外表。特別值得注意的是假髮市場。在南韓，戴假髮是出於掉髮等原因，但非洲人戴假髮是為了美觀。許多非洲人天生就有極度捲曲的頭髮，有許多人的頭髮深深扎進頭皮，甚至無法長出頭髮，因此無法嘗試不同的髮型，這就是為什麼非洲人很重視假髮的原因。迦納女性的月收入 600 美元中，有 100 美元用於購買假髮和治療。

非洲人也非常喜愛美白化妝品。在大多數非洲國家，美麗的標準是淺色肌膚，因此美白產品非常受歡迎。近年來隨著男性越來越重視自己的外表，男性化妝品市場也逐漸成長。

隨著非洲國民所得的增加，人們也提升了對健康的關注。在非洲，肥胖和糖尿病等疾病患者的人數正在顯著增加，而這些都是富裕國家常見的疾病。因此，無糖（Sugar-Free）飲料、低碳水化合物和低脂食品等各種健康食品越來越受到歡迎，更多人選擇零卡可樂而不是普通的可樂。最近運動服裝和健身產業大幅成長的原因，就是因為有越來越多的人想要追求健康的生活方式。

綜合以上觀點，不難理解為什麼非洲被稱為「地球僅存的最後一個成長引擎」。由於經濟發展和收入提高，預計非洲的消費市場將持續成長。根據多家全球私人顧問公司對非洲消費者進行的調查顯示，許多非洲消費者對未來的經濟形

勢和消費狀況抱持樂觀態度。

南韓也注意到非洲市場的潛力，一直在尋找機會進軍非洲市場。特別是在 2019 年 5 月，涵蓋非洲大陸的區域自由貿易協定「非洲大陸自由貿易區」（AfCFTA）正式生效之後，使得南韓企業更容易進入非洲大陸。

非洲國家之間的水資源糾紛

世界知名未來學家艾文・托佛勒（Alvin Toffler）預言，如果說 20 世紀是石油時代，那麼 21 世紀將是水的時代。你可能會想，「地球表面 70% 是水，真的可能會缺水嗎？」然而，在地球所有的水資源中，我們人類能夠利用的淡水量大約只占 2.5%。其中除去冰川之後，我們實際上能夠利用的淡水量只有 0.8%。

儘管水的供應有限，但需求卻不斷增加。需求增加的最大原因是世界人口每年增加 8,300 萬人。如果按照這個速度持續下去，到了 2050 年，地球總人口將從現在的 80 億人增加到近 100 億人。

工業發展也是造成水資源短缺的一個主要因素。例如，美國在過去 30 年來的用水量增加了近 2 倍，其中 60% 以上是由於工業用水量的增加。作為參考，低收入國家 80% 以上的水是用於農業用途，而高收入國家近 60% 的水則用於

地中海
亞歷山大港
開羅
尼羅河
利比亞
埃及
盧克索
亞斯文
納賽爾湖
紅海
查德
厄利垂亞
卡士穆
藍尼羅河
蘇丹
塔納湖
衣索匹亞文藝復興大壩
白尼羅河
南蘇丹
中非共和國
衣索匹亞
朱巴
烏干達
阿爾伯特湖
基奧加湖
剛果民主
共和國
金賈
肯亞
盧安達
蒲隆地
維多利亞湖
坦尚尼亞
0
(km)
3 000
0
(mi)
2 000

工業用途。

COVID-19 疫情進一步增加了世界各地的用水量。由於越來越多的人經常洗手和用水消毒，使得用水量暴增。2020 年，聯合國教科文組織對 COVID-19 時代的水資源管理危機表示憂慮，呼籲各國立即採取行動。聯合國教科文組織的水務主任大衛．漢納（David Hannah）發表的一份報告顯示，低收入和中等收入國家中有四分之一的人由於缺水而沒有正確洗手。

從最近以衣索比亞為主的周邊地區發生的衝突看來，不禁讓人感慨，非洲各國為確保水資源所做的努力已經升級成為了衝突。起因是被稱為「北非生命線」的尼羅河水資源，造成各國之間的衝突日益加劇。事件始於衣索比亞在尼羅河上游建造一座名為「衣索比亞文藝復興大壩」的大型水壩。衣索比亞文藝復興大壩是非洲最大的水壩，也是世界第七大水力發電廠，目前已完工 80% 以上。

由於衣索比亞在尼羅河上游地區興建規模如此龐大的水壩，使得位於下游地區的蘇丹和埃及非常擔心自己無法順利獲得穩定的水資源。尤其埃及絕大多數人口都生活在尼羅河附近，他們 90% 以上的飲用水和農業用水都依賴尼羅河。蘇丹也表達了類似的憂慮，儘管程度上有些不同。

近期，埃及和蘇丹以「尼羅河守護者」的名義舉行了兩國海空軍聯合軍事演習。在埃及，甚至有人呼籲使用武力封鎖大壩。目前，這些地區的水資源糾紛已經被列入聯合國的

議程。聯合國環境規劃署（UNEP）呼籲儘快達成三國之間的友好解決方案。為什麼衣索比亞會不顧鄰國和國際社會的反對而建造水壩？

衣索比亞的經濟發展需要能源

事實上，衣索比亞是一個深具潛力但很少被注意到的國家。衣索比亞有著 3,000 多年的悠久歷史，被認為是所羅門和示巴的後裔。它的人口超過 1 億人，成為非洲大陸第二大、世界第 11 大人口國。衣索比亞的陸地面積是朝鮮半島的 5 倍，它擁有包括黃金在內的多種礦產資源，最近還發現了一個油田。與其他非洲國家不同，衣索比亞擁有宜人的氣候環境，盛夏的衣索比亞平均氣溫不超過攝氏 25 到 30 度。年平均氣溫為 15 到 20 度，與南韓的秋季氣候相似，當氣溫下降時略感涼意，因此衣索比亞人一年四季都穿著長袖衣服。

這種氣候是由於衣索比亞地處高原，這也是衣索比亞被稱為「非洲屋脊」的原因。衣索比亞的大部分的土地面積位於海拔低至 1,500 公尺到高至 4,550 公尺的高山地區。這種涼爽的氣候也有助於減少非洲特有的地方疾病，例如瘧疾和登革熱。那麼，為什麼儘管衣索比亞歷史悠久、氣候良好、領土遼闊，並且擁有大量的低薪勞工，卻遲遲發展不起來

呢？

造成這種現象的主要原因是產業結構不夠先進。目前，衣索比亞 40% 的 GDP 和 80% 以上的就業機會來自農業。當然，有很多國家透過農業產生高附加價值利潤，然而，衣索比亞的主要出口項目是咖啡（33%）、芝麻（15%）和蔬菜（8%）等低附加價值農產品。此外，產品整體品質水準較差，難以獲得適當的價格，而且與種植類似作物的國家相比，加工、包裝和運輸技術不足，缺乏出口競爭力。

這就是衣索比亞決定建設大型水力發電廠的背景。根據判斷，僅僅靠落後的農業已經無力支撐衣索比亞的未來。衣索比亞根據第二次經濟發展計畫（GTP II，2016 ～ 2020），透過培育製造業來改善其經濟結構。該計畫可將建築業和製造業占 GDP 的比重提高到 20% 以上、服務業的比重提高到 40% 以上。

但是要培育製造業和服務業，首先要解決能源供需的問題。若要進行高速公路建設和維修、輸電網絡建設等大型基礎建設項目，首先必須保持暢通的電力供需。衣索比亞政府在製定未來能源政策的過程中，選擇了具未來可能性的新能源和再生能源作為能源供需策略。

目前，衣索比亞電力公司不僅推動以文藝復興大壩作為基礎的水力發電，也致力於發展利用高山地區特點的風力發電，以及利用非洲草原的大型太陽能和地熱發電。

圍繞河流的能源衝突可能發生在任何地方

這類情況並非只有出現在衣索比亞。許多發展中國家正在努力興建大規模的能源供應鏈，以恢復因 COVID-19 所造成的經濟損失，促進本國新一波的成長。實現這個目標的方法之一是水力發電。

湄公河是東南亞最大的國際河流，全長 4,180 公里。它貫穿中南半島 5 個國家，泰國、寮國、越南、柬埔寨和緬甸。每個國家都有自己利用湄公河的發展計畫。隨著湄公河流域 5 個國家的經濟發展，能源生產和消費的成長速度已超過世界平均水準，預估未來水力發電將成為湄公河流域國家的重要電力來源。

在中南美洲，亞馬遜河流經厄瓜多、哥倫比亞、委內瑞拉、蓋亞那、法屬圭亞那、秘魯、玻利維亞、巴西和蘇利南等 9 個南美國家。目前，在亞馬孫河流域有許多中南美洲國家正在努力開發金礦，以確保稀缺的財政資源，此舉使得附近的原始部落面臨生存威脅。

位於尼羅河、湄公河和亞馬遜河流域的國家都期望從不發達的農業導向產業轉型為高附加價值產業。儘管程度相異，但情況大致與衣索比亞類似。這就表示，處在這樣的環境下，國與國之間的爭端可能發生在世界上任何地方，就像尼羅河周圍的衝突一樣。這就是為什麼國際社會不能將衣索比亞與其鄰國之間的尼羅河衝突視為事不關己的事件。

EGYPT

埃及——

想知道COVID-19疫情過後會發生什麼，看看埃及吧

- ▶人口：112,716,598（第 14 名）
- ▶貨幣單位：埃及鎊（EGP，£E）
- ▶ GDP（2023 年）：3,871.1 億美元（第 21 名）
- ▶ GDP 成長率（2022 年）：6.6%
- ▶失業率（2022 年）：7.0%
- ▶通貨膨脹率（2022 年）：13.9%
- ▶網路使用率（占人口百分比）：72%

2023 年 5 月，世界衛生組織在時隔 3 年 4 個月後宣布解除因 COVID-19 而進入的緊急狀態，但是 COVID-19 對世界經濟造成的連鎖反應仍在繼續。人們對於後新冠時代的世界經濟充滿各種想像，這是因為隨著傳染病長期化，所有人都切身感受到不僅個人或企業，甚至某些特定國家的命運都可能徹底改變。有個歷史性的案例證實了這個事實，那就是「埃及」。

最早養貓的人

本來埃及在很早以前是一個文明發達的國家。它從西元前 27 世紀開始繁榮，一直到 14 世紀因流行病而開始衰落，雖然歷經了盛衰起落，卻是歷史上最昌盛的國家。埃及之所以能夠從很早以前就繁榮興盛，是因為尼羅河創造出廣闊肥沃的糧倉地帶。根據記載，希臘歷史學家希羅多德（Herodotos）曾經說過：「埃及是尼羅河的贈禮。」埃及土地肥沃的程度不僅羨煞北非地區，也令歐洲各國羨慕不已。

拜尼羅河所賜，埃及成為人類史上最早開始飼養貓咪的國家。尼羅河發源於維多利亞湖和衣索比亞高原，向北流入埃及北緣的地中海，是世界上最長的河流。此外，它匯集了非洲大陸所有的支流，一旦上游降下暴雨，隨時會造成河流氾濫。尼羅河下游附近地區之所以擁有肥沃的土地，最大的

出土自埃及墳墓的貓木乃伊，現今保存於大英博物館

原因也是因為頻繁的洪水所致，尼羅河周期性的氾濫使下游的沖積地帶堆積了肥沃的細粒黑土。

經常發生氾濫的優點是產生了肥沃的土地，但也引發了惱人的問題，也就是田鼠的攻擊。每當河水氾濫，田鼠就會入侵糧倉，導致古埃及地區成為田鼠的主要棲息地。埃及人必須找到一種方法，防止他們辛苦收穫的糧食被老鼠搶走，於是埃及人首開人類養貓的先例，解決了田鼠帶來的問題。

在埃及開羅以南 250 公里處，發現了一座繪製於西元前 1950 年左右的石灰岩墳墓。這座石灰岩墳墓的後牆上畫著一隻動物，它有修長的前腿、挺拔的尾巴和三角形的頭，而且這隻動物正注視著周圍的田鼠。這是古埃及繪畫中，第一

幅描繪貓咪的作品。此後，貓咪成為埃及繪畫和雕塑的重要題材，地位水漲船高。牠們從抓老鼠的動物轉變為祈福的動物，還被製成木乃伊保存下來。

2008 年，比利時皇家自然科學研究所的動物考古學家威姆・班尼爾博士在尼羅河西側堤防上的古老墓地發現 6 具貓遺骸，其中包含 4 具幼貓的遺骸。尼爾博士整理了這些遺骸，並進行基因分析，確認牠們大約在 6,000 年前被埋葬，這說明了當時埃及人把貓當作寵物飼養。後來，尼爾博士在非洲、歐洲、中東等地區收集了數百隻貓的骨頭、牙齒和木乃伊標本，這些貓的生存年代遍及西元前 700 年到西元 19 世紀，橫越了 2,600 年不等。

尼羅河的肥沃所帶來的文化發展

尼羅河帶來的富足不只解決了生計問題，更成為促使學術、文化和藝術蓬勃發展的沃土。古埃及之所以發展出各種測量技術和數學，是因為尼羅河經常氾濫，以至於無法明確區分土地。許多人懷疑古埃及文明可能是外星人創造的，這是因為古埃及擁有當時難以想像的先進天文知識，然而這也是為了預測尼羅河確切的氾濫時間，才開始對天文學產生興趣，進而獲得了豐碩的成果。

尼羅河的肥沃及其學術成果並不侷限於古代。成立於

970年的艾資哈爾大學（Al-Azhar University）至今仍是一所頂尖學府，於伊斯蘭學術界占據核心地位。這所大學由法蒂瑪王朝創立，以「學習到能理解你想學的東西為止」的信念聞名。從成立時起，入學和課堂出席採自由的方式，為了讓學生想學多久就學多久，校方提供了充裕的資金支援。興建於13世紀末的牛津大學（1294年）和劍橋大學（1284年）是歐洲最具代表性、最古老的大學，相較之下，我們可以估算出當時以開羅為中心的埃及學術、文化水平已經到達了何種程度。若要形容的稍微誇張一點，至少在10世紀時，和埃及相比，歐洲的文化可以說仍處於蠻荒。

埃及當時之所以能夠如此繁榮，還有其他原因，也就是它具備了能夠在國際貿易中扮演軸心要角的地理優勢。連接中國、印度和歐洲的貿易路線大致分為草原陸路和海路，其中海路大致分為兩條支線，一條是阿拉伯半島以北的路線，從荷莫茲海峽經波斯灣登陸科威特，再前往巴格達。另一條是阿拉伯半島以南的路線，從現在的葉門駛向紅海北部，並於埃及蘇伊士登陸。當時這兩條路線中，北阿拉伯的路線因治安不佳，並不受到商人的青睞，因此，歐洲和亞洲的商人通過埃及進行貿易，東方的貿易貨物從亞歷山大港集散至歐洲各地。

當時各國之所以選擇埃及作為新航線，也是為了避開控制中東和地中海地區的鄂圖曼帝國。埃及是可以不必走到非洲最南端，就能避開鄂圖曼帝國進行交易的另一個選擇。

鼠疫流行後開始衰弱

強盛的埃及在進入14世紀以後，迎來了歷史性的轉折。決定性的變數是「鼠疫」(黑死病)，這是一種從1347年開始在全世界猖獗的急性傳染病。當時開羅50萬人口中，超過三分之一死於鼠疫；在2年後的1349年，開羅人口銳減至20萬人。

隨著人口的驟減，埃及國力迅速衰弱。首先是北部亞歷山大周邊曾經繁榮一時的紡織業開始崩潰，緊接著農業也急遽萎縮。由於尼羅河沿岸的耕地大部分都仰賴勞動力引水灌溉耕種，勞動力減少成為農業崩潰的關鍵因素。在基礎產業瓦解後，飢荒襲擊了包含開羅在內的埃及主要城市，最終歐洲各王朝和商人開始尋找更穩定的貿易路徑，以獲取自己需要的物資。

在此過程中崛起的國家是葡萄牙。由於經過埃及的路線發生傳染病等危險因素，儘管距離較遠，還是開闢了葡萄牙這條新的海洋航線。

最後，埃及為了重新成為連接東方和歐洲的貿易中心，與葡萄牙就連接印度洋、紅海和地中海的海路航線主導權進行戰爭，也就是1509年包含埃及在內的伊斯蘭聯盟與葡萄牙之間發生的第烏海戰(Battle of Diu)。葡萄牙在這場戰役中獲勝，於是印度洋的主導權轉移到葡萄牙手中，埃及急速衰落。1517年，第烏海戰後僅經過短短8年，埃及就淪為鄂

圖曼帝國的殖民地。不僅如此，在 18 世紀末埃及遭受拿破崙的法軍入侵，19 世紀淪為英國殖民地，接二連三地遭受屈辱。直到 1952 年完全獨立為止，有好幾個世紀都一直生活在異族的統治之下。

傳染病的處理方式決定了義大利的崛起與埃及的衰落

雖然歷史沒有假設，但如果當時埃及對傳染病（鼠疫）應對得當，又會是什麼樣的光景呢？也許埃及的命運會與現在截然不同。如果對照義大利威尼斯的例子，或許可以做出一些臆測。在埃及最繁榮、作為東方與歐洲貿易樞紐的時期，威尼斯是位於歐洲的貿易夥伴，與埃及一起蓬勃發展。當時的義大利同樣也無法擺脫鼠疫的困擾，但威尼斯面對傳染病的態度卻和埃及迥然不同。義大利在陸路和海路設置了檢疫所，讓商人接受衛生當局的檢查，並且採取各種措施，防止傳染病擴散到義大利內部。

相反的，埃及領導階層並沒有為阻止傳染病擴散做出任何努力，反而犯下錯誤，將檢疫所視為阻礙商業貿易的障礙。埃及有個獨有的特殊情況，需要接受檢疫所檢驗、隔離的金屬勞工公會、廚師公會、紡織勞工公會等是埃及經濟的「財源」，向他們徵收的稅金是埃及經濟的主要來源。在這

種情況下，要對為國家帶來最大收入的商人冠上「傳染病帶原者」的名號並不容易。埃及和義大利在應對傳染病上的態度差異，使結果出現了鮮明的對比。大約從 1450 年起，義大利的死亡率與包含埃及在內的中東地區死亡率出現懸殊的差距。埃及境內的傳染病持續蔓延到 1800 年代初期為止，但包含威尼斯在內的義大利地區，15 世紀中期以後只在特定地區間歇性地出現病例。最終，義大利再次成為國際貿易的中心，但埃及自此之後找不到機會重返盛世。

支援埃及經濟繁榮的南韓

目前埃及經濟正飽受長期貿易逆差的困擾。埃及靠蘇伊士運河通行費、海外本國勞動者匯款、觀光收入和國際援助等方式，彌補貿易逆差導致的外匯短缺。同時，為了擺脫長期貿易赤字的結構，轉型為製造業強國，南韓成為埃及近年來關注的對象。

埃及在經濟發展過程中之所以重視南韓，是因為親眼目睹了南韓企業在埃及市場上的表現亮眼。進軍埃及的南韓企業比想像的更加多元，包括三星電子、LG 電子、錦湖輪胎、韓泰輪胎、現代摩比斯、浦項製鐵、南韓大宇、三星物產、GS E&C 和斗山重工等。不僅進軍市場的企業數量眾多，這些企業所表現出的成果也不同凡響。

例如，在埃及汽車市場上，現代汽車和起亞汽車目前正在爭奪市場占有率的前兩名。以 2019 年為例，現代和起亞汽車在埃及汽車市場的占有率為 38.1%，與第二名日產（8.9%）和第三名寶獅（8.1%）有明顯的差距。不僅如此，南韓企業在埃及的空調、電視等家電市場，以及建築、石化等領域也取得非凡的成就。

目前，埃及正推動名為「EME」（Egypt Makes Electronics）的國家戰略，試圖提高電子產品製造能力，增加出口量，以減少對進口的依賴。此外，建設新行政首都是埃及最大的重點事業，如今選址已經底定，埃及正在積極吸引外國企業投資開發該地區。特別是新行政首都和主要生產城市，皆計畫以智慧城市的模式建造，南韓企業也積極參與這項計畫，GS 集團參與了埃及石化工廠的建設，LG 電子和三星電子也持續擴大在當地的投資。

埃及對於學習南韓的經濟發展經驗非常感興趣，而南韓也需要埃及作為進入非洲新市場的戰略要地。南韓企業比非洲大陸其他國家更早與埃及進行多種形式的經濟交流與合作。為了進軍擁有 12 億人口的非洲市場，南韓企業選擇埃及作為據點，這是因為與其他非洲國家相比，埃及的製造業相對發達。有製造業基礎設施作為根基，埃及被視為拓展西非和中非市場的最佳地點。

此外，埃及人口為 1.1271 億人，是非洲人口第三多的人口大國（奈及利亞第一，衣索比亞第二），尤其每 4 年人

口增加 1,000 萬人，使埃及具有年輕、有活力的人口結構。不僅如此，埃及還與其他非洲國家締結自由貿易協定，2019 年基本協定生效的非洲大陸自由貿易區，是由 55 個非洲國家參與的自由貿易協定。也就是說，在埃及生產的產品，出口到其他非洲國家時可享有關稅優惠。

以 2019 年來說，製造業占埃及總 GDP 的 17%，支撐製造業的批發零售業也占 14%，這些數據與其他非洲國家偏重農業的產業結構有明顯的差別。數據顯示，埃及不僅有能力直接生產國內消費所需的部分產品，也具備將部分產品出口到鄰近國家的競爭力，適合作為生產據點。此外，埃及位於連接歐、非、亞洲的交通樞紐上，擁有豐富且低廉的勞動力，是進軍非洲乃至歐洲的最佳地點。

然而，在進軍非洲方面，埃及並非只有優勢。到目前為止，埃及的行政處理程序很難以先進化來形容。執行業務時需要的各種執照和許可證，往往因腐敗和官僚主義而被一再拖延，並非按照原則辦理。日常行政處理仍有許多方面尚未落實電子化，這常使人產生「早知道是這種情況，就不會進軍埃及」的想法。再加上埃及一半以上的人口年齡在 20 歲以下，雖然是年輕又充滿活力的人口，但這些年輕人大多沒有接受過適當的教育。成年人口的文盲率約為 30%，女性文盲率為 35%。此外，埃及人對約定時間仍然缺乏意識，遲到 30 分鐘到 1 小時是家常便飯，重要會議乾脆不來的情況也很常見。如果是非召開不可的會議，必須在約定時日前頻繁地

以電話或傳真通知會議的日期和時間。不過，儘管在埃及經商的困難重重，南韓各大企業依舊積極搶攻埃及市場，主要還是因為利大於弊的緣故。

現在世界各國都以自己的方式因應「後 COVID-19 時代」。過程中，有些國家正迅速恢復正常狀態，有些國家則仍受到 COVID-19 餘波的影響而辛苦掙扎著。重要的是，在經歷這些過程的同時，全球價值鏈（Value Chain）乃至於供應鏈（Supply Chain）的版圖於 COVID-19 之後重新洗牌。過去很難從現有客戶那裡採購零件和材料的企業，已經開始尋找新的對策，甚至改變自家的產品生產線以適應新的零件和材料。一旦生產線更改過，可能就不會輕易變動了。在此過程中，有些國家可能面臨長期衰退，無法回到新冠疫情前的狀態。

沒有一個國家比埃及更清楚傳染病帶來的危害會對特定國家的經濟產生多久的負面影響。這就是為什麼埃及和南韓都別無選擇，只能更積極地推動兩國間的經濟合作。

INDONESIA

印尼——

龐大伊斯蘭經濟的起點

▶人口：277,534,122（第 4 名）

▶貨幣單位：印尼盾（IDR，Rp）

▶ GDP（2023 年）：13,917.78 億美元（第 16 名）

▶ GDP 成長率（2022 年）：5.3%

▶失業率（2022 年）：3.6%

▶通貨膨脹率（2022 年）：4.2%

▶網路使用率（占人口百分比）：62%

南韓經濟從 1998 年金融危機中快速復甦的背景，是當時出現急速成長的中國市場。中國迅速崛起，躍升為一個巨大的消費市場，為南韓企業提供了許多機會。那麼，COVID-19 之後再次陷入困境的南韓企業，是否有新的消費市場可以轉移他們的目光？對於這個問題，我的選擇是「印尼」。

全球排名第四的人口，GDP達1兆美元

印尼被認為是潛力巨大、具未來指向性的消費市場。首先，它是排名世界第四的人口大國，擁有 2.7753 億人口。另外值得注意的是，在單一國家中，印尼的穆斯林人口最多，這也意味著它在國際社會上的地位非常高。2018 年印尼當選聯合國安理會非常任理事國，作為不結盟運動創始成員國，自第二次世界大戰後，不曾與任何外國列強站在一起，並以新興國家的主導國家之姿，活躍於國際舞台。

印尼的經濟規模也相當可觀，GDP 超過 1 兆美元，是世界第 16 大經濟體，占東協 10 國 GDP 總和的 40%，既是世界上的資源大國，又是農產品出口國。主要礦產資源有煤、銅、金、錫、鎳等，原油儲量位居世界第 28 名。在農產品生產方面，棕櫚油排名世界第一、橡膠排名世界第二、可可排名世界第三、咖啡排名世界第四。

資源和農產品匱乏的南韓，長期以來一直與印尼保持互

補的貿易關係。自1970年代開始使用印尼木材生產家具的「婆羅洲」（Borneo）公司是其中具代表性的例子。食品公司為了生產以印尼原料為基底的產品，很早就進軍當地市場。印尼廉價的勞動力也是不可或缺的優勢，例如勞力密集的紡織業就是進軍印尼的代表性產業。

清真認證標誌

印尼經濟的另一個特徵，是華僑掌握了整體經濟命脈。印尼華僑人口約280萬，僅占總人口的1%，但他們在印尼經濟中占絕大比重。印尼排名前30的企業中，約有20家被列為華僑企業。

進軍印尼也意味著搶灘伊斯蘭國家的前哨站。大多數伊斯蘭國家只消費具有清真（Halal）標示的產品，這些產品的製程皆嚴格遵守宗教法規。為了策略性地培育清真產業，印尼於2014年通過《新清真認證法》（清真產品保證法）。此後，想要出口到伊斯蘭國家的企業，只要在印尼當地工廠生產產品，並獲得清真認證，就能比過去更容易進軍伊斯蘭國家。

試圖克服島國問題的遷都計畫

儘管這是一個擁有巨大潛力的國家，但相對地也存在著

許多問題。印尼是一個由 17,500 個島嶼組成的國家，其中有人類居住的島嶼約有 6,000 個。最大的島嶼包括爪哇島、加里曼丹島、蘇門答臘島、巴布亞島和蘇拉威西島，近一半的人口居住在爪哇島。

因此，整個國家要有效地均衡發展並不容易，各個島嶼不僅居住條件有顯著的差異，經濟活動機會也明顯不同。由此衍生出的社會問題不在少數，例如首都雅加達是全世界遊民人數最多的城市之一，因為許多居住在印尼小島上的人們為了尋找新的機會，漫無計畫地移居到雅加達。印尼全年都屬於熱帶氣候，露宿街頭的生活不至於過於艱難，這也可能是遊民人數眾多的因素。

由於人口高度集中，雅加達還被稱為世界上交通堵塞最嚴重的城市。相信每個到印尼出差過的人都深有同感，只要距離說得過去，步行的速度一定比開車更快。如果步行 10 幾分鐘抵達目的地，開車通常需要將近 1 個小時。為了乘坐回國的飛機，搭車去機場的路上焦慮到坐如針氈的故事也時有所聞。

印尼政府也已經意識到問題的嚴重性，甚至提出遷都計畫。事實上，目前正在推動的計畫是以 2024 年為目標，將首都遷往婆羅洲東部加里曼丹地區的計畫城市「努山塔拉」（Nusantara），當地現在正如火如荼地進行工程建設。儘管這項計畫在 COVID-19 期間被暫時擱置，但由於雅加達的地基正逐漸下沉，水質污染等環境污染嚴重，遷都已成為不可

避免的共識。在這種情況下，有越來越多人期待南韓政府能憑藉過去將行政首都遷至世宗市的經驗與訣竅，創造與印尼合作的各種機會。

多種文化交織共存的文化大熔爐

想要了解印尼，認識其獨特的文化和特性非常重要。很多人以為印尼是一個以伊斯蘭教為國教的國家，但事實上，印尼並沒有特定的國教。由許多少數民族組成的印尼，非常重視民族間的融合，因此對於每個少數民族信奉的宗教皆予以尊重。在雅加達市區經常可以看到一些奇特的景象，清真寺和天主教大教堂比肩而立，甚至還共用一個停車場。

在當地飯店也能感受到對各種宗教一視同仁的文化。印尼飯店的電梯沒有 4 樓和 13 樓的標示。在東方文化中帶有負面意義的數字 4，以及在西方文化中帶有負面意義的數字 13 都被排除在外。因此，印尼不能只從某個特定的文化圈來理解，而是應該視為一個大熔爐，一個多元文化的交織之地。

印尼有個稱為「Santai」的特有工作文化，也是我們必須熟知的特點。眾所周知，大多數東協國家的行政處理程序都不理想，但印尼被認為是其中最「從容」的國家。如果想進軍印尼市場，就必須預留絕對充裕的時間來開展業務。

另外，我們也必須重新檢視對於印尼消費者的偏見。印尼擁有東協最大的市場規模和最多的消費人口，多數跨國公司在當地設有生產據點。因此，與個人購買力相比，印尼人民對產品品質的「眼光」非常高。也就是說，如果過於小看印尼市場，在進軍之後可能會遭受巨大損失。

第五篇

生活方式特立獨行的國家

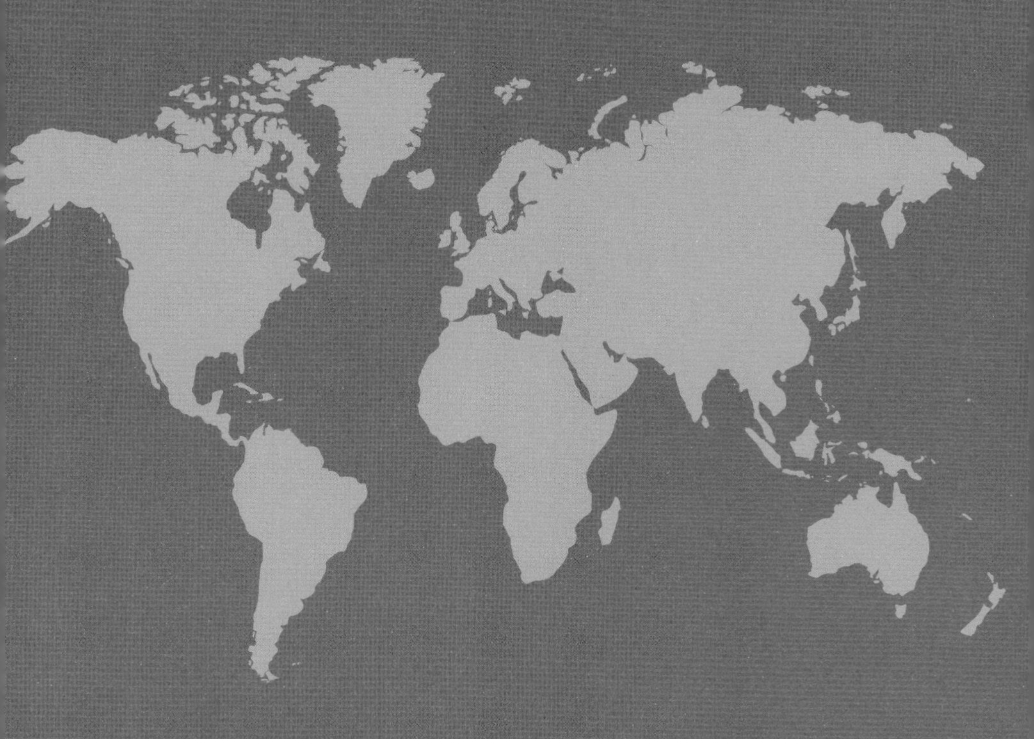

市場經濟在創造財富方面非常出色，

但是在分配財富方面則是完全不擅長。

——喬納森・薩克斯，英國哲學家

SWEDEN

瑞典——
如何成為「福利天堂」？

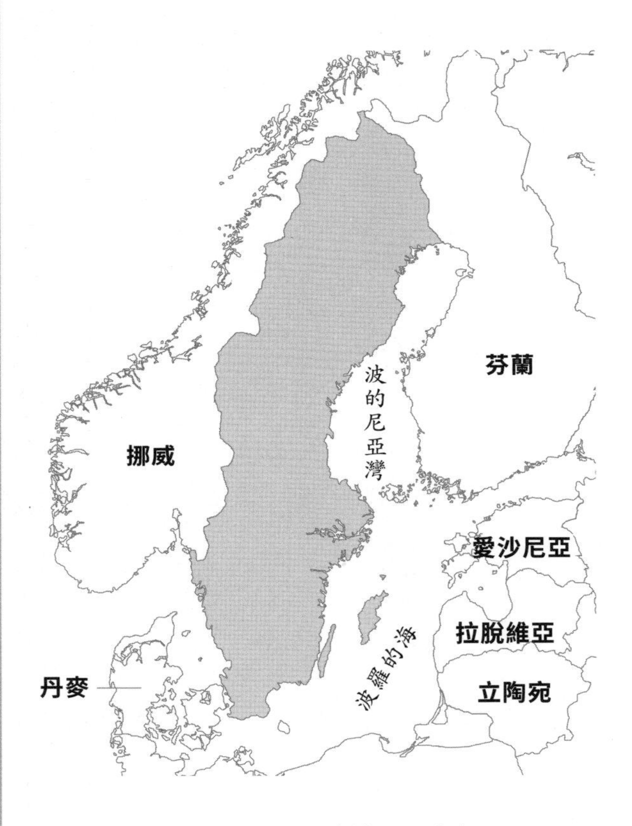

▶人口：10,612,086（第 87 名）
▶貨幣單位：瑞典克朗（SEK，kr）
▶ GDP（2023 年）：5,990.52 億美元（第 25 名）
▶ GDP 成長率（2022 年）：2.6%
▶失業率（2022 年）：7.4%
▶通貨膨脹率（2022 年）：8.4%
▶網路使用率（占人口百分比）：88%

南韓光復後，國家向人民提供「夜警國家」（一種自由放任主義的國家觀，認為國家應盡量減少對市場的干預，只負責維護國防、外交、治安等秩序）的福利。當時強調經濟發展，以滿足擺脫貧困等基本經濟需求為重。如今，隨著國民意識不斷提升，對國家社會福利制度的要求也變得多樣化、高標準。因此，大家自然而然地關注到「瑞典」這個國家。

瑞典經常被稱為「福利天堂」，只要人民納稅，國家就會直接提供大部分生活中需要的東西。當然，人民繳納的稅金也非常多。然而，瑞典之所以能成為福利天堂，還有比稅收更重要的背景。瑞典並不是單純地透過社會制度追求福利，它是一個擁有最紮實的「平等意識」和「共同體理念」的國家。人們不是從個人的角度來處理和解決社會問題，而是從共同體的觀點出發，為解決問題做出努力，而這些努力的成果最終建設出了福利國家。

福利國家的秘訣：共同體主義

從代表瑞典的IKEA和H&M的產品就可以看出這一點，兩家公司的產品與法國、西班牙、義大利等其他歐洲國家的產品定位完全不同。歐洲其他國家的家具和服裝公司都聚焦於表現出自己獨特的情感和個性，每家公司特有的顏色

和設計非常搶眼，讓人從遠處就能清楚認出這是哪家公司的產品。

但瑞典企業不一樣。IKEA 的家具看起來較為平淡無奇，不論放在哪裡都不顯眼，卻很容易與其他物品融為一體。H&M 的服裝也是如此，不同於強調設計感的法國或義大利服裝，它舒適的風格讓人可以在日常生活中與其他服裝搭配穿著。

這與瑞典獨特的共同體意識息息相關。比起尊重每個成員的個性，瑞典人更傾向於以作為群體的一員進行思考。也因此，他們喜歡共同體成員皆能輕鬆使用的產品，更勝於能彰顯自己個性的產品。

瑞典的另一家代表性企業 Volvo，則更清楚地證明這一事實。過去，汽車安全帶僅繫在腰間，以至於在緊急煞車時，經常發生搭乘者頭部向前甩動、造成受傷的情況。當時，許多汽車公司設計了新型安全帶來彌補這項缺點。在此過程中，保護飛行員上半身的 X 型安全帶一度有望成為替代方案。然而，這種安全帶繫起來不舒服，不受大眾歡迎。此時，Volvo 設計出世界上第一個斜跨腰部和胸部的安全帶，成為沿用至今的款式。

更令人驚訝的是 Volvo 接下來的政策。當時，Volvo 允許全世界免費使用自己研發的安全帶專利，為許多人的安全，犧牲了自己的利益。正如瑞典文化的典型特徵，共同體向來被認為比個人利益更重要。從以上實例可知，在瑞典的

制度、產品和文化中，處處都隱藏著以共同體為中心的思維模式。

瑞典為何要廢除遺產稅

然而，維持共同體並不是單純仰賴哲學或意識結構就能落實，個人自主權需要做出很大的犧牲，瑞典的稅務局系統就是一個明顯的例子。瑞典透過稅務局公開所有國民的個人收入，也就是說，任何人都可以在稅務局網站上查看每個國民的年薪。瑞典稅務局還曾一度打出「請用來進行薪資談判」的口號。

像這樣共享個人資訊的原因也與共同體關係密切。要維持一個共同體，必須相互共享個體成員的情況，對於有所匱乏的成員，應彌補其不足；反之，則應分享餘裕。為了順利維持這個社會制度，每個人都必須準確掌握彼此的情況。

這就是為什麼瑞典擁有世界上最高的性別平等指數。女性與男性一樣是共同體的成員，在盡社會責任方面沒有人是例外。在到達一定年齡以前，女性同樣要積極參與社會生活，因此，瑞典比其他國家更積極營造女性順利參與社會生活的環境。

不過，在某些情況下，共同體主義也存在著問題。2004年，瑞典國會一致投票廢除遺產稅和贈與稅。過去瑞典的遺

產稅最高稅率達到 70%，徵收高額稅金是為了防止財富世襲和集中造成的弊端，並確保必要的財政資源，但是很快地就被揭露出一些弊病。例如，1984 年瑞典製藥公司阿斯特（Astra）創辦人的妻子過世後，子女們將繼承它的財產。繼承的財產大部分都是股票，他們為了繳稅，只好出售繼承的大部分公司股票。公司股票在大量被拋售後，股價立即暴跌，最終繼承人們陷入了即使售出全部股票也無法繳納遺產稅的處境，因為股價已今非昔比。結果，在什麼也繼承不到的同時，連公司也陷入危機。

這個事件也讓其他企業陷入苦思。這就是為什麼 IKEA 創始人英格瓦 · 坎普拉（Ingvar Kamprad）為了避稅而離開瑞典數十年，長期居留在國外。在 2004 年遺產稅廢除後，過去離開瑞典的公司和企業家陸續回到了瑞典。

事實上，瑞典政府並不太喜歡福利天堂的美譽，因為難民正一波波湧入瑞典。在瑞典，難民也成為共同體的成員，可以享有一定程度的福利。2015 年流入瑞典的難民人數達 16.3 萬人、2016 年為 3 萬人、2017 年 2.6 萬人、2018 年 2.2 萬人。這給瑞典政府帶來了負擔，而且無法適應瑞典生活的難民引發槍支事故和犯罪的案件不斷增加，令有關當局相當頭痛。

瑞典打造清廉國家的秘訣

北歐國家經常成為世界各地觀摩借鏡的對象，尤其是在介紹無貪腐的國家體系時。在國際透明組織（Transparency International）每年公布的全球清廉印象指數（Corruption

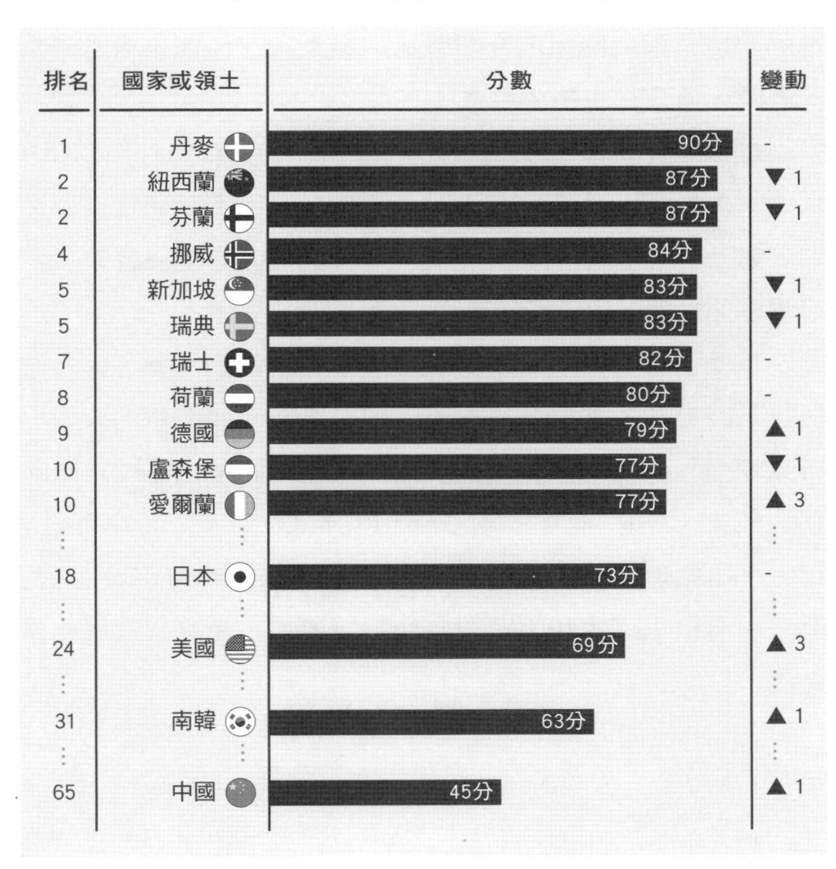

Perception Index，CPI）排名中，瑞典、挪威和芬蘭等北歐國家向來都是名列前茅。

北歐國家並非從一開始就沒有貪腐，甚至貪腐程度曾經一度相當高，但在面對國家遭遇戰爭、經濟貧困等歷史危機的過程中，它們不斷努力加強透明度，根除貪腐陋習，最終能夠迎來今日的成就。

我們來看看瑞典的例子。1789 年，古斯塔夫三世（Gustavus III）統治時期，瑞典在與俄羅斯的戰爭中戰敗，因而失去了當時屬於瑞典領土的芬蘭，面臨重大危機。當時瑞典公職人員的非法行為也達到了高峰。最終，瑞典軍方發動軍事政變，廢黜當時的國王古斯塔夫四世 • 阿道夫（Gustav IV Adolf），並制定新憲法，為現代君主立憲制奠定基礎。1820 至 1850 年之間發生的一系列變化，是幫助瑞典成為如今這般透明國家的最大契機。

當然，貪腐並不是只靠特定時期的軍事政變和經濟危機就能根除。瑞典在此之前和之後，皆持續做出剷除貪腐的各種嘗試。1766 年編纂《新聞自由法》（Freedom of Press Act），是全球首度將資訊揭露的規範納入法令的國家。這些嘗試從旁證明了瑞典在追求民主國家方面的國家整體能量，在很早以前就已經達到相當的水準。

此後，瑞典政府定期進行反思與檢討。二戰後，考慮到戰亂可能滋生各種貪腐不法，政府率先制定了《資訊自由法》（Freedom of Information Act）。簡單來說，《資訊自由

法》的原則是政府必須公開幾乎所有的資訊，正是這部法律成為了當今資訊請求權的先驅。

經過深思熟慮後，瑞典人民似乎認知到為了建設一個沒有貪腐的國家，必須大刀闊斧地採取改革措施，對公職圈的貪腐或不法勾當應嚴懲不貸。例如，瑞典前副首相莫娜・薩林（Mona Sahlin）使用公家信用卡為侄子購買生活用品的事蹟被揭露後，受到輿論強烈譴責，最終辭去了副首相職務。據說當時薩琳購買給侄子的生活用品包括尿布和巧克力等，金額約 250 美元。

Fika，「要不要來杯咖啡？」

根除貪污腐敗不是只依賴法律或制度層面的體系就能實現。更準確地說，貪腐的發生並不是因為相關法規的缺失，想徹底根除需要國民成熟的公民意識作為後盾才能達成。特別是像前面提到的，需要相當果斷的制度改革，同時國民也必須能夠接受這種制度改革，才有可能一舉消除長期以來在瑞典人民之間流傳的一種文化或慣例。

在制度的接受能力方面，瑞典在文化上也做好了充分的準備。瑞典有一種「Fika 文化」。所謂 Fika 是指一杯咖啡配上麵包或餅乾的短暫休息時間。Fika 源自古瑞典語「kaffe」，意思是咖啡。瑞典人在日常生活中最喜歡的用語是：「Ska

vi fika？」意思是：「要不要來杯咖啡？」據說瑞典人每天至少會說兩次這句話。

更重要的是，你可以邀請任何人一起 Fika。Fika 文化為人們提供一種交流的機會，讓人們可以在工作職場等組織內，不分職位高低一起享用茶和麵包，聊一聊各自想說的話。Fika 是所有員工共渡的和睦文化，不是基於親近的人之間「物以類聚」的文化，而是基於「我們」的概念，每個人都能相處融洽的文化。

有了這種文化，讓上司、員工和同事們可以自由談論工作或私人問題。因為不是一個氣氛嚴肅的會議，而是一種極其隨性的下午茶式談話，不會情緒激動，也不需要立即得出結論，因此，對話幾乎不會演變成衝突。此外，不同於組織層面上因出現重要議題而舉行的會議，隨時形成的 Fika 文化提供了與多人討論的機會，進而能在事前對關鍵成員之間的溝通模式有所了解。

好比說，對一些人而言，「讓我們再考慮一下」這句話也可能意味著「我不感興趣」。有些人說「我也喜歡這個想法」時，並不是真的喜歡，而是出於考慮到對方的感受才這麼說。當我們與某個人實際交談時，經常遇到因為無法理解對方說話的風格而產生誤解的情況，以至於發生不必要的問題。在 Fika 文化的訓練之下，瑞典人不僅能夠傾聽別人的意見，也能夠在不被誤解的前提下，向別人傳達自己的意見。

考慮他人感受的「Lagom」文化

除了「Fika」文化之外，「Lagom」文化也同樣值得關注。Lagom 意味著「不多不少」的狀態。簡單地說，可以解釋為合理的「中道」或「中庸」。

這是瑞典人重要的文化特性，也是一種實踐美德。成為瑞典文化代表的 Lagom，有個相當獨特的起源故事。在維京海盜活躍的時代，海盜喜歡使用犄角狀的傳統酒杯，用這種酒杯一起喝酒時有一個規則。首先戰士們在一個大犄角杯裡裝滿了酒，圍坐在火堆旁的人，每人只喝一口杯子裡的酒。犄角杯必須從第一個人傳到最後一個人，如果中間有人喝太多，最後一個人就沒有酒喝；如果中間有人喝太少，最後一個人就必須喝掉大量的酒，必須從一開始每個人都喝下適量的酒才行。Lagom 文化就是從這裡開始的。由此可知，在追求剛剛好、恰如其分的 Lagom 文化裡，隱含著一種為他人著想的生活哲學。

如今，Lagom 文化在瑞典仍然根深蒂固。瑞典人不會為了賺更多錢而犧牲自己的個人生活，也不喜歡為了更大的成就而日以繼夜地埋頭工作。在瑞典，原本是正職員工的人如果懷孕，通常會自願轉為非正職的員工，以減少工作時間，好專心為新生兒做準備。如果養育孩子的同時繼續維持正職工作，不僅可能在工作中妨礙他人，也可能會覺得自己無法成為孩子的好母親。

15世紀末在斯堪地那維亞地區使用的鍍銀犄角杯

到目前為止所說明的 Fika 文化和 Lagom 文化對形成瑞典式的協商文化做出了巨大貢獻。在引進果敢的制度或進行重大改革時，必然會出現各種阻力。此時 Fika 和 Lagom 文化能將阻力減少至最低，並有助於特定制度在社會上扎根。換言之，由於尊重透過充分協商（deliberation）所達成的協議，因而能在制度改革上取得成果，同時降低在新制度實施過程中產生的摩擦。

每當我們的社會面臨選擇國家領導人時，都只將敏銳的目光集中在區分特定候選人的資質和對錯上。然而，在這麼做的同時，我們應該回頭看看社會內部是否存在某種文化傾向，正阻礙著我們培養許多優秀的領導者。

GERMANY

德國——

相信制度更勝於人的國家

▶人口：83,294,633（第 19 名）

▶貨幣單位：歐元（EUR，€）

▶ GDP（2023 年）：43,088.54 億美元（第 4 名）

▶ GDP 成長率（2022 年）：1.8%

▶失業率（2022 年）：3.0%

▶通貨膨脹率（2022 年）：6.9%

▶網路使用率（占人口百分比）：91%

2021 年 2 月，南韓社會最熱門的話題之一引發了爭議。美國哈佛大學教授約翰・馬克・拉姆塞爾（John Mark Ramseyer）發表了一篇論文，內容聲稱：「慰安婦與妓女沒有什麼不同。」此說法引起南韓民眾極大的公憤。然而，拉姆塞爾教授是一位長期得到日本政府各種支援的學者，隨著這項事實被公開後，爭議內容顯然已不單純只是某個特定學者的個人主張，同樣也反映出了日本政府的立場。

每當慰安婦問題被一再提及時，我們都會將日本這個國家與德國進行比較。德國和日本都是戰犯國家，但是戰後他們對自己犯下的暴行卻有截然不同的態度。

反省自己犯下的暴行

德國是引發第一次世界大戰和第二次世界大戰的戰犯國家。第一次世界大戰有 2,000 萬人死亡，第二次世界大戰有 5,000 萬人死亡，全世界付出了巨大的犧牲。德國將自己所犯下的暴行納入國中和高中課程，向全國人民進行教育。不僅以歷史事實的角度教育學子，也針對如何防止此類暴行再次發生進行道德倫理教育而聞名。

德國的反省也展現在經濟賠償上。自 1952 年德國與以色列簽署賠償協議以來，德國一直根據受害程度，對所有在二戰中受害的猶太人遺屬進行賠償。特別是，從 1952 到

1966年，受害賠償金以年金的形式每月定期支付。當時，德國政府向以色列人民賠償的總金額達34.5億美元。德國民眾並不認為政府支付了賠償金就可以贖罪，德國的領導企業、政界人士和資產家們在民間主導下創建了支援戰爭受害者的基金，向160萬名受害者提供額外賠償。

德國人民的這些努力現在似乎已經成為一種文化。在德國可以看到一個特別的場景，在課堂或研討會上，觀眾席中想要發問的人在表示有問題時不會舉手。這是因為舉手的動作可能會讓人聯想起過去納粹政府的問候方式，因此，德國人想發問時，只會舉起手指示意。

成為體制大國

二戰後，德國因在短時間內從廢墟躍升為領先世界的經濟強國而聞名。德國竄起的基礎為何，「體制國家」就是最貼切的描述之一。

德國人民的個人素質相當優秀，但國家的經營並非只依靠個人素質，而是徹底地按照制度與體系運作。政治制度是最具代表性的例子。德國並不是一個由特定國王統治的國家，而是由多個諸侯國合併而成的國家。1871年，奧托・馮・俾斯麥（Otto von Bismarck）統一了德意志帝國，但除了1933至1945年納粹政權統治下的極權主義時期外，德國

的政治制度都是以聯邦制為基礎。在第二次世界大戰後，也恢復了這樣的歷史傳統，德國正確的國家名稱也是「德意志聯邦共和國」。

德國的每個地區都有權利維持一定程度的自治權，但是對於需要由中央政府推動的事務，則明確授權給中央政府，並同時具備嚴格遵守中央政府決策的垂直結構。這種政治結構與其他國家不同。一般國家的國家大事由特定或少數人決定，但德國所有的國家決策都是先收集各個地方政府的意見，接著在中央政府的領導下共同面對面討論，直到做出最終的決定後再推動。

德國各政黨也組成聯合政府，在體制內共同治理國家。1969 至 1974 年任職的德國總理威利．布蘭特（Willy Brandt）政府是社會民主黨（社民黨）和自由民主黨（自民黨）聯合組成的政府；1974 至 1982 年任職的赫爾穆特．施密特（Helmut Schmidt）政府也維持為社民黨和自民黨聯合政府。赫爾穆特．科爾（Helmut Kahl）政府（1982-1998）是基督教民主聯盟（基民盟）、基督教社會聯盟（基社盟）和自民黨的聯合政府；格哈特．施若德（Gerhard Schröder）（1998-2005）政府是社民黨和綠黨的聯合政府。梅克爾（Angela Merkel）政府自 2005 年起執政 16 年，2005 至 2009 年建立基民盟、基社盟和自民黨的大聯合政府治理國家，2013 年起又以基民盟、基社盟和社民黨的聯合政府形式運作。

福斯金龜車象徵著1900年代中後期德國經濟爆炸性成長

靈活應對危機的體制

為了打造人民可以安全居住的生活體系，德國導入許多全球首創的社會制度。現在許多國家視為再基本不過的國民年金、醫療保險、義務教育等制度，都是德國最先推行的政策。

目前，德國從小學到大學的所有教育都是免費的。另外，正如在談及英國時所提及的，德國是世界上率先立法實施新型專利制度的國家，透過這項制度尊重人民的小創意，並建構出讓這些小創意能夠創造經濟利益的環境。正因為如

此，德國成為繼英國之後，在初期就完成工業革命的國家，並維持當今世界第一製造強國的地位。

然而，體制並非建構一次就可以半永久性地使用。當內部和外部環境發生變化時，體制也應隨之調整為相符的型態。德國也有大規模整頓體制的經驗。德國建立的經濟體系在 1950 至 1973 年間創下年均 5.9% 的高成長率，為建設經濟強國做出了巨大貢獻。然而，1970 年代石油危機之後，經濟成長逐漸趨緩，德國人也開始對自己所創造的體制感到厭倦。

到了 1990 年代，德國必須負擔龐大的統一成本，2000 年代初期，IT 產業掀起熱潮，身為傳統製造業強國的德國，經濟開始大幅萎縮，2000 年代初期，失業率飆升至 12%。這時，德國甚至被譏諷為歐洲的弱者。德國在經濟長期低迷的情況下，逐漸意識到需要大幅修改自己建立的經濟體系。這就是為什麼德國成為「第四次工業革命」一詞的發源地。

德國首先對自認為強項的工業經濟體系進行大幅修改。2003 年，德國總理格哈特·施若德宣布推動《2010 議程》（Agenda 2010），這項被視為戰後最大的改革政策，不僅對工業發展策略進行改革，對於勞動、教育等整體社會政策制度也擬定改革方案。經過大刀闊斧的改革後，德國目前在全球經濟中占據最具競爭力的地位，就國內生產毛額而言，德國已成為世界第四大經濟體，僅次於美國、中國和日本，同時也是全球主要商品出口國。

近期，德國準備再次對體制進行修改和補充。這是因為自 2003 年起推動的新制度，經常出現無法順利運作的情況。尤其在 COVID-19 後，德國經濟大幅萎縮，再加上英國脫歐等影響，歐盟體制也面臨不得不修改的局面。

特別是在 COVID-19 大流行後，整個歐洲的經濟已遭受半永久性的損害，更需要向來扮演歐盟老大哥角色的德國挺身而出，展現領導能力。半個世紀前還被指責為歐洲戰犯國家的德國，在面對時隔半個世紀再次襲來的歐洲危機，將以何種領導力做出最終的贖罪，值得我們持續的關注。

土耳其——

歐洲與亞洲之間的橋樑

▶人口：85,816,199（第 18 名）
▶貨幣單位：土耳其里拉（TRY，₺）
▶ GDP（2023 年）：10,293.03 億美元（第 19 名）
▶ GDP 成長率（2022 年）：5.6%
▶失業率（2022 年）：10.0%
▶通貨膨脹率（2022 年）：72.3%
▶網路使用率（占人口百分比）：81%

綜觀一個國家的發展歷史，我們往往發現該國地緣政治的位置具有決定性的影響。大多數國家的人民通常都會去適應自己的地緣政治位置，有時也會死心、認命地繼續過日子。然而，土耳其人是個罕見的民族，他們為了尋找合適的居住地，遷移了數千公里。

一個曾經是突厥族和鄂圖曼帝國的國家

現今的土耳其位於亞洲和歐洲交界處，土耳其有時會利用這一點充當歐洲的成員在國際上活動，例如，1949 年《倫敦條約》生效幾個月後，歐洲理事會接受土耳其為正式會員。

但是土耳其最初並不嚮往建立類似於其他歐洲國家的國家經濟體系。原本由國營企業和公有企業主導的經濟，在 1980 年代改變了方向。隨著經濟政策制定者轉向開放經濟、吸引投資而非保護主義政策，從那時起，土耳其經濟政策的方向從進口替代策略轉變為出口導向策略。此後，土耳其從 1996 年開始與歐盟保持密切關係，同時也是北大西洋公約組織（NATO）的創始成員國。

土耳其現在與歐洲走得更近，但是它過去曾經是南韓的鄰居。土耳其民族的發源地與朝鮮民族同為阿爾泰山脈，最初他們移居到現在的烏蘭巴托地區，在朝鮮民族附近一起生

活。土耳其民族的祖先是中國古代的「匈奴」或「突厥」，秦漢時期被稱為匈奴的民族就是現在的土耳其民族，隋唐時期的突厥是對土耳其民族的稱呼，維吾爾帝國、塞爾柱帝國等也起源於土耳其人，在古朝鮮和三國時期還經常與朝鮮半島往來。但後來土耳其民族向西遷移，經過今天的維吾爾、哈薩克、烏茲別克、土庫曼等，最終抵達現今的土耳其地區定居。作為參考，土耳其語與韓語同屬阿爾泰語系，在句子結構順序、母音諧律、詞尾變化等方面都遵循相同的原則。

對我們來說，土耳其是一個曾經被稱為匈奴、突厥、維吾爾等的國家，但是歐洲眼中的土耳其則完全不同。在歐洲的歷史教科書中，土耳其通常被描述為鄂圖曼帝國。鄂圖曼帝國於 1354 年進入歐洲，開始正式展開征服行動。1453 年，鄂圖曼的蘇丹穆罕默德（Mehmed）征服君士坦丁堡，使鄂圖曼這個名字聞名於整個歐洲。16 世紀，愛琴海和黑海成為鄂圖曼帝國的內海，以衣索比亞、葉門和克里米亞為邊界，並將領土擴張至維也納。然而，從 17 世紀開始，氣勢開始減弱，在歷經 1912 至 1913 年的巴爾幹戰爭後，撤退到保加利亞的馬里查河，再加上在第一次世界大戰時加入戰敗的德國陣營，必須對協約國做出許多讓步，以至於最終走向衰退。1920 年，鄂圖曼帝國與協約國簽訂《塞夫爾條約》（Treaty of. Sevres），鄂圖曼只保留君士坦丁堡腹地和土耳其的發源地安納托利亞高原。

由此可知，土耳其是一個對歐洲和亞洲歷史都產生重

大影響的罕見國家。換句話說，在歐洲和亞洲發揮紐帶作用的國家就是土耳其，而象徵土耳其作為歐亞橋樑的場所就是「聖索菲亞」。聖索菲亞建於 532 年，曾用作希臘東正教大教堂。1204 至 1261 年在拉丁帝國的占領下，被改造為羅馬天主教大教堂，之後又恢復為東正教大教堂。在 1453 年 5 月 29 日至 1931 年的鄂圖曼帝國時期，聖索菲亞被用作回教清真寺，也成為代表土耳其的博物館，如今又再次被改回清真寺。因此，聖索菲亞是唯一一座曾經供三種宗教使用的大教堂。

本來伊斯蘭國家就以對其他宗教持排他態度而聞名。因此，許多伊斯蘭國家會拆毀其他宗教以前使用過的寺廟或象徵物。然而，土耳其人居住於歐亞之間，或許是因為他們接觸過多種文化，因而擁有一種認同文化相對性的獨特性格，這也可能是堪稱為世界級文化遺產的聖索菲亞大教堂沒有被破壞、能夠保存至今的原因。儘管在土耳其信奉伊斯蘭教的人口占壓倒性的 99%，但土耳其也是罕見的擁有宗教自由的伊斯蘭國家。

土耳其和大國之間的拔河

冷戰結束後，土耳其作為北約一線成員的戰略價值確實正在下降，但土耳其位於巴爾幹半島、高加索、中亞、中東

地區和歐洲地區的交接處，使其地緣政治的重要性日漸受到關注。為此，美國在二戰後一直試圖與土耳其維持正向積極的關係，土耳其也在 1947 年透過支持美國的杜魯門主義，與美國建立了友好關係。

然而，1974 年土耳其軍事介入賽普勒斯，美國於 1975 至 1978 年採取武器禁運措施，使兩國關係一度陷入持續的冷淡狀態。在 1980 年土耳其與美國簽署《國防與經濟合作協定》（DECA）後，兩國又恢復為「戰略關係」。這也是因為基於土耳其地緣政治的重要性，美國政府才做出努力，將過去的安全合作關係提升為多層面的友好互助。

土耳其的地緣政治位置不僅對美國重要，俄羅斯也聲稱與土耳其保持著友好關係。普丁總統更會定期訪問土耳其，針對核電廠等能源領域的合作以及免簽協定等項目進行討論，促進兩國之間緊密的交流與合作。前蘇聯解體後，兩國關係正朝向友好的方向發展，積極謀求基於實質利益關係的經濟合作，例如引進俄羅斯天然氣、建設輸油管道、土耳其營造業進軍俄羅斯等。

不同於美國和俄羅斯的努力，土耳其正不遺餘力地在為能被納入歐洲而持續努力。自 1987 年歐洲經濟共同體（歐盟前身）成立以來，土耳其一直要求加入歐洲共同體。直到 2005 年歐盟才正式開始討論土耳其入盟的議題，但因部分成員國反對而未能進行議程。再加上 2019 年歐洲議會通過一項決議，要求停止有關土耳其加入歐盟的討論，因此實際上

已中止了所有程序。

土耳其於 1987 年初申請加入歐洲共同體，欲成為正式會員國，在更早以前的 1960 年也曾是歐洲經濟共同體的準會員國。在一份關於歐盟擴大議程的各候選國報告中，歐盟執行委員會提議暫時賦予土耳其加入歐盟的資格，但必須達到哥本哈根標準（Copenhagen Criteria）所要求的政治和經濟條件後，才開始入盟談判。此外，報告中也提出勸告，要在民主化和人權等領域加強與土耳其進行政治對話，並建議進行改革，使土耳其法律與歐盟法律一致。土耳其也積極反映歐盟的這些訴求，正努力通過所謂「歐盟改革法案」，以滿足人權保護和民主改革的要求事項。

作為進軍歐洲和中東的據點

南韓於 2012 年與土耳其簽署了自由貿易協定。透過自由貿易協定，雙方根據進口金額階段性取消幾乎所有商品的關稅。在貿易救濟方面，程序上和實質條件上均超出了世界貿易組織的水準，在貿易相關的行政處理方面，也同意達到相似於南韓—歐盟自由貿易協定或世界貿易組織（WTO）的水準。

儘管雙邊貿易變得如此有利，但與土耳其做生意時仍必須保持謹慎的態度。土耳其以公司設立、金融交易、進出口

通關程序複雜、刁難而聞名。這是因為土耳其位於中東和歐洲之間，有面臨恐怖攻擊的可能，嚴格辦理行政程序是為了降低風險。

在與土耳其商人做生意時，有一些值得參考的小技巧。土耳其人做生意時喜歡收送禮物，不是金錢或禮券等帶有賄賂性質的禮物，而是傳遞心意的茶點或茶葉等。在南韓很忌諱贈送和接受不必要的禮物，可能因此造成尷尬；但在與土耳其人做生意時，收送禮物可以說是交易的第一步。

土耳其人和南韓一樣，進入室內要脫鞋，第一次來土耳其的人常常犯下穿鞋進入室內的錯誤。土耳其人跟東亞人一樣，重視與熟人的關係，因此，在土耳其開展事業時，尤其需要與當地企業建立合作夥伴關係。在國際招標的情況，一般也都是由包含當地實力雄厚的企業在內所組成的聯盟承攬業務。

目前，許多南韓企業著眼於低廉的勞動成本和順暢的對歐貿易環境，而將土耳其作為進軍歐洲的製造據點。現代汽車的土耳其工廠所生產的汽車都出口到歐洲和中東，現代樂鐵在土耳其設有鐵路工廠，曉星集團位於土耳其的工廠也設有在該領域全球首屈一指的設施。

南韓多家企業之所以在土耳其設立製造工廠，是因為較容易進入土耳其周邊國家的市場。中東地區的埃及、約旦等 6 個國家，以及北非地區還有多個國家尚未與南韓簽署自由貿易協定。在土耳其設立公司經營事業的目的，也是為了將

產品出口到這些國家。

土耳其可以說是進軍中亞的哈薩克斯坦、烏茲別克斯坦、土庫曼斯坦等國的最佳地點。這些國家可以被視為土耳其的兄弟國家，因 在土耳其人向西遷徙的過程中，有部分的人在中亞定居下來直到今日。土耳其語和這些國家的語言也非常相似，大約有 30% 至 40% 能夠互通。目前，位於中亞的國家製造能力薄弱，必須從土耳其採購大量生活必需品和工業產品。若考慮到這一層關係，那麼進軍土耳其就不僅僅是進軍單一國家市場。

現在南韓企業也對土耳其的內需市場表現出興趣。SK Planet 與土耳其當地企業 Dogus Group 共同合作，成立專門從事電子商務的合資企業，於 2013 年聯合推出的「n11.com」已成為土耳其最大的線上零售商。CJ CGV 也收購了土耳其當地公司，進軍電影院市場。除此之外，還有來自各種領域的業者進軍土耳其，包括三星電子、LG 電子、現代工程建設、SK 建設等建設公司、POSCO 等鋼鐵企業、南韓東南電力等能源相關企業，以及大韓航空等航空運輸公司等。

曾經是鄰國和兄弟國家的土耳其，如今在地理上雖是個遙遠的國家，卻反而有更多的理由讓我們與土耳其保持良好關係。

REPUBLIC OF SOUTH AFRICA

南非——

克服種族歧視的歷史，向前飛躍

▶人口：60,414,495（第 24 名）
▶貨幣單位：南非蘭特（ZAR，R）
▶ GDP（2023 年）：3,990.15 億美元（第 39 名）
▶ GDP 成長率（2022 年）：2.0%
▶失業率（2022 年）：29.8%
▶通貨膨脹率（2022 年）：7.0%
▶網路使用率（占人口百分比）：72%

2021 年夏天在國內外媒體上出現次數最多的國家，就非南非共和國莫屬了。南非全境爆發了反對逮捕前總統雅各布・祖馬（Jacob Zuma）的抗議活動，成為國際上的頭條新聞。由於抗議活動演變成暴動，全國各地引發大規模的打劫掠奪。在此過程中，南韓企業在南非經營的工廠和商店也同樣遭到破壞。事實上，撒哈拉以南非洲地區的專家和熟悉南非當地情況的人士都認為，這樣的騷亂在某種程度上是可以預見的。他們解釋說，這是因為南非社會長期存在的不平等現象早就積怨已深，在 COVID-19 大流行的契機下，終於浮出了水面。

氣候溫和，地下資源豐富

歐洲人之所以最早在南非定居，是因為南非的氣候非常舒適。我們對於非洲的印象往往是炎熱的天氣、廣闊的草原和各種野生動物的棲息地。然而去到南非後，就會看到與想像完全不同的景象。開普敦和約翰尼斯堡是南非的主要城市，昔日歐洲人開始移民過去的時候，全年氣候溫和，最高氣溫不超過攝氏 30 度，也沒有經歷過大雨、乾旱、颱風等重大天然災害。

由於氣候溫和，開普敦附近地區也是葡萄酒愛好者情有獨鍾的葡萄酒產地。這種得天獨厚的自然環境，也讓南非被

譽為南半球的歐洲或地中海。過去，英國國家廣播公司 BBC、《紐約時報》等媒體都將南非列為一生必去的旅遊勝地。

但是氣候並不是歐洲人選擇南非作為非洲據點的唯一原因，南非豐沛的地下資源同樣也極具吸引力。南非擁有全球 35.7% 的鉻儲量，以及 30.3% 的錳、13.2% 的螢石和 11.1% 的黃金儲量，同時也是世界第五大鑽石生產國，還蘊藏著豐富的鐵礦石。南非政府不斷實施基礎設施擴建計畫，奠定了穩固的根基，使鋼鐵產業的產量約占整體製造業的 20%。近日在南非莫塞爾灣（Mossel Bay）附近發現了 10 億桶石油和大型天然氣田，未來其能源產業的發展令人拭目以待。

種族隔離政策帶來嚴重的後遺症

宜人的氣候環境和豐富的地下資源是南非的瑰寶，但卻也吸引了歐洲白人大批湧入，從而迎來南非不幸的歷史。直到最近，歐裔白人仍堅決奉行著區別非洲土著和歐裔白人的種族隔離政策。

「種族隔離」（Apartheid）是南非種族隔離政策的名稱。Apartheid 的原義是「分離」、「隔離」，是始自 1948 年起依據法律正式實行的種族歧視制度。此制度將所有人分類為白人、黑人、有色人種和印度人等四種，種族分類制度成為指定人種禁止出入區域和劃分居住區的法律依據。尤其是

如果沒有通行證，黑人連自己居住地以外的地區都不能去，一被發現立即被移交法院拘留。公共設施的使用同樣也完全區分開來，郵局等公共建築或海灘等公共場所，白人和黑人使用的空間和出入口都不同，甚至連公共廁所也必須使用不同的出入口。

與種族隔離相關的法律中，最臭名昭著的是 1959 年制定的《班圖斯坦自治法》（Bantustan Self-Government Act）。南非黑人分成好幾個部落，這也是南非有 11 種官方語言的原因。《班圖斯坦自治法》惡意利用南非當地的這種情況，承諾賦予祖魯族、科薩族等約 10 個黑人部落名義上的自治權，並強制每個部落只能在特定的領土內生活，但是分給他們的領地卻只有該部落原居住地的十分之一，而且還是最貧瘠的土地。因著《班圖斯坦自治法》的推行，從 1960 到 1994 年約有 350 萬人在一瞬間被迫失去家園，淪為極貧戶。那些淪為赤貧階層的人甚至被剝奪南非公民的身份，成為外國人居留者，並且只能拿到低於最低工資的極低報酬，遭受勞動剝削。

因《班圖斯坦自治法》而落入極度惡劣處境的南非黑人，最終成立了組織和政黨來捍衛自己的權益。然而，南非白人持續打壓，硬說黑人政黨是共產黨。1994 年 4 月 27 日，當選南非共和國總統的納爾遜・曼德拉（Nelson Mandela）宣布徹底廢除種族隔離制度，種族隔離的巨牆就此倒塌。此時，南非才算真正實現了獨立，雖然從歐洲移民過來的白人

並不願意把氣候環境舒適且地下資源豐富的南非還給非洲人。

在經濟困境中力求向前躍進

南非是個 30 年前才擺脫壓迫的新獨立國家。有一個簡單的方法能夠驗證這個事實。在南非，早上上班或在走廊上遇見人時，下屬不會先向上級打招呼。這種文化經常讓初次進軍南非市場的企業和外派當地的員工感到困惑。

然而這是受到種族隔離政策的影響，這項制度直到不久前仍然支配著南非。在過去黑人受到壓迫的時期，如果黑人先與白人交談，就會被指責沒禮貌或不自量力。有過這種經驗的南非人，現在還是很少先打招呼。種族隔離是 20 世紀奴隸制和階級制度的一種形式，被廢除不過短短 30 年，殘留的餘毒仍然存在於南非各地。南非的每個主要城市，市中心都居住著富有的白人和亞洲人，外圍郊區則佈滿了黑人貧民窟。

直到 1970 年代，南非還創下傲視全球的高經濟成長率。事實上，這些經濟成就完全是靠黑人遭受壓迫和犧牲所換取而來。但是在進入黑人人權和權益開始受到保護的時期後，經濟成長率逐漸下降。自 2014 年起，一直都在 1% 的低成長率徘徊，甚至在 2018 年降至 0.8%、2019 年 0.2%，連續 2 年成長率未達 1%。在失業率方面，南非統計廳公佈

的數據顯示，2021 年第一季失業率達 32.6%，尤其青年失業率高達 46.3%。因此，南非 6,000 萬人口當中，有近一半的人處於絕對貧困狀態。近期南非經濟陷入困境的原因不僅來自種族隔離的後遺症，還有南非礦業工會的加薪要求和罷工、南非貨幣貶值，以及政府債務增加等因素。

從地圖上來看，南非雖然是距離南韓最遠的國家，卻與南韓有著特殊的關係。南非過去曾經參與韓戰，派遣 826 名空軍支援。近來兩國再續前緣，正當南非因 COVID-19 大流行而陷入困境時，韓戰退伍軍人立即運送救援物資到南非，幫助南非人民度過難關。

居住在南韓的南非人民為數也不少。目前，在南韓實際能取得英語講師簽證的國家僅限於南非、美國、加拿大、英國、澳洲、紐西蘭和愛爾蘭等 7 個國家。因此，截至 2021 年，居留在南韓的南非人數達 2,600 人，是非洲國家中最多的。

南非也是非洲國家中有最多南韓僑民居住的國家，這是因為南非是進軍非洲市場的重要門戶。與其他非洲國家不同，南非不僅擁有最完善的工業基礎設施，而且鋼鐵、機械、化學、紡織、汽車等多種產業也非常發達。

真正實現獨立不久的南非，在 COVID-19 流行結束後似乎正面臨巨大的困境。對於過去曾經幫助過南韓的南非人民，南韓是否應該思考看看能提供什麼協助？

NEUTRAL COUNTRY

中立國——
它們為什麼成為永久中立國？

最近因為俄羅斯和烏克蘭的戰爭，有一個概念再次受到關注，那就是「永久中立國」。烏克蘭在與俄羅斯進行終戰協議的過程中，提出了以成為一個永久中立國作為放棄加入北約的代價。

永久中立國並不是某個國家宣稱自己是永久中立國就能得到承認。中立的國際地位是該中立國與承認該地位的相關國家之間，透過明示或默示的協議而成立的一種相對地位。因此，某個特定國家想要成為永久中立國，就必須根據國際法，得到「中立」的保障。

目前，國際上具有永久中立國法律地位的國家有瑞士、奧地利、土庫曼、梵蒂岡等，但這些國家取得國際法中永久中立國地位的背景和程序各不相同。

1815年維也納會議批准瑞士為永久中立國

瑞士自 1499 年獨立以來，一直標榜自己是永久中立國。瑞士在地緣政治上與 4、5 個國家相鄰，而且周圍有德國、法國、奧地利、義大利等強國。在這樣的環境下，為了保護自己，瑞士認為遠離衝突比捲入鄰國紛爭更明智。在 1815 年維也納會議上，為了整頓法國大革命和拿破崙戰爭後的歐洲秩序，各國聚集在一起劃分領土，並在決議中宣布瑞士是國際社會中的永久中立國。

從歷史上看，瑞士自 15 至 16 世紀以來就一直標榜自己是永久中立國家，因此現今被視為永久中立國的代名詞，不僅如此，瑞士幾乎獨享了永久中立國可以擁有的各種經濟優待。瑞士因為成為永久中立國而能夠避免第一和第二次世界大戰，並在冷戰期間保持中立。

作為中立國，瑞士得到的好處不僅僅是避免損失。瑞士目前是國際政治的中央舞台。世界貿易組織、國際紅十字會（Red Cross）、世界衛生組織（WHO）、國際勞工組織（ILO）、世界智慧財產權組織（WIPO）等 30 多個主要國際組織均設在瑞士，約 250 個國際非政府組織（NGO）的總部位於瑞士。國際奧林匹克委會（IOC）和國際足球總會（FIFA）的總部也分別位於洛桑和蘇黎世。

但是，瑞士並非只是獲得好處而不付出任何代價。如果違反國際法上的中立原則，向交戰國提供支援或便利，就會被取消中立國的地位。因此，向來標榜為永久中立國的瑞士，既不是歐洲強大軍事聯盟北約的成員，也沒有加入歐盟。瑞士甚至有一段時間沒有加入聯合國，直到 2002 年才依據全民投票的結果正式加入聯合國，成為正式會員國。

因蘇聯改變心意而成為中立國的奧地利

瑞士是長期以來一直自行標榜永久中立，在過了將近 2

個世紀後才實現這個目標，而奧地利則是經由完全不同的途徑成為永久中立國。第二次世界大戰期間，奧地利在希特勒的高壓強迫下，接受與納粹德國結盟。最終成為戰敗國的奧地利，必須根據1945年7月4日的《莫斯科宣言》，被美國、英國、法國、蘇聯4國分割統治。

奧地利人民為了擺脫這種分割統治，開始推動不屬於這4國中任何一國的永久中立政策。然而，奧地利促進永久中立的過程與瑞士的情況截然不同。首先，美國對奧地利推動永久中立持友好的態度。從美國的立場來看，只要奧地利不偏向蘇聯陣營，即使成為中立國也沒關係，因而透過馬歇爾計畫積極支援奧地利。相反的，史達林（Joseph Stalin）領導的蘇聯對奧地利的中立感到不滿，因為蘇聯希望奧地利成為共產主義國家，這也就是為什麼蘇聯推薦當時享有名望的社會主義者卡爾·倫納（Karl Renner）擔任奧地利首任臨時總理。但是倫納與蘇聯的期望背道而馳，沒有建立社會主義國家，而是堅持強而有力的獨立路線。倫納在組成臨時政府時，也打造了包含共產黨、社會黨和國家黨等各方勢力的政府，使左右勢力不分上下。

在這種情況下，奧地利因蘇聯的反對而未能成為永久中立國。1953年史達林去世，赫魯雪夫上台。當時赫魯雪夫希望西方國家與蘇聯和平共處，這成為允許位於西歐和東歐中間的奧地利成為永久中立國的契機。最終，全球55個國家承認奧地利的永久中立，使奧地利得以成為永久中立國。

以默許協議成為中立國的哥斯大黎加

哥斯大黎加是一個我們不太熟悉的永久中立國家。位於中南美洲南部地區的哥斯大黎加，和其他拉丁美洲國家相比，它透過不同途徑成為開發程度較高的國家。哥斯大黎加在 1890 年舉行了中南美地區首次自由選舉，並於 1948 年成為第一個獨立國家。

哥斯大黎加因 1948 年總統選舉結果，政府和軍隊之間爆發了為期 6 週的內戰，這場內戰導致 2,000 多人死亡。在鎮壓軍事政變後，為防止軍事勢力再次出現，哥斯大黎加於 1949 年 11 月通過和平憲法，解散軍隊，將國防預算專門用於教育，也將國家預算中的 30% 作為教育經費。

此後，哥斯大黎加為了維持自己的這項傳統，同時保障國家安全，於 1980 年設立了聯合國和平大學。為了避免與鄰國發生衝突或武裝對抗，於 1983 年 11 月 17 日宣布實施非武裝永久中立政策。哥斯大黎加的這項宣言得到鄰國的默許，進而獲得國際永久中立國的地位。哥斯大黎加在國際社會上的份量不重，在經濟或安全方面也沒有與其他國家發生太大的關聯，因此與之前的瑞士或奧地利不同，只需得到鄰國的默許，就能獲得永久中立國的地位。

放棄中立國地位的國家和南韓

成為永久中立國之後，並不意味著這樣的地位會永遠持續下去，比利時就是一個典型的例子。爆發於 1914 年的第一次世界大戰期間，比利時遭到德國入侵，歐洲列強未能守住比利時永久中立的承諾。最終，比利時作為協約國的成員參戰，成為戰勝國，並在 1919 年 6 月結束第一次世界大戰的《凡爾賽條約》中，放棄永久中立國的地位。

盧森堡也在 1867 年 12 月被鄰近的歐洲國家承認為永久中立國。但在 1940 年 5 月遭到德國侵略時，盧森堡主動宣布放棄永久中立政策，並在英國成立流亡政府，以同盟國成員的身分參戰。戰爭結束後，也加入了北約。

過去南韓也曾想成為永久中立國。大韓帝國時期曾經就成為永久中立國進行討論，目的是為了擺脫周邊列強的影響，維持獨立國家的地位。當時僅止於討論的階段，但未來在討論統一後的國家體制時，永久中立國的議題可能再次成為焦點。在面對此類議題前，必須注意的是，並非所有永久中立國都一樣，依據時代的需要和周邊國家的利害關係，其內容和進展可能完全不同。

‖宣布中立的國家‖

中立國	宣布時期
瑞士	1815年
列支敦斯登	1868年
瑞典	1919年
梵蒂岡城國	1929年
愛爾蘭	1939年
墨西哥	1945年
摩納哥	1945年
聖馬利諾	1945年
日本	1947年
哥斯大黎加	1949年
奧地利	1955年
芬蘭	1956年
新加坡	1965年
馬爾他	1980年
巴拿馬	1989年
摩爾多瓦	1994年
土庫曼	1995年
塞爾維亞	2007年
盧安達	2009年
烏茲別克	2012年
蒙古	2015年

DARIÉN GAP

達連隘口——人類未曾涉足的未知領域

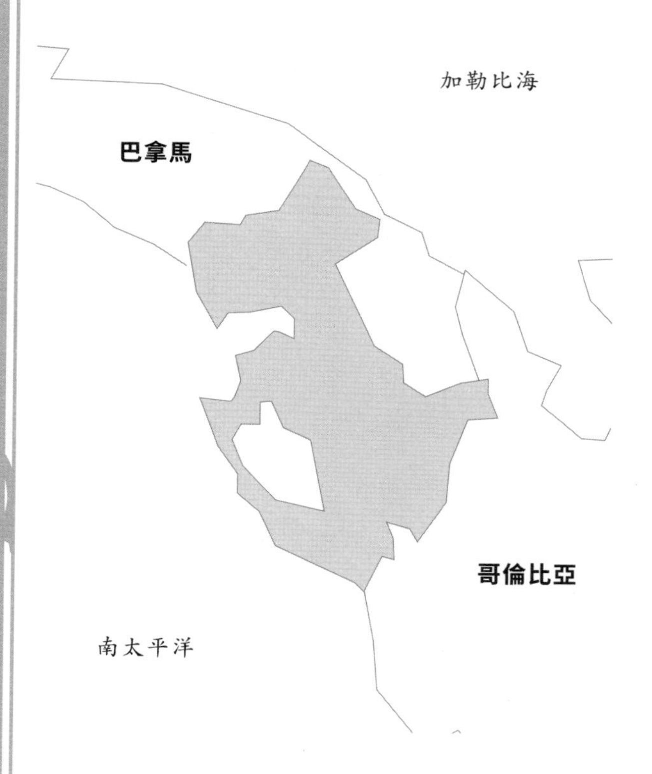

▶位置：巴拿馬與哥倫比亞邊境地區
▶面積：約 5,790 平方公里（達連國家公園）
▶地帶：雨林、沼澤

或許你可能想過，如果能開車環遊世界該有多好，若要從美洲大陸前往歐洲，只要搭船過去就行。這麼看來，這個大膽的想法似乎真的能夠實現。然而，有一個地方卻讓開車環遊世界的美好夢想變成不切實際的幻想，那就是「達連隘口」(Darién Gap)。

達連隘口是一個長160公里、寬50公里的叢林和沼澤地區，位於巴拿馬的亞維薩（Yaviza）和哥倫比亞的圖爾博（Turbo）之間，是地球上林葉最繁茂的偏遠地區之一。泛美公路（全長48,000公里）從美國阿拉斯加一直延伸到阿根廷南端，而達連隘口就是整條泛美公路中唯一未開通的斷點。喜歡到偏遠地區探險的旅客通常會在旅行前購買保險，而達連隘口也因成為無法購買保險的地區而聞名。

那麼，為什麼人類如此難以觸及達連隘口呢？是因為這裡是毒蟲、鱷魚、美洲豹和巨蟒出沒的叢林嗎？當然，過去就是因為這些自然條件，讓通過達連隘口變得困難重重。17世紀，蘇格蘭曾試圖在達連隘口附近建造一座城市，但由於叢林、沼澤的環境以及傳染病的影響，工程被迫停止。後來美國建築公司曾再次嘗試挑戰，但仍無法完成這座城市。

即使是今天，就算已經具有足夠的技術探索大自然，卻仍然難以進入達連隘口，其實原因另有其他。這是因為中南美毒品組織和名為「哥倫比亞革命武裝力量」(FARC）的反叛組織控制了這個地區。完整保存原始森林的達連隘口，正好也是個完美的藏身要塞，因此，被政府軍擊退的哥倫比亞

叛軍以此作為躲藏地點，販毒組織成員也把達連隘口當作移動路線，自然而然地，鎖定遊客所進行的犯罪活動也不斷發生。

不願開發達連隘口的鄰國

有一個例子證實了達連隘口的危險性。《國家地理》雜誌編輯羅伯特．費爾頓（Robert Felton）曾於2003年在該地區旅行時，被哥倫比亞革命武裝力量綁架，並於10天後被釋放。日後他在自己出版的書中描述了當時的情況。

「達連隘口不僅是（地球上）最後一個尚未開發的地區，也是人們絕對不願意前往的最後一個地區。這是一個完全原始的叢林，有荊棘、黃蜂、蛇、搶匪流寇、罪犯和一切其他所有的危險。」

也有人從不同的觀點解釋達連隘口至今仍未被開發的原因。如果只考慮經濟效益，盡快進行開發，讓這裡成為連接南美和北美地區的紐帶，對大家可能更為有利。因為，如果能建造一條讓貨車往返中南美洲的公路，將帶來巨大的經濟影響，對解決中南美洲的困境也有幫助。然而，順暢的通道卻同時為不法分子提供了方便移動的機會，這些擔憂被認為是周邊國家不願意開發此區的原因。

特別是，從美國的立場來看，毒品流入美國的數量可能

比以前更高。中南美國家向試圖經由自己的土地前往美國的移民提供開放的邊境政策，但美國不滿地指出，中南美國家的政策可能會對美國構成威脅。而且，即使達連隘口開發成功，哥倫比亞的毒梟也很可能躲進附近的其他原始森林裡。

從哥倫比亞的角度來看，達連隘口的發展也會帶來不少負擔。人們認為，如果達連隘口被開發，現在仍在活動的反叛組織將能利用公路、鐵路等路徑，更頻繁地發動攻擊。巴拿馬與哥倫比亞關係不睦也是阻礙開發的因素。巴拿馬從哥倫比亞獨立出來後，與哥倫比亞的關係仍然不太融洽。而且，穿行於兩國之間的渡輪也經常因政治問題而中斷。當海路不通時，需要立即跨境的人們別無選擇，只能冒著生命危險穿越達連隘口。

此外，為了阻止來自南美的非法移民，巴拿馬在封鎖邊境或監控方面也表現得消極被動。從南美洲到美國，必須經過巴拿馬、哥斯大黎加、尼加拉瓜、宏都拉斯和瓜地馬拉，再穿越墨西哥北部的索諾蘭沙漠，才能到達美國邊境。對巴拿馬來說，非法移民進入美國的問題，不單只是自己的責任，而是移民過境的所有國家必須共同承擔的責任。基於這樣的理由，巴拿馬對於需要大量資金的邊境管理採取袖手旁觀的態度。

以往未曾被人類觸及的達連隘口，最近受到國際社會的關注。這是因為陷入嚴重經濟困境的南美洲居民為了非法移民到美國，正前仆後繼地橫越達連隘口。儘管達連隘口是一

片危機四伏的叢林，但仍有無數的南美洲人千方百計地想穿越，這是因為比起乘船或搭飛機才能抵達的歐洲，這條移民路線顯得容易許多。而且，美國至今仍是世界上接收最多移民的國家。換句話說，在移民者眼中，只要想辦法踏上美國本土，就有可能獲得新機遇。

根據巴拿馬移民當局統計，2013 年通過達連隘口進入巴拿馬的非法移民有 3,078 人，但在 2022 年暴增到 25 萬人。由於與哥倫比亞接壤的巴西和厄瓜多降低了出入境門檻，這也導致企圖經由哥倫比亞和巴拿馬邊境地區進入美國的偷渡人數增加。兩國從 2008 年開始對所有觀光客開放免簽證入境。

達連隘口成為人權保護的死角

想越過達連隘口前往美國的人數正與日俱增，但穿越達連隘口的人仍然毫無防備地暴露在性暴力、人口販賣、犯罪組織的搶劫勒索等無數暴力之下。更準確地說，想要通過達連隘口，就必須得到哥倫比亞販毒組織成員的幫助和保護。不僅如此，在穿越達連隘口期間，移民家庭罹患腹瀉、呼吸道疾病、脫水和其他嚴重疾病的風險也很高。

更大的問題是兒童。據聯合國兒童基金會（UNICEF）最近的統計，光是在非法移民開始迅速增加的 2021 年，就

有約 19,000 名兒童通過達連隘口。每 5 名跨越哥倫比亞和巴拿馬邊境的移民中，就有 1 名以上是兒童，其中一半的年齡在 5 歲以下，數量大約是過去 5 年加總起來的 3 倍。儘管費盡千辛萬苦通過達連隘口，也有很多孩子在路途中失去了父母，成為孤兒。

縱使全家人都能抵達美國，問題仍然存在。他們因為必須付錢給販毒組織成員才能通過達連隘口，口袋早已透支或負債累累。從地面交通費、使用叢林水道的船費、通過中南美洲國家邊境時要支付的賄賂，到掮客仲介費，每個人要花上數千美元。移民別無選擇，只能拼湊手上所有的現金和財產，或向周圍的人借錢。

此外，另一個問題是，大部分移民的法律地位使他們置身於人權保護的死角。這是因為他們的護照和簽證在南美逾期停留幾個月後就失效作廢，一些失去被保護資格的移民最終淪落被販賣或捲入犯罪。販毒組織成員會威脅非法移民，告訴他們：「如果被出入境當局發現簽證到期，可能會被驅逐出境。」進而拉攏他們從事犯罪活動。

在處處可見超過 100 層高樓大廈，人類足跡遍及聖母峰與深海的今日，竟然還有人類到不了的地方，實在不可思議。更重要的是，其原因不是自然因素，這完全是我們人類造成的結果。有朝一日，當達連隘口順利開發之時，代表人類已邁向比現在更成熟的階段。

照片來源

19頁：Morris Chang at the Office of President, Taiwan 20181112 by 總統府, CC BY https://commons.wikimedia.org/wiki/File:Morris_Chang_at_the_Office_of_President,_Taiwan_20181112.jpg

34頁：Elgin Marbles east pediment by Andrew Dunn, CC BY-SA https://commons.wikimedia.org/wiki/File:Elgin_Marbles_east_pediment.jpg

50頁：Muammar al-Gaddafi at the AU summit by U.S. Navy photo https://commons.wikimedia.org/wiki/File:Muammar_al-Gaddafi_at_the_AU_summit.jpg

78頁：https://snbchf.com/chf/chf-history/long-term-view/

82頁：Gornergrat in Wallis, Switzerland, 2012 August by Ximonic, CC BY-SA https://commons.wikimedia.org/wiki/File:Gornergrat_in_Wallis,_Switzerland,_2012_August.jpg

95頁：Northern Sea Route vs Southern Sea Route by Kazakhstan_(orthographic_projection), CC BY https://commons.wikimedia.org/wiki/File:Northern_Sea_Route_vs_Southern_Sea_Route.svg

102頁：本作品由「松香江陵」製作，使用透過第四類南韓開放政府許可證的「歐亞主要鐵路線」。相關作品可以從https://www.gn.go.kr/www/contents免費下載

115頁：Montane Mansion (Hong Kong) Pixel 2 Nightsight by Studio Incendo, CC BY https://commons.wikimedia.org/wiki/File:Montane_Mansion_%28Hong_ Kong%29_Pixel_2_Nightsight_-_Flickr_-_Studio_Incendo.jpg

123頁：Israel Defense Forces Female Soldiers Practice Shooting by Israel Defense Forces, CC BY https://commons.wikimedia.org/wiki/File:Flickr_-_Israel_Defense_Forces_-_Female_Soldiers_Practice_Shooting.jpg

139頁：10 Bisonte Magdaleniense by Museo de Altamira y D. Rodríguez, CC BY-SA https://commons.wikimedia.org/wiki/File:10_Bisonte_Magdaleniense.jpg

142頁：Museo Guggenheim, Bilbao by Naotake Murayama, CC BY https://commons.wikimedia.org/wiki/File:Museo_Guggenheim,_Bilbao_%2831273245344%29. jpg

152頁：Great Mosque of Mecca1 by Saudipics.com, CC BY-SA https://commons.wikimedia.org/wiki/File:Great_Mosque_of_Mecca1.jpg

166頁：Bundesarchiv Bild 183-R09876, Ruhrbesetzung, CC BY-SA https://commons.wikimedia.org/wiki/File:Bundesarchiv_Bild_183-R09876,_Ruhrbesetzung.jpg

169頁：Statista, CC BY-ND https://www.statista.com/chart/20750/number-of-operational-reactor-units-by-country/

174頁：Wikimedia Commons https://commons.wikimedia.org/wiki/File:Whale_hunting_of_Greenland_1780.jpg

177頁：Susie Harder / Wikimedia Commons https://commons.wikimedia.org/wiki/File:Map_of_the_Arctic_region_showing_the_Northeast_Passage,_the_Northern_Sea_Route_and_Northwest_Passage,_and_bathymetry.png

185頁：Edwin Stockqueler / Wikimedia Commons https://commons.wikimedia.org/wiki/File:An_Australian_Gold_Diggings.jpg

194頁：Pedro Américo / Wikimedia Commons https://commons.wikimedia.org/wiki/File:Pedro_Am%C3%A9rico_-_Independ%C3%AAncia_ou_Morte_-_cores_ajustadas.jpg

199頁：Pete Souza / Wikimedia Commons https://commons.wikimedia.org/wiki/File:Barack_Obama_and_Aung_San_Suu_Kyi_September_2012.jpg

220頁：Vietnam population pyramid 01.04.2019 by sdgedfegw, CC BY-SA https://commons.wikimedia.org/wiki/File:Vietnam_population_pyramid_01.04.2019.png

227頁：Wikimedia Commons https://en.wikipedia.org/wiki/File:Waterboarding_a_captured_North_Vietnamese_soldier_near_Da_Nang.jpeg

248頁：Columnist of Daily Herald / Wikimedia Commons https://en.wikipedia.org/wiki/Radcliffe_Line#/media/File:How_India_be_split_up_(1947).jpg

253頁：Statista, CC BY-ND https://www.statista.com/chart/26371/african-countries-with-the-highest-gdp-over-time/

257頁：River Nile map by Hel-hama CC BY-SA https://en.wikipedia.org/wiki/Grand_Ethiopian_Renaissance_Dam

265頁：A guide to the third and fourth Egyptian rooms by Internet Archive Book Images, CC0 https://commons.wikimedia.org/wiki/File:A_guide_to_the_third_and_fourth_Egyptian_rooms_-_predynastic_antiquites,_mummied_birds_and_animals,_portrait_statues,_figures_of_gods,_tools,_implements_and_weapons,_scarabs,_amulets,_jewellery,_and_(14771092033).jpg

277頁：Halllal by Touch sreynich, CC BY-SA https://commons.wikimedia.org/wiki/File:Halllal.jpg

293頁：Drinking Horn with Silver-gilt mounts by The Hunt Museum, CC0 https://commons.wikimedia.org/wiki/File:Drinking_Horn_with_

Silver-gilt_mounts.jpg

299頁：VW Käfer Baujahr 1966 by Vwexport1300, CC BY-SA https://commons.wikimedia.org/wiki/File:VW_K%C3%A4fer_Baujahr_1966.jpg

323頁：World Population Review https://worldpopulationreview.com/country-rankings/neutral-countries

形塑現代世界的矽谷風雲錄

沿著矽谷帕羅奧圖的沙丘路前進，周邊林立著許多世界知名企業的總部，是什麼條件讓矽谷成為眾多新創公司的濫觴？這些充滿創意與狂想的頂尖人才，如何利用矽谷的優勢展翅翱翔？且看產業先驅與科技巨擘如何從矽谷開始，進而改變世界。

矽谷創投啟示錄

一場由離經叛道的金融家所發起的瘋狂投資遊戲，如何徹底顛覆你我的生活、工作與娛樂方式

—— 塞巴斯蒂安・馬拉比

創業投資對於巨大成功的渴望，催生了對天才企業家的癡迷，其不看過去、只看未來的投資法則，也讓矽谷成為商業創新的頂級育成地，孕育出眾多改變世界的公司。

加密風雲

那些不為人知的貪婪與謊言，和啟動新世界的推手與反派

—— 蘿拉・辛

幣圈一天，人間十年。加密貨幣風潮迅速崛起，攀至頂峰後又快速殞落。這場由個人鬥爭而起的金錢、文化與權力革命，將如何影響我們的生活？

國家圖書館出版品預行編目（CIP）資料

晶片、能源、巧克力：從世界地圖看見 30 個國家的經濟動能與投資潛力 / 朴正浩（박정호）著；張亞薇譯 . -- 初版 . -- 臺北市 : 商周出版 : 英屬蓋曼群島商家庭傳媒股份有限公司城邦分公司發行 , 民 113.10
面；　公分 . --（新商業周刊叢書；BW0852）
譯自 : 세계지도를 펼치면 돈의 흐름이 보인다
ISBN　978-626-390-304-3（平裝）

1. CST: 國際經濟 2.CST: 投資 3.CST: 趨勢研究

552.1　　113014710

新商業周刊叢書　BW0852

晶片、能源、巧克力

從世界地圖看見 30 個國家的經濟動能與投資潛力

作　　者／朴正浩（박정호）
譯　　者／張亞薇
責任編輯／陳冠豪
版　　權／吳亭儀、江欣瑜、顏慧儀、游晨瑋
行銷業務／周佑潔、林秀津、林詩富、吳淑華、吳藝佳

總 編 輯／陳美靜
總 經 理／彭之琬
事業群總經理／黃淑貞
發 行 人／何飛鵬
法律顧問／元禾法律事務所　王子文律師
出　　版／商周出版　台北市南港區昆陽街 16 號 4 樓
電話：(02)2500-7008　傳真：(02)2500-7759
E-mail：bwp.service@cite.com.tw
Blog：http://bwp25007008.pixnet.net/blog
發　　行／英屬蓋曼群島商家庭傳媒股份有限公司城邦分公司
台北市南港區昆陽街 16 號 8 樓
書虫客服服務專線：(02)2500-7718・(02)2500-7719
24 小時傳真服務：(02)2500-1990・(02)2500-1991
服務時間：週一至週五 09:30-12:00・13:30-17L00
郵撥帳號：19863813　戶名：書虫股份有限公司
讀者服務信箱：service@readingclub.com.tw
歡迎光臨城邦讀書花園　網址：www.cite.com.tw
香港發行所／城邦（香港）出版集團有限公司
香港九龍九龍城土瓜灣道 86 號順聯工業大廈 6 樓 A 室
電話：(825)2508-6231　傳真：(852)2578-9337
E-mail：hkcite@biznetvigator.com
馬新發行所／城邦（馬新）出版集團【Cite (M) Sdn. Bhd.】
41, Jalan Radin Anum, Bandar Baru Sri Petaling,
57000 Kuala Lumpur, Malaysia.
電話：(603)9056-3833　傳真：(603)9057-6622
E-mail: services@cite.my

封面設計／兒日設計　　內文排版／林婕瀅
印　　刷／韋懋實業有限公司
經 銷 商／聯合發行股份有限公司　電話：(02)2917-8022　傳真：(02) 2911-0053
地址：新北市新店區寶橋路 235 巷 6 弄 6 號 2 樓

■ 2024 年（民 113 年）10 月初版
■ 2025 年（民 114 年）1 月初版 1.8 刷

Printed in Taiwan
城邦讀書花園
www.cite.com.tw

定價／ 499 元（紙本）　350 元（EPUB）
ISBN：978-626-390-304-3（紙本）
ISBN：978-626-390-305-0（EPUB）

國家圖書館出版品預行編目資料

蔦重／增田晶文著；劉子倩譯. -- 初版. -- 臺北
市：麥田出版：英屬蓋曼群島商家庭傳媒股份
有限公司城邦分公司發行, 2025.1
面； 公分
譯自：稀代の本屋 蔦屋重三郎
ISBN 978-626-310-791-5（平裝）

861.57 113016327

城邦讀書花園
ww.cite.com.tw

BN 978-626-310-791-5
子書 978-626-310-789-2 (EPUB)

日本暢小說 109

蔦重

作者｜增田晶文
譯者｜劉子倩
封面設計｜鄭婷之
責任編輯｜丁寧

國際版權｜吳玲緯 楊靜
行銷｜闕志勳 吳宇軒 余一霞
業務｜李再星 陳美燕 李振東
總編輯｜巫維珍
編輯總監｜劉麗真
事業群總經理｜謝至平
發行人｜何飛鵬
出版｜麥田出版
台北市南港區昆陽街16號4樓
電話：886-2-25000888
傳真：886-2-2500-1951
發行｜英屬蓋曼群島商家庭傳媒股份有限公司城邦分公司
台北市南港區昆陽街16號8樓
客服專線：02-25007718；25007719
24小時傳真專線：02-25001990；25001991
服務時間：週一至週五上午09:30-12:00；下午13:30-17:00
劃撥帳號：19863813 戶名：書虫股份有限公司
讀者服務信箱：service@readingclub.com.tw
城邦網址：http://www.cite.com.tw
香港發行所｜城邦（香港）出版集團有限公司
香港九龍土瓜灣土瓜灣道86號順聯工業大廈6樓A室
電話：852-25086231
傳真：852-25789337
電子信箱：hkcite@biznetvigator.com
馬新發行所｜城邦（馬新）出版集團
Cite（M）Sdn. Bhd.（458372U）
41, Jalan Radin Anum, Bandar Baru Seri Petaling,
57000 Kuala Lumpur, Malaysia.
電話：+6(03)-90563833
傳真：+6(03)-90576622
電子信箱：services@cite.my

印刷｜前進彩藝有限公司
初版｜2025年1月
定價｜499元